国家社会科学基金青年项目
《宋元明杜诗学理论嬗变研究》结项成果
（批准号：16CZW026）

上海师范大学"中华典籍与国家文明"创新团队成果

中华典籍与国家文明研究丛书

李杜之争与宋代杜诗地位的浮沉

张慧玲 著

上海古籍出版社

序

　　李白和杜甫相差十岁，风格迥异。《新唐书》说杜甫少时即与李白齐名，时号"李杜"，皮日休亦称玄宗朝"论者推李翰林、杜工部为尤"。二人双峰并峙的文学地位在当世即已确立。

　　然而在杜甫离世 43 年后，元稹为之撰《墓志铭》，称其"尽得古今之体势，而兼今人之所独专"，肯定杜甫是一位无所不能的集大成式诗人；同时又说李白"差肩于子美"，甚至称"李尚不能历其藩翰"，抑扬李、杜的千年纷争由此开启。此后，尽管代有如韩愈那样疾呼"李杜文章在，光焰万丈长。不知群儿愚，那用故谤伤"的声音在，李、杜优劣之争和风格之辨，一直成为中国诗学的重要话题。

　　这是因为，李白、杜甫诗歌的异趣，总是分别代表了不同的经典范式。或偏重政教伦理，或偏于审美性灵；或偏于法度规则，或偏于奔放自由；或属于古典传统的当行本色，或流于疏离传统的变体新声；或代表盛世高唱，或代表衰世哀吟；或为主情，或为重理；或为唐声，或为宋调……不同时代的不同论家，总能在当下政治文化和审美思潮的夹裹下，到李、杜的诗歌里找到各自需要的理论资源和实践范式，通过阐释和推广，建构属于自己时代的诗学体系。

宋代便是这样。宋代新儒学的昌盛决定了政教伦理价值的分量，一生以"致君尧舜上，再使风俗淳"为使命的杜甫，无疑是时代呼唤的高标，正如苏辙所谓："杜甫有好义之心，白所不及也。"杜甫被视为"诗史"而受到膜拜，势所必然；宋代理学"有物必有则"的格物致知思维理路，也让无法可依的李白让位于法度严谨的杜甫，杜甫成为江西诗派之"一祖"，亦理所当然。在有宋一代"千家注杜"的盛况面前，李白门前显得多么清冷。这一局面的改变，要等到南宋末年福建邵武人严羽来推动。

因此，宋代杜诗学不仅文献资源丰富，而且研究深厚，成果丰硕。

慧玲在江西师范大学读硕期间，在唐诗研究名家杜华平教授指导下，受过良好的学术训练。曾参与整理大型文献丛书《庐山历代诗词全集》之"明诗卷"和《鄱阳湖历代诗词集注评》。2012 年 9月，慧玲入沪攻博。鉴于她此前的科研经历，以及出色完成的硕士论文《儒道互补视阈下的杜甫与庄学》，而我们这里又有陈伯海先生开辟的唐诗学研究传统，于是建议她以"明代杜诗学研究"为博士学位论文题目。这一领域，学术界研究相对薄弱。

读博期间，慧玲勤奋刻苦，心无旁骛，三年里在核心刊物发表《杜诗中的齐物与道论思想》《明嘉靖朝杜律版本考略》等多篇论文，并参与《全宋笔记》整理，顺利完成 39 万字的博士学位论文《明代杜诗学研究》。论文大量搜集第一手文献，既立足于描述杜诗学在明代的兴衰演变，又致力于解析杜诗学在唐诗学研究史上的地位及意义。在研究方法上，既有传统的诗学文本分析，又有文献计量法、考证法及接受学。2015年5月参加答辩，受到各位专家一致好评，推为"优秀论文"。有专家评曰："文献材料翔实，论证细密严谨，概念清晰，逻辑性强，反映了作者有较强的理论功底和扎实的文献专业基础。该文还具有跨专业性，需有一定哲学史、思想史及传播学的专业理论素养。论文写得分肌擘理，整体把握上有相当的深度与精准度。"虽出于长辈对晚辈的热情鼓励，亦可见其用功与潜质。

慧玲毕业后，入职于浙江越秀外国语学院中国语言文化学院，在承担繁重的教学任务期间，继续精进于学术研究，在核心刊物发表《明代杜诗学中的"大家"论争》《杜诗学"大家"说的理论演进》《明代杜诗"兼备众体"说》《杜诗"集大成"说之一解》等系列论文。参加工作的次年，她以《宋元明杜诗学理论嬗变研究》为题申报国家社科基金青年项目，获得立项。于是，她得重新面对宋代杜诗学。五年后，她提交82万字的成果，以"良好"的成绩结项。

这本《李杜之争与宋代杜诗地位的浮沉》是其中论宋代杜诗学的部分，我读完书稿，不仅松了一口气，而且感到惊喜。

宋代杜诗学已有四部很有分量的研究著作问世，显然慧玲从中汲取了不少养分。与此同时，她知难而进，广搜史料，深掘意理，独辟蹊径，围绕宋代杜诗地位、李杜之争这两个关键词来提出问题，展开讨论。她发觉自北宋以来，杜诗的典范地位虽已大体确定，但随着每个时期文坛大势的发展、盟主的变换、核心议题的提出与展开，杜甫在诗坛的实际地位既非一成不变，亦非孤立存在。因此她不但致力于结合每一阶段诗坛面貌来具体把握这种动态过程，而且将杜诗放在宋代诗坛多典范（如白居易、郑谷、贾岛、姚合、李商隐、李白、韩愈、陶渊明等）格局中加以整体考察，以此准确描述杜诗的实际地位和具体作用。

在这种视野下，本书往往新见层出，别开洞天。

她描述了杜诗在宋代的地位既明晰又复杂的浮沉曲线。崇尚杜诗、师法杜诗，是宋代诗坛普遍风尚，这是显而粗的线条。但在仁宗庆历以前、宁宗嘉定以后，杜诗都并非诗坛追慕的首要对象；而在庆历至嘉定的一个半世纪中，杜诗亦非"独尊"，李白、韩愈在先，陶渊明在后，同为宋人所尊仰。在多种学习典范的碰撞和较量中，互有起落，最终构成彼此协调、互为补充的关系，杜诗才得以雄居首要典范，由此亦构成宋代诗坛多典范格局。对这一曲线的细致爬梳和生动描述，学术界尚未见到。

宋太宗、真宗两朝，晚唐体、西昆体风靡，杜诗地位不彰。但通过细致考辨，发现喜杜、学杜的力量正在此间积蓄，为仁宗庆历以后的杜诗热作了一定准备。而学界盛传"不喜杜诗"的欧阳修，恰是杜诗升温的重要推手。

王安石是宋代为杜诗奠定关键内涵的大家。王安石编《杜工部后集》，是与苏舜钦、王洙等一起奠定杜诗文献基础的人物；他评杜的言论、学杜的实践，掀起杜诗热潮；他作《杜甫画像》一诗，揭示杜甫精神世界；他对杜甫儒者胸怀和伟大人格的表彰，在宋代产生了持久影响。

苏轼对李、杜诗歌内涵有多方面开掘，他回应元稹和韩愈的李、杜之争，维护李、杜并尊的思想。他评李白为"天下士"，充分肯定李白独立自由的主体精神，与他对杜甫"一饭未尝忘君"的阐述兼容并包，互为补充。

诸如此类，显示作者力求在前人成果的基础上更进一层的努力。

该书有强烈的问题意识，论述兼顾历史和逻辑。每逢重要话题，必溯源辨流，梳理演进脉络，在中国文学史的大视野中予以观照和评判。对所引材料分析细致，论证圆融，自成其说。不过，有的断语分寸感有待加强，对历史细节的开掘也还有较大空间，期待慧玲更加精进，更上层楼。

查清华

二〇二三年五月三日 于沪上槎潭斋

目　录

绪　论

一、杜诗学研究的审思

在中国文学中，没有任何其他文人能与孔子相比，除了杜甫。孟子评价孔子的专用词语"集大成"①，宋以后成为评价杜甫与杜诗的标准概念。在历代的文学作品中，没有哪一部可与"六经"或"四书"媲美，除了"杜诗"。宋人陈善说："老杜诗当是诗中《六经》，他人诗乃诸子之流也。"② 不仅向来无人以此说为唐突，直到清代，还有吴乔、蒋士铨等人附议③。如果说这些比拟，太借重圣人的光环了，那不妨看看对杜诗的具体评价。清末刘熙载评论说："杜诗高、大、深俱不可及。吐弃到人所不能吐弃，为高；涵茹到

---

① ［宋］朱熹撰《四书章句集注》本《孟子·万章下》，中华书局 2012 年版，第320 页。
② ［宋］陈善撰，袁向彤点校《扪虱新话》卷七《杜诗高妙》，山东人民出版社 2018 年版，第 83 页。
③ ［清］吴乔《围炉诗话》卷二，见郭绍虞编选，富寿荪校点《清诗话续编》第二册，上海古籍出版社 2016 年版，第 517 页。［清］蒋士铨著，邵海清校，李梦生笺《忠雅堂集校笺》卷二《杜诗详注集成序》，上海古籍出版社 1993 年版，第 2032 页。

人所不能涵茹，为大；曲折到人所不能曲折，为深。"①　这样的评语，除了杜诗，还有哪一家能担当得起？

　　就这样一个对象，自中唐以来，一代代的读书人、诗歌爱好者都在不断地学习、研究它，试图走近它。到了现代，在中国古典文学研究界之外，现代诗人中也不乏杜甫的粉丝。王德威指出：20 世纪 20 年代冯至就试图将杜诗融入其现代诗实验中，当代诗人也有不少通过与杜甫对话来为自己的现代诗创作定位。为此，他特以黄灿然、西川、叶维廉、萧开愚、洛夫和罗青等为例作了具体分析，并得出以下结论：

> "诗史"的"作者"杜甫从未在中国现代主义文学的舞台
> 上缺席。对于诗人们来说，他永远是一位不可或缺的对话者，
> 一位知音。对他们来说，膜拜杜甫和模拟杜甫指涉着中国诗歌
> 走向现代的核心问题。②

在历代对杜诗的膜拜、学习、研究过程中，杜诗文献不断积累；对杜诗的学习、研究，也渐次变成了专门领域、专门学问。金代元好问最早提出了"杜诗学"概念③，明代李东阳又提出过"杜学"之名④。进入现代，对杜甫和杜诗的研究仍然是持续的热点。然而，有学者仍然认为与诗经学、楚辞学、选学、龙学、红学等中国文学

---

① ［清］刘熙载撰，袁津琥校注《艺概注稿》卷二《诗概》，中华书局 2009 年版，第 288 页。
② （美）王德威撰，刘倩译《六个寻找杜甫的现代主义诗人》，载《当代作家评论》2019 年第 4 期。此文又收录于田晓菲《九家读杜诗》，译文有所不同，生活·读书·新知三联书店 2022 年版。
③ ［金］元好问著，狄宝心校注《元好问文编年校注》卷一《杜诗学引》，中华书局 2012 年版，第 91 页。
④ ［明］李东阳《麓堂诗话》："学者不先得唐调，未可遽为杜学也。"载丁福保辑《历代诗话续编》，中华书局 2006 年版，第 1373 页。

专学相比，当代杜诗学显得逊色，理论建构较为滞后①。

当代杜诗学的不足，可从多方面看。首先是口径过窄，无论是对杜甫的研究，还是对杜诗的研究，与其他作家作品的研究没有太大差异，缺少具有独特性的研究视阈和研究方法。其中，对杜诗文献、杜诗传播、杜诗学术史的研究，虽是杜诗研究的专门领域，也出现了不少成果，但这些研究仍未能改变杜诗研究的整体状况。

其次，正如胡可先 2017 年在中国杜甫研究会第八届年会的总结中所说：杜甫研究有三个方面尚待强化，第一个是"在理论研究的体系建构和学理提升上"②。可见，杜诗学研究发展到现在，仍然缺乏体系建构与学科建设的自觉意识。现在，杜诗学的内涵和外延还没有得到充分的讨论，很多相关的研究成果都未直面或者忽视这一问题。因为杜诗学的概念，一般人都不作清晰的界定，所以，有的学者甚至否定杜诗学一名的学术意义③。

显然，如果承认杜诗与古代文学其他作品有较大不同，承认历代对杜诗的膜拜、学习、研究已构成一种专门的学问，那么，在中国古代文学之下，沿袭元好问所拟定的杜诗学之名，像选学、龙学、红学等一样，建立一门专学（实即一个三级学科），就是非常必要的了。

杜诗学的内涵，过去虽然很少有人直接予以界定，但实际上又多将它等同于杜诗学术史。如许总 1989 年出版的《杜诗学发微》

① 赫兰国《辽金元杜诗学》自序，河南人民出版社 2012 年版，卷首自序第 1 页。
② 胡可先《杜甫研究的新趋势——中国杜甫研究会第八届年会暨杜甫研究国际学术讨论会学术总结》，载《杜甫研究学刊》2017 第 4 期。
③ 如邹进先《宋代杜诗学述论》一书虽然用了杜诗学之名，但却在此书绪论中说明："这只是为了表达的简便，而不是认为杜诗研究是一门不同于其他诗人研究的、具有独立学科意义的专门学问。"中国社会科学出版社 2016 年版，绪论第 1 页。

明确立足于"对于杜诗研究史的总体把握"①，2014年赵睿才出版的《百年杜甫研究之平议与反思》实际也是把杜诗学理解为杜诗研究史。其他学者大多也认为杜诗学属于学术史的性质。杜诗学的内容，李一飞认为包括"搜辑、编次杜集，注释、评论杜诗，考证杜甫的家世、生平和思想"②。胡可先认为包括八个方面，即杜诗目录学、杜诗校勘学、杜诗注释学、杜诗史料学、李杜优劣论、杜诗历史学、杜诗文化学、杜诗学的研究进程③。傅光则认为杜学不限于学术形式，还应包括非学术形式，在学术层面包括对杜诗、杜甫、杜甫研究的研究④。

最近二十年，学界对杜诗学的理解有了一些变化，主要表现在学术理念的更新上。台湾学者蔡振念2002年出版的《杜诗唐宋接受史》聚焦于唐宋人对杜诗的接受，作者认为杜诗接受史包括普通读者的接受效果史、批评家的阐释史、诗人作家的影响史⑤。这显然是在西方读者反应理论、接受美学、阐释学的影响下对杜诗学认识的突破。事实上，杜诗学不应该仅仅指向学术形态的杜诗研究，也应该，甚至首先应该指向实践形态的拟杜、集杜等各种形式的学习、传承杜诗的实践行为。学术形态的杜诗研究、杜诗批评，和实践形态（非学术形态）的杜诗传承，都是杜诗学的有机构成。21世纪以来，杜诗接受史已发展为杜诗学的新增长点，黄桂凤、魏景波、邹进先、金生奎、左汉林等的研究都以接受史为主

---

① 许总《杜诗学发微》，南京出版社1989年版，第357页。
② 李一飞《杜甫与杜诗》，岳麓书社1994年版，第74页。
③ 胡可先《杜诗学论纲》，载《杜甫研究学刊》1995年第4期。在此文基础上，胡先生著有《杜甫诗学引论》，安徽大学出版社2003年版。
④ 傅光《论杜学的定义与内涵》，载《人文杂志》1999年第3期。
⑤ 蔡振念《杜诗唐宋接受史》，台北：五南图书出版有限公司2002年版。

要亮点[①]。似乎可以这样说，当把杜诗研究史融入杜诗接受史视野中，那么，杜诗就不单单属于历史，杜诗学研究就不再是档案馆里的工作。

在此基础上，笔者还想进一步提出一个观点，即认为杜诗学既有学术史的功能，还应有诗学的性质[②]。关于学术史功能，有必要梳理历史的杜诗学范围与学术形态，笔者试图在胡可先等的基础上，提炼为以下五个方面：

　　杜诗辑注学　　　杜诗评点学　　　　杜诗批评学
　　杜诗文献学（含杜诗目录学、版本学、校勘学、辨伪学等）
　　杜诗接受学

要强化杜诗学的学术史功能，就是应将以上五个方面都作学术史的总结，使以上这些类型的杜诗学都各自成为专史。这样，学术史意义的杜诗学就能达到很高的专门化水平。

此外，杜诗之所以为学，更重要的是：它既是构成文学史的血脉，又指向未来，总是试图成为当下文学发展的推动力。与选学、龙学、红学相比，杜诗学从来都是动态的，过去如此，现在也依然如此。所以，杜诗学的性质更应该是诗学。不过，这里的诗学，并非文艺学中常用的广义概念，而是中国文学中旧有的狭义的诗歌之

---

① 黄桂凤《唐宋杜诗接受研究》（辽海出版社 2008）、《元明清杜诗接受研究》（广西师范大学出版社 2018）。左汉林《杜甫与杜诗学研究》（东方出版社 2015）、《宋代杜诗学研究》（与李新合著，中国社会科学出版社 2022）。魏景波《宋代杜诗学史》（中国社会科学出版社 2016）。邹进先《宋代杜诗学述论》（中国社会科学出版社 2016）。金生奎《明代杜诗接受研究》（安徽大学出版社 2019）。
② 元好问《杜诗学引》中的"杜诗学"即定位为对杜诗的注释、杜甫传记年谱、对杜诗的评论，主要就是学术史的意义。李东阳《麓堂诗话》中"杜学"即明显定位在对杜诗格调、诗法等方面的把握，侧重的是诗学。

学①。在中国古代，对诗歌的本质、原理、诗体、诗艺、诗法等有精深、透彻的把握，能将这种把握落实在创作实践中，就称精于诗学。诗学应该是对诗之为诗的理性认识，可以用语言表述出来，也可以不直接表述出来，而体现于其创作中②。杜甫是有自觉诗学意识的大诗人，杜诗学首要的含义应该是杜甫的诗学，或者表现在杜诗中的诗学，其次应包括后世对杜甫诗学的再度把握。一个杜诗的学习者、研究者对杜甫及其诗歌的把握较为透彻，达到一定的水平，较为完整，具有相当的系统性了，即可称为某人的杜诗学。譬如黄庭坚的杜诗学、元好问的杜诗学，都是从这个意义上来说的。具有诗学意义的杜诗学，就是在整部杜诗中呈现出来的杜甫对诗之道、诗之格、诗之体、诗之法、诗之技等方面的认知、理解，以及后世的把握。而这种认知、理解、把握，作者和后世接受者未必直接陈述出来，所以，杜诗学并不等于杜诗批评、杜诗理论批评。杜甫《戏为六绝句》等诗篇及后世对杜诗的理论批评，是杜诗学的重要内容，却绝不是其全部或大部。通过杜诗来研究诗学意义的杜诗学，葛晓音、林继中、莫砺锋、谢思炜、杨义等开辟了疆域，树立了现代学术的典范。在此基础上，《杜甫诗学体系研究》（或名《杜诗学通论》）的问世或许不会太远了。而打通杜诗接受史、杜诗批评史，从理论上梳理历代对杜诗的多层面把握，写出具有鲜明诗学理论色彩的杜诗学理论建构通史或断代史，应是杜诗学研究下一步重要的方向，也是笔者学术理想所在。

　　再进一步，诗学意义的杜诗学，还应该加进价值判断。所谓价

---

① 参见钱志熙《"诗学"一词的传统涵义、成因及其在历史上的使用情况》，载《中国诗歌艺术研究》第一辑，社会科学文献出版社 2002 年版。

② 周裕锴《宋代诗学通论》（巴蜀书社 1997）分为诗道、诗法、诗格、诗思、诗艺五类。钱志熙《黄庭坚诗学体系研究》（北京大学出版社 2003）将黄庭坚诗学体系概括为根本说、情性说、兴寄说、学古与新变说、诗法、诗体六个方面。

值判断，首先是对杜诗学在历代诗学建构中起了何种作用作出价值评判。换言之，在历代诗学的走向中，杜诗的存在及其范导作用，是否为必要的，这种范导作用是否为积极的、有利于其长远发展的，要作出一定的思考和判断。其次，研究杜诗学，还要站在现在，面向未来，要让杜诗学深刻地进入当下时代，要从历史的杜诗学中思考它对现在和未来有何启示；思考历史的杜诗学的存在，对建设现在和未来的文学有何意义。

以上是笔者从事杜诗学研究十年来形成的一些构想，写出来请学界前辈批评。

具体落实下来，写出杜诗学理论建构通史或断代史，现在基础还较为薄弱，短期内尚无法实现。当今之计，较为现实的是从一个个具体的点下手，从点上做扎实，将来完成通盘的理论建构史就会是水到渠成的事。

笔者虽构想远大，但在研究中却不敢立足于大处。本书拈出杜诗学中一个具体问题，试图聚焦，将这个点做得系统和明白一些，为将来完整的杜诗学贡献一份绵薄之力。

二、宋代杜诗学与李杜论

一部杜诗学史，宋代显然是特别浓墨重彩的一个华章。宋代杜诗学确定了杜诗学的基本轮廓，决定了此后杜诗学的方向。正因此，学界投入于宋代杜诗学的力量强于其他各代。首先，在周采泉所著《杜集书录》（上海古籍出版社 1986）、郑庆笃等著《杜集书目提要》（齐鲁书社 1986）对整个杜集目录作了全面梳理之后，聂巧平博士论文《宋代杜诗学》（复旦大学 1998）对宋代杜集文献作了全面总结。张忠纲等《杜集叙录》（齐鲁书社 2008）作了更完整的叙录后，王欣悦博士论文《南宋杜注传本研究》（复旦大学 2013）又更集中地讨论了南宋杜诗注的流传本。宋代杜诗学的基础工作经过这样持续跟进，现在已做得很扎实了。

有了扎实的文献基础，宋代杜诗学研究此后进入了更全面的发展期。学界的关注，很快进入了宋人对杜诗的学习、接受上。蔡振念《杜诗唐宋接受史》（台北五南图书出版有限公司 2002）有明确的西方读者反应理论、接受美学理论作背景，黄桂凤《唐宋杜诗接受研究》（辽海出版社 2008）以时间为线将学习、接受杜诗的情形作了描述，左汉林《杜甫与杜诗学研究》（东方出版社 2015）主要从宋人学杜角度，突出个案，形成了一条杜诗学线索。这样的研究思路，本质上是将杜诗学理解为杜诗的接受史、影响史，这无疑是对杜诗学内涵的提升。

但是，接受史不是杜诗学的全部。宋代对杜诗辑注、编年、评点、批评和模拟学习等诸多表现都应进入杜诗学，为此，视野更开阔，认识更宏通的新研究路径就呼之欲出。近十年来，四部同在中国社会科学出版社出版的著作更新了宋代杜诗学的面貌，开启了新的路径，这四部著作分别是杨经华《宋代杜诗阐释学研究》（2011），魏景波《宋代杜诗学史》（2016），邹进先《宋代杜诗学述论》（2016），左汉林、李新《宋代杜诗学研究》。杨经华《宋代杜诗阐释学研究》将对杜诗的研究看作是一种阐释现象，借鉴西方阐释学的理论予以观照，这样就把宋代对杜诗的注释、编年、批评等都融合起来，一起置于宋代文学、文化的发展态势之中来研究。魏景波《宋代杜诗学史》明确地将宋代的杜诗研究史与杜诗接受史结合起来建构逻辑框架，邹进先《宋代杜诗学述论》也是将宋人对杜诗的研究和学习两方面作为研究对象，左汉林《宋代杜诗学研究》将宋人有关杜诗的诗论和学杜实践内容合在一起，而以后者为重。前两书将宋代所有与杜诗相关的辑注、编年、评杜、学杜等都纳入关注视野，后两书将杜诗辑注、编年等类问题舍去，邹著以宋人尊杜、学杜、评杜为问题，左著以宋人学杜实践为重。

在断代的杜诗学研究中，宋代杜诗学经过以上努力，打下的基础比其他各时代深厚很多。笔者进入宋代杜诗学领域较晚，当拜读到这些成果、深受其益之后，曾产生知趣而退的想法。但是，随着学习的深入，还是感到留有空间：一方面，不少似乎已有定论的问题，譬如欧阳修"不甚喜杜诗"之说，再譬如陆游和杨万里，究竟谁与杜诗因缘更深、谁更像杜诗，等等问题，一旦深入探究之后，仍然感到迷雾重重，这些迷雾吸引笔者继续沉入基本史料的大海中，反复爬梳、玩味，试图作出更切实、合理的解释。另一方面，宋代杜诗学中牵连着潜在的对象即李白，虽然很多学者都多少有所涉及，如魏著还专门以附录的形式讨论了唐宋李杜优劣论，但现有的研究毕竟所涉有限。而诚如胡可先所说："对杜诗的继承，首先是从对杜诗地位认识开始的，杜诗地位的确立又与李杜优劣论密切关联。""李杜优劣论，无论谁是谁非，都是李杜研究史上的一种奇观，它促进了二人地位的确定，尤其对整个杜诗学的发展，意义更为重大。"[1]　在笔者看来，李、杜之争是明辨杜甫诗歌史地位的重要切入口。宋代在确立杜甫诗坛崇高地位的过程中，不仅对杜甫人格、对杜诗艺术价值有不断深入的认识与评判，同时还经常裹挟着李杜优劣的纷争。研究宋代杜诗学，增加李白为重要参照对象，是很有必要的。引入参照对象之后，有些问题就自然呈现，如：宋代整体上推尊杜诗，大规模学杜、拟杜，是否意味着"独尊杜甫"？能不能说在北宋中期以后"杜甫地位一步步抬升，把李白远远甩在后边"[2]？这些问题既关涉宋代诗学的真实面貌，又是杜诗学中必须说清楚的。

---

① 胡可先《杜甫诗学引论》，安徽大学出版社 2003 年版，第 159 页。
② 魏景波《宋代杜诗学史》，中国社会科学出版社 2016 年版，第 292—293 页。

为此，本书作为宋代杜诗学的专项研究，设置了一个问题，两个参照。这个问题是宋代杜甫地位的变化。宋代杜诗学中其他问题都纳入这一问题的考察之下，聚焦到这一具体问题，目的在于避免使本项研究因涉猎过广而显得大而无当，也因为聚焦在此具体问题下，有些宋代杜诗学的重要主题如"诗史"说，本书涉及较零散，留在笔者下一本著作中作专题论述。

本项研究设置有两个参照。参照一是将杜甫地位放在宋代诗学发展变化之中来分析。在笔者看来，宋代诗学的内在逻辑与外在推力，是解释宋人读杜、解杜、评杜、学杜最根本的基础。换言之，杜诗学并不纯然是对于历史上存在的杜诗发思古之幽情，本质上是源自宋代诗学自身的内需，促使人们从过去的文学遗产中发现杜诗的典范价值。一部分人对杜诗的学习、研究，推动着一个时代出现学杜的风潮。整个时代的学杜风潮，融入宋诗的建构、发展、演变之中。所以，宋诗的生长、发展，是宋代杜诗学的大环境。关注宋诗建构、流变的背景，以之为参照，避免孤立地研究杜诗学，是本项研究的重要特点。参照二是将宋人的李、杜之争作为考察杜甫宋代地位的参照。这个参照，实质上是为了更全面凸显宋代诗学大环境下的典范选择对象和典范选择过程，因为宋诗成长过程中可供选择的典范可以是多元的，不必是唯一的，李白至少是备选项之一。因此，跳出宋人对杜诗的认知、理解本身，克服孤立的局限，而从宋人面向李、杜二人进行典范选取的角度，可能更有利于问题的把握。

本项研究是宋代杜诗学中的一个专论。在笔者看来，断代杜诗学在通论之外，应有扎实的专论。在本项研究之外，宋代杜诗学还有很多专论可做，如"无一字无来处"说、"集大成"说、"兼备众体"说，都是重要主题，也得到过关注，却仍然留下了不少值得探究的空间，值得投入力量深挖、细做。

三、李杜优劣论的来源

李、杜早年结交时，诗名并不同步。杜甫在求仕时，李白已名满天下①。杜甫晚年回忆其求仕阶段最辉煌的一节，有道："忆献三赋蓬莱宫，自怪一日声烜赫。集贤学士如堵墙，观我落笔中书堂。往时文彩动人主，此日饥寒趋路旁。"② 这也许只是杜甫获取一时声名的情节。而随着《同诸公登慈恩寺塔》《早朝大明宫》两组与众名流的唱和诗的出现，杜甫是否"已经达到当时诗坛一线诗人的地位"③，也许很难说，却应该说明杜甫已有了一线诗人的水平。此后，严武、韦迢、郭受等人有诗称赞杜诗成就及影响力，所以，杜甫暮年就听到了"李杜齐名"之说④。

这里不妨将杜甫暮年开始的若干与"李杜"说有关的重要史实排一排：

1. 任华专论李、杜的诗篇。任华为李、杜同时人，在《寄李白》诗中称赞李诗"有能奔逸气，耸高格。清人心神，惊人魂魄"⑤，之外又有《寄杜拾遗》。这首数百字的杂言诗，称赞杜诗有曰：

　　　　势攫虎豹，气腾蛟螭。沧海无风似鼓荡，华岳平地欲奔
　　驰。曹刘俯仰惭大敌，沈谢逡巡称小儿。昔在帝城中，盛名

① 何念龙《李白文化现象论》（湖北人民出版社 2009）指出：李白在世时，以诗文赠李白而保存至今的有近 10 人、20 多首诗。（第 140 页）
② ［唐］杜甫著，［清］仇兆鳌注《杜诗详注》卷十四《莫相疑行》，中华书局 1979 年版，第 1213 页。
③ 陈尚君《唐诗求是》下册《李杜齐名之形成》，上海古籍出版社 2018 年版，第 492 页。
④ 杜甫《长沙送李十一》有"李杜齐名真忝窃"之句，见 ［唐］杜甫著，［清］仇兆鳌注《杜诗详注》卷二十三，中华书局 1979 年版，第 2090 页。
⑤ ［唐］韦庄编《又玄集》卷上，《唐人选唐诗（十种）》，上海古籍出版社 1978 年版，第 366 页。

君一个。诸人见所作，无不心胆破。郎官丛里作狂歌，丞相阁中常醉卧。前年皇帝归长安，承恩阔步青云端。积翠扈游花匼匝，披香寓直月团栾。英才特达承天眷，公卿无不相钦美。①

这些诗句，要点有二：一是评价杜甫笔力雄奇，杜诗有气势、有力量，二是称赞杜甫的才名。从正式评价资料看，任华可推为史上最早的李杜诗研究者，这两首诗是史上最早的李、杜专论。张忠纲指出："就目前所见到的文献资料而言，第一个对杜甫的诗才人品给予高度评价的，是山东人任华的《寄杜拾遗》诗。"又说："任华以他的《寄李白》和《寄杜拾遗》两篇奇文，可以称之为'并尊李杜第一人'！"② 但是，南宋刘克庄将任华所作和将近五十年之后的韩愈评价联系起来，说："唐人皆宗李、杜，虽退之崛强亦然。"③ 则明显违背史实。

2. 李杜二集的始编及评价。宝应元年（762）李阳冰为李白编《草堂集》，序称："自三代已来，风、骚之后，驰驱屈、宋，鞭挞扬、马，千载独步，唯公一人。"④ 在此前后，又有魏颢，始名万，编《李翰林集》，序有云："七子至白，中有兰芳。情理宛约，词句妍丽，白与古人争长。三字九言，鬼出神入，瞠若乎后耳。"⑤

杜甫的集子最早是在杜甫去世后三五年内由润州刺史樊晃收集编定，名《杜工部小集》，六卷。樊晃撰序大力褒扬杜甫道："君有

---

① ［唐］韦庄编《又玄集》卷上，《唐人选唐诗（十种）》，上海古籍出版社 1978 年版，第 367 页。
② 张忠纲《诗圣杜甫研究》，上海古籍出版社 2015 年版，第 171、179 页。
③ ［宋］刘克庄撰，王秀梅点校《后村诗话》后集卷二，中华书局 1983 年版，第 63 页。
④ ［唐］李白撰，瞿蜕园、朱金城校点《李白集校注》附录三，上海古籍出版社 1980 年版，第 1789 页。
⑤ 同上，第 1790 页。

大雅之作，当今一人而已。"①

　　李、杜二家的诗集编成后，当时的流传可能很有限。在李、杜谢世后的几十年里，李、杜的影响可能逐渐沉寂。

　　3. 杜甫大历五年（770）去世以后的二十年间，诗坛最受关注的诗人是钱起，李、杜成了过气的旧时代诗人。唐末王赞《玄英集序》言：

　　　　建中之后，其诗益善，钱起为最。杜甫雄鸣于至德、大历间，而诗人或不尚之。呜呼！子美之诗，可谓无声无臭者矣。②

"建中"是唐德宗的第一个年号，紧承大历。这期间活跃在诗坛的主要是被称为大历十才子的一批诗人，外加刘长卿、韦应物等人，钱起是这一阶段最受欢迎的偶像人物。根据蒋寅的研究，这一阶段承续的是常建、王维一脉的诗风③。李白、杜甫一起都显得默默无闻了。直到贞元六年（790），幼时曾亲炙李白的刘全白撰《唐故翰林学士李君碣记》，对李白的豪侠性格和过人才华作了描述，还第一次出现了李白"为和蕃书"这样的传说情节，为后世李白传播增加了神异色彩。

　　4. 杜甫离世近三十年，才逐渐重新受到关注。稍后就发生了一场李、杜优劣论争。

　　贞元后期，韩愈、元稹先后有诗并推共尊李、杜④，但直到元

_____

① ［唐］樊晃《杜工部小集序》，见［清］仇兆鳌注《杜诗详注附编》，中华书局1979年版，第2237页。
② ［唐］王赞《玄英集序》，载［唐］方干撰《玄英集》卷首，影印《文渊阁四库全书》第1084册，上海古籍出版社1987年版，第44页。
③ 蒋寅《大历诗风》，上海古籍出版社1992年版，第14页。
④ 元稹《代曲江老人百韵》："李杜诗篇敌，苏张笔力匀。"此诗有作者自注曰："时年十六作。"但谢思炜《元稹〈代曲江老人百韵〉诗作年质疑》（《清华大学学报》2004年第2期）对此提出质疑，认为该诗是作者晚年之作。又，谢思炜《李杜优劣论争的背后》（《北京大学学报》2009年第2期）引录韩愈作于贞元十四年《醉留东野》："昔年因读李白杜甫诗，长恨二人不相从。"作于元和元年的《荐士》："国朝盛文章，子昂始高蹈。勃兴得李杜，万类因陵暴。"认为是并推共尊李杜的早期例子。

和初，韩愈他们的意见仍未受到普遍重视①。杜甫地位迅速提升，并与李白一起进入经典位置，很可能源自元稹元和八年（813）为杜甫所作墓志铭。铭文直接提出："诗人以来，未有如子美者。"②接着又以李白为陪衬来称美杜甫，曰：

> 是时山东人李白，亦以奇文取称，时人谓之李杜。予观其壮浪纵恣，摆去拘束，摹写物象及乐府歌诗，诚亦差肩于子美矣。至若铺陈终始，排比声韵，大或千言，次犹数百，词气豪迈而风调清深，属对律切而脱弃凡近，则李尚不能历其藩翰，况堂奥乎！③

这里首先指出李、杜二人齐名并称的事实，并认为二人所同在"奇"，具体说就是能在"壮浪纵恣，摆去拘束"中"摹写物象"。这应是当时人能接受的认知。但是，此下从"铺陈终始，排比声韵"及"词气豪迈而风调清深，属对律切而脱弃凡近"角度加以抑扬，认为李白远远不及杜甫。这一判断，在当时是具有爆炸性的大胆说法。

无独有偶，和元稹关系最亲厚的白居易，元和十年（815）秋自长安谪迁江州途中作有《读李杜诗集因题卷后》，也是李杜诗学史上值得注意的文献：

---

① 谢思炜《李杜优劣论争的背后》（《北京大学学报》2009 年第 2 期）引录杨凭和窦牟元和初的唱和之作，杨诗曰："直用天才众却瞋，应欺李杜久为尘。"窦曰："翠羽雕虫日日新，翰林工部欲何神。"可见直到当时，李、杜仍未被广泛推为经典。
② ［宋］葛立方《韵语阳秋》卷第一引用元稹此评前，先摘元稹《去杭州送王师范》："房杜王魏之子孙，虽及百代为清门。"这是明显从杜甫《丹青引赠曹霸》"将军魏武之子孙，于今为庶为清门"来的，因此指出："知老杜于当时已为诗人所钦服如此。残膏剩馥，沾丐后代，宜哉！"见［清］何文焕辑《历代诗话》，中华书局 2004 年版，第 484 页。
③ ［唐］元稹撰，冀勤点校《元稹集》卷第五十六《唐故工部员外郎杜君墓系铭并序》，中华书局 1982 年版，第 601 页。

> 翰林江左日，员外剑南时。不得高官职，仍逢苦乱离。暮年逋客恨，浮世谪仙悲。吟咏流千古，声名动四夷。文场供秀句，乐府待新词。天意君须会，人间要好诗。①

因为是赴贬，诗人读李、杜诗集最为关注的有两个要点：其一是李白流落“江东”、杜甫奔窜“剑南”的困窘处境及对他们作品的重要意义。其二是李、杜诗流传千古的经典特质。这两点对赴贬的白居易既是一种抚慰，更是一种激励，因此，末尾能充满信心和期待地咏出“天意君须会，人间要好诗”这样乐观积极的句子。在这首诗中，白居易对李、杜二家同时推为经典，无轩轾之意。

但是，白居易抵达江州不久后所作《与元九书》全面总结了新乐府理论，中间涉及李、杜评价，有明显的抑扬立场：

> 又诗之豪者，世称李、杜。李之作才矣奇矣，人不逮矣。索其风雅比兴，十无一焉。杜诗最多，可传者千馀篇，至于贯穿今古，覶缕格律，尽工尽善，又过于李。然撮其《新安吏》《石壕吏》《潼关吏》《塞芦子》《留花门》之章，“朱门酒肉臭，路有冻死骨”之句，亦不过三四十首。杜尚如此，况不逮杜者乎？②

这里有四层意思：首先肯定了李杜二家都为世之所称的“诗之豪者”。李之豪，表现在诗里是才情和奇肆，杜之豪似乎是在学力；其次，认为李白缺点在于风雅比兴的不足，杜诗没有这种缺点；第三，杜诗既有学力、诗技上的优势，能“贯穿今古，覶缕格律，尽工尽善”，这是超越李白处；同时杜诗还有不少反映时代苦难，揭

① ［唐］白居易著，朱金城笺校《白居易集笺校》卷十五，上海古籍出版社 2020 年版，第 959 页。

② ［唐］白居易著，朱金城笺校《白居易集笺校》卷四十五，上海古籍出版社 2020 年版，第 2733 页。

露社会问题的佳作，也即风雅比兴之作，李白却严重缺乏。因此，杜诗价值明显高于李。第四，杜甫包括"三吏"在内直接反映安史之乱的作品数量仍然不够多，言下之意，元白所倡导的新乐府讽谕诗是对杜诗的发展乃至超越。

元和十一年（816），韩愈作《调张籍》，开篇即云："李杜文章在，光焰万丈长。不知群儿愚，那用故谤伤。蚍蜉撼大树，可笑不自量。"① 以严厉的口气嘲笑元、白的扬杜抑李论调。韩愈十多年前在《醉留东野》《荐士》等诗中对李、杜并推共尊，表述方式较平，而《调张籍》则以专篇旗帜鲜明地将李、杜二家共同推上了"光焰万丈"的至高经典地位②。

元稹、白居易和韩愈就李、杜优劣而展开的这场争论，本质上是诗学观念的差异与竞争引发的。这点谢思炜《李杜优劣论争的背后》一文作了很精彩的分析，这里不必赘述。这里想进一步指出的是，谢思炜认为："这场论争只一个回合便宣告结束，元、白被驳得口服心服，其过激立场得到纠正。"③ 就现有文献看来，这场争论当时的胜负确实如此，然而，奇诡的现象还在于：五代后晋官修的《旧唐书》和北宋欧阳修、宋祁负责修纂的《新唐书》中的《文苑传》，却并未选用韩愈的正确意见，而是都全面采纳了元稹的观点。

---

① ［唐］韩愈著，钱仲联集释《韩昌黎诗系年集释》卷九，上海古籍出版社1984年，第989页。
② ［宋］魏泰《临汉隐居诗话》最早认为韩愈《调张籍》主要是针对元稹，但周紫芝却认为韩愈无此针对性（《竹坡诗话》），当代学者吴庚舜先生《元稹对李杜诗的比较研究》一文（《李白研究论丛》，巴蜀书社1987年版，第56—66页）亦与周紫芝意见相近。吴先生还进而认为：李杜优劣之争并非由元稹挑起，而是由《旧唐书》编者"刘昫等对史料鉴别不精而产生的一种误解"。但是，邓元煊《"李杜优劣论"再议》（《四川师范大学学报》1988年第5期）、谢思炜《李杜优劣论争的背后》（《北京大学学报》2009年第2期）等文在细密地研读基本史料之后，认为在元稹、韩愈之间存在正面的李杜优劣之争，并对这场论争的原因作了分析。
③ 谢思炜《李杜优劣论争的背后》，载《北京大学学报》2009年第2期，第25页。

其原因值得深长思之。在笔者看来，由元稹发起的这场争论，真正意义不在胜负本身，而在以下四点：首先，元稹以抑李的策略来扬杜[①]，引发韩愈的反拨，从而点燃整个诗坛的风向之火，叫醒世人，真正认识李、杜的经典价值，因此促使诗坛告别大历诗风，走向元和中兴，出现冯班《钝吟杂录》卷七所描述的转机："诗至贞元、长庆，古今一大变，李、杜始重。"[②] 显然，把这场争论称之为一场"炒作表演"或者"眼球大战"，未免太戏说古人了，但在客观上，这场争论确实达到了近似效果。如果不是从元和八年至十一年间元稹、白居易和韩愈就李、杜二家展开的针锋相对的论战，大历诗风的退潮、李、杜价值的被认知，可能还有更长的过程。其次，过激的言论往往比正确的观点更能推动问题走向深入。换言之，正确、平稳的观点，难以引发更多的探索和想象，而深刻的过激言论，则能引导进一步的探索。其三，元稹、白居易掀起的李、杜优劣论，还引发了李、杜诗的两种认知和学习途径，元、白的细微辨析，与韩愈的综合评价，同为这场争论的收获。两者之中，细微辨析比综合评价更复杂，更能促进深入研究。其四，这场争论关键作用在于提升了杜甫地位，使他与李白齐名。后来杜甫声望日隆，终至被推为"诗圣"，溯其源当始于元和年间。

　　宋以后的李、杜研究，始终无法回避李、杜的比较辨析，而李、杜比较，又总要回应元稹提出的问题。与此同时，韩愈的观点虽然未被正史采用，却始终在发挥重要作用，制约着李、杜比较不越过边界。

　　5. 在元稹和韩愈有关李、杜的论争之后，李、杜二人的经典地位都得到了确立。一直到晚唐五代，李、杜并称，作为唐诗最高典范的意见逐渐成为常识，无人对此有异议。崇拜、学习李、杜，

---

① 参见葛景春《李杜之变与唐代文化转型》，大象出版社 2009 年版，第 309—310 页。
② 冯班《钝吟杂录》，丛书集成初编本，中华书局 1985 年版，第 93 页。

也是晚唐很多诗人的训练。如曾干谒过元、白而未受到援引的张祜写有《梦李白》，以李白式的奇思，从"我爱李峨嵋，梦寻寻不见。忽闻海上骑鹤人，云白正陪王母宴"开头写了自己对李白的崇拜和理解。在《叙诗》中，他在梳理唐诗历程时，又将李、杜二人并推为唐诗最高经典："波澜到李杜，碧海东溺溺。"[①] 更晚些的杜牧在《冬至日寄小侄阿宜诗》中为侄子指示学诗范本："李杜泛浩浩，韩柳摩苍苍。近者四君子，与古争强梁。"而在《雪晴访赵嘏街西所居三韵》中又说："命代风骚将，谁登李杜坛。少陵鲸海动，翰苑鹤天高。今日访君还有意，三条冰雪独来看。"更直接推尊李、杜。杜牧在《读韩杜集》中又说："杜诗韩集愁来读，似倩麻姑痒处搔。天外凤凰谁得髓，无人解合续弦胶。"[②] 将这三条材料合观，可见杜牧心目中，李白、杜甫、韩愈、柳宗元同为唐代诗文翘楚，清人贺裳由此评曰："此正一生所得力处，故其诗文俱带豪健。"又认为杜牧"得髓""续弦"之说，是其"隐然自负"之语[③]。张祜、杜牧和同样入辟幕府、多任职于州县的赵嘏、李群玉、刘沧、许浑等人情况近似，都有一些狷介和狂傲的个性气质[④]，因此他们对李、杜的宗仰、学习是较为自然的。

李商隐对李、杜也甚为推崇，他有诗曰："李杜操持事略齐，三才万象共端倪。集仙殿与金銮殿，可是苍蝇惑曙鸡。"[⑤] 他的诗与

---

① ［唐］张祜著，尹占华校注《张祜诗集校注》第十卷，巴蜀书社 2007 年版，第 532、496 页。

② ［唐］杜牧著，［清］冯集梧注《樊川诗集注》卷一、二，上海古籍出版社 1978 年版，第 61、184—185、147 页。

③ ［清］贺裳《载酒园诗话又编》，见郭绍虞编选，富寿荪校点《清诗话续编》，上海古籍出版社 2016 年版，第 358 页。

④ 参阅刘宁《唐宋之际诗歌演变研究——以元白之"元和体"的创作影响为中心》，北京师范大学出版社 2002 年版，第 64—71 页。

⑤ ［唐］李商隐著，［清］冯浩笺注《玉溪生诗集笺注》卷二《漫成五章》其二，上海古籍出版社 1979 年版，第 402 页。

李、杜都有很深的因缘。据翁方纲《三李堂记》，清代乾隆间有金
学莲因为崇拜李白、李贺和李商隐三人，将自己所筑堂命名为"三
李堂"。余恕诚还专门撰文论述了李商隐与李白的联系，并对"三
李"并称之说作了阐述。在余先生看来，李商隐诗中有很多李白的
印迹，而从更根本处探析，李商隐与李白在情感特征和表达方式上
有很大差异，但在重情、任情这一要点上，却是一致的①。刘青海
认为李商隐和李白抱持相近的安邦定国之志，及功成身退的出处态
度，两人都受道教影响，思想比较自由，想象力比较丰富，李商隐
之学太白，根源主要在此。但同时又指出："李商隐身处末世，仕
途偃蹇，在人格精神上缺乏李白特有的精骛八极、挥斥万有的宏大
气概，其诗学太白处，主要在风神，难以形迹求之。"② 而李商隐对
杜甫的学习，则用力独多，成就尤高，自王安石有"唐人知学老杜
而得其藩篱，惟义山一人而已"③ 之说以后，至少就七律而言④，
这几乎成为定论⑤。冯浩《玉溪生诗集笺注·发凡》对此作出总结：
"论义山诗，每云善学杜甫，固已。然以杜学杜，必不善学杜也。
义山远追汉魏，近仿六朝，而后诣力所成，直于浣花翁可称具体，
细玩全体自见，毋专以七律为言。"⑥ 认为李商隐与杜甫一样广益多

① 余恕诚《"诗家三李"说考论》，《文艺研究》2003 年第 4 期。
② 刘青海《李商隐诗学体系研究》，上海古籍出版社 2018 年版，第 222—223 页。
③ ［宋］蔡启《蔡宽夫诗话》，见郭绍虞辑《宋诗话辑佚》卷下，中华书局 1980 年版，
第 399 页。
④ 如清管世铭《读雪山房唐诗序例·七言律诗凡例》："善学少陵七言律者，终唐之世，
惟李义山一人。胎息在神骨之间，不在形貌。"（《清诗话续编》，上海古籍出版社
2016 年版，第 1477 页）钱木庵《唐音审体》亦称赞义山七律"入少陵之室，而运
以秾丽，尽态极妍"（《清诗话》，上海古籍出版社 2015 年版，第 812 页）。
⑤ 直到现在，刘青海《李商隐诗学体系研究》说："李商隐学杜的成就，在有唐一代，
实可谓空前绝后。"（第 227 页）张巍《杜诗及中晚唐诗研究》（齐鲁书社 2011）也
说："晚唐诗人中学杜最用力的当然是李商隐。"（第 163 页）
⑥ ［唐］李商隐著，［清］冯浩笺注《玉溪生诗集笺注》附录二，上海古籍出版社 1979
年版，第 822 页。

师，对唐以前的文学遗产下了很深功夫，在此基础上学杜才得其神髓，达到很高成就。刘宁则细致论述了李商隐近体诗将杜甫晚期诗朝深细化方向发展的表现：李商隐"咏史七律充分发展了杜甫晚年七律在议论中寄寓丰富感慨的创作路数"，其爱情七律"使杜甫晚期夔州七律以浓烈美丽的印象回忆人生的艺术方式得到继承和推进"，"将杜甫那种提炼情感印象的表现方法发展为对情的深入摹写，创造出'情的物化'的抒情方式"，其咏物五律则突出发展了杜甫"化身为物的表现方式"[①]。正因为如此，现代旧体诗人徐英强调五七言律诗"学工部者必参以义山"[②]。

与李商隐文学观相近的温庭筠、韩偓、吴融、唐彦谦，都有学杜的一面，他们都以秾挚秾丽的鲜明风格将杜甫晚期近体诗作了发展和变化。

在晚唐五代，复古的文学思想和对风雅、风骚的提倡，是较为突出的，这应是他们对李杜认同的重要基础。在这个时期，无论是出身高低，无论是否有意功名，内心深处怀恋盛世。对李杜的宗仰就裹挟在这种对盛世的怀恋心理中。

由于李、杜二人精神气质不同，晚唐五代文士对二人的传播与接受也有差异。李白的个性、经历原本具有传奇、超凡色彩，其奇逸的形象就借助神奇的情节故事得到再塑，在长庆年间完成的李肇《国史补》收录李白轶事之后，段成式《酉阳杂俎》、孟棨《本事诗》、王定保《唐摭言》、王仁裕《开元天宝遗事》、韦叡《松窗录》等众多杂史、笔记、小说等都记载有不少李白故事。李白的奇特诗人形象与这些故事一起，共同寄寓了衰乱之世的人们对盛唐气象的

---

① 刘宁《唐宋之际诗歌演变研究——以元白之"元和体"的创作影响为中心》，北京师范大学出版社 2002 年版，第 78、80—81、84—85 页。

② 徐英《诗法通微》，黄山书社 2011 年版，第 67 页。

怀古幽思。此外，不少诗人如许浑、贯休、齐己、郑谷、韦庄等，都在游访李白遗迹、阅读李白诗集时，引发对天才诗人、浪漫情思的无边遐想，留下了怀念李白的诗篇。

而如果说李白在晚唐五代文人眼里带有很强的神异色彩的话，那么，杜甫则是既使他们崇敬，又让他们觉得亲切的充满现实人间气息的前辈诗人。崇敬的是杜甫上继风雅的诗艺高度，亲切的是杜甫亲历苦难而仍然爱诗，不断磨砺诗艺的追求。正因为这样，晚唐五代一些诗人通过各种机缘接近杜甫，以适应他们的现实需要。从诗歌的现实意义看，唐哀帝天祐三年进士，后梁时官终礼部员外郎的裴说《经杜工部坟》一诗最具代表性：

> 骚人久不出，安得国风清。拟掘孤坟破，重教大雅生。皇天高莫问，白酒恨难平。悒快寒江上，谁人知此情。[1]

作为衰乱之世的唐末五代，诗风萎弱，最需要饱含乱离之悲的杜诗来振济，裴说就是从这个角度来认识杜诗价值的。具体来说，直接关切苦难的时代、乱离中的苍生，或者在咏史怀古中对照现实，表现对国事的忧虑，是杜荀鹤、郑谷、韦庄和当时一些诗人的几项重要主题，其中就隐隐有着杜诗的影响。不妨举裴说和韦庄诗各一首以见其概：

> 动步忧多事，将行问四邻。深山不畏虎，当路却防人。豪富田园废，疲羸屋舍新。自惭为旅客，无计避烟尘。（裴说《旅行闻寇》）

> 莫悲建业荆榛满，昔日繁华是帝京。莫爱广陵台榭好，也曾芜没作荒城。鱼龙爵马皆如梦，风月烟花岂有情。行客不劳

---

① 《全唐诗》卷七百二十，中华书局 1980 年版，第 8268 页。

频怅望，古来朝市叹衰荣。（韦庄《杂感》)①

两首诗前者直陈旅行所见所闻，表现盗贼横行、社会秩序混乱、人人危惧的乱世景象，后者将古都的繁华历史和荒芜残败加以对比，背后是诗人的无奈与恐惧心理。从直面社会现实的角度看，这样的作品远承杜诗，而从诗人的主体精神看，却看不到杜甫那种顽强、永不屈服的人格力量了②。

其实，在晚唐五代，由于时代的衰乱，大多数诗人的精神力量和学力、才情都无法真正担当起继承、发扬李杜诗歌传统的重任。所以，李杜主要只是当时人们意念上的经典，而无法成为实践意义的典范。当时真正能成为实践层面学习榜样的主要是中唐的白居易、贾岛、姚合、张籍，以及更晚的李贺、李商隐、温庭筠和郑谷以后的五代诗人。如果说他们对李白、杜甫仍有某种学习的话③，只是通过白居易、郑谷等人间接地学习一点皮毛。欧阳修《六一诗话》说："唐之晚年，诗人无复李杜豪放之格，然亦以精意相高。"④后来的俞文豹《吹剑录》也评晚唐诗曰："唐祚至此，气脉浸微。士生斯时，无他事业，精神技俩，悉见于诗。局促于一题，拘挛于律切，风容色泽，清浅纤微，无复浑涵气象。求如中叶之全盛，李杜元白之瑰奇，长篇大章之雄伟，或歌或行之豪放，则无此力量矣。"⑤

---

① 《全唐诗》卷七百二十、六百九十七，中华书局1980年版，第8266、8023页。
② 贺中复《论五代十国的宗白诗风》一文论述了韦庄绝句将白居易和杜甫诗风加以融合的特色：韦庄"在撮聚白诗之闲适情趣和杜诗'鱼吹细浪摇歌扇'的笔法，把绝句体推向精工境地的同时，更显突出的是同得杜、白之'直遂'，以周详明直、语近情深反拨温、李诗的曲隐晦涩。"载《中国社会科学》1996年第5期。
③ 林继中《杜诗与宋人诗歌价值观》："中晚唐至五代，杜甫的影响是广泛的，但尚未有模式化的倾向，更无推为宗主的迹象。"见林继中《杜诗学论薮》，上海古籍出版社2015年版，第309页。
④ ［宋］欧阳修撰《六一诗话》，见［清］何文焕辑《历代诗话》，中华书局2004年版，第267页。
⑤ ［宋］俞文豹撰《吹剑录全编》，古典文学出版社1958年版，第32页。

两家所指涉的只是晚唐，实际可以涵盖五代十国；欧、俞二家的评价一粗一细，共同指向的都是这个时期丢失了李杜诗雄奇豪迈的气概。虽然从上面所陈述的具体事实看，他们的观点不免有些夸大与失真，但大体上还是很有道理的。晚唐五代的诗风，李白与杜甫起的作用较有限，浅俗、纤巧、浮艳的诗是当时的主流。

四、宋诗建构与流变中李杜地位的浮沉

中唐以来李、杜并称的格局，在入宋以后得到了延续。宋代大多数诗人都承认李、杜的崇高地位，但是，把李、杜二人具体放在什么位置，二人的异同如何看待，认识存在一定的分歧，接受面貌则更为复杂，而从总的趋势看，经过宋初近百年的酝酿和准备，到仁宗嘉祐以后，尤其是神宗元丰以后，杜诗被推为诗歌最高的典范，李白诗的地位则稍次。

大体可以说：自两《唐书》全面采纳元稹意见之后，宋人基本上接受了元稹对杜诗的具体认识和评价，但又调和了韩愈的并尊论，形成了以杜诗为基本学习典范，而以李白、韩愈、陶渊明诗为补充和调节的多经典格局，这构成了宋人的主流观点。正如清人赵翼在《瓯北诗话》中所论：

> 至元、白，渐申杜而抑李。……自此以后，北宋诸公皆奉杜为正宗，而杜之名遂独有千古。然杜虽独有千古，而李之名终不因此稍减。读者但觉杜可学而李不敢学，则天才不可及也。[①]

不光是北宋诸公，整个两宋诗坛，主流的观点是并尊李杜，而在并尊格局中，又"奉杜为正宗"，以学杜为训练要旨。李白、韩愈、

[①] ［清］赵翼《瓯北诗话》卷二《杜少陵诗》，人民文学出版社 1963 年版，第 19—20 页。

陶渊明虽然也被宋人奉为经典，但是在很多人看来，"李不敢学"，学不了；韩、陶又不够用，且学不好。在多经典格局中，宋人通过实践发现：最适合学习的是杜诗。太白诗、韩诗、陶诗，则是学习杜诗的必要补充。宋代杜诗学的基本背景大抵如此。

宋人对李、杜的认识与接受，主要是立足于宋诗自身的发展。宋前期，宋诗的自立意识，使宋代诗人逐渐从效法白居易、贾岛、姚合、李商隐、郑谷等人中走出，开始注意到韩愈、李贺、李白和杜甫诗歌的价值。对这几位诗人的追摹渐次成风，但韩愈、李贺过于奇诡，过于偏离诗歌的常规审美，在宋诗的建构过程中，破坏性过强，于是，李白和杜甫的典范意义更加凸显。

偏好李白的诗人，自徐铉开始，到宋初的田锡、张咏、王禹偁，中经仁宗朝的穆修、石介、余靖、石延年、梅尧臣、苏舜钦、欧阳修，乃至神宗朝的王令、郭祥正、苏轼等人，代不乏人，太白诗得到了北宋许多著名诗人的爱赏。但是，李白在思想观念上与宋代主流思潮有一定的出入，太白诗在诗法层面缺乏可以总结的普适性艺术经验，无法成为宋人膜拜的终极典范。

宋人对李白集的编订、刊行也很重视。首先，乐史在太宗朝召为三馆编修，在李阳冰《草堂集》基础之上，编成《李翰林集》和《李翰林别集》，真宗咸平元年（998）撰序。神宗熙宁间，宋敏求在此基础上，又根据新的来源，再编为《李太白文集》。其后，曾巩依据宋敏求本，力求在编排上考订先后，编出了有初步编年的《李太白文集》。元丰三年（1080），苏州太守晏知止又得一善本，交毛渐刊刻，李白集就有了首个刻本。到南宋，李白集还有了当涂本和咸淳刊本两种刻本，并且大约在南宋理宗朝还出现了杨齐贤的《集注李白诗》，此本后经元萧士赟补注刊刻，成为现存最早的李白诗集的注本。从文献的产生、传播来看，李白在宋代享有不可忽视的重要地位。

　　而杜集文献在宋代的编订、注释、刊刻、传播，与李白集相比，则更是蔚为大观。据张忠纲等《杜集叙录》所编汇的目录，宋代杜集文献如今尚存世 18 种，已佚 84 种，缺 7 种，未见 15 种。自宋初郑文宝、孙仅等人开始，编定较完备的杜甫集就是北宋前期的重要任务。宝元二年（1039），王洙编成了《杜工部集》二十卷，标志着这项工程的初步完成。二十年后的嘉祐四年（1059），华阳人王琪任苏州郡守时，对王洙本进行增补校定后，"俾公使库镂版印万本"①，杜甫诗集由此迅速普及。而稍后的元祐年间，邓忠臣完成了杜诗的第一个完整注本。不久，又出现了王得臣、赵次公的完整注本。注家前后相继，如鲍彪、师尹、薛苍舒、杜田、蔡梦弼、黄希、黄鹤、郭知达、陈禹锡都用力很深，在宋代竟有"千家注杜"之说。不同的注释体例，以及在注释之外，多种年谱的编著，彰显了宋人从文献的角度持续对杜甫所下的深细功夫，凸显了杜诗在宋代地位的崇高。

　　但是，除了苏辙、黄徹、罗大经等少数宋代文士对李白大加贬低，一般人对李白其人其诗都是喜爱、敬重甚至崇拜的，李白自由不羁的思想个性、太白诗浪漫奔放的艺术面貌，是宋代文化所缺少且难以全面学习的，也是不少人心底神往的典范。因此，宋诗建构与流变中，虽然杜甫占据关键地位，但是，李白却也是宋代文学接受中难以忽略的重要对象。换言之，宋人在普遍尊仰杜甫和杜诗的同时，还给李白留了一席重要位置。

---

① ［宋］范成大撰，陆振岳点校《吴郡志》卷六，江苏古籍出版社 1999 年版，第 51 页。

第一章
宋初对杜甫地位的争议

宋初四朝，宋诗的面目渐趋明晰。诗坛的宗尚，由白体而始，逐渐扩展与变化。其中，接受和学习李白、杜甫、韩愈的诗坛力量，总的趋势是渐次加强。大体而言，学李白、学韩愈，并无阻力，而学杜甫，却显得颇为困难，遇到了明显的阻力。然而，虽有阻力，最终形成的声势却非其他各股力量可比。

第一节　宋初诗坛在沿袭中的新变

宋立国以后太祖、太宗时期的诗坛，基本是对晚唐五代诗风的沿袭。但在沿袭中也渐渐出现了新的转机，其中少数名家对李白、杜甫的接受、学习，为宋诗的发展积蓄着重要的能量。

一、徐铉与诗坛风尚新变的肇始

五代十国至宋初诗风颓靡，主流都在学白居易、贾岛、姚合和郑谷，连李贺、温庭筠、李商隐都很少受到关注，更不用说韩愈，并上溯到盛唐了。

但是，新变的种子似乎也从五代开始已悄然出现。特别值得提出的是自南唐入宋的诗人徐铉。他的诗保存较完备，共有七卷，南唐时期有五卷，入宋后有两卷。合起来看，至少有以下四点值得重视：一是诗体较为全面，统计如下：七律 171 首，五律 128 首，七绝 40 首，乐府 24 首，五绝 20 首，五古 19 首，五排 15 首，七古 3首，杂言 5 首。虽然五七言律诗占比与同时代人一样都很高，但却比那时代其他人更能写作古体诗和五言排律。其诗才较高，训练较全面是明显的。

二是除了浅切、流易的"白体"闲适之作，还有典丽、高华乃至奇拔雄浑之作。典丽本与浅切、流易相反，但李振中却在《徐铉及其文学考论》中不避烦冗地罗列了徐铉将近 200 首诗的典例①，雄辩地说明徐铉将浅切、流易与典丽融合，将典丽化而为浅切与流易，提升为高华，对白体诗作了不小的变化。奇拔雄浑是盛唐诗的典型风格，中唐逐渐丢失，晚唐五代几乎不见踪影，然而，徐铉诗中却有这一面。释文莹《玉壶清话》有曰：

> （徐）铉晚年于诗愈工。《游木兰亭》云："兰舟破浪城阴直，玉勒穿花苑树深。"《观水战》云："千帆日助阴山势，万里风驰下濑声。"《病中》云："向空咄咄频书字，与世滔滔莫问津。"《谪居》云："野日苍茫悲鹏舍，水风阴湿敝貂裘。"《陈秘监归泉州》云："三朝恩泽冯唐老，万里江关贺监归。"《宿山寺》云："落月依楼角，归云拥殿廊。"②

这里所引六诗，其一出自《徐公文集》卷一，其四出自卷三，其五

---

① 李振中《徐铉及其文学考论》，郑州大学出版社 2016 年版，第 118—217 页。
② ［宋］释文莹《玉壶清话》卷八，《湘山野录·玉壶清话》，中华书局 1984 年版，第79 页。

出自卷五，其馀三首出自卷二，都是徐铉在南唐时期所作，并非释文莹所说的晚年诗。但是，释文莹说这些诗"工"，确为有见。在笔者看来，其"工"主要在于骨力健举，迥出时流。其二原题《和元帅书记萧郎中观习水师》，全诗为：

> 元帅楼船出治兵，落星山外火旗明。千帆日助江陵势，万里风驰下濑声。杀气晓严波上鹢，凯歌遥骇海边鲸。仲宣一作从军咏，回顾儒衣自不平。①

有学者评其"洋溢着一种豪宕磊落之气"，而释文莹所引一联富有气魄，"直逼盛唐"，是徐铉七律中仅有的一首有激情之作②。其实，这首诗巧妙地以点染、映衬之笔营造出肃穆、威严、雄强之气，通体雄浑健拔，颇得杜诗和盛唐边塞七律之神韵。在此之外，《送元帅书记高郎中出为婺源建威军使》："寒风萧瑟楚江南，记室戎装挂锦帆。倚马未曾妨笑傲，斩牲先要厉威严。危言昔日尝无隐，壮节今来信不凡。惟有杯盘思上国，酒醨甜淡菜蔬甘。"③气势不及上篇，但亦为富有骨力的作品。徐铉入宋之后，佳作少于前期，但如《送吴郎西使成州》：

> 所向皆为道，遄征岂足辞。中华垂尽处，别路正秋时。高阁兰台笔，闲吟板屋诗。良工无弃物，珍重岁寒姿。④

气度非凡，尤其是前四句，颇有开国气象。有论者评入宋后徐铉

① ［宋］徐铉《徐公文集》卷二，《宋集珍本丛刊》第一册，线装书局 2004 年版，第 14 页。
② 张立荣《北宋前期七言律诗研究》，中国社会科学出版社 2014 年版，第 22 页。
③ ［宋］徐铉《徐公文集》卷二，《宋集珍本丛刊》第一册，线装书局 2004 年版，第 15—16 页。原版"甘"误作"艿"，据《文渊阁四库全书》本《骑省集》改。
④ ［宋］徐铉《徐公文集》卷二十一，《宋集珍本丛刊》第一册，线装书局 2004 年版，第 153—154 页。

"精神全面退缩"①，仅从这首诗看就是不确切的。

三是除了受到时代风气的感染，白居易、郑谷等的强大影响在徐铉诗作中非常明显，此外，他与五代十国时期大多数诗人不同的地方在于：他学识、才情颇高，他的诗中还有来自李白、杜甫及其他盛唐诗人的养料。南唐时期，他还有过直接的"效李白体"的作品《寄饶州王郎中效李白体》：

> 珍重王光嗣，交情尚在不。芜城连宅住，楚塞并车游。别后官三改，年来岁六周。银钩无一字，何以缓离愁。②

这是南唐时期的一首书写友情的寄赠之作，全篇只就"交情"二字着笔，以疏宕的笔触，简单的几个地名词、时间词，轻轻一点，情思宛然，带出几分飘逸之气，确实与李白同类作品有几分神似。徐铉在题中直接标明效体的仅有此篇，但如《和旻道人见寄》：

> 戎服非吾事，华缨寄此身。谬为金马客，本是钓乡人。引领梁园雪，扬鞭辇路尘。知师亦多病，拥褐待阳春。③

这是入宋后的作品，精神、情感虽与李白不同，但疏宕潇洒，用笔极简，仍带有李白式的气息。而同样是入宋后所作的《送元道人还水西寺》：

> 李白高吟处，师归掩竹关。道心明月静，诗思碧云闲。绿树寒凌雪，飞泉响遍山。自惭丘壑志，皓首不知还。④

---

① 张立荣《北宋前期七言律诗研究》，中国社会科学出版社 2014 年版，第 23 页。按，徐铉入宋以后的七律似难找到"精神全面退缩"的反例，但五律中却很容易能找到。

② ［宋］徐铉《徐公集》卷二，《宋集珍本丛刊》第一册，线装书局 2004 年版，第 15 页。

③ ［宋］徐铉《徐公文集》卷二十一，《宋集珍本丛刊》第一册，线装书局 2004 年版，第 154 页。

④ ［宋］徐铉《徐公文集》卷二十二，《宋集珍本丛刊》第一册，线装书局 2004 年版，第 159 页。

不仅明确以李白比况，而且简淡清疏，将空灵的境界融入自然的生机中，能兼得李白和王维的风格①。这些都是对五代诗风的超越。

四是徐铉对社会的关切，对儒道的担当，比同时代人更为突出，更接近安史乱后的杜甫和中唐的元、白与韩愈。如在南唐保大年间所作《避难东归依韵和黄秀才见寄》：

> 戚戚逢人问所之，东流相送向京畿。自甘逐客纫兰佩，不料平民著战衣。树带荒村春冷落，江澄霁色雾霏微。时危道丧无才术，空手徘徊不忍归。②

"时危"自是乱世避难者的一般感受，此时却对平民遭受的苦难感同身受，进而产生"道丧"之感，则显示了徐铉的个性，这即是关怀苍生、自觉担当儒道的精神。当此之时，个体的渺小和无力（"无才术"），并没有引向冯道那样的势利、无行，而是像屈原那样的坚守节操（"纫兰佩"）。这种表达，不是徐铉一时一事的偶然表达，实际上，"乱中吾道薄"（《送高起居之泾县》）、"时情世难消吾道"（《和王明府见寄》）这类的话在徐铉诗中频频出现③，"道"在徐铉心中具有重要位置，有代表性的作品可举四例：

观人读春秋

日觉儒风薄，谁将霸道羞。乱臣无所惧，何用读春秋。

奉酬度支陈员外

古来贤达士，驰骛唯群书。非礼誓弗习，违道无与居。儒

---

① 李振中《徐铉及其文学考论》特别揭出徐铉诗的"李白体"倾向，却并未提及徐铉与王维等盛唐其他诗家的关系。郑州大学出版社2016年版，第130—137页。
② ［宋］徐铉《徐公文集》卷三，《宋集珍本丛刊》第一册，线装书局2004年版，第24页。
③ ［宋］徐铉《徐公文集》卷四，《宋集珍本丛刊》第一册，线装书局2004年版，第29、32页。

家若迁阔，遂将世情疏。吾友嗣世德，古风蔼有馀。幸遇汉文皇，握兰佩金鱼。俯视长沙赋，悽悽将焉如。

送周员外之达

之子敷王泽，迢迢蜀栈东。颁条有馀刃，对酒与谁同。身占贤良籍，家传道德风。远民思静理，即此是阴功。

送严秀才下第东归

世胄今为旅，多才懒自营。坦怀君子道，惜别故人情。归棹春潮满，郊居海月明。雄文不轻售，须待最高名。①

对时风的批判，对"儒风""儒道"的尊崇，贯穿在徐铉整个生命过程，从南唐到入宋，他自觉地以儒道继承者、担当者自期，始终坚守。这种坚守、这份热忱，与此前杜甫、韩愈，与此后的"宋初三先生"及众多宋儒一起，形成一条线索。陈寅恪指出："欧阳永叔少学韩昌黎之文，晚撰《五代史记》，作《义儿》《冯道》诸传，贬斥势利，尊崇气节，遂一匡五代之浇漓，返之淳正。故天水一朝之文化，竟为我民族遗留之瑰宝。"②宋代文化"贬斥势利，尊崇气节"的精神，在徐铉这里就已埋下伏笔。宋诗在真宗、仁宗朝以后逐渐转入以韩愈、杜甫为典范，其根源要从宋代思想文化建设的逻辑中去把握。徐铉在宋诗建构中的意义，过去没有得到足够的重视。

概而言之，作为五代十国与赵宋之间过渡者的徐铉，已开始了超越晚唐五代，超越"白体"，接轨盛、中唐的新趋向，他对李白与王维的学习有迹可寻，对杜甫、韩愈的认同在外层虽然并没有多

---

① ［宋］徐铉《徐公文集》卷二、五、二十一、二十二，《宋集珍本丛刊》第一册，线装书局 2004 年版，第 11、42、154、158 页。

② 陈寅恪《赠蒋秉南序》，见《寒柳堂集》，上海古籍出版社 1980 年版，第 162 页。

少痕迹，但其对社会、苍生的真诚关切，对儒道的自觉担当，却在较为深刻的层面上趋近了杜、韩，并预示着后来宋诗发展的方向。

二、田锡与张咏：诗法学李白而思想近杜甫

出生于宋代立国前夕，主要活跃于宋立国四十年间的诗人中，对五代十国诗风有明显超越的诗人主要是田锡、张咏、柳开和王禹偁。

田锡（940—1004）是宋初知名的直士、大贤，范仲淹给他写的墓志铭曰："呜呼田公，天下之正人也。言甚危，命甚奇，尽心而弗疑，终身而无违。呜呼贤哉，吾不得而见之。"[1] 评价了田锡作为朝士的正直敢言、忠心耿耿的品质。清四库馆臣进而对他的诗文评价道："诗文乃其馀事，然亦具有典型。其气体光明磊落如其为人，固终非淟涊者所得仿佛焉。"[2] 田锡诗近体专攻七律，共有 86 首，占其整个诗作的一半还多。从他的七律来看，虽然在《寄梁周翰杨徽之宋白二拾遗》标举"诗中老格"，又在《简韩丕茂才》中说："将领风骚推李杜，较量英勇让曹刘。"[3] 但实际上，他的七律大多还是白居易以来的中晚唐体，写得较好的有刘禹锡、杜牧的骏爽之风，如：

览韩渥郑谷诗因呈太素

风骚复古少知音，本色诗人百种心。顺熟合依元白体，清新堪拟郑韩吟。搜来健比孤生竹，得处精于百炼金。唯我与君相唱和，天机自见不劳寻。

---

① [宋]范仲淹《田司徒墓志铭》，[宋]田锡《咸平集》卷首，影印《文渊阁四库全书》集部第 1085 册，上海古籍出版社 1987 年版，第 357 页。
② [清]永瑢等撰《四库全书总目》卷一五二集部·别集类五，中华书局 1965 年版，第 1306 页。
③ [宋]田锡《咸平集》卷十五，影印《文渊阁四库全书》集部第 1085 册，上海古籍出版社 1987 年版，第 450 页。

寄韩丕进士

嵩室乱峰三十六，嵩阳今复住何峰。已因诗好声名出，却为情高仕进慵。白鸟白云秋色树，水南水北月明钟。逍遥自得闲吟兴，谁识夫君是卧龙。

暮冬阌乡遇萧霸赴任

岭外路遥君赴任，陕西年尽我归家。长亭际会情无限，一夕分飞恨又赊。夜话无灯松火继，晓行乘月乱山斜。七千里驿谁相伴，雪里寒梅正放花。①

在第一首中，田锡明确表示他所喜爱的是"顺熟""清新"的"元白体"和"郑韩吟"，同时也愿意追求"健"和"精"。这两面中，前一面是他的笔性所在，是时风熏染和早年训练的结果，后一面则应是他后期学习中新得到的认识，有时候他也直接表述为"推李杜"、尚"老格"的悬格。上举第二、三两首，语句流利、浮滑，还是前一面，但气脉又有几分的骨力，与晚唐五代的颓靡者有别，显示了他七律的进境。

田锡诗除了七律之外，基本都是古风歌行了，共有近 60 首。这批作品有的直接源头也是元白长庆体，如《惜春词》《华清宫词》较为典型，其中《华清宫词》共 58 句，不断换韵，除"贵妃承恩貌倾国"以下六句一韵，"尝记乘舆避暑时"两句一韵，"六宫每从鸾舆到"两句一韵，其他都是每四句一韵，换韵即是换意。开头 20 句从远观的视角，回顾华清宫初筑之时，特别是太平盛世背景下的骊宫气象。接下来 34 句以华清宫避寒、避暑为中心写君臣的享乐，其中"秋来"八句以和缓的语调，细笔描写，"荔支"六句写荔枝

① ［宋］田锡《咸平集》卷十五，影印《文渊阁四库全书》集部第 1085 册，上海古籍出版社 1987 年版，第 447、449 页。

供奉。末尾4句回应篇首，以"碧落星宿繁"的当下观感，玩味华清宫唐时之盛①。写法与白居易《长恨歌》有明显的联系，同时也隐隐有杜甫《丹青引赠曹将军霸》和《观公孙大娘弟子舞剑器行》的某些影迹。田锡古风歌行另一个源头是李贺和李白，如《紫云曲》《倚柱吟》《风筝歌》《夜宴词》《琢玉歌》等斑斓秾艳、奇情异象，都似李贺，而《拟古》十六首则明显是学李白《古风五十九首》之类的拟古篇什，另外还有不少则将李贺与李白合为一体，但既不同于李贺的奇诡怪诞，又有别于李白的超旷神奇，而中间夹带白居易的铺张叙写，以及杜甫、韩愈式的驰骋笔力，如《送韩援赴阙》：

> 逢君南浦落花时，送君南浦草离离。离魂自与白云断，两桨去时乘夕晖。昔时汉家称八使，登车便有澄清意。吾皇宵旰念黎民，歌咏皇华遣使臣。昭文馆殿选学士，巡抚使名名号新。二人分得淮南道，人自日边来既早。敷宣朝旨达君恩，淮阳父老私有言。言逢太平歌且舞，利病达聪皆悉闻。我昔南宫与西掖，后来谪宦为迁客。庆泽量移往单州，长淮涂次泊孤舟。昌黎工部未相识，一见怡然如旧游。诗酒论交各相许，何如李白杜工部。海上往来将月馀，烟波寄诗兼寄书。书里情深若江汉，诗中意重若琼琚。今说归京忍轻别，别夜波光荡明月。若到朝廷话鄙夫，为说子牟心恋阙。阙下交游忆者谁，翰林苏毕韩损之。凭君与达相思意，梦向金銮款北扉。②

从当下送别开始，再引入韩援得意的往事，带出自己自朝廷外贬的

---

① ［宋］田锡《咸平集》卷十八，影印《文渊阁四库全书》集部第1085册，上海古籍出版社1987年版，第462—463页。
② ［宋］田锡《咸平集》卷二十，影印《文渊阁四库全书》集部第1085册，上海古籍出版社1987年版，第474页。

经历，写到两人交谊的过程，中间一借韩愈、杜甫互不相识比两人最初无缘相识，再借李白、杜甫的交往来比两人飘零江湖之后相识和快意。末尾八句回到送别的主题。全篇感情自由豪放像李白，亹亹叙写像白居易，末尾借韩援归京自抒怀抱，又像杜甫《送孔巢父谢病归游江东兼呈李白》，表达的情感却是"恋阙"之心①。

　　总的来说，以正直敢言的朝士著称而以诗自命的田锡，是宋初既受晚唐五代诗风感染又门庭较广，诗风又能上探李白、杜甫、韩愈，思想则以继承儒道自期，对后来的诗文革新有先导作用的诗人。比田锡小六岁的张咏（946—1015）与其相近，也是太宗、真宗朝刚方自任的著名朝士，但他比田锡对诗更重视，投入于诗的精力更多些，譬如写给傅逸人的数首诗就颇值得玩味：

阙下寄傅逸人

　　疏疏芦苇映门墙，更有新秋脍味长。何事轻抛来帝里，至今魂梦绕寒塘。

寄傅逸人

　　当年失脚下鱼矶，苦为明朝未得归。寄语巢由莫相笑，此心不是爱轻肥。

贻傅逸人

　　少年名节动人群，避俗深居积水濆。几为典衣留远客，半来欹枕看闲云。门连酒舍青苔滑，路近汀沙白鸟分。谁道无心

---

① 王锡九《宋代的七言古诗（北宋卷）》（天津人民出版社1993）第40—41页重点谈田锡七古对李白的豪迈、李贺瑰丽诗风的效仿、交融。成玮《制度与文学的互动——北宋前期诗坛研究》（复旦大学出版社2013）第118—119页也有近似而更细密的观点。二书均未及田锡这类诗中同时兼有白、杜、韩的某些印迹。姜西良《田锡年谱》（中国语言大学出版社2015）前言第24—27页除了论及田锡诗学习谢灵运、白居易、李白、杜牧等人之处，还认为田锡"并宗一家，不囿一派"。

活黎庶，数篇新制咏南薰。①

虽然一会儿为自己抛却闲居生活来到"帝里"，进入红尘而自哂。一会儿又既称自己入朝为"失脚"，又表白"不是爱轻肥"，与孟浩然曾说过的"端居耻圣明"② 是同一种心理。再转身又称赞对方虽然在野，却有心民生和社稷。各首合观，明显能感到这与乱亡之世文士进退失据、彷徨无措有本质的区别，这是一种进而可退、退而胸怀宽广的大时代才有的心态。以这种心态入仕，才可以看到：

同韦主簿祷雨

栖鸾声誉喧群口，掷地辞华众莫俦。此日甘霖沾渥处，万家瞻仰诵田畴。

晚泊长亭驿

驿亭斜掩楚城东，满引浓醪劝谏慵。自恋明时休未得，好山非是不相容。③

这是一种责任担当，是有自然审美追求而仍然自觉承担社会责任的坚定意志，与田锡上引作品中所表现的"恋阙"一样，都是中唐以来儒道重建精神发展的结果。张咏诗与徐铉一样有很多"道"字，包括"守道""明道""道气""君道""君子道""圣道""王道"等，如《赠祝隐者》："道与常流别，名将往哲齐。"《公暇偶作》："世情多与道相违，偶忽公闲便息机。"④ 其结果是在各体中都有不

---

① 〔宋〕张咏《乖崖集》卷五、卷三，影印《文渊阁四库全书》集部第1085册，上海古籍出版社1987年版，第600、592页。

② 〔唐〕孟浩然撰，李景白校注《孟浩然诗集校注》卷三《望洞庭湖上张丞相》，中华书局2018年版，第233页。

③ 〔宋〕张咏《乖崖集》卷五，影印《文渊阁四库全书》集部第1085册，上海古籍出版社1987年版，第596—597页。

④ 〔宋〕张咏《乖崖集》卷三、四，影印《文渊阁四库全书》集部第1085册，上海古籍出版社1987年版，第591、593页。张咏诗言道与徐铉不同的是将道更多地落实在"经纶道"和"康民致尧舜"之道，也即经邦济国之道。

少直接议论说理的篇什，如《上杨大谏徽之》《悼蜀四十韵》《劝学示弟诜》《悯农》等，是直接受白居易和韩愈同类诗影响，间接受陶渊明和杜诗影响，为此后的宋诗开启了先声，四库馆臣评价："光明俊伟，发于自然，故真气流露，无雕章琢句之态耳。"① 赵齐平评价说："读张咏的诗歌，我们仿佛看到继唐诗之后别开生面的宋诗将呼之欲出了。以至后来宋诗内容的腐与艺术上的枯这样的弊病，也在张咏诗歌中初见端倪。"② 所指主要是这类作品。

但是，一方面正如赵齐平所指出的："张咏诗歌还是以情致胜，风格平夷妥帖，语言谐婉自然，与后来宋诗的峻峭深刻有所不同。"③张咏的五律和七绝多数作品确实谐婉而有情韵，并不像当时多数白体诗那样平浅萎弱，这是张咏深厚、全面的艺术修养之反映。另一方面，张咏与田锡一起是宋初仰慕、模仿李白表现突出的两人④。举张咏二首为例：

与进士宋严话别

人之相知须知心，心通道气情转深。凌山跨陆不道远，蹑屩佩剑来相寻。感君见我开口笑，把臂要我谈王道。几度微言似惬心，投杯着地推案叫。此事置之无复言，且须举乐催金船。人生通塞未可保，莫将闲事萦心田。兴尽忽告去，挑灯夜如何。弹琴起双舞，拍手聊长歌。我辈本无流俗态，不教离恨上眉多。

---

① ［清］永瑢等撰《四库全书总目》卷一五二集部·别集类五，中华书局1965年版，第1306页。
②③ 赵齐平《宋诗臆说》，北京大学出版社1993年版，第3页。
④ 与田锡不同处在于，张咏仿李白的同时，并没有同时仿李贺。成玮《制度与文学的互动——北宋前期诗坛研究》（复旦大学出版社2013）第118—119页论及此点，可参。

赠聂尧

聂尧怀抱何翘然，游心圣道三十年。智泉湍激横碧海，文山奇崛凌青天。神充气溢眸子好，常谈尽是经纶道。早求入用活苍黔，莫向尘中虚自老。①

主题是治国大道，但精神是恣肆狂放的、用笔是夸张的、结构是跳宕的，与李白诗都很接近。所不同的是：李白后期诗中的社会批判精神在张咏诗中是不存在的，后者更多的是积极投身于时代的奋发有为精神。

从以上分析可知，宋初诗坛前四五十年虽然过去一般认为主要是白体风行和晚唐五代诗风的延续，但是，实际上仍然还有像田锡、张咏等少数一些既受时风习染，又能自振拔，以远大的理想、积极的精神，宽广的视野，由元白扩展到了李贺、韩愈、李白，又由对儒道的探寻，更接近了韩愈和杜甫的根本精神，而张咏诗中较浓厚的议论之风，已明显为宋诗开启了先声。

三、王禹偁：开启宋代杜诗学的先声

略小于田锡、张咏，在同一个方向前行的诗人还有柳开（947—1000）、晁迥（951—1034）、郑文宝（953—1013）等人，但柳开恢复古道的理论虽很重要，而诗作少且无甚可道；晁迥道教气息重，诗作的价值也有限；郑文宝是徐铉弟子，《竹庄诗话》卷十六录其绝句《爽约》，下引欧阳修的评价曰："文宝诗如王维、杜甫。"② 此外，他编过杜甫诗集《少陵集》二十卷。这部集子王洙、王得臣都提到，可见至少在宋仁宗时期是存世的。如此看来，他应是宋初重

---

① ［宋］张咏《乖崖集》卷二，影印《文渊阁四库全书》集部第 1085 册，上海古籍出版社 1987 年版，第 585—586 页。
② ［宋］何汶《竹庄诗话》卷十六，影印《文渊阁四库全书》集部第 1481 册，上海古籍出版社 1987 年版，第 734 页。

视杜诗、传播杜诗的值得注意的人物。但是其诗赵齐平评以为更像"杜牧那样的以清新明媚见长，或者说承袭了白居易'风情'诗一类的格调"①，其开拓之功远不如田、张。

比以上诸人稍小而取得更大成就的诗人当推王禹偁（954—1001）。清吴之振《宋诗钞》评价为："元之独开有宋风气，于是欧阳文忠得以承流接响。文忠之诗，雄深过于元之，然元之固其滥觞矣。"② 这个评价中"独"字用得有所夸大。但赵齐平《宋诗臆说》比较了王禹偁和柳开、张咏的地位，仍然认为："王禹偁在当时文坛上，地位、影响都超过了柳开、张咏。张咏的诗歌多有可取，而缺乏具体理论，柳开有具体理论，而诗文创作几无足称。王禹偁既提出了明确的文学主张，又有较高的诗歌（包括散文）成就，他才真正算得上北宋诗文革新的先驱人物。他是宋初第一位重要作家。"③

其实，王禹偁受田锡、张咏影响很大，他们三人诗都在平浅畅达的基础上有所开拓，而七古都是"处于李白、李贺、白居易等人诗风多重影响"④ 之下，对此后宋诗影响较为直接。但是，刘宁认为："就根本的艺术格局而言"，田、张对元和体的突破还不够大⑤。这大概是因为田、张二人都是以政治家的身份，馀事为诗，对诗并未作理性的省思，而王禹偁在积极参政这点上，比田、张两人更能以"倔强性格和百折不挠的精神"，成为"北宋政治改革派的先驱"⑥，同时又能在文学史反思的基础上形成较全面的文学史观，要

---

① 赵齐平《宋诗臆说》，北京大学出版社 1993 年版，第 28 页。
② ［清］吴之振等《宋诗钞·小畜集钞序》，中华书局 1986 年版，第 13 页。
③ 赵齐平《宋诗臆说》，北京大学出版社 1993 年版，第 29 页。
④ 成玮《制度与文学的互动——北宋前期诗坛研究》，复旦大学出版社 2013 年版，第 118 页。
⑤ 刘宁《唐宋之际诗歌演变研究：以元白之"元和体"的创作影响为中心》，北京师范大学出版社 2002 年版，第 363 页。
⑥ 徐规《王禹偁事迹著作编年》，商务印书馆 2003 年版，序第 1—7 页。

点在于对咸通以来诗风的自觉批判，如《五哀诗·故尚书虞部员外郎知制诰贬莱州司马渤海高公》云："文自咸通后，流散不复雅。因仍历五代，秉笔多艳冶。"《送孙何序》："咸通以来，斯文不竞。革弊复古，宜其有闻。"《东观集序》："事业之大者正（贞）观、开元，文章之盛者正（贞）元、长庆而已，咸通而下，不足征也。"①当然，以上三篇作品，第一篇是王禹偁谪官商州时所作，后两篇都在谪官前。这时候，在王禹偁心目中唐代文学最盛期是元、白、韩、柳等人活跃的时期。

王禹偁在自觉的理论指导下，倾心于白居易诗中平浅的风格、闲适的意趣、日常琐屑生活的滋味。如《览镜》："览镜笑浮生，秋霜发数茎。才高空有气，官散即无荣。贫久心还乐，吟多骨亦清。他年文苑传，应不漏吾名。"《迁儒》："自笑是迁儒，诚宜与世疏。左迁犹上疏，薄俸亦抄书。漠漠花侵眼，萧萧发映梳。唯当早休去，幽处卜吾庐。"② 在受到政治打击之后，努力在闲居中找到自适自足的感觉，无论是诗中的内容还是风格、写法都与白居易几无二致，这与唐末五代多数诗人相近。

王禹偁与田锡、张咏等人对这种风气较大的超越在于他们还对白居易诗中的讽谕精神有较亲切的印可，王禹偁还比田、张两人更多讽谕之作。还在端拱元年（988），王禹偁在朝以右正言直史馆时期，有《对雪》诗。该诗五十句，前二十句从下雪写到自我的丰足，接十六句转念"河朔民"和"边塞兵"严寒中的困苦，末十六句回到自我，曰："自念亦何人，偷安得如是。深为苍生蠹，仍尸

---

① ［宋］王禹偁《小畜集》卷四、卷十九，影印《文渊阁四库全书》集部第 1086 册，上海古籍出版社 1987 年版，第 27、186、182 页。
② ［宋］王禹偁《小畜集》卷十，影印《文渊阁四库全书》集部第 1086 册，上海古籍出版社 1987 年版，第 95、100 页。

谏官位。謇谔无一言，岂得为直士。褒贬无一词，岂得为良史。不耕一亩田，不持一只矢。多惭富人术，且乏安边议。空作对雪吟，勤勤谢知己。"① 徐规将此诗与王禹偁此后《感流亡》《竹䲷》《对雪示嘉祐》等篇合在一起，评价说："继承和发扬杜甫《三吏》《三别》与白居易《秦中吟》《新乐府》之现实主义精神，求诸宋人诗集中，诚未多见！"② 笔者以为：除了"现实主义精神"，王禹偁诗中的自惭自责，与白居易心念农桑而不忍独暖，遥相呼应，但又以身份反省、制度反省的方式，比白居易来得更为深刻、尖锐，显示出宋代士人自觉的思想文化意识和政治建设意识。

有个引人注意的要点：王禹偁参政意识很强，他的诗"政"字出现频度多达 40 次，为政、秉政、国政、郡政、邑政、政术、政事、仁政、善政、清政、秦政、暇政、政成、政闲、旧政、前政等用词不一而足，其中，"政术"一词更是使用 6 次之多，举《中元夜宿馀杭仙泉寺留题》于下以见其概：

> 祭庙回来略问禅，藓墙莎径碧山前。风疏远磬秋开讲，水响寒车夜救田。蓝绶有香花菡萏，竹窗无寐月婵娟。自惭政术贻枯旱，忍卧松阴漱石泉。③

作者自注："时以岁旱，山庙祈雨，退宿于寺。"出现旱情，一方面作真诚的自我检讨，另一方面用那个时代大家能接受的"祈雨"方式来感动上苍。可见，作为地方官员，王禹偁心地之可贵。在并没有直接使用"政"字的很多诗篇、诗句中，如：

---

① ［宋］王禹偁《小畜集》卷四，影印《文渊阁四库全书》集部第 1086 册，上海古籍出版社 1987 年版，第 29 页。
② 徐规《王禹偁事迹著作编年》，商务印书馆 2003 年版，第 119 页。
③ ［宋］王禹偁《小畜集》卷七，影印《文渊阁四库全书》集部第 1086 册，上海古籍出版社 1987 年版，第 52 页。

> 捧诏暂辞双阙路，劝农深入四郊春。
>
> 归朝莫指三年调，化俗应苏一郡人。
>
> 此身未敢死，会拟报明君。
>
> 不得亲公事，如何望俸钱。①

一个勤政爱民、富有良知的士人形象，跃然于诗行间。这类诗句，在白居易谪官以后很难看到。刘宁将白居易此点称之为"制度意识的局限"，认为这既与中唐时代的政治环境有关，但更重要的是白居易本人的"政治理想缺少深厚的精神基础"②。那么，相比较而言，王禹偁谪官之后的上述自白，说明他一定程度上克服了白居易"制度意识的局限"，而这关键是他有比白居易更坚定的政治信念、更顽强的自我坚守。

由此可见，王禹偁虽然受白居易诗风濡染甚深，但他之所以大大超越唐末五代诗风，是因为他有坚定的政治理想、执着的政治信念、顽强的政治斗志，说到底这是宋代开国气象的表现，也是宋代文官政治制度逐渐成形的标志。从思想上溯源，王禹偁身上明显带有韩愈思想的影子，再往上还要追踪到杜甫。在《用刑论》一文中，王禹偁说："予自幼服儒教，味经术，尝不喜法家流，少恩而深刻。"③又写过《仲尼为素王赋》，而其诗《吾志》亦曰：

> 吾生非不辰，吾志复不卑。致君望尧舜，学业根孔姬。自

---

① ［宋］王禹偁《小畜集》卷七《和陈州田舍人留别》、卷八《旅次新安》《岁暮感怀贻冯同年中允》，影印《文渊阁四库全书》集部第 1086 册，上海古籍出版社 1987 年版，第 59、65、71 页。

② 刘宁《唐宋之际诗歌演变研究：以元白之"元和体"的创作影响为中心》，北京师范大学出版社 2002 年版，第 29 页。

③ ［宋］王禹偁《小畜集》卷十五，影印《文渊阁四库全书》集部第 1086 册，上海古籍出版社 1987 年版，第 139 页。

为志得行，功业如皋夔。既登俊秀科，又在清切司。谏纸无直言，纶诰多愧辞。黾勉为何事，亲老与妻儿。一旦命执法，嫉恶寄所施。丹笔方肆直，皇情已见疑。斥逐深山中，穷辱何赢赢。于张及不得，安用此生为。①

表达的直率虽然仍近乎白居易，但气魄和口气却像李白《古风五十九首》其一，只是李白所言之志只落在文学与文化建设（"删述"），而从志向的内容看，王禹偁此诗则更像杜甫《自京赴奉先县咏怀五百字》的咏怀，故徐规谓王禹偁"其胸怀抱负亦差同杜甫"②。当然，杜甫任官职时间短，实际政治体验远无王禹偁深刻。所以，杜甫以在出处选择方面坦露胸怀为重点，而王禹偁在表达自己的政治理想和文化追求之后，重点在政治实践层面表决心。从精神气度上看，仍然同于杜甫。

正因如此，王禹偁从谪官商州以后，其诗有了较多直接化用杜诗的例子。当时，他曾作《春居杂兴》一组，其一曰：

> 两株桃杏映篱斜，妆点商山副使家。何事春风容不得，和莺吹折数枝花。③

后两句之意同于杜甫《绝句漫兴九首》其二："恰似春风相欺得，夜来吹折数枝花。"④ 此后其子嘉祐读杜诗发现并指出了这点。而其实，这组诗的另一首："春云如兽复如禽，日照风吹浅又深。谁道无心便容与，亦同翻覆小人心。"赵齐平指出其意亦取自杜甫《可叹》"天上浮云如白衣，斯须改变如苍狗"⑤，而有所变化："进一步

---

① ③ ［宋］王禹偁《小畜集》卷三、卷八，影印《文渊阁四库全书》集部第 1086 册，上海古籍出版社 1987 年版，第 22、75 页。
② 徐规《王禹偁事迹著作编年》，商务印书馆 2003 年版，第 113 页。
④ ［唐］杜甫著，［清］仇兆鳌注《杜诗详注》卷九，中华书局 1979 年版，第 788 页。
⑤ ［唐］杜甫著，［清］仇兆鳌注《杜诗详注》卷二十一，中华书局 1979 年版，第 1830 页。

将比喻世事变幻无常的题旨改为对翻云覆雨玩弄权术的'小人'的指责。"① 这种情况，后来还有很多，如《和庐州通判李学士见寄》其一："北门西掖久妨贤，出入丹墀近八年。且把一麾淮水上，敢思三接浴堂前。将何政术称循吏，岂有文章号谪仙。除却清贫人诗咏，山城坐客冷无毡。"末句作者自注说明出自杜甫《戏赠郑广文》："登科四十年，坐客寒无毡。"其二："金銮失职下蓬瀛，也向淮边领郡城。堆案簿书为俗吏，满楼山色负吟情。庐江地近音尘断，何逊诗来格调清。未得樽前一开口，可怜心绪独摇旌。"作者自注未点出所自，实际上第三句明显是自杜甫《早秋苦热堆案相仍》一诗特别其颈联"束带发狂欲大叫，簿书何急来相仍"来②。至于如《甘菊冷淘》之于杜甫《槐叶冷淘》，《五哀诗》之与杜甫《八哀诗》，《谪居感事》之于杜甫《壮游》，《酬种放征君》之于杜甫《北征》，都是有迹可循，有多位学者已指出过，就不必再赘述了。

以上这些诗例有的可能最初并不有意，第一个例子经其子嘉祐点出之后，王禹偁还专门写了《前赋春居杂兴诗二首间半岁不复省视因长男嘉祐读杜工部集见语意颇有相类者咨于予且意予窃之也予喜而作诗聊以自贺》，诗曰：

> 命屈由来道日新，诗家权柄敌陶钧。任无功业调金鼎，且有篇章到古人。本与乐天为后进，敢期子美是前身。从今莫厌闲官职，主管风骚胜要津。③

---

① 赵齐平《宋诗臆说》，北京大学出版社 1993 年版，第 30 页。
② 王禹偁两诗见《小畜集》卷十，上引版本第 103 页。杜诗前篇见《杜诗详注》卷三，篇名作《戏简郑广文兼呈苏司业》，前句作"才名三十年"。后篇见《杜诗详注》卷六。[唐] 杜甫著，[清] 仇兆鳌注《杜诗详注》，中华书局 1979 年版，第 249、487 页。
③ [宋] 王禹偁《小畜集》卷九，影印《文渊阁四库全书》集部第 1086 册，上海古籍出版社 1987 年版，第 85 页。

这首诗第五句王禹偁自注说："予自谪居多看白公诗。"看来，此前其诗似白，是受时代风气濡染的结果，是不自觉的表现，而此后他开始更主动地学习白居易和杜甫，开始有意识地要在诗歌领域有所建树。徐规评曰：

> "本与乐天为后进，敢期子美是前身。"其爱慕子美、乐天之诗歌，情见乎辞！此后，学杜诗更为用心。[①]

随着学习的深入，他对杜诗的认识也逐渐深入，《日长简仲咸》有谓：

> 日长何计到黄昏，郡僻官闲昼掩门。子美集开诗世界，伯阳书见道根源。风飘北院花千片，月上东楼酒一樽。不是同年来主郡，此心牢落共谁论。[②]

从早年崇儒，到谪后开始注意到《老子》的价值；从无意识地读杜，至于认识到杜诗的开创性意义，这是王禹偁诗学成长的标志性节点。虽然他自己在学杜方面，并没有特别突出、特别重要的成就与贡献，但是"子美集开诗世界"这一认识，却刷新了咸通以来130多年的诗坛主流，因而最终成了宋代杜诗学的真正起点。

当然，王禹偁这一认识，不是凭空出现的。徐铉、田锡、张咏等人没有明显的学杜倾向，但他们的精神、志趣和视野，已经使他们开始学习李白，而探寻儒道，又使他们接近了韩愈和杜甫的根本精神。而在王禹偁周围，与他交好的同辈朱严，王禹偁曾说："谁怜所好还同我，韩柳文章李杜诗。"[③]晚辈丁谓、孙何、孙仅，在这

---

① 徐规《王禹偁事迹著作编年》，商务印书馆 2003 年版，第 116 页。
② ［宋］王禹偁《小畜集》卷九，影印《文渊阁四库全书》集部第 1086 册，上海古籍出版社 1987 年版，第 88 页。
③ ［宋］王禹偁《小畜集》卷十《赠朱严》，影印《文渊阁四库全书》集部第 1086 册，上海古籍出版社 1987 年版，第 104 页。

方面也是他们的同类。王禹偁评丁谓有曰：

> 有进士丁谓者，今之巨儒也。其道师于六经，泛于群史，而斥乎诸子。其文类韩柳，其诗类杜甫，其性孤特，其行介洁，亦三贤之俦也。

> 其诗效杜子美，深入其间。其文数章，皆意不常而语不俗，若杂于韩柳集中，使能文之士读之，不之辨也。[1]

丁谓当时诗学杜甫，文学韩柳，当是确切可信的，只是他这类作品可能成就有限，没有留存下来。而孙何、孙仅兄弟学杜却有很值得注意的材料，孙何有《读杜子美集》一诗，曰：

> 世系留唐史，丘封寄耒山。高名落身后，遗集出人间。逸气应天与，淳风自我还。锋芒堪定霸，徽墨可绳奸。进退军三令，回旋马六闲。楚词休独步，周雅合重删。李白从先达，王维亦厚颜。……元白词华窄，钱郎景象悭。……二南如有得，高躅愿追攀。[2]

从中可以看出，孙何对杜甫的生平很熟悉，对杜诗评价甚高，把杜诗放在了与李白同等，而高于王维、元稹、白居易、钱起、郎士元等人的位置。其弟孙仅可能对杜诗花功夫更深，为杜诗编过集子，并写过一篇对杜诗有很高评价的序，因他比王禹偁小 15 岁，与杨亿同僚，本书将在下一节具体叙述。

由上可见，宋诗到了王禹偁的时候，似乎有一股力量正在催使

---

① ［宋］王禹偁《小畜集》卷十八《荐丁谓与薛太保书》、卷十九《送丁谓序》，影印《文渊阁四库全书》集部第 1086 册，上海古籍出版社 1987 年版，第 168、187 页。

② ［清］仇兆鳌注《杜诗详注附编·诸家咏杜》引《读杜子美集》诗并注"孙何，孙仅之兄"，不知所据。中华书局 1979 年版，第 2266 页。按，北大出版社《全宋诗》和黄山书社《全宋诗辑补》的"孙何"名下均未收此诗。

"宋调"诞生，与此同时，推重李杜的气氛也正处于酝酿的过程之中。其中，如果说徐铉、田锡、张咏喜爱李白的一面更明显，接受杜甫这一面更隐微，那么到了王禹偁则反之，他虽然也有多次提及李白，受李白影响却不多、不深，而爱好杜诗则更为明显，推重杜诗也很直接，他所说的"敢期子美是前身"和"子美集开诗世界"足以开启宋代杜诗学的先声。

第二节　"杨大年不喜杜工部诗"说

如上节所论，王禹偁活跃的时期，诗坛在白体热潮中，逐渐产生了一股推重李杜、学习杜诗的新力量。然而，这股力量很快却遭受了沉重一击。真宗朝诗坛盟主杨亿评杜甫为"村夫子"，与此伴随的是西昆诗风的盛行。无独有偶，魏野、潘阆、林逋、寇准和"九僧"等"晚唐体"诗人亦多受贾岛、姚合影响，而基本看不到对李、杜的学习。杜诗在此时处于影响的低谷。

一、杨亿读杜情况及"村夫子"说

杨亿是北宋开国以来以"神童"出身很早进入馆阁的文臣之一，执掌朝廷文苑多年①。典司制诰的清要之职、囿于廊庙的身份经历都决定了他不大容易理解后半生漂泊流离中走近了世俗平民、

---

① 朱刚《唐宋"古文运动"与士大夫文学》："杨亿在十一岁的时候被宋太宗召试，入朝为官。""在官僚政治中，'神童'出身者的最大优势在于年轻，如果时值太平，官僚晋级制度比较稳定，那么起步甚早的他们会比一般士大夫更早地步入仕宦生涯的辉煌期。而且，因为朝廷不能派一个小孩去任地方官，故往往将'神童'留在京城的馆阁任职，这就使他接近中央，不会错过朝廷颁行的恩典。"（复旦大学出版社2019年版，第125、127页）陈元锋《北宋翰林学士与文学研究》："至道三年四月，新即位的真宗就对宰相说：'朕在宫府，多令杨亿草笺奏，文理精当，世罕偕者，宜即加奖擢。'景德三年至大中祥符六年、天禧四年，杨亿两入翰苑，前后达9年，他以独特的人格魅力和卓越的文学才华，成为王禹偁之后景德至天禧间真正开宗立派的文坛领袖。"（复旦大学出版社2019年版，第66页）

又备尝人间疾苦的诗人杜甫。所以,与其说西昆诗人群体排斥杜甫有着鲜明的派系意识,倒不如说肇始其端的先锋杨亿①,始终抱有一种鄙弃底层的文儒优越感。但无论怎样,杨亿不喜杜诗,亦可能是在研读过杜诗之后,有一个例子可以证明:宋人诗话曾记录杨亿的断句:"独自凭阑干,衣襟生暮寒。"② 仇兆鳌认为此句明显出自杜甫《佳人》"天寒翠袖薄"句,"而低昂自见,彼何以不服杜耶"③。

若从文献看,根据张忠纲等编《杜集叙录》的著录情况,杨亿可能读到的杜集,主要有三大来源:一是唐五代时遗留下的杜集;二是宋初编成的若干杜集;三是总集中收录的杜诗。具体分辨而言,唐五代的写本杜集恐多已佚失,所可知者惟樊晃辑《杜工部小集》六卷(凡 290 篇,行于江左)和后晋刊刻《开运官书本杜集》(凡 192 首)两部传世,然考其收录杜诗篇目有限、传布范围亦不甚广,杨亿未必能获读。况前文已述杜甫在《唐人选唐诗》各大选本中的存在感都并不强,杨亿对杜诗的印象直接来自唐人的机会不大。至其生活的初宋时期,亦仅有王著(?—990)手写《手写杜诗》(书杜甫五律 36 首,应为残卷)、郑文宝(953—1013)编《少陵集》二十卷(已佚)、孙仅编《杜甫集》一卷(亦佚)三种杜集。④ 由于王、郑二人年纪大于杨亿,而孙仅(969—1017)与杨亿

---

① [宋]刘克庄撰,王秀梅点校《后村诗话》后集卷一云:"余按首变诗格者,(杨)文公也。自欧阳公诸老,皆谓昆体自杨、刘始。"(中华书局 1983 年版,第 57 页)陈元锋《北宋翰林学士与文学研究》指出:"与'白体'和'晚唐体'都难以找出不可替代的代表人物不同的是,'昆体'从酝酿、形成到结集、传播,都刻印上了杨亿鲜明的个人色彩,一旦刊行,遂靡然成风。"中华书局 2019 年版,第 68 页。

② 《侯鲭录》卷七、《诗话总龟》卷六都有引用。

③ [唐]杜甫著,[清]仇兆鳌注《杜诗详注》卷七《佳人》,中华书局 1979 年版,第 555 页。

④ 参看张忠纲等编《杜集叙录》,齐鲁书社 2008 年版,第 1—9 页。

（974—1020）几乎处于同时期，且景德元年（1004）后孙仅有过一段知制诰的经历，景德二年（1005）杨亿等人奉诏始修《册府元龟》，两人均为馆阁同僚，杨亿在当时读过孙仅所编杜集是完全可能的。但很值得注意的是，现存孙仅有一篇《读杜工部诗集序》赞道：

> 公之诗，支而为六家：孟郊得其气焰，张籍得其简丽，姚合得其清雅，贾岛得其奇僻，杜牧、薛能得其豪健，陆龟蒙得其赡博，皆出公之奇偏尔，尚轩轩然自号一家，燀世烜俗。后人师拟不暇，翅合之乎。风骚而下，唐而上，一人而已。[1]

据此可知，孙仅对杜甫推崇备至并许为与风骚相提并论的诗歌最高典范。这与杨亿所持"村夫子"论已是天壤之别。孙仅与其兄孙何以文史驰名于时，于真宗朝颇有声望。兄弟二人皆为宋初学杜的人物，孙何已在上一节论及，孙仅亦大力整编杜集并作序揄扬。可见在宋初诗学语境中，并不是西昆诸家极力排杜一种声音。

　　再就杨亿所读杜诗的情况看，宋太宗命李昉等人编修的《文苑英华》倒可能是一大重要来源。据笔者粗略统计：这部总集中收录杜甫 209 首诗题，仅接近杜诗总量的 15%。而就选诗题材分布看，以时令、酬赠、送行、纪行、悲悼、咏物几大类为主。既录有《和早朝大明宫》《春宿左省》一类入值廊庙之作、前后《出塞》一类前期杜诗名作，又多见《晚行口号》《早发射洪县南途中江上作》《发同谷县》等自述行踪、《江村》《禹庙》《蜀相庙》《古柏行》等明显具有蜀地特征的名胜风物，还将《少年行》《兵车行》《醉时

---

[1] ［宋］孙仅《读杜工部诗集序》，见［清］仇兆鳌注《杜诗详注附编》，中华书局 1979 年版，第 2238 页。

歌》《杜鹃行》《丽人行》《阆山歌》《阆水歌》等一大批杜甫各时期歌行名篇尽行囊括。但较为遗憾的是，"三吏""三别"、《自京赴奉先县咏怀五百字》《北征》等极具"诗史"意味、《秋兴八首》《登高》这些杜甫晚年的七律名篇均未被选入，当时馆阁文臣修书的趋雅倾向与审美偏好或可窥见一斑。

从直接材料看，今存杨亿个人著述中并未留下批评杜诗的只言片语，所谓"村夫子"说，始见于刘攽《中山诗话》中。此说不惟直接说明了杨亿对杜诗的不满，还隐然折射出刘攽对杜诗的态度：

> 杨大年不喜杜工部诗，谓为村夫子。乡人有强大年者，续杜句曰"江汉思归客"，杨亦属对，乡人徐举"乾坤一腐儒"，杨默然若少屈。[1]

刘攽（1023—1089）在世时，杨亿（974—1020）已辞世，二人素未谋面，可见刘攽的记述应是源自前辈师友的间接转述[2]。但是，刘攽显然采用了一定的叙述策略来传达自己对此并不认同，即借"乡人"之口来让杨亿与杜诗属对的功力进行了较量，且以"杨默

---

① ［宋］刘攽《中山诗话》，见［清］何文焕辑《历代诗话》，中华书局 2004 年版，第 288 页。

② ［宋］欧阳修著，李逸安点校《欧阳修全集》卷一百一十三《举刘攽吕惠卿充馆职札子》："臣伏见前庐州观察推官刘攽，辞学优赡，履行修谨，记问该博，可以备朝廷询访。"（中华书局 2001 年版，第 1715 页）由此可见，刘攽曾受知于欧阳修。而欧阳修又受知于西昆诗人钱惟演，据陈湘琳《欧阳修的文学与情感世界》一书研究分析："天圣九年，欧阳修在洛阳钱惟演幕府下为留守"，"钱的经历、情趣、审美与游乐观或曾对当时年轻初仕的欧阳修形成重大冲击"，"更突出的却是欧阳修终其一生对钱氏的感激、崇敬和同情"（复旦大学出版社 2012 年版，第 22—26 页）。且刘筠以郡望而称"刘中山"，刘攽诗话亦以"中山"郡望命名，二人郡望相同。虽从生活时间段上看两人难有交集，但刘攽对刘筠或有仰慕之心。可能的情况是：刘攽通过欧阳修转述钱惟演所传杨亿杜诗说间接了解到其"村夫子"论。

然若少屈"这种看似"认输"姿态收束对话①，看来刘攽是不认同杨亿的。

二、杨亿"村夫子"说的内涵发酵

杨亿"村夫子"说的内涵，南宋李石《何南仲〈分类杜诗〉叙》有阐释，其略曰：

> 雅道不复作，至于子美、太白，天下无异议。退之晚尤知敬而仰之。唐人多任务巧，退之以为馀事。其有取于李杜者，雅道之在故也。近世杨大年尚西昆体，主李义山句法，往往摘子美之短而陋之曰："村夫子语。"人亦莫或信，何者？子美诗固多变，其变者必有说。善说诗者，固不患其变，而患其不合于理。理苟在焉，虽其变无害也。②

李石不但指明李杜诗上承"雅道"是天下公论，亦是韩愈在唐诗众家中独取李杜并尊的根本所在，还认可杜诗多变却"合于理"，并不妨害其"雅"。那么，杨亿仍罔顾"无异议"定论，刻意与韩愈确立的李杜典范乖离，而专尚李商隐"句法"，甚至批评杜诗，就有了为西昆诗风另谋创作范式的主观意图③。这在其《西昆酬唱集

①　[宋]魏泰《临汉隐居诗话》引"老杜云：'美名人不及，佳句法如何。'盖诗欲气格完遒，终篇如一，然造句之法亦贵峻洁不凡也"（[清]何文焕辑《历代诗话》，中华书局2004年版，第333页）可知，杜甫对句法是有独特追求和深厚功力的。而就杨亿"续杜句"看，杜诗"峻洁不凡"实非杨亿所及。"村夫子"说在多数宋人看来都是不成立和难以接受的。

②　[宋]李石撰《方舟集》卷十，影印《文渊阁四库全书》第1149册，上海古籍出版社1987年版，第645页。

③　[宋]刘克庄撰，王秀梅点校《后村诗话》前集卷一："唐诗人与李杜同时者，有岑参、高适、王维，后李、杜者，有韦、柳，中间有卢纶、李益、两皇甫、五窦，最后有姚、贾诸人。学者学此足矣。长庆体太易，不必学。王逢原《题乐天墓》末云：'若使篇章深李杜，竹符还不到君分。'岂亦病其诗之浅耶！"（中华书局1983年版，第20页）由此可知，西昆体的主观意图在于矫正白体诗浅俗之弊，但却不免矫枉过正，而走向一味追求用典贴切、对仗工巧、音节和婉的精丽繁缛诗风。

序》中尽得吐露，曰：

> 予景德中，忝佐修书之任……因以历览遗编，研味前作，
> 挹其芳润，发于希慕，更迭唱和，互相切劘。①

表现的是西昆派以学问为诗的特色。祝尚书具体解释说："在杨亿
的创作方法论中，'研味前作'是基础，而事典的繁富，语言的平
畅有味，长于变化，善道精微难言之义，又建构起了较完整的艺术
审美体系。应当特别留意'研味前作，挹其芳润'两句，前句说杨
亿与其同好作诗是从书本中发掘题材和语料，后者是说以采摘前人
作品中的'芳润'词藻和典故为表达手段。"② 既阐明杨亿诗作追求
典丽精赡、清通善变，又揭橥其取自书本典籍的学者路数。由此可
见，诗人身份固然影响了创作的审美选择，但杨亿恐怕远不及杜甫
那样真正做到了融化学力以入性情的完美统一。所以，他看不到杜
诗融会典故后的大雅，却只嗅到了来自生活底层的民间气息，而讥
诮杜诗村俗不堪。而且，"杨大年忘记了一个事实，那就是，杜甫
在肃宗朝任左拾遗时，也曾经写过不少华贵典雅的诗，而且其艺术
水平远远超过了杨大年等馆阁弄臣的西昆体。也许由于杜甫在社会
下层奔波太久吧，即便是在殿堂之上写诗，总显得不够雍容华贵，
有那么一点儿'朝为田舍郎，暮登天子堂'的味道"③，但正是在庙
堂任职时间不长，而且活得相对矜持、自得，离开长安后又长期处
于漂泊境况之中，才造就了杜诗能雅亦能俗的艺术风貌。尽管生活
上十分贫寒窘迫，精神上却真正走进并融入了平民而渐趋于自然平

---

① ［宋］杨亿等著，王仲荦注《西昆酬唱集注》卷首，上海书店出版社 2001 年版，第
  1—2 页。
② 祝尚书《论北宋诗学典范的选择及其得失——以杜甫为例》，载《北京大学学报（哲
  学社会科学版）》2015 年第 5 期，第 26 页。
③ 杨恩成《唐诗说稿》之《说杜诗的"村"》，商务印书馆 2013 年版，第 273 页。

和、至真至淳的自适状态。不假雕饰的日常家庭生活，在诗人笔下都能展现出质朴无华而天然真率的艺术美感。

若进一步深究，即可知杨亿不能接受、欣赏杜诗的"村"而指摘其"俗"，其实就集中表现在语言和格局两大方面。先从语言层面看，学杜的白居易得其浅俗，白体诗亦务求浅切闲雅，往往流易有馀却深警不足，这是西昆诗家高度警惕且力图矫正的。故透过白体来上窥"子美之短"，纵有扭转时风的现实目的，却不免矫枉过正，甚或以偏概全、放大白体之失而来刻意指摘杜诗了。再就格局层面言，"村夫子"一词本身所指向的是学问见识浅陋、思想境界平庸的乡村教书文人，是一生仕途蹭蹬、无缘接触上流社会的底层落魄穷书生。这与杜甫的出身经历实则并不十分契合①。杜甫可以说是一个终生游走于士阶层与平民大众之间的特殊代表，既秉承了奉儒守官的家学传统，有早年游于翰墨场、结交社会名流的种种机会，养成忧社稷、忠君上的士人本色；又承受着安史动乱的切肤之痛，有接触民生疾苦的直接经验，成为代百姓呼号、替苍生诉苦的布衣诗人。这种角色特质就使得杜诗呈现出雅俗共存的双重取向。祝尚书说："杜甫、杨亿二人像是生活在两个不同的世界，很少有契合点。"② 其实，杜甫读书万卷的学识眼界并不逊于杨亿，擅长用

---

① 祝尚书《论北宋诗学典范的选择及其得失——以杜甫为例》一文认为："杜诗的代表作诞生于'安史之乱'腥风血雨的艰难岁月，而杜甫的身份，就是一个拖家带口、南北漂泊的难民。因此杜诗取材于现实生活而非'遗编''前作'，书写的是'当下'而非故事，关心的是家事国事天下事，表达的是烽火连天中广大穷苦百姓的喜怒哀乐……但在知制诰、翰林学士杨亿眼里，这些都是浅俗的'村夫子语'，与他用雅丽语、'富贵语'描写帝王事迹、朝廷典礼不在一个层级。"（载《北京大学学报（哲学社会科学版）》2015 年第 5 期，第 26—27 页）笔者认为，这种认识固然有一定道理，但尚不足以概括杜甫身上集士与民于一体，游走于二重身份之间的微妙关系。

② 祝尚书《论北宋诗学典范的选择及其得失——以杜甫为例》，载《北京大学学报（哲学社会科学版）》2015 年第 5 期，第 27 页。

典更是一大特色，就连李商隐也深得杜诗七律精髓。只不过宋初承平与安史动荡造就了二人的人生遭际注定相去甚远，能俗能雅、更接地气的杜诗不能为专攻歌咏盛世、雕章琢句的翰林词臣杨亿所理解、接受，也在情理之中①。

三、"村夫子"说对杜诗地位的影响

杨亿所持的"村夫子"论，在西昆体盛行的宋初诗坛，对杜诗的地位产生了很大影响。欧阳修在《六一诗话》中描述过当时诗坛风貌："盖自杨、刘唱和，《西昆集》行，后进学者争效之，风雅一变，谓西昆体。由是唐贤诸诗集几废而不行。"又把这种"多用故事"之体看作是"其雄文博学，笔力有馀，故无施而不可"② 的结果。南宋人程敦厚则进一步挑明西昆风气的具体影响："昔杨文公论独尊玉溪生焉。自公与杨、刘唱和集出，学者争效之，号西昆体，李、杜之作几废而不行。"③ 除李商隐一枝独秀外，非但李、杜优劣比较在这一时期并未引起世人兴趣，就连李白在内的唐贤诸家在西昆诗风笼罩下也被主流排斥。尽管如此，西昆派的典范引领也并未形成一统天下的唯一理念，反倒激发了不少人对杜诗价值的重新审视。这大约可从一般学人、统治阶层、昆体中人及西昆体后学

---

① 程杰《北宋诗文革新研究》一书中对此问题分析指出："杨亿等人在'白体'日趋俗滥之际，主张学习李商隐，企图以秾丽的色泽和精密的组织矫正'白体'诗的浅滑俗易。不过他们忽视了李诗秾丽之中有沉郁，精警之中有挺拔，凝定之中有动荡的内在力量，而这正是义山诗与杜诗律髓的相通之处。他们只是借助于李诗的某些技巧，以艳丽示富贵，以故事逞才学，以缜密求典雅，从而表现台阁文人的廊庙气息和文雅风度，这是昆体诗'包蕴密致'之韵味的实质。他们这种耸动一时的风采和韵度与杜诗的精神颇相径庭。所以，在他们看来，杜甫只能算一个'村夫子'。承平之际的台阁文人难以认识到杜甫作为'寒儒'的价值。"内蒙古教育出版社 2000 年版，第 484 页。

② ［宋］欧阳修《六一诗话》，见 ［清］何文焕辑《历代诗话》，中华书局 2004 年版，第 266、270 页。

③ ［宋］佚名撰《新刊国朝二百家名贤文粹》卷一六一《晏元献公紫微集序》，《续修四库全书》集部第 1653 册，上海古籍出版社 2002 年版，第 637 页。

等几种对象来加以认识。

首先，笃志好学的读书人是喜好杜诗的。譬如赵令畤在《侯鲭录》中就记载了一则关于"诗人之梦"①的逸闻：

> 狄遵度，字符规，枢密直学士棐之子，敏慧夙成。当杨文公昆体盛行，乃独为古文章，慕杜子美、韩退之之句法。一夕，梦子美自诵其逸诗数十章，既觉，犹记其两句云："夜卧北斗寒挂枕，木落霜拱雁连天。"因书其后曰："子美存耶？果亡耶？其肯为余来耶？嘿诵人未知之者，俾予知耶？观其词，盖非他人所能为，真子美无疑矣。"遵度因足成其诗，号《佳城篇》。②

狄遵度在正值西昆派诗风大盛之时，尤独爱杜诗，甚至痴迷到了魂牵梦萦、与杜甫神交、从梦中获得杜甫逸句的地步，这是极不可思议的，但日本学者浅见洋二却将这桩逸事理解为"狄遵度梦见杜甫的故事所表现的是'读者之梦'，即作为读诗者心愿表现的梦"。诚然，梦随心生，正是由于深挚的眷恋仰慕，使得"狄遵度被授予了在他那个时代已经无法读到的杜甫的作品"，并且对他来说，"该诗句是否确为杜甫之作，实际上并不重要"③。因为，他实际表达了一种超越时空的深切爱慕及深受启发的创作灵感，而且宣告二者之间存在着某种幽微难解的内在关联。

其次，特别值得注意的是，刘攽在《中山诗话》中还记述了一

---

① （日）浅见洋二《距离与想象：中国诗学的唐宋转型》之《作者之梦与读者之梦——以宋代的诗歌阐释学为中心》："'诗人之梦'这种叫法，不确指诗人做的梦，抑或是梦中出现了诗人，即关于诗人的梦，它包含着双重含义。"上海古籍出版社2013年版，第371页。

② ［宋］赵令畤撰，孔凡礼点校《侯鲭录》卷二《狄遵度佳城篇》，中华书局2002年版，第68页。

③ （日）浅见洋二著，金程宇、（日）冈田千穗译《距离与想象：中国诗学的唐宋转型》，上海古籍出版社2013年版，第373页。

条杜诗在上层社会流传的情况:

> 真宗问近臣:"唐酒价几何?"莫能对。丁晋公独曰:"斗直三百。"上问何以知之,曰:"臣观杜甫诗:'速须相就饮一斗,恰有三百青铜钱。'"亦一时之善对。①

释文莹在《玉壶清话》中同样记载了这则逸闻,并补充了丁谓读杜"是知一升三十钱"的结论,以及"上大喜曰:'甫之诗自可为一时之史。'"②的重要评价。丁谓是真宗朝权臣,曾参与过杨亿等十七人的西昆酬唱,属于西昆派的成员。他因学杜诗曾受王禹偁知遇;他熟读杜诗并记忆深刻,由他向真宗传递的杜诗价值是可作信史来读、可补正史之阙的印象。可见西昆派成员中并不都如杨亿这般鄙弃杜诗,宋真宗更是在明确首肯中为杜诗广泛流布作了重要的宣传助推。由于释文莹曾游丁谓门下,得到优厚礼遇,故其所载的重要补充应是可靠的。

最后,南宋释居简在分辨对杜诗的评价时曰:"少陵号称诗史,又曰集大成,老坡比之太史迁,学昆体者目之村夫子。"③释居简将评杜甫为"村夫子"的人扩大到整个"学昆体者",是不确切的。譬如晏殊和宋祁都属西昆派后劲,但并不认同杨亿对杜诗的讥嘲。据阮阅《诗话总龟》谓:"晏元献取少陵多,取太白少。"④可知,身为"学昆体者"之一,又是继杨亿之后实际的文坛宗主,还是提携过欧阳修的师长,晏殊的诗学取向却是与杨、

---

① [宋]刘攽《中山诗话》,见[清]何文焕辑《历代诗话》,中华书局2004年版,第289页。

② [宋]文莹撰《玉壶清话》卷第一,中华书局1984年版,第1页。

③ [宋]释居简撰《北磵集》卷七《跋常熟长钱竹岩诗集》,影印《文渊阁四库全书》第1183册,上海古籍出版社1987年版,第104页。

④ [宋]阮阅编,周本淳校点《诗话总龟》前集卷六,人民文学出版社1987年版,第60页。

欧二公有别的。金人王若虚在《文辨》中还补充一则材料道："旧说杨大年不爱老杜诗，谓之村夫之语，而近见《传献简嘉话》云：'晏相常言大年尤不喜韩柳文，恐人之学，常横身以蔽之。'呜呼！为诗而不取老杜，为文而不取韩、柳，其识见可知矣。"①很显然，"在杨亿的文学世界里，儒学道统、韩、柳古文与杜诗精神都是缺席的。他论文不言道统，不喜杜诗和韩文"②。但晏殊对杨亿的这种诗文取向并不苟同。宋祁虽未直接谈论对"村夫子"说的认识，但却曾手抄杜诗一卷③、拟杜诗二首，且七律有刻意学杜、仿杜沉郁之风④，尤其还在《新唐书》中对杜诗的"诗史"地位作了重要提升，并盛赞其人"数尝寇乱，挺节无所污，为歌诗，伤时桡弱，情不忘君，人怜其忠云"⑤。这些都足以表明他特别尊崇杜甫的态度立场。

　　总的来说，杨亿为抵制宋初白体诗创作的俗滥倾向而创造了雍容典雅、带有明显"馆阁翰苑标志"⑥的西昆体，并斥杜甫为"村夫子"，固然有浓重的个人喜好和身世局限，但更与宋人学唐的典范选择及诗风递嬗的诗学背景密不可分。这与元白诗派当初为

---

① ［金］王若虚著，马振君点校《王若虚集》卷三十七《文辨四》，中华书局 2017 年版，第 449 页。
② 陈元锋《北宋翰林学士与文学研究》，复旦大学出版社 2019 年版，第 81 页。
③ ［宋］周紫芝《竹坡诗话》："晁以道家，有宋子京手抄杜少陵诗一卷。"见［清］何文焕辑《历代诗话》，中华书局 2004 年版，第 349 页。
④ 参看张立荣《宋庠、宋祁的七律创作及其诗史意义》一文认为，宋祁"七律的'沉郁'之气，得自杜甫。他极推崇杜甫，《拟杜子美峡中意》就明确标明是拟杜之作。方回言此诗'拟老杜亦颇近之'。不仅此诗，他的《九日置酒》《有诏解郡作》等都有效仿杜诗的痕迹。尤其是《有诏解郡作》一诗，用的就是杜甫七律《闻官军收河南河北》一诗的结构章法"，"学杜在二宋（宋庠、宋祁）七律中，尚属偶尔为之，但比起早期白体诗人王禹偁的偶然似杜而言，则有有意学杜的进步"。载《齐鲁学刊》2009 年第 6 期，第 111 页。
⑤ ［宋］欧阳修、宋祁撰《新唐书》卷二百一《杜甫传》，中华书局 1975 年版，第 5738 页。
⑥ 陈元锋《北宋馆阁翰苑与诗坛研究》，中华书局 2005 年版，第 214 页。

讽谕诗创作呐喊助力而独辟蹊径大举扬杜旗帜，出自同样的逻辑。但无论昆体如何风靡于时，仍有不少人、甚至西昆中人能清醒面对杨亿论杜，理性辨识杜诗价值，还杜诗在宋初诗坛应有的一席之地。

第三节　"欧公亦不甚喜杜诗"辨

宋初诗坛真是一个善于制造话题的热闹场，不单有杨亿不喜杜诗的"村夫子"说传得沸沸扬扬，继其之后而成为一代文宗的欧阳修不好杜诗，也很快成了众所瞩目的热点新闻。颇有意思的是，不论杨亿还是欧公，谁都未曾留下明言直接贬杜，但他们对杜诗的冷淡态度却举世皆知，更被后人一再玩味。个中原因不一而足，然在各种猜测之下，多少留给了后人一些可能的真相。

一、"欧公亦不甚喜杜诗"说的由来

刘攽《中山诗话》不惟最早揭出了杨亿的"村夫子"说，还最先这样描述欧阳修对杜诗的冷眼：

> 杨大年不喜杜工部诗，谓为村夫子。……欧公亦不甚喜杜诗，谓韩吏部绝伦。吏部于唐世文章，未尝屈下，独称道李杜不已。欧贵韩而不悦子美，所不可晓；然于李白而甚赏爱，将由李白超趠飞扬为感动也。[1]

刘攽对欧公诗学取向的叙述策略显然迥异于杨亿的直陈和对话，而是非常注意表述的分寸、技巧。具体而言，"亦不甚喜"四字中大概囊括了两层涵义：一是跟杨亿不喜杜诗作类比；二是特意补入

---

① ［宋］刘攽《中山诗话》，见［清］何文焕辑《历代诗话》，中华书局 2004 年版，第 288 页。

"不甚"二字来修饰限定欧公的情感程度①。同时，充分运用对比方式集中反映三大认识：第一，欧公最爱韩诗，却并不欣赏实为韩诗所从出的杜诗；第二，在众多唐诗名家中，韩愈最为称赏李、杜二公；第三，诗如韩愈的欧公②，对于"偶像"所深切服膺的两大前辈，喜好态度却有天渊之别。

一方面，尽管"欧公亦不甚喜杜诗"说，看似有接续杨亿"村夫子"说的嫌疑，实则两者有很大区别。具体而言，杨亿是西昆诗风的首要缔造者和引领者，其崇尚典丽繁缛、讲求对仗工稳，甚至径自抵制一切俗言语，完全是出于性情所好、审美偏嗜。但从欧阳修诗的总体风貌看，却明显有一个脱唐入宋的转变过程。即初入文坛时，受制于西昆风气一家独大的整体氛围，与欧阳修关系密切的两位前辈诗友中，幕主钱惟演是昆体诗风的核心成员、座师晏殊是后期西昆派成员，故欧公早年（天圣五年至天圣九年）诗作十之八九也都未脱西昆窠臼③。但自深受挚友梅尧臣的深远古澹诗风启发后，欧阳修就对昆体作派产生了警惕与游离，晚年更在《六一诗话》中作了集中反思："杨大年与钱刘数公

---

① 参看祝尚书《论北宋诗学典范的选择及其得失——以杜甫为例》一文中解释说："对欧阳修的不喜杜诗，刘放用了一个程度限制语'不甚'，就是说，欧的不喜杜甫并不是绝对的，只是不太喜欢而已，他不像杨亿那样决绝和刻薄，带有强烈的排他性，干脆骂杜甫为'村夫子'。"载《北京大学学报（哲学社会科学版）》2015年第5期，第27页。
② ［宋］刘克庄撰，王秀梅点校《后村诗话》前集卷二："欧公诗如昌黎。"中华书局1983年版，第22页。
③ ［宋］欧阳修撰，刘德清、顾宝林、欧阳明亮笺注《欧阳修诗编年笺注》卷一《汉宫》："诗语藻饰，典实繁富，意蕴深婉。从诗题、诗旨到诗法，均显露'西昆体'对早期欧诗的深刻影响。"《送张学士知郓州》："镂金错彩，典实繁伙，摹学西昆诗笔。"中华书局2012年版，第2、6页。此外，像《寄张至秘校》《刘秀才宅对弈》《楼头》《送赵山人归旧山》《送李寔》《公子》《夜意》《寄刘昉秀才》《月夕》《柳》《小圃》《送友人南下》《榴花》诸作，无论酬赠送别还是咏物抒怀，欧诗的用典使事、辞采斑斓都有着很深的昆体烙印。

唱和，自《西昆集》出，时人争效之，诗体一变。而先生老辈患其多用故事，至于语僻难晓，殊不知自是学者之弊。"① 这种为了避俗趋雅、弃陈求新，就将造语推向冷僻生涩的极端做法，固然是欧阳修抨击西昆后学的弊病所在②，也是他积极发起诗文革新运动的矛头所向。由此可见，由昆体入却能自行脱离昆体、走向务求诗文畅达平易的欧阳修，与一贯好雅厌俗而鄙弃杜诗的杨亿，在审美取向上本就不可相提并论。

另一方面，欧阳修在《李白杜甫诗优劣说》一文中，又确实就其审美主张作过解释：

> "落日欲没岘山西，倒着接䍦花下迷。襄阳小儿齐拍手，拦街争唱《白铜鞮》"，此常言也。至于"清风明月不用一钱买，玉山自倒非人推"，然后见其横放，其所以警动千古者，固不在此也。杜甫于白得其一节，而精强过之。至于天才自放，非甫可到也。③

欧公此说以阐发李白《襄阳歌》入手，确认此诗开篇并不稀奇、不精警，一如常言。然至"清风明月不用一钱买，玉山自倒非人推"句，则醉态狂语毕现，非常规思维可致。故谓"横放"，更赞其"警动千古"。欧阳修在这里并未列举杜诗以作优劣比较，而直接断言"杜甫于白得其一节"，"至于天才自放，非甫可到

---

① ［宋］欧阳修《六一诗话》，见［清］何文焕辑《历代诗话》，中华书局2004年版，第270页。
② ［宋］刘克庄撰，王秀梅点校《后村诗话》前集卷二曰："君谟以诗寄欧公，公答云：'先朝杨、刘，风采耸动天下，至今使人倾想。'世谓公尤恶杨、刘之作，而其言如此，岂公特恶其碑板奏疏碟裂古文为偶俪者，而其诗之精工律切者，自不可废欤！"（中华书局1983年版，第22页）按，刘克庄的认识，欧阳修并未全盘否定西昆体，而是肯定其"精工律切者"。
③ ［宋］欧阳修著，李逸安点校《欧阳修全集》卷一百二十九《李白杜甫诗优劣说》，中华书局2001年版，第1968页。

也"，这是艺术层面的比较评价①，背后恐亦包含有对李、杜性情的辨识。相较而言，狂诞不羁的李白，惯于在诗中不作任何铺垫交代就一气直下尽抒情感，不为声律所拘，那种大幅度跳跃式、喷薄式的激情编织诗作，欧阳修认为正是审慎讲究法度、以学力取胜的杜诗做得不够自然奔放处。

若深究其因，则缘于欧阳修领导的北宋诗文革新以文道合一、复归古道为文化使命，将韩愈以文为诗、文以载道的儒家实用主义文学观的典范价值加以重新认识，并推向了适应当时整个时代需要的诗文创作领域②。这或可以邵博在《邵氏闻见后录》中记载的一段精彩论辩作为突破口来看：

> 欧阳公于诗主韩退之，不主杜子美。刘中原父每不然之。公曰："子美'老夫清晨梳白头，玄都道士来相访'之句，有俗气，退之决不道也。"中原父曰："亦退之'昔在四门馆，晨有僧来谒'之句之类耳。"公赏中原父之辩，一笑也。③

在欧阳修的多重交友圈中，除却知己挚友梅尧臣，就属和史学家刘敞的往来论辩最多。这段对话表面看是欧公以杜诗俗、韩诗不俗来立论，刘敞不以为然，遂列举二人相近之句来申辩，最终欧公对刘

---

① 程杰《北宋诗文革新研究》认为："作为一代文坛领袖的欧阳修，对杜甫不像杨亿那样刻薄。他在《感二子》《堂中画像探题得杜子美》等诗中，客观地以李、杜并称。但是，杜诗并不符合他的审美趣味……在他看来，李白的成就涵盖了杜甫，杜之于李仅是单方面的深化，杜诗不及李白处就在于缺少李诗那种横放的气概。"内蒙古教育出版社 2000 年版，第 485 页。

② 周裕锴《宋代诗学通论》分析指出："北宋诗歌复古运动的诗人最关心的是两个问题：一是如何用诗歌'因事激风'的精神来反映现实，改造'所作皆言空'的诗风；二是如何用诗歌'自下磨上'的刺美传统来干预现实，改造'人事极诙诮'的士风。"巴蜀书社 1997 年版，第 36 页。

③ [宋]邵博撰《邵氏闻见后录》卷第十九，中华书局 1983 年版，第 149 页。

之辩才激赏不已。然而，这种指陈雅俗之辩①仍属皮相之见，其实际指向是欧公于诗"主韩"而"不主杜"的深层因由。大抵依次可从三个层面来剖析：先从语言形式看，杜诗七言句更显铺张、更易给人华丽甚或"啰嗦"感，韩诗采用五言则更显朴实、高古。单就两种诗体区别，诚然七言更易导致杜诗偏于"俗气"；再从语句表达看，杜诗"清晨""梳头"这种开篇表达显得更加日常化、更似琐屑语，与很重要的主题无甚关联，而同样说有人登门造访一事，韩愈用"来谒"二字凸显郑重，杜甫用"相访"一词却更通俗、更随性；最后回到全诗主旨来看，杜诗《题李尊师松树障子歌》是通过题画形式来感伤天下形势，最终落笔于"时危惨淡""聊歌紫芝"②的悲愁，并借此表达人在乱世中期望能像"商山四皓"那样用避世高隐保全自我。较之这种对人在生存层面的关怀和忧虑，韩诗《送文畅师北游》则格局更为大气，将原本应酬诗的表现领域扩大到了和整个儒家思想相关联的人生出处大道。故就表现主题而言，杜诗似更拘谨、更个体化，韩诗更重大庄严、更能彰显士大夫文人的"道义"感。换言之，从来不以诗人自限的韩愈，追求的是一个关系到整个人、整个文化、整个思想传统的大道。因而，以欧阳修为代表的"庆历士大夫"③，对韩愈的特别尊崇，实际是开启了

---

① 参看祝尚书《论北宋诗学典范的选择及其得失——以杜甫为例》："欧不甚喜杜，也有雅、俗方面的认识差异。"载《北京大学学报（哲学社会科学版）》2015 年第 5 期，第 28 页。

② ［唐］杜甫著，［清］仇兆鳌注《杜诗详注》卷六，中华书局 1979 年版，第 460 页。

③ 朱刚《唐宋"古文运动"与士大夫文学》："我们把以范仲淹、欧阳修为代表的一代名臣称为'庆历士大夫'，他们在北宋中期的崛起，对于北宋政治、文化的演变，新儒学以及'古文运动'的发展，科举士大夫的身份自觉，所起的作用都是极为关键的。可以说，宋之为宋，其文化上的特质就是从'庆历士大夫'开始展现的。""庆历士大夫的崛起之所以具有重大的历史意义，就因为他们反对这种消极苟合的处世态度，要求以天下为己任，以道德学问为依据，上干万乘，下济黎民。"复旦大学出版社 2019 年版，第 140—141、153 页。

儒学复兴道路，也为"宋调"初兴作了准备①。

从复兴古道到热衷古文，再到提倡多作古体诗，欧阳修始终是以韩愈为精神先驱的。故其尊韩应该胜过尊杜：

> 退之笔力，无施不可，而尝以诗为文章末事，故其诗曰："多情怀酒伴，馀事作诗人"也。然其资谈笑，助诙谐，叙人情，状物态，一寓于诗，而曲尽其妙。此在雄文大手，固不足论。②

若说杜诗体现了接地气的人性思考，那么韩诗则唤醒了作为士大夫的身份意识和政治责任感。相较而言，欧阳修跟韩愈之间会有更多的精神共鸣。因为他也不只是政治家、文学家③，还有更重要的追求——期望能在世道人心、转变士风上做重要贡献④。如此立志至高至大，可说是深受韩愈所提供思想资源的影响。但是，这并不意味着他就完全拒绝了包括杜甫在内其他人提供的"日常化"创作倾向，甚至在尧舜志与江海情之间，在诗备众体与兼学诸家之中，他可能不自觉地跟杜甫走得更近一些。

有学者试图用"超越性"和"日常性"来解读欧公诗作的这种矛盾样态，并说明这正是士大夫责任感在日常生活中深刻而复杂的

---

① 参看李贵《中唐至北宋的典范选择与诗歌因革》第三章《韩愈与"宋调运动"》，复旦大学出版社 2012 年版，第 138—158 页。

② [宋] 欧阳修《六一诗话》，见 [清] 何文焕辑《历代诗话》，中华书局 2004 年版，第 272 页。

③ [元] 刘壎《隐居通议》卷七《欧阳公》："欧阳文忠公修，鸿文硕学，宗工大儒。所谓文起八代之衰、道济天下之溺者，固不以诗名家，人亦不敢以诗人目之，而公亦不以诗自名也。"中华书局 1985 年版，第 70 页。

④ 朱刚《唐宋"古文运动"与士大夫文学》："依照明确的文化理想和道德观念来'救时行道'，反对'苟合取容'，是宋仁宗之世由范仲淹、欧阳修等人倡导起来的士人风节，北宋的世风自此才由迎合实用转向崇尚理想。随之兴起的那种要求承担道义和历史使命的文学观，虽然常被今人唤作'儒家实用主义文学观'，实际上其内在的价值取向是理想主义的。"复旦大学出版社 2019 年版，第 126 页。

体现①。这的确是一条不错的研究思路。因为，当韩愈引领的超越日常诗风不可避免地走向了奇崛险怪，当韩孟诗派在中晚唐的传播接受被不断总结出经验教训，欧阳修就意识到了过度求新求奇的危险并警惕地从中剥离出来，那么超越奇崛无疑便又回归了平淡日常。这也构成了宋诗寻求独立品格过程中颇有意味的循环探索。而且，从欧公的成长时期看，正值白体方兴未艾，杜诗所诠释的相对朴实的文化理念、白居易闲适诗所描摹的相似生活场景，都会给他带来一定的日常文化感，引导他熟悉一些更通俗、更接地气的语感表达。所以，欧公大力学韩却仍倾向于浅易诗风，可能跟白体一脉的影响有相当大的关系②。

二、宋人对"欧公不好杜"说的质疑

欧阳修对杜诗不够青睐的传说，在宋代就一直饱受争议、令人费解。深受欧公赏识及提携的后辈知音苏轼作《六一居士集叙》时，曾下过一种断言："欧阳子论大道似韩愈，论事似陆贽，记事似司马迁，诗赋似李白。此非余言也，天下之言也。"③ 即从儒家思想、政事作为、修史功绩、文学造诣四大方面高度肯定了欧阳修的一生成就。其中，特地揭出"诗赋似李白"这一认识，并称这是"天下之言"，足见时人对欧公学李的普遍接受。

至于学杜一面，苏轼曾明确称赏：

① 参看朱刚《唐宋"古文运动"与士大夫文学》，复旦大学出版社 2019 年版，第155—159 页。
② 朱刚《唐宋"古文运动"与士大夫文学》："'日常化'倾向其实更早地出现在杜甫和白居易的笔下。比较而言，虽然杜甫在后来受到更高的推崇，但白居易几乎过上了跟北宋士大夫相同的日常生活。""白居易所描写的许多生活场景，可以被北宋的士大夫简单地复制到实际生活中。所以，北宋士大夫的诗歌史，几乎必然地以'白体'开场。""欧阳修的生活境遇无疑跟那些写作'白体'诗歌的士大夫相同。"复旦大学出版社 2019 年版，第 159 页。
③ ［宋］苏轼撰，孔凡礼点校《苏轼文集》卷十《六一居士集叙》，中华书局 1986 年版，第 316 页。

　　七言之伟丽者，杜子美云："旌旗日暖龙蛇动，宫殿风微燕雀高"、"五更鼓角声悲壮，三峡星河影动摇"，尔后寂寞无闻焉。直至欧阳永叔"苍波万古流不尽，白鹤双飞意自闲"、"万马不嘶听号令，诸蕃无事乐耕耘"，可以并驱争先矣。①

苏轼此处所引两句欧诗，分别出自《和韩学士襄州闻喜亭置酒》《寄秦州田元均》二诗颔联。方回《瀛奎律髓》评曰："'沧江万古流不尽，白鸟双飞意自闲。'东坡赏欧公诗，谓敌老杜。"② 胡应麟《诗薮》亦谓"'万马不嘶听号令，诸蕃无事乐耕耘。'……此雄丽冠裳，得杜调者也"③，无疑认同了苏轼对欧诗与杜"七言之伟丽者……可以并驱争先"的认识。

　　与欧阳修交情亲厚、得其衣钵的苏轼，尚得出欧诗似李却又近杜的模棱之见，无怪乎后来陈师道会不禁在《后山诗话》中慨言："欧阳永叔不好杜诗，苏子瞻不好司马《史记》，余每与黄鲁直怪叹，以为异事。"④ 这种找不着理由的困惑，其实很能代表当时一批人尤其江西诗派成员，对于杜诗不被北宋早期诗坛主流所接受认可的不解与不满。

　　及至两宋之交，第一个明确站出来反驳"欧公不好杜诗"说的陈岩肖，在《庚溪诗话》中又进一步作了一些具体辩释：

　　　　世谓六一居士欧阳永叔不好杜少陵诗。观《六一诗话》载：陈从易舍人初得杜集旧本，多脱误，其《送蔡都尉》诗云

① ［宋］苏轼撰，孔凡礼点校《苏轼文集》卷六十八《评七言丽句》，中华书局1986年版，第2143页。
② ［元］方回选评，李庆甲集评校点《瀛奎律髓汇评》卷十五，上海古籍出版社2005年版，第548页。
③ ［明］胡应麟《诗薮》外编卷五，上海古籍出版社1979年版，第216页。
④ ［宋］陈师道《后山诗话》，见［清］何文焕辑《历代诗话》，中华书局2004年版，第303页。

"身轻一鸟",其下脱一字。陈公与数客各用一字补之,或云"疾",或云"落",或云"起",或云"下"。其后得善本,乃"身轻一鸟过"。陈叹服,以为虽一字,诸君不能到也。又曰:"唐之晚年,无复李杜豪放之格,但务以精意相高而已。"又《集古目录》曰:"秦峄山碑非真,杜甫直谓枣木传刻尔。"杜有《李潮八分小篆歌》,云"峄山之碑野火焚,枣木传刻肥失真"故也。六一于杜诗既称其虽一字人不能到,又称其格之豪放,又取以证碑刻之真伪,讵可谓六一不好之乎?后人之言,未可信也。①

祝尚书在引完上述材料后,即作出判断:"所辩有些牵强,读杜熟并不等于就一定喜爱,更不等于以他为创作典范。欧不甚喜杜当非杜撰,应是确有其事。"② 其实,从陈岩肖所提炼的欧公称许杜诗"虽一字人不能到""其格之豪放"及"取以证碑刻之真伪"这三点论据看,非但说明了杜诗能从小处讲究用字精工而不囿于"精意相高",能展现出"豪放"气魄的大格局,还补充强调了其诗歌材料的信实可靠、具有学者般的严谨求实。据此,陈岩肖以反诘语气表达了不认同"欧公不好杜诗"这一结论,并由此推断这是"后人之言",不足采信。一般来说,喜好属于情感取向或如张健所说的"个人趣味层面"③。欧阳修"不好杜"却能对杜诗下如此深的功夫悉心研读,在逻辑上是讲不通的。

明末著名藏书家毛晋在作《六一诗话跋》时,还补充佐证了陈岩肖的观点:

---

① [宋]陈岩肖撰《庚溪诗话》卷上,丁福保辑《历代诗话续编》,中华书局 2006 年版,第 168 页。
② 祝尚书《论北宋诗学典范的选择及其得失——以杜甫为例》,载《北京大学学报(哲学社会科学版)》2015 年第 5 期,第 27 页。
③ 张健《知识与抒情:宋代诗学研究》,北京大学出版社 2015 年版,第 80 页。

或云居士不喜杜少陵诗，今读其陈舍人云云，虽一字，叹
人莫能到，其仰止何如耶？或又云辟西昆体，亦未必。然大率
说诗者之是非，多不符作者之意。居士尝自道云："知圣俞诗
者莫如修，尝问圣俞举平生所得最好句。圣俞所自负者，皆修
所不好；圣俞所卑下者，皆修所称赏。"盖知心赏音之难如是，
其评古人诗，得毋似之乎。湖南毛晋识。①

依毛晋之见，不论欧公借陈从易之口来仰慕杜诗，还是摒弃西昆之
说，都是旁人臆断，未必真实可信、契合欧公本意。因为即使面对
最知己好友之作，欧公的喜好与否，也都难免迥异于梅尧臣本人的
心意。

正是由于读杜、评杜的诗学背景和具体情境每每有别，所以，
哪怕同一人，前后所得感受、认识，都有可能大不一样。欧阳修皇
祐二年（1050）所作《堂中画像探题得杜子美》就赞誉过杜甫，张
健认为这是"在观念层面上"对杜甫的"明确推崇"②：

> 风雅久寂寞，吾思见其人。杜君诗之豪，来者孰比伦？生
> 为一身穷，死也万世珍。言苟可垂后，士无羞贱贫。③

此诗实有为王安石创作《杜甫画像》引路的作用。据刘成国《王安
石年谱长编》中所述："2012 年，日本学者东英寿新发现九十六篇
欧阳修佚简，中有《与王文公》：'修近见耿宪所作《杜子美画像》
诗刻题后之辞，意义高远，读之数四。不想见多年，根涉如此，岂

---

① ［明］毛晋《六一诗话跋》，载［宋］欧阳修撰《六一诗话》卷末，影印《文渊阁四库
全书》第 1478 册，上海古籍出版社 1987 年版，第 255 页。《历代诗话》本《六一诗
话》未收毛晋此跋。
② 张健《知识与抒情：宋代诗学研究》，北京大学出版社 2015 年版，第 80 页。
③ ［宋］欧阳修撰，刘德清、顾宝林、欧阳明亮笺注《欧阳修诗编年笺注》卷九《堂中
画像探题得杜子美》，中华书局 2012 年版，第 1045 页。

非切磨之效耶！修当日会饮于聚星堂，狂醉之间，偶尔信笔，不经思虑，而介甫命意推称之如是，修所不及也。'……据此佚简，则公《杜甫画像》诗恐非随意题咏，而属步武欧阳修《堂中画像探题得杜子美》之什。"并由此得出结论："试与欧诗相较，则公之推许杜甫，既重其诗，又得其心，宜乎欧阳修自愧不如。而于杜诗之精研淬磨，亦开启公前后诗风转型之契机。"[①] 笔者以为，不论创作时间的先后顺序、创作动机的随意审慎，欧、王二诗既在客观上具有一定的因承关系，同时又各有侧重、各有千秋。王安石为杜甫感动的触发点是"穷"而忧国爱民之心，欧阳修则着意于借杜甫倾吐出了寒士的文化自信。正因如此，欧公才会发出特别想见杜甫其人的内在呼唤，才会特别欣赏身处贫贱之中却豪气不减、直追风雅的杜诗精神。相较之下，少时家贫却胸怀大志，在磨砺中逐渐成长起来的欧阳修，完全不同于年少成名就被赐进士、执掌翰苑的杨亿。他对杜诗大多来自底层、反映烟火人间的"俗"气、"豪"气有一定的认同感，或可谓"同情之了解"。因而，他不会像杨亿批评杜甫那般尖酸刻薄，更不可能大力否定杜诗的价值。

南宋叶梦得在《石林诗话》中还记载了一则欧公逸闻：

> 前辈诗文，各有平生自得意处，不过数篇，然他人未必能尽知也。毗陵正素处士张子厚善书，余尝于其家见欧阳文忠子棐以乌丝栏绢一轴，求子厚书文忠《明妃曲》两篇，《庐山高》一篇。略云："先公平日，未尝矜大所为文，一日被酒，语棐曰：'吾《庐山高》，今人莫能为，惟李太白能之。《明妃曲》后篇，太白不能为，惟杜子美能之；至于前篇，则子美亦不能

---

① 刘成国《王安石年谱长编》卷二，中华书局 2018 年版，第 303—304 页。

为，惟我能之也。'因欲别录此三篇也。"①

清人仇兆鳌因之曰："据此则欧公推服子美，固在太白之上矣。"②
这种推论自然未必可靠，而隐含着三大"折扣"：其一，《石林诗
话》是转载之言，并非欧公集中之语；其二，所记之语乃是欧公之
子转述的，亦非欧公本人原话；其三，酒后之语，与清醒之言，不
可同日而语。明胡应麟《诗薮》曰："欧阳自是文士，旁及诗词。
所为《庐山高》《明妃曲》，无论旨趣，只格调迥与歌行不同。惊骇
俗流可耳，唐突李、杜何也？《沧浪篇》《咏雪行》，体制稍合，然
亦退之后尘。"③ 由此可见，尽管欧公有超越李杜的自觉追求，艺术
水平却只能踵武韩愈。但无论如何，这段逸闻毕竟为理解欧公对杜
诗的实际态度，增添了一些新的线索和可能。

　　宋末人周密在《齐东野语》中所作分析似更符合所谓"欧公亦
不甚喜杜诗"说的实情："人各有好恶，于书亦然。前辈如杜子美
不喜陶诗，欧阳公不喜杜诗，苏明允不喜扬子，坡翁不喜《史
记》。……若酸、咸嗜好，亦各自有所喜。非若今人之胸中无真识，
随时好恶，逐人步趋而然者。"④ 亦如今人程杰所说："欧阳修从李
诗豪迈飞扬、韩诗横放踔厉的精神气概中吸取了起卑矫俗的力量。"
"以横放超踔警振浅俗卑弱，是欧阳修变革诗风的基本精神，李、
韩之诗正提供了这方面的美学先范。欧氏以李、杜并称，也主要是
着眼于他们能起卑矫俗的'豪放之格'，因而，他不可能真正把握

① ［宋］叶梦得《石林诗话》卷中，见［清］何文焕辑《历代诗话》，中华书局 2004 年
　版，第 424 页。
② ［清］仇兆鳌注《杜诗详注附编·诸家咏杜》引欧阳修《子美画像》《读李白集》两
　诗后并注，中华书局 1979 年版，第 2267—2268 页。
③ ［明］胡应麟《诗薮》外编卷五，上海古籍出版社 1979 年版，第 212 页。
④ ［宋］周密撰《齐东野语》卷十六《性所不喜》，中华书局 1983 年版，第 303 页。

到杜诗之髓。"①

三、欧阳修效法杜诗的兼备众体

随着宋人越来越认识到杜诗的价值，从情感上不愿接受，甚至质疑"欧公不好杜诗"说也日益引起关注。这些质疑究竟有多可靠，似应从读欧公留存下来的大量诗作中去还原一个历史的真实。

总体来看，在所有的学习对象中，韩愈、李白、杜甫三家诗对欧阳修的影响最大、最深。祝尚书认为："欧诗的底色是韩，但又植入了李白的基因。"② 落实到具体创作中，则集中表现为对于李白七绝与七古的师法。一如《高楼》《和龙门晓望》《寄题嵩巫亭》《行次寿州寄内》《马上默诵圣俞诗有感》诸作，皆逼肖李白七绝的清雅疏放、浅白顺畅；又如七古《庐山高赠同年刘中允归南康》仿李白《庐山谣寄卢侍御虚舟》以游踪为线索的写法，笔势纵横跌宕而气格雄豪，同时以文为诗，极尽七言句式变化之能事；其《太白戏圣俞》，则更直接效法李白诗的浪漫风格：

> 开元无事二十年，五兵不用太白闲。太白之精下人间，李白高歌《蜀道难》。蜀道之难难于上青天，李白落笔生云烟。千奇万险不可攀，却视蜀道犹平川。宫娃扶来白已醉，醉里诗成醒不记。忽然乘兴登名山，龙咆虎啸松风寒。山头婆娑弄明月，九域尘土悲人寰。吹笙饮酒紫阳家，紫阳真人驾云车。空山流水空流花，飘然已去凌青霞。下看区区郊与岛，萤飞露湿吟秋草。③

---

① 程杰《北宋诗文革新研究》，内蒙古教育出版社 2000 年版，第 484—485 页。
② 祝尚书《论北宋诗学典范的选择及其得失——以杜甫为例》，载《北京大学学报（哲学社会科学版）》2015 年第 5 期，第 28 页。
③ ［宋］欧阳修撰，刘德清、顾宝林、欧阳明亮笺注《欧阳修诗编年笺注》卷十，中华书局 2012 年版，第 1147 页。

此诗题下原注：一作"读李白集效其体"。诗从太白精下凡才有了李白、成就了《蜀道难》起笔，充满神话色彩，再巧妙地融入仿佛自带仙气的李白诗句，同时转入对诗仙醉后超凡才能、浪漫风格的歌咏，与孟郊、贾岛这些苦吟诗人形成鲜明对比，从而有力地褒扬了李白在唐代诗坛的崇高地位。

不可否认，李白诗的自然清新、浪漫风格是深深吸引着欧阳修的。但是，只要通读过欧集全部诗作后，就不难发觉还有两个特别值得注意的现象：第一，尽管欧公对韩、李两家诗的摹拟要早于杜，但自景祐三年（1036）以降，其学杜的作品数量日益增多，遍布了各种体式。欧公学杜远远超过了学李，是有事实依据的；第二，欧公对杜诗独特技法、审美追求、题材开拓等方面的传承、发扬，要比学韩、学李体现得更多元化、更具伸展空间。换言之，杜诗对于欧公开辟宋诗革新一路的启发，更直接、更全面。

究其原因，本性狂逸的欧阳修，在性情深处更容易认同李白的潇洒恣意，这在他年少气盛、壮志凌云的人生阶段会第一时间显露出来。然而，随着体察民生的深入、仕途迁谪的磨砺，他对杜诗的沉郁情感和世俗倾向似乎有了不一样的体认。特别是在崇尚"气格"的过程中，他透过韩愈进一步领略到了杜诗雄豪奇崛的一面，所以，逐渐形成了"以韩学杜，以文为诗，仗气爱奇"[1] 的创作风貌。

先从诗备众体来看，欧阳修对杜诗各体均有不同程度的效法，而其学杜近体诗又明显多于古体诗，且所学侧重点具有显著差别：其一，欧阳修最先从五律入手学杜，其早期五律如《巩县陪祭献懿二后回孝义桥道中作》《送王尚喆三原尉》《送张如京知安肃军》已

---

① 钱基博《中国文学史》，中华书局1993年版，第454页。

见沉郁简劲之风。至治平二年（1065），五十九岁的欧阳修在《秋阴》中抒发"国恩惭未报，岁晚念馀生。却忆滁州睡，村醪自解醒"的悲秋愧怍之感、决意归田之想，情调风格更似杜诗；又作《秋怀》云："节物岂不好，秋怀何黯然。西风酒旗市，细雨菊花天。感事悲双鬓，包羞食万钱。鹿车终自驾，归去颍东田。"① 既对仗工整、格律谨严，又意境凄美、情感沉郁，有得于杜甫晚年悲秋诗的清冷幽深之致。

其二，欧阳修的五排学杜，既延续了同五律一样沉郁简劲的基本风格，又具有纵横豪逸、气象阔大的特征。譬如《送谢希深学士北使》中，既有"征马闻笳跃，雕弓向月弯""鼓角云中垒，牛羊雪外山"一类充满塞外特有的雄豪气息之句，又有"御寒低便面，赠客解刀环""应须雁北向，方值使南还"② 一众寄托深情期盼的叮咛之语。

其三，欧阳修的五古学杜数量不多，但却非常注重学其章法、得其神髓。如其《自枝江山行至平陆驿五言二十四韵》，通篇仿杜《北征》而作，诗境苍茫幽冷、情调沉郁凝重。具体来看，主人公从最初"水涉愁蝮射，林行忧虎猛"的忧惧，到"缘危类猿猱，陷淖若蛙黾"的窘迫，再到"习俗羡蛮犷""因高目还骋"的豁然、"点缀成图屏""往往得佳景"的欣赏，最后得出"崎岖念行役，昔宿已为永"的深切感慨，可谓情随境迁、跌宕起伏，很好地体现了人物心理的微妙变化。且特别值得注意的是，其中"烟岚互明灭，点缀成图屏。时时度深谷，往往得佳景。翠树郁如盖，飞泉溜垂

---

① ［宋］欧阳修撰，刘德清、顾宝林、欧阳明亮笺注《欧阳修诗编年笺注》卷十五，中华书局 2012 年版，第 1747、1748 页。
② ［宋］欧阳修撰，刘德清、顾宝林、欧阳明亮笺注《欧阳修诗编年笺注》卷三，中华书局 2012 年版，第 355 页。

缏。幽花乱黄紫，蒨粲弄光影。山鸟啭成歌，寒蜩嘒如哽"①　这一小节，属细腻从容的闲笔，与杜甫《北征》中"青云动高兴，幽事亦可悦。山果多琐细，罗生杂橡栗。或红如丹砂，或黑如点漆。雨露之所濡，甘苦齐结实"② 一段，颇为相似。清代杨伦《杜诗镜铨》引"张上若云：凡作极要紧、极忙文字，偏向极不要紧、极闲处传神，乃'夕阳返照'之法，惟老杜能之。如篇中'青云''幽事'一段，他人于正事、实事尚铺写不了，何暇及此？此仙凡之别也"③，由此可知，欧阳修准确把握到了杜诗绝妙处。

其四，欧阳修的七古学杜，主要表现在章法和句法两方面。先就章法而言，如《小饮坐中赠别祖择之赴陕府》云：

> 明日君当千里行，今朝始共一樽酒。岂惟明日难重持，试思此会何尝有。京师九衢十二门，车马煌煌事奔走。花开谁得屡相过，盖到莫辞频举手。欢情落寞酒量减，置我不须论老朽。奈何公等气方豪，云梦正当吞八九。择之名声重当世，少也多奇晚方偶。西州政事蔼风谣，右掖文章焕星斗。待君归日我何为，手把锄犁汝阴叟。④

这首赠别诗首尾双起双收，语势流畅而情感沉郁，结构跌宕而顿挫转折，颇类杜诗作法。清人方东树《昭昧詹言》曰："首领双起，以下分应，作章法，此杜公长律法，欧用作七古。双收，一句收一

---

① ［宋］欧阳修撰，刘德清、顾宝林、欧阳明亮笺注《欧阳修诗编年笺注》卷四，中华书局2012年版，第489页。
② ［唐］杜甫著，［清］仇兆鳌注《杜诗详注》卷五《北征》，中华书局1979年版，第397页。
③ ［唐］杜甫著，［清］杨伦笺注《杜诗镜铨》卷四，上海古籍出版社1981年版，第160—161页。
④ ［宋］欧阳修撰，刘德清、顾宝林、欧阳明亮笺注《欧阳修诗编年笺注》卷十三，中华书局2012年版，第1541页。

段。双起，一句起一段。皆杜公长律法，亦可用于七古。"① 又如《长句送陆子履学士通判宿州》，"以马为喻，寓意婉曲深刻，广采秋时意象，诗情悲愤激昂，沉郁起伏之中，可见杜诗神髓"②。再从句法来看，如仿效杜甫题画诗的《盘车图》，被《昭昧詹言》指其"先写逆卷，题画老法"③。又如《送琴僧知白》中"夷中未识不得见，岂谓今逢知白弹""岂知山高水深意，久以写此朱丝弦"④ 两句，亦被《昭昧詹言》评曰："此从杜《公孙大娘》来，亦是逆卷法门，俗士不知。'岂谓'句逆卷人，'久以'句逆卷琴。"⑤

其五，欧阳修学习了杜甫七绝一句一意的特色写法。如《田家》云："绿桑高下映平川，赛罢田神笑语喧。林外鸣鸠春雨歇，屋头初日杏花繁。"首句写田野远景，次句写人的活动，第三句写鸣鸠之声，末句写宅边杏花。四句相对独立，合起来却构成一幅田家风俗图。又如《梦中作》云："夜凉吹笛千山月，路暗迷人百种花。棋罢不知人换世，酒阑无奈客思家。"分写夜月吹笛、百花迷人、仙人下棋、酒后思家四个独立的梦中断片，一句一绝却浑然一体⑥。

其六，欧阳修的七律学杜，在诸体中数量是最多的。如《寄秦州田元均》《病告中怀子华原父》《纪德陈情上致政太傅杜相公二

① 〔清〕方东树著，汪绍楹校点《昭昧詹言》卷十二，人民文学出版社 1961 年版，第 276 页。
② 〔宋〕欧阳修撰，刘德清、顾宝林、欧阳明亮笺注《欧阳修诗编年笺注》卷十二，中华书局 2012 年版，第 1407—1408 页。
③ 〔清〕方东树著，汪绍楹校点《昭昧詹言》卷十二，人民文学出版社 1961 年版，第 279 页。
④ 〔宋〕欧阳修撰，刘德清、顾宝林、欧阳明亮笺注《欧阳修诗编年笺注》卷五，中华书局 2012 年版，第 545 页。
⑤ 〔清〕方东树著，汪绍楹校点《昭昧詹言》卷十二，人民文学出版社 1961 年版，第 282 页。
⑥ 〔宋〕欧阳修撰，刘德清、顾宝林、欧阳明亮笺注《欧阳修诗编年笺注》卷八、卷九，中华书局 2012 年版，第 854、992 页。

首》《答杜相公宠示去思堂诗》《张仲通示墨竹嗣以嘉篇岂胜钦玩聊以四韵仰酬厚贶》《依韵和杜相公喜雨之什》《送郓州李留后》《忆鹤呈公仪》《和韩学士襄州闻喜亭置酒》诸篇，形式上皆格律工整、对仗精巧、字句锤炼，情感上或深婉绵邈，或警健沉郁，风格上或气格沉雄，或温雅俊逸，整体显示出健拔风力与洒脱情怀。

再从新变代雄来看，欧阳修对杜诗的传承开拓、对宋诗的发展推动，主要表现在以诗代书和以俗为雅两大方面。前者如其《暇日雨后绿竹堂独居兼简府中诸僚》即以生活化的内容、散文化的句式，在犹如书信一般的赋诗寄友中，充分倾诉了痛失挚爱的孤独忧伤与休养身心的内在需要。后者如其《留题南楼二绝》所云："偷得青州一岁闲，四时终日面屡颜。须知我是爱山者，无一诗中不说山。""醉翁到处不曾醒，问向青州作么生？公退留宾夸酒美，睡馀敧枕看山横。"① 口语化的表述，世俗化的生活情趣，都很好地展现了宋人的审美情调。

最后从李杜评价看，欧诗中实无明显轩轾。如《和武平学士岁晚禁直书怀五言二十韵》谓"歌诗唐李杜，言语汉严徐。自顾追时彦，多惭不鄙予"②，明确并尊李杜。其《感二子》亦有云：

> 昔时李杜争横行，麒麟凤凰世所惊。二物非能致太平，须时太平然后生。开元天宝物盛极，自此中原疲战争。英雄白骨化黄土，富贵何止浮云轻。唯有文章烂日星，气凌山岳常峥嵘。贤愚自古皆共尽，突兀空留后世名。③

---

① ［宋］欧阳修撰，刘德清、顾宝林、欧阳明亮笺注《欧阳修诗编年笺注》卷十六，中华书局2012年版，第1861页。

② ［宋］欧阳修撰，刘德清、顾宝林、欧阳明亮笺注《欧阳修诗编年笺注》卷十三，中华书局2012年版，第1578—1579页。

③ ［宋］欧阳修撰，刘德清、顾宝林、欧阳明亮笺注《欧阳修诗编年笺注》卷十四，中华书局2012年版，第1679页。

尽管此诗为苏舜钦、梅尧臣而作，乃是借用李、杜来比况二人，但却又以并世而生的麒麟与凤凰来比附李杜，足见对李杜诗坛地位的崇高评价是等量齐观的。

综上所述，欧阳修全面汲取了杜甫"转益多师是汝师"①的学诗经验。元人刘壎在《隐居通议》中评"欧阳公"时就注意到这一点：

> 学者每恨公诗平易浅近，少锻炼之工，不得与少陵、山谷争雄。予独以为不然。公之所作，实备众体。有甚似韦苏州者，有甚似杜少陵者，有甚似选体者，有甚似王建、李贺者；有富丽者，有奇纵者，有清俊者，有雄健苍劲者，有平淡纯雅者。②

欧阳修非但创造了一种自然平易的诗歌风貌，还同时师法《文选》、杜甫、韦应物、王建、李贺诸家，并将其中"富丽"与"清俊"、"奇纵""雄健苍劲"与"平淡纯雅"这些两两相对的风格融合为一，终成转益多师而风格多样的诗家里手。

四、欧阳修积极学杜的深层缘由

景祐三年（1036）五月，三十岁的欧阳修遭遇了政治生涯中的第一次重大打击，被贬为夷陵县令，开始从京师馆阁文臣变为了地方官。同一年底，挚友苏舜钦编成了一部《老杜别集》。不管是出于人生经历的机缘巧合，还是朋友间关于杜诗艺术的切磋交流，自此之后，欧阳修勠力践行着杜甫的仁爱、淑世情怀，同时也迎来了文学创作事业的爆发期，表现出了全面积极学杜的热忱，即从体式、数量、品质上看，都远远高于之前，他因之成为掀起杜诗热潮的推手之一。

---

① ［唐］杜甫著，［清］仇兆鳌注《杜诗详注》卷十一《戏为六绝句》其六，中华书局 1979 年版，第 901 页。
② ［元］刘壎《隐居通议》卷七《欧阳公》，中华书局 1985 年版，第 70 页。

从人生志向上说，欧阳修与杜甫具有一定的相通之处，常在直抒忧国爱民之情的同时，又寄寓了隐退江湖的挂冠之志。具体而言：第一，欧阳修始终关爱百姓、忧心国事，这与杜甫的仁政理想是高度一致的。在贬地夷陵任职时，欧阳修施行爱民宽政。据其《与薛少卿公期》自述："某向在夷陵、乾德，每以民事便为销日之乐。苟能如此，殊无谪官之意也。"① 清代袁枚《随园诗话》载参政庄有恭送行诗前半云："庐陵事业起夷陵，眼界原从阅历增。况有文章堪润色，不妨风骨露崚嶒。"② 说明个人政治遭遇的坎坷不顺，却反而有机会转向了更开阔的社会视野和更丰富的人生阅历，从而孕育出了刚直不屈的人格操守、创造出了绚烂夺目的文学成就。诚然，庆历四年（1044），欧阳修作《劝农敕》饱含悯民爱物之心，同时奏请赈济江淮饥民、招降湖南起义军、更定科举法、速救时弊、上疏言西北边事等等③，充分展现出经过地方任职历练后，对于民间疾苦的深切体认、国计民生的成熟考量。嘉祐八年（1063），已身居辅政大臣高位的欧阳修作《夜宿中书东阁》，仍有一种"攀髯路断三山远，忧国心危百箭攻。今夜静听丹禁漏，尚疑身在玉堂中"④ 感慨，与杜甫当初在《春宿左省》中抒写"不寝听金钥，因风想玉珂。明朝有封事，数问夜如何"⑤ 的心理状态颇有近似。按，葛立方《韵语阳秋》评杜曰："盖忧君谏政之心切，则通夕为之不寐。"⑥ 而周必大《题六一先生夜宿中书东阁诗》曰："右欧阳公嘉

① 夏汉宁校勘《〈欧苏手简〉校勘》卷二，中山大学出版社2014年版，第76页。
② ［清］袁枚著，顾学颉校点《随园诗话》卷一，人民文学出版社1982年版，第31页。
③ 参看刘德清《欧阳修纪年录》，上海古籍出版社2006年版，第156—164页。
④ ［宋］欧阳修撰，刘德清、顾宝林、欧阳明亮笺注《欧阳修诗编年笺注》卷十四，中华书局2012年版，第1712页。
⑤ ［唐］杜甫著，［清］仇兆鳌注《杜诗详注》卷六，中华书局1979年版，第438页。
⑥ ［宋］葛立方《韵语阳秋》卷十一，见［清］何文焕辑《历代诗话》，中华书局2004年版，第566页。

祐八年冬末诗。按，昭陵以是年春晏驾，十月复土时，厚陵再属疾。两宫情意未通，故有'攀髯路断''忧国心危'之句云。"① 纵观欧阳修的一生，可谓始终心忧朝政、心系黎民。

第二，欧阳修不贪恋权位，与杜甫一样有崇尚自由之心，尤其到了晚年，更是反复表达出"丹心未死惟忧国，白发盈簪盍挂冠？谁为寄声清颍客，此生终不负渔竿"②、"自愧陪群彦，从来但朴忠。时平容窃禄，岁晚叹衰翁。买地淮山北，垂竿颍水东。稻粱虽可恋，吾志在冥鸿"③ 的归隐之想，诚如杜甫"渔樵寄此生""独觉志士甘渔樵""平生江海心，宿昔具扁舟"④ 一般的心理独白。

第三，欧阳修切身感受到为人臣是亟待君臣遇合的，却也难免会有仕途蹭蹬、遭受排挤甚至诋毁的落寞之时及由此生发的孤忠之感，这些使得他愈发渴望挣脱官场羁绊、回归身心自由。所以，他作《感事》而曰："故园三径久成荒，贤路胡为此坐妨。病骨瘦便花蕊暖，烦心渴喜凤团香。号弓但洒孤臣血，忧国空馀两鬓霜。何日君恩悯衰朽，许从初服返耕桑？"⑤ 在对宋英宗的驾崩表达出一份深哀恸悼时，也无形流露出一种盛年不再的忧凄、感伤。更何况他所感之事，还在于一些政敌总在不断地对自己进行各种名目的弹劾、诬告，这令暮年的欧阳修倍感心力交瘁，就像杜甫所叹"老病

① [宋]周必大撰《文忠集》卷十五《题六一先生夜宿中书东阁诗》，影印《文渊阁四库全书》第1147册，上海古籍出版社1987年版，第140页。
② [宋]欧阳修撰，刘德清、顾宝林、欧阳明亮笺注《欧阳修诗编年笺注》卷十五《摄事斋宫偶书》，中华书局2012年版，第1725—1726页。
③ [宋]欧阳修撰，刘德清、顾宝林、欧阳明亮笺注《欧阳修诗编年笺注》卷十五《下直呈同行三公》，中华书局2012年版，第1738页。
④ [唐]杜甫著，[清]仇兆鳌注《杜诗详注》卷九《村夜》、卷十二《严氏溪放歌》、卷十三《破船》，中华书局1979年版，第778、1042、1121页。
⑤ [宋]欧阳修撰，刘德清、顾宝林、欧阳明亮笺注《欧阳修诗编年笺注》卷十五，中华书局2012年版，第1772页。

南征日，君恩北望心。百年歌自苦，未见有知音"① 那般忠君而迟暮、失意又孤寂。加之苏舜钦、梅尧臣、刘敞等几位至交好友的相继谢世，欧阳修在精神生命深处是相当孤独的，遂有"向老光阴双转毂，此身天地一飘蓬。何时粗报君恩了，去逐冥冥物外鸿"② 的内在呼喊。这里不单巧妙化用了杜甫《老病》中"合分双赐笔，犹作一飘蓬"③ 一句入诗，还充分说明了此时的欧阳修十分需要在放逐天地间找回自我，从而安顿无所皈依的灵魂。

颍州情结，应是欧阳修在努力寻找的一种心灵归属感。从地理方位看，颍州与河南交界，靠近当时北宋政治文化中心，却又有一段距离存在，最是适合能进能退的一方止泊之地。所以，欧阳修晚年一再发愿想要终老于斯。南宋葛立方在《韵语阳秋》中细致梳理过欧公大量的归"颍"诗句，并由此指出他与杜甫之间深层的精神联系：

> 欧阳永叔居官之日多，然志未尝一日不在颍也。《下直诗》云："终当自驾柴车去，独结茅庐颍水西。"《斋宫偶书》云："谁为寄声清颍客，此生终不负渔竿。"《呈同行三公》云："买地淮山北，垂竿颍水东。"《秋怀诗》云："鹿车终自驾，归去颍东田。"《送职方》云："三年解组来归日，吾已先耕颍水头。"《书怀》云："颍水多年已结庐，白首归来一鹿车。"《表海亭》云："颍田二顷春芜没，安得柴车自驾还。"《青州书事》云："君恩天地不违物，归去行歌颍水傍。"《谢石扰薪篁诗》

---

① ［唐］杜甫著，［清］仇兆鳌注《杜诗详注》卷二十二《南征》，中华书局1979年版，第1950页。

② ［宋］欧阳修撰，刘德清、顾宝林、欧阳明亮笺注《欧阳修诗编年笺注》卷十六《毬场看山》，中华书局2012年版，第1840—1841页。

③ ［唐］杜甫著，［清］仇兆鳌注《杜诗详注》卷十五，中华书局1979年版，第1282—1283页。

云："终当卷簟携归去，筑室买田清颍尾。"《清明日诗》云："有田清颍间，尚可事桑麻。安得一黄犊，幅巾驾柴车。"《送祖择之》云："待君今日我何为，手把锄犁汝阴叟。"《归田乐》云："我已买田清颍上，更欲临流作钓矶"。观其思归之言，重复如是，岂怀禄固位者哉？老杜云："非无江海志，潇洒送日月。生逢尧舜君，不忍便永诀。"此永叔志也。①

自天圣八年（1030）进士及第步入官场，到熙宁四年（1071）致仕，欧阳修历经宦海浮沉四十馀年，宠辱得失间，每每心口不离思"颍"，这在葛立方看来，实在不是贪图功名利禄之人。若按照一般的概念认识，思归田园应属于陶渊明一路的隐逸传统。但是，崇陶风气盛行的两宋之交，葛立方却仍愿将其与杜甫的"江海志"联系在一起，这就特别值得玩味。笔者以为，这种对"永叔志"的特殊认识，实际已牵涉到了对颍州情结和六一风度两者的理解。

先说颍州情结。陈湘琳在《欧阳修的文学与情感世界》一书中作过专题研究，并得出了这样一种认识：

> "颍州"所表述的，其实不只是一个长期思慕与最后归隐的理想地点，不只是梦寐以求的"精神家园"，也不只是一个因期待而被美化的人间"乐土"。在余生有限的窘迫中，在庸碌无所作为的愧疚失意中，在急欲摆脱政治、人事困境牢笼的渴望中，颍州是一种"逃禄而归耕"之道，是一种"隐身"，是一条出路。

> 当欧阳修提到"颍"，其所思所归实不在"颍"。在表面上思颍、思隐、思闲居、思归田的种种颍州情结中，欧阳修实际

---

① ［宋］葛立方《韵语阳秋》卷十三，见 ［清］何文焕辑《历代诗话》，中华书局 2004年版，第587页。

表述了其不知所归的困窘、不得不隐藏的畏祸避难心态、在闲居中仍然意欲有补于国事的理想，以及在生理的不逮、现实情势的不许可之下的黯然退守。文本中被美化、表现正面积极意义的"颍州"讲述，遂在欧阳修一生公私两难的矛盾挣扎中呈现为飘忽的背景、次要的选择。换言之，欧阳修所谓的颍州情结最终凸显的是他道难两全的沉痛、挣扎与困境。①

这里将归"颍"看作欧公急流勇退的一种不得已选择，而刻意淡化"颍州"作为一个背景存在或是象征符号的文化地理意义，且格外凸显其在面对社会价值和面向自我需要之间的矛盾冲突时所带来的逃避、痛苦心理，固然有一定的具体指向性，但却未必能涵盖作为"达老""醉翁""六一居士"的一个真实完整的欧阳修②。具体而言，王安石《祭欧阳文忠公文》评曰："自公仕宦四十年，上下往复，感世路之崎岖。虽屯遭困踬，窜斥流离，而终不可掩者，以其公议之是非。既压复起，遂显于世。果敢之气，刚正之节，至晚而不衰。"③足以说明欧公始终是一个不畏困厄、正直果敢而富有气节的士人。黄庭坚《跋欧阳公红梨花诗》亦曰："观欧阳文忠公在馆阁时与高司谏书，语气可以折冲万里。谪居夷陵，诗语豪壮不挫，理应如是。文人或少拙而晚工，至文忠，少时下笔便有绝尘之句。"④无论顺境、逆境，这种豪气壮怀，自始至终都是欧阳修的性格本色。所以，与其说晚年的他被迫"畏祸避难"，倒不如说他是

---

① 陈湘琳《欧阳修的文学与情感世界》，复旦大学出版社 2012 年版，第 181、182 页。
② ［宋］欧阳修著，李逸安点校《欧阳修全集》卷五十二《书怀感事寄梅圣俞》、卷三十九《醉翁亭记》、卷四十四《六一居士传》，中华书局 2001 年版，第 730、576、634 页。
③ ［宋］王安石撰，刘成国点校《王安石文集》卷八十六《祭欧阳文忠公文》，中华书局 2021 年版，第 1490 页。
④ ［宋］黄庭坚著，刘琳等点校《黄庭坚全集》正集卷二十六，中华书局 2021 年版，第 625 页。

厌倦了官场的倾轧斗争，渴望回归对生命本然价值的追寻。

再探六一风度。欧阳修在熙宁元年（1068）七月第五次上表乞求致仕，"平生著述以'六一居士'自署者，始自此月"。熙宁三年（1070），"九月七日，改号六一居士，作文以明志"①。对于性格洒脱之人，清风朗月一壶酒、万卷诗书琴一张、千卷金石一盘棋，就足以超然物外、俯仰自得。但自号"六一居士"的欧阳修仍然会有为国大志，这正是他值得注意的地方，也是他与杜甫恰好相同所在。与此同时，欧阳修的生命底色，与杜甫的"江海志"也是一脉相承的。究其原因，所谓"江海志"乃是庄学培养出来的一种人生价值观，即不受权力、体制约束的自由自在追求，也即逍遥游的境界。由于汉代独尊儒术、排挤庄老，直到经过六朝文化的发酵，这种价值观才能进入很多人的生命底色当中，从而造就了包括杜甫、欧阳修在内的大批唐宋文人生命意识中的玄学品质。具体而言，自汉末至正始玄学的重点，恰恰就在蔑视礼教、发现并重视对自我价值的追求。至东晋士族衣冠南渡，整个文化中心南移到了吴越一带，逐渐就有了对于以自我的精神个性、艺术才情来跟主流的那种庸俗人格相抗衡的时代风气。简言之，即不是在权力之中，而是在权力之外去寻找自我价值。这就跟儒家将个人价值与权力合一的道德价值有了明显分野。王羲之、谢灵运等人就是这种无须靠政治作为来证明自己人生价值的典型代表。而陶渊明的精神生命中儒家气息比较重，但却属于很朴素的原始儒家精神，即深受孔子而非孟子到董仲舒一脉的影响，这与后来的宋明理学有着根本差异。落实到价值观上，则体现为陶渊明对人伦规范是认可的，而且希望自我要去从政、要去服务社会，所以才有"忆我少壮时，无乐自欣豫。猛

---

① 刘德清《欧阳修纪年录》，上海古籍出版社 2006 年版，第 431、450 页。

志逸四海，骞翮思远翥"①的表述，这在当时那个年代还是比较稀缺的。尽管他同样对自我才情、价值有很深期许，但似并不刻意而为，反而相对更刻意地是对回归田园淳朴生活的追求。由此可见，陶渊明的最终归隐更多可能是在"猛志"落空、志意被消磨后的一种无奈退守，而杜甫的"江海志"则是在生逢明君、不忍舍弃自我社会责任感之外的另一种人生选择。换言之，杜甫在"江海志"与"尧舜君"之间不存在需要通过其中任何一者来证明自我价值，都是出于自然天性。很显然，六一风度的内在精神，更接近杜甫这一种。

独撰《新五代史》、奉敕主修《新唐书》的欧阳修，史家意识鲜明，对北宋社会所特有的国情、民情以及风物人情等作了各种真实的记载。在赋诗时，亦有学习杜诗的"诗史"精神，史笔纪实方法的表现。具体而言，有两种表现形式：一种是以诗补史，譬如其《梅圣俞寄银杏》谓"鹅毛赠千里，所重以其人。鸭脚虽百个，得之诚可珍。问予得之谁，诗老远且贫。霜野摘林实，京师寄时新。封包虽甚微，采掇皆躬亲。物贱以人贵，人贤弃而沦"，可知银杏在江南本非名贵之物，而友人千里寄赠的情谊却非常深重。其后，又作《和圣俞李侯家鸭脚子》交代"鸭脚生江南，名实未相浮。绛囊因入贡，银杏贵中州。……公卿不及识，天子百金酬。……想其初来时，厥价与此侔。今也遍中国，篱根及墙头。物性久虽在，人情逐时流。惟当记其始，后世知来由"②，即明确了银杏物种初次由江南引进中州的具体情形，具有珍贵的史料价值。又如《赏新

① ［晋］陶潜著，龚斌校笺《陶渊明集校笺》卷四《杂诗十二首》其五，上海古籍出版社1996年版，第296页。

② ［宋］欧阳修撰，刘德清、顾宝林、欧阳明亮笺注《欧阳修诗编年笺注》卷十、十二，中华书局2012年版，第1128、1391页。

茶呈圣俞》《次韵再作》两首与梅尧臣之间的往来唱和诗，将北宋茶叶生产与文人品茶风尚联系起来，全方位实录了宋代茶文化的产生渊源及其风土人情，可谓极其难得的茶文献资料。再如《奉答圣俞达头鱼之作》，详细描叙了当时一种海鱼的生长环境、形态，及其被捕捞、宰杀乃至馈赠的全过程，从而展现了一幅生动鲜活的北宋民俗生活长卷。

另一种形式是以诗叙史，譬如其《被牒行县因书所见呈僚友》云："周礼恤凶荒，辂车出四方。土龙朝祀雨，田火夜驱蝗。木落孤村迥，原高百草黄。乱鸦鸣古堞，寒雀聚空仓。桑野人行馌，鱼陂鸟下梁。晚烟茅店月，初日枣林霜。墐户催寒候，丛祠祷岁穰。不妨行览物，山水正苍茫。"① 这是叙写明道元年（1032）秋冬之交，欧阳修奉命巡行所主之县旱蝗灾情的见闻情况，将村落的萧条、民生的凋敝展现得具体细微，发人深思。即使《应制赏花钓鱼》这类应制诗，也在歌颂帝王功德的同时，如实记载并展现了盛世的一派太平气象。

除此之外，欧阳修还有更多以时事入诗、关注民生之作，显示出了跟杜甫一脉相承的忧国爱民情怀。诸如《答杨辟喜雨长句》在夹叙夹议中尖锐地指责"今者吏愚不善政，民亦游惰离于农"是导致国困民贫的根本原因，宣扬重视农业、改革吏治的政治主张；《永阳大雪》则借"老农自言身七十，曾见此雪才三四"渲染了雪势之大，又与诗人所欣喜的"一尺雪，几尺泥，泥深麦苗春始肥。老农尔岂知帝力，听我歌此丰年诗"之间构成类似于对话体结构形式，凸显了仁民爱物之情；《再和圣俞见答》更直抒"问我居留亦

---

① ［宋］欧阳修撰，刘德清、顾宝林、欧阳明亮笺注《欧阳修诗编年笺注》卷二，中华书局 2012 年版，第 196 页。

何事，方春苦旱忧民犁"的忧民之心①。除此之外，其《边户》一诗还深刻反映出北宋王朝的边患之苦：

> 家世为边户，年年常备胡。儿童习鞍马，妇女能弯弧。胡尘朝夕起，虏骑蔑如无。邂逅辄相射，杀伤两常俱。自从澶州盟，南北结欢娱。虽云免战斗，两地供赋租。将吏戒生事，庙堂为远图。身居界河上，不敢界河渔。②

此诗以简劲之笔巧妙地将北方边地百姓的满腔抗敌卫边热情，与北宋朝廷苟且偷安的外交策略形成鲜明对比，从而委婉讽刺了屈辱求和外交下的种种民生疾苦。较之杜诗对于乱离之苦的生动书写，尤能体现特殊的时代忧患感。以上这个方面实际即是对杜诗"诗史"精神的接受与发扬。

欧阳修是宋诗开拓发展的关键性人物，钱基博在《中国文学史》中总结得很到位："由修而拗怒，则为黄庭坚，为陈师道；由修而舒坦，则为苏轼，为陆游。诗之由唐而宋，惟修管其枢也。"③如此缔造宋诗品格的领军人物，他对李杜诗的态度立场，自然对后人产生很大影响。但也必须看到一点，即便"欧公不好杜"这样的传闻，会有源源不断的质疑声，也难免被以讹传讹成为一种概念化、印象式的认识而进入大众认知体系。所以，若要探到欧公真实的想法及其可能的变化，除了深入挖掘其诗文中的内证外，还可以从其交往甚密的周围人当中寻找旁证。

---

① ［宋］欧阳修撰，刘德清、顾宝林、欧阳明亮笺注《欧阳修诗编年笺注》卷六、七、十，中华书局 2012 年版，第 620、772、1088 页。
② ［宋］欧阳修撰，刘德清、顾宝林、欧阳明亮笺注《欧阳修诗编年笺注》卷十一，中华书局 2012 年版，第 1226—1227 页。
③ 钱基博《中国文学史》，中华书局 1993 年版，第 520 页。

第四节　欧阳修交游圈的崇杜与辑杜

欧阳修是兼容并包、博采众长的博学型诗人，也是出身寒门而仕途坎坷、几入翰苑又多涉江湖的博闻型文人，还是文史兼修、见解独到、饱含强烈文化使命感的性情型才子。在欧阳修生活的时代，产生了一大批同样有才华、有抱负的文人士大夫，他们因气性相投而聚集，形成了相互酬唱、前后相续的文坛景观。他们中有不少人都对宋诗从西昆藩篱中解脱出来后该走向何处、选择谁作为学习典范而展开思索、发表意见。正是这些周围人的尊崇杜甫、搜辑杜诗，在一定程度上影响了主导诗文革新的欧阳修，让他在扬李的同时，并没有走向抑杜，反而越来越显现出欣赏杜诗、效法杜诗的审美倾向。欧阳修与其身边诸多崇杜友人共同努力，在景祐、宝元以后终于掀起了杜诗热潮。

一、宋祁尊杜与梅尧臣并尊李杜

最早可能对欧阳修的杜诗观产生直接影响的，便是天圣二年（1024）中了进士、天圣八年（1030）欧阳修科考时"充点检试卷"[①]，后来又奉敕与他一同主修《新唐书》的宋祁（998—1061）。宋祁负责修撰的列传，起于景祐年间，费时十馀年。其所撰《杜甫传》，不惟明确、直接以"诗史"评价杜甫，对宋代"诗史"说的发展有奠定意义，还沿袭元稹观点强化了杜诗承先启后的重要地位：

> 至甫，浑涵汪茫，千汇万状，兼古今而有之，它人不足，甫乃厌馀，残膏剩馥，沾丐后人多矣。[②]

---

① 刘德清《欧阳修纪年录》，上海古籍出版社 2006 年版，第 33 页。
② ［宋］欧阳修、宋祁撰《新唐书》卷二百一，中华书局 1975 年版，第 5738 页。

宋祁在正史中明确强调了杜甫对古今文学的兼收并蓄，即正式肯定了其学养的广度和深度，并认为这是杜诗取得重大成就的关键。而他写《新唐书·杜甫传》时，正值王洙编成第一个较完整的杜甫诗集出现的那一时段，也即杜诗学掀起第一个高潮的时期。此后杜诗接受持续升温，学杜风气日盛。

宋祁之所以对杜甫有如此高的评价，离不开他下了很大功夫来研读杜诗。其《和贾相公览杜工部北征篇》即一读杜心得：

> 唐家六叶太平罢，宫艳醉骨恬无忧。阿荤诟天翠华出，模糊战血腥九州。乾疮坤痍四海破，白日杀气寒飕飗。少陵背贼走行在，采栢拾橡填饥喉。眼前乱离不忍见，作诗感慨陈大猷。北征之篇辞最切，读者心陨如摧辀。莫肯念乱小雅怨，自然流涕衰安愁。才高位下言不入，愤气郁屈蟠长虬。今日奔亡匪天作，向来颠倒皆庙谋。忠骸佞骨相撑拄，一燎同烬悲昆坵。相君览古慨前事，追美子美真诗流。前王不见后王见，愿以此语贻千秋。①

此诗从唐王朝由盛转衰、安史之乱骤然爆发起笔写来，寥寥数语便勾勒出了一个在满目疮痍、杀戮不止的危机形势下，匿逃罗网却投奔行在的忠臣杜甫，以及此后饥寒交迫、颠沛流离中仍不忘感时述事、悲悯苍生的诗人形象。其所作《北征》篇，最令宋祁感动流泪，深为"才高位下"的诗人那种气贯长虹的悲愤之气鸣不平。这些认识对后来杜甫"忠君"说在宋代的盛行产生了直接影响。清人浦起龙在《读杜心解》中说："读《北征》，见杜子一腔血性。"② 诚不虚言。

---

① ［宋］宋祁撰《景文集》卷七《和贾相公览杜工部北征篇》，影印《文渊阁四库全书》第1088册，上海古籍出版社1987年版，第61—62页。
② ［清］浦起龙《读杜心解》卷一之二《北征》，中华书局1961年版，第43页。

在读杜之后，宋祁还有多首拟杜之作。如五古《拟杜工部九成宫》与杜诗一样，抒写了一种"千载遍荒愁，金铺锁嵯峬"①的古今兴亡之感。五律《城隅晚意》被清末许印芳评为"骨味格律，真近老杜"②。七律《拟杜子美峡中意》云："天入虚楼倚百层，四方遥谢此登临。惊风借壑为寒籁，落日容云作暝阴。岘井北抛王粲宅，楚衣南逐女媭砧。十年不识长安道，九籥宸开紫气深。"③方回《瀛奎律髓》评曰："拟老杜亦颇近之。"④要言之，宋祁在评杜、读杜、拟杜三方面对杜甫地位的提升应有直接作用，可能对欧阳修的杜诗接受也产生了一定影响。

与欧阳修一生关系最密切的挚友梅尧臣（1002—1060），对李杜二人均持赞赏态度。据粗略统计，其诗集中直呼"李白"其名，达十馀次之多，言及"谪仙"也往往不脱醉酒、赏月、漫游等话题；而直呼"杜甫"者惟3处（含1拟杜诗题），其他皆尊称"少陵""工部""杜子美"。若联系梅尧臣曾坦言过"我世本儒术，所谈圣人篇，圣篇辟乎道，信谓天地根"⑤，且创作了不少像《田家语》《汝坟贫女》《农难》《甘陵乱》一类反映民生疾苦之作，便不难发现他对杜甫的儒者胸怀、忠爱之心，以及杜诗"诗史"精神颇致敬佩，而对李白则更钦慕其洒脱情怀和脱俗才气。换言之，梅尧臣对李白是喜爱，对杜甫则是敬重。

---

① ［宋］宋祁撰《景文集》卷六《拟杜工部九成宫》，影印《文渊阁四库全书》第1088册，上海古籍出版社1987年版，第53页。
② ［元］方回选评，李庆甲集评校点《瀛奎律髓汇评》卷十五，上海古籍出版社2005年版，第546页。
③ ［宋］宋祁撰《景文集》卷十七《拟杜子美峡中意》，影印《文渊阁四库全书》第1088册，上海古籍出版社1987年版，第143—144页。
④ ［元］方回选评，李庆甲集评校点《瀛奎律髓汇评》卷六，上海古籍出版社2005年版，第264页。
⑤ ［宋］梅尧臣著，朱东润编年校注《梅尧臣集编年校注》卷十《依韵和李君读余注孙子》，上海古籍出版社2020年版，第192页。

　　具体来说，梅尧臣笔下的李白是天才的、浪漫的、天真的、不羁的。如云"开元有谪仙，酒隐向安陆。子尝慕其人，文字不拘束。月下每醉吟，落纸辄数幅"，何其洒脱；又如"采石月下闻谪仙，夜披锦袍坐钓船。醉中爱月江底悬，以手弄月身翻然。不应暴落饥蛟涎，便当骑鱼上九天"，何其恣肆；又如"我读李白问月诗，乃知白也心太痴。明月在上尔在下，月行岂独君相随"，何其深情；又如"迩来独酌邀明月，唯有青山李谪仙""独酌效谪仙""醉来欲学李白骑鲸鱼""醉死谁能如谪仙"，何其追慕。然而，每每写到杜甫，梅尧臣则着重凸显其穷困形象。有时比况道："予穷少陵老，公似谪仙人""我意方同杜工部，冷淘唯喜叶新开""况无杜甫海图坼，天吴且免在褐躬。"有时又感慨："杜子每思赤脚踏，韩老尝苦如甑炊。惭无二公才与学，享此足与俗辈矜。"① 相形之下，在梅尧臣的心理认知中，李白似乎从未凡俗，而杜甫却不曾轻快。

　　诚然，李杜是那么个性鲜明、那么迥然有别的两大诗人，梅尧臣在诗中却也经常李杜并称。如"诗评杜兼李""李白死宣城，杜甫死耒阳。二子以酒败，千古留文章""好论古今诗，品藻笑锺嵘。欲扫李杜坛，未审谁主盟"② 云云，对于李杜诗，他显然并无任何优劣高下之分。即使《读邵不疑学士诗卷杜挺之忽来因出示之且伏

---

① ［宋］梅尧臣著，朱东润编年校注《梅尧臣集编年校注》卷十七《送樊秀才归安州》、卷二十四《采石月赠郭功甫》、卷二十五《读问月》、卷二十四《尝正仲所遗拨醅》、卷十五《寄谢开封宰薛赞善》、卷二十五《寄潘歙州伯恭》、卷十四《回自青龙呈谢师直》、卷二十七《七夕永叔内翰遗郑州新酒言值内直不暇相邀》、卷二十九《和范景仁王景彝殿中杂题三十八首并次韵》其十《宫槐》、卷二十六《永叔赠绢二十匹》、卷二十三《韩子华遗冰》、卷十六《依韵和酬韩仲文昆季联句见谢》，上海古籍出版社 2020 年版，第 475、921、960、875、367、975、278、1178、1331、1079、831—832、453 页。

② ［宋］梅尧臣著，朱东润编年校注《梅尧臣集编年校注》卷十六《依韵和酬韩仲文昆季联句见谢》、卷二十四《酒病自责呈马施二公》、卷二十八《次韵答黄介夫七十韵》，上海古籍出版社 2020 年版，第 453、892、1247 页。

高致辄书一时之语以奉呈》有论诗云：

> 作诗无古今，唯造平淡难。譬身有两目，瞭然瞻视端。《邵南》有遗风，源流应未殚。所得六十章，小大珠落槃。光彩若明月，射我枕席寒。含香视草郎，下马一借观。既观坐长叹，复想李杜韩。愿执戈与戟，生死事将坛。[1]

梅尧臣最明确的诗学主张是"平淡"，而这种诗歌风格最早可以上溯到《国风》。因是来自民间，故而真率质朴、自然天成。尽管这里"李杜韩"都为梅尧臣心中典范，但他还有诗道："摩拂李杜光，诚与日月斗。退之心伏降，安得此孤陋。"又言："有唐文最盛，韩伏甫与白。甫白无不包，甄陶咸所索。"[2] 相较之下，李杜诗的包罗万象、地负海涵，才是更高层次的。

对于杜诗，梅尧臣很推崇两种功力：一是"少陵失意诗偏老"的"老"境；二是"杜诗尝说少陵豪，祖德兼夸翰墨高。苏李为奴令侍席，钟王北面使持毫。郊麟作瑞唯逢趾，天马能行不辨毛。一诵东山零雨句，无心更学楚离骚"的"豪"气。但在创作实践中，其学杜之作并不多。他曾自称"比之少陵豪，望我何太全"[3]，对于杜诗之"豪"是高山仰止的，但并未刻意模拟。如其《拟杜甫玉华宫》云："松深溪色古，中有鼯鼠鸣。废殿不知年，但与苍崖平。鬼火出空屋，未继华烛明。暗泉发虚窦，似作哀弦鸣。黄金不变

---

① ［宋］梅尧臣著，朱东润编年校注《梅尧臣集编年校注》卷二十六《读邵不疑学士诗卷杜挺之忽来因示之且伏高致辄书一时之语以奉呈》，上海古籍出版社 2020 年版，第 1030 页。

② ［宋］梅尧臣著，朱东润编年校注《梅尧臣集编年校注》卷二十六《答张子卿秀才》、《还吴长文舍人诗卷》，上海古籍出版社 2020 年版，第 1105、1110 页。

③ ［宋］梅尧臣著，朱东润编年校注《梅尧臣集编年校注》卷二十四《依韵和王介甫兄弟舟次芜江怀寄吴正仲》、卷二十三《太师相公篇章真草过人远甚而特奖后进流于咏言辄依韵和》、卷二十六《依韵和表臣见赠》，上海古籍出版社 2020 年版，第 881、869、1045 页。

土，玉质空令名。当时从舆辇，石马埋棘荆。独来感旧物，煎怀如沸羹。区区人世间，谁免此亏盈。"① 不惟与杜诗《玉华宫》意象近似、写法相同，还一样感怀激烈、悲情难抑，充满着吊古伤今的情调。

总而言之，梅尧臣对李杜始终是并尊的，他发掘到李杜不同品质下的各自闪光点，都持一种赏识的态度，不偏不倚。在他的诗作中，虽不表现为明显的学李抑或学杜追求。但从他所拟杜诗来看，亦能在一定意义上说明是认真体悟过杜诗精神的。不惟如此，时人杜衍还赞誉道："李杜诗垂不朽名，君能刻意继芳馨。清才绰绰臻神妙，逸韵飘飘入杳冥。"② 梅尧臣对李杜诗的传承意义，由此可见一斑。

二、苏舜钦与王洙等人辑杜之功

欧阳修朋友圈中交往颇多的另一拨人，像苏舜钦、王洙、王琪、刘敞都是宋代最早搜辑、编纂、刊刻杜诗成集的人，他们很可能为欧阳修提供了第一时间所能读到的最大数量的第一手杜诗文本。这不仅推动了欧阳修的杜诗认识与接受，而且对整个宋代诗学的转型发展都产生了很大影响。杜诗的崇高地位，正是在这种前后相续的文献整理与传播过程中逐步确立起来的。

苏舜钦（1008—1048）是欧阳修身边最早从事杜诗搜辑工作的人。景祐三年（1036），他编成一部《老杜别集》，收诗三百八十馀首，并撰有《题杜子美别集后》曰：

> 杜甫本传云："有集六十卷"，今所存者才二十卷，又未经

---

① ［宋］梅尧臣著，朱东润编年校注《梅尧臣集编年校注》卷十八《拟杜甫玉华宫》，上海古籍出版社 2020 年版，第 600 页。

② ［宋］梅尧臣著，朱东润编年校注《梅尧臣集编年校注》卷二十六《依韵和酬太师相公》附杜衍《圣俞诗名闻固久矣加有好事者时传新什至此每一讽诵益使人忻慕故书五十六字以记》，上海古籍出版社 2020 年版，第 1067 页。

学者编辑，古律错乱，前后不伦，盖不为近世所尚，坠逸过半，吁！可痛闵也。天圣末，昌黎韩综官华下，于民间传得号《杜工部别集》者，凡五百篇。予参以旧集，削其同者，馀三百篇。景祐侨居长安，于王纬主簿处又获一集。三本相从，复择得八十馀首，皆豪迈衰顿，非昔之攻诗者所能依倚，以知一出于斯人之胸中。念其亡去尚多，意必皆在人间，但不落好事家，未布耳。今以所得，杂录成一策，题曰《老杜别集》，俟寻购仅足，当与旧本重编次之。又本传云："旅于耒阳，永泰二年，啗牛肉白酒，一夕而卒。"此诗中乃有大历三年白帝城放船出瞿塘将适江陵之作，乃大历五年追酬高蜀州见寄，旧集有"大历二年调玉烛"之句，是不卒于永泰，史氏误文也，览者无以此为异。景祐三年十二月五日长安题。①

这篇跋文开篇即揭橥了杜诗在唐末至宋初时不为世人所重的冷落局面。其中"今所存者才二十卷"，在强调了杜诗阙失大半的惨淡事实时，也暗示出宋初所存"旧集"有可能是来自三种二十卷本系统。第一种，五代阙名编《蜀本杜诗》二十卷。严羽《沧浪诗话·考证》云："旧蜀本杜诗，并无注释，虽编年而不分古近二体，其间略有公自注而已。"②故疑旧蜀本并不吻合苏舜钦所述"未经学者编辑""前后不伦"的二十卷本；第二种，五代孙光宪（？—968）编《孙光宪序杜甫集》二十卷。除王洙《杜工部集记》著录此本外，书与序皆不传，故无从考知；第三种，由南唐入宋的郑文宝（953—1013）编《少陵集》二十卷。据王得臣（字彦辅）所撰《增

---

① ［宋］苏舜钦著，沈文倬校点《苏舜钦集》卷十三《题杜子美别集后》，中华书局上海编辑所1961年版，第200—201页。
② ［宋］严羽著，郭绍虞校释《沧浪诗话校释·考证》，人民文学出版社1961年版，第231页。

注杜工部诗序》云："按郑文宝《少陵集》，张逸为之序。"① 经查，张逸是宋仁宗朝大臣，景祐三年（1036）还以龙图阁待制权知开封府。由此推断，以上三种宋初二十卷本中，由张逸撰序的郑本杜集，在天圣、景祐年间有可能还存世。苏舜钦所参"旧集"，疑为此本。

宋初编纂杜集所面临的两大困难是散佚过多、难于考辨以及未编年、不分体。苏舜钦在机缘巧合下得到了另两个版本：一是刘敞岳父韩综（1009—1053）所藏《杜工部别集》。据吴企明《唐音质疑录》释"华下"曰："唐宋人习称华山脚下、华阴县附近地方为'华下'。"② 此本来自"华下"民间，疑为抄本。又，韩综是天圣八年（1030）进士，与欧阳修是同年关系，有不少交往，此本欧或亦知晓；二是主簿王纬所藏一集，初步判断应是未分卷本。欧、苏二人相识于天圣六年（1028），苏舜钦最终编定的三百八十余首《老杜别集》，应是欧阳修当时可能最先看到的最全版本。

苏舜钦对编成后这部杜集的总体认识是"豪迈哀顿"。所谓"豪迈"，指气度宽广、性情豪放，而"哀顿"则指风格沉郁顿挫。如此四字评价，可谓是真正把握到了杜诗风骨与精髓。此外，还有两点评价值得关注，即明确指出杜诗是此前"攻诗者"所不能依傍的，且一出于"胸中"而非笔下，这就极大肯定了杜诗超越前人、发乎情性的重要地位和特殊价值。正是在这个意义上，钱基博说："自苏舜钦始窥李杜，而宋诗之势始雄，气始舒。"③ 结合前文所述欧阳修、梅尧臣对杜诗都有"豪"的称赏，尤其欧阳修还在《答苏

---

① ［宋］王彦辅《增注杜工部诗序》，载［清］仇兆鳌注《杜诗详注附编》，中华书局1979 年版，第 2244 页。
② 吴企明《唐音质疑录》，上海古籍出版社 1985 年版，第 293 页。
③ 钱基博《中国文学史》，中华书局 1993 年版，第 515 页。

子美离京见寄》中赞道:"我独疑其胸,浩浩包沧溟。沧溟产龙鼍,百怪不可名。是以子美辞,吐出人辄惊。其于诗最豪,奔放何纵横!"① 故知苏舜钦不惟从杜诗中发掘出了雄豪之风,还将"豪"气充分运用到自我诗歌创作中,这对于扭转宋初西昆浮靡风气、引领宋诗走向豪健一路具有重要意义。

至于苏舜钦对杜甫卒年的考辨,同样具有重要的史料价值。据《旧唐书》载:"甫以其家避乱荆、楚,扁舟下峡,未维舟而江陵乱,乃泝沿湘流,游衡山,寓居耒阳。甫尝游岳庙,为暴水所阻,旬日不得食。耒阳聂令知之,自棹舟迎甫而还。永泰二年,啖牛肉白酒,一夕而卒于耒阳,时年五十九。"② 又《新唐书》载:"大历中,出瞿唐,下江陵,泝沅、湘以登衡山,因客耒阳。游岳祠,大水遽至,涉旬不得食,县令具舟迎之,乃得还。令尝馈牛炙白酒,大醉,一昔卒,年五十九。"③ 对比可知,苏舜钦所谓"史氏误文",即指《旧唐书》所载文字,经他发现、指正后,宋祁、欧阳修在庆历三年(1043)至嘉祐五年(1060)间编写《新唐书·杜甫传》时,作了明显修改,应是采纳了他的意见。

又,钱塘人韦骧(1033—1105)有《简夫丈昔遗〈老杜别集〉而骧以外集当之久而亡去近承多本因以诗请》云:

> 昔日交传集外诗,规模虽记旧编遗。近闻机格多兼副,可赐闲中一解颐。④

---

① [宋]欧阳修撰,刘德清、顾宝林、欧阳明亮笺注《欧阳修诗编年笺注》卷六,中华书局 2012 年版,第 626 页。

② [后晋]刘昫等撰《旧唐书》卷一百九十下,中华书局 1975 年版,第 5055 页。

③ [宋]欧阳修、宋祁撰《新唐书》卷二百一《杜甫传》,中华书局 1975 年版,第 5738 页。

④ [宋]韦骧撰《钱塘集》卷二,影印《文渊阁四库全书》第 1097 册,上海古籍出版社 1987 年版,第 412 页。

按，韦骧是皇祐五年（1053）进士。既然他说获赠过此集，且记其"规模"，那么苏舜钦这部《老杜别集》，应该在这一时期尚存于世，并已有过一些辗转多人传阅的经历，并不是自编成后就束之高阁、秘而不宣的私藏本。据此推断，其挚友欧阳修也应有机会见到此集。又，皇祐五年（1053），欧阳修作《与梅圣俞》其二十五曰："近为子美编成文集十五卷。凡述作中人可及者，已削去之，留其警绝者，尚得数百篇。后世视之为如何人也，朋友之间可以为慰尔。"① 为挚友整编文集的欧阳修，不论是否见过《老杜别集》，一定读过这篇《题杜子美别集后》。即从苏舜钦那份坚信杜诗必在人间、渴望来日能有机会集齐的执念中，便不难感受到他对杜甫的狂热追慕。

正因如此，苏舜钦把对杜诗散落人间的"痛闵"充分落实到了不遗馀力地搜辑整编中，又把对杜诗的认同、欣赏内化为创作实践中的学杜自觉。刘攽在《中山诗话》中指出：

> 杜工部有"峡束苍江起，岩排石树圆"，顷苏子美遂用"峡束苍江，岩排石树"作七言句。子美岂窃诗者，大抵讽古人诗多，则往往为己得也。②

诚然，苏诗《秋宿虎丘寺数夕执中以诗见贶因次元韵》中颈联"峡束苍渊深贮月，岩排红树巧装秋"③，明显化用了杜甫《秋日夔府咏怀奉寄郑监李宾客一百韵》两句。但从表达效果看，七言句中又明确增加了"月""秋"两个意象，更有具体情境感，并非完全刻意

---

① ［宋］欧阳修著《欧阳修全集》卷一百四十九《与梅圣俞》其二十五，中华书局 2001 年版，第 2456 页。

② ［宋］刘攽《中山诗话》，见［清］何文焕辑《历代诗话》，中华书局 2004 年版，第 284—285 页。

③ ［宋］苏舜钦著，沈文倬校点《苏舜钦集》卷八《秋宿虎丘寺数夕执中以诗见贶因次元韵》，中华书局上海编辑所 1961 年版，第 98—99 页。

照搬杜诗，而是讽咏熟稔之后，能化为己用、有所新变。南宋周必大《题苏子美贴临本》曰："欧阳公铭苏子美谓喜行狎草书，今玉山汪季路所藏颇备此体。其间'峡束岩排'之诗，既用杜工部句，又录《漫兴》《惜花》二绝。其爱杜至矣。俱字子美，得非司马相如慕蔺之意乎？"① 即从学杜句、书杜诗中，见其"爱杜"之至，并由此上升到一种莫名而注定的缘分。

不知苏舜钦是因字与杜甫同而对杜诗倍感亲切，还是因仰慕杜甫、钟爱杜诗而取字为"子美"。确切的是：两人关系密切，苏舜钦热爱、追摹杜诗。方回《瀛奎律髓》评苏舜钦《中秋松江新桥对月和柳令》曰："苏子美壮丽顿挫，有老杜遗味。然多哀怨之思。予少时初亦学此翁诗。惜乎子美早卒，使老寿，山谷当并立也。"又说："苏子美不早卒，其诗入老杜之域矣。"② 诚然，苏舜钦与杜甫一样忧心时事、关怀苍生，并由此创作了《庆州败》《吴越大旱》等反映民生疾苦之作。明初宋濂赞其"笔力横绝，宗杜子美"③，这种超绝的艺术功力，实出于他以"康济斯民为己任"及"便将决渤澥，出手洗乾坤"④ 为人生理想。正是这种浩博之气、远大之志，造就了其诗宏大广阔的格局，推动了他对杜诗的理解体认。

在苏舜钦《老杜别集》编成三年后，王洙（997—1057）在宝元二年（1039）编成了《杜工部集》二十卷。这是宋初编录最全的一部杜集，卷首有王洙作《杜工部集记》曰：

① ［宋］周必大《文忠集》卷十五《题苏子美贴临本》，影印《文渊阁四库全书》第1147册，上海古籍出版社1987年版，第146页。
② ［元］方回选评，李庆甲集评校点《瀛奎律髓汇评》卷二十二，上海古籍出版社2005年版，第923—925页。
③ ［明］宋濂《宋濂全集·潜溪后集》卷四《答章秀才论诗书》，浙江古籍出版社2012年版，第340页。
④ ［宋］苏舜钦著，沈文倬校点《苏舜钦集》卷十《上范公参政书》、卷四《夏热昼寝感咏》，中华书局上海编辑所1961年版，第136、45页。

甫集初六十卷，今秘府旧藏，通人家所有，称大小集者，皆亡逸之馀，人自编撷，非当时第叙矣。蒐裒中外书，凡九十九卷，除其重复，定取千四百有五篇……①

王洙利用了在崇文院编目得读秘府藏书的便利，还广泛收集了多种民间藏本才最终编定此本。二十年后的嘉祐四年（1059），华阳人王琪任苏州郡守时，因当时人学杜风气渐起，对王洙本进行增补校定后，"俾公使库镂版印万本"②。王洙、王琪二人在杜集编纂史上的地位和影响，诚如张元济所说："自后补遗、增校、注释、批点、分类、编韵之作，无不出于二王之所辑榟。"③ 欧阳修与王洙、王琪均有交往。景祐三年（1036）被贬离京时，王洙曾来送别，及至扬州，又与王琪等人聚饮。宝元元年（1038），欧阳修致书王洙，有《与王源叔问古碑字书》。庆历元年（1041），欧阳修与宋祁、王洙等人宴集东园，亦有赋诗④。据此可知，在宝元二年（1039）王洙编成《杜工部集》前后，欧阳修是有机会了解并接触到这部杜集的，不一定亟待二十年后王琪将之付梓才得目睹。而查阅欧公诗集，正是在景祐、宝元之后，其大量学杜、兼师众体的表现才特别突出。这与得阅一千四百馀首杜诗全貌，又受友人崇杜感染，从而加深了理解与认同不无关联。

欧阳修还有一位好友刘敞（1019—1068），也编过一部《杜子美外集》。然此写本未见公私书目著录，故编纂时间不详、收录情

---

① ［宋］王洙《杜工部集记》，见［唐］杜甫撰《宋本杜工部集》卷首，国家图书馆出版社 2019 年版，第 7 页。

② ［宋］范成大撰，陆振岳点校《吴郡志》卷六，江苏古籍出版社 1999 年版，第 51 页。

③ 张元济辑《续古逸丛书》第四十七种《宋本杜工部集》卷尾张元济《杜集跋》，江苏古籍出版社 2001 年版，第 350 页。

④ 参看刘德清《欧阳修纪年录》，上海古籍出版社 2006 年版，第 81、82、103、120 页。

况亦不明。惟见刘敞所作《编杜子美外集》云："少陵诗笔捷悬河，乱后流传简策讹。乐自戴公全废坏，书从鲁壁幸增多。斯文未丧微而显，吾道犹存啸也歌。病肺悲愁情自失，苦吟时复望江沱。"（自注：子美诗云："病肺卧江沱。"予亦有此疾。）[1] 既叹服于杜诗数量之多，又为其在战乱中佚失、在流传中错讹的命运而悲悯不已，还抒发了愁情难抑、同病相怜之感。由此观之，从精神情感上痛惜杜诗的零落人间，希望为之尽绵薄之力，聊以慰藉，应是刘敞编杜集的初衷。

与王洙还在民间大力搜辑杜诗、最终编次成集的做法不同，刘敞并非大海捞针般拾遗杜诗，而是直接从友人处借来杜集誊抄。其《寄王二十》作了交代："先借王《杜甫外集》，会集未及录。近从吴生借本，增多于王所收，因悉抄写，分为五卷，又为作序，故报之。"并附诗云："昔借君家杜甫集，无端卧疾不曾编。近从雪上吴员外，复得遗文数百篇。夫子删诗吾岂敢，古人同疾意相怜。（自注：子美亦有肺疾也。）新书不惜传将去，怅望秦城北斗边。"[2] 可见，刘敞所做的主要工作是"抄"而后"编"。尽管这对杜诗辑佚的贡献较为有限，但他对杜诗的感同身受和深切仰慕是非常突出的。这在其《杂诗二十二首》其十二中就有所表露道："苟循一身利，不为万姓谋。哀彼杖杜诗，死生遗道周。"[3] 即将杜诗传达出来的舍己为人情怀作为一种精神教化的无形力量。钱基博评刘敞之诗说："近体不如古体，七律尤逊五律；大抵五七言古亦出杜甫。"[4]

---

① ［宋］刘敞撰《公是集》卷二十四《编杜子美外集》，影印《文渊阁四库全书》第1095册，上海古籍出版社1987年版，第600页。

② ［宋］刘敞撰《公是集》卷二十四《寄王二十》，影印《文渊阁四库全书》第1095册，上海古籍出版社1987年版，第605页。

③ ［宋］刘敞撰《公是集》卷四《杂诗二十二首》其十二，影印《文渊阁四库全书》第1095册，上海古籍出版社1987年版，第428页。

④ 钱基博《中国文学史》，中华书局1993年版，第525页。

在宋诗创作中，刘敞虽不足名家，但其编杜集、学杜诗之举，还是对杜甫地位的提升多所助益，对欧阳修的杜诗接受也有所影响。

综之，入宋以来，整个文坛上既呈现出一种以文人群体创作为纽带的代际传承与因革之风①，又对学诗典范的选择存在着不小的个体差异和理论争辩。据《蔡宽夫诗话》反映，宋初诗风就存在着明显的典范递嬗现象：

> 国初沿袭五代之馀，士大夫皆宗白乐天诗，故王黄州主盟一时。祥符、天禧之间，杨文公、刘中山、钱思公专喜李义山，故昆体之作，翕然一变，而文公尤酷嗜唐彦谦诗，至亲书以自随。景祐、庆历后，天下知尚古文，于是李太白、韦苏州诸人，始杂见于世。杜子美最为晚出，三十年来学诗者，非子美不道，虽武夫、女子皆知尊异之，李太白而下殆莫与抗。文章隐显，固自有时哉！②

白体主要盛行于宋太宗朝，形成了以《禁林燕会集》为代表的第一代馆阁词臣唱和诗人群。王禹偁作为本学白居易的白派后劲，却在仕宦浮沉、贬谪憔悴中走近了杜诗。虽说其学杜有一定的偶然因素，但从他"主盟一时"的影响力来看，对杜诗后续的传播之功亦不容小觑。西昆体是由杨亿、刘筠、钱惟演这一批宋太宗朝效力于馆阁修书的翰苑文臣为结集基础的。出于歌咏太平盛世的粉饰目的，此派旨在追求辞采华美、典赡藻丽。然而，杨亿颇受王禹偁赏

---

① 王水照《北宋三大文人集团》："在北宋的文学群体中，以天圣时钱惟演的洛阳幕府僚佐集团、嘉祐时欧阳修汴京礼部举子集团、元祐时苏轼汴京'学士'集团的发展层次最高。……以钱惟演、欧阳修、苏轼为领袖或盟主的文学群体，代代相沿，成一系列：前一集团都为后一集团培养了盟主，后一集团的领袖都是前一集团的骨干成员。因而在群体的文学观念、旨趣、风格、习尚等方面均有一脉相承的关系。"上海古籍出版社2021年版，第2—3页。

② ［宋］蔡启撰《蔡宽夫诗话》，见郭绍虞辑《宋诗话辑佚》卷下，中华书局1980年版，第398—399页。

识，二人私交甚笃，却并未受其推崇杜诗的精神陶染。杨亿对除李商隐外的唐代诗人一律排斥的态度，显然门户之见颇深。若继续沿着这样的路子走下去，宋诗发展必定难以摆脱越走越窄、无法自立的格局。所以，景祐、庆历年间的政治改革，很快伴随而来的便是欧阳修主导的诗文革新，正是对古文地位的充分认可，对前代诗家的重新审视。这直接促使了韩愈、柳宗元、李白、韦应物等一大批唐诗名家走进了宋人的学诗视野，杜甫"最为晚出"却最受广泛"尊异"。就受欢迎程度而言，李白此时的地位不能与杜甫抗衡，还并不算是一种优劣评判尺度，只是审美取向与典范选择，这正如陈师道在《后山诗话》所谓"学诗当以子美为师，有规矩故可学"①。

---

① ［宋］陈师道《后山诗话》，见［清］何文焕辑《历代诗话》，中华书局2004年版，第304页。

第二章
庆历以来杜诗地位的提升

　　庆历以来，宋人对诗歌社会功能的重视愈加明确而强烈。就具体诗学语境而言，以韩愈为首要学习对象的欧阳修，意识到韩诗虽有经世致用一面，却因往往流于晦涩奇险，与受晚唐五代平淡浅易诗风濡染的宋人审美追求很不相同。而李白的诗风，虽然自徐铉、田锡、张咏等人以后，也是穆修、石介、余靖、石延年、梅尧臣、苏舜钦、欧阳修等"北宋诗文革新运动诸公诗歌的渊源"[①]，但是李白诗因思想上与宋代主流思潮有一定的出入，在诗法层面更缺乏可以总结的普遍艺术经验，无法成为宋人膜拜的终极典范。而经过北宋前期众多诗家的探索，在儒道思想与诗歌艺术两方面的深厚传统上，比韩愈、李白更典型、更有价值的另一个学习榜样，早已浮出水面，他就是杜甫。搜辑、整理、学习杜诗，在庆历以来越来越成为热潮。在这一背景下，王安石、苏轼、秦观等人以他们的精到把

---

① 　谢桃坊《苏轼诗研究》，巴蜀书社 1987 年版，第 180 页。

握、深刻总结和巨大影响力，将杜诗确立为宋人学习的最高典范。

第一节　王安石对杜甫崇高地位的确立

在"昆体"诗人发酵杨亿"村夫子"说之后，尽管有欧阳修激赏杜诗雄豪一面，宋祁从正史层面肯定了杜甫伤时忠君的伟大人格及杜诗的"诗史"地位，孙仅、刘敞、苏舜钦、王洙等人，又先后为搜辑、整编杜集作出了卓有成效的贡献。但是，王安石仍可谓是北宋以来的文学大家中，极力推尊杜甫、真正发扬杜诗精神的第一人。他不但彻底改变了杜诗在宋初相对沉寂的命运，颠覆了诗文革新以来，主流文坛师法韩愈、扬李抑杜的格局，还使得杜甫的忠爱人格愈加明晰而深入人心，杜诗的超凡艺术倍受重视而流播甚广。要言之，高度"圣"化的杜甫形象，实导源于王安石的精心建构；杜诗能成为宋人学唐的最高典范，亦离不开王安石的大力推举。

一、整编杜集与发掘杜诗价值

宋初以来，散佚的杜诗得以逐步辑录、完善。在王安石之前，苏舜钦于景祐三年（1036）编成一部《老杜别集》，王洙于宝元二年（1039）编成二十卷本《杜工部集》；与王安石同时代、有过不少交往的刘敞，也编过一部《杜子美外集》。可以说，北宋到了仁宗朝，整编杜集已卓有成效、渐成气候，但王安石仍不遗馀力地加入搜辑、整编杜集行列，个中缘由自然耐人寻味。

不可否认，王安石编次杜集，确有一定的机缘。据其《老杜诗后集序》所述编纂始末：

> 予考古之诗，尤爱杜甫氏作者。其辞所从出，一莫知穷极，而病未能学也。世所传已多，计尚有遗落，思得其完而观之。然每一篇出，自然人知非人之所能为，而为之者惟其甫

也，辄能辨之。

予之令鄞，客有授予古之诗世所不传者二百馀篇。观之，予知非人之所能为，而为之实甫者，其文与意之著也。然甫之诗其完见于今者，自予得之。世之学者，至乎甫而后为诗，不能至，要之不知诗焉尔。呜呼！诗其难，惟有甫哉！自《洗兵马》下，序而次之，以示知甫者，且用自发焉。

皇祐壬辰五月日，临川王某序。①

这篇作于皇祐四年（1052）的序文，揭橥了三方面的信息：第一，青年时期的王安石业已甚爱杜诗，且意识到杜诗漫无崖涘般的博大精深，故早年并未刻意学杜；第二，王安石对世传杜集已多是有一定了解的，但仍估计存在遗漏，故有辑全杜诗之念；第三，王安石对杜诗很了解，能凭感觉轻易甄辨杜诗的真伪。

正是基于以上三点认识，王安石在庆历六年（1047）赴明州鄞县令任，一次性偶得了两百多首古逸诗后，仅凭着深厚的文史学养及对杜诗卓荦超伦艺术的精熟把握，就断定为杜甫所作，还特别自信杜诗在他这里得以辑全了②。值得注意的是，王安石觉察到了后世学诗者达不到杜诗那么高的境界，关键是还不够懂诗，而真正识得为诗之难的行家里手也就只有杜甫了。所以，他在编次这部《杜工部诗后集》时，特意选取《洗兵马》以下诸作，旨在展示给那些了解杜甫之人，同时也用以感发自我。

尽管这一时期王安石对杜诗价值的判断还处于相对抽象的感觉

---

① ［宋］王安石撰，刘成国点校《王安石文集》卷八十四《老杜诗后集序》，中华书局2021年版，第1466页。

② 叶绮莲《杜工部集关系书存佚考》云："是书之作，在王洙编杜集之后十三年，而能辑得逸诗二百馀篇，则当时未必见王洙本，且其诗与王洙所辑必有重复之处。""荆公所谓'甫之诗，其完见于今者，自予得之'，虽乃夸大之词，然其对杜诗之勘校，异字之抉择亦未始无功。"载《书目季刊》1970年夏季号，第40页。

层面，对杜诗"文"与"意"的独特气质有相当把握，却尚未进入深刻领会杜诗精神价值后的全面学杜阶段，但其早年诗作受到杜诗影响仍是潜移默化、历历可见的。早在景祐二年（1035）作《闲居遣兴》时，王安石就因心系"南去干戈何日解"而抒发过"谁将天下安危事，一把诗书子细论"① 的强烈感情。此后，他一直在江宁闭门苦读，磨砺用世大志，俨有直追老杜之意。至皇祐二年（1050），王安石知鄞县（今浙江宁波）任满返京途经越州时，又写过一首七绝《登飞来峰》，其时年方而立的诗人，透过"不畏浮云遮望眼，自缘身在最高层"② 的大气豪迈之言，抒发出一种不惧艰险、胸怀天下的凌云壮志，这与杜甫年轻时高呼"会当凌绝顶，一览众山小"③ 那种高瞻远瞩的襟度与激情何其相契。若细究其因，则不难发觉作此序文时，王安石尚处于仕宦生涯早期，先后出任鄞县、舒州两地地方官。在转徙奔波中，他得以大量接触、了解到底层贫民的真实生活现状，这不禁触发了他揭露社会黑暗现实、力求改革弊政的强烈政治愿望，也令他在感同身受中逐步走近了杜甫的苍生之忧。这许是他"尤爱"杜诗的根柢，也是他整编杜集的初衷。

遗憾的是，王安石这部耗时经年才得编定的《杜工部后集》并未传世，但南宋蜀人郭知达编《九家集注杜诗》时，辑录了部分相关文献，并将之列为第一。根据陈广忠对《九家集注杜诗》的统计，该书"引'荆公'3次，'王荆公'2条，'王介甫'4次，'王

---

① ［宋］王安石撰，刘成国点校《王安石文集·集外文一·诗词》，中华书局 2021 年版，第 1753 页。

② ［宋］王安石撰，刘成国点校《王安石文集》卷三十四《登飞来峰》，中华书局 2021 年版，第 573 页。

③ ［唐］杜甫著，［清］仇兆鳌注《杜诗详注》卷一《望岳》，中华书局 1979 年版，第 4 页。

文公'4次，'安石曰'1条，共14次"①。兹取其中几则材料：

"天阙"二句：山谷云："王介甫谓当作'天阅'，盖对'云卧'为新切耳。"②

世有《西清诗话》者，有云："王介甫、欧阳永叔、梅圣俞，与一时闻人，坐上分题赋虎图。介甫先成，众服其敏妙。永叔乃袖手。或以问余，余曰：'此题杜甫《画鹘行》耳。'问者谓然。"大抵前辈多模取古人意，以纾急解纷，此其一也。《西清》之说如此。然观介甫古诗，（陈案：古，《杜诗引得》作"虎"。）与此自不同。盖此篇虽咏《画鹘》，而终于真鹘以自况。③

王介甫亦于《字说》言之矣。然有二种：其一褐色，四川中亦有，而内地多有之，名曰子规，仿像其声之四，云"不如归去"。其一色黑，似乌而小，两吻赤如血，而其声二。内地亦有，而蜀中多有之，名曰杜鹃，仿像其声之二，云"杜宇"。④

"无人竞来往"句，荆公本作"觉来往"，且曰："下得觉字好也。"载在《锺山语录》。⑤

"今朝江出云"句，安石曰：《记》云："天降时雨，山川

① ［宋］郭知达编，陈广忠校点《九家集注杜诗·前言》，安徽大学出版社2020年版，第3页。
② ［宋］郭知达编，陈广忠校点《九家集注杜诗》卷一《游龙门奉先寺》，安徽大学出版社2020年版，第22页。
③ ［宋］郭知达编，陈广忠校点《九家集注杜诗》卷三《画鹘行》，安徽大学出版社2020年版，第175页。
④ ［宋］郭知达编，陈广忠校点《九家集注杜诗》卷七《杜鹃行》，安徽大学出版社2020年版，第307页。
⑤ ［宋］郭知达编，陈广忠校点《九家集注杜诗》卷二十一《西郊》，安徽大学出版社2020年版，第977页。

出云。"故可言"江出云"也。①

以上五条材料中第四条"荆公本"可能指王安石所编《杜工部后集》，但评语却出自《锺山语录》，其他几条都与《杜工部后集》无直接关系。可见，王安石编杜集时，应未作过注释，但他对杜诗的某些认识，仍被后世注家所吸收而得以保留下来。从这些引文中，可以看出王安石对于杜诗遣词用字的潜心揣摩、名物典故的细致考究。这是对杜诗用功之深的结果。

周采泉在《杜集书录》中指出："今所存吴若本（即《宋本杜工部集》中之一部分）、《九家集注》《草堂诗笺》等所引'荆者'，皆属于文字之异同，无标出王氏所辑之佚诗，如'裴煜本''卞圉本'，益可证实荆公之《后集》所辑，由于未见王洙本，仅据当时之《小集》及蜀本等以外之诗，遽以为佚诗也。"② 说明了王安石所编本与王洙所编通行本之间差异甚大。而从刘成国所编《王安石年谱长编》又可知王安石与苏舜元、王琪有过一定交往，或对苏舜钦本、王洙本杜集有所耳闻，但未必有机会寓目。在此情况下，王安石有意整编杜集，既是追慕甚重，又有传播目的，还与特别仰慕杜甫人格、热衷发掘杜诗价值等因素息息相关。要言之，王安石编杜集的重要意义，本不在于追求最早抑或最全，而是在大力阐扬杜诗精神中，进一步扩大杜甫在北宋文坛的实际影响力。

二、尊杜人格与弘扬杜诗精神

宋代流传的多种杜甫画像及有关诗咏中，穷愁潦倒却忧国忧民的杜甫形象，最初是由王安石建构起来的，后被宋人认为深得老杜

---

① ［宋］郭知达编，陈广忠校点《九家集注杜诗》卷二十五《喜雨》，安徽大学出版社 2020 年版，第 1138 页。
② 周采泉《杜集书录》内编卷六，上海古籍出版社 1986 年版，第 269 页。

"平生用心处"①。梁启超对王安石做过深入研究，他评价说："千年来言诗者，无不知尊少陵，然少陵之在当时及其没世，尊之者固不众也。昌黎诗云：'李杜文章在，光焰万丈长。不知群儒愚，何用多毁伤。'中晚唐人之所以目少陵者，可想见矣。其特提少陵而尊之，实自荆公始。"②

具体而言，王安石对杜诗地位的极大提升，是从高度推崇杜甫人格开始的。这集中体现在其《杜甫画像》一诗之中：

> 吾观少陵诗，谓与元气侔。力能排天斡九地，壮颜毅色不可求。浩荡八极中，生物岂不稠？丑妍巨细千万殊，竟莫见以何雕锼。惜哉命之穷，颠倒不见收。青衫老更斥，饿走半九州。瘦妻僵前子仆后，攘攘盗贼森戈矛。吟哦当此时，不废朝廷忧。常愿天子圣，大臣各伊周。宁令吾庐独破受冻死，不忍四海赤子寒飔飀。伤屯悼屈止一身，嗟时之人我所羞。所以见公像，再拜涕泗流。推公之心古亦少，愿起公死从之游。③

据刘成国考证，此诗或作于至和元年（1054）七月，是对四年前馆阁诸公聚星堂会饮分韵赋诗时欧阳修所作《堂中画像探题得杜子美》的回应。相较而言，欧阳修原诗以"诗之豪"评杜甫，以"生为一身穷，死也万世珍"④ 概括杜甫一生，虽也是推尊，但对杜甫

---

① ［宋］胡仔纂集，廖德明校点《苕溪渔隐丛话》前集卷十一："李、杜画像，古今诗人题咏多矣。若杜子美，其诗高妙，固不待言，要当知其平生用心处，则半山老人之诗得之矣。"人民文学出版社1962年版，第72页。
② 梁启超《王安石传》，百花文艺出版社2016年版，第283页。
③ ［宋］王安石撰，刘成国点校《王安石文集》卷九《杜甫画像》，中华书局2021年版，第130—131页。
④ ［宋］欧阳修撰，刘德清、顾宝林、欧阳明亮笺注《欧阳修诗编年笺注》卷九，中华书局2012年版，第1045页。

其人其诗的挖掘较为一般，难以产生很深的影响。王安石对杜诗用功更深，理解更透，这首诗对杜甫的评价更加到位，产生的影响自然更大。

宋初以来的各种杜甫画像，往往最突出"醉骑驴"形象。在诸多描述中，蹇驴破帽、饥肠辘辘，却常惦着买醉的行吟诗人，大概是宋人最熟悉的杜甫情态。但王安石却未囿于前人藩篱，而是着力将杜甫升格为至高无上的道德典范。此诗突破了题面要求的正面转述该肖像画的常规套路，开篇写的是阅读杜诗的直观印象，盛赞杜诗元气饱满、掀天翰地的巨大力量感，各种不同的天地万物、世间万象都能容纳，无须特别雕琢都能尽为己用，这就使得天地万物变得特别有生气，也为杜甫画像的出场作了充分铺垫。如此富有生命元气之诗，必然出自一个元气充沛之人。根据这人所共有的心理，此诗接下来转入对杜甫形象的描写。这部分王安石仍不愿停留在静态观赏肖像画并加以转述的窠臼，而是落笔于杜甫一生命途多舛、时时身处困窘之境，却能超越一己悲欢、胸怀天下、心系朝廷，这就是一种极大、极高的人格力量。在这首诗中，王安石还特别提及《茅屋为秋风所破歌》，突出了杜甫民胞物与、悲悯苍生的仁者情怀。胡守仁先生分析指出：杜甫"身逢丧乱，转徙道路，而所引为隐忧的，不在于他自己的穷困潦倒而在于社稷之危与人民之苦。王安石为之倾倒不置，至欲起其死而从之游。前人论杜甫，或称其诗，或称其人，而把两者统一起来，并发挥得最好，则首推此篇"①。

清人蔡上翔《王荆公年谱考略》评价说："公不喜李白诗，而推敬少陵如此，特以其一饭不忘君而志常在民也。予谓少陵处盗贼

---

① 胡守仁《试论王安石的咏史诗》，见《胡守仁论文集》，江西人民出版社 2009 年版，第 411 页。

干戈流离之际，而不忘忠君爱民，宜为后人所钦慕。若介甫身登仕籍，无不以爱民为心，自任以天下之重，终身未之有渝。"① 蔡上翔将此诗的作意概括为"一饭不忘君而志常在民"，固然是将苏轼的观点移花接木到了王安石，但从王安石所发掘的忧君爱民之心中看到了王安石与杜甫二人之间的深刻联系，还是有眼光的。

从思想渊源看，王安石对杜甫的评价还牵涉到孟子和韩愈。在《杜甫画像》中，王安石实际是以孟子对"豪杰之士""大人"与"大丈夫"等的定义为骨干，挖掘了杜甫"穷而不失义""贫贱不能移"和"虽无文王亦兴"② 的儒士品质，树立了杜甫高大的人格形象。王安石对"儒者"和"圣"的定义有过抽象的思考，他说："所谓儒者，用于君则忧君之忧，食于民则患民之患，在下而不用，则修身而已。""仁济万物而不穷，用通万世而不倦也，则所谓圣矣。"③ 这样的认识带有孟子思想的痕迹，将王安石描写的杜甫形象与此相对照，很容易看到王安石的认识中，杜甫忧君爱民，具有典型的儒者特征；其感通后世至于无穷，则是王安石希望杜甫产生的圣人力量。

黄徹云：杜甫"志在大庇天下寒士，其心广大，异夫求穴之蝼蚁辈，真得孟子所存矣。"又曰："老杜似孟子，盖原其心也。"④ 黄徹的这种理解，可能就受了王安石观点的影响。而清人叶燮在《原诗》中以下的阐述，又可见在王安石之前的韩愈也在同一线条之中：

① ［清］蔡上翔《王荆公年谱考略》卷四，上海人民出版社 1973 年版，第 72 页。
② ［宋］朱熹撰《四书章句集注·孟子集注》之《尽心上》、《滕文公下》，中华书局 2012 年版，第 358、270、359 页。
③ ［宋］王安石撰，刘成国点校《王安石文集》卷六十四《子贡》、卷六十六《大人论》，中华书局 2021 年版，第 1110—1111、1156 页。
④ ［宋］黄徹著，汤新祥校注《䂬溪诗话》卷一，人民文学出版社 1986 年版，第 6 页。

> 杜甫之诗，随举其一篇，篇举其一句，无处不可见其忧国爱君，悯时伤乱，遭颠沛而不苟，处穷约而不滥，崎岖兵戈盗贼之地，而以山川景物友朋杯酒抒愤陶情：此杜甫之面目也。
>
> 举韩愈之一篇一句，无处不可见其骨相稜嶒，俯视一切；进则不能容于朝，退又不肯独善于野，疾恶甚严，爱才若渴：此韩愈之面目也。[①]

杜甫和韩愈，性情有别，面目各异，但两人思想的源头明显都可溯及孟子。同样的忧国爱君，杜甫严谨而和易，韩愈则嫉恶如仇。王安石兼有杜、韩的性情，尤与韩愈为近，但在《奉酬永叔见赠》中他却说："欲传道义心犹在，强学文章力已穷。他日若能窥孟子，终身何敢望韩公。"又在《韩子》中说："纷纷易尽百年身，举世何人识道真。力去陈言夸末俗，可怜无补费精神。"[②] 可以看到王安石有所不满于韩愈气质不纯，用心所在，"徒然调弄笔墨，以雕琢为工"[③]。故王安石诗文以学韩始而后有所损益，并贯穿于一生；学杜则可能略晚，但用功深细，而崇拜有加，从人品到诗艺，全面推尊。他所谓"推公之心古亦少"，就是首先从杜甫作为醇儒、作为孟子思想最忠实的实践者的角度说的，其中可能包含有杜韩比较在内。

胡仔《苕溪渔隐丛话》引苏轼从示儿诗角度对杜、韩二人的比较："退之《示儿》云：'主妇治北堂，膳服适戚疏。恩封高平君，子孙从朝裾。开门问谁来，无非卿大夫。不知官高卑，玉带悬金

---

① [清]叶燮著，霍松林校注《原诗》，人民文学出版社1979年版，第50页。
② [宋]王安石撰，刘成国点校《王安石文集》卷二十二、三十四，中华书局2021年版，第345、568页。
③ 胡守仁《试谈王安石的诗文》，见《胡守仁论文集》，江西人民出版社2009年版，第372页。

鱼。'又云:'凡此坐中人,十九持钧枢。'所示皆利禄事也。至老杜则不然,《示宗武》云:'试吟青玉案,莫羡紫香囊。应须饱经术,已似爱文章。十五男儿志,三千弟子行。曾参与游夏,达者得升堂。'所示皆圣贤事也。"① 苏轼的看法应该代表了包括王安石在内的北宋士人,当时诗坛由宗韩转入尊杜,实缘于鄙弃世俗利禄、崇仰德量气节的思想。

陈伯海先生指出:"密切关注现实,是唐人美学思想的基本精神,这跟唐代宗儒思潮的讲求事功是一以贯之的。"② 前已梳理过从徐铉、田锡、张咏、王禹偁到欧阳修等文士树立儒道精神的线索。他们所提倡的儒道精神,核心都落在政治实践领域和参政意识、诗教传统上。王安石所谓"推公之心"也是沿着同样的理路前行,但他又赋予了儒道精神以个人道德、精神修养的内涵。这为后来苏、黄等人对杜甫进一步阐发预留了很大空间。

王安石与杜诗的联系,首要的是理想抱负。他少时便有"欲与稷契遐相希"③ 的志意,这与杜甫早年"窃比稷与契"④ 的追求是完全一致的。由于两人所处时代不同、身份地位悬殊,"杜甫的'致君尧舜上,再使风俗淳',毕竟只是一位诗人的理想;而王安石却是一个身体力行的政治改革家,他把诗人的理想变为具体的实践"⑤。换言之,王安石以政治改革的行动实践了杜甫当年所期望的社会理想。

---

① [宋] 胡仔纂集,廖德明校点《苕溪渔隐丛话》前集卷十六,人民文学出版社 1962 年版,第 102 页。
② 陈伯海《唐诗学引论》,东方出版中心 2007 年版,第 50 页。
③ [宋] 王安石撰,刘成国点校《王安石文集》卷十三《忆昨诗示诸外弟》,中华书局 2021 年版,第 207 页。
④ [唐] 杜甫著,[清] 仇兆鳌注《杜诗详注》卷四《自京赴奉先县咏怀五百字》,中华书局 1979 年版,第 264 页。
⑤ 高克勤《王安石与北宋文学研究》,复旦大学出版社 2000 年版,第 59 页。

落实到具体创作中，时欲革除弊政、济世安民的王安石，有不少诗直承杜甫致君之志、济民之心。苏辙曾以《兼并》一诗为例，批评过王安石"不忍贫民而深疾富民，志欲破富民以惠贫民，不知其不可也"①，但却从反面说明了王安石对底层人民的感情，这许是王安石与杜甫的联系，以及他与韩愈的差异所在。王安石曾在一首送别友人之作中劝慰对方："予闻君子居，自可救民瘼。苟能御外物，得地无美恶。"既如此说，王安石也确实如此做了，每到地方任职，总是忧虑各种民生疾苦、力图造福一方百姓。如其《收盐》一诗，以"海中收盐今复密"领起一篇叙议，强调民众"不煎海水饿死耳"的处境，最终确立起"一民之生重天下，君子忍与争秋毫"的政治观点。其他如《省兵》《发廪》《感事》《苦雨》诸作，既哀民生多艰，又自省惭疚，在"聊向村家问风俗，如何勤苦尚凶饥"② 一类表达中寄寓着深沉的思考与喟叹。值得注意的是，这类由忧民而引发对朝廷政策进行反思的诗中，还有全篇拟杜之作，如《河北民》云：

> 河北民，生近二边长苦辛。家家养子学耕织，输与官家事夷狄。今年大旱千里赤，州县仍催给河役。老小相携来就南，南人丰年自无食。悲愁白日天地昏，路旁过者无颜色。汝生不及正观中，斗粟数钱无兵戎。③

此诗颇得杜甫新乐府诗精髓，非但化用了杜诗《甘林》中"子实不得吃，货市送王畿"、《兵车行》中"牵衣顿足拦道哭，哭声直

---

① ［宋］苏辙著，曾枣庄、马德富校点《栾城集》第三集卷八，上海古籍出版社1987年版，第1555页。
② ［宋］王安石撰，刘成国点校《王安石文集》卷七《送李宣叔倅漳州》、卷十二《收盐》、卷三十二《郊行》，中华书局2021年版，第102、178、531页。
③ ［宋］王安石撰，刘成国点校《王安石文集》集外文一，中华书局2021年版，第1739页。

上干云霄。道旁过者问行人"① 诸句，还以一个旁观者视角展现了对时事的叙议，在冷言反语中表达了对朝廷无力安边守护百姓的嘲讽。

总之，在北宋诗坛宗韩、崇杜的风气中，王安石都是重要代表。就雄直、执拗的性格而言，王安石还较近于韩愈，所以，夏敬观《说韩》认为："宋人学退之诗者，以王荆公为最。"② 梁启超《王安石传》比较王安石诗学韩和学杜后，云："荆公古体，与其谓之学杜，毋宁谓之学韩。"③ 胡守仁先生《论韩愈诗》进而谓："荆公诗学韩的成分多于学杜。"④ 而从王安石学习、成长的动态面貌，以及思想认识的动态理路看，王安石从儒者的志意、胸怀看是兼学韩、杜，但从鄙弃世俗利禄、崇仰内在修养、忧国爱民，以及对"诗史"精神的继承与发扬等方面看，则对韩愈有所不满，而对杜甫极为崇拜。这为此后杜诗学发展开启了新的方向。

三、学杜好语言与开集杜之风

据《陈辅之诗话》载，王安石曾感慨道："世间好语言，已被老杜道尽；世间俗语言，已被乐天道尽。"⑤ 可见，在极力推尊杜甫道德人格之时，王安石还十分爱赏杜诗遣词造句的非凡功力，甚而频频表示"永怀少陵诗"⑥ "更忆少陵诗上语"⑦。因之，从一般性

---

① ［唐］杜甫著，［清］仇兆鳌注《杜诗详注》卷十九、卷二，中华书局1979年版，第1668、113页。
② 署名玄修。载《同声月刊》第二卷第二号，1942年2月。
③ 梁启超《王安石传》，百花文艺出版社2016年版，第285页。
④ 胡守仁《胡守仁论文集》，江西人民出版社2009年版，第186页。
⑤ ［宋］陈辅之撰《陈辅之诗话》，载郭绍虞辑《宋诗话辑佚》卷上，中华书局1980年版，第291页。
⑥ ［宋］王安石撰，刘成国点校《王安石文集》卷一《弯碕》，中华书局2021年版，第15页。
⑦ ［宋］王安石撰，刘成国点校《王安石文集》卷十九《送直讲吴殿丞宰巩县》，中华书局2021年版，第303页。

的语词化用到对杜诗"当时语"的格外关注，从相对常规的句法袭用到特殊句式结构的积极效法，无不透露着王安石对于研习杜诗语言的用力甚勤。

为了更直观地展现王安石学杜语词方面的具体表现，兹取其集中部分诗句为例，列表如下：

王安石对杜诗语词的化用

语 词	杜 甫 诗	王 安 石 诗
纷纷	纷纷轻薄何须数（《贫交行》）	画史纷纷何足数（《纯甫出僧惠崇画要予作诗》）
寒鱼	寒鱼依密藻（《草堂即事》）	寒鱼占窟聚（《示张秘校》）
菱叶	菱叶荷花静如拭（《渼陂行》）	菱叶净如拭（《弯碕》）
急索	县官急索租（《兵车行》）	疾呼急索初不闻（《题晏使君望云亭》）
泣幽咽丁宁	如闻泣幽咽（《石壕吏》）便觉莺语太丁宁（《绝句漫兴九首》其一）	进水泣幽咽，复如语丁宁（《涍亭》）
文章波澜	文章曹植波澜阔（《追酬故高蜀州人日见寄》）	文章浩渺足波澜（《赠彭器资》）
闻道长安战尘	闻道长安似弈棋（《秋兴八首》其四）战地有黄尘（《东屯北崦》）	闻道长安吹战尘（《桃源行》）
弱云	弱云狼籍不禁风（《江雨有怀郑典设》）	弱云乱纵横（《西风》）
翻盆	白帝城下雨翻盆（《白帝》）	相看涕翻盆（《我欲往沧海》）
搅	树搅离思花冥冥（《醉歌行》）	绿搅寒芜出（《宿雨》）

续表

语　词	杜　甫　诗	王　安　石　诗
贤人酒	座对贤人酒（《对雨书怀走邀许主簿》）	室有贤人酒（《春日》）
娟娟	江汉月娟娟（《秋日夔府咏怀奉寄郑监李宾客一百韵》）	娟娟月上初（《晚兴和冲卿学士》）
惨淡	惨淡风云会（《谒先主庙》）	云浮朝惨淡（《秋兴和冲卿》）
沙暖	沙暖睡鸳鸯（《绝句二首》其一）	沙暖鹭忘眠（《舟夜即事》）
软语	夜阑接软语（《赠蜀僧闾丘师兄》）	开士但软语（《寄福公道人》）
得地	落落盘踞虽得地（《古柏行》）	得地本虚心（《孤桐》）
摇荡	摇荡菊花期（《九日曲江》）	可能摇荡武陵源（《段氏园亭》）
一草亭	乾坤一草亭（《暮春题瀼西新赁草屋五首》其三）	十亩涟漪一草亭（《招吕望之使君》）
点污	衔泥点污琴书内（《绝句漫兴九首》其三）	京洛尘沙工点污（《集禧观池上咏野鹅》）
吹浪	鱼吹细浪摇歌扇（《城西陂泛舟》）	锦鳞吹浪日边明（《和御制赏花钓鱼诗二首》其二）
流霞	细细酌流霞（《官亭夕坐戏简颜十少府》）	但知呼客饮流霞（《和杨乐道韵六首》其六）
宫云	宫云去殿低（《晚出左掖》）	枝触宫云鹤更盘（《景福殿前柏》）
八九家	江村八九家（《为农》）	老木荒榛八九家（《愁台》）
青鞋	青鞋布袜从此始（《奉先刘少府新画山水障歌》）	青鞋云水且留连（《送李璋》）

　　王安石对于杜诗词语的学习，大体可分为两种情形：一种是常规性的照搬袭用，如"纷纷""寒鱼""菱叶""贤路""素书""白鸥""儒冠""垂翅""心折""地僻"等等，包括大量的人名、地名，均非杜甫所创、抑或首次使用之词。但这部分语词的具体使用，情况也颇为复杂。其一，如叶梦得《石林诗话》所言：

　　　　诗下双字极难，须使七言五言之间除去五字三字外，精神兴致，全见于两言，方为工妙。……要之当今如老杜"无边落木萧萧下，不尽长江滚滚来"，与"江天漠漠鸟双去，风雨时时龙一吟"等，乃为超绝。近世王荆公"新霜浦溆绵绵白，薄晚林峦往往青"，……皆可以追配前作也。①

其二，通过调换语词在句中的具体位置而生成不同涵义，如"惨淡"一词在杜诗中是前提性表述，而在王诗中却变为结果显示。其三，借助其他语词的组合搭配来生发新的表意空间，如"流霞"，在杜诗与"酌"相连有细品意味，王诗受其启发，遂有"饮流霞"之臆想，其豪爽之气便跃然纸上了。

　　另一种情形是有意捕捉到了杜诗中后来被黄庭坚视为"自作语"的那类语词，如"急索""泣幽咽""翻盆""点污"云云，用法之精妙，可为格律谨严的王荆公体律、绝之作提供不少炼字、炼句的点睛之笔。

　　除一般性的语词化用外，王安石还对杜诗"当时语"有所关注。今据于年湖《杜诗语言艺术研究》一书中对杜甫在唐诗中首创性运用口语词所作的逐一列举②，即知王安石对这些"当时语"也有一些规摹：

① ［宋］叶梦得《石林诗话》卷上，载［清］何文焕辑《历代诗话》，中华书局2004年版，第411页。
② 参看于年湖《杜诗语言艺术研究》，齐鲁书社2007年版，第148—152页。

王安石对杜诗"当时语"的效仿

当时语	杜 甫 诗	王 安 石 诗
有底	花飞有底急（《可惜》） 终朝有底忙（《寄邛州崔录事》）	借问春归有底忙（《陂麦》） 有底忙时不肯来（《赠张轩民赞善》）
无赖	韦曲花无赖（《奉陪郑驸马韦曲二首》其一） 剑南春色还无赖（《送路六侍御入朝》）	日苦树无赖（《还自舅家书所感》） 东风无赖只惊尘（《宋城道中》）
商量	嫩叶商量细细开（《江畔独步寻花七绝句》其七）	嫩叶商量细细开（《招叶致远》）
特地	特地引红妆（《陪柏中丞观宴将士二首》其一）	凌寒特地来（《题黄司理园》） 鞍马春风特地寒（《涿州》）

尽管王安石深感白居易诗的俗语特征十分突出，但其源实自杜甫。元稹早就赞叹过"杜甫天才颇绝伦，每寻诗卷似情亲。怜渠直道当时语，不着心源傍古人"①，"怜渠"中"渠"即方言词，读来随意自然，跟"当时语"的特质非常默契。而杜诗中这些从当时社会用词吸收来的俗词，读来亲切动人，赋予了景物以人的鲜活情感特征。王安石似不自觉地受其感染，进而融入己作，乃至直取旧句。对于这一现象，叶梦得在《石林诗话》中有所感曰："读古人诗多，意所喜处，诵忆久之，往往不觉误用为己语。……大抵荆公阅唐诗多，于去取之间，用意尤精。"②与其说"误用"，倒不如说"甚爱"。由此，王安石诗的学问化特征，亦可管窥一斑。

---

① ［唐］元稹撰，冀勤点校《元稹集》卷十八《酬李甫见赠十首》其二，中华书局1982年版，第208页。
② ［宋］叶梦得《石林诗话》卷中，载［清］何文焕辑《历代诗话》，中华书局2004年版，第421页。

　　在多种形式充分汲取杜诗语词的基础上，王安石对于杜诗句法也颇多琢磨。且看以下例句：

王安石对杜诗句法的效仿

杜　甫　诗	王　安　石　诗
人好乌亦好（《奉赠射洪李四丈》）	一川花好泉亦好（《法云》）
舍南舍北皆春水（《客至》）	舍南舍北皆种桃（《移桃花示俞秀老》）
高浪蹴天浮（《江涨》） 江间波浪兼天涌（《秋兴八首》其一）	地卷江海浮，天吹河汉涌。（《和冲卿雪并示持国》）
足以慰所思（《送高三十五书记》）	亦足慰所思（《寄题睡轩》）
邂逅岂即非良图（《今昔行》）	昔人岂即非良谋（《和王胜之雪霁借马入省》）
更复春从沙际归（《阆水歌》）	春从沙碛底（《春从沙碛底》）
下笔如有神（《奉赠韦左丞二十二韵》）	发口如有神（《东方朔》）
杜子将北征（《北征》）	季子将北征（《和甫如京师微之置酒》）
相对如梦寐（《羌村三首》其一）	三年飘忽如梦寐（《忆鄞县东吴太白山水》）
深觉负平生（《正月三日归溪上有作简院内诸公》）	更觉负平生（《强起》）
漠漠世界黑（《赠蜀僧闾丘师兄》）	漠漠风雨黑（《别马秘丞》）
不复知天大（《望兜率寺》）	俯仰知天大（《白纻山》）
地僻懒衣裳（《田舍》）	终自懒衣裳（《欹眠》）

杜 甫 诗	王 安 石 诗
长为万里客（《中夜》）	长为异乡客（《送邓监簿南归》）
交情老更亲（《奉简高三十五使君》）	交情远更亲（《送孙子高》）
饮如长鲸吸百川（《饮中八仙歌》）	愿赋长鲸吸百川（《谒曾鲁公》）
何年顾虎头，满壁画沧州（《题玄武禅师屋壁》）	画史虽非顾虎头，还能满壁写沧洲（《次韵吴仲庶省中画壁》）
知子历险人马劳（《久雨期王将军不至》）	更觉荒陂人马劳（《永济道中寄诸弟》）
堂上不合生枫树（《奉先刘少府新画山水障歌》）	坐上烟岚生紫翠（《留题曲亲盆山》）
愁窥高鸟过，老逐众人行（《悲秋》）	一身还逐众人行（《偶成二首》其二）
语不惊人死不休（《江上值水如海势聊短述》） 下笔如有神（《奉赠韦左丞二十二韵》）	篝灯时见语惊人，更觉挥毫捷有神（《夜读试卷呈君实待制景仁内翰》）
去马来牛不复辨，浊泾清渭何当分（《秋雨叹三首》其二）	去马来牛漫不分（《酬微之梅暑新句》）
笔阵独扫千人军（《醉歌行》）	笔下能当万人敌（《送刘贡父赴秦州清水》）

王安石对杜诗句法的承袭，最简单、最普遍的一种做法是不改变杜诗句法结构而直接替换几个字或词来构成新的诗句含义，在此基础上，有时又将五言句扩展为七言句，或者反之。还有一种是将前后两句杜诗压缩为一句诗，但整体诗意并未发生实质性改变。最后一种是遣词用语略有不同，但句法结构近似于杜，从而将两句前

后不连贯的杜句巧妙转化为完整的一联诗。这就不单相当精熟杜诗，还要对杜诗句法消化得非常透彻才能做到，有时甚至需要化用杜意①。

胡仔在《苕溪渔隐丛话》举过一例，"半山老人《题双庙诗》云：'北风吹树急，西日照窗凉。'细详味之，其托意深远，非止咏庙中景物而已。盖巡、远守睢阳，当时安庆绪遣突厥劲兵攻之，日以危困，所谓'北风吹树急'也。是时，肃宗在灵武，号令不行于江、淮，诸将观望，莫肯救之，所谓'西日照窗凉'也。此深得老杜句法。如老杜《题蜀相庙诗》云：'映阶碧草自春色，隔叶黄鹂空好音。'亦自别托意在其中矣"②。可见，王安石对杜诗句法的把握，最厉害处在于能够巧妙使用兴寄手法，从而揭出一般景句背后深刻复杂的时代形势。

除此而外，王安石多所研习杜句，集中体现于五律、七绝两体。据《唐子西语录》所述，"王荆公五字诗，得子美句法，其诗云：'地蟠三楚大，天入五湖低。'"③，即见其炼字、对仗之功力④。又如其《欲归》云：

> 水漾青天暖，沙吹白日阴。塞垣春错寞，行路老侵寻。绿

---

① 譬如"鱼长如人水满眼"（《塞翁行》）化自杜句"巨鱼长比人"（《沙苑行》），"烟脂洗出杏花匀"（《陈桥》）化自杜句"林花着雨燕脂落"（《曲江对雨》），"溪果点丹漆"（《韩持国从富州辟》）化自杜句"或红如丹砂，或黑如点漆"（《北征》），"不改山河旧，犹馀草木荒"（《次韵冲卿过濉阳》）化自杜句"国破山河在，城春草木深"（《春望》），"何言万里客，更作百身忧"（《江上二首》其二）化自杜句"长为万里客，有愧百年身"（《中夜》），"欲欢无复似当时"（《思王逢原三首》其二）化自杜句"可惜欢娱地，都非少壮时"（《可惜》）。
② ［宋］胡仔纂集，廖德明校点《苕溪渔隐丛话》前集卷三十六，人民文学出版社1962年版，第242页。
③ ［宋］强幼安述《唐子西文录》，载［清］何文焕辑《历代诗话》，中华书局2004年版，第445页。
④ ［清］施补华《岘傭说诗》："五律须讲炼字法，荆公所谓诗眼也。"载［清］王夫之等撰，丁福保辑《清诗话》，上海古籍出版社2015年版，第1007页。

稍还幽草，红应动故林。留连一杯酒，满眼欲归心。[①]

纪昀谓"此不减杜"，已是高评。然许印芳又进一步指出，"荆公诗炼字、炼句、炼意、炼格，皆以杜为宗。集中古今体诗，多有近杜者。然非形貌近杜，乃骨味神韵暗与之合也。诗不学杜，必不能高。而善学者，百无一二。唐之义山，宋之半山、山谷、后山、简斋，此五家者真善学杜者也。后人欲入浣花翁之门，须从此五家问津"，并谓"诗成之后，拈诗中'欲归'二字为题，老杜惯用此例"[②]，以上好评充分说明了王安石在五律取题和遣词造句方面用力颇深，其学杜之成就亦甚可观。

自王安石退隐锺山后，所作绝句皆精研婉妙，不仅数量上明显居于众体之首，而且七绝写法上还明显沿袭了杜诗一句一意的特色。如其《锺山即事》云："涧水无声绕竹流，竹西花草弄春柔。茅檐相对坐终日，一鸟不鸣山更幽。"[③] 这与杜甫晚岁流寓蜀湘一带时所作"堂西长笋别开门，堑北行椒却背村。梅熟许同朱老吃，松高拟对阮生论"[④] 一类诗几乎如出一辙，但在风格上，杜诗更多人间烟火气，也更显平易、亲切些。

据传王安石首开宋人集句诗之例[⑤]，由于对杜诗十分熟稔，王

---

① ［宋］王安石撰，刘成国点校《王安石文集》卷十五《欲归》，中华书局2021年版，第230页。

② ［元］方回选评，李庆甲集评校点《瀛奎律髓汇评》卷十，上海古籍出版社2005年版，第348页。

③ ［宋］王安石撰，刘成国点校《王安石文集》卷三十《锺山即事》，中华书局2021年版，第492页。

④ ［唐］杜甫著，［清］仇兆鳌注《杜诗详注》卷十三《绝句四首》其一，中华书局1979年版，第1142页。

⑤ ［宋］蔡启撰《蔡宽夫诗话》云："荆公晚多喜取前人诗句为集句诗，世皆言此体自公始。予家有至和中成都人胡知仁诗，已有此作，自号安定八体。其间如'第知何日，无端意不移。欲为青桂主，谁与白云期？'……之类，亦自精密，但所取多唐末五代人诗，无复佳语耳。不知公尝见与否也。"载郭绍虞辑《宋诗话辑佚》卷下，中华书局1980年版，第407—408页。

安石作诗时常会不自觉地代入杜句，至其集句诗，则尤以有意识地集杜为多。如其《沈坦之将归溧阳值雨留吾庐久之三首》云：

> 天雨萧萧滞茅屋（杜甫），冷猿秋雁不胜悲（严武）。床床屋漏无干处（杜甫），独立苍茫自咏诗（杜甫）。

> 檐雨乱淋幔（杜甫），风悲兰杜秋（郑谷）。相看更促膝，人老自多愁（李端）。

> 片云头上黑（杜甫），淅淅野风秋（杜甫）。室妇叹鸣鹤（韩愈），分为两地愁（何逊）。①

总体来看，这组诗共计十二句中，就有六句集自杜诗。尤其第一首七绝，四句之中，三句是杜诗，还有一句虽完整来自严武《巴岭答杜二见忆》，但"不胜悲"三字也是杜甫惯用语②。梁启超就此感慨说："集句之体，实创自荆公，宋人笔记多言荆公集句诗。信口冲出，此固游戏馀事，无所不可，亦足征其记诵之博也。"③换言之，集句是体现王安石学识渊博、学问为诗的一种特殊产物。

至于集杜诗，胡仔《苕溪渔隐丛话》引陈正敏《遁斋闲览》作了详细介绍：

> 荆公集句诗，虽累数十韵，皆顷刻而就，词意相属，如出诸己，他人极力效之，终不及也。如《老人行》云："翻手为云覆手雨，当面输心背面笑。"前句老杜《贫交行》，后句老杜

---

① ［宋］王安石撰，刘成国点校《王安石文集》卷三十六，中华书局 2021 年版，第 610 页。
② ［唐］杜甫著，［清］仇兆鳌注《杜诗详注》卷十七《秋兴八首》其四"百年世事不胜悲"，卷十八《立春》"杜陵远客不胜悲"，中华书局 1979 年版，第 1489、1597 页。
③ 梁启超《王安石传》，百花文艺出版社 2016 年版，第 297 页。

《莫相疑行》，合两句为一联，而对偶亲切如此。又《送吴显道》云："欲往城南望城北，此心炯炯君应识。"《胡笳十八拍》云："欲往城南望城北，三步回头五步坐。"此皆集老杜句也。按杜诗《哀江头》云："黄昏胡骑尘满城，欲往城南忘城北。"荆公两用，皆以"忘城北"为"望城北"，始疑杜诗误，其后数善本皆作"忘城北"，或云："荆公故易此两字，以合己一篇之意。"然荆公平生集句诗，未尝改古人字，观者更宜详考。苕溪渔隐曰："余闻洪庆善云：'老杜欲往城南忘城北之句，《楚词》云：中心瞀乱兮迷惑，王逸注云：思念烦惑忘南北也。'子美盖用此语也。"①

王安石的集句诗之所以水平很高，是充分发挥了大力仿效杜诗句法的创作优势，所以能积极调动各种不同篇目的杜句，巧妙构成了两两关联的对偶句。除直接集杜外，有人认为，王安石还会根据需要适当作一些细部字词改动，但这与杜诗原意明显存在一定差异，倒更像是学杜而非集杜了。

四、《四家诗选》以杜为第一

王安石晚年编定了《四家诗选》，明确以杜甫为第一，隐然有一种为诗坛确立最高诗学典范的意识②。据张忠纲《杜集叙录》载："宋人所辑总集，录杜诗成卷者，以《四家诗选》为最早。宋刻杜集诸本引王安石注，多出自《四选》。"③ 由于王安石早年所编《杜工部诗后集》已佚，今人只能通过一些间接文献了解到其与王洙本

---

① ［宋］胡仔纂集，廖德明校点《苕溪渔隐丛话》前集卷三十五，人民文学出版社 1962 年版，第 238 页。
② 参看程杰《北宋诗文革新研究》说王安石"隐有为骚坛立范之意"，内蒙古教育出版社 2000 年版，第 196 页。
③ 张忠纲等编著《杜集叙录》，齐鲁书社 2008 年版，第 18 页。

杜集"互有详略"①，面目不尽相同，而元丰年间（1078—1085），王安石退隐江宁时所编《四家诗选》中"荆公注"，却被辑入了南宋吴若本，后又被钱谦益《钱注杜诗》吸收采用而得以部分保存下来，由此略可窥见荆公注的蛛丝马迹。所以，《四家诗选》是王安石杜诗学思想的重要载体，更是北宋以来首次将杜甫放在了唐宋诗家的首要位置上。以杜甫为第一、李白为第四，欧阳修、韩愈分列第二、第三，这种编次顺序既是为人质疑、诟病之所在，又是"扬杜抑李"说的鲜明旗帜，更是对欧阳修"扬李抑杜"说的一次有力反拨。

《四家诗选》的编次，引发了宋人一系列的猜测和议论。王直方《王荆公四家诗》云："荆公编集四家诗，其先后之序，或以为存深意，或以为初无意。盖以子美为第一，此无可议者；至永叔次之，退之又次之，以太白为下，何邪？或者云，太白之诗固不及退之，而永叔本学退之，而所谓青出于蓝者，故其先后如此。或者又以荆公既品第了此四人次第，自处便与子美为敌耳。"②陈振孙《直斋书录解题》卷十五著录"《四家诗选》十卷"，附曰："王安石所选杜、韩、欧、李诗。其置李于末而欧反在其上，或亦谓有所抑扬云。"③要之，宋人主要围绕着王安石编次诗选是否有抑扬褒贬及其具体缘由来展开分辨与探析。

---

① 高克勤《王安石与北宋文学研究》："宋神宗元丰五年（1082）温陵宋宜序陈应行（浩然）所编杜诗，言曾见过王安石所编之集。其序云：'顷者处士孙正之得所未传者二百篇，而荆公继得之，又增多焉。及观内相王公（洙）所校全集，比于二公互有详略。'孙正之即孙侔，为王安石的好友。可惜，陈书也已佚，无从知其端倪。"复旦大学出版社 2000 年版，第 57 页。

② ［宋］王直方《王直方诗话》，见郭绍虞辑《宋诗话辑佚》卷上，中华书局 1980 年版，第 86 页。

③ ［宋］陈振孙撰，徐小蛮等点校《直斋书录解题》卷十五，上海古籍出版社 2015 年版，第 444 页。

一方面有人认为，王安石编选《四家诗》其实并无次第先后之分，所谓编排顺次纯属偶然巧合。这种认识首见于王定国《闻见录》：

> 黄鲁直尝问王荆公："世谓四选诗，丞相以欧、韩高于李太白邪？"荆公曰："不然，陈和叔尝问四家之诗，乘间签示和叔，时书史适先持杜诗来，而和叔遂以其所送先后编集，初无高下也。李、杜自昔齐名者也，何可下之。"鲁直归，问和叔，和叔与荆公之说同。今乃以太白下韩、欧而不可破也。①

按照王安石向黄庭坚所作解释，《四家诗》编选是由他"签示"授意，陈和叔来操作编集。由于当时文书不是一次性取书送来，而是最先将杜诗送来，所以编集自然随了送书顺序，其实并无轩轾之别，但世人却由此生发了价值评判，这是编纂者所始料未及的。

另一方面，更多意见指向了王安石在《四家诗选》编次中有意掺杂了伦理价值评判，进而衍生出所谓"扬杜抑李"说，且被世人诠释得差异较大。概而言之，第一种观点认为，王安石不喜李白是出于鄙弃其诗识见狭隘、大量表现个人一己情绪和喜好，这是胸怀天下、志存高远的政治家所不取的。这发端于释惠洪在《冷斋夜话》中所载"舒王编四家诗"：

> 舒王以李太白、杜少陵、韩退之、欧阳永叔诗，编为《四家诗集》，而以欧公居太白之上，世莫晓其意。舒王尝曰："太白词语迅快，无疏脱处；然其识污下，诗词十句九句言妇人酒耳。欧公，今代诗人未有出其右者，但恨其不修《三国志》而修《五代史》耳。"如欧公诗曰"行人仰头飞鸟惊"之句，亦

---

① ［宋］王定国《闻见录》，见［宋］胡仔纂集，廖德明校点《苕溪渔隐丛话》前集卷六引，人民文学出版社1962年版，第37页。

有佳趣，第人不解耳。①

此处突出李白写诗以气驭文、奔放流畅，但却见识低俗，而欧公在当世诗人中造诣极高，"亦有佳趣"，故编次时被置于了李之前。这与王定国《闻见录》中所录黄庭坚从王安石处获得的答案明显存在一定矛盾。但胡仔《苕溪渔隐丛话》引《锺山语录》亦云："荆公次第四家诗，以李白最下，俗人多疑之。公曰：'白诗近俗，人易悦故也。白识见污下，十首九说妇人与酒，然其才豪俊，亦可取也。'"② 同样强调李白诗有"俗"而"污下"一面，但也肯定其才气"豪俊"，与《冷斋夜话》意见基本一致。

然而，这种以好写"妇人与酒"来指摘李白之陋，甚至演进为"抑李扬欧"说，还是遭到了不少人的明确反对。经历过靖康之变的何薳，就在《春渚纪闻》中为"太白胸次"辩白：

> 士之所尚，忠义气节，不以摛词摘句为胜。唐室宦官用事，呼吸之间，杀生随之。李太白以天挺之才，自结明主，意有所疾，杀身不顾。王舒公言："太白人品污下，诗中十句，九句说妇人与酒。"至先生作《太白赞》则云："开元有道为可留，縻之不可刻肯求。"又云："平生不识高将军，手污吾足乃敢嗔。"二公立论，正似见二公胸次也。③

这段材料出自《东坡事实》，故文中"先生"应指苏轼④。与王安石评判人品高下的角度不同，何薳认为"忠义气节"是文人的首要品

---

① ［宋］释惠洪《日本五山版冷斋夜话》卷五，载张伯伟编校《稀见本宋人诗话四种》，江苏古籍出版社 2002 年版，第 49—50 页。
② ［宋］胡仔纂集，廖德明校点《苕溪渔隐丛话》前集卷六引，人民文学出版社 1962 年版，第 37 页。
③ ［宋］何薳撰，张明华点校《春渚纪闻》卷第六《东坡事实》，中华书局 1983 年版，第 90 页。
④ 按，何薳之父何去非，曾由苏轼推荐为官，故此尊称"先生"。

质。李白能在宦官当道、威胁生命时不依附权势、不奴颜婢膝，还嫉恶如仇、奋不顾身，就足以见其品格高尚可贵。而苏轼《太白赞》，也正盛赞了他"敢嗔"权贵的不凡气魄。由此得出结论：王、苏二人胸怀不同，对李白态度自然天差地别。同时说明，从道德人格方面刻意"抑李"，并非宋人的一致观点。

在诸多认识中，张戒《岁寒堂诗话》较客观地辨析了北宋以来几位诗坛耆宿对于李杜优劣的评判意见：

> 至于李、杜，尤不可轻议。欧阳公喜太白诗，乃称其"清风明月不用一钱买，玉山自倒非人推"之句。此等句虽奇逸，然在太白诗中，特其浅浅者。鲁直云"太白诗与汉魏乐府争衡"，此语乃真知太白者。王介甫云："白诗多说妇人，识见污下。"介甫之论过矣。孔子删诗三百五篇，说妇人者过半，岂可亦谓之识见污下耶？元微之尝谓自诗人以来，未有如子美者，而复以太白为不及，故退之云："不知群儿愚，那用故谤伤。"退之于李、杜，但极口推尊，而未尝优劣，此乃公论也。①

张戒明确提出，李、杜是尤其不能随性訾议的。欧公喜李白诗句"奇逸"，却也只是识其粗浅处；黄庭坚能意识到李白与汉魏乐府间的幽微联系，那才是真懂李白。至于王安石的道德评价，更是过分之论。因为这既背离了《诗三百》多以女性为描写对象的文化传统，又与韩愈并尊李杜的学界公论相冲突。换言之，张戒为"白诗多说妇人"找到了创作渊源，以此来否定"抑李"的"识见污下"说，同时也显示出对韩愈诗学观念的认同与承继。

---

① 〔宋〕张戒《岁寒堂诗话》卷上，见丁福保辑《历代诗话续编》，中华书局 2006 年版，第 451 页。

同样，陆游《老学庵笔记》对世传王安石编次《四家诗选》的"抑李"缘由也持怀疑态度，故辨之曰：

> 世言荆公《四家诗》，后李白，以其十首九首说酒及妇人，恐非荆公之言。白诗乐府外，及妇人者实少，言酒固多，比之陶渊明辈，亦未为过。此乃读白诗不熟者，妄立此论耳。《四家诗》未必有次序，使诚不喜白，当自有故。盖白识度甚浅，观其诗中如："中宵出饮三百杯，明朝归揖二千石"……"高冠佩雄剑，长揖韩荆州"之类，浅陋有索客之风。集中此等语至多，世俱以其词豪俊动人，故不深考耳。又如以布衣得一翰林供奉，此何足道，遂云："当时笑我微贱者，却来请谒为交亲。"宜其终身坎坷也。[1]

陆游判断以妇人与酒作为创作对象并不能成为王安石"后李"乃至"抑李"的理由，因为这类题材主要集中于李白乐府古体中，且数量有限，而"酒"又实是诗人们热衷抒写的，陶渊明、杜甫醉酒诗亦很突出。所以，王安石选《四家诗》不一定有借助先后序列来优劣李杜的目的。但若说"诚不喜白"，则应另有他因。而在陆游看来，李白"识度甚浅"是表现为多作豪门清客语，又胸襟不够开阔，往往怨愤牢骚。这就意味着陆游对此问题的认识已超越了"妇人与酒"的表象，进入了理性价值评判的层面。

沿着这种思路，陈善《扪虱新话》中"王荆公论李、杜、韩、欧四家诗"进一步阐发了对世传荆公"抑李"说的看法："予谓诗者，妙思逸想所寓而已。太白之神气，当游戏万物之表，其于诗特

---

[1] ［宋］陆游撰，李剑雄、刘德权点校《老学庵笔记》卷六，中华书局1979年版，第79页。

寓意焉耳，岂以妇人与酒能败其志乎?"① 在他看来，"妇人与酒"也只是李白"游戏万物之表"的"神气"所寓而已，并不能代表李白诗的精神内核，更不该以伦理评判来取代其艺术成就。

第二种观点认为，王安石"扬杜抑李"是从诗人气质和作品风格角度来考虑的。即如陈正敏《遁斋闲览》云：

> 或问王荆公云："编四家诗以杜甫为第一，李白为第四，岂白之才格词致不逮甫耶?"公曰："白之歌诗，豪放飘逸，人固莫及。然其格止于此而已，而不知变也。至于甫则悲欢穷泰，发敛抑扬，疾徐纵横，无施不可。故其诗有平淡简易者，有绵丽精确者，有严重威武若三军之帅者，有奋迅驰骤若泛驾之马者，有寂寞闲静如山谷隐士者，有风流蕴藉若贵介公子者。盖其诗绪密而思深，观者苟不能臻其阃奥，未易识其妙处，夫岂浅近者所能窥哉。此甫之所以光掩前人而后来无继也。元稹以语兼人人所独专，斯言信矣。"②

这里主要强调了李白诗固然有独特风格是别人无法超越的，但是风格相对单一、缺乏多样变化，而杜甫则各种风格"无施不可"，且思绪缜密、思想深沉，一般人难以"识其妙处"，这正是杜诗能兼众人之长而无人企及的艺术价值所在。这种观点有一定道理，即认可了王安石对李白诗风也有欣赏之处，只是不及推扬杜诗那么全面、深刻。

事实上，王安石在创作实践中，确乎不忘规摹李白诗的浪漫飘逸，兹例举如下：

---

① ［宋］陈善撰，袁向彤点校《扪虱新话》卷八，山东人民出版社 2018 年版，第 101 页。
② ［宋］陈正敏《遁斋闲览》，载程毅中主编、王秀梅等编录《宋人诗话外编》第一册，中华书局 2017 年版，第 394 页。

我起影亦起，我留影逡巡。我意不在影，影长随我身。交游义相好，骨肉情相亲。如何有乖睽，不得同苦辛。①

巫山高，十二峰。上有往来飘忽之猿猱，下有出没瀺灂之蛟龙，中有倚薄缥缈之神宫。神人处子冰雪容，吸风饮露虚无中。千岁寂寞无人逢，邂逅乃与襄王通。丹崖碧嶂深重重，白月如日明房栊。象床玉几来自从，锦屏翠幔金芙蓉。阳台美人多楚语，只有纤腰能楚舞，争吹凤管鸣鼍鼓。那知襄王梦时事，但见朝朝暮暮长云雨。②

峚云台殿起崔嵬，万里长江一酒杯。坐见山川吞日月，杳无车马送尘埃。雁飞云路声低过，客近天门梦易回。胜概唯诗可收拾，不才羞作等闲来。③

以上三首诗中，第一首纯然摹拟李白《月下独酌》其一，第二首在模仿李白《蜀道难》的同时，又具有着韩愈诗的雄奇豪纵，第三首则兼备了李白与李贺诗的独特风味。梁启超曾以《葛蕴作巫山高爱其飘逸因亦作两篇》为例，赞赏王安石"此类之诗，乃学杜而自辟蹊径者，公集中上乘也。山谷之七古，颇从此脱胎得来"④，然细辨之下，不难发觉是作其实尤近李白飘逸诗风。

第三种观点认为，王安石编次《四家诗》是从诗歌内容与形式之间关系角度来加以分辨的。譬如李纲《读四家诗选四首并序》云：

① ［宋］王安石撰，刘成国点校《王安石文集》卷六《即事三首》其一，中华书局2021年版，第81页。
② ［宋］王安石撰，刘成国点校《王安石文集》卷七《葛蕴作巫山高爱其飘逸因亦作两篇》其一，中华书局2021年版，第98—99页。
③ ［宋］王安石撰，刘成国点校《王安石文集》卷二十三《落星寺》，中华书局2021年版，第366页。
④ 梁启超《王安石传》，百花文艺出版社2016年版，第289页。

> 介甫选四家之诗,第其质文以为先后之序。予谓子美诗闳深典丽,集诸家之大成;永叔诗温润藻艳,有廊庙富贵之气;退之诗雄厚雅健,毅然不可屈;太白诗豪迈清逸,飘然有凌云之志,皆诗杰也。其先后固自有次第。诵其诗者,可以想见其为人,乃知心声之发,言志咏情,得于自然,不可以勉强到也。①

又其《书四家诗选后》曰:

> 子美之诗,非无文也,而质胜文。永叔之诗,非无质也,而文胜质。退之之诗,质而无文。太白之诗,文而无质。介甫选四家之诗而次第之,其序如此。又有《百家诗选》,以尽唐人咏咏之所得。然则四家者,其诗之六经乎?于体无所不备,而测之益深,穷之益远。百家者,其诗之诸子百氏乎?不该不遍,而各有所长,时有所用,览者宜致意焉。偶读《四家诗选》,因书其后。宣和庚子仲夏十一日书。②

李纲有意将诗歌风格与诗人人格相统一,分辨不同人发于自然之诗的"质文"表现,并由此认为,王安石编排杜诗为四家第一是明确以"质胜文"为最佳,欧诗"文胜质"次之,韩诗重质无文又次之,李诗又重文无质最末。可知,李纲的艺术标准中,质比文重要得多。

综之,"杜甫崇高地位的真正确立,是从王安石开始的"③。换言之,至王安石才真正阐发出杜甫忧国爱民的文化内涵。林继中指出:"王安石之前的宋人尚未将杜甫与'内省'挂钩,奉为圣

---

① [宋]李纲著,王瑞明点校《李纲全集》卷九,岳麓书社 2004 年版,第 97 页。
② [宋]李纲著,王瑞明点校《李纲全集》卷一百六十二,岳麓书社 2004 年版,第 1488 页。按,"咏咏",《四库全书》本《梁溪集》作"吟咏"。
③ 萧华荣《中国诗学思想史》,华东师范大学出版社 1996 年版,第 172 页。

人。……时人所赏，只是杜诗的'雄豪'，……至王安石始揭出杜甫的忠君爱国病民省身的内涵。"① 这是非常准确地认识到了王安石之于整个宋代杜诗学思想理论建构的重要意义，也是杜甫后来能在宋人心目中一直地位至高的根本原因所在。

第二节　"二苏"对李杜内涵的深入挖掘

如前所述，到北宋仁宗朝，对晚唐五代诗风的清算已基本完成，李、杜、韩三家的典范价值已基本确认。而三家之间的升降、沉浮日渐明显，大体趋势即为：李白的地位有所下降，主学李白的仅有王令、郭祥正等少数几人，而韩愈、杜甫的地位则如日中天。其中，宗杜、学杜风潮更趋于热潮。

在这样一个大趋势下，主要活跃于神宗、哲宗朝的苏轼、苏辙兄弟②，既受当时宗杜风气的影响，又以其对李、杜的理解对这个风气产生了持久的影响。而他们的论杜，起因却是张方平。

一、张方平与二苏论杜之缘起

三苏初游京师，结识欧阳修，荐举人是张方平。后来，苏轼陷于"乌台诗案"，鼎力相救者中，也有张方平。而有意思的是，苏轼兄弟现有诗文中正式谈论杜甫与杜诗，竟也是缘于张方平。熙宁四年（1071），时任陈州知州的张方平作了《读杜工部诗》一诗，陈州教授苏辙和韵而成《和张安道读杜集》，前来陈州的苏轼也作

---

① 林继中《杜诗学论薮》下编《杜诗与宋人诗歌价值观》，上海古籍出版社 2015 年版，第 316 页。
② 宋初以来，在日益显著的宗杜风气中，从孙何、孙仅兄弟开始，后又先后出现了刘敞、刘攽兄弟，宋庠、宋祁兄弟，苏轼、苏辙兄弟，同为这股风气的推波助澜者。这几对兄弟相近的崇杜追求与明显的差异，是颇值得关注的现象。

《次韵张安道读杜诗》①。苏轼兄弟自此之后才有正式谈论到李杜的作品。

张方平《读杜工部诗》云：

> 文物皇唐盛，诗家老杜豪。《雅》音还正始，感兴出《离骚》。运海张鹏翅，追风骋骥髦。三春上林苑，八月浙江涛。璀璨开鲛室，幽深闭虎牢。金晶神鼎重，玉气霁虹高。甲马腾千队，戈船下万艘。吴钩铦莫触，羿彀巧无逃。远意随孤鸟，雄筋举六鳌。曲严周庙肃，颂美孔图襃。世乱多群盗，天遥隔九皋。途穷伤白发，行在窘青袍。忧国论时事，司功去谏曹。七哀同谷寓，一曲锦川遨。妻子饥寒累，朝廷战伐劳。倦游徒右席，乐善伐干旄。旧里归无路，危城至辄遭。行吟非楚泽，达观念庄濠。逸思乘秋水，愁肠困浊醪。耒阳三尺土，谁为剪蓬蒿。②

这首诗共四十句，使用的是五言排律的形式。这种诗体是杜甫的特长，张方平有意选用这一诗体形式来表达自己的读杜感受，显有推崇、追摹杜体之意。张方平此诗前半二十句由"文物皇唐盛，诗家老杜豪"起笔，将杜诗视为唐帝国文明兴盛的象征。确立这一基调之后，揭示了杜诗的《雅》《颂》精神、楚《骚》感兴的特质，然后博喻式展开铺陈，描述了杜诗壮阔、绚烂、幽深、庄重、高逸、气势、锐利、精确、力量等多种面貌。后半二十句再由诗及人，结

---

① 苏轼《次韵张安道读杜诗》一诗，据施元之、王文诰考订，作于熙宁四年（1071）七月，苏轼由京师赴任杭州通判，途径陈州，晤张方平与弟辙时。［宋］苏轼著，［清］王文诰辑注，孔凡礼点校《苏轼诗集》卷六，中华书局1982年版，第265页。孔凡礼《苏轼年谱》从其说。卷十，中华书局1998年版，第207页。
② 北京大学古文献研究所编《全宋诗》第 6 册，卷三〇六，北京大学出版社 1992 年版，第 3836 页。

合时代变故及杜甫后半生的遭际,将杜甫有志莫展,行吟南国而望归无路的命运给予深切同情。最后两句"耒阳三尺土,谁为剪蓬蒿",以萧条、凄凉的杜墓无人祭扫戛然作结,写尽了知音难觅的无限悲凉、孤寂慨叹。

要说明的是:张方平作此诗(熙宁四年)之前的几十年间,杜诗已几乎成为当时最热门的、最受推崇的经典。因为杜诗至少在以下三方面得到了有力的推举:一是宋祁在《新唐书》中,以官修正史的权威对杜诗的价值作了正面认定;二是仁宗朝后期声望日隆的王安石,对杜诗大力揄扬,特别是在《杜甫画像》一诗中对杜甫的道德人格作了深刻阐述;三是经过宋初以来众家不懈努力,杜集整理基本定型,这即是宝元二年(1039)由王洙辑录而成《杜工部集》二十卷,借助北宋印刷术大发展的春风,嘉祐四年(1059)王洙本经由苏州郡守王琪镂板刊行,万部杜集,迅速售罄。据王琪《杜工部集后记》曰:"近世学者,争言杜诗,爱之深者,至剽掠句语,迨所用险字而模画之,沛然自以绝洪流而穷深源矣。又人人购其亡逸,多或百馀篇,小数十句,藏弆矜大,复自以为有得。翰林王君原叔,尤嗜其诗,家素畜先唐旧集,及采秘府名公之室,天下士人所有得者,悉编次之,事具于记,于是杜诗无遗矣。"[①] 将王琪的记述与张方平此诗的结尾加以对照,可以认为:张方平代仁宗朝众多崇杜者倾吐了心声。正是包括张方平在内的大批文士共同的崇杜心理最终促成学杜、宗杜走向热潮。

张方平对杜诗的学习、追慕是用心的,他对杜甫的理解是深细的。除了上面这首引起了苏轼兄弟和韵的《读杜工部诗》外,他还

---

① [宋]王琪《杜工部集后记》,载[唐]杜甫撰《宋本杜工部集》第五册,国家图书馆出版社2019年版,第126—127页。"藏弆"原作"藏去",据《杜诗详注》附录引本订正。

有一首《读杜诗》云：

> 杜陵有穷老，白头惟苦吟。正气自天降，至音感人深。昭回切云汉，旷眇包古今。万壑入溟海，一枝成邓林。掩抑鬼神泣，寂寥星月沉。珠凭罔象得，玉看晶采寻。穰穰丰年谷，磊磊殊方琛。病源问岐伯，兵略须淮阴。流寓四方路，浩荡平生心。每览《述怀》篇，使我清泪淫。①

此诗篇幅只有上一首的一半，采用的是五言古诗的形式，但精工的对仗、典重凝练的写法，造成步步为营、句句紧实的效果，仿如五排的风格，与上一首一样，是宋人学杜学得最像的。与上一首不同的是，此诗从穷老苦吟的境况，而产生"至音感人"的杜诗作为骨干。"昭回"四句回应第三句，又将"自天降"扩大为"从历史中生成"。"万壑入溟海，一枝成邓林"，表达的正是这个意思。而这个理解，又为后来苏轼、秦观提出"集大成"说埋下伏笔。"掩抑"两句回应起笔两句，是一转折。此下用《庄子·天运》象罔索玄珠的寓言比喻杜甫得诗法，再次回应"自天降"的意思。而"丰年谷""殊方琛"比杜诗，则是回应第四句。再把杜甫比作太古名医岐伯、兴汉名将韩信，认为杜甫正是当时国家所需的大才，故末尾四句转而感慨杜甫被弃置而流落四方，落到读《述怀》一篇的感受，暗写在艰危的情势下杜甫"麻鞋见天子，衣袖见两肘"的忠悃、血诚②。这首诗比前一首更细微地表现了张方平所认识的杜诗"至音感人深"的具体缘由，并最终将这种缘由落到杜甫的忠悃上。这种感受对苏轼是有影响的。

---

① 北京大学古文献研究所编《全宋诗》第 6 册，卷三〇六，北京大学出版社 1992 年版，第 3840 页。
② ［唐］杜甫著，［清］仇兆鳌注《杜诗详注》卷五《述怀》，中华书局 1979 年版，第 358—360 页。

张方平是北宋特别尊君的士大夫，徐度《却扫编》载："张文定公安道，平生未尝不衣冠而食。尝暑月与其婿王巩同饭，命巩褫带而已，衫帽自如。巩顾见不敢，公曰：'吾自布衣、诸生遭遇至此，一饭皆君赐也，享君之赐，敢不敬乎？子自食某之食，虽衩衣无害也。'"① 上诗所表达的对《述怀》等诗的感情共鸣，即缘于此。

概括起来看，张方平对杜甫的崇拜，包括思想和艺术两个方面。艺术上除了认识到杜诗多样的面貌，还重点谈到杜诗深得《诗》《骚》精神，兼备众体，兼众家所长的高度。而思想上则强调了杜甫在穷愁潦倒的境况下，却心系天下的强大精神力量，并认为这是杜诗感人至深效果的根源。

二、苏辙扬杜抑李的道德评判

苏辙因青苗法与王安石意见不合，熙宁二年（1069）八月被出任河南府留守推官。次年二月，张方平知陈州，辟苏辙为州教授。在陈州期间，当张方平作《读杜工部诗》之后，苏辙和韵而成《和张安道读杜集》：

> 我公才不世，晚岁道尤高。与物都无著，看书未觉劳。微言精《老》《易》，奇韵喜《庄》《骚》。杜叟诗篇在，唐人气力豪。近时无沈宋，前辈蔑刘曹。天骥精神稳，层台结构牢。龙腾非有迹，鲸转自生涛。浩荡来何极，雍容去若遨。坛高真命将，麤乱始知毫。白也空无敌，微之岂少褒？论文开锦绣，赋命委蓬蒿。初试中书日，旋闻廊庙逃。妻孥隔豺虎，关辅暗旌旄。入蜀营三径，浮江寄一艘。投人惭下舍，爱酒类东皋。漂泊终浮梗，迂疏独钓鳌。误身空有赋，掩胫惜无袍。卷轴今何

---

① ［宋］徐度《却扫编》卷中，上海古籍出版社 2012 年版，第 135 页。

益，零丁昔未遭。相如元并世，惠子谩临濠。得失将谁怨，凭公付浊醪。[①]

此诗从盛赞张方平道高、才大起笔，再转入对杜诗的高度评价，突出了杜甫之才大。此后对杜甫坎坷命运的同情，虽然提到了"赋命"，似乎归之为不可知的因素，但从"误身"和"迂疏"的用词中，可见还是从杜甫的性格和持身方面追寻原因，文本的背后则暗含对杜甫"道高"的称赞。故末尾回到与张方平一起感慨人生的得失。全篇情感饱满，构思严密、完整，与张方平原作一样是对杜诗较成功的仿拟。

关于杜诗的艺术，苏辙认为：杜诗最直观的面貌是"精神稳"和"结构牢"。而"稳"和"牢"，显然是经过长期磨砺、艰苦训练而达到的水平，是后天功力实现的境界。苏辙又进而描述了杜诗所达到的艺术境界，他用了"龙腾"和"鲸转"的譬喻，认为杜诗不仅有"浩荡"气势和雄伟力量，又能表现出"雍容"大度、自由从容。苏辙对杜诗的这种把握，是较为深刻的，丝毫不弱于张方平。而关于杜甫其人，苏辙此诗除了从"未遭"这一端作了重点发挥之外，虽然也暗示了杜甫的"道高"，却并未在性情、思想这一角度作深入揭示，与张方平原作相比有较大距离，看来33岁的苏辙此时涉世未深，认识水平还有待提高。

苏辙这首诗值得注意的还在于认识杜诗有了学术史的视野。苏辙明白，宋人论杜是无法绕开元稹在给杜甫所作墓志铭中所设置的话题、所提出的观点，因此，他不是关起门来自说自话，而是直接回应了元稹。苏辙认为杜诗的成就超越了前代的曹刘，近代的沈

①　[宋]苏辙著，曾枣庄、马德富校点《栾城集》卷三《和张安道读杜集》，上海古籍出版社1987年版，第68页。

宋，甚至使李白"诗无敌"的名声也为之落空。其中，"白也空无敌"一句，是对杜甫"白也诗无敌"①的反用，字面上只相当于说"李白有了杜甫这一劲敌"，可以理解为借李尊杜、李杜并尊的意思，但是结合下一句"微之岂少褒"，以及这一节整体呼应元稹之意，苏辙明显暗含了扬杜抑李之意。

毫无疑问，苏辙也对李白有过一些正面肯定，他对李白的谪仙的形象、跨海骑鲸的传说是高度礼赞和艳羡的，曾在诗里以"谪仙人"评价过秦观②，元祐六年张方平去世之后，苏辙所作《赠司空张公安道挽词三首》其二即以"孤高出世学，豪迈谪仙人"③评价张方平。而称许同僚也有："安得骑鲸从李白，试看牛女转云车。"④尽管如此，苏辙对李白的不满与批评却更为突出。他对李白的不满，虽然没有得到他的兄长认同，他却颇为坚持。苏辙后来在更成熟的时期所作《诗病五事》还对此有进一步的发挥：

> 李白诗类其为人，骏发豪放，华而不实，好事喜名，不知义理之所在也。语用兵，则先登陷阵，不以为难；语游侠，则白昼杀人，不以为非。此岂其诚能也哉？白始以诗酒奉事明皇，遇谗而去，所至不改其旧。永王将窃据江淮，白起而从之不疑，遂以放死。今观其诗固然。唐诗人李杜称首，今其诗皆在，杜甫有好义之心，白所不及也。汉高帝归丰沛，作歌曰："大风起兮云飞扬，威加海内兮归故乡。安得猛士兮守四

① ［唐］杜甫著，［清］仇兆鳌注《杜诗详注》卷一《春日忆李白》，中华书局1979年版，第52页。
② ［宋］苏辙著，曾枣庄、马德富校点《栾城集》卷八，上海古籍出版社1987年版，第177页。
③ ［宋］苏辙著，曾枣庄、马德富校点《栾城集》后集卷一，上海古籍出版社1987年版，第1103页。
④ ［宋］苏辙著，曾枣庄、马德富校点《栾城集》卷十一《试院唱酬》之《次前韵三首》其二，上海古籍出版社1987年版，第259页。

方?"高帝岂以文字高世者哉? 帝王之度固然, 发于其中而
不自知也。白诗反之曰:"但歌大风云飞扬, 安用猛士守四
方?"其不识理如此! 老杜赠白诗, 有"细论文"之句, 谓
此类也哉?①

以人品论诗品是苏辙诗论的核心理念。在他的认识中, 李、杜人品
有显著之别, 前者"不知义理", 后者"有好义之心"。所以, 李不
如杜, 诗亦不及。今人萧华荣就此指斥苏辙是"戴着'道'的有色
眼镜审视李、杜的"②, 其实不然。宋人对诗的功能认识是不断深
化、不断转变的。在诗文革新时期, 诗曾一度被当作指陈时弊、干
预现实的政治工具, 及至北宋中叶以来, 士大夫文人普遍意识到强
狰怒骂式的讽谕并不符合温柔敦厚的诗教传统, 尤其苏门弟子黄庭
坚还特意将诗与性情联系起来, 把诗看作是诗人涵养性情的艺术载
体。因而, 陶养人格与道德完善也就成了苏辙识辨李杜诗歌价值高
低的一大标准。在他看来, 李白"华而不实, 好事喜名"就是为人
不稳重甚至可说轻浮的表现, 更何况还恃勇莽撞、残忍血腥, 毫无
政治眼光, 这些都归咎于"义理"的缺失。诚如理学家真德秀所释
曰:"《三百五》篇之诗, 其正言义理者盖无几, 而讽咏之间, 悠然
得其性情之正, 即所谓义理也。"③ 如此, 则"义理"即指"性情之
正", 在这里"更是指性情的正常""指《大雅》中那种符合义理的
'发乎性而止于忠孝'的伦理精神"④。按照这个准则, 李白显然是
礼教秩序的不合作者, 是礼教规约的颠覆与破坏者, 苏辙没能认同

---

① ［宋］苏辙著, 曾枣庄、马德富校点《栾城集》第三集卷八《诗病五事》, 上海古籍
　　出版社 1987 年版, 第 1552—1553 页。
② 萧华荣《中国诗学思想史》, 华东师范大学出版社 1996 年版, 第 176 页。
③ ［宋］真德秀编《文章正宗纲目·诗赋》, 影印《文渊阁四库全书》第 1355 册, 上海
　　古籍出版社 1987 年版, 第 7 页。
④ 周裕锴《宋代诗学通论》, 巴蜀书社 1997 年版, 第 46—47 页。

这种有悖于士人精神的道德取向，自然就会有抑李的抉择。至于杜甫，完全照应了儒家对人臣伦理关系的规范要求，苏辙说他"有好义之心"，其实就是指杜诗深得性情之正。这是一种"道德上的优越"，是杜甫高出李白之处，也是杜甫取代韩愈成为宋人诗学典范的关捩，表明"宋人已将诗的道德功能放到政治功能之上"①。

以道德评判的立场持扬杜抑李说的人，苏辙并非个例，而是很有代表性的。譬如与苏辙颇多交往的同辈诗人孔平仲，其《题老杜集》亦云："七月鸥鸦乃至此，语言闳大复瑰奇。直侔造物并包体，不作诸家细碎诗。吏部徒能叹光焰，翰林何敢望藩篱。读罢还看有馀味，令人心服是吾师。"② 以"闳大"藐视"细碎"，背后的奥秘就是"道德的优越感"。孔平仲很肯定地认为：韩愈的李杜并尊说，不能令人心服，他是坚定站在元稹、苏辙的阵营。

此后，黄徹《䂬溪诗话》又将扬杜抑李说表述得更为彻底：

> 世俗夸太白赐床调羹为荣，力士脱靴为勇。愚观唐宗渠渠于白，岂真乐道下贤者哉？其意急得艳词媟语以悦妇人耳！白之论撰，亦不过为"玉楼""金殿""鸳鸯""翡翠"等语，社稷苍生何赖。就使滑稽傲世，然东方生不忘纳谏，况黄屋既为之屈乎？说者以谋谟潜密，历考全集，爱国忧民之心如子美语，一何鲜也！力士闾阎腐庸，惟恐不当人主意，挟主势驱之，何所不可，脱靴乃其职也。自退之为"蚍蜉撼大树"之

---

① 周裕锴《宋代诗学通论》中分析苏辙《诗病五事》尖锐指责韩愈《元和圣德诗》说："从道德功能上看，诗中对杀戮俘虏、尤其是杀戮妇孺的血腥场面的淋漓刻划，实在是歌颂残忍，赞美暴力，有乖人道主义精神。"足见苏辙同样无法接受李白那种"语游侠，则白昼杀人，不以为非"的残忍血腥。巴蜀书社1997年版，第50—51页。
② [宋]孔文仲、孔武仲、孔平仲著，孙永选校点《清江三孔集·孔平仲集》，齐鲁书社2002年版，第445页。

喻，遂使后学吞声。余窃谓：如论其文章豪逸，真一代伟人；
如论其心术事业可施廊庙，李、杜齐名，真忝窃也。①

黄徹认为李白那些应制诗专为取悦妇人而作，无关国家民情，忘了
读书人做官须尽忠纳谏的本分，恰是向权贵屈尊低头的可耻行为，
并不值得世俗夸赞。反观杜诗中处处流露"爱国忧民之心"，才是
世所罕见。尽管韩愈推尊李杜，别无轩轾，但黄徹不以为然。他对
李白"豪逸"诗风给予充分肯定，然于其人品性、功业，则并不认
同"李杜齐名"说。不独如此，他还举例具体而微地说："太白：
'辞粟卧首阳，屡空饥颜回。当代不乐饮，虚名安用哉？'……'君
不见孔北海，英风豪气今安在？君不见裴尚书，土坟三尺蒿藜居。'
此类者尚多。愚谓虽累千万篇，只是此意，非如少陵伤风忧国，感
时触景，忠诚激切，蓄意深远，各有所当也。"② 无论如何，黄徹
"扬杜抑李"的最根本缘由都是"诗的道德功能"。

　　明末陆时雍在《诗镜总论》中指出："宋人抑太白而尊少陵，
谓是道学作用。如此将置风人于何地？放浪诗酒，乃太白本行。忠
君忧国之心，子美乃感辄发。其性既殊，所遭复异，奈何以此定诗
优劣也？"③ 他将宋人"扬杜抑李"一概认定为"道学作用"当然并
不客观、准确，但是包括苏辙在内持扬杜抑李观点的诸家，确实有
较深的道学气息，他们对儒家诗教"诗以约性情之正"理念非常看
重，因此他们更欣赏杜甫那一以贯之地将政治责任感内化为一种自
觉的道德意识，而李白那样过于情绪化，太为自身遭际的穷达进退
而乍喜大悲，他们普遍认为这是精神修养不足的结果。以苏辙为代

---

① ［宋］黄徹著，汤新祥校注《碧溪诗话》卷二，人民文学出版社 1986 年版，第
　　18 页。
② ［宋］黄徹著，汤新祥校注《碧溪诗话》卷三，人民文学出版社 1986 年版，第
　　49 页。
③ ［明］陆时雍撰，李子广评注《诗镜总论》，中华书局 2014 年版，第 162 页。

表的宋人扬杜抑李，主要原因在此。

三、苏轼从李杜并尊出发的论杜开掘

苏轼熙宁四年（1071）自京师赴杭州通判任，于陈州晤张方平而作《次韵张安道读杜诗》，观点与其弟苏辙明显有异：

> 《大雅》初微缺，流风困暴豪。张为词客赋，变作楚臣《骚》。展转更崩坏，纷纶阅俊髦。地偏蕃怪产，源失乱狂涛。粉黛迷真色，鱼虾易养牢。谁知杜陵杰，名与谪仙高。扫地收千轨，争标看两艘。诗人例穷苦，天意遣奔逃。尘暗人亡鹿，溟翻帝斩鳌。艰危思李牧，述作谢王褒。失意各千里，哀鸣闻九皋。骑鲸遁沧海，捋虎得绨袍。巨笔屠龙手，微官似马曹。迂疏无事业，醉饱死游遨。简牍仪型在，儿童篆刻劳。今谁主文字？公合抱旌旄。开卷遥相忆，知音两不遭。般斤思郢质，鲲化陋鯈濠。恨我无佳句，时蒙致白醪。殷勤理黄菊，未遣没蓬蒿。[①]

清人王文诰对此诗有评论说："诗家以五排为长城，而欲以难韵和读杜，又欲全幅似杜，已属棘手。此诗以太白《古风》提唱，即以太白对做，是难中之难也。却又主宾判然，疏密相间，于排比之中，寓流走之法，面目是杜，气骨是苏，非杜不能步步为营，非苏不能句句直下，其驱遣难韵，若无其事焉者，不知何以辖泊至是，而杜排无此难作诗也。"[②] 评语是很有见地的。如果说崇拜杜甫的张方平，选择了"欲全幅似杜"的写法，步步为营，凝练紧实，面貌逼近杜诗，却不免显得有些拘谨的话，苏辙和韵诗并不试图"全幅似杜"，但也颇为严谨、整饬，仍然有仿拟杜诗的痕迹，那么，苏

---

① ［宋］苏轼著，［清］王文诰辑注，孔凡礼点校《苏轼诗集》卷六《次韵张安道读杜诗》，中华书局1982年版，第265—268页。
② 同上，第268—269页。

轼这首次韵诗则一气流走，字字飞动，以李白式的飞扬之姿，化尽了原作的凝滞之感，所谓"驱遣难韵，若无事焉者"。从艺术面貌看，苏轼此诗与杜诗不太相似，他也并不求其似，却自成苏轼自家面目。从艺术水平看，苏轼此诗要高出张方平原作和其弟苏辙和韵之作一筹。

苏轼与苏辙相同的是：评价杜甫之时引入了李白作参照。如果说苏辙引入李白，只是陪衬，而苏轼则加重了对李白的分析。此诗的整个首段十四句都是借李白《古风五十九首》其一的意思和口气加以发挥，说明李、杜二人面临"源失乱狂涛"的诗坛环境，而能"扫地收千轨"，取得极大成就，成为盛唐并峙的双峰。接下来十四句仍然将李白、杜甫联系在一起，有合有分，一气而下，突出了昏暗、艰危的时局，重武轻文的时代气氛，对李、杜二人流离漂泊、死于殊方①的命运寄予了深切的同情。由于有李白的参照，苏轼对杜诗的艺术评价用笔无多，全在虚处，仅以"巨笔屠龙手"一句凸显了杜诗的巨大艺术成就，对杜甫其人的思想、精神也没有较直接的涉及。统观全篇，比照三人的同题共作诗可知：就对杜甫与杜诗把握而言，张方平原作内涵最深刻、最具体，但苏轼兄弟视野更开阔，更具有对杜诗进行文学史总结的意义。而苏轼兄弟相比，苏辙延续的是元稹的观点，苏轼认同的却是韩愈《调张籍》李杜并尊的意见。

值得注意的是，苏轼虽然不同意元稹的扬杜抑李思想倾向，但却仍然对元稹意见有所吸收，在次韵张方平之后十年，也即苏轼谪

---

① ［宋］晁补之撰《鸡肋集》卷三十四《海陵集序》云："文学，古人之馀事，不足以发身。……诗如李白、杜甫，于唐用人安危成败之际，存可也，亡可也。故世称诗人少达而多穷，由汉而下，枚数之，皆孙樵所论相望于穷者也。以其不足以发身，而又多穷如此。"影印《文渊阁四库全书》第 1118 册，上海古籍出版社 1987 年版，第 662—663 页。

黄州期间的元丰四年（1081）在评颜真卿书法时兼及杜诗，曰：

> 颜鲁公书雄秀独出，一变古法，如杜子美诗，格力天纵，奄有汉、魏、晋、宋以来风流，后之作者，殆难复措手。[1]

强调了颜书和杜诗一样，继承了六朝风流，而有所超越，以"变古"的能力表现出适应新时代的面貌和自我精神个性。这是符合元稹原意，而又有所深化和发展的。沿着这个思路，在元丰八年（1085）苏轼所作《书吴道子画后》一文中提出了更为重要的观点，曰：

> 智者创物，能者述焉，非一人而成也。君子之于学，百工之于技，自三代历汉至唐而备矣。故诗至于杜子美，文至于韩退之，书至于颜鲁公，画至于吴道子，而古今之变，天下之能事毕矣。道子画人物，如以灯取影，逆来顺往，旁见侧出，横斜平直，各相乘除，得自然之数，不差毫末，出新意于法度之中，寄妙理于豪放之外，所谓游刃馀地，运斤成风，盖古今一人而已。[2]

苏轼根据其诗、文、书、画多方面的经验，认为任何一种艺术极境都必得经历由"创"而"述"的长期过程，"非一人而成"。而唐代的杜诗、韩文、颜书、吴画，都具有对前代艺术加以总结和提高的意义，它们都成为相关领域的最高标杆。在此文中，苏轼还指出：包括杜诗、吴画在内的这些艺术标杆，都能"出新意于法度之中，寄妙理于豪放之外"，既尊重又超越规则、法度，将规则、法度的

---

[1] ［宋］苏轼撰，孔凡礼点校《苏轼文集》卷六十九《书唐氏六家书后》，中华书局1986年版，第2206页。

[2] ［宋］苏轼撰，孔凡礼点校《苏轼文集》卷七十，中华书局1986年版，第2210—2211页。

运用至于自由从容的境界。这样来认识杜诗的艺术成就，确实是非常深刻的。这是苏轼接近五十岁，思想和艺术探索达到成熟境界时，对艺术规律的深刻总结。

几年之后，苏轼的思想又有所发展。元祐二年（1087）苏轼在朝为翰林学士时作有《书黄子思诗集后》，又提出了极为精彩的观点：

> 予尝论书，以谓钟、王之迹，萧散简远，妙在笔画之外。至唐颜、柳，始集古今笔法而尽发之，极书之变，天下翕然以为宗师，而钟、王之法益微。至于诗亦然，苏、李之天成，曹、刘之自得，陶、谢之超然，盖亦至矣。而李太白、杜子美以英玮绝世之姿，凌跨百代，古今诗人尽废，然魏晋以来高风绝尘，亦少衰矣。①

苏轼认为：书法史由晋书到唐书的变化，首先是笔法的巨大进步，颜真卿和柳公权功力之深，都做到了"集古今笔法而尽发之"，就笔法而言，已登峰造极。后世学书，笔法必须从唐书出发。同样的道理，杜诗由于根自于传统的深处（源于古），善于汲取前人丰富的艺术经验，对前人的法则有深入的理解与把握，以极高的才情将前人的经验推到了无以复加的高度，又结合时代特点，以"变古"的方式，走出了不同的路子，在新的路子上确立了新的丰碑，顺便把前代的典范直接送进了博物馆。玩味苏轼说的"古今诗人尽废"之意②，实际隐含着以下观点：后人只能从杜甫的路子往前走，而既无法回到《诗三百》的轨道，甚至也不能回到苏李或曹刘或陶谢

---

① ［宋］苏轼撰，孔凡礼点校《苏轼文集》卷六十七，中华书局1986年版，第2124页。
② 苏轼元丰五、六年间在黄州所作《记潘延之评予书》亦有："鲁公书与杜子美诗相似，一出之后，前人尽废。"《苏轼文集》卷六十九，中华书局1986年版，第2189页。

的路子向前出发了。苏轼这里涉及新的典范确立后，更远的旧典范逐渐被迁祧的规律。

苏轼以上自《书唐氏六家书后》以来的观点，实际上与秦观揭出"集大成"说消息相通。关于这点，留在下一节说。

玩味《书黄子思诗集后》之意，除了上述观点，苏轼还对"萧散简远"而"高风绝尘"的魏晋风流，那种在淡古的笔墨之外的超然远韵在唐书、唐诗中的丢失，明显表现了遗憾。结合苏轼晚年对陶渊明、王维、韦应物等人的喜爱，可以看到晚年苏轼正由李杜诗学走向陶韦诗学。换言之，当宋调的确立在元祐之前基本完成，超越由杜诗开启的宋调，向陶诗寻求新营养，似乎是晚年苏轼倾注心力的重要方面。这是宋诗发展的逻辑使然，标志着杜诗学的转变。宋人从学杜到以学陶调剂学杜，苏轼是关键。

除了以上的一条路径，苏轼对杜甫的认识，还有另一个方向。在黄州谪居即将结束的元丰七年（1084），张方平之婿，受苏轼牵连谪于宾州的王巩被放北归。苏轼收到王巩谪居时期诗几百首，为其作《王定国诗集叙》。在该叙中，出现了影响极大的"一饭未尝忘君"说。此文重要，不避繁冗，将主要部分录于下：

> 太史公论《诗》，以为"《国风》好色而不淫，《小雅》怨诽而不乱"，以余观之，是特识变风、变雅耳，乌睹《诗》之正乎？昔先王之泽衰，然后变风发乎情，虽衰而未竭，是以犹止于礼义，以为贤于无所止者而已。若夫发于性，止于忠孝者，其诗岂可同日而语哉！古今诗人众矣，而杜子美为首，岂非以其流落饥寒，终身不用，而一饭未尝忘君也欤。今定国以余故得罪贬海上五年，一子死贬所，一子死于家，定国亦病几死。余意其怨我甚，不敢以书相闻，而定国归至江西，以其岭外所作诗数百首寄余，皆清平丰融，蔼然有治世之音，其言与

志得道行者无异。幽忧愤叹之作盖亦有之矣，特恐死岭外，而天子之恩不及报，以忝其父祖耳。孔子曰："不怨天，不尤人。"定国且不我怨，而肯怨天乎！余然后废卷而叹，自恨期人之浅也。

……

今余老不复作诗，又以病止酒，闭门不出。门外数步即大江，经月不至江上。眊眊焉真一老农夫也。而定国诗益工，饮酒不衰，所至翱翔徜徉，穷山水之胜，不以厄穷衰老改其度，今而后余之所畏服于定国者不独其诗也。①

苏轼的"一饭未尝忘君"说，亦见苏轼在此前不久给王巩的信："杜子美在困穷之中，一饮一食，未尝忘君，诗人以来，一人而已。"② 而更早的元丰元年（1078），苏轼知徐州时在《上韩枢密书》中亦有曰："臣子之忠孝，莫大于爱君。爱君之深者，饮食必祝之，曰：'使吾君子孙多，长有天下。'此岂非臣子之愿欤？"③ 可见，苏轼"一饭未尝忘君"之说不是偶然兴到之语，而是从政以后自觉调整文学与政治关系而加以明确化的观点。这一观点来源于汉儒，是对《诗大序》"发乎情，止乎礼义"④ 意旨的延续、发挥。但是，苏轼不是简单地沿袭汉儒之说，而是对宋前期士人"不以物喜，不以己悲""宠辱偕忘"⑤ 精神追求的呼应，且落实到了实际人生实践。王巩受苏轼牵累而远贬南徼，却不愠不怨，所作诗"皆清平丰融，

---

① ［宋］苏轼撰，孔凡礼点校《苏轼文集》卷十，中华书局 1986 年版，第 318 页。
② ［宋］苏轼撰，孔凡礼点校《苏轼文集》卷五十二《与王定国四十一首》其八，中华书局 1986 年版，第 1517 页。
③ ［宋］苏轼撰，孔凡礼点校《苏轼文集》卷四十八，中华书局 1986 年版，第 1383 页。
④ 龚抗云等整理《毛诗正义》（十三经注疏），北京大学出版社 2000 年版，第 18 页。
⑤ ［宋］范仲淹《范文正公集》卷八《岳阳楼记》，《宋集珍本丛刊》第 3 册，（北京）线装书局 2004 年版，第 12 页。

蔼然有治世之音，其言与志得道行者无异"。纵然有"幽忧愤叹之
作"，也只是"恐死岭外，而天子之恩不及报，以旄其父祖耳"。这
种忠爱之情，与其岳父张方平正可相视而笑。此序在表达策略上，
还故意矮化自己，把自己写成"眊眊焉真一老农夫"，王鞏宠辱偕
忘，恬然自适，虽"厄穷衰老"，而依然故我，"所至穷山水之胜"，
形象就更加得到凸显。

前述分析可见，苏轼《王定国诗集叙》"一饭未尝忘君"说，
不能简单地解释为"忠君"思想，它实际上是对喜杜诗的张方平、
王鞏修养境界的概括，从本质上看，是面对政治打击的心理调节、
自我修养的一个重要方面。苏轼在熙宁变法时期怒邻骂座式的讽
谏，刚直有馀，难为体制所容。"乌台诗案"以后，王鞏对苏轼有
不小的影响，他借助道家思想资源，适时调整出更宽广的胸怀，不
愠不怨，在远离政治与文化中心，远离故友，身处僻远落后之地，
依然保持与天地自然的亲和关系与诗意感受，并以"一饭未尝忘
君"的方式，为下一个进取机会到来时，再乘时有为作好准备。苏
轼把王鞏的修养境界拿来概括杜诗的精神，当然未必符合杜诗原
义，却完全符合时代逻辑，是对王安石《杜甫画像》解杜方向合乎
逻辑的发展。因此，这一观点，受到宋人广泛呼应，成为宋代杜诗
学的代表性观点。

苏轼对杜诗的确相当爱赏和认真研习，其题跋《记子美八阵图
诗》的记载颇有意味，曰：

> 仆尝梦见一人，云是杜子美，谓仆："世多误解予诗。《八
> 阵图》云：'江流石不转，遗恨失吞吴。'世人皆以谓先主、武
> 侯欲与关羽复仇，故恨不能灭吴，非也。我意本谓吴、蜀唇齿
> 之国，不当相图，晋之所以能取蜀者，以蜀有吞吴之意，此为
> 恨耳。"此理甚近。然子美死近四百年，犹不忘诗，区区自明

其意者，此真书生习气也。[①]

苏轼这次竟然梦见杜甫给他讲了《八阵图》的创作意图。杜甫的《八阵图》是大历元年（766）在夔州时所作，诗云："功盖三分国，名成八阵图。江流石不转，遗恨失吞吴。"[②] 诗从概括诸葛亮的千秋伟绩起篇，"把诸葛亮建立三分之国的盖世之'功'和八阵图之'名'相提并论"，"借咏石而咏史，由遗迹而推及遗恨"[③]。诗的结句"遗恨失吞吴"所指究为何意，可能宋代就有人理解为"以不能灭吴为恨"。苏轼梦中的杜甫将作意解释为：蜀、吴二国本应联合，不应互相为敌，蜀主刘备违背此原则而征吴，最终使得蜀、吴都为晋所灭，杜甫所恨在此[④]。应当说，《八阵图》的主旨，此说确比前一说更深刻。苏轼通过记梦的方式来陈述，当然"是出于对杜甫的敬爱"[⑤]，但这则题跋更重要的意义在于宣示了苏轼对杜诗的深度理解与精神契合。

后来朱弁转述：

> 或曰："东坡诗始学刘梦得，不识此论诚然乎哉?"予应之曰："予建中靖国间，在参寥座，见宗子士暕以此问参寥。参寥曰：'此陈无己之论也。东坡天才，无施不可以少也。实嗜梦得诗，故造词遣言，峻峭渊深，时有梦得波峭。然无己此

---

① ［宋］苏轼撰，孔凡礼点校《苏轼文集》卷六十七《记子美八阵图诗》，中华书局1986年版，第2101—2102页。

② ［唐］杜甫著，［清］仇兆鳌注《杜诗详注》卷十五《八阵图》，中华书局1979年版，第1278页。

③ 葛晓音撰《杜甫诗选评》，上海古籍出版社2002年版，第153—154页。

④ 仇兆鳌还介绍了《八阵图》题旨的另一种理解："不能制主上东行，而自以为恨，此《杜臆》、朱注说也。以不能用阵法，而致吞吴失师，此刘氏（刘逴）之说也。"［唐］杜甫著，［清］仇兆鳌注《杜诗详注》卷十五，中华书局1979年版，第1279页。

⑤ （日）浅见洋二著，金程宇，（日）冈田千穗译《距离与想象：中国诗学的唐宋转型》，上海古籍出版社2013年版，第374—375页。

论，施于黄州以前可也。坡自元丰末还朝后，出入李杜，则梦得已有奔逸绝尘之叹矣。无己近来得渡岭越海篇章，行吟坐咏，不绝舌吻。常云此老深入少陵堂奥，他人何可及。其心悦诚服如此，则岂复守昔日之论乎。'予闻参寥此说三十馀年矣，不因吾子，无由发也。"①

陈师道关于苏轼晚年"深入少陵堂奥"之说，虽然经两度转述，可能有所失真，但应能反映苏门后学对苏轼与杜诗之间深刻联系的认识。而元代程钜夫则更有以下观点：

> 继《风》《骚》而诗者，莫昌于子美秦蜀纪行等篇。山川风景，一一如画，逮今犹可想见。他诗所咏亦无非一时事物之实，谓之诗史，信然。后之才气笔力可以追踪子美，驰骋蹂藉而不困愈，在宋惟子瞻一人。平生游览经行及海南诸诗，使读之者真能知当时土风之为何如。诗之可以观，未有过于二公者也。②

此处所论只涉及杜甫陇蜀纪行诗与苏诗的相近，但实际程钜夫之意，应指向了苏、杜二人在"才气笔力"乃至更多的思想、艺术等方面的重要关系。

此外，如前所述，苏轼论杜的出发点是韩愈的李杜并尊说。所以，几乎每次谈到杜甫，苏轼都同时要牵涉李白③，在苏轼的眼里，李、杜总是一体的。事实上，李、杜二家的养料都对苏轼起了很大

---

① ［宋］朱弁《曲洧旧闻》卷九，收录《师友谈记·曲洧旧闻·西塘集耆旧续闻》，中华书局 2002 年版，第 208 页。
② ［元］程钜夫著，张文澍校点《程钜夫集》卷十四《王寅夫诗序》，吉林文史出版社 2009 年版，第 155 页。
③ 上文所引苏轼《王定国诗集叙》省略的一段，横生了对苏轼和王巩徐州相会的回忆，末也有："李太白死，世无此乐三百年矣。"后来所作《书黄子思诗集后》，主要目的是将杜甫与汉魏六朝诗相比，苏轼也拉李白来与杜甫作陪。

作用。一般认为，苏轼诗多方面的艺术风格中，清雄豪健为其主导性风格，这种风格就是兼得李杜二人而熔冶为一，赵宗湘就指出："东坡受李、杜之影响较深，韩、刘之关系为浅，此外陶渊明、韦苏州、王右丞诸家，予东坡之助力亦大，特能得诸家之长，熔精英于一炉，不袭前人窠臼，而另成一沉雄豪放、清新俊逸之新诗格耳。"[①] 谢桃坊看法有所不同，强调了韩愈在苏诗艺术渊源中的重要地位，但也确认李杜二家同为苏轼豪放诗作的重要源头[②]。

在北宋中期，因为二十岁就得到前辈诗人梅尧臣"真太白后身"的称许，郭祥正成为最有名的李白代言[③]，苏轼在当时尚无同样的称誉。但是，郭祥正只像一颗在宋代诗坛划过的流星，一时闪耀之后，就迅速消失，而苏轼却在身后被众人称为"坡仙"，到了清康熙间，查慎行在评《寄吴德仁兼简陈季常》时还把曾由郭祥正享有的"笔有仙骨，故是太白后身"转评苏轼[④]。苏轼诗雄放而时带飘逸之气，面貌上确似太白，但这毕竟是出自苏轼性分之中，其似太白，有不自觉、不自知的因素。而苏轼直接、正面评价李白的文本，倒是更值得重视，如《李太白碑阴记》对李白的评价：

> 李太白，狂士也。又尝失节于永王璘，此岂济世之人哉。
> 而毕文简公以王佐期之，不亦过乎。曰：士固有大言而无实，

---

① 赵宗湘《苏诗臆说》，无锡国专《国专月刊》1935 年第 2 卷第 4 期，第 54—55 页。
② 谢桃坊《苏轼诗研究》："李白、杜甫、韩愈、欧阳修的诗歌，尤其是韩诗，是苏诗豪放诗作之源。""苏轼的浪漫主义个性近于李白而与杜甫不类，但这并不妨碍苏轼学杜，而且他是得了杜诗'骨髓'的。"巴蜀书社 1987 年版，第 178、183 页。
③ 详参莫砺锋《郭祥正——元祐诗坛的落伍者》，载《中国典籍与文化论丛》第 6 辑，中华书局 2000 年版，第 35—55 页；（日）内山精也《"李白后身"郭祥正及其"和李诗"》，见《传媒与真相：苏轼及其周围士大夫的文学》，上海古籍出版社 2013 年版，第 510—530 页。
④ ［宋］苏轼著，［清］王文诰辑注，孔凡礼点校《苏轼诗集》卷二十五，中华书局 1982 年版，第 1342 页。按，［清］查慎行补注，王友胜校注《苏诗补注》无此评，凤凰出版社 2017 年版，第 739—740 页。

> 虚名不适于用者，然不可以此料天下士。士以气为主，方高力士用事，公卿大夫争事之，而太白使脱靴殿上，固已气盖天下矣。使之得志，必不肯附权倖以取容，其肯从君于昏乎。夏侯湛赞东方生云："开济明豁，包含宏大。陵轹卿相，嘲哂豪杰。笼罩靡前，跆藉贵势。出不休显，贱不忧戚。戏万乘若僚友，视俦列如草芥。雄节迈伦，高气盖世。可谓拔乎其萃，游方之外者也。"吾于太白亦云。太白之从永王璘，当由迫胁。不然，璘之狂肆寝陋，虽庸人知其必败也。太白识郭子仪之为人杰，而不能知璘之无成，此理之必不然者也。吾不可以不辩。①

此文李之亮推测为元丰末所作②，未必可靠，但从现有的各种苏轼文集的编排顺序，其写作时间应不会晚于元丰末。可见，这是出现在苏辙《诗病五事》批评李白之前，但是，苏轼此文潜在语境确应是时人对李白道德与政治才能的否定，此文的写作用意，就是要将李白评为"天下士"，具体内涵即是"不肯附权倖以取容，不肯从君于昏"的士人气节，也就是强调其独立于政治权力的自由、独立精神③。苏轼认为：李白之狂，应该从这个角度来认识。宋代文人处于专制皇权之下，个体生存空间有限，但是，与政治权力保持适当的距离和批判的视角，仍然是当时士大夫努力争取的权力。苏轼对李白精神价值的这种挖掘，与他对杜甫"一饭未尝忘君"的阐述，两者兼容，互相补充，构成较为完整的宋代文化精神。在这方面，苏轼把握住了根本。

当然，苏轼认同韩愈的李杜并尊说，但对李杜二家并非完全不

---

① [宋]苏轼撰，孔凡礼点校《苏轼文集》卷十一，中华书局1986年版，第348—349页。
② [宋]苏轼著，李之亮笺注《苏轼文集编年笺注》，巴蜀书社2011年版，第108页。
③ 詹福瑞《唐宋时期李白诗歌的经典化》对此作了较深入的阐释，见《文学遗产》2017年第5期。

加分辨，大致说来：苏轼在性分上与李白显得近，与杜甫可能略有点远，但是，在理性的天平上，从艺术功力以及文学史意义的角度，苏轼对李白的不足看得更多，对杜甫更为推崇。譬如在其《书李白集》这篇题跋中，苏轼谈到李白诗有不少伪作时分析说："良由太白豪俊，语不甚择，集中往往有临时卒然之句。故使妄庸辈敢尔。若杜子美，世岂复有伪撰者耶。"另一篇题跋《书学太白诗》谈及学李白者也说："李白诗飘逸绝尘，而伤于易。"① 庞俊分辨说："苏诗的奇情壮采，近于李白；精思健笔，次于杜甫。"② 从这个角度来看，就更加清楚。

然而，这并不是说苏轼对杜甫就只有崇拜而没有指摘。事实上，苏轼在题跋《记子美陋句》就谈到杜甫暮年的一首诗，他说："'减米散同舟，路难思共济。向来云涛盘，众力亦不细。呀帆忽遇眠，飞橹本无蒂。得失瞬息间，致远疑恐泥。百虑视安危，分明曩贤计。兹理庶可广，拳拳期勿替。'杜甫诗固无敌，然自'致远'以下句，真村陋也。此取其瑕疵，世人雷同，不复讥评，过矣！然亦不能掩其善也。"③ 苏轼所评的是杜甫《解忧》，作于杜甫晚年飘泊湖湘之时。苏轼批评了此诗第八句以下在语言上的"村陋"（其实五六两句更符合苏轼所批评的"村陋"），但细加玩味，苏轼真正不喜的恐怕是此诗饱含的"脱险防危之意"和"小心处世之道"④，更根本上说是杜甫那种视安若危、临深履冰的处世态度。旷

---

① ［宋］苏轼撰，孔凡礼点校《苏轼文集》卷六十七，中华书局 1986 年版，第 2095、2098 页。

② 庞俊著《养晴室遗集》卷九《苏轼诗歌的艺术风格》，巴蜀书社 2013 年版，第 473 页。

③ ［宋］苏轼撰，孔凡礼点校《苏轼文集》卷六十七，中华书局 1986 年版，第 2104 页。

④ ［唐］杜甫著，［清］仇兆鳌注《杜诗详注》卷二十二，中华书局 1979 年版，第 1960—1961 页。

达爽朗、随缘自适的东坡居士，是难以接受杜甫这一点的。所以，苏轼对杜甫的尊敬并非全面的，而是有所选择、有所保留的[①]；在尊杜的同时，他还以尊李、尊陶的方式来调整和补充。

第三节 秦观及其"集大成"说

北宋神宗、哲宗朝，与杜甫地位日隆相伴随，在艺术层面，杜诗学正式提出了"杜诗集大成"理论。此理论所用的"集大成"概念，源出孟子，是孟子评价孔子所用的特定概念。但在北宋中叶以前，这一概念并未得到回响。直到苏轼和秦观，这一概念才由评价孔子扩大开来，变成一个有内涵的理论概念，用以概括和总结元稹以来对杜诗艺术的评价。这一概念被建构为一理论表述之后，杜诗的崇高地位得到更充分的确认。

一、"集大成"说的缘起

诗学领域的"集大成"说，逻辑起始应为元稹给杜甫写的墓志铭。元稹于元和八年（813）应杜甫裔孙杜嗣业之请所作的墓铭，被《旧唐书·文苑传下·杜甫传》大段采录，连同扬杜抑李的立场，也予以确认，曰："自后属文者，以稹论为是。"为便于分析，不避繁冗，将《旧唐书》所引元稹之文摘抄于后：

> 予读诗至杜子美而知小大之有所总萃焉。
>
> 唐兴，官学大振，历世之文，能者互出。而又沈、宋之流，研练精切，稳顺声势，谓之为律诗。由是之后，文体之变极焉。
>
> 然而莫不好古者遗近，务华者去实，效齐、梁则不迨于魏、晋，

---

① 周裕锴《苏轼眼中的杜甫——两个伟大灵魂之间的对话》一文对杜、苏二人艺术趣味的差异有专门的论述，并进而指出："苏轼不是杜甫无条件的崇拜者，更像是一个值得信赖的诤友。"《四川大学学报》2017 年第 6 期。

工乐府则力屈于五言，律切则骨格不存，闲暇则纤秾莫备。至于子美，盖所谓上薄《风》、《骚》，下该沈、宋，言夺苏、李，气吞曹、刘，掩颜、谢之孤高，杂徐、庾之流丽，尽得古今之体势，而兼人人之所独专矣。使仲尼考锻其旨要，尚不知贵其多乎哉！苟以为能所不能，无可无不可，则诗人已来未有如子美者。

　　是时山东人李白，亦以文奇取称，时人谓之李杜。予观其壮浪纵恣，摆去拘束，模写物象，及乐府歌诗，诚亦差肩于子美矣。至若铺陈终始，排比声韵，大或千言，次犹数百，词气豪迈，而风调清深，属对律切，而脱弃凡近，则李尚不能历其藩翰，况堂奥乎！①

元稹的观点信息量很丰富，这里只想指出两个方面：首先是元稹强调杜诗具有"总萃"性质。诗歌创作作为一种需要较长历练过程的智慧性创造工作，难免要经过潜心学习前人的过程，但是多数人都是根据时代风尚，结合自己性分，选择一家或数家进行学习，在此基础上逐渐走出个人的路子。元稹注意到杜甫避免了这种偏于一体的学习路子，他从源头开始广取博收，将前人成果充分吸纳和消化，形成其独有的面貌。其次是认为杜甫功力之高，使其站到了诗史上最崇高的位置，无人能敌。两方面合起来，已粗略具有后来秦观用"集大成"概念所概括的内涵。所以，清人潘德舆《养一斋李杜诗话》就指出元稹的评价，"即'集大成'之义，特未明言耳"，说明苏轼、秦观"集大成"之说并非"创论"②。

　　而"集大成"这个词来源于孟子。《孟子》将伯夷、伊尹、柳下惠都称为圣人，分别称为圣之清者、任者、和者。孟子认为：与前此

---

① ［后晋］刘昫等撰《旧唐书》卷一百九十下，中华书局 1975 年版，第 5055—5057 页。
② ［清］潘德舆《养一斋李杜诗话》卷二，见郭绍虞编选，富寿荪校点《清诗话续编》第四册，上海古籍出版社 2016 年版，第 2067 页。

三圣人相比，孔子可称"圣之时者"，孔子能将清、任、和集于一身，并应时而变，故称之为"集大成"①。这个概念孟子使用之后，长期没有得到后世的注意。至《孟子》地位隆升的北宋时代，这个概念才逐渐被注意。现有文献中，邵雍诗《偶得吟》可能是最早的：

> 集大成人不肯模，却行何异弃金车。便言天下无难事，岂信人间有丈夫。天意顺时为善计，人情安处是良图。天人之际只些子，过此还同隔五湖。②

邵诗中用到孟子的"集大成"一词，并且将它解释为顺于天意，安于人情。由于这个概念，孟子虽然作了解释，但邵雍将它变成脱离原有语境的一般概念时，只用诗的形式略略点出，当时应该很难得到人们的注意和回应。

真正能产生影响的早期用例应是王安石大约作于嘉祐四年（1059）的《三圣人》。该文从分辨贤与圣开始，先确立了以《易传》"与天地合其德，与日月合其明，与鬼神合其吉凶"而"将以为天下法"为圣人的标准。为此，将孟子既称伯夷、伊尹、柳下惠为"圣人"，又评"伯夷隘，柳下惠不恭"之矛盾处摆出来，又进而结合历史背景，得出"圣人之所以能大过人者，盖能以身救弊于天下耳"的观点，以及"伯夷不清，不足以救伊尹之弊；柳下惠不和，不足以救伯夷之弊"，"其所以为之清、为之任、为之和者，时耳，岂滞于一端而已乎"等结论。同时分析说："此三人者，因时之偏而救之。"甚至说："使三人者当孔子之时，则皆足以为孔子也。"这样，就将圣人的不同表现，完全视为"时"的需要与制约，所以，"至孔子时，三圣人之弊，各极于天下矣，故孔子集其行而

---

① ［宋］朱熹撰《四书章句集注》本《孟子·万章下》，中华书局 2012 年版，第 320 页。
② ［宋］邵雍著，郭彧整理《邵雍集·伊川击壤集》卷七《偶得吟》，中华书局 2010 年版，第 275 页。

制成法于天下曰：'可以速则速，可以久则久，可以处则处。'然后圣人之道大具，而无一偏之弊矣。"① 王安石这篇文章对孟子原意作了发挥，对"集大成"概念内涵作了论述，均颇为深刻。此外，他又在《夫子贤于尧舜》一文补充了以下结论："孟子曰'孔子集大成'者，盖言集诸圣人之事，而大成万世之法耳，此其所以贤于尧舜也。""其所以能备者，岂特孔子一人之力哉？盖所谓圣人者，莫不预有力也。"② 他的观点，当时就产生了不小影响。嘉祐六年（1061）苏辙应制科期间作《上两制诸公书》其一有：

> 古者伯夷隘，柳下惠不恭。隘与不恭，是君子之所不为也。而孔子曰："伯夷、叔齐不降其志，不辱其身；柳下惠、少连降志而辱身，言中伦，行中虑；虞仲、夷逸隐居放言，身中清，废中权，而我则异于是，无可无不可。"夫伯夷、柳下惠是君子之所不为，而不弃于孔子，此孟子所谓集大成者也。③

论述逻辑比王安石简单，但面对的却是相同的文献、相同的对象，用了长期未被人关注过的"集大成"概念。苏辙与王安石，一后一先，不会是偶然的。几十年后，王安石次子王雱为王安石画像赞："列圣垂教，参差不齐。集厥大成，光乎仲尼。"④ 再次提到"集大成"一词，而黄裳则接着王安石的话头继续论证，有：

> 伯夷得圣人之清而已，于任有所不兼焉。伊尹得圣人之任而已，于和有所不兼焉。兼之而集大成者，孔子一人而已。法

---

① ［宋］王安石撰，刘成国点校《王安石文集》卷六十四，中华书局 2021 年版，第 1107—1108 页。

② ［宋］王安石撰，刘成国点校《王安石文集》卷六十七，中华书局 2021 年版，第 1164 页。

③ ［宋］苏辙著，曾枣庄、马德富校点《栾城集》卷二十二，上海古籍出版社 1987 年版，第 486 页。

④ ［宋］邵博撰《邵氏闻见后录》卷第二十三引，中华书局 1983 年版，第 184 页。

> 始乎伏羲，则有所未成；成乎尧、舜，则有所未备；备伏羲、尧、舜之法者，周而已，然则周之所以得人者，岂特时之所会，亦上人作成之耳。①

论述的方法与王安石有所不同，但观点不出王安石范围。范祖禹在司马光元祐元年（1086）去世后所作《祭司马文正公文》的铭文，又将孟子评孔子的概念移用来评价司马光："贤哲之生，得天粹精。伊尹之任，伯夷之清。惟公兼之，以集厥成。"② 以上诸例说明，"集大成"概念在嘉祐到元祐时期迅速得到了推广。正是在此语境下，才有了杜诗"集大成"说的出现。

二、"集大成"说的提出

直接提出杜诗"集大成"说的人，是苏轼和秦观两人。陈师道《后山诗话》有两条记述：

> 苏子瞻云："子美之诗，退之之文，鲁公之书，皆集大成者也。"

> 子瞻谓杜诗、韩文、颜书、左史，皆集大成者也。③

这大约是苏轼与门下士相聚谈文论艺时的即兴意见，陈师道作为苏门弟子参与聚谈，事后记录下来。这两条材料不见于通行的苏轼集子，但应是可靠的。陈师道记录得很简单，无必要的阐述，仅凭这样简单一句话，无法测知苏轼的思想逻辑。

但是翻读苏轼诗文集，上一节已引苏轼作于元丰四年（1081）

---

① ［宋］黄裳撰《演山集》卷四十《唐虞之际于斯为盛》，影印《文渊阁四库全书》第1120册，上海古籍出版社1987年版，第267—268页。

② ［宋］范祖禹撰《范太史集》卷三十七，影印《文渊阁四库全书》第1100册，上海古籍出版社1987年版，第411页。

③ ［宋］陈师道《后山诗话》，见［清］何文焕辑《历代诗话》，中华书局2004年版，第304、309页。

的《书唐氏六家书后》用了与元稹很相似的说法，杜诗对六朝的超越，但他特别提出了"变古"一词。元丰八年（1085）苏轼所作的《书吴道子画后》又概括了由"创"而"述"的艺术史历程，强调了杜诗与吴画一样作为艺术史上的巅峰之作的地位。该文还提出了"出新意于法度之中，寄妙理于豪放之外"的重要观点，对元稹的观点有较深的发展。而在元祐二年（1087）所作《书黄子思诗集后》则更说："李太白、杜子美以英玮绝世之姿，凌跨百代，古今诗人尽废。"① 其阐述仍然还可以见出元稹原说的某些印迹，但其深刻已非元稹所及。如此看来，陈师道有关苏轼提出"集大成"说的上述两条材料，最有可能是出现于元祐二年左右苏门诸家都在朝期间。

恰好在这期间，秦观向朝廷进有策三十篇、论二十篇，其中就有详细阐述了杜诗"集大成"说的《韩愈论》，又有涉及此问题的另一篇《陈寔论》。秦观在这两篇文章中有较清晰的论述，不仅未提及其说出自苏轼，而且看不出与苏轼上述诸文的其他重要观点的直接联系，从一般情理推测，应是先有秦观这两篇文章，然后苏门某次聚会时谈起秦观的观点，苏轼表示了认同，并顺势将"集大成"可概称的对象扩大到颜真卿书法和《左传》。秦观《陈寔论》较明显地运用王安石的前述分析，对陈寔在东汉党争中的表现作了深入讨论，指出：

> 伯夷之时，天下失于太浊，于是制其行以清；柳下惠之时，天下失于太洁，故制其行以和。虽然，清者所以激浊也，非激浊而为清，是隘而已。和者所以救洁也，非救洁而为和，是不恭而已。……是故为伯夷之清而非其时者，是隘而已，为

---

① ［宋］苏轼撰，孔凡礼点校《苏轼文集》卷七十、卷六十七，中华书局1986年版，第2210—2211页、第2124页。

> 柳下惠之和而非其时者，是不恭而已，若陈寔之屈身于宦人而
> 非其时者，是为奸而已。①

此文所针对的原问题，与王安石、黄裳一致，但受到陈寔这位讨论的特定对象的限制，没有用"集大成"概念，也没有提及杜甫和杜诗。秦观的阐述着重强调了"行道"过程中，根据时势选择最灵活、有效的应世方法，表现了秦观作为青年从政者的应时智慧。因此，此文的意义主要在政治学领域。秦观在杜诗学中的重要论述必推《韩愈论》，有必要将全文引述于下：

> 臣闻先王之时，一道德，同风俗，士大夫无意于为文。故六艺之文，事词相称，始终本末，如出一人之手。后世道术为天下裂，士大夫始有意于为文。故自周衰以来，作者班班相望而起，奋其私知，各自名家，然总而论之，未有如韩愈者也。
>
> 何则？夫所谓文者，有论理之文，有论事之文，有叙事之文，有托词之文，有成体之文。探道德之理，述性命之精，发天人之奥，明死生之变，此论理之文，如列御寇、庄周之所作是也。别白黑阴阳，要其归宿，决其嫌疑，此论事之文，如苏秦、张仪之所作是也。考同异，次旧闻，不虚美，不隐恶，人以为实录，此叙事之文，如司马迁、班固之作是也。原本山川，极命草木，比物属事，骇耳目，变心意，此托词之文，如屈原、宋玉之作是也。钩列、庄之微，挟苏、张之辩，摭班、马之实，猎屈、宋之英，本之以诗书，折之以孔氏，此成体之文，韩愈之所作是也。盖前之作者多矣，而莫有备于愈。后之作者亦多矣，而无以加于愈。故曰总而论之，未有如韩愈者也。

---

① ［宋］秦观撰，徐培均笺注《淮海集笺注》卷二十，上海古籍出版社 1994 年版，第 709—711 页。

　　然则列、庄、苏、张、班、马、屈、宋之流，其学术才
气，皆出于愈之文，犹杜子美之于诗，实积众家之长，适当其
时而已。昔苏武、李陵之诗长于高妙，曹植、刘公幹之诗长于
豪逸，陶潜、阮籍之诗长于冲淡，谢灵运、鲍照之诗长于峻
洁，徐陵、庾信之诗长于藻丽。于是杜子美者，穷高妙之格，
极豪逸之气，包冲淡之趣，兼峻洁之姿，备藻丽之态，而诸家
之作所不及焉。然不集诸家之长，杜氏亦不能独至于斯也。岂
非适当其时故耶？孟子曰："伯夷圣之清者也，伊尹圣之任者
也，柳下惠圣之和者也，孔子圣之时者也。孔子之谓集大成。"
呜呼，杜氏、韩氏，亦集诗文之大成者欤！①

与前述王安石等人诸文对读可知，最初的讨论需要解决两个层次的难
点，一是将伯夷、伊尹、柳下惠与一般贤者区别开来，说明他们所具
有的"圣人"特性，分析他们的局限性及其原因；二是将这几位圣人
与孔子加以比较，说明孔子与他们的联系以及超越之所在。这是王安
石以来的宋人对孟子原说更细密的理解。但也正因为他们的讨论还只
局限于孟子所划定的范围，"集大成"概念还不容易扩大运用。秦观
《陈寔论》初步将讨论对象扩大到汉、唐人物，《韩愈论》则更完全脱
离孟子原来的讨论领域，直接运用到文学批评，用于对韩愈的文学成
就之评价，又将其由韩愈文扩大到杜甫诗。秦观把王安石、苏辙等人
对孟子原意的阐述，继续加以明晰化，认为：伯夷清、伊尹任、柳下
惠和，皆为圣人之一体，孔子后出，适应时代的需要，集"清"、
"任"、"和"于一身，整合为有机的新形态、新结构，形成一种能随
具体社会情形的变化而作出动态的调整、变化的思想体系。这一思想

---

① ［宋］秦观撰，徐培均笺注《淮海集笺注》卷二十二《韩愈论》，上海古籍出版社
　1994 年版，第 751—752 页。

体系，孟子称之为"圣之时者"，是既有基本的、稳定的内核，又有高度灵活性，是一种高度成熟的完美形态。秦观认为，韩愈文也是如此，将此前的"论理之文""论事之文""叙事之文""托词之文"加以吸收、整合，形成"成体之文"，从而形成中国古文的第一高峰。值得注意的是，秦观认为在韩愈之前的各种文，都是与某种特定需要相适应的，具有特定功能的形式，所谓"论理之文""论事之文""叙事之文""托词之文"，都非"成体之文"。前者是"有意为文"的时代所产生的功能性形态，都各自有某种特定功能、符合某种特定目的，而后者才是另有超于某种特定目的与功能的形态。所谓"成体之文"，与"道术为天下裂"之前的早期文学更为接近，同时也更显示出"文"自身的独立审美形态与审美价值。从"论理之文""论事之文""叙事之文""托词之文"到"成体之文"，与从伯夷等"三圣"到孔子"集大成"，道理相同，机制相近。

秦观认为，杜诗也是如此：杜甫在深入学习和领会了汉魏六朝和初盛唐诸家已取得的高妙、豪逸、冲淡、峻洁、藻丽之后，将汉魏以来诸家成果全部备于一身，又不是简单将它们拼凑在一起，而是在消化、综合各家之后，以集合优势超越了所学习的各家，并充分利用时代条件，呼应时代需要，创造了符合其时代特点的新典范。言外之意是：杜诗之前各家仿佛也只相当于"论理之文""论事之文""叙事之文""托词之文"，都属于"奋其私知，各自名家"的"有意为文"，是"道术为天下裂"的表现。杜诗才堪称道与术相合的形态，同时更奠定了五七言诗的典范，就如同韩文为"成体之文"，决定了后世古文的基本面貌一样。

秦观此文聚焦到杜诗、韩文的历史地位，以孟子评孔子的"集大成"概念来加以称许。这是对嘉祐年间王安石所阐释的孟子思想的回应，而由于其思考已从思想领域转移到文学领域，对象落实到杜诗和韩文，这为"集大成"这个概念进入更广泛的领域起了很大作用。根据这一逻辑，笔者认为，最有可能的应是先有秦观《韩愈论》将杜诗、韩文称为"集大成"，然后才有苏轼的认同，并将对象扩大到颜书、左史。秦观和苏轼两人这一思想，很可能都在元祐二年或略后提出。自此之后，杜诗"集大成"的思想逐渐深入人心，成为宋代诗学的一大重要观点。

三、"集大成"说的影响

王水照在《宋代文学通论·绪论》中指出："宋人之所以适时地提出'集大成'的文学思想，从深层意义上讲，也是时代风云际会所酝酿而成的。它一方面折射出宋代文明的高度发展和定型化，才促使像苏轼这样的本人就是'百科全书'式的集大成人物，得以概括出这一文艺概念；另一方面也预示着宋代文学已处于中国文学发展的一个转型时期，传统的诗和文（包括宋代开始兴盛的词）已经高度成熟、定型、完美，达到了再造辉煌和艺术危机并存的境地。"[1] 这是有宋一代重要的文学主题，但北宋和南宋又有所区别，到南宋中后期，诗坛风尚有回归晚唐的趋势，而"杜诗集大成"说仍然深入人心，这里分时段选取五人略作梳理：

曾丰（1142—?）有两首论诗诗以"杜诗集大成"为重要内容，写给王希吕（字仲行）的《上浙东帅王尚书》从诗的早期发生开始说起，总结为："三代德为政，四诗词见情。挈收归礼义，点检中章程。传久宁无杂，删多亦已精。"再简要写到汉以来五七言诗的发展，由此凸显杜诗："体变从苏李，枝分入逊铿。春容七字律，挺拔五言城。老杜收全气，新功集大成。"[2] 从气之分到气之全，来

---

① 王水照主编《宋代文学通论》，河南大学出版社1997年版，第32—33页。
② ［宋］曾丰《缘督集》卷八，影印《文渊阁四库全书》第1156册，上海古籍出版社1987年版，第85—86页。

概括杜诗与汉魏六朝之别,"集大成"思想已非从孟子到秦观的简单重复。在《赠豫章来子仪言诗》中,曾丰与来梓谈诗,中间大段也在极论诗的发展历史:

> 诗源始自葛天氏,三人投足歌牛尾。万象包罗八曲间,国风雅颂其流尔。八曲不幸世不传,传世仅馀三百篇。汉唐作者代角立,庶几老杜气浑全。本朝诗数江西派,黄公太史为之最。大成未集夷惠行,具体犹微颜孟辈。派流到今嗣者谁,青出于蓝吾子仪。拄杖初担教门出,便敢呵佛骂祖师。我当拗折君拄杖,大家俱以背为向。能出二十四人前,更超三百五篇上。①

也是以杜诗直接《诗三百》,得天地元气之全。相比较而言,当论及宋诗和江西诗派的时候,对备受宋人推崇的黄庭坚,并不许为与杜诗同列,仍然视为伯夷、柳下惠的层次,透出当时江西诗学蜕变的消息。

此后的释居简(1164—1246)《跋常熟长钱竹岩诗集》引钱德载之言曰:"少陵号称诗史,又曰集大成,老坡比之太史迁,学昆体者目之村夫子……余用力陶谢,博约少陵。"② 钱德载的话中,"杜诗集大成"似乎只是时人的成说,他自己并不完全接受,他本人学习却更集中于陶渊明、谢灵运,但杜诗仍然是他不敢不加重视的对象。他所用的"博约"一词本自《论语·雍也》:"子曰:'君子博学于文,约之以礼,亦可以弗畔矣夫。'"③ 释居简喜欢这个

---

① [宋]曾丰《缘督集》卷三,影印《文渊阁四库全书》第1156册,上海古籍出版社1987年版,第25页。
② [宋]释居简《北磵集》卷七,影印《文渊阁四库全书》第1183册,上海古籍出版社1987年版,第104页。
③ [宋]朱熹《四书章句集注·论语集注》,中华书局2012年版,第91页。

词，在《次韵谢学士》诗中也有："入梦少曾忘博约，得书多是报平安。"① 可见，杜诗是钱德载扩大视野所需，更是他诗法规范所需。但在《送高九万菊磵游吴门序》一文中，释居简却更加清晰地表明对"杜诗集大成"说的认同："少陵得《三百篇》之旨归，鼓吹汉魏六朝之作，遂集大成。"②

吕午（1179—1255）《书题紫芝编唐诗》曰："唐诗惟杜工部号'集大成'，自我朝数巨公发明之，后学咸知宗师，如车指南，罔迷所向也。近岁赵紫芝诸人更于杜诗外搜撷唐诸家古律，传习吟哦，词调清婉，读之令人心醉，多弃其学学焉。剑佩相讥，往往由是。予谓工部日月也，诸家景星、庆云也。为文于天下，不可一阙也。"③ 这里所提及的赵紫芝即四灵派赵师秀，长于吕午九岁。当时，由叶适与四灵派所掀起的回归贾岛、姚合的风尚，对黄庭坚、陈师道等人所倡导的江西诗学是一个较大的冲击。但是，在吕午看来，推杜诗为"集大成"，视之如日月，毫无不可。

再到宋末，陈必复《山居存稿序》结合自己的学诗经历，说："余爱晚唐诸子，其诗清深闲雅，如幽人野士，冲澹自赏，要皆自成一家。及读少陵先生集，然后知晚唐诸子之诗尽在是矣。所谓诗之集大成也。不佞三薰三沐，敬以先生为法。"④ 他的"爱晚唐诸子"，是受时风濡染的表现，也是深入到他性情中的认识，与他交游颇密的林尚仁也是"爱晚唐诸子"的诗人，陈必复《端隐吟稿

---

① 北京大学古文献研究所编《全宋诗》第53册，卷二七九四，北京大学出版社1988年版，第33154页。
② ［宋］释居简《北磵集》卷五，影印《文渊阁四库全书》第1183册，上海古籍出版社1987年版，第63页。
③ ［宋］吕午《竹坡类稿》卷三，《续修四库全书》第1320册，上海古籍出版社2002年版，第235页。
④ ［宋］陈必复《山居存稿序》，《全宋文》第341册，上海辞书出版社、安徽教育出版社2006年版，第300页。

序》称其"以姚合、贾岛为法,而精妥深润则过之"①。但是,随着学习范围的扩大、认识的深化,陈必复终于还是发现了杜诗的价值,认同了"杜诗集大成"说,认为晚唐人的"清深闲雅""自成一家",只不过是杜之一体,杜诗才是更加博大、更加深厚的诗学典范。

以上诸人认同、呼应秦观、苏轼提出的"杜诗集大成"说,但对该理论并无较明显的推进。而生活年代在吕午之后,陈必复之前的严羽,却在《沧浪诗话》中对此理论作了重要贡献,他说:

> 少陵诗,宪章汉魏,而取材于六朝;至其自得之妙,则前辈所谓集大成者也。②

这里的"宪章"原亦指孔子,来自《中庸》:"仲尼祖述尧舜,宪章文武。"朱熹解释祖述和宪章曰:"祖述者,远宗其道;宪章者,近守其法。"③ 严羽在这里不提杜甫远宗《诗经》之意,仅仅点出他近守汉魏之法。这与一般人把《诗经》奉为不祧之祖的态度不同,取的是远祧近祢的原则,与苏轼《书黄子思诗集后》思想相近。严羽所用的"取材"一词出自《论语·公冶长》:"子曰:'道不行,乘桴浮于海。从我者其由与?'子路闻之喜。子曰:'由也好勇过我,无所取材。'"孔颖达疏"无所取材"句曰:"唯取于己,无所取于他人哉。"④ 朱熹注引程子的解释为"讥其不能裁度事理,以适于义也"⑤。在严羽的表述中,前代的文学遗产在杜甫心目中并不是等量齐观的,他的抉择是严格和审慎的,他对汉魏是守其法,对六朝是在审度之后适当有所

---

① 〔宋〕陈必复《山居存稿序》,《全宋文》第341册,上海辞书出版社、安徽教育出版社2006年版,第299—300页。
② 〔宋〕严羽著,郭绍虞校释《沧浪诗话校释·诗评》,人民文学出版社1961年版,第171页。
③ 〔宋〕朱熹《四书章句集注·中庸章句》,中华书局2012年版,第38页。
④ 〔清〕阮元校刻《十三经注疏》,中华书局1983年版,第2473页。
⑤ 〔宋〕朱熹《四书章句集注·论语集注》,中华书局2012年版,第77页。

取资。这里需要辨析的有二：一，正如苏辙前引《上两制诸公书》中说："夫伯夷、柳下惠是君子之所不为，而不弃于孔子。"① 南宋周必大在《谢宣召入院表》中更简洁地表述说："既集大成，尚收小技。"② 杜甫对一切前代文学遗产都有这种态度。二，杜甫对于所学习的对象有自己的判断，学习时有很审慎的抉择。这样，不同的对象，杜甫所学习的层次、学习的态度会有所不同，有的学习其根本精神，有的学习其创作原则，有的学习其辞采、技法。在严羽看来，杜甫对汉魏是从创作原则、根本方法层面学，对六朝是从辞采和具体技法层面学。前者是根本，后者是枝叶。这是因为杜甫有诗的主见。有主见、有定见，才能有"自得之妙"。所谓"自得之妙"，指的是杜甫自己的诗学标准。因为杜甫有明确的诗学准则，所以前代的一切遗产都可以进入其视野，但又不至于驳杂、混乱。

"杜诗集大成"说，最早由秦观、苏轼等人提出，主要延续了元稹的观点，充分发掘了杜甫广泛学习前代而终于超越前代的气魄和巨大成就，而宋后期严羽，则按照他自己的"入门须正，立志须高"的思想，重点阐发了杜甫以自我为中心，经过审慎的抉择，将前人的艺术营养化入自己血脉，进而形成深厚博大而有鲜明个性特色的创作经验。至此，"杜诗集大成"说从理论上即告完成。

"集大成"说成为杜诗学的重要理论后，其在儒学原有领域也在宋代继续有所发展，在王安石之后，继续阐发孟子原题的文章层出不穷。朱熹《答张敬夫集大成说》一文，对孟子原说中的"金声玉振"说及以射为譬作了深刻阐发，为理解孔子的"集大成"境界

① ［宋］苏辙著，曾枣庄、马德富校点《栾城集》卷二十二，上海古籍出版社1987年版，第486页。
② ［宋］周必大《谢宣召入院表》，《全宋文》第227册，上海辞书出版社、安徽教育出版社2006年版，第251页。

提供了重要启示，可作为"杜诗集大成"说的参考。此外，还有人以中国传统哲学的眼光审视"集大成"说，因五行学说而有"金秋"之称，包恢《和吴伯成七夕韵》以"夏将烘炉铸，至秋成金城"为中心展开议论，至末尾得出"金声而玉振，秋乃集大成"的结论①，用"集大成"思想概括了自然与宇宙现象，理论上虽未见得多深，却亦能开扩认知。而南宋后期人还普遍用"集大成"概念来评价朱熹，仅在宋诗中就能看到以下例子：

> 穆穆朱夫子，于道集大成。嗟予亦私淑，奥义终难明。②

> 天肇文明赞治平，万年宗主赖先生。经穷六籍开来学，道继诸儒集大成。③

> 后来紫阳翁，抑又集大成。④

> 独能有眼识延平，濂洛渊源集大成。早负性资专问学，后生岂可少先生。⑤

以上材料与詹初在正式回顾整个宋代理学的历程时的观点形成明显的互文关系："明先圣之道，继先圣之统，吾惟周、程、张矣。周、程、张之后，朱子集其成其大举其重胜矣。"⑥ 詹初认为北宋的周敦

---

① [宋]包恢《敝帚稿略》卷八，影印《文渊阁四库全书》第 1178 册，上海古籍出版社 1987 年版，第 797 页。

② [宋]丘奎《钓矶诗集》卷一《送熊退斋归武夷》，《续修四库全书》第 1321 册，上海古籍出版社 2002 年版，第 167 页。

③ 清道光《婺源县志》卷三七所收李奎《拜婺源文公祠》。按，此诗《全宋诗》第 13 册失收。

④ [宋]真德秀《西山文集》卷一《赠盱江张平仲》，影印《文渊阁四库全书》第 1174 册，上海古籍出版社 1987 年版，第 13 页。

⑤ [元]方回《桐江续集》卷二十五《正月十九日四更起读朱文公年谱至天大明赋十二首》其三，影印《文渊阁四库全书》第 1193 册，上海古籍出版社 1987 年版，第 547 页。

⑥ [宋]詹初《寒松阁集》卷一《翼学·名儒章第十》，影印《文渊阁四库全书》第 1179 册，上海古籍出版社 1987 年版，第 5—6 页。

颐、二程、张载诸家将儒学传统发扬光大，到南宋朱熹，才又使儒学达到孔子之后的又一个新高度，于是将孟子评孔子所用的"集大成"移以评朱熹。

"集大成"概念，在北宋中期以后还朝着社会通用语的方向发展。譬如其指称对象的扩大或泛化，在文学领域，南宋乾道三年（1167），胡仔将《渔隐丛话》后集编成，其自序说明该书李白（占一卷）、杜甫（占四卷）、苏轼（占五卷）、黄庭坚（占两卷）分量多的原因："余尝谓开元之李杜、元祐之苏黄，皆集诗之大成者，故群贤于此四公，尤多品藻。"① 所述应是北宋中后期以来社会的共识。又，周紫芝诗《张载杨示元道州诗卷罗仲共有诗在卷尾次其韵》推许元结"集大成"②。黄彦平《王介甫文集叙》概述北宋初期文坛大势时，认为："江西士大夫多秀而文，挟所长与时而奋。王元之、杨大年笃尚音律，而元献晏公臻其妙。柳仲涂、穆伯长首倡古文，而文忠欧阳公集其成，南丰曾子固、豫章黄鲁直，亦所谓编之乎诗书之册而无愧者也。"③ 陈著《谢江淮提领右撰陆开国景思举改官启》："器识如宣公之全，是为间气；而文章如放翁之粹，乃集大成。于家传而有光，非墙仞而谁属。"④ 杨万里《杉溪集后序》则谓"古今文章至我宋集大成矣"，下列仁宗时欧阳修"主斯文之夏盟"、神宗时苏轼"传六一之大宗"、哲宗时黄庭坚"续《国风》《雅》《颂》之绝弦"，视汉之迁、固、卿、云，唐之李、杜、韩、

---

① ［宋］胡仔纂集，廖德明校点《苕溪渔隐丛话》卷首，人民文学出版社1993年版，第1页。
② ［宋］周紫芝《太仓稊米集》卷十七，影印《文渊阁四库全书》第1141册，上海古籍出版社1987年版，第118页。
③ ［宋］黄彦平《三馀集》卷四，影印《文渊阁四库全书》第1141册，上海古籍出版社1987年版，第118页。
④ ［宋］陈著《本堂集》卷五十七，影印《文渊阁四库全书》第1185册，上海古籍出版社1987年版，第280页。

柳，盖奄有而包举之矣"①。在政治生活中，将"集大成"一语拿来称颂国君也是宋代文献中常见的，如史浩则直接称颂"圣主于今集大成"②。周必大同，亦称"世遇君师集大成"③。用法的扩大化，更多的例子还见于用以评梅花，如余观复《梅花》移"集大成"概念于花，认为梅花堪称"集大成"："自是孤芳集大成，红红白白漫争名。天边差有雪堪亚，世上更无花敢清。笔到花光空幻相，句如和靖蔼遗声。一枝勾引窗前月，冷淡相看太古情。"④ 叶茵《梅》也有"溪桥一树玉精神，香色中间集大成"⑤。袁燮《病起见梅花有感四首》其二："霜月交辉色愈明，风标高节圣之清。谛观毫发无遗恨，始信名花集大成。"⑥ 释居简《酬铦朴翁梅花》其二："末利山矾亦可人，圣之和与圣之清。由来风物须弹压，故遣孤芳集大成。"⑦ 用来评山水，如释元肇《次水心先生雁山韵》："东嘉自古山水郡，往往俗驾回山灵。了知天地不终惜，雁荡殿出集大成。"用来评禽鸟，如何梦桂《希有鸟吟》："穿壤纷众羽，固有仁不仁。鸲凤虽异性，同为阴阳根。惟彼希有鸟，于禽集大成。"⑧

① ［宋］杨万里著，王琦珍整理《杨万里诗文集》卷八十三，江西人民出版社 2006 年版，第 1304 页。
② ［宋］史浩《鄮峰真隐漫录》卷三《拟进讲筵尚书终篇锡宴诗》，影印《文渊阁四库全书》第 1141 册，上海古籍出版社 1987 年版，第 556 页。
③ ［宋］周必大《文忠集》卷六《恭贺御制闻喜宴诗》，影印《文渊阁四库全书》第 1147 册，上海古籍出版社 1987 年版，第 74 页。
④ 旧题［宋］陈思编《两宋名贤小集》卷三百三十四，影印《文渊阁四库全书》第 1364 册，上海古籍出版社 1987 年版，第 618 页。
⑤ ［宋］陈起《江湖小集》卷四十一，影印《文渊阁四库全书》第 1357 册，上海古籍出版社 1987 年版，第 330 页。
⑥ ［宋］袁燮《絜斋集》卷二十四，影印《文渊阁四库全书》第 1157 册，上海古籍出版社 1987 年版，第 328 页。
⑦ 北京大学古文献研究所编《全宋诗》第 53 册，卷二七九一，北京大学出版社 1998 年版，第 33067 页。
⑧ ［宋］何梦桂《潜斋集》卷一，影印《文渊阁四库全书》第 1188 册，上海古籍出版社 1987 年版，第 383 页。

第三章
江西诗派奉杜甫为诗家宗祖

　　杜诗在仁宗、英宗、神宗三朝受到社会普遍重视，经王安石、苏轼等诗文革新大家的阐释、发掘，杜诗越来越成为宋调建构过程中最核心的资源。而神宗朝以来在政治斗争环境不断严酷的形势下，杜诗的思想意义和精神价值，需要作出新的挖掘；杜诗该如何学习，更需要有成系统的方法指导。这两方面中的前一面，元丰末、元祐初的苏轼已开始探索，但要到绍圣以后的黄庭坚才有更重要的突破，才算基本得到落实。而对杜诗的学习、追慕，北宋众多诗家都一直在进行，但在黄庭坚之前，创作实践层面的学杜，多是细部的、不自觉的、个别性的行为。只有到了黄庭坚，总结了一整套的学杜理论、方法，才将这种学习发展为自觉的、全面的、成系统的追慕。在黄庭坚的带领、影响下，有明确目标引领、理论指导、方法规范的学杜，成为一种群体性、时代性的追求，形成了巨大的声势，有了江西诗派的旗号。杜甫被明确奉为千载一人的诗家不祧之祖①，起决定作用的是黄庭坚和江西诗派②。

第一节　黄庭坚对杜诗思想价值的挖掘

杜甫的"忠义"精神、杜诗的"诗史"价值，黄庭坚之前已得到宋人的重点发掘，黄庭坚也有认同。但是，为了适应北宋后期社会的急剧变化，黄庭坚对杜诗下了更大的工夫，对其思想价值作了更独特的发掘。

一、转益多师之后的经典选择

黄庭坚作为北宋晚期学问精勤、学力深厚、学识明通的文学大家，其诗学渊源也是多样的，可谓转益多师。转益多师则视野开阔，视野开阔加消化融通，有所抉择，加以创造，形成个性，故终被誉为有宋一代"诗家宗祖"③。

黄庭坚年轻时曾下功夫学习过魏晋南北朝名家，尤其是陶渊明、二谢和庾信，后来还承袭晚唐五代与宋初的风气，于李商隐、白居易等数家颇有感觉。而受北宋诗文革新思潮的影响，尤其受父亲黄庶，舅父李常，岳父孙觉、谢景初的直接濡染，则对杜甫、韩愈用力尤勤，同时旁涉李白。

---

① ［宋］黄庭坚《跋翟公巽所藏石刻》："文章骫骳而得韩退之，诗道弊而得杜子美，篆籀如画而得李阳冰，皆千载人也。"［宋］黄庭坚著，刘琳等点校《黄庭坚全集》正集卷二十八，中华书局 2021 年版，第 693 页。

② 周裕锴《工部百世祖，涪翁一灯传——杜甫与江西诗派》指出："杜甫在诗坛的崇高地位是在北宋中叶后才真正奠定的。"此说或许要稍加修正。该文收入周裕锴《语言的张力：中国古代文学的语言学批评论集》，中国社会科学出版社 2016 年版，第 100 页。

③ ［宋］刘克庄《江西诗派小序·山谷》，见丁福保辑《历代诗话续编》，中华书局 2006 年版，第 478 页。又，［元］方回《刘元辉诗评》："山谷诗宋三百年第一人，本出于老杜。"见［元］方回《桐江集》卷五，《续修四库全书》集部 1322 册，上海古籍出版社 2002 年版，第 438 页。

　　钱志熙认为：中唐至北宋初的诗坛，分化为"以保守为性格的表现诗派和以革新为性格的再现诗派"。前者追摹初盛唐诗，是晚唐五代的主流。后者以富有革新精神的韩孟诗派与元白诗派为最有影响，北宋庆历以来声势尤大①。其中，韩愈诗对宋诗建构意义甚为重要，但宋初学韩诸人所重视的主要是"韩愈的道统和古文"。庆历、治平以来随着欧阳修、苏舜钦、王安石等革新、豪放派诗家进而以韩诗药救晚唐五代至宋初诗坛诸病，一时间，韩愈诗风大行于世②。《四库全书总目》的黄庶《伐檀集》提要说："江西诗派奉庭坚为初祖，而庭坚之学韩愈，实自庶倡之。"③ 从更大的视野看，黄庭坚的学韩，毋宁说是时代风气延续的结果，钱志熙认为：黄庭坚有"奇崛矫健特点的诗风，可以说是从韩愈及庆历诸家中变化而出，而又旁取了苏轼的影响"④。与此同时，此派的弊端也日益凸显，黄庭坚后来转以杜诗为追摹的中心，陈师道《后山诗话》说："唐人不学杜诗，惟唐彦谦与今黄亚夫庶、谢师厚景初学之。鲁直，黄之子，谢之婿也。其与二父，犹子美之于审言也。然过于出奇，不如杜之遇物而奇也。"⑤ 作为对黄庭坚诗学理解最深、成就特别出众的大诗人，陈师道此说基本思想应是可信的，可以认为：黄庭坚之学杜，因与"二父"的诱导有关，开始得较早，他学杜而至"过

---

① 钱志熙《表现与再现的消长互补——中国诗歌发展史上的一种规律》，载《文学遗产》1996 年第 1 期。
② 钱志熙《黄庭坚诗学体系研究》，北京大学出版社 2003 年版，第 214 页。
③ ［清］永瑢等撰《四库全书总目》卷一五二集部·别集类五，中华书局 1965 年版，第 1315 页。
④ 钱志熙《黄庭坚诗学体系研究》，北京大学出版社 2003 年版，第 212 页。
⑤ ［宋］陈师道《后山诗话》，见［清］何文焕辑《历代诗话》，中华书局 2004 年版，第307 页。按，胡守仁先生《黄庭诗简论》在肯定此说正确地揭出了黄庭坚受父亲影响深这一点外，又指出："唐人学杜诗，并不始于唐彦谦，宋人学杜诗，并不始于黄庶，陈师道的话未免失实。"见《胡守仁论文集》，江西人民出版社 2009 年版，第336 页。

于出奇"仍与庆历以来诗风有直接关系。但是，在黄庭坚晚期，杜诗又为对庆历诗风及他本人前期诗风的调整与纠偏提供了资源。如此看来，李详 1926 年《韩诗萃精序》认为黄庭坚诗师韩六七，学杜二三①，恐未必恰当。

按照钱志熙关于表现诗学、再现诗学的分化之观点来审视，白居易、韩愈、杜甫、李白等四家经典虽然在北宋前期都已得到伸张，但宋人从白居易这一路发展出来的政治诗学、闲适诗学，从韩愈这一路强化的主要是儒道热忱、散文化写法和奔放恣肆的风格，后一面与杜甫、李白的路子合流，形成庆历以来的雄奇豪放诗风。这一诗风核心是狂放不羁、雄奇壮伟的精神特质，飘逸奔放、变幻莫测的文学风格，从原义看更符合李白和韩愈的面貌。从这个意义上看，当时人对杜诗特点的理解是较为片面，不够准确的②。而随着以黄庭坚为代表的北宋中后期文人对杜诗性情诗学的价值之发掘，对杜诗诗法的全面总结，杜诗在宋代超越于其他各家的意义才最终凸显出来。

有意思的是：当杜诗的独特意义彰显出来之后，黄庭坚并没有忽略其他诸家。胡仔《苕溪渔隐丛话》引黄庭坚语曰：

> 太白豪放，人中凤凰、麒麟。譬如生富贵人，虽醉着瞑暗喑呓中作无义语，终不作寒乞声耳。③

---

① 李详《韩诗萃精序》引并世诗家语曰："由宋以来，诗人纵不能学杜，未尝不于韩公门庭周历一番者。"并同时指出："宋欧阳永叔，稍学公诗，而微嫌冗长，无奇警遒丽之语。东坡以豪字概公，虽能造句，而不纬以事实，如水中奓盐，消融无迹。黄鲁直诗，于公师其六七，学杜二三。举世相承谓黄学杜，起山谷而问之，果宗杜邪？抑师韩也？谁能喻之。"见［清］李详撰《李审言文集》，凤凰出版社 2015 年版，第 907 页。
② 参王琦珍《黄庭坚与江西诗派》，江西高校出版社 2006 年版，第 12—16 页。
③ ［宋］胡仔纂集，廖德明校点《苕溪渔隐丛话》前集卷五引，人民文学出版社 1993 年版，第 28 页。

在李白的性情中，黄庭坚看到的是传说中的百鸟之王"凤凰"和罕见的传统瑞兽"麒麟"一般的神奇与高贵。他认为这种神奇与高贵仿佛自然生成，因此就算是醉了、在暗中、在呻吟时候，发出无意义的声音，也绝不可能是"寒乞声"。至于李白的诗，黄庭坚则评价说：

> 余评李白诗，如黄帝张乐于洞庭之野，无首无尾，不主故常，非墨工椠人所可拟议。吾友黄介读《李杜优劣论》，曰："论文政不当如此。"余以为知言。及观其稿书，大类其诗，弥使人远想慨然。白在开元、至德间，不以能书传。今其行草殊不减古人，盖所谓不烦绳削而自合者欤。①

这里所提及的《李杜优劣论》有可能是指元稹给杜甫写的墓志铭中提出的扬杜抑李之说，黄介不同意元稹的意见，实即持李杜并尊立场。黄庭坚认同黄介之意，所以在这里特别强调了李白诗的超凡脱俗，神奇变换②。又从李白手稿的书法角度发现了李白诗、书二者之间的共通性，"使人远想慨然"，"不烦绳削而自合"都是李白的超凡而挥洒自如的特质。从以上这两则材料可知，黄庭坚对李白的高度评价，以及在李杜二家之间毫无轩轾之意。这与苏辙贬斥李白的观点，有着根本的不同。

黄庭坚学陶渊明始于少年时期，时间上早于苏轼之喜好陶诗。但他在《书陶渊明诗后寄王吉老》一文中说：

---

① ［宋］黄庭坚著，刘琳等点校《黄庭坚全集》正集卷第二十五《题李白诗草后》，中华书局2021年版，第592页。

② 傅庚生先生《评李杜诗》从身世经历角度引用和分析了黄庭坚这一观点，说："李白以不世之才，初时颇沐玄宗的恩眷，后来谒于妇寺，转侧宿松匡庐间，又长流夜郎，愈来愈狼狈。……既然不能'居之安'，所以不免忽天忽地，邀月游仙，神气变幻，荒乎其唐的起来。……表现于文学中的自然便是'张乐于洞庭之野，无首无尾，不主故常'。"载傅庚生、傅光合著《杜甫论集》，黑龙江人民出版社1986年版，第79—80页。

> 血气方刚时读此诗，如嚼枯木；及绵历世事，如决定无所用智。每观此篇，如渴饮水，如欲寐得啜茗，如饥啖汤饼。今人亦有能同味者乎？但恐嚼不破耳。①

黄庭坚虽与一般人不同，血气方刚时习陶、喜陶就很真切，但所得终究还较浮浅。绍圣以来，在第二轮政治打击开始以后，苏轼和黄庭坚都进而对陶渊明有了更亲切的感觉，产生了更浓厚的兴趣，对陶诗的理解有了前所未有的深度。黄庭坚有了这样的认识：

> 谢康乐、庾义城之于诗，炉锤之功不遗力也。然陶彭泽之墙数仞，谢、庾未能窥者，何哉？盖二子有意于俗人赞毁其工拙，渊明直寄焉耳。②

> 宁律不谐而不使句弱，用字不工不使语俗，此庾开府之所长也，然有意于为诗也。至于渊明，则所谓不烦绳削而自合者。虽然，巧于斧斤者多疑其拙，窘于检括者辄病其放。孔子曰："宁武子，其智可及也，其愚不可及也。"渊明之拙与放，岂可为不知者道哉。……若以法眼观，无俗不真；若以世眼观，无真不俗。渊明之诗，要当与一丘一壑者共之耳。③

这两条材料中，黄庭坚对陶渊明在六朝诸家中的位置提出了不同于钟嵘、刘勰和唐人的看法，认为陶高于同时的谢灵运和更晚的庾信，标准是谢、庾刻意求工，极力讲求技巧，而陶渊明则超越了此种阶段，已达到无意求工，"不烦绳削而自合"的挥洒自如境界。

---

① [宋]黄庭坚著，刘琳等点校《黄庭坚全集》外集卷二十三，中华书局2021年版，第1279页。
② [宋]黄庭坚著，刘琳等点校《黄庭坚全集》外集卷二十四《论诗》，中华书局2021年版，第1301页。
③ [宋]黄庭坚著，刘琳等点校《黄庭坚全集》正集卷二十五《题意可诗后》，中华书局2021年版，第600页。

陶诗表面上的"拙"却恰如绝世美人的粗头乱服，其"放"则表现的是真率、随性的性格和自由、恣肆的诗风。到了这一境界，法度、技巧，都是等而下之的层次了。而这个阶段，黄庭坚对李白、杜甫所注重的竟也是相同的面貌①。

李贵研究认为：从天圣到庆历、嘉祐，北宋人师法韩愈、杜甫，催生出成熟的宋调。北宋后期，"士大夫从'外向'的淑世关怀转向'内在'的精神超越，诗学以平淡自然的陶潜为宗，思想以箪食瓢饮的颜回为圣。"诗人们在"陶渊明崇拜"的时代氛围下，展开了"宋调的自赎"②。由奇峭而归为平淡自然，在自然平淡中寻求真醇、奇趣，成为北宋后期新的审美范式。黄庭坚晚年以陶诗中所领悟到的，转而理解李、杜诗，放在当时诗坛大势中来看就更为清楚。

由上可见，黄庭坚的诗学较为自觉统一，能成就为一动态发展的体系。这个体系既丰富，又有中心，还有动态发展。而他的诗学，又正好切合、体现了宋代诗学的逻辑进程，所以，黄庭坚的诗学在宋代具有很强的典型性。

二、社会现实的关切逐渐沉淀为性情的涵养

自孟棨《本事诗》使用"诗史"概念指称杜诗，仁宗朝所修《新唐书》的杜甫传相继沿用之后，"诗史"逐渐成为一个评价杜诗特色与价值的标准，引导世人直面时代，关注社会现实。于是，北宋前期诗文革新派的主流文学观都带有明显的政治诗学、讽谕诗学的色彩，体现出传统诗教观的典型面貌，一直到王安石仍然提出"务为有补于世而已矣"与"以适用为本，以刻镂绘画为之容而已"

---

① 黄庭坚《题李白诗草后》和《与王观复书》都用到"不烦绳削而自合"。
② 李贵《中唐至北宋的典范选择与诗歌因革》，复旦大学出版社 2012 年版，第 277—279 页。

的功利主义文学观①。以诗歌直接反映社会现实，干预社会时政，成为宋初至熙宁年间诗文革新派的重要追求。当时人们对杜诗的价值，多从这个角度认识。杜诗被视为超越于韩愈、李白诗的经典，就是这样产生的。白居易诗的平浅被清算之后，其讽谕特性仍被肯定，并与杜诗结合，其缘由也在这里。

黄庭坚熙宁二年（1069）任叶县尉，河北发生大水灾，大批百姓流亡到襄城叶县，他为此写了《流民叹》，叙述灾情，然后如实指陈了政府应负的责任，态度严正，"一片为民请命的苦心，更是昭然若揭了"②。此后为太和县令时，又曾深入僻远的乡村调查研究，写了《上大蒙笼》《雕陂》等作品，对当时所行盐政及相关问题表达了自己的看法，观点鲜明，态度明确。同样直面现实，指陈时政的作品，黄庭坚绍圣以前还有不少，体现的就是上述文学观。

元祐年间，政治环境更复杂，变化更诡异。黄庭坚在汴京为馆阁之臣，但党争所引发的复杂的人际环境，使他对政治前途不敢抱有希望，而报国之志、忠直之心却并无改变。在这种心境下，他对杜甫有了较深的理解，元祐三年（1088）所作《老杜浣花溪图引》是继王安石《杜甫画像》、苏轼《次韵张安道读杜诗》之后又一篇同类佳作，诗云：

> 拾遗流落锦官城，故人作尹眼为青。碧鸡坊西结茅屋，百花潭水濯冠缨。故衣未补新衣绽，空蟠胸中书万卷。探道欲度羲皇前，论诗未觉国风远。干戈峥嵘暗宇县，杜陵韦曲无鸡犬。老妻稚子且眼前，弟妹飘零不相见。此公乐易真可人，园

---

① ［宋］王安石撰，刘成国点校《王安石文集》卷七十七《上人书》，中华书局 2021 年版，第 1339 页。
② 胡守仁《试论黄山谷诗》，载胡守仁《胡守仁论文集》，江西人民出版社版 2009 年版，第 446 页。

翁溪友肯卜邻。邻家有酒邀皆去，得意鱼鸟来相亲。浣花酒船散车骑，野墙无主看桃李。宗文守家宗武扶，落日寒驴驮醉起。愿闻解鞍脱兜鍪，老儒不用千户侯。中原未得平安报，醉里眉攒万国愁。生绡铺墙粉墨落，平生忠义今寂寞。儿呼不苏驴失脚，犹恐醒来有新作。常使诗人拜画图，煎胶续弦千古无。①

黄庭坚所建构的杜甫形象突出了三个特点，其一是"乐易可人"，即融入民间社会的平易亲和力。其二是穷愁落魄，潦倒不堪。其三是"醉里眉攒万国愁"，即忠义、忧国之心。前两个特点，发掘的是杜甫与底层社会的血肉联系，第三个特点则强调了杜甫士大夫的思想道德境界。这样的杜甫形象，既与王安石、苏轼等人所描写的杜甫保持一定的一致性，但又更接地气，更易于使遭受到各种不幸的文士感到亲切。关于杜诗的成就，诗中所写"探道欲度羲皇前，论诗未觉国风远"两句，对杜诗取得巨大成就的原因似乎也包含三方面的理解：一是认为杜甫在"道"这个层面已上探到远古伏羲时代，转换成学术语言大概是说杜甫从中华文明发源处探索文化、思考"天人之际"的大问题。二是在诗歌领域，杜甫向上到《诗经》这一起始处汲取了最有价值的资源。三是杜甫深深地扎根于他所生活的时代。以上三个方面的合力成就了杜甫，成就了杜诗。黄庭坚之后，张戒《岁寒堂诗话》的表述更具有诗论的面貌，曰："诗文字画，大抵从胸臆中出。子美笃于忠义，深于经术，故其诗雄而正。"②他认为杜甫笃行忠义，在人生实践的层面足可为世楷式，又

---

① [宋]黄庭坚著，刘琳等点校《黄庭坚全集》外集卷七，中华书局 2021 年版，第953—954 页。
② [宋]张戒撰《岁寒堂诗话》卷上，见丁福保辑《历代诗话续编》，中华书局 2006 年版，第 459 页。

深通六经，有包括《诗经》《左传》在内的湛深的经学修养，两方面的内功，是成就杜诗的基本条件。两相参读可知：张戒和黄庭坚已将对现实社会的热忱悄悄过渡到了向儒家经典获取涵养性情的资源。

随着政治斗争的严酷日益加剧，以传统诗教观为根据的北宋前中期革新派文学观，及其主导下的诗歌实践道路，遭到前所未有的挑战。经过艰苦的思考和探索，黄庭坚元符元年（1098）在戎州所作的《书王知载朐山杂咏后》将自己的文学观作了以下调整：

> 诗者，人之情性也，非强谏争于廷，怨忿诟于道，怒邻骂坐之为也。其人忠信笃敬，抱道而居，与时乖逢，遇物悲喜，同床而不察，并世而不闻，情之所不能堪，因发于呻吟调笑之声，胸次释然，而闻者亦有所劝勉。比律吕而可歌，列干羽而可舞，是诗之美也。其发为讪谤侵陵，引颈以承戈，披襟而受矢，以快一朝之忿者，人皆以为诗之祸，是失诗之旨，非诗之过也。故世相后或千岁，地相去或万里，诵其诗而想见其人所居所养，如旦莫与之期，邻里与之游也。①

在这里，传统诗教观被放下，同样来源于《毛诗序》而被中唐以来文学革新派所忽略了的"吟咏情性"说被拎出作为诗歌本性，用来矫正政治讽谕诗的路向。政治讽谕诗对于纠正颓靡的唯美文学有重要意义，是中唐至北宋中期文学革新派的主流，但它过于直接的现实政治意图，又对文学自身的生长、发展造成冲击。联系北宋中叶以来政坛激烈的党争之祸，尤其是与黄庭坚非常亲近的师友苏轼横遭"乌台诗案"之"祸"，让他不得不深刻反省、引以为戒。他意

---

① ［宋］黄庭坚著，刘琳等点校《黄庭坚全集》正集卷二十五，中华书局 2021 年版，第 600—601 页。

识到："东坡文章妙天下，其短处在好骂。"① 在政治斗争严酷的形势下，"讪谤侵陵，引颈以承戈，披襟而受矢，以快一朝之忿"，对于作者来说，既是痛快，更是祸难。但这与其说是诗带来的祸害，毋宁说是由误解、丢失了诗之"本旨"造成的恶果。因为按照诗的情性本质，诗应该是高度个性化、私人化的精神产品，诗可以反映现实政治，却不能直接地干预政治。而与现实政治保持一定的距离，回到诗歌自身的"比律吕而可歌，列干羽而可舞"的审美追求中，并不是忘怀现实政治，或对社会问题无动于衷，而是将政治认识、社会关怀所带来的悲喜，先行沉淀，自我消化，转化为类似呻吟、调笑等类曲折方式加以表达，这就为社会现实通向艺术形象架起了桥梁。王琦珍将黄庭坚这一思想阐释为："将杜诗的谏诤精神内敛为一种内在的人格力量，以求得人格的自守高洁，在诗中则表现为温柔敦厚的讽谕精神。"②

　　黄庭坚这一新认识里，既折射"在党争诗祸的巨大威慑下文化心理所发生的微妙的变化"③，又可看到黄庭坚的刚直性格、高超的儒者修养，还间接反映了北宋理学对文学家精神世界的渗透④。黄庭坚崇宁三年（1104）三月赴贬地宜州途经湖南永州浯溪时所作《书摩崖碑后》值得玩味：

> 春风吹船著浯溪，扶藜上读中兴碑。平生半世看墨本，摩挲石刻鬓成丝。明皇不作苞桑计，颠倒四海由禄儿。九庙不守乘舆西，万官已作鸟择栖。抚军监国太子事，何乃趣取大物

① ［宋］黄庭坚著，刘琳等点校《黄庭坚全集》正集卷十八《答洪驹父书》，中华书局2021年版，第425页。
② 王琦珍《黄庭坚与江西诗派》，江西高校出版社2006年版，第23页。
③ 杨经华《宋代杜诗阐释学研究》，中国社会科学出版社2011年版，第83页。
④ 周裕锴《宋代诗学通论》："黄庭坚正是将理学的心性修养工夫移植于诗学的关键人物。"巴蜀书社1997年版，第141页。

为。事有至难天幸尔，上皇局蹐还京师。内间张后色可否，外间李父颐指挥。南内凄凉几苟活，高将军去事尤危。臣结春陵二三策，臣甫杜鹃再拜诗。安知忠臣痛至骨，世上但赏琼琚词。同来野僧六七辈，亦有文士相追随。断崖苍藓对立久，冻雨为洗前朝悲。①

黄庭坚观赏由元结撰、颜真卿书《大唐中兴颂》，感慨万千，重新反思安史乱起的缘由、乱后的时局，对元结、杜甫作品中的忧时忠荩之意作出了高度评价。可见，直到暮年，黄庭坚依然没有放弃对社会现实的系念。在他的认知中，诗人"忠信笃敬，抱道而居"的精神修养，是优秀作品产生的基本前提。但是，关注社会现实的热忱，又渐渐沉淀为性情的涵养，这是宋代文学观的一次重要转变。杜甫"天性忠恳""天姿惇厚"②，杜诗是"他整个儿的人格、心灵的涌现"③。用钱志熙的观点来说，"杜甫无疑是诗歌艺术的自觉追求者，但同时又是最纯正的儒家诗人"。杜诗体现的是"诗与伦理的自由和谐的景象"。而"黄庭坚将诗歌艺术定义为一个具有自觉的伦理道德的人的个体抒情行为"④，杜诗自然是极佳范本。

综上可知，仁宗、英宗、神宗三朝以传统诗教观、"诗史"说为基础的诗坛，以反映社会问题、干预社会现实、表现士人的政治热情和宏伟抱负等为核心追求。欧阳修、王安石、苏轼等人的理论与实践贡献共同处在此，他们对杜诗学习、理解的重点也在这个方

---

① ［宋］黄庭坚著，刘琳等点校《黄庭坚全集》正集卷五，中华书局 2021 年版，第 109 页。

② ［明］傅振商辑《杜诗分类五卷》卷首，《四库全书存目丛书》集部第 5 册，齐鲁书社 1997 年版，第 80 页。［清］浦起龙《读杜心解·凡例》，中华书局 1961 年版，第 6 页。

③ 叶嘉莹《杜甫诗在写实中的象喻性》，载《华中师范大学学报》2005 年第 4 期。

④ 钱志熙《黄庭坚诗学体系研究》，北京大学出版社 2003 年版，第 58、65 页。

向上。黄庭坚推崇杜诗，仍然带有这种倾向。但是，随着政局的变化，政治环境的恶化，王安石和苏轼已重视的对主体道德人格的思考，北宋理学家的心性修养学说，被黄庭坚吸收消化，形成了以"吟咏情性"说为基础的与王安石、苏轼等人有较大不同的新诗学观。在这种诗学观中，原先的政治热情加以收敛、沉淀，"忠信笃敬，抱道而居"的诗人性情得到涵养；原先直接干预社会现实的诗歌写作被放弃，"诵其诗而想见其人所居所养，如旦莫与之期，邻里与之游也"被作为新的诗歌追求。

三、从学杜中找寻生命精神的寄托

黄庭坚喜读杜诗始于青年时代，在时代的崇杜热潮中，他不断沉入杜诗中去学习、领悟，他曾在《跋老杜诗》中吐露："老夫今年四十五，不复能作诗，它文亦懒下笔，欲学诗，老杜足矣。"[1] 翻读他的集子，诸如《题所书杜子美小诗后》《书草老杜诗后与黄斌老》《跋东坡写老杜岳麓道林诗》《跋老杜病后遇王倚饮赠歌》《跋所书子美长韵后》《跋草书子美诗后》《刻杜子美巴蜀诗序》《跋老杜诗》《跋所书老杜诗》一类文题触处即是。可见，读杜、学杜，逐渐成为他生命中一种重要方式。

值得注意的是，黄庭坚还是南宋注家所艳称的"千家注杜"中的前几家之一，譬如流传较广的郭知达《九家集注杜诗》所推重的九家，黄庭坚列其三，其前为王安石和王洙。《九家集注》收录的黄庭坚注，或以"山谷云"，或以"鲁直云"标识，共十馀条。如《戏作花卿歌》，引录有："鲁直云：子美作《花卿歌》，雄壮激昂，读之想见其人也。杨明叔为余言：花卿家在丹棱东馆镇，至今有英

---

① ［宋］黄庭坚著，刘琳等点校《黄庭坚全集》补遗卷八，中华书局 2021 年版，第 2102 页。

气，血食其乡，见封为忠应公。"① 既评价了诗，又引时人关于对象籍里的介绍，对读者理解作品有参考价值。《解闷》其十二末句，赵注转引："鲁直云：善本是'劳人重马翠眉须'，盖言劳苦人力，重叠驰马，只为翠眉之人所须，乃指言贵妃矣。况'须'字与'壶'字同韵，而'疏'字为失韵，则鲁直之说信而有证也。"② 赵次公引用黄庭坚的校语和解释，并作了肯定性判断，说明黄庭坚注的价值已得到南宋重要注家的重视。

《山谷别集》卷四亦有《杜诗笺》③，共 40 条。核之《九家集注杜诗》所引，几无同者。近似的有《乾元中寓居同谷县作七歌》其二，《九家集注》本："黄鲁直云：'黄精'当作'黄独'。往时儒者不解'黄独'，故作'黄精'。以'芋'考之，黄独是也。《本草》'赭魁'注：'肉白皮黄也。汉人蒸食之，山东人呼为土芋，江西人呼卵。'"④《山谷别集·杜诗笺》作："'精'一作'独'。黄独状如芋子，肉白皮黄，苗蔓延生，叶似萝摩。梁汉人蒸食之，江东人谓之土芋。"⑤ 同样的校勘问题，两者互相补充，把校勘理据说得较为清楚。可以说，散在南宋有关集注本中的黄庭坚注，与《山谷别集·杜诗笺》可能有不同的始源，整合起来不及百条，但涉及到字词出处、地理山川、名物制度等多个方面，多少能见出黄庭坚读

---

① ［宋］郭知达编，陈广忠校点《九家集注杜诗》卷七，安徽大学出版社 2020 年版，第 310 页。

② ［宋］郭知达编，陈广忠校点《九家集注杜诗》卷三十，安徽大学出版社 2020 年版，第 1377 页。

③ ［宋］黄庭坚著，刘琳等点校《黄庭坚全集》别集卷四，中华书局 2021 年版，第 1406—1414 页。

④ ［宋］郭知达编，陈广忠校点《九家集注杜诗》卷六，安徽大学出版社 2020 年版，第 281 页。

⑤ ［宋］黄庭坚著，刘琳等点校《黄庭坚全集》别集卷四，中华书局 2021 年版，第 1409 页。此条亦见 ［宋］陈师道《后山诗话》，［清］何文焕辑《历代诗话》，中华书局 2004 年版，第 311—312 页。

杜、研杜用功之深细。

黄庭坚在读杜过程中，逐渐认识到入川以后的杜诗所具有的更高价值，因此曾将杜甫两川夔峡诗全部以书法的形式予以书写付梓，并作《刻杜子美巴蜀诗序》曰：

> 自予谪居黔州，欲属一奇士而有力者，尽刻杜子美东西川及夔州诗，使大雅之音久湮没而复盈三巴之耳。……丹棱杨素翁……访余于戎州，闻之欣然，请攻坚石，摹善工，约以丹棱之麦三食新而毕，作堂以宇之。予因名其堂曰大雅，而悉书遗之。[①]

根据黄鹤、仇兆鳌的编年，杜甫于乾元二年（759）作《成都府》时入川，至大历三年（768）作《大历三年春白帝城放船出瞿塘峡久居夔府将适江陵漂泊有诗凡四十韵》出峡，其间作品约为 920 馀首诗，接近杜集总量的三分之二，其中不乏长篇大制。由此可见，黄庭坚全部书写一遍工程量之巨大、历时之弥久。而书法本身又是极颐养情性的一门艺术，在书写杜诗的过程中，很利于黄庭坚去细细感受、走近杜甫的生命世界、杜诗的艺术世界，并得到潜移默化的精神感染。

诚然，入川后的杜甫，更多时候就是在用诗的形式排遣各种现实生存的焦虑愁苦，在明心见性中悄然完成了作为诗人的一种自我实现。黄庭坚被贬黔州时，苏轼十分担忧其生活困顿，在信里关切地问道："即日想已达黔中，不审起居何如，土风何似？……闻行橐无一钱，涂中颇有知义者，能相济否？"[②]贬到宜州时，黄庭坚甚

---

① ［宋］黄庭坚著，刘琳等点校《黄庭坚全集》补遗卷八，中华书局 2021 年版，第 2096 页。
② ［宋］苏轼撰，孔凡礼点校《苏轼文集》卷五十二《答黄鲁直五首（其四）》，中华书局 1986 年版，第 1533 页。

至连个栖居之所都得不到，不得不寄身于戍楼。如此处境非但没能摧折他的意志，反倒让他更真切地理解了杜甫，故而不无感慨道："杜子美一生穷饿，作诗数千篇，与日月争光。"① 正是在如此穷厄之境与诗作数千的巨大反差下，方才尽显出杜甫生命的顽强伟大、杜诗成就的光辉灿烂。这种"身穷而心达"②的人生智慧无疑给了黄庭坚极大的生命滋养。如此人生大格局必得是历经一番磨难后才能了悟的心性修养，黄庭坚能处变不惊、处穷不忧③，或许与杜诗滋养有相当的关系。

黄庭坚的精神与风骨，他对杜诗的推崇喜爱，还得到了好事知音。元符三年（1100），丹棱人杨素斥资修建大雅堂，专门用于刻石收藏黄庭坚所书杜甫两川夔州诸诗，山谷欣然为之作《大雅堂记》，曰：

> 余名之曰"大雅堂"，而告之曰：由杜子美以来四百馀年，斯文委地，文章之士随世所能，杰出时辈，未有升子美之堂者，况室家之好邪！余尝欲随欣然会意处，笺以数语，终日汩没世俗，初不暇给。虽然，子美诗妙处乃在无意于文。夫无意而意已至，非广之以《国风》《雅》《颂》，深之以《离骚》《九歌》，安能咀嚼其意味、闯然入其门邪！故使后生辈自求之，则得之深矣。使后之登大雅堂者，能以余说而求之，则思过半

---

① ［宋］黄庭坚著，刘琳等点校《黄庭坚全集》正集卷二十五《题韩忠献诗杜正献草书》，中华书局 2021 年版，第 597 页。
② 周裕锴《宋代诗学通论》，巴蜀书社 1997 年版，第 63 页。
③ ［宋］黄庭坚著，刘琳等点校《黄庭坚全集》正集卷二十五《题自书卷后》曰："崇宁三年十一月，余谪处宜州半岁矣。官司谓余不当居城中，乃以是月甲戌，抱被入宿子城南予所僦舍喧寂斋。虽上雨傍风，无有盖障，市声喧愦，人以为不堪其忧，余以为家本农耕，使不从进士，则田中庐舍如是，又可不堪其耶？既设卧榻，焚香而坐，与西邻屠牛之机相直。为资深书此卷，实用三钱买鸡毛笔书。"中华书局 2021 年版，第 582 页。

矣。彼喜穿凿者，弃其大旨，取其发兴，于所遇林泉人物、草
木鱼虫，以为物物皆有所托，如世间商度隐语者，则子美之诗
委地矣。①

这篇记文强调入川以后的杜诗已达到了"无意于文"而"意已至"
的崇高境界②，此种境界，晚生后辈无人能升堂入室，宋代注家穿
凿附会，处处讲寄托、求出处，把一部杜诗解成了谜语。黄庭坚对
杜诗用功细，领悟深，后来的张戒誉其入杜甫之室③。所以，他曾
有为杜诗作笺注之举，已随兴写过若干条，但终究因事未能完成。

关于黄庭坚的注杜，金代元好问《杜诗学引》作过补充说明：

> 先东岩君有言：近世唯山谷最知子美，以为今人读杜诗，
> 至谓草木虫鱼皆有比兴，如试世间商度隐语然者，此最学者之
> 病。山谷之不注杜诗，试取《大雅堂记》读之，则知此公注杜
> 诗已竟，可为知者道，难为俗人言也。④

"东岩君"即元好问父亲元德明。元德明曾复述过黄庭坚《大雅堂
记》对北宋注家的批评，同时还根据该记文认为黄庭坚已将杜诗注
完。但是，明万历间吴怀保刻《杜律虞注》，卷首有题为"建安杨

---

① ［宋］黄庭坚著，刘琳等点校《黄庭坚全集》正集卷十六，中华书局 2021 年版，第
383—384 页。
② 张戒《岁寒堂诗话》卷下评《洗兵马》曰："山谷云：'诗句不凿空强作，对景而生
便自佳。'山谷之言诚是也。然此乃众人所同耳，惟杜子美则不然。对景亦可，不
对景亦可。喜怒哀乐，不择所遇，一发于诗，盖出口成诗，非作诗也。……子美吐
词措意每如此，古今诗人所不及也。山谷晚《大雅堂记》，谓子美诗好处，正在
无意而意已至。若此诗是已。"见丁福保辑《历代诗话续编》，中华书局 2006 年版，
第 468—469 页。
③ 张戒《岁寒堂诗话》卷上："作粗俗语仿杜子美，作破律句仿黄鲁直，皆初机尔。必
欲入室升堂，非得其意则不可。张文潜与鲁直同作《中兴碑》诗，然其工拙不可同
年而语。鲁直自以为入子美之室，若《中兴碑》诗，则真可谓入子美之室矣。"丁
福保辑《历代诗话续编》，中华书局 2006 年版，第 463 页。
④ ［金］元好问著，狄宝心校注《元好问文编年校注》卷一《杜诗学引》，中华书局
2012 年版，第 91—92 页。

荣撰"《杜律虞注序》云："昔黄公鲁直雅喜学杜，尝欲因其欣然会意处笺以数语，竟亦弗果。夫以鲁直之才，而惧于注也如此。"①

事实上，金元以前，公私书目和其他文献都没有著录过黄庭坚的杜诗注本。宋元各种杜诗注本称引豫章先生黄庭坚的条目却如上文所述有十数条，《山谷别集》所收的《杜诗笺》还有 40 条之多，元末陶宗仪《说郛》也提及黄氏《杜诗笺》。《说郛》编纂体例为钞合诸家之说、真伪杂糅莫辨，恐其所本，源头亦在宋元杜注。程千帆《杜诗伪书考》一文将黄庭坚的杜注确定为"伪书"，他指出："盖山谷虽未尝注杜，而宋人注本及小说杂记，多称引其说。至郭知达集九家注，豫章先生乃与诸有书行世者并列。流风馀韵，或缘口耳之传，仰企旧文，亦修绠可汲矣。此戈戈者，名实既乖，而引申肤廓，无所甄明，尤不当于'欣然会意'之旨。暇日尝在龙蟠里假得殿本郭《注》，及诸宋本，逐一校勘，管见所疑，更有三事；凡所征引，或今时诸注所无。……或有之，又属他人之语。……至有今本明载庭坚之言，取衡此书，亦无一相合。"又道此书"伪迹既章，无俟详辨。此盖不学之徒，杂取诸书，贪缘《大雅堂记》之言，求售其技。虽传本易得，而称者终鲜"②。

在笔者看来，散存于历代杜诗注本中的黄庭坚语，以及收存于《山谷别集》中的《杜诗笺》，在没有确凿证据证明为伪的情况下，不宜将其中大部指为假材料。更重要的是：黄庭坚确实对杜诗下过细功夫，他随兴写过若干笺注，应是事实。这点完全符合《大雅堂记》的文本意旨。

---

① ［元］虞集注《杜律七言注解》四卷（附《诗法家数》一卷），明万历十六年（1588）吴怀保七松居刻本，江西省图书馆古籍特藏。

② 程千帆《古诗考索》下辑《杜诗伪书考》，上海古籍出版社 1984 年版，第 358—359 页。

第二节　黄庭坚对杜诗"诗法"的总结

钱锺书指出："自唐以来，钦佩杜甫的人很多，而大吹大擂地向他学习的恐怕以黄庭坚为最早。"[①] 钱先生所说的"学习"是指在写法上对杜诗的学习。而根据前两章的梳理，在黄庭坚之前，不仅"钦佩杜甫的人很多"，而且在写法上追摹杜诗的人也不在少数。只是在黄庭坚之前，不仅欧阳修、王安石、苏轼等文学旗手，就如张方平、强至[②]等粉丝级诗人，都没有将对杜诗的评价与取法杜诗紧密联系起来，他们的学杜基本上都是个人性、个别性、偶然性、随意性的行为，难以转化为时代性、群体性的实践。而黄庭坚却不再将对杜甫其人其诗的评价、阐释，与具体的、长期的学杜实践割裂开来，不再是默默地自行揣摩、偶尔摹仿，而是总结了一整套的学杜理论、方法，并将个人性的学杜实践发展为自觉、全面、成系统、有声势的追摹。在黄庭坚的带领、影响下，有明确目标引领、理论指导、方法规范的学杜，成为一种群体性、时代性的追求，成为一种大张旗鼓、大吹大擂的学杜运动。因此，黄庭坚成为北宋后期推动杜甫地位迅速提升、影响全面扩大的重要旗手。

一、学问化与点铁成金

作诗下语讲出处，风气应始于六朝。锺嵘《诗品》对此风气提出批评，并针锋相对地提出了"直寻"说。但此风到唐代仍然未能大减。唐韦绚所录《刘宾客嘉话录》记载的刘禹锡故事很有意思。

---

① 钱锺书《宋诗选注·黄庭坚》，生活·读书·新知三联书店 2007 年版，第 155 页。
② 魏景波《宋代杜诗学史》第一章专辟一节论述了才秀人微，与王安石同时的"真正全力以赴地取法杜诗的"强至（1022—1076）。中国社会科学出版社 2016 年版，第 84—95 页。

唐代日常食物中，糕很常见，但糕字是俗物字，以往典籍很少用到，六经中完全没有，为此刘禹锡不敢写入诗中。刘禹锡读杜甫《义鹘行》"巨颡拆老拳"，注意到"老拳"一词可能无出处，感到很疑惑。后来读《晋书·载记·石勒传》，见石勒与故人李阳的话中有"老拳""毒手"之语，刘禹锡才明白杜诗的来历，益加坚定了"用僻字须有来处"的观点①。刘禹锡这一观点，曾被宋祁嘲笑，宋祁《九日食糕》诗，有曰："刘郎不敢题糕字，虚负诗中一代豪。"② 刘禹锡不敢以糕字入诗和宋祁的嘲笑，后被邵博《邵氏闻见后录》等诸多笔记、诗话、类书广泛载录，成为文坛有名掌故。经过这样的传播，僻字、俗物字若无经史出处则不敢入诗的观点，被宋以来的读书界所否定。但是，所否定的似乎仅限于指向俗字、僻字，这个观点所承载的底层理念至少在宋代仍很顽强地被诗界主流圈子所接受和认同。作诗用字要讲来历，是很多诗人遵循的原则。而注家也莫不以挖掘诗家出处为主要追求。

在这一背景下，宋人读杜自然特别注意到杜诗背后的知识含量。最典型的说法当推孙觉（1028—1090）提出过的"老杜诗无两字无来历"之说，此说在任渊注黄庭坚《山谷诗内集》第一首时有引述③，后来赵次公注杜诗即以孙觉此说作为指导思想，宋末林希逸引用的赵注自序首段如下：

> 赵次公注杜诗用工极深，其自序云：余喜本朝孙觉莘老之
> 说，谓"杜子美诗无两字无来处"，又王直方立之之说，谓

---

① ［唐］韦绚录《刘宾客嘉话录》，《丛书集成初编》本，中华书局 1985 年版，第 1—2 页。

② ［宋］宋祁撰《景文集》卷二十四，影印《文渊阁四库全书》第 1088 册，上海古籍出版社 1987 年版，第 204 页。

③ ［宋］黄庭坚撰，［宋］任渊等注，刘尚荣校点《黄庭坚诗集注》，中华书局 2003 年版，第 1—2 页。

"不行一万里，不读万卷书，不可看老杜诗"。因留功十年注此诗，稍尽其诗，乃知非特两字如此耳，往往一字紧切，必有来处，皆从万卷中来。至其思致之妙，体格之多，非惟一时人所不能及，而古人亦有未到焉者。①

赵次公通过注杜，发现杜诗"非特两字如此耳，往往一字紧切，必有来处，皆从万卷中来"，实际上又是暗用黄庭坚的观点，这即是著名的"无一字无来处"说：

自作语最难，老杜作诗，退之作文，无一字无来处，盖后人读书少，故谓韩、杜自作此语耳。古之能为文章者，真能陶冶万物，虽取古人之陈言入于翰墨，如灵丹一粒，点铁成金也。……至于推之使高如泰山之崇，崛如垂天之云，作之使雄壮如沧江八月之涛，海运吞舟之鱼，又不可守绳墨，令俭陋也。②

这显然是对其岳父孙觉观点的继承与发展。孙说"无两字无来处"，面向的对象是杜诗中的双字词。黄庭坚改为"无一字无来处"之后，将对象扩大到了单字词，等于是说杜甫所用的一切字眼都有出处。这一说法显然有所夸大，因为杜诗显然既有"来历语"，也有"没来历语"③。孙觉和黄庭坚所提出的观点，将杜甫所谓"读书破万卷，下笔如有神"④ 视为"作诗之器"，坚信"读书开万卷"，韦

① ［宋］林希逸《竹溪鬳斋十一稿续集》卷三十，《宋集珍本丛刊》第83册，（北京）线装书局2004年版，第654页。
② ［宋］黄庭坚著，刘琳等点校《黄庭坚全集》正集卷十八《答洪驹父书》，中华书局2021年版，第425页。
③ 谢思炜《从有"来历"到"没来历"——试析杜诗语言运用的创新》，载《杜甫研究学刊》2017年第1期。
④ ［唐］杜甫著，［清］仇兆鳌注《杜诗详注》卷一《奉赠韦左丞丈二十二韵》，中华书局1979年版，第74页。

编三绝才能下笔左右逢源，故亦博极群书，哪怕生活艰苦困窘，也从不"辍读"：或写诗向人借书，道"愿公借我藏书目，时送一鸥开镴鱼"；或愿移居与藏书家为邻，谓"虽无季子六国印，要读田郎万卷书""我卜荆州三亩宅，读田家书从之游"①。

在这种观点之下，杜诗就成为知识库，读杜就是积累知识的过程。诗人以习杜的方式训练与提高诗才，结果就如同任渊在《黄陈诗注序》中所说："二家之诗，一字一句有历古人六七作者。盖其学该通乎儒、释、老、庄之奥，下至于医、卜、百家之说，莫不尽摘其英华，以发之于诗。"② 或者如赵翼《瓯北诗话》所说："北宋诗推苏、黄两家，盖才力雄厚，书卷繁富，实旗鼓相当。……山谷则书卷比坡更多数倍，几于无一字无来历。"③

在这种背景下，多读书，扩大知识面，就是诗人的基本功。黄庭坚将这种基本功的意义提升为：

> 词意高胜，要从学问中来尔。后来学诗者，时有妙句，譬如合眼摸象，随所触体得一处，非不即似，要且不是。若开眼，则全体见之，合古人处不待取证也。……作文字须摹古人，百工之技亦无有不法而成者也。
>
> 予友生王观复作诗，有古人态度，虽气格已超俗，但未能从容中玉珮之音，左准绳、右规矩尔。意者读书未破万卷，观古人之文章，未能尽得其规摹及所总览笔络，但知玩其山龙黼

---

① ［宋］黄庭坚著，刘琳等点校《黄庭坚全集》续集卷五《答徐甥师川》、正集卷一《题王仲弓兄弟巽亭》、外集卷九《闻致政胡朝请多藏书以诗借书目》、正集卷九《戏简朱公武刘邦直田子平五首》，中华书局 2021 年版，第 1862、5、1000、207—208 页。
② ［宋］任渊《黄陈诗注序》，见 ［宋］黄庭坚著，刘琳等点校《黄庭坚全集》附录三，中华书局 2021 年版，第 2216 页。
③ ［清］赵翼著，霍松林等校点《瓯北诗话》卷十一《黄山谷诗》，人民文学出版社 1963 年版，第 168 页。

斁成章耶？故手书柳子厚诗数篇遗之。①

黄庭坚强调多读书、提高学问，认为这是读诗、写诗的重要基础，是诗达到"词意高胜"，写作状态进入左右逢源的自由境界之必要条件。但是，他并不将知识、学问作为外在的装点，所以，并不主张"杂博"，他说："宜勉强于学问，岁月如流，须及年少精力读书，不贵杂博，而贵精深。"② 可见，读书的量与质，或者广度与深度都是他所讲求的。

在读书的范围中，他特别强调的是"治经"，一再说到"探经术""沉潜于经术"，如《答洪驹父书》："所寄《释权》一篇，词笔纵横，极见日新之效。更须治经，深其渊源，乃可到古人耳。"③ 即认为：在扩大阅读视野的同时，应优先读经部书。治经，不仅对写作有利，更重要的是经部书能给予人更为根本的思想、义理、情操层面的教养，这是读书人学问之本，超越写诗作文的功利目的。而从精神境界这一更为根本的层面来治经、读书，诗文才有源头活水。这就是黄庭坚诗学的基本内涵。在他之后，张戒《岁寒堂诗话》也有道："诗文字画，大抵从胸臆中出。子美笃于忠义，深于经术，故其诗雄而正。"④ 说法比黄庭坚具有更鲜明的诗论风格。

黄庭坚还特别重视熟读杜诗，用心玩味，他一再劝勉子侄后辈说：

---

① ［宋］黄庭坚著，刘琳等校点《黄庭坚全集》别集卷十一《论作诗文》、正集卷二十五《跋书柳子厚诗》，中华书局 2021 年版，第 1540—1541、592 页。
② ［宋］黄庭坚著，刘琳等点校《黄庭坚全集》别集卷十一《论作诗文》，中华书局 2021 年版，第 1540 页。
③ ［宋］黄庭坚著，刘琳等校点《黄庭坚全集》正集卷十八，中华书局 2021 年版，第 425 页。
④ ［宋］张戒撰《岁寒堂诗话》卷上，见丁福保辑《历代诗话续编》，中华书局 2006 年版，第 459 页。

> 如此作诗句，要须详略用事精切，更无虚字也。如老杜
> 诗，字字有出处，熟读三五十遍，寻其用意处，则所得多矣。①

在"字字有出处""更无虚字"之外，黄庭坚还强调在反复熟读杜甫诗句中含英咀华，"寻其用意"，领悟诗法。可见，在黄庭坚的诗学经验中，积累知识是起步，由知识通向诗法，是更为高级的阶段。

而从勤学熟读深思开始，黄庭坚常说的诗法，是他最有特色之处。具体理论包括"点铁成金"和"夺胎换骨"。

"点铁成金"出自前引《答洪驹父书》。黄庭坚一方面强调杜诗、韩文"无一字无来处"，另一方面又指出："古之能为文章者，真能陶冶万物，虽取古人之陈言入于翰墨，如灵丹一粒，点铁成金也。"②其中的"点铁成金"一语，周裕锴认为来自禅宗典籍，原是道教炼丹术，禅师们用来譬喻凡俗人的顿悟成佛，黄庭坚借用来比喻诗文创作中对"陈言"的改造、提炼、活用。在这个比喻中，诗人鲜活、精彩的"意"是"灵丹"，有此灵丹，陈言之"铁"立即变得不再是陈旧乃至僵死的形态，不再是用来限制、束缚诗"意"的令人生厌的死语，而被点化为"新鲜的富有表现力的语言"③。按照法国符号学"互文性"理论，任何文本都是对其他文本（尤其是前代文本）的吸收和转化。黄庭坚这一观点，强调的就是诗人学习和熟读杜诗，领悟杜诗潜含的前代文本在杜甫新建构的文本中仍然鲜活，富有多重滋味的奇妙效果。

"夺胎换骨"是黄庭坚更有名的理论，引见于释惠洪《冷斋夜话》，曰：

---

①② ［宋］黄庭坚著，刘琳等点校《黄庭坚全集》别集卷十一《论作诗文》、正集卷十八，中华书局2021年版，第1542、425页。
③ 周裕锴《宋代诗学通论》，巴蜀书社1997年版，第180页。

> 诗意无穷，而人之才有限。以有限之才，追无穷之意，虽渊明、少陵不得工也。然不易其意而造其语，谓之换骨法；规模其意形容之，谓之夺胎法。①

这个理论是因"人之才有限"而"诗意无穷"的矛盾而提出的解决方案。实际上其面对的是人的创造性的两种表现方式之选择，一是毫无依傍的、平地凭空起楼台，二是在前人基础上的发展、变化、提升。黄庭坚强调是的后一种方式。换骨法、夺胎法的具体含义，惠洪所引的话非常简略，后人有不同的理解。胡守仁先生的解释可能是最简洁、最得黄庭坚原义的，即换骨法是"用旧意造新语"，夺胎法是"旧意的引伸"②。也就是说：前者是直接借用前人的旧意，不作变化，但用自己新的语言来表达，重点放在词语、句式等方面的锤炼，力求与古人在语言上竞赛。后者则是将前人的旧意加以发展、变化，所用语言也可适当借用前人的用语而有所变化，重点放在回应古人已有诗意，以延伸发展或变化、反用为要。这一理论曾被金人王若虚等后世论家所诟病，认为这是倡导向前人剽窃。实际上，黄庭坚的"夺胎换骨"和"点铁成金"说一样，都在强调既要学习、借鉴前人的成果，又要能活化前人文本，表现新的意趣，成就新的创造③。

然而，林继中发表于 1991 年的论文指出："对杜甫的学习，也由王安石注重杜诗'诗史'与'仁义'的内涵，一退至黄山谷的力

---

① ［宋］释惠洪《日本五山版冷斋夜话》卷一《换骨夺胎法》，载张伯伟编校《稀见本宋人诗话四种》，江苏古籍出版社 2002 年版，第 17 页。
② 胡守仁《试论黄山谷诗》，载《胡守仁论文集》，江西人民出版社 2009 年版，第 444 页。
③ 查清华《黄庭坚与严羽的人格意识》："在学习前人的基础上超越前人，自成一家，建立宋诗的独特风貌，才是黄庭坚的历史使命。"载《江西师范大学学报》1992 年第 4 期。

倡'熟观杜子美夔州后古律诗，便得句法'，再退至江西后学'一句之内至窃数字'的模仿、抄袭。"① 这一观点稍有过粗之处，但从宋代诗学的全局看还是切中了要害。

二、从奇峭生新到平淡高深

王安石、苏轼和黄庭坚都学杜，但所得各不相同。按陈师道的看法，王安石所求的是"工"，苏轼所得的是"新"，黄庭坚则是"奇"②。如前所述，黄庭坚诗在二三十岁学韩、学杜的时候，显露了生新清奇的面貌，到元丰、元祐间，生新、奇峭、瘦硬的特色更赢得了"黄庭坚体"之名。然而，晚年被谪戎州以后，其诗却转为高古、平淡、质朴的风格，拨正了"黄庭坚体"的方向。

"黄庭坚体"的形成，是宋前期诗文革新派矫正、肃清晚唐五代与西昆诗风的延续与发展，是黄庭坚父辈兼学韩愈、杜甫影响下取得的成就。范温《潜溪诗眼》记述黄庭坚年轻时得到岳父孙觉指导的故事，曰：

> 山谷尝言，少时曾诵薛能诗云："青春背我堂堂去，白发欺人故故生。"孙莘老问云："此何人诗？"对曰："老杜。"莘老云："杜诗不如此。"后山谷语传师云："庭坚因莘老之言，遂晓老杜诗高雅大体。"传师云："若薛能诗，正俗所谓叹世耳。"③

晚唐诗人薛能《春日使府寓怀二首》其一的"青春背我堂堂去，白发欺人故故生"④ 两句的生命感慨，以警策、工整而不纤巧的对仗

---

① 林继中《杜诗学论薮》下编《杜诗与宋人诗歌价值观续论》，上海古籍出版社 2015 年版，第 324 页。
② ［宋］陈师道《后山诗话》："诗欲其好，则不能好矣。王介甫以工，苏子瞻以新，黄鲁直以奇。而子美之诗，奇常、工易、新陈莫不好也。"载［清］何文焕辑《历代诗话》，中华书局 2004 年版，第 306 页。
③ ［宋］范温撰《潜溪诗眼》，载郭绍虞辑《宋诗话辑佚》卷上，中华书局 1980 年版，第 327 页。
④ ［清］彭定求等《全唐诗》卷五百五十九，中华书局 1980 年版，第 6482 页。

形式表达，与宋诗的笔调很有几分相似，黄庭坚早年喜欢，甚至将其误认作杜诗。而孙觉则一眼就瞅出其与杜诗的根本不同。黄庭坚因而懂得了杜诗"高雅大体"，所指的就是杜诗语句背后的精神高度，以及体现在语句结构、声律中的力度，可与晚唐诗所代表的世俗"叹世"调子鲜明区别①。以这种认知来学习杜诗，很容易将韩愈诗中的硬语盘空、戛戛独造拿来理解杜诗，而根据从杜、韩两家的揣摩所得，黄庭坚诗就逐渐形成了兼近杜、韩而又别于杜、韩的奇峭瘦硬、生新朴拙之风。

"黄庭坚体"形成之后，他"非苦思不可为"② 的诗学主张，"虽只字半句不轻出"③ 的创作态度，越来越突出的是求深务奇、尚难避易的方向，以及使事用典、穷工极巧的特色。刘克庄将黄庭坚与以"天才笔力"著称于时的欧阳修、苏轼相比较，称其"荟萃百家句律之长，究极历代体制之变，搜猎奇书，穿穴异闻，作为古律，自成一家，虽只字半句不轻出，遂为本朝诗家宗祖"④，描述的就是"黄庭坚体"。钱志熙认为黄庭坚提倡苦思，是对北宋诗坛流行的率易化之风气的反拨，同时也是对唐人苦思锻炼的创作精神之接受与发扬⑤。然而，苏轼评黄庭坚有曰："鲁直诗文，如蝤蛑、江瑶柱，格韵高绝，盘飧尽废，然不可多食，多食则发风动气。"⑥

---

① ［宋］曾季貍《艇斋诗话》亦将相近事记在吕本中名下："唐人薛能诗云：'青春背我堂堂去，白发催人故故生。'有人举此诗，称其语意之美，吕东莱闻之笑曰：'此只如市井人叹世之词，有何好处？'予以东莱之言思之，信然。"载丁福保辑《历代诗话续编》，中华书局 2006 年版，第 288 页。

② ［宋］洪炎《豫章黄先生退听堂录序》引黄庭坚语，见［宋］黄庭坚著，刘琳等点校《黄庭坚全集》附录三，中华书局 2021 年版，第 2185 页。

③④ ［宋］刘克庄撰《江西诗派小序·山谷》，见丁福保辑《历代诗话续编》，中华书局 2006 年版，第 478 页。

⑤ 钱志熙《黄庭坚诗学体系研究》，北京大学出版社 2003 年版，第 225—227 页。

⑥ ［宋］苏轼撰，孔凡礼点校《苏轼文集》卷六十七《书黄鲁直诗后二首》其二，中华书局 1986 年版，第 2122 页。

钱锺书形容黄庭坚诗"给人的印象是生硬晦涩，语言不够透明，仿佛冬天的玻璃窗蒙上一层水汽、冻成一片冰花"①。可见，对"黄庭坚体"的突破实不可无。

从另一个方面看，五代到宋初的白体诗风，在仁宗朝以后仍存在一股惯性力量，而五代宋初作为潜流的李白诗风，在仁宗朝与白体有合流之势，并对当时的学韩、学杜产生一定的制约与影响，并为北宋后期的学陶风气奠定了一定的基础。处在这一背景下的黄庭坚，从早年到诗风成熟的时期，都有平淡的一面、传统的一面。钱志熙指出："熙宁、元丰、元祐时期，黄庭坚都有接近传统风格的诗，其中的律诗、古风不乏平淡邃美之作。而那些常被作为奇拗之代表的诗，在奇崛、健举之处也时现平淡之致。如《送王郎》《以小团龙赠无咎》这些诗，都是这样。在勤苦锻炼之外，还具有自然清芬的一面。不废神韵之道，每每在拗硬之中露妩媚之致。所以应该说，在法度之上求神韵，由苦思锻炼而造平淡邃美，一直是黄庭坚在诗美上的追求，不能纯粹看成是晚期的顿悟。"②

当然，黄庭坚晚年诗论确与典型的"黄庭坚体"有巨大的差异。如蔡絛《西清诗话》所记：

> 黄鲁直贬宜州，谓其兄元明曰："庭坚笔老矣，始悟抉章摘句为难。要当于古人不到处留意，乃能声出众上。"元明问其然，曰："庭坚六言近诗'醉乡闲处日月，鸟语花间管弦'

---

① 钱锺书《宋诗选注·黄庭坚》，生活·读书·新知三联书店 2007 年版，第 156 页。
② 钱志熙《黄庭坚诗学体系研究》，北京大学出版社 2003 年版，第 252 页。按，《王直方诗话》载张耒言曰："以声律作诗，其末流也，而唐至今谨守之。独鲁直一扫古今，直出胸臆，破弃声律，作五七言，如金石未作，钟声和鸣，浑然天成，有言外意。近来作诗者颇有此体，然自昔鲁直始也。"也对"黄庭坚体"与晚年诗的联系有清楚的认识。见郭绍虞辑《宋诗话辑佚》卷上，中华书局 1980 年版，第 101 页。

是也。"此优入诗家藩闽，宜其名世如此。①

黄庭坚所借以说明自己诗学进步的诗例，出自崇宁二年（1102）赠给新结识的后辈诗人高荷的《再用前韵赠子勉四首》。所引诗句对仗自然，意蕴深永，完全没有化用前人成句的痕迹，但又仿佛透出陶渊明以来典型的诗人生活意趣与诗美风韵，隐隐还有某些宋人道学精神的气息。这与黄庭坚过去以"抉章摘句"为务的追求，迥然有异。

黄庭坚晚年更著名的诗论还有《与王观复书》：

> 观杜子美到夔州后诗，韩退之自潮州还朝后文章，皆不烦绳削而自合矣。
>
> 但熟观杜子美到夔州后古律诗，便得句法。简易而大巧出焉，平淡而山高水深，似欲不可企及，文章成就，更无斧凿痕，乃为佳作耳。②

黄庭坚以杜甫晚年诗、韩愈晚年文为标准，提炼出了"不烦绳削而自合"和"平淡而山高水深"的特点。而如前所述，典型的"黄庭坚体"用力所在恰恰是"绳削""斧凿"，其基本面貌恰恰是求深务奇、尚难避易。但由绳削到不烦绳削，由斧凿到无斧凿痕，看似巨大转变，实为千锤百炼到炉火纯青、了无痕迹的艺术至境。而本来杜甫到夔州以后诗、韩愈自潮州还朝后文章，是否可以仅仅以平淡、深厚来概括，并不重要，重要的是黄庭坚却从杜诗、韩文中获得了此种领悟，感受到了平淡而深邃的诗美价值。

---

① ［宋］蔡絛《明钞本西清诗话》卷中，载张伯伟编校《稀见本宋人诗话四种》，江苏古籍出版社2002年版，第209页。

② ［宋］黄庭坚著，刘琳等点校《黄庭坚全集》正集卷十八《与王观复书》，中华书局2021年版，第420—421页。

黄庭坚晚年名作《武昌松风阁》《跋子瞻和陶诗》可为代表。在前一首中，前期凌厉奇肆的风格淡去了，将岑参《走马川行奉送封大夫出师西征》和杜甫《饮中八仙歌》的形式融合为一，又借用韩愈《山石》自如随意的用笔，在散淡的叙事、写景中，随意点染几笔，便透出了政治、社会感受和人生感慨。似散淡，似精醇，就是他本人所说的"简易而大巧出焉"之境界。后一首是为苏轼晚年所作《和陶集》所作的诗跋：

> 子瞻谪岭南，时宰欲杀之。饱吃惠州饭，细和渊明诗。彭泽千载人，东坡百世士。出处虽不同，风味乃相似。①

苏轼和陶诗始于元祐七年（1092）知扬州，至绍圣元年（1094）贬惠州，一百零九首，结为一集，黄庭坚以诗作跋。前四句叙事，后四句议论，不涉一句景语、情语，平淡质朴、不假修饰，以质朴平常语道来，却"自然深厚，精光内敛，隐有斩截之气，体现出黄诗的老成境界"②。但实际上，第三句是从杜甫《病后过王倚饮赠歌》"但使残年饱吃饭，只愿无事常相见"③化来，而"就体裁论，前半押平声韵，后半押去声韵，中二联又构成对偶，不今不古，古律参半，也算一种创格"④。

《苕溪渔隐丛话》引佚名《豫章先生传赞》云："山谷自黔州以后，句法尤高，笔势放纵，实天下之奇作。自宋兴以来，一人而已矣。"⑤ 黄庭坚诗的造句功夫在宋代是最有特色的，这与其盛年夺胎

① ［宋］黄庭坚著，刘琳等点校《黄庭坚全集》正集卷三《跋子瞻和陶诗》，中华书局2021年版，第70页。
② 刘松来、杜华平主编《中国古代文学作品选》，中国文联出版社2006年版，第346页。
③ ［唐］杜甫著，［清］仇兆鳌注《杜诗详注》卷三，中华书局1979年版，第200页。
④ 黄宝华撰《黄庭坚诗词文选评》，上海古籍出版社2003年版，第137页。
⑤ ［宋］胡仔纂集，廖德明校点《苕溪渔隐丛话》后集卷三十二《山谷下》，人民文学出版社1993年版，第245页。

换骨、点铁成金，穷工极巧的追求直接相关。而其晚年作品则与此不同，笔势放纵，而句法仍高。显然，这是法度纯熟，运用自如之后所能达到的老成境界。在这个阶段，极炼如不炼，看似平淡自然，实则精醇老到。朱弁《风月堂诗话》评价黄庭坚"乃独用昆体工夫，而造老杜浑成之地，今之诗人少有及者，此禅家所谓更高一著也"①，也应如此理解。其所谓"昆体工夫"当然指向的是黄庭坚曾对李商隐、韩偓、唐彦谦等晚唐诗人辞采流美、典丽繁富诗风学习的过程，这是"黄庭坚体"形成前历练的中间环节，其炉锤功夫，以及使事用典而至于又深又奇的面貌，有很强的相关性。在朱弁看来，黄庭坚晚年终于进入到"老杜浑成"的境地，是对他早年、盛期诗的巨大进步和超越。而从更根本处看，则可见黄庭坚涉入而超越李商隐，进入杜诗并隐与陶诗相会通的终极境界。前一半可能是黄庭坚与北宋中后期诗人很为不同的独特道路，后一半则属于当时人较为共性的方向，只是有人不自觉，而黄庭坚是高度自觉的选择。

三、"学杜而不为"与"学杜而不似杜"

黄庭坚以学问化的精神研读杜诗，以点铁成金、夺胎换骨的方法学习杜诗，并在以炼句、结构两方面切入造就了瘦硬奇峭的"黄庭坚体"之后，进而从杜甫夔州以来诗作中领悟了去除斧凿痕迹、返璞归真、回归自然的艺术极境。这是黄庭坚本人以学习杜诗为重点所形成的诗学经验，这对北宋后期以来众多文士自有垂范意义。但是从杜诗学习本身，黄庭坚还有另外几点值得引起注意。

首先，关于杜诗是否可充当一般人最优的学习对象，或者说学诗可否从与当下最切近处开始学习，黄庭坚很肯定地指出学诗应该

---

① ［宋］朱弁撰《风月堂诗话》卷下，中华书局 1991 年版，第 16 页。

而且必须以杜诗为学习典范:"学老杜诗,所谓刻鹄不成犹类鹜也。学晚唐诸人诗,所谓作法于凉,其敝犹贪,作法于贪,敝将若何?"① 这话应包含两方面的内涵:一,学杜诗是取法乎上。根据取法乎上,仅得其中;取法乎中,仅得其下的规律,因杜诗是诗歌的最高典范,具有其他对象无可企及的成就,学习杜诗是最正确的选择,最不容易出偏的选择。二,杜甫是很讲究诗法的人,杜诗包含有无穷的法门,学习杜诗,从中学习诗法,有利于形成法度意识、规范意识,学诗由此入门是最少弊端的。

其次,正如许尹《黄陈诗注序》所说,黄庭坚是"本于老杜而不为者也"②,陈师道也是如此。在他们影响下,据方勺《泊宅编》所载:"崔鷗能诗,或问作诗之要,答曰:'但多读而勿使,斯为善。'"③ 可见,他们认识到:下功夫读书,目的不是为了把所读的东西变成入诗的材料。换言之,熟读杜诗,不是为了把杜诗的词句当典故直接写进自己诗中。到了这里,有个矛盾凸显出来了,这就是:一方面黄庭坚是"大吹大擂地学杜",另一方面却是"本于老杜而不为"。

张戒《岁寒堂诗话》记载过张戒与吕本中关于黄庭坚学杜诗的一则对话:

> 往在桐庐见吕舍人居仁,余问:"鲁直得子美之髓乎?"居仁曰:"然。""其佳处焉在?"居仁曰:"禅家所谓死蛇弄得活。"余曰:"活则活矣,如子美'不见旻公三十年,封书寄与泪潺湲。旧来好事今能否?老去新诗谁与传。'此等句鲁直少

---

① [宋]黄庭坚著,刘琳等点校《黄庭坚全集》外集卷第二十一《与赵伯充》,中华书局 2021 年版,第 1244 页。
② [宋]许尹《黄陈诗注序》,[宋]黄庭坚著,刘琳等点校《黄庭坚全集》附录三"历代序跋",中华书局 2021 年版,第 2217—2218 页。
③ [宋]方勺《泊宅编》卷九,中华书局 1983 年版,第 53 页。

日能之。'方丈涉海费时节，玄圃寻河知有无。桃源人家易制度，橘州田土仍膏腴。'此等句鲁直晚年能之。至于子美'客从南溟来'，'朝行青泥上'，《壮游》《北征》，鲁直能之乎？如'莫自使眼枯，收汝泪纵横。眼枯却见骨，天地终无情'，此等句鲁直能到乎？"居仁沉吟久之曰："子美诗有可学者，有不可学者。"余曰："然则未可谓之得髓矣。"①

作为江西诗派的重要传人，吕本中对黄庭坚学杜的成功深信不疑、赞赏不已，借用禅家"解弄死蛇活泼泼"的譬喻来评价黄庭坚诗灵活运用杜诗材料，使固化在杜诗中的成词旧句由死材料变成了黄诗中鲜活的意象。但是，张戒却以具体实例说明黄庭坚学杜虽然也有成长，但只有一部分学到了，还有很多没有学到。可见张戒实际是认为黄庭坚称不上是善学杜者，因为他还没有得到杜诗神髓。

　　不过，张戒的观点，背后是"学杜而似"的观念。清人王士禛《带经堂诗话》云："山谷虽脱胎于杜，顾其天资之高，笔力之雄，自辟庭户。宋人作《江西宗派图》，极尊之，配食子美，要亦非山谷意也。"② 其《香祖笔记》又云："予谓从来学杜者无如山谷，山谷语必己出，不屑稗贩杜语，后山、简斋之属都未梦见。"③ 虽然注意到黄庭坚诗"不屑稗贩杜语"，迥异于一般学杜者之似杜，但却对黄庭坚"脱胎于杜"而"自辟庭户"高度称赞，认为"从来学杜者无如山谷"。可见，王士禛已完全放弃了张戒"学杜而似"的观念。清末方东树《昭昧詹言》观点近似："山谷之学杜、韩，在于

---

① [宋]张戒《岁寒堂诗话》卷上，见丁福保辑《历代诗话续编》，中华书局2006年版，第463页。
② [清]王士禛《带经堂诗话》卷四，人民文学出版社1963年版，第96页。
③ [清]王士禛《香祖笔记》卷二，上海古籍出版社1982年版，第39页。

解创意造言不肯似之，政以离而去之为难能。"① 金武祥《粟香随笔》云："李义山极不似杜，而善学杜者无过义山；黄山谷极不似杜，而善学杜者无过山谷。以山谷配杜固不必也，然而山谷诗处处皆杜法也。"② 则以师杜为下，活用杜法为高。而邵祖平《无尽藏斋诗话》又概括了学杜的三种类型："古今诗人学杜甫者多矣，而卓然可自成一家者，李义山、黄山谷、元遗山三人而已。李学杜得其雅，黄学杜得其变，元学杜得其全。皆若似杜而非杜，非杜而似杜。既不甘为古人臣仆，亦不忘其初祖，此真善学杜甫者也。"③ 明显以"似杜而非杜，非杜而似杜"为"善学杜甫者"。关于这点，莫砺锋作出的阐释为："黄庭坚学习杜甫，就重在从杜诗中得到某种启发而有助于自己的创新，所以黄诗自是黄诗，并不类似杜诗。"④ 可见，黄庭坚"大吹大擂地学杜"，与"本于老杜而不为"并不矛盾，"学杜而不为"与"学杜而不似杜"恰恰是黄庭坚学杜与一般人学杜的不同所在。

由黄庭坚所闯出的学杜路子，林继中认为其实质是"要杜子美以宋人为标准"，因而"是宋人以自己时代的诗歌价值观'请杜就范'的过程"⑤。但是，黄庭坚以学杜相号召，而能领袖一代，引领宋诗继续向前发展，恰恰在于他是根据"自己时代的诗歌价值观"的需要来从前人那里获得启悟，而不是简单地抄袭前人。杜诗学进入这个环节，从杜甫被明确奉为诗家不祧之祖的角度看，是走向高

---

① ［清］方东树著，汪绍楹校点《昭昧詹言》卷八《杜公》，人民文学出版社 1961 年版，第 212 页。

② 金武祥《粟香随笔》卷五，《续修四库全书》子部第 1183 册，上海古籍出版社 2002 年版，第 306 页。

③ 邵祖平《无尽藏斋诗话》（四），载《学衡》第 21 期，1923 年 9 月，第 128 页。

④ 莫砺锋《莫砺锋文集》卷一《江西诗派研究》，凤凰出版社 2019 年版，第 45 页。

⑤ 林继中《杜诗学论薮》下编《杜诗与宋人诗歌价值观续论》，上海古籍出版社 2015 年版，第 321 页。

峰的标志，但是，从"请杜就范"的学杜态度看，又难免丢失杜诗原初真义，并有可能使杜诗学走向衰落。

第三节　江西诗派学杜的热潮与转向

南宋永嘉学派代表人物叶适，评价杜甫在北宋后期诗坛的崇高地位时指出："庆历、嘉祐以来，天下以杜甫为师，始黜唐人之学，而江西宗派章焉。"①一方面将江西诗派的发展壮大与尊杜、学杜之举紧密联系起来，并以杜诗为有别于"唐人之学"的宋诗典范，另一方面则揭出了当时文人普遍尊崇杜甫、效法杜诗的社会氛围。与此同时，江西诗派的学杜重心也得到突出，即注重形式工巧与强调道德人格、忠爱精神。陈师道与陈与义的先后创作，堪称此间风气转向的典型代表。通过"二陈"，亦可见出黄庭坚学杜的两大取向在北宋后期到两宋之交的不同影响。

一、"杜诗热"与江西诗学转向

伴随着江西诗学的兴起，杜诗成为世人学诗的最大热门。江西派后学赵蕃在读黄庭坚之甥徐俯《东湖集》后就特别感叹"世竞江西派，人吟老杜诗"②，这是北宋后期至南宋前期江西诗风的盛行以及宗杜风尚的实情。

叶梦得在《避暑录话》中记载了发生于宋哲宗绍圣年间（1094—1098）的两则逸闻轶事：

> 吴门下喜论杜子美诗，每对客，未尝不言，绍圣间为户部

---

① ［宋］叶适著，刘公纯等点校《叶适集·水心文集》卷十二《徐斯远文集序》，中华书局 2010 年版，第 214 页。
② ［宋］赵蕃撰《淳熙稿》卷九《读东湖集二首（其一）》，影印《文渊阁四库全书》第 1155 册，上海古籍出版社 1987 年版，第 141 页。

尚书。叶涛致远为中书舍人。待漏院每从官晨集，多未厌于睡，往往即坐倚壁假寐，不复交谈。惟吴至，则强之与论杜诗不已，人以为苦。致远辄迁坐于门外檐次。一日，忽大雨飘洒，同列呼之不至，问其故，曰："怕老杜诗。"梁中书子美亦喜言杜诗，余为中书舍人时，梁正在本省，每同列相与白事，坐未定，即首诵杜诗，评议锋出，语不得闲，往往迫上马，不及白而退。每令书史取其诗稿示客，有不解意，以录本至者，必瞑目怒叱曰："何不将我真本来。"故近岁谓杜诗，人所共爱，而二公知之尤深。①

这篇文献实际介绍了两位酷爱杜诗的超级"粉丝"。第一则趣事发生在绍圣元年（1094），主人公是与苏、黄几乎同时代的吴居厚②。当时早朝前，官僚们都要在待漏院等候。由于时辰很早，天还没亮，还没睡够，往往大家都靠墙坐着打盹。只是吴居厚一来，就特别喜欢找人谈论杜诗。与苏轼交谊甚厚的叶涛是著名诗人，怕被吴拉着喋喋不休争论杜诗而不得清净，于是索性躲在门外走廊休息。某日瓢泼大雨，叶涛宁可淋雨也不肯进屋，说是"怕老杜诗"，其实就是对吴居厚论杜的狂热表现招架不住。第二则逸闻约发生在绍圣四年（1097），主人公是梁子美。据叶梦得亲历所见③，每当同僚准备与梁子美议事时，还没就座，梁即诵杜诗且滔滔不绝评论开

---

① [宋]叶梦得《避暑录话》，程毅中主编、王秀梅等编录《宋人诗话外编》第一册，中华书局 2017 年版，第 364 页。

② 吴居厚（1039—1114），宋仁宗嘉祐八年（1063）中进士。绍圣元年（1094），以集贤殿修撰起用为江、淮、荆、浙转运使，掌管东南六路漕运，兼管制茶、盐等事。在任上，疏浚运河，以利漕运和灌溉农田，为此升户部侍郎、户部尚书。后晋光禄大夫，以中书侍郎加门下侍郎。故称"吴门下"。

③ 梁子美（1046—1123），由荫补入仕。绍圣三年（1096），由湖南提举常平除广西提点刑狱。徽宗即位，拜户部尚书兼开封府尹，尚书左右中丞，中书侍郎，故称"梁中书"。叶梦得（1077—1148），绍圣四年（1097）登进士第。由此推断，这则叶梦得入仕后亲历之见闻大致是发生在绍圣四年（1097）。

来，往往直到必须离开时还来不及说事。每回有客人读不明白抄录的杜集时，他就生气地大骂文书官怎么不取来他的手稿本。由此可见，北宋后期士林热衷读杜、论杜成为一时风气，这两位故事主人公是个中典型。

其实，这一时期人远不止热衷切磋读杜心得，还特别擅长运用杜诗。如《王直方诗话》载"徐师川诗同杜子美"条曰："徐师川《紫宸早朝诗》一联云：'黄气远临天北极，紫宸位在殿中央。'以予观之，乃全是杜子美'玉几犹来天北极，朱衣只在殿中间'一联也。"① 徐俯是江西诗派前期主要成员之一，其诗学黄庭坚，又由黄入杜，从而规模杜句的痕迹十分明显。又如，时人张表臣在《珊瑚钩诗话》中点明了杜诗在当时的火爆程度与标杆地位："如今人称文字警绝，谓之'扫凡马'，取杜甫'一扫万古凡马空'也。"② 如此可窥杜诗已进入世人的认知系统，成为了一种人所共识的共同语。

钱锺书说："北宋末南宋初的诗坛差不多是黄庭坚的世界。"③ 由于宋人学黄的热情异常高涨，北宋后期进入了江西诗派影响扩大、宋诗面貌愈加清晰的重要阶段。在黄庭坚极力推尊杜甫并大张旗鼓地号召学杜的精神引领下④，江西诗派众人纷纷将杜甫从道德人格化身、风雅遗义代表的认识中逐渐扩大开来，逐渐把对杜诗法度与创新技巧的积极探索作为首要学习目标⑤。这就意味着宋代杜诗学此时已普遍由崇拜杜甫思想精神转变为师法杜诗艺术表现的实践阶段。

---

① ［宋］王直方《王直方诗话》，郭绍虞辑《宋诗话辑佚》卷上，中华书局 1980 年版，第 98 页。
② ［宋］张表臣《珊瑚钩诗话》卷二，［清］何文焕辑《历代诗话》，中华书局 2004 年版，第 461 页。
③ 钱锺书《宋诗选注·汪藻》，生活·读书·新知三联书店 2007 年版，第 193 页。
④ 参莫砺锋《莫砺锋文集》卷一《江西诗派研究》，凤凰出版社 2019 年版，第 37 页。
⑤ 参葛晓音《杜诗艺术与辨体》，北京大学出版社 2018 年版，第 9 页。

二、陈师道的山谷诗法与学杜追求

与黄庭坚齐名的陈师道，被方回推举为江西诗派"三宗"之一。其学杜由黄庭坚而入，浸润着浓厚的江西诗学特色：除了从做人品节上加强修养，并以此作为学诗的基础外，还特别讲求方法、技巧。翻读整部《后山诗集》，能很直观地看到无一句无来历、无一篇无杜诗的特殊现象。在陈师道的诗作中，既渗透着鲜明的山谷诗法，又体现出以朴拙为工的学杜追求。

为人耿介、尊师重道的陈师道，在诗歌方面由衷地钦佩黄庭坚，乃至折节而学之。据朱弁《风月堂诗话》载：

> 陈无己与晁以道俱学文于曾子固，子固曰："二人所得不同，当各自成一家，然晁文必以著书名于世。"无己晚得诗法于鲁直，他日二人相与论文，以道曰："吾曹不可负曾南丰。"又论诗，无己曰："吾此一瓣香，须为山谷道人烧也。"①

陈师道早年从曾巩学文，颇有所得，曾发愿"向来一瓣香，敬为曾南丰"②，为此还婉拒拜入苏轼门下，然终为黄庭坚诗折服。不止如此，他在《答秦觏书》中还自述道"仆于诗，初无法师，然少好之，老而不厌，数以千计。及一见黄豫章，尽焚其稿而学焉"，甚至还断言"仆之诗，豫章之诗也"③。一个自幼好诗、习作无数的诗家，大抵早摸索出一些适合自己的诗法，但一接触到黄庭坚诗，就立即舍弃自我路数而追步其后，足见是从内心深处崇拜黄庭坚、信服黄庭坚所建构的一整套作诗法度。

---

① 〔宋〕朱弁《风月堂诗话》卷上，中华书局 1991 年版，第 7 页。
② 〔宋〕陈师道撰，任渊注，冒广生补笺，冒怀辛整理《后山诗注补笺》卷三《观兖国文忠公家六一堂图书》，中华书局 1995 年版，第 99 页。
③ 〔宋〕陈师道《后山集》卷九《答秦觏书》，影印《文渊阁四库全书》第 1114 册，上海古籍出版社 1987 年版，第 602 页。

　　对于陈师道转而学诗于黄庭坚之举，宋人看法有所不同。第一种认识以《朱子语类》所载朱熹之说为代表：

> （林）择之云："后山诗恁地深，他资质尽高，不知如何肯去学山谷。"曰："后山雅健强似山谷，然气力不似山谷较大，但却无山谷许多轻浮底意思。然若论叙事，又却不及山谷。山谷善叙事情，叙得尽，后山叙得较有疏处。"①

黄、陈二家诗，在朱熹看来，各臻其妙、各有短长。若论雅正遒劲，后山是超过山谷的；若论气魄宏大，后山又有所不及。后山诗好在了无山谷诗的轻浮气息，山谷诗则高在善于叙事而略无阙失。鉴于此，后山宁愿尽弃己作，也要向山谷学诗，也是可以理解的。

　　第二种认识即陈振孙在《直斋书录解题》中分辨指出："后山虽曰见豫章之诗，尽弃其学而学焉，然其造诣平澹，真趣自然，实豫章之所缺也。"② 这就明确了陈师道在转向黄庭坚学诗的过程中，其实并非全然舍弃了自我风格。尤其他所创造的"平澹"之风与"真趣自然"，恰是黄庭坚到晚年才凸显的方向。

　　第三种认识来自刘克庄《江西诗派小序》中所作的一番精妙阐释：

> 后山树立甚高，其议论不以一字假借人，然自言其诗师豫章公。或曰："黄陈齐名，何师之有？"余曰："射较一镞，奕角一着，惟诗亦然。后山地位去豫章不远，故能师之。若同时秦、晁诸人，则不能为此言矣。此惟深于诗者知之。文师南丰，

---

① ［宋］黎靖德编，王星贤点校《朱子语类》卷一百四十，中华书局1986年版，第3334页。
② ［宋］陈振孙撰，徐小蛮、顾美华点校《直斋书录解题》卷二十，上海古籍出版社2015年版，第593页。

　　诗师豫章，二师皆极天下之本色，故后山诗文高妙一世。"①

在刘克庄看来，陈师道是自我定位很高，这种高远格局决定了他发议论能自出机杼、别有风骨。即使如此，他还十分谦逊、主动向他人学诗，于是引发了一种齐名与师法之间关系的疑惑。而刘克庄在此给出的解释是：作诗最讲究关捩处的决胜能力。换言之，黄庭坚作诗在紧要关节上，要比陈师道略胜一筹。更有意思的是，刘克庄还给出一个观点：不是所有人都能学得了山谷诗的。言下之意，黄、陈二家功力相去不远，才有从学、精进之可能。而同时之秦观、晁补之辈，尚无从师法于黄。就中水平高下，一目了然。至于陈师道诗文能在当世出类拔萃，也正是向曾巩学文、黄庭坚学诗，取法乎上的结果。

　　与陈师道全然倾心山谷诗法几乎同步的是，当时文人也多推重陈师道。就连黄庭坚都不禁在《奉和文潜赠无咎篇末多见及，以"既见君子，云胡不喜"为韵》其八写道：

　　　　吾友陈师道，独抱门扫轨。晁张作荐书，射雉用一矢。吾闻举逸民，故得天下喜。两公阵堂堂，此士可摩垒。②

读诗可知，黄庭坚是将陈师道视作友人而非弟子的，已见礼重之意。且他深谙此友闭门扫轨、不通人情世故的孤僻性情，但当时名满天下的"苏门四学士"中，晁补之、张耒二人却同时推举如此遁世的陈师道，这令黄庭坚都深感陈师道诗早已声名远播，就凭这两公大加称赏的阵势，也足可匹敌自己、构成一定挑战了。换言之，

----

① ［宋］刘克庄《江西诗派小序·后山》，丁福保辑《历代诗话续编》，中华书局 2006 年版，第 478—479 页。
② ［宋］黄庭坚著，刘琳等点校《黄庭坚全集》正集卷一，中华书局 2021 年版，第 13 页。

黄庭坚也非常认同他们对于陈师道的大力揄扬。

　　不惟如此，黄庭坚在一封《与王立之》的书信中，还特别向人赞赏过陈师道的创作原则："小诗若能令每篇不苟作，须有所属乃善。顷来诗人惟陈无己得此意，每令人叹伏之。盖渠勤学不倦，味古人语精深，非有为不发于笔端耳。"① 着意强调陈师道"每篇不苟作""非有为不发"，都在赞赏他这种十分审慎、严谨的创作态度。具体看来，陈师道作过一组诗《次韵秦少游春江秋野图》云：

> 翰墨功名里，江山富贵人。倏看双鸟下，已负百年身。

> 江清风偃木，霜落雁横空。若个丹青里，犹须著此翁。②

这组题画诗，标明"次韵"之作，在秦观诗中并不作"春江秋野图"，而题作《题赵团练江干晚景四绝》，其一、三两首与此次韵诗无甚关联，而其二、四两首则依次云：

> 鸟外云峰晚，沙头草树晴。想初挥洒就，侍女一齐惊。

> 晓浦烟笼树，春江水拍空。烦君添小艇，画我作渔翁。③

两相对读，在陈师道这两首诗中，前一首叶韵字"人""身"与秦观原作用韵"晴""惊"二字，虽都是平声，但并不属于同一韵部。细读之下，便不难发现，陈师道是选取了"鸟外云峰晚"之意而写其画中景致，同时借助化用杜诗"长为万里客，有愧百年身"④ 句，抒发

---

① ［宋］黄庭坚著，刘琳等点校《黄庭坚全集》外集卷二十一，中华书局 2021 年版，第 1244 页。

② ［宋］陈师道撰，任渊注，冒广生补笺，冒怀辛整理《后山诗注补笺》卷二，中华书局 1995 年版，第 92 页。

③ ［宋］秦观撰，徐培均笺注《淮海集笺注》卷十一，上海古籍出版社 1994 年版，第 481、483 页。

④ ［唐］杜甫著，［清］仇兆鳌注《杜诗详注》卷十七《中夜》，中华书局 1979 年版，第 1461 页。

了光阴似箭、人生易逝之感。而其后一首诗，除契合了"次韵"原则外，还一面采撷了杜诗"长林偃风色"①"秋色凋春草，王孙若个边"② 句意，一面又紧承了秦观的用世之志与"小艇""渔翁"之思的由来，故其诗语背后的具体时事，以及牵动人物的复杂心态，由此可见一斑。宋末人蔡正孙在《诗林广记》中选录了陈师道这组诗后，还特意征引了黄庭坚之说，并叹服道"观此二诗，信鲁直之善论也"③。

其实，黄庭坚何止"善论"陈师道。他提出的"闭门觅句陈无己，对客挥毫秦少游。正字不知温饱未，西风吹泪古藤州"④，无疑为陈师道树立了苦吟诗人的形象，还是那种不食人间烟火的诗痴形象。后来，《朱子语类》中进一步补充道："'闭门觅句陈无己，对客挥毫秦少游。'无己平时出行，觉有诗思，便急归，拥被卧而思之，呻吟如病者，或累日而后成，真是'闭门觅句'。"⑤ 不同于黄庭坚为陈师道殚精竭虑作诗而不顾生活穷困的执着精神所感动，朱熹则更细致生动地展现了一个诗人在寻找诗思与苦吟觅句之间真实的艰辛与快乐。个中滋味，惟有陈师道自己才最清楚。所以，当他总结一生创作心得时，非常感慨地写道：

> 此生精力尽于诗，末岁心存力已疲。不共卢王争出手，却
> 思陶谢与同时。⑥

---

① [唐] 杜甫著，[清] 仇兆鳌注《杜诗详注》卷十三《自阆州领妻子却赴蜀山行三首（其二）》，中华书局 1979 年版，第 1102 页。
② [唐] 杜甫著，[清] 仇兆鳌注《杜诗详注》卷二十二《哭李尚书》，中华书局 1979 年版，第 1918 页。
③ [宋] 蔡正孙《诗林广记》后集卷六，中华书局 1982 年版，第 323 页。
④ [宋] 黄庭坚著，刘琳等点校《黄庭坚全集》正集卷九《病起荆江亭即事十首》其八，中华书局 2021 年版，第 203 页。
⑤ [宋] 黎靖德编，王星贤点校《朱子语类》卷一百四十，中华书局 1986 年版，第 3330 页。
⑥ [宋] 陈师道撰，任渊注，冒广生补笺，冒怀辛整理《后山诗注补笺》卷四《绝句》，中华书局 1995 年版，第 153—154 页。

这首诗前两句被认为暗合了司马光《进呈资治通鉴表》中所云"臣之精力，尽于此书"之语①，实则确是诗人自抒怀抱的一种真实写照；第三句着意表达不屑与"卢王"之辈为伍，明显迥异于杜甫对"杨王卢骆当时体，轻薄为文哂未休。尔曹身与名俱灭，不废江河万古流"②的高度肯定。究其原因，陈师道所处的时代，杜诗已是人所共识的诗学典范，那些体现初唐时代精神的"当时体"，自然不会是宋人乐于效法的对象了。尽管如此，杜甫还有一些诗学观，对陈师道又产生了直接而深刻的影响。末句"却思陶谢与同时"，显然化自杜诗"焉得思如陶谢手，令渠述作与同游"③。而据《杜诗详注》辑录，明末人王嗣奭作《杜臆》时，特意玩味过这两句，并由此赞叹道"公盖以陶、谢诗为惊人语也，此惟深于诗者知之"④。其实，陈师道非但极为崇拜杜甫所景仰的"陶谢"，还非常认同杜甫所主"为人性僻耽佳句，语不惊人死不休"⑤的创作理念，同样表达出"文章末技将自效，语不惊人神可吓"⑥的强烈心声。由此可见，他在潜意识中是很想自创新词、造语惊人的。但追随黄庭坚学杜的陈师道，深受其"自作语最难，老

---

① 〔宋〕胡仔纂集，廖德明校点《苕溪渔隐丛话》后集卷三十三："履常绝句云：'此生精力尽于诗，末岁心存力已疲。与温公《进呈资治通鉴表》云'臣之精力，尽于此书'之语，共相吻合，岂偶然邪？"人民文学出版社 1962 年版，第 251 页。
② 〔唐〕杜甫著，〔清〕仇兆鳌注《杜诗详注》卷十一《戏为六绝句》其二，中华书局 1979 年版，第 899 页。
③ 〔唐〕杜甫著，〔清〕仇兆鳌注《杜诗详注》卷十《江上值水如海势聊短述》，中华书局 1979 年版，第 810 页。按，杜甫对陶诗评价甚高，但并不认同陶渊明的人生选择，故有"陶潜避俗翁，未必能达道。观其著诗集，颇亦恨枯槁"（《遣兴五首》其三）之说。
④ 〔唐〕杜甫著，〔清〕仇兆鳌注《杜诗详注》卷十《江上值水如海势聊短述》，中华书局 1979 年版，第 810 页。按，〔明〕王嗣奭《杜臆》卷四《江上值水如海势聊短述》不载此句，上海古籍出版社 1983 年版，第 146 页。
⑤ 〔唐〕杜甫著，〔清〕仇兆鳌注《杜诗详注》卷十《江上值水如海势聊短述》，中华书局 1979 年版，第 810 页。
⑥ 〔宋〕陈师道撰，任渊注，冒广生补笺，冒怀辛整理《后山诗注补笺》卷二《出清口》，中华书局 1995 年版，第 84 页。

杜作诗，退之作文，无一字无来处"① 的观念熏染，在已意识到了"诗非力学可致，正须胸肚中泄尔"② 的同时，却仍不免走向致力于精研诗法这种具体而微层面的学杜之路。

值得注意的是，陈师道学杜的理论主张与创作实践也并不一致。张表臣在《珊瑚钩诗话》中记载了一段重要的论诗对话：

> 陈无己先生语余曰："今人爱杜甫诗，一句之内，至窃取数字以仿像之，非善学者。学诗之要，在乎立格、命意、用字而已。"余曰："如何等是？"曰："《冬日谒玄元皇帝庙诗》，叙述功德，反复外意，事核而理长。《阆中歌》，辞致峭丽，语脉新奇，句清而体好，兹非立格之妙乎？《江汉诗》，言乾坤之大，腐儒无所寄其身。《缚鸡行》，言鸡虫得失，不如两忘而寓于道，兹非命意之深乎？《赠蔡希鲁诗》云'身轻一鸟过'，力在一'过'字，《徐步》诗云'蕊粉上蜂须'，功在一'上'字，兹非用字之精乎？学者体其格，高其意，炼其字，则自然有合矣。何必规规然仿像之乎！"③

陈师道认为，在字摹句拟中刻意求似，不是学杜的正确打开方式，"立格、命意、用字"才是"善学"的要领。故其首言"立格"，即强调诗人须有大格局、大胸怀，诚如杜诗描摹山水形胜那般清丽奇伟、气魄宏大；次言"命意"，即注重诗歌内容要含蓄蕴藉、寓意深沉，亦如杜甫超越自我而归于大道的仁者情怀；末言"用字"，

---

① ［宋］黄庭坚著，刘琳等点校《黄庭坚全集》正集卷十八《答洪驹父书》，中华书局2021年版，第425页。
② ［宋］陈师道《后山诗话》，［清］何文焕辑《历代诗话》，中华书局2004年版，第302页。
③ ［宋］张表臣《珊瑚钩诗话》卷二，［清］何文焕辑《历代诗话》，中华书局2004年版，第464页。

才落实到讲求技法层面，更见杜诗炼字精妙、无可替代的艺术效果。由此可见，陈师道是以树立高眼界、酝酿深内涵、锻炼好语言三者同时为学杜之法的，并相信这比邯郸学步式的仿拟，要更自然有效、更贴近杜诗。

话虽如此，但陈师道这套堪称人间清醒、认识到位的理论说辞，终究还是让步于杜诗有法度可循、最适合模仿的操作实践了。据葛立方《韵语阳秋》反映：

> 鲁直谓陈后山学诗如学道，此岂寻常雕章绘句者之可拟哉。客有为余言后山诗，其要在于点化杜甫语尔。杜云"昨夜月同行"，后山则云"勤勤有月与同归"。杜云"林昏罢幽磬"，后山则云"林昏出幽磬"。杜云"古人去已远"，后山则云"斯人日已远"。杜云"中原鼓角悲"，后山则云"风连鼓角悲"。杜云"暗飞萤自照"，后山则云"飞萤元失照"。杜云"秋觉追随尽"，后山则云"林湖更觉追随尽"。杜云"文章千古事"，后山则曰"文章平日事"。杜云"乾坤一腐儒"，后山则曰"乾坤著腐儒"。杜云"孤城隐雾深"，后山则曰"寒城著雾深"。杜云"寒花只暂香"，后山则云"寒花只自香"。如此类甚多，岂非点化老杜之语而成者？余谓不然。后山诗格律高古，真所谓"碌碌盆盎中，见此古罍洗"者。用语相同，乃是读少陵诗熟，不觉在其笔下，又何足以病公。[1]

尽管这里"客"用了"点化"二字来称美陈师道对杜诗字句的袭用、妙用，但葛立方并不认同，而认为这是他熟读杜诗后不自觉地内化为自我语言的一种表现。由此，其实回应了黄庭坚对陈师道"学

---

[1] ［宋］葛立方《韵语阳秋》卷二，［清］何文焕辑《历代诗话》，中华书局2004年版，第495页。

诗如学道"的高评，肯定了他超越了一般意义上的刻意雕琢字句。

对于这一问题，钱锺书在《宋诗选注》中作过分辨："陈师道摹仿杜甫句法的痕迹比黄庭坚来得显著。他想做到'每下一俗间言语'也'无字无来处'，可是本钱似乎没有黄庭坚那样雄厚，学问没有他那样杂博，常常见得竭蹶寒窘。他曾经说自己做诗好像'拆东补西裳作带'，又说'拆补新诗拟献酬'，这也许是老实的招供。因此，尽管他瞧不起那些把杜甫诗'一句之内至窃取数字'的作者，他的作品就很犯这种嫌疑。"还说："只要陈师道不是一味把成语古句东拆西补或者过分把字句简缩的时候，他可以写出极朴挚的诗。"①

诚然，陈师道最接近杜诗品格之作，皆是朴拙自然的。如其《示三子》叙儿女亲情，直抒"了知不是梦，忽忽心未稳"②的复杂心态，虽是化用了杜甫《羌村三首》其一的末句，但却特别入情入境、真实动人。蔡正孙《诗林广记》引其师谢枋得评《示三子》曰："杜子美乱后见妻子诗云：'夜阑更秉烛，相对如梦寐。'辞情绝妙，无以加之。晏词窃其意云：'今宵剩把银釭照，犹恐相逢是梦中。'周词反其意云：'夜永有时分明，枕上觑着孜孜地。烛暗时酒醒，元来又是梦里。'皆不如后山祖杜工部之意，著一转语：'了知不是梦，忽忽心未稳。'意味悠长，可与杜工部争衡也。"③这种在不事雕琢中踵武杜诗之作，才是真正体现了陈师道"宁拙毋巧，宁朴毋华，宁粗毋弱，宁僻毋俗，诗文皆然"④的创作主张。

---

① 钱锺书选注《宋诗选注》，生活·读书·新知三联书店 2007 年版，第 163 页。
② ［宋］陈师道撰，［宋］任渊注，冒广生补笺，冒怀辛整理《后山诗注补笺》卷二，中华书局 1995 年版，第 54 页。
③ ［宋］蔡正孙撰《诗林广记》后集卷六，中华书局 1982 年版，第 317 页。按，"夜永有时分明，枕上觑着孜孜地。烛暗时酒醒，元来又是梦里"，作"周词"误，应是柳永词《十二时慢·秋夜》。
④ ［宋］陈师道《后山诗话》，［清］何文焕辑《历代诗话》，中华书局 2004 年版，第 311 页。

　　之所以能以朴拙见称，还是缘于陈师道对学杜确有不少独到见解，其中有些堪称精辟之论：

　　　　学诗当以子美为师，有规矩故可学。退之于诗，本无解处，以才高而好尔。渊明不为诗，写其胸中之妙尔。学杜不成，不失为工。无韩之才与陶之妙，而学其诗，终为乐天尔。①
　　　　黄诗韩文，有意故有工，左杜则无工矣。然学者先黄后韩，不由黄韩而为左杜，则失之拙易矣。②

陈师道不但主张以杜为学诗的首要对象，还分辨出韩诗乃是"才高而好"、陶诗直写胸臆之"妙"的特征都不适用于一般人。所以，"有规矩"可循的杜诗，才是初学者摹拟研习的最佳范本。即便暂时学不到杜诗精髓，一旦掌握了作诗的基本法度，就为自己赢得了进一步提高的空间，这就是所谓"刻鹄不成尚类鹜""画虎不成反类狗"③的道理。进一步说，黄庭坚为诗有意求"工"，杜诗则自然浑成、了无斧凿之痕。学诗者直接学杜，往往难以企及杜诗的浑成之境，而堕入率意、粗拙，而由黄而入杜，经久努力之后，倒反而可能企近杜诗的浑成之境。

　　陈师道学杜，首重朴拙。《后山诗话》有多处可证。其中一处是以苏词与杜诗作比，曰："苏公居颍，春夜对月。王夫人曰：'春月可喜，秋月使人愁耳。'公谓前未及也。遂作词曰：'不似秋光，只与离人照断肠。'老杜云：'秋月解伤神。'语简而益工也。"④ 可知，他甚

---

① 〔宋〕陈师道《后山诗话》，〔清〕何文焕辑《历代诗话》，中华书局 2004 年版，第 304 页。
② 〔宋〕陈师道《后山诗话》注曰："'左杜'原作'老杜'，'后'字衍，'为'原作'由'"，〔清〕何文焕辑《历代诗话》，中华书局 2004 年版，第 305 页。
③ 〔南朝宋〕范晔撰，〔唐〕李贤等注《后汉书》卷二十四《马援列传第十四》，中华书局 1965 年版，第 845 页。
④ 〔宋〕陈师道《后山诗话》，〔清〕何文焕辑《历代诗话》，中华书局 2004 年版，第 314 页。

是欣赏杜诗这种简练朴拙之风。还有一处乃就自身创作实践而言：

> 余登多景楼，南望丹徒，有大白鸟飞近青林，而得句云："白鸟过林分外明。"谢朓亦云："黄鸟度青枝。"语巧而弱。老杜云："白鸟去边明。"语少而意广。余每还里，而每觉老，复得句云"坐下渐人多"，而杜云"坐深乡里敬"，而语益工。乃知杜诗无不有也。①

这里从"观鸟过林"这一动态变化过程来对比分析三人诗句，陈师道深感己作不足，谢朓句中见巧而语势偏弱，唯独杜句"白鸟去边明"言简意赅却方向明确、意境开阔，触目所及仿佛已到垂云天边，即在不经意间拉伸了人的视线，凸显了背景画面的明暗效果，故云"语少而意广"。而在后一诗例中，陈师道造句分明更直白、写实，杜句则更讲求用字功夫，一个"深"字、一个"敬"字都比陈师道想要传达之意内涵更丰富、深永，故称杜诗无所不包，蕴藉深沉。

由于陈师道有诸般以朴拙学杜的明确意识及实践努力，黄庭坚遂下断言：

> 陈履常正字，天下士也。读书如禹之治水，知天下之络脉，有开有塞，而至于九川涤源、四海会同者也。其作诗渊源，得老杜句法，今之诗人不能当也。②

黄庭坚极力盛赞陈师道学杜得其句法，犹如大禹治水能疏浚、会开塞一般，懂得把握要领、疏通脉络，终至集成、汇通。事实上，黄

---

① ［宋］陈师道《后山诗话》，［清］何文焕辑《历代诗话》，中华书局 2004 年版，第 315 页。
② ［宋］黄庭坚著，刘琳等点校《黄庭坚全集》正集卷十八《答王子飞书》，中华书局 2021 年版，第 417 页。

庭坚已下足了功夫精研杜诗句法，只不过陈师道贯彻得更彻底、表现更突出，这正是他由黄学杜的一种典型特征。

对于陈师道学杜的成就，历代诗论家颇多赞赏。其中，许尹《黄陈诗注序》曰：“宋兴二百年，文章之盛，追还三代。而以诗名世者，豫章黄庭坚鲁直；其后学黄而不至者，后山陈师道无己。二公之诗，皆本于老杜而不为者也。”① 既阐明了陈师道由学黄庭坚而上探到学杜的取法路径，又道出了二人与杜诗之间存在着学而“不为”的个性差异。

然而，被认为属于江西诗派的赵蕃，却得出了陈师道学杜而似杜的基本认识。据魏庆之《诗人玉屑》载：

> 赵章泉先生云：学诗者莫不以杜为师，然能如师者鲜矣。句或有似之，而篇之全似者绝难。得陈后山《寄外舅郭大夫》：“巴蜀通归使，妻孥且定居。深知报消息，不忍问何如。身健何妨远，情亲未肯疏。功名欺老病，泪尽数行书。”此陈之全篇似杜者也。②

陈师道这首五律，不仅某些单句化用杜诗痕迹明显，而且整体构思也颇近杜甫在潼关破后与妻子音书断绝、在担心家人安危时甚怕传来消息的复杂微妙心理。无怪乎后来方回赞之曰：“后山学老杜，此其逼真者。枯淡瘦劲，情味幽深。”③

除句法、篇法肖杜外，陈师道还有近似杜甫的一些经历。譬如罗大经在《鹤林玉露》中，即对“杜陈诗”作了一番类比：

---

① ［宋］许尹《黄陈诗注序》，［宋］黄庭坚著，刘琳等点校《黄庭坚全集》附录三“历代序跋”，中华书局 2021 年版，第 2217—2218 页。

② ［宋］魏庆之著，王仲闻点校《诗人玉屑》卷十九，中华书局 2007 年版，第 618 页。

③ ［元］方回选评，李庆甲集评校点《瀛奎律髓汇评》卷四十二，上海古籍出版社 2005 年版，第 1500 页。

范二员外、吴十侍御访杜少陵于草堂,少陵偶出,不及见,谢以诗云:"暂往比邻去,空闻二妙归。幽栖诚简略,衰白已光辉。野外贫家远,村中好客稀。论文或不愧,重肯款柴扉。"陈后山在京师,张文潜、晁无咎为馆职,联骑过之。后山偶出萧寺,二君题壁而去。后山亦谢以诗云:"白社双林去,高轩二妙来。排门冲鸟雀,挥壁带尘埃。不惮升堂费,深愁载酒回。功名付公等,归路在蓬莱。"杜、陈一时之事相类,二诗醖藉风流,亦未易可优劣。①

同样是由偶然外出而错失了会友之机、遂有酬赠之作,罗大经紧紧抓住了杜、陈诗在叙事纪实功能上的高度一致性,并以其具备委婉含蓄之韵味,从而得出了难于优劣二诗之论。这当然是从整体上把握了杜、陈二作的要旨、风格及其评价。然对读可知,陈诗不惟在写法上有刻意模仿杜诗之嫌,直接化用"二妙"之说,还在情思上与杜甫幽栖孤独的穷愁之感相接近。但值得注意的是,杜甫最终落笔于论文好客、期待再聚之意,而陈师道终究是在满腹潦倒深愁中,有意识地将自己与晁、张二位考中进士、功名在身的友人划清了界限。所以,他并不像杜甫那样欢迎"二妙"再来。仅从这一点看来,陈师道身上的自卑感与文人酸腐气,使得他在心胸格局、情感境界上就远逊于以诗书为怀、论文为友的杜甫了。

由宋入元的方回是江西诗派的殿军,也是"一祖三宗"说的提出者。在选编《瀛奎律髓》时,不单对陈师道诗评价甚高,还致力于弘扬其学杜之法。其中,一种是赞其字句学杜,如评《巨野》云:"后山诗全是老杜,以万钧九鼎之力,束于八句四十字之间。江湖行

---

① [宋]罗大经撰,王瑞来点校《鹤林玉露》丙编卷六,中华书局 1983 年版,第 334 页。

役诗凡九首，选诸此。篇篇有句，句句有字。"① 另一种是叹其学杜熔炼，如评《登鹊山》云："诗暗合老杜，今注本无之。细味句律，谓后山学山谷，其实学老杜，与之俱化也。"然查慎行曰："后山诗朴老孤峭，在'江西派'中自当首出，只让涪翁一头地耳。然谓其学杜则可，谓其学杜而与之俱化，窃恐未安。"② 持论更见分寸妥帖。

此外，方回还明确表达了对陈师道诗歌造诣的高度认可。如评《次韵李节推九日登山》曰："重九诗自老杜之外，便当以杜牧之《齐山》诗为亚，已入'变体'诗中。陈简斋一首亦然。陈后山二首，诗律瘦劲，一字不轻易下，非深于诗者不知，亦当以亚老杜可也。"③ 又，评《寄无斁》曰："自老杜后，始有后山，律诗往往精于山谷也。山谷弘大，而古诗尤高。后山严密，而律诗尤高。"④

明清时期，江西诗学跌落低谷，但对陈师道的学杜之功，犹有不少高评。如胡应麟《诗薮》主要从风格与章法两方面称道："无己句，如'百姓归周老，三年待鲁儒'，'丘原无起日，江汉有东流'，'事多违谢傅，天遽夺杨公'，'公私两多事，灾病百相催'，'精爽回长夜，衣冠出广廷'，皆典重古澹得杜意，且多得杜篇法。"⑤ 清初吴之振等编《宋诗钞》，评后山诗曰："盖法严而力劲，学赡而用变，涪翁以后，殆难与敌也。"⑥ 翁方纲《石洲诗话》选评

① 〔元〕方回选评，李庆甲集评校点《瀛奎律髓汇评》卷三十四，上海古籍出版社 2005 年版，第 1398 页。
② 〔元〕方回选评，李庆甲集评校点《瀛奎律髓汇评》卷一，上海古籍出版社 2005 年版，第 16 页。
③ 〔元〕方回选评，李庆甲集评校点《瀛奎律髓汇评》卷十六，上海古籍出版社 2005 年版，第 636 页。
④ 〔元〕方回选评，李庆甲集评校点《瀛奎律髓汇评》卷十七，上海古籍出版社 2005 年版，第 667 页。
⑤ 〔明〕胡应麟《诗薮》外编卷五，上海古籍出版社 1979 年版，第 216—217 页。
⑥ 〔清〕吴之振、吕留良、吴自牧选，〔清〕管庭芬、蒋光煦补《宋诗钞·后山诗钞》，中华书局 1986 年版，第 811 页。

标准与之不同，故谓"后山所作《温公挽词》三首，真有杜意，而吴不钞"，同时还指出："后山极意仿杜，固不得杜之精华。然与吞剥者，终属有间。即以中间有生用杜句者，亦不似元遗山之矫变，亦不似李空同之整齐。盖此等处，尚有朴拙之气存焉。求之杜诗，如'吾宗老孙子'一篇，是其巅顶已。"① 应是中肯之论。

三、陈与义专尚学杜及其精神转向

亲历过建炎南渡、在颠沛流离中无奈感慨"只将诗句答年华"②的陈与义，晚年更自称"人间跌宕简斋老"③，何其不甘、何其辛酸。但"国家不幸诗家幸"④，正是如此遽变的时代风云，才最终促使他从一味追求"江西"诗法、兼师唐宋诸家之长，逐渐步入了大力推重杜甫人格、专尚杜诗精神的诗学转变之路。这标志着江西诗派自此进入了一个新的发展阶段。南宋文人对杜诗忠爱一面的广泛发掘与认可，明显展现出更为强烈的现实感，学杜艺术也在这刀光剑影的热血洗礼中，越来越让位于弘扬民族本位的崇杜精神。

众所周知，陈与义与江西诗派具有着不可分割的内在渊源⑤，这从他学杜始于苏、黄两家的启发便可略窥一斑。据《简斋诗集引》述曰：

---

① ［清］翁方纲《石洲诗话》卷四，人民文学出版社 1981 年版，第 159 页。
② ［宋］陈与义撰，吴书荫、金德厚点校《陈与义集》卷十八《清明》，中华书局 1982 年版，第 288 页。
③ ［宋］陈与义撰，吴书荫、金德厚点校《陈与义集》卷三十《微雨中赏月桂独酌》，中华书局 1982 年版，第 487 页。
④ ［清］赵翼《赵翼诗编年全集》卷三十三《题元遗山集》，天津古籍出版社 1996 年版，第 1010 页。
⑤ 关于陈与义能否归入江西诗派，学界有过一定争论，莫砺锋《江西诗派研究》一书中作了详细分辨，得出两点结论：一是"黄庭坚、陈师道等人与陈与义在诗歌内容上的差别，只是江西派诗人在不同的时代背景下的不同表现，并不意味着前者属于江西诗派而后者反是"；二是"陈与义诗的主要艺术风格与黄庭坚、陈师道的诗风确实差别较大，但是，……他在诗歌艺术上是受到黄、陈一定影响的，即使在他创造了自己的独特风格之后，黄、陈的影响也没有在他的创作中绝迹。"载《莫砺锋文集》卷一，凤凰出版社 2019 年版，第 136—139 页。

> 诗至老杜极矣，东坡苏公、山谷黄公奋乎数世之下，复出力振之，而诗之正统不坠。然东坡赋才也大，故解纵绳墨之外，而用之不穷；山谷措意也深，故游泳□味之馀，而索之益远。大抵同出老杜，而自成一家。……近世诗家知尊杜矣，至学苏者乃指黄为强，而附黄者亦谓苏为肆；要必识苏、黄之所不为，然后可以涉老杜之涯涘。此简斋陈公之说云耳，予游吴兴得之。乃知公所学如此，故能独步一代。①

按照陈与义的说法，杜诗是诗中的最高典范，苏、黄二公奋力学杜，乃是振兴了诗道正统。相较而言，苏轼以才气见称而突破规矩束缚，黄庭坚则以精研诗法为追求而创造深远意味。两家在表现形式上固然存在一定差异，但都源自杜诗，又别具一格。然自宋人尊杜风靡以来，由苏学杜者指斥黄诗刻意、由黄学杜者认为苏诗放纵，他们各执一词，均未深味苏、黄学杜而不为的特殊用意所在。

在充分意识到苏、黄学杜各有轨辙、各具特色后，陈与义大胆突破了宋人学杜非苏即黄的藩篱，跳出苏、黄直接宗法杜诗。刘克庄在《后村诗话》中特意述及了这一诗坛风气之变：

> 元祐后，诗人迭起，一种则波澜富而句律疏，一种则煅炼精而情性远，要之不出苏、黄二体而已。及简斋出，始以老杜为师，《墨梅》之类，尚是少作。建炎以后，避地湖峤，行路万里，诗益奇壮。……造次不忘忧爱，以简洁扫繁缛，以雄浑代尖巧，第其品格，故当在诸家之上。②

---

① ［宋］陈与义《陈与义集》卷首，中华书局1982年版，第4页。
② ［宋］刘克庄撰，王秀梅点校《后村诗话》前集卷二，中华书局1983年版，第26—27页。

"苏体"才情纵横却不重法度,"黄体"雕琢精细却难见性情,这两种模式虽然主导了元祐以后的整个诗坛,但在刘克庄看来,二体都不是学诗的理想范型。直到陈与义开始远离苏、黄而独宗杜诗,其建炎避难后,更加企近杜诗,超越了黄、陈及并世诸家。由此可见,陈与义不随时俗、不效"苏黄",恰恰有似苏、黄之"学杜而不为",故能自成面目、独步于时。

苏、黄之外,陈与义还有明显向陈师道学诗的痕迹,但刘辰翁同样认为"二陈"之间是有显著区别的。其《简斋诗集序》辨之曰:"惟陈简斋以后山体用后山,望之苍然,而光景明丽,肌骨匀称。古称陶公用兵得法外意,以简斋视陈、黄,节制亮无不及;则后山比简斋,刻削尚似,矜持未尽去也。此诗之至也。"① 可见,陈与义学"后山体",从法度、功夫方面不及后山,但路子相同,都注重锤炼,而化去了后山的矜持感。诚如元人吴澄所叹"宋参政简斋陈公,于诗超然悟入。吾尝窥其际,盖古体自东坡氏,近体自后山氏,而神化之妙,简斋自简斋也"②,也正看到了陈与义能学人之长而变化自新、卓然自立的独特品质。莫砺锋在《江西诗派研究》中明确说:"陈与义的可贵之处在于,当大多数江西派诗人都囿于黄、陈诗风的影响而使整个诗派的风格趋于单调时,他却以异军突起的姿态对诗派的艺术风格进行革新,从而使江西诗派的艺术风格变得更加丰富多彩。"③ 的确,陈与义能超越大多江西派诗人而被奉为"三宗"之一,首要得益于他不拘一格而博采诸家、变化多端的

---

① [宋]刘辰翁撰,段大林校点《刘辰翁集》卷十五,江西人民出版社1987年版,第440页。
② [元]吴澄《吴文正集》卷十五《董震翁诗序》,影印《文渊阁四库全书》第1197册,上海古籍出版社1987年版,第164页。
③ 莫砺锋《江西诗派研究》,载《莫砺锋文集》卷一,凤凰出版社2019年版,第134页。

诗学追求。

　　杨万里曾高度赞赏过陈与义"诗宗已上少陵坛"①，但他何止宗杜一家非常内行。究其原因，这与他少年时求学于崔鶠，在读书方面深受启发有关。据徐度《却扫编》载：

　　　　陈参政去非少学诗于崔鶠德符，尝请问作诗之要。崔曰："凡作诗，工拙所未论，大要忌俗而已。天下书虽不可不读，然慎不可有意于用事。"去非亦尝语人言："本朝诗人之诗，有慎不可读者，有不可不读者。慎不可读者梅圣俞，不可不读者陈无己也。"②

所谓"大要忌俗"，即作诗不浅薄、不庸常；所谓"慎不可有意于用事"，即作诗不刻意使事用典、避免掉书袋。陈与义接受了这种创作观念，故对梅尧臣无事不可入诗的做法不以为然，对陈师道以读书为增进学养的方式，而非卖弄学问、有意用事之举则格外欣赏。

　　崔鶠的良性引导，无疑帮助陈与义较早地规避了江西诗派注重雕琢字句、好用典故的创作弊端，这为他日后逐渐回归到诗本性情而发的艺术旨归，打下了一定基础。南宋绍熙年间，胡穉编年笺注了陈与义诗集，并撰《简斋诗笺叙》曰：

　　　　诗者，性情之溪也，有所感发，则轶入之，不可遏也。其正始之源，出于《风》《骚》，达于陶、谢，放于孟、王，流于韦、柳，而集于今简斋陈公。故公之诗，势如川流，滔滔汩

①　[宋]杨万里著，王琦珍整理《杨万里诗文集》卷二十四《跋陈简斋奏草》，江西人民出版社 2006 年版，第 426 页。
②　[宋]徐度《却扫编》卷中，上海古籍出版社 2012 年版，第 133 页。按，方勺《泊宅编》载："崔鶠能诗，或问作诗之要，答曰：'但多读而勿使，斯为善。'"有此条材料可参照。[宋]方勺撰《泊宅编》卷九，中华书局 1983 年版，第 53 页。

汩，靡然东注，非激石而旋，束峡而逸，则静正平易之态常自若也。特其用意深隐，不露鳞角，凡采撷诸史百子以资笔端者，莫不如自其己出。是以人惟见其冲瀜混瀁，深博无涯而已矣。……余应之曰："高涯之曝，穷谷之湍，非不清且美矣，其源深而流长，或未有如江汉者，则宜以公为正。况其忧国爱民之意，又与少陵无间，自坡、谷以降，谁能企之？余故窃嗜焉。……"①

在胡稚看来，陈与义诗能呈现出或激情奔放、或平易自然的不同风貌，一方面是集成了自《风》《骚》以降、多位山水田园诗人发乎性情的创作经验，另一方面是在博采百家之学后，能充分内化为一种自我识见，并形成个性化表达。因之，这种含英咀华、细大不捐而又源远流长的学诗方式，应以陈与义为法则。此外，胡稚还特别从忧爱精神角度强调了陈诗与杜诗的密切关联，肯定这是奠定其诗歌史地位的关键。

事实上，除早年积极效仿陶、谢、王、孟、韦、柳外，陈与义那"势如川流，滔滔汩汩"之作，还与师法李杜关系甚密。他早有直言"堂堂李杜坛，谁敢蹑其址"，万分景仰之馀，分明同时追摹李杜，所受影响则各异其趣。相较而言，他对李白诗的钟爱，主要集中于自由人格与浪漫风格这一面。譬如《食笋》道"成行着锦袍""不待月与影，三人宛相亲"，《秋夜咏月》谓"尚想采石江，宫锦映霜蟾。夜半赋诗成，起舞鱼龙兼"②，既取自"李太白尝步月自采石至金陵，着宫锦袍坐舟中，旁若无人"的典实，又化

---

① ［宋］胡稚《简斋诗笺叙》，［宋］陈与义《陈与义集》卷首，中华书局1982年版，第2页。

② ［宋］陈与义撰，吴书荫、金德厚点校《陈与义集》外集《再赋三首》其一、卷十三、十四，中华书局1982年版，第514、205、209页。

其名句"举杯邀明月，对影成三人""影徒随我身""我歌月徘徊，我舞影零乱"①；又如《邓州城楼》所赞"李白上天不可呼，阴晴变化还须臾"，《月夜》所叹"永怀骑鲸士，发兴烟中新"②，都表现了对那个自由洒脱、才情浪漫的诗仙李白充满着钦慕之情。

但南渡之后，陈与义从风格情调上就全然转向了专学杜诗沉雄、悲壮之体。譬如《送人归京师》云："门外子规啼未休，山村日落梦悠悠。故园便是无兵马，犹有归时一段愁。"即以杜鹃啼鸣映衬了流落山村的寂寞诗人，在想念故园中万般愁绪不得消解的心境。又如《观江涨》云："涨江临眺足消忧，倚杖江边地欲浮。叠浪并翻孤日去，两津横卷半天流。鼋鼍杂怒争新穴，鸥鹭惊飞失故洲。可为一官妨快意，眼中唯觉欠扁舟。"不论首联中"地欲浮"措辞的夸张，还是颔联的气魄雄阔、颈联的生气勃发、尾联的纵情恣肆，都近似杜甫《阁夜》的基本风味。再如《雨中再赋海山楼诗》云："百尺阑干横海立，一生襟抱与山开。岸边天影随潮入，楼上春容带雨来。慷慨赋诗还自恨，徘徊舒啸却生哀。灭胡猛士今安有，非复当年单父台。"③整体风格雄浑悲壮、沉郁苍凉，颇类杜甫晚年七律的情感基调。

葛立方《韵语阳秋》还专门引述过与陈与义交流作诗心得的一段谈话：

> 陈去非尝为余言："唐人皆苦思作诗，所谓'吟安一个字，捻断数茎须''句向夜深得，心从天外归''吟成五字句，用

---

① ［唐］李白撰，瞿蜕园、朱金城校注《李白集校注》卷二十三《月下独酌四首》其一，上海古籍出版社1980年版，第1331页。
② ［宋］陈与义撰，吴书荫、金德厚点校《陈与义集》卷十五、二十二，中华书局1982年版，第247、341页。
③ ［宋］陈与义撰，吴书荫、金德厚点校《陈与义集》外集、卷十九、二十七，中华书局1982年版，第524、296—297、439页。

破一生心'，'蟾蜍影里清吟苦，舴艋舟中白发生'之类是也。故造语皆工，得句皆奇，但韵格不高，故不能参少陵逸步。后之学诗者，倘或能取唐人语而撅入少陵绳墨步骤中，此连胸之术也。"……作诗者兴致先自高远，则去非之言可用。①

唐人苦吟作诗的方式在陈与义看来并不可取，因为即使遣词精巧、造句新奇，终究气韵风格不足，如此小家子气的做法是注定不能追攀杜诗高逸之境的。所以，学诗亟需像杜甫一样在雕琢语言基础上，提升总体格局。陈与义在创作实践中也确实做到了格高的艺术追求，方回《瀛奎律髓》在评其《十月》一诗时道"简斋诗独是格高，可及子美"，清末许印芳更赞其"全诗苍老，真似少陵"②。

当然，陈与义学杜，也有过犹不及之处。洪迈在《容斋四笔》中就明确指出："杜诗所用'受''觉'二字皆绝奇。……用之虽多，然每字命意不同，又杂于千五百篇中，学者读之，唯见其新工也。若陈简斋亦好用此二字，未免频复者，盖只在数百篇内，所以见其多。……盖喜用其字，自不知下笔所著也。"③ 在看到陈与义热衷学杜字法之时，洪迈也道出了一旦走向俗滥，就不可避免丧失了杜诗所创造的特殊"命意"及"新工"奇效。这对后人学杜颇有警醒意义。

尽管陈与义效仿杜诗艺术法度这一面颇有见地，也难免瑕疵，但对杜诗精神的理解与体味，却远远超越了此前的不少江西派诗

---

① ［宋］葛立方《韵语阳秋》卷二，［清］何文焕辑《历代诗话》，中华书局 2004 年版，第 493 页。

② ［元］方回选评，李庆甲集评校点《瀛奎律髓汇评》卷十三，上海古籍出版社 2005 年版，第 492 页。

③ ［宋］洪迈撰，孔凡礼点校《容斋随笔·容斋四笔》卷七，中华书局 2005 年版，第 709—710 页。

人。罗大经《鹤林玉露》即指出："自陈、黄之后，诗人无逾陈简斋。其诗繇简古而发秾纤。遭值靖康之乱，崎岖流落，感时恨别，颇有一饭不忘君之意。"① 直接承受了靖康之难及南迁避难过程中种种颠沛流离之苦的陈与义，对杜甫忠君爱民的伟大情怀才有了更深刻地体认，所作之诗才在反映社会大变动的广度与深度方面，终于跟杜诗之间有了更直接的精神联系。

落实到具体创作层面，陈与义对杜甫精神的追随，主要有三大表现：一是创作了不少与杜诗同题且风味接近之作。譬如《北征》《寒食》《清明》《登岳阳楼二首》《月夜》《晚晴》等诗，尽管在内容、体式上未必尽似于杜，但大都继承了杜诗沉郁、雄浑、悲壮的基本风貌。特别值得注意的是《登岳阳楼二首》其一，纪昀评之曰："意境宏深，真逼老杜。"② 其颈联"万里来游还望远，三年多难更凭危"③，更是很难不令人联想到杜甫《登高》"万里悲秋常作客，百年多病独登台"、《登楼》"花近高楼伤客心，万方多难此登临"④ 的深沉慨叹。

二是秉承杜诗关注社会、直陈时事的诗史精神，将时代大变迁中的忧世感怀之情抒写得真切动人。与杜甫偏爱即事名篇的取题方式不同，陈与义往往直接以"书事"二字命名。譬如五律组诗《连雨赋书事四首》、七绝组诗《邓州西轩书事十首》、五言排律《道中书事》、五古组诗《与季申信道自光化复入邓书事四首》、七言律诗

---

① 〔宋〕罗大经撰，王瑞来点校《鹤林玉露》甲编卷六《简斋诗》，中华书局1983年版，第105—106页。

② 〔元〕方回选评，李庆甲集评校点《瀛奎律髓汇评》卷一附纪昀语，上海古籍出版社2005年版，第42页。

③ 〔宋〕陈与义撰，吴书荫、金德厚点校《陈与义集》卷十九《登岳阳楼二首》其一，中华书局1982年版，第303页。

④ 〔唐〕杜甫著，〔清〕仇兆鳌注《杜诗详注》卷二十、卷十三，中华书局1979年版，第1766、1130页。

《舟次高舍书事》《巴丘书事》、七绝组诗《火后借居君子亭书事四绝呈粹翁》、五言排律《自五月二日避寇转徙湖中复从华容道乌沙还郡七月十六日夜半出小江口宿焉徙倚柂楼书事十二句》、五言古诗《贞牟书事》、五言律诗《洛头书事》等。从总体规模及其特征看，诗人似乎有意在创造一种"书事"体，以求达到系列专题报道的整体效果。从体例分布情况看，除七古、七排和五绝外，大多诗体都有涉及，尤其以组诗形式来叙写时事，是杜甫的一大创造，对于五律、七绝这些受制于篇幅的诗体而言，极大地拓展了其表现功能，陈与义继承并发扬了这一手法，不仅在《邓州西轩书事十首》中以短小精悍的七绝连缀形式完成了对自我经历、天下大事、古今人物的种种书写，而且在五律、五古、七绝这三种体式的组诗上，均有不俗表现。此外，还有难度较高的五言排律，陈与义也颇为得心应手。其《道中书事》云：

> 临老伤行役，篮舆岁月奔。客愁无处避，世事不堪论。白道含秋色，青山带雨痕。坏梁斜斗水，乔木密藏村。易破还家梦，难招去国魂。一身从白首，随意答乾坤。[1]

此诗格律工整，情感沉郁。诗人感伤生逢世乱，临老了还不得不避难南奔、客居他乡。所以，"秋色""雨痕"，既是实写，也是心象，仿佛透露着诉不尽的羁旅喟叹。连年兵燹造成了"坏梁"横斜、"乔木"密布，这满目疮痍的世象，非但打碎了诗人的"还家梦"，还让他充分意识到"国魂"终究难挽的无限痛楚。几十年后，同样忠于国事的袁说友，称赞陈与义"胸中元自有江山，故向巴丘见一

---

[1] ［宋］陈与义撰，吴书荫、金德厚点校《陈与义集》卷十六，中华书局1982年版，第251页。

斑。明月清风收拾尽，简斋诗遂满人间"①，也是心有戚戚的。

与"书事"息息相关，在陈与义的纪实创作中，还有一个关键词"忧世"，他有多次直接的表述：

> 物生各扰扰，念此煎百虑。聊将忧世心，数遍桥西树。
> （《夜步堤上三首》其二）

> 忧世力不逮，有泪盈衣襟。嵯峨西北云，想像折寸心。
> （《次舞阳》）

> 我生莽未定，世故纷相袭。腼然贺兰面，安视一座泣。……近树背人去，远树久凝立。聊以忧世心，寄兹忘快怏。（《二十二日自北沙移舟作是日闻贼革面》）②

以上诗句，或念及天下纷乱时局而百虑攒心，却只能无奈地转化为以遍数桥西树的方式，将对件件桩桩时事的"忧世心"表现出来；或深感个人能力的渺小孤弱，遂在强烈忧世之情中无法抑制地潸然泪落，甚至遮挡了诗人望乡视线的"西北云"，也都变成了一种伤心的载体；或因沉重的忧世心，而暂时抛却了羁旅行役所带来的个人伤怀。

除了明写"忧世心"，陈与义还有不少同样饱含着忧国伤世情怀之作，兹取数例如下：

> 丧乱那堪说，干戈竟未休。公卿危左衽，江汉故东流。
> （《感事》）

---

① ［宋］袁说友撰《东塘集》卷七《题简斋》，影印《文渊阁四库全书》第1154册，上海古籍出版社1987年版，第221页。
② ［宋］陈与义撰，吴书荫、金德厚点校《陈与义集》卷十四、二十一，中华书局1982年版，第211、223、335页。

> 乱后江山元历历，世间歧路极茫茫。（《舟次高舍书事》）
>
> 人世多违壮士悲，干戈未定书生老。（《居夷行》）
>
> 五年天地无穷事，万里江湖见在身。（《次韵尹潜感怀》）
>
> 兵甲无归日，江湖送老身。悠悠只倚杖，悄悄自伤神。
> （《晚晴野望》）
>
> 臣少忧国今成翁，欲起荷戟伤疲癃。（《雷雨行》）
>
> 不嫌屋漏无干处，正要群龙洗甲兵。（《观雨》）[①]

在对世事的大量抒写中，丧乱不止、干戈无休、江山乱离、人世多违、世路迷茫等等，都成了陈与义内心最深沉的痛楚，再加之江湖漂泊、忧国终老、无力荷戟的现实处境，却偏有一颗与杜甫同样想要大庇天下苍生的报国淑世之心，所以，感事之情更难以收拾，黯然神伤也更凄楚哀婉。

三是像杜甫一样极力抒发在社会大动乱中个体生存的生命感受。譬如其代表作《正月十二日自房州城遇虏至奔入南山十五日抵回谷张家》云：

> 久谓事当尔，岂意身及之。避虏连三年，行半天四维。我非洛豪士，不畏穷谷饥。但恨平生意，轻了少陵诗。今年奔房州，铁马背后驰。造物亦恶剧，脱命真毫釐。南山四程云，布袜傲险巇。篱间老炙背，无意管安危。知我是朝士，亦复颦其眉。呼酒软客脚，菜本濯玉肌。穷途士易德，欢喜不复辞。向来贪读书，闭户生白髭。岂知九州内，有山如此奇。自宽实不

---

① ［宋］陈与义撰，吴书荫、金德厚点校《陈与义集》卷十七、十九、二十、二十一、二十五、二十六，中华书局 1982 年版，第 269、301、308、330—331、337、399、413 页。

情，老人亦解颐。投宿恍世外，青灯耿茅茨。夜半不能眠，涧水鸣声悲。①

这首长篇五言古诗以第一人称叙述方式，巧妙地将叙写时事与自我述怀两方面紧密结合起来。其中，尤以一句"但恨平生意，轻了少陵诗"领起全篇主旨，既深刻悔悟了过去没有亲身经历战乱之苦而对杜诗抒写乱离世象的认识严重不足，又详细记述了自己奔窜逃命中躲入险僻的南山，遇到一位热心老人给予了难得的温暖慰藉。从"呼酒软客脚，菜本濯玉肌"以下诸句营造出的温馨氛围来看，与杜甫《赠卫八处士》《彭衙行》所写画面、情韵，亦有些相似之处。

在通篇抒怀之外，陈与义还有大量诗中，频繁出现"客子""游子""孤臣"等一系列独白语：

　　　十月高风客子悲，故人书到暂开眉。（《得席大光书因以诗迓之》）

　　　四年孤臣泪，万里游子色。临别不得言，清愁涨胸臆。（《己酉九月自巴丘过湖南别粹翁》）

　　　乾坤日多虞，游子屡惊骨。衡阳非不遥，雁意犹超忽。（《别大光》）

　　　纷纷世上事，寂寂水边行。客子凋双鬓，田家自一生。（《晓发杉木》）

　　　孤臣霜发三千丈，每岁烟花一万重。（《伤春》）

　　　芭蕉急雨三更闹，客子殊方五月寒。（《寄大光二绝句》其二）

---

① ［宋］陈与义撰，吴书荫、金德厚点校《陈与义集》卷十七，中华书局1982年版，第274页。

> 客子光阴诗卷里，杏花消息雨声中。（《怀天经智老因访之》）①

除了以上明言"客子悲""孤臣泪"等胸臆语，陈与义还有"人生本是客，杜叟顾未知。今年我闻道，悲乐两脱遗""经行天下半，送老此窗间""十年去国九行旅，万里逢公一欠伸"② 等诗句，同样透露着深沉凝重的客里情怀。

如果说羁旅客愁还属于古代文人普遍性的心理感受，杜甫、陈与义只是生逢乱世，在山河破碎中有家难归的体会更深切、也更痛楚，那么，同是深受儒家文化的熏陶、浸染，陈与义内心也一样时时生发出"腐儒""小儒""臞儒"的自我意识：

> 东北方用武，六月事戈矛。甲裳无乃重，腐儒故多忧。（《游董园》）

> 四年风露侵游子，十月江湖吐乱洲。未必上流须鲁肃，腐儒空白九分头。（《巴丘书事》）

> 天地困腐儒，江湖托孤楫。（《舟抵华容县》）

> 腐儒忧平世，况复值甲兵。终然无寸策，白发满头生。（《夜赋》）

> 腐儒徒叹嗟，救弊知无术。（《晚晴》）

> 腐儒身世已百忧，此去行年岂堪记。（《留别康元质教授》）

---

① ［宋］陈与义撰，吴书荫、金德厚点校《陈与义集》卷十七、二十三、二十四、二十六、三十，中华书局 1982 年版，第 270、356、378、381、408、415、476 页。
② ［宋］陈与义撰，吴书荫、金德厚点校《陈与义集》卷十二《冬至二首》其二、卷二十六《山斋二首》其二、卷二十八《赠漳州守綦叔厚》，中华书局 1982 年版，第 188、410、443 页。

　　　　小儒五载忧国泪，杖藜今日溪水侧。（《同范直愚单履游
语溪》）

　　　　出家虽非将相事，食菜要是英雄人。臞儒一生用心苦，何
曾梦见鸡映黍。（《昨日侍巾钵饭于天宁蒙佳什谨次韵》）①

与杜甫晚年在天下久不宁、思归不得归的心境中多次自称"腐儒"
的心理很接近，陈与义同样为天下战事不息而忧愁落泪，特别是在
多年江湖飘零中已白发渐生，却仍苦于救世无策，只能徒然叹息，
更加自愧不已。

　　钱锺书分析陈与义在江西诗派宗杜中发挥的特殊作用时说：

　　　　杜甫律诗的声调音节是公推为唐代律诗里最弘亮而又沉着
的，黄庭坚和陈师道费心用力地学杜甫，忽略了这一点。陈与
义却注意到了，所以他的诗尽管意思不深，可是词句明净，而
且音调响亮，比江西派的诗人喜欢。靖康之难发生，宋代诗人
遭遇到天崩地塌的大变动，在流离颠沛之中，才深切体会出杜
甫诗里所写安史之乱的境界，起了国破家亡、天涯沦落的同
感，先前只以为杜甫"风雅可师"，这时候更认识他是个患难
中的知心伴侣。②

诚然，南渡诗人能够从黄、陈学杜"费心用力"于字句技法的窠臼
中挣脱出来，转而注重杜诗关怀国计民生、担荷人世苦难的精神力
量，陈与义的觉醒、发声，的确功不可没。

　　杜甫被江西诗派奉为诗学圭臬，在两宋地位提升至巅峰，固然

----

① ［宋］陈与义撰，吴书荫、金德厚点校《陈与义集》卷十五、十九、二十二、二十
　　三、二十七、外集，中华书局 1982 年版，第 243、304、339、340、342、357、
　　426、533 页。
② 钱锺书《宋诗选注》，生活·读书·新知三联书店 2007 年版，第 212 页。

有黄、陈的引领之功，却也不乏江西后学的推波助澜。然而，山谷学杜与"江西"学杜毕竟有所区别。一方面，学杜的时代语境不同，追求重点就不同。元祐诗坛受政治环境的影响，讽谏、教化的诗学，内敛为道德人格和个人性情的追寻，学问化具体落实为诗法乃至句法的精细雕琢，而建炎以降，国事日非，宋室南渡，中原衣冠陷入颠沛流离之中，诗与时代、诗与政治的关系问题，再次牵动着文士的情感，而杜诗言志抒怀、感发人心的力量成为了一种时代需求和精神慰藉。正如《瀛奎律髓汇评》所引无名氏评语曰："江西派原以工部为名，而适遭靖康、建炎之世，与天宝、至德相似，则忠义激发，形诸篇什者，非工部而谁师？惜乎气质不纯，拟议未化，瑕瑜并见，离合相参，绝少完作，难与日月争光。"① 时代因素，使两宋之际的诗坛，超越了北宋后期学杜的藩篱，杜甫"忠义激发，形诸篇什"的创作再次焕发了生机，可惜的只是江西后学精神、才力的不足，使他们既无法企及杜诗的高度，也难以达到江西派创始者的水平。

另一面，学杜的方式渠道不同，效果自是不可同日而语。倘若说苏、黄学杜虽与仁宗朝浓郁的学杜风气感染有关，但当时并无可直接依仿的学杜模板，因此他们的学杜都是凭着自己读杜的原发感受、个性理解去学习、追摹，那么，在江西派后学的面前，已树起了如刘克庄所归纳的苏、黄二体，即"波澜富而句律疏"的苏体和"煅炼精而情性远"的黄体②，多数诗人都倾心于后者。而黄庭坚所形成的学杜套路、所总结的学杜方法，尤其对江西后学产生很强的

---

① ［元］方回选评，李庆甲集评校点《瀛奎律髓汇评》卷三十二《评吕居仁〈还韩城〉》后附评，上海古籍出版社 2005 年版，第 1352 页。
② ［宋］刘克庄撰，王秀梅点校《后村诗话》前集卷二，中华书局 1983 年版，第 26—27 页。

示范作用。于是，黄庭坚大吹大擂、大张旗鼓地学杜，在不知不觉间促成了学黄的风潮。换一个角度看，江西诗派学杜，所学乃是经过了黄庭坚取舍、选择、阐释后的杜诗。这种情况，一直延续到南宋后期。宋末元初，方回编选《瀛奎律髓》，特别推崇杜律，进而尊杜为江西宗祖①，其基本认识就是由黄庭坚钟爱杜甫夔州后律诗发展而来。齐治平在《唐宋诗之争概述》中分析说："方氏攀杜甫为江西派之祖，使宋人上通于唐人，以明其'非自为一家'，无所不包。实则江西诸人，不过师法本朝，于杜甫尊而不亲；其于盛唐，尤格格不入；方氏且尝谓梅圣俞'学盛唐而过之'，则其称扬盛唐，不过借以压倒晚唐，使四灵无立足之地，以遂其垄断诗坛之私而已。"② 齐先生认为江西派最重要的师法对象是本朝黄庭坚，他们反复宣称的杜甫，只是口头上推尊，口号上推重，实际行动并没有跟上，所以可以说是"尊而不亲"。但是，说江西派后学在创作实践和主观意愿两方面都只师法黄庭坚，而并没有真正学杜，恐怕还是过甚其词。较为客观的说法应是：黄庭坚本人尊杜、学杜主要来源于读杜、研杜后的自觉，他的学杜并无现成的模板可用，而江西派后学之学杜，却往往都是受到黄庭坚的影响，按黄庭坚学杜的模板来学习的。而经由了这样多层面的学习过程，杜诗之为诗学最高典范就得到了更强有力的确认。

---

① ［元］方回选评，李庆甲集评校点《瀛奎律髓汇评》卷二十六《评陈简斋〈清明〉》云："古今诗人当以老杜、山谷、后山、简斋四家为一祖三宗。"上海古籍出版社2005年版，第1149页。

② 齐治平《唐宋诗之争概述》，岳麓书社1984年版，第22—23页。

第四章
南渡以来李杜并尊格局下学杜的多元化

建炎南渡，是中国历史上三次自北向南的文化大迁移之一。就其规模之大、影响之深远而言，已超越了晋末永嘉南渡和唐末士人南渡。这次文化大迁移还带来了南宋初期的文化重组和文学新变，江西诗学内部的理论矛盾开始得到反思和修正。北宋尊杜、学杜的热潮继续发酵、发展和深化，与此同时，李杜并尊的格局得以形成，学杜多元化的面貌更加明晰，宋代诗学既显现分化与瓦解之势，又顽强地延续着。

第一节　张戒并尊李杜而抑苏黄

南渡以来，诗坛在江西诗派的笼罩中，对江西诗派乃至整个宋诗进行反思的思潮也开始涌动。张戒就是这时期非常有主见、有个性的诗学理论家，在江西诗学风靡之时，他公然反对过度追求学问和法度的创作倾向，提倡以韵味、情意见长的自然之诗。所著《岁寒堂诗话》上卷通论古今诗人，大旨尊李杜而推陶阮、抑苏黄，下卷专论杜诗，最为推尊杜甫，呈现出一定的理论逻辑。

一、推陶阮与抑苏黄

在张戒的诗学观中，从《诗经》到建安乃至阮籍、陶渊明是正道，西晋潘岳、陆机以下走上歧路，然后要到李杜再消化传统，登上新的高峰。他在《岁寒堂诗话》开篇就说：

> 建安陶、阮以前诗，专以言志；潘、陆以后诗，专以咏物。兼而有之者，李杜也。言志乃诗人之本意，咏物特诗人之馀事。古诗苏、李、曹、刘、陶、阮本不期于咏物，而咏物之工，卓然天成，不可复及。其情真，其味长，其气胜，视《三百篇》几于无愧，凡以得诗人之本意也。[1]

张戒认为西晋以后诗所重只在咏物，这是对早期诗言志传统的迷失。而处于二者之间的建安、阮籍，和稍后坚持古诗传统的陶渊明，能继承言志传统，虽以咏物，亦能迈越西晋以后的咏物水平。而李杜则能兼综言志与咏物传统，并有提高，以此达到更高的诗学高峰。

带着这样的认识，张戒对晋以后、李杜以前的诗坛基本忽略不提。而对宋诗，张戒也是深致不满的，《岁寒堂诗话》颇多贬抑苏、黄，譬如以下言论：

> 近世苏、黄亦喜用俗语，然时用之亦颇安排勉强，不能如子美胸襟流出也。

> 黄鲁直自言学杜子美，子瞻自言学陶渊明，二人好恶，已自不同。鲁直学子美，但得其格律耳；子瞻则又专称渊明，且

---

① ［宋］张戒撰《岁寒堂诗话》卷上，见丁福保辑《历代诗话续编》，中华书局 2006 年版，第 450 页。

曰"曹、刘、鲍、谢、李、杜诸子皆不及也",夫鲍、谢不及则有之,若子建、李、杜之诗,亦何愧于渊明?

苏子瞻学刘梦得,学白乐天、太白,晚而学渊明。鲁直自言学子美。人才高下,固有分限,然亦在所习,不可不谨。其始也学之,其终也岂能过之。屋下架屋,愈见其小。后有作者出,必欲与李、杜争衡,当复从汉魏诗中出尔。

《国风》《离骚》固不论,自汉魏以来,诗妙于子建,成于李、杜,而坏于苏、黄。余之此论,固未易为俗人言也。子瞻以议论作诗,鲁直又专以补缀奇字,学者未得其所长,而先得其所短,诗人之意扫地矣。

自建安七子、六朝、有唐及近世诸人,思无邪者,惟陶渊明、杜子美耳,馀皆不免落邪思也。六朝颜、鲍、徐、庾,唐李义山,国朝黄鲁直,乃邪思之尤者。鲁直虽不多说妇人,然其韵度矜持,冶容太甚,读之足以荡人心魄,此正所谓邪思也。鲁直专学子美,然子美诗读之,使人凛然兴起,肃然生敬,《诗序》所谓"经夫妇,成孝敬,厚人伦,美教化,移风俗"者也,岂可与鲁直诗同年而语耶?[①]

阅读这些材料,不难发现张戒对苏黄的酷评是全面的,从好议论、好用奇字、俗语,过于在格律上用力,到取法对象、学习前人的用心,再到思想、审美倾向的"落邪思",都作了批判。在此基础上,张戒得出了"自汉魏以来,诗妙于子建,成于李杜,而坏于苏黄"的骇世观点。

在江西诗派创立的当时,"诗坛上创作成就最高的诗人是苏轼,

---

① [宋]张戒撰《岁寒堂诗话》卷上,见丁福保辑《历代诗话续编》,中华书局2006年版,第451、451、452、455、465页。

但最突出、最集中地显示宋诗特色的诗人却是黄庭坚"①。到了张戒的南宋前期，苏、黄仍然是诗坛主流所在，但张戒却大胆、公然、全面批判苏、黄，这多少有意气用事的倾向。以文学史的眼光看，以苏轼、黄庭坚为代表的宋诗，在唐诗已形成最高典范之后要另树新的审美典范，实如蒋士铨所感叹的"开辟真难为"②，因此，他们对诗歌所作的拓展显然有积极的意义。在这点上，倒是与张戒思路近似的明代后七子领袖王世贞阐述得更为平正：

> 苏长公之诗，在当时天下争趣之，若诸侯王之求封于西楚。一转首而不能无异议，至其后则若垓下之战，正统离而不再属。今虽有好之者，亦不敢公言于人，其厄亦甚矣。余晚而颇不以为然。彼见夫盛唐之诗格极高，调极美，而不能多有，不足以酬物而尽变，故独于少陵氏而有合焉。所以弗获如少陵者，才有馀而不能制其横，气有馀而不能汰其浊。角韵则险，而不求妥；斗事则逞，而不避粗。所谓武库中器，利钝森然，诚有以切中其弊者。然当其所合作，亦自有斐然而不可掩。无论苏公，即黄鲁直倾奇峻峭，亦多得之少陵，特单薄无深味，蹊径宛然，故离而益相远耳，鲁直不足观也。庄生曰：神奇化而臭腐，苏公时自犯之；臭腐复为神奇，则在善观苏诗者。③

在王世贞看来，苏轼、黄庭坚的诗坛地位，由当初的众星捧月，落到被訾议、被忽略、被忘却的境地，责任不全在苏、黄自身，后世

---

①　莫砺锋《莫砺锋文集》卷一《江西诗派研究》，凤凰出版社 2019 年版，第 18 页。
②　[清] 蒋士铨著，邵海清校，李梦生笺《忠雅堂集校笺·忠雅堂诗集》卷十三《辩诗》，上海古籍出版社 1993 年版，第 986 页。
③　[明] 王世贞《读书后》卷四《书苏诗后》，影印《文渊阁四库全书》第 1285 册，上海古籍出版社 1987 年版，第 48 页。

学习者也有相当的责任。王世贞认为，若论格调，盛唐诗已最为理想，但却"不足以酬物而尽变"。为了"酬物而尽变"，苏、黄做了不小的开拓，"以才学为诗"，恃才放旷。其结果是：在所不免的弊端，以及"斐然而不可掩"的成就，都同时存在。就议论的平正而言，王世贞比张戒显得更为理性，而值得注意的是：两人在评价苏、黄的时候，都拿杜甫来作参照，两人都认为杜甫是由唐而宋的桥梁，苏、黄是由杜诗发展、变化而来，杜诗的成功和苏、黄的失败，两相参照而愈益突出。

二、并尊李杜与首推杜诗

南渡之初，并尊李杜的氛围愈益浓厚。郑厚（字景韦）的譬喻较有代表性："李谪仙，诗中龙也，矫矫焉不受约束。杜子美则麟游灵囿，凤鸣朝阳，自是人间瑞物。二豪所得，殆不可以优劣论也。"[1] 强调李杜二人应该并尊，不当优劣。张戒对李杜二人也是并尊的，所以，李杜往往连类而及，有 13 处合称。其中有几处涉及李杜之争的讨论，如曰：

> 苏黄门子由有云："唐人诗当推韩、杜，韩诗豪，杜诗雄，然杜之雄亦可以兼韩之豪也。"此论得之。诗文字画，大抵从胸臆中出，子美笃于忠义，深于经术，故其诗雄而正。李太白喜任侠，喜神仙，故其诗豪而逸。退之文章侍从，故其诗文有廊庙气。退之诗正可与太白为敌，然二豪不并立，当屈退之第三。[2]

苏辙曾将唐诗的最高两席给了杜甫和韩愈，杜为一，韩为二，没

---

① ［宋］蔡梦弼集录《杜工部草堂诗话》卷二引，见丁福保辑《历代诗话续编》，中华书局 2006 年版，第 212 页。
② ［宋］张戒撰《岁寒堂诗话》卷上，见丁福保辑《历代诗话续编》，中华书局 2006 年版，第 458—459 页。

有给李白留出位置。张戒表面上同意苏辙，实际上只是认同苏辙将杜甫、韩愈相提并论这一点，对苏辙贬黜李白，他的意见完全不同。所以，张戒在杜、韩二人之间，插进了李白，提出了唐诗以杜为第一，李白为第二，韩愈为第三的榜单。近似的意见又有：

> 退之于李杜但极口推尊，而未尝优劣，此乃公论也。子美诗奄有古今，学者能识《国风》《骚》人之旨，然后知子美用意处；识汉魏诗，然后知子美遣词处。至于掩颜、谢之孤高，杂徐、庾之流丽，在子美不足道耳。①

张戒明确肯定了韩愈《调张籍》一诗并尊李杜的观点，认为对二人不能随意区分高下优劣。但这段话显然又更推重杜甫，认为在"用意处""遣词处"，杜诗"奄有古今"，超越六朝，远绍《风》《骚》，近挹汉魏，是诗国最高典范。因此，他又说："子美之诗，颜鲁公之书，雄姿杰出，千古独步，可仰而不可及耳。"②

《岁寒堂诗话》下卷为数十首杜诗作了详赡点评。其中，评《戏为六绝句》颇为值得玩味：

> 此诗非为庾信、王、杨、卢、骆而作，乃子美自谓也。方子美在时，虽名满天下，人犹有议论其诗者，故有"嗤点""哂未休"之句。夫子美诗超今冠古，一人而已，然而其生也，人犹笑之，殁而后人敬之，况其下者乎。子美忿之，故云"尔曹身与名俱灭，不废江河万古流""龙文虎脊皆君驭，历块过都见尔曹"也。然子美岂其忿者，戏之而已，其云："或看翡

---

① ［宋］张戒撰《岁寒堂诗话》卷上，见丁福保辑《历代诗话续编》，中华书局 2006 年版，第 451 页。
② 同上，第 450—451 页。

> 翠兰苕上，未掣鲸鱼碧海中。"若子美真所谓掣鲸鱼碧海中者
> 也，而嫌于自许，故皆题为戏句。①

杜甫在诗中对"初唐四杰"诸人的评论，张戒并不从正面理解，却从深层的心理动因中看出杜诗也曾受人非议、遭人嗤笑，但杜甫却坚定地认为自己终究能在后世获得知音，坚决相信自己"掣鲸碧海"的气魄，"超今冠古，一人而已"的至尊之位。

张戒对杜甫的这种理解和评价，是以此前整个宋代对杜甫、李白的学习研究为基础、为背景的，但是在北宋，李白与杜甫地位虽然有所讨论，意见却相持不下，莫衷一是，张戒首先与郑厚一样确立并尊李杜的总定位，但又在李杜并尊的格局中区分先后，从而形成了与郑厚不同的先杜后李的意见。这正好与他年辈相近的葛立方意见相仿，《韵语阳秋》一曰："李太白、杜子美诗皆掣鲸手也。"②二曰：

> 杜甫、李白以诗齐名，韩退之云："李杜文章在，光焰万
> 丈长。"似未易以优劣也。然杜诗思苦而语奇，李诗思疾而语
> 豪。……杜甫诗，唐朝以来一人而已，岂白所能望耶。③

二者在承认李、杜二人同为唐诗圣手的同时，又更加突出了杜诗的至高地位。与胡仔《苕溪渔隐丛话》所谓"杜少陵诗，自与造化同流，孰可拟议"④，观点相互呼应。可见，并尊李杜而尤其推崇杜

---

① ［宋］张戒撰《岁寒堂诗话》卷下，见丁福保辑《历代诗话续编》，中华书局 2006 年版，第 466—467 页。
② ［宋］葛立方《韵语阳秋》卷二，见［清］何文焕辑《历代诗话》，中华书局 2004 年版，第 502 页。
③ ［宋］葛立方《韵语阳秋》卷一，见［清］何文焕辑《历代诗话》，中华书局 2004 年版，第 486 页。
④ ［宋］胡仔纂集，廖德明校点《苕溪渔隐丛话》后集卷三十三引，人民文学出版社 1993 年版，第 257 页。

甫，逐渐获得了较多的认可。

回顾起来，经北宋中后期众多文士的共同努力，特别是江西诗派的大力推动，杜诗在唐诗中的首席地位已取得共识，几无异议。而李白却不同，在杜甫地位如日中天的北宋中期，有王安石、苏辙等人贬斥李白。摆在南宋前期诗坛的首要问题是要回答：李杜齐名并称是否成立？从现存文献看来，南渡以来，重新将李白抬升到与杜甫并列地位，似已成为诗坛主流意见。张戒属于这一背景下的一个分子。但是，张戒对宋诗的创作道路很不以为然，对苏轼、黄庭坚和江西诗派很为不满，有意思的是，张戒对苏黄和江西诗派所特别推尊的杜诗，却不仅没有腹诽，相反仍然极为推崇。换言之，张戒在清算北宋诗学的同时，仍然认可了北宋诗学对杜甫诗、韩愈诗、陶渊明诗的研究成果，这与南宋后期四灵派、江湖派以晚唐反江西的诗学观念有着根本性的区别，显示了张戒诗学理论的深刻性。

第二节　陆游学杜的开阔视野

陆游一生以诗名世，传世诗作数量蔚为壮观，为古今诗人之首。其弟子刘克庄在《题放翁像》中遂称其成就："三百篇寂寂久，九千首句句新。譬宗门中初祖，自过江后一人。"[1] 明末清初散文家汪琬更有赞道："唐诗以杜子美为大家，宋诗以苏子瞻、陆务观为大家。"[2] 二家都以陆游诗冠南宋，而清中期赵翼更评价说："宋诗

① ［宋］刘克庄著，辛更儒笺校《刘克庄集笺校》卷三十六《题放翁像六言二首》，中华书局 2011 年版，第 1924 页。
② ［清］汪琬撰《尧峰文钞》卷二十九《篯步诗集序》，影印《文渊阁四库全书》第 1315 册，上海古籍出版社 1987 年版，第 496 页。

以苏、陆为两大家。后人震于东坡之名，往往谓苏胜于陆，而不知陆实胜苏也。"① 则将陆游推为两宋冠冕。其他评家虽未必都认同这样的评价，但基本都肯定陆游在南宋诗坛的重要地位，如王士禛评曰："南渡惟陆务观为大宗，七言逊杜、韩、苏、黄诸大家，正坐沉郁顿挫少耳，要非馀人所及。"②

罗大经《鹤林玉露》曾记宋孝宗问周必大："今世诗人亦有如李太白者乎？"周必大以陆游对③，于是时人称陆游为"小李白"④。钱锺书则指出陆游学李白的"飞仙语"，风格豪放飘逸，是宋代"学太白最似者"⑤。然而，刘克庄看法却不同，他说："放翁，学力也，似杜甫；诚斋，天分也，似李白。"⑥ 认为在中兴四大诗人中，陆游诗与杜诗更像，像李白的是杨万里。那么，究竟事实如何呢？

一、陆游尊李杜与学李杜

清初杨大鹤编《剑南诗钞》，强调陆游非一般意义上的诗人，该书序有曰："盖宋人之诗，多学李、杜，画疆分道，各不相谋，南宋以后，愈见痕迹。故当时之论如此，余亦不尽谓然。放翁之于李杜，皆时时有之，而皆不足以定放翁。盖可定者，世间纸上之李

---

① ［清］赵翼《瓯北诗话》卷六《陆放翁诗》，人民文学出版社 1963 年版，第 79 页。［清］翁方纲《石洲诗话》卷四，人民文学出版社 1981 年版，第 142 页。
② ［清］乾隆帝编选《御选唐宋诗醇》卷四十二，影印《文渊阁四库全书》第 1448 册，上海古籍出版社 1987 年版，第 832 页。原书王士禛名因避讳作王士祯。
③ ［宋］罗大经撰，王瑞来点校《鹤林玉露》甲编卷四《陆放翁》，中华书局 1983 年版，第 71 页。又，周必大《文忠集》卷一百八十七："《剑南诗稿》连日快读，其高处不减曹思王、李太白，其下犹伯仲岑参、刘禹锡，何真积顿悟，一至此也。"影印《文渊阁四库全书》第 1149 册，上海古籍出版社 1987 年版，第 95 页。
④ ［明］毛晋《剑南诗稿跋》，见［宋］陆游著，钱仲联校注《剑南诗稿校注·跋》，上海古籍出版社 1985 年版，第 4546 页。
⑤ 钱锺书《谈艺录》三四《放翁与中晚唐人》，生活·读书·新知三联书店 2007 年版，第 320 页。
⑥ ［宋］刘克庄撰，王秀梅点校《后村诗话》前集卷二，中华书局 1983 年版，第 33 页。

杜；时时有之者，放翁胸中之李杜也。论放翁之胸中，吐纳众流，浑涵万有，神明变化，融为一气，眼空手阔，肝肺槎枒，容王导辈数百，吞云梦者八九。此乃放翁之诗，非诗人所能为者尔。"① 这样理解陆游之尊李杜，是能得要领的。

清初褚人获说：陆游"少好结侠客，有恢复中原之志，故《剑南集》可称诗史"②。那么，陆游就兼具李白和杜甫二人的性情和志意。诚然，陆游对李、杜二人的学习和尊崇都是无可置疑的。陆游曾在各种时候记述自己阅读、研究李、杜诗，在行旅游踪所及的实地考察、玩味李、杜诗的情况，如仅在《入蜀记》中写到李白的 40 多处，杜甫 10 多处，陆游显然对李、杜二集用功很深，很熟悉。他在诗中咏及李杜的很多，在论诗之作中尤多，举数例于下：

> 濯锦沧浪客，青莲澹荡人。才名塞天地，身世老风尘。士固难推挽，人谁不贱贫。明窗数编在，长与物华新。（卷七十《读李杜诗》）

> 竹声风雨交，松声波涛翻。我坐白鹤馆，灯青无晤言。廓然心境寂，一洗吏卒喧。袖手哦新诗，清寒愧雄浑。屈宋死千载，谁能起九原。中间李与杜，独招湘水魂。自此竞摹写，几人望其藩。兰苕看翡翠，烟雨啼青猿。岂知云海中，九万击鹏鹍。更阑灯欲死，此意与谁论。（卷八《白鹤馆夜坐》）

> 李杜不复作，梅公真壮哉。岂惟凡骨换，要是顶门开。锻

---

① ［清］杨大鹤《剑南诗钞序》，见［宋］陆游著，［清］杨大鹤选《剑南诗钞》卷首，上海扫叶山房 1930 年石印本，第 2 页。
② ［清］褚人获辑撰，李梦生校点《坚瓠集》补集卷一，上海古籍出版社 2012 年版，第 1029 页。

炼无遗力，渊源有自来。平生解牛手，馀刃独恢恢。（卷六十
《读宛陵先生诗》）

汉嘉山水邦，岑公昔所寓。公诗信豪伟，笔力追李杜。常
想从军时，气无玉关路。至今蠹简传，多昔横槊赋。零落财百
篇，崔嵬多杰句。工夫刮造化，音节配韶濩。我后四百年，清
梦奉巾屦。晚途有奇事，随牒得补处。群胡自鱼肉，明主方北
顾。诵公天山篇，流涕思一遇。（卷四《夜读岑嘉州诗集》）①

这些诗篇以深厚的感情谈及李、杜二人的人生、诗篇、文学史成
就，饱含崇敬之情，都是把李、杜二人合起来说的。陆游也有辨析
李、杜二人异同的，如《与儿辈论李杜韩柳文章偶成》：

吏部仪曹体不同，拾遗供奉各家风。未言看到无同处，看
得同时已有功。②

第二句指出的是李杜两家风格的差异，但后两句又指出不能仅仅看
到二者的不同，更要看到二者内在精神的相通。这首诗中所表达的
这一认识正是他并尊李杜、兼学李杜的前提。

那么，陆游所认识的李杜之"同"，主要是什么呢？以下一诗
大概即是答案：

夜梦有客短褐袍，示我文章杂诗骚。措辞磊落格力高，浩
如怒风驾秋涛。起伏奔蹴何其豪，势尽东注浮千艘。李白杜甫
生不遭，英气死岂埋蓬蒿？晚唐诸人战虽鏖，眼暗头白真徒
劳。何许老将拥弓刀，遇敌可使空壁逃。肃然起敬竖发毛，伏

---

① ［宋］陆游著，钱仲联校注《剑南诗稿校注》，上海古籍出版社 1985 年版，第 3903、
679、3464、332 页。
② ［宋］陆游著，钱仲联校注《剑南诗稿校注》卷二十八，上海古籍出版社 1985 年版，
第 1961 页。

读百过声嘈嘈。惜未终卷鸡已号，追写尚足惊儿曹。①

此诗题为《记梦》，记李、杜二公入梦来授诗法，而所授者皆文辞雄拔，富有格力。李、杜二公则虽时运不济、命途多舛，却"英气"逼人，有强大的精神力量。陆游梦中所得，重点在人与诗的"英气"，大概就是一种很有精神强度的人格力量。

　　在对李、杜二家的评价中，很难看出陆游的轩轾之意。在对二家的学习和接受态度中，也很难辨别出陆游的厚薄。陆游对李白的学习、接受，除了王红霞《宋代李白接受史》有较充分的论述外，学界的研究相对较少，而陆游对杜甫的学习、接受，研究很多②。当然，这并不能说明陆游厚杜薄李。但是，有一个现象值得注意，就是：在提到李白的时候，陆游一般多同时提到杜甫，他较少单独说李白，却有多处单独谈到杜甫，譬如他有两首题为《读杜诗》，一首题为《读杜诗偶成》，但没有一首题中标为读太白诗的。陆游一生利用各种机会"重寻子美行程旧"③，作有《夜登白帝城楼怀少陵先生》《游锦屏山谒少陵祠堂》《草堂拜少陵遗像》《龙兴寺吊少陵先生寓居》等多首追踪杜甫遗迹的诗，但吊谒李白的却仅有《吊

---

① ［宋］陆游著，钱仲联校注《剑南诗稿校注》卷十五《记梦》，上海古籍出版社1985年版，第1208页。

② 王红霞《宋代李白接受史》（上海古籍出版社2010）第三章第四节专论陆游对李白的接受。陆游对杜甫的学习与接受，主要有以下论文：吴中胜、钟峰华《"放翁前身少陵老"吗——论陆游学杜》（《杜甫研究学刊》1999年第3期），许世荣《放翁未必学杜》（《杜甫研究学刊》2000年第4期），杨理论《陆游与杜甫——一个诗学阐释的视角》（《杜甫研究学刊》2007年第4期），董利伟、董利波《学杜在诗外——从陆游追蹑杜甫遗踪说起》（《盐城师范学院学报》2018年第6期），张雨涛、杨万里《论陆游对杜甫爱国诗的发展》（《山西大同大学学报》2021年第1期），唐婷、张荣瑜《论陆游蜀中诗对李杜诗歌的接受》（《内江师范学院学报》2021年第3期）；黄楚蓉《少陵足迹与文本激活：南宋巴蜀诗歌中的杜甫记忆》（《励耘学刊》2020年第1期）也对此有所涉及。

③ ［宋］杨万里著，王琦珍整理《杨万里诗文集》卷二十《跋陆务观剑南诗稿二首》其一，江西人民出版社2006年版，第353页。

李翰林墓》一首。所以，如果说陆游对杜诗所下的功夫比李白更多，大概不会错。

二、陆游对杜诗的研究与理解

莫砺锋认为"陆游无疑是南宋诗坛上学术成就十分卓著的学者型诗人"，但"其元气淋漓的生命力没有被太浓的书卷气掩盖住"①。陆游这种"学者型诗人"的素养和精神气质，表现在对杜诗的学习和研究中，使他与当时一般人有一定的区别。

较为完备的杜甫集子由王洙在北宋宝元二年（1039）编成后，宋人对杜诗学习、追慕的热情不断攀升，注杜者众，南渡以后形成所谓"千家注杜"的景象。因孙觉、黄庭坚认为杜诗处处有来历，受其影响，注杜各家都穷尽心力于字字句句挖掘出处。当时，似乎一个注家不必是诗的行家里手，只要胸罗万卷，腹笥丰富，就可注杜。陆游却不认同这种风气，认为并非任何人都适合为杜诗作注，他说：

> 近世注杜诗者数十家，无一字一义可取。盖欲注杜诗，须去少陵地位不大远，乃可下语。不然，则勿注可也。今诸家徒欲以口耳之学，揣摩得之，可乎？②

所谓"去少陵地位不大远"指的是与杜甫对诗的内在把握，即杜甫的诗学理念、写作技术相近。在陆游看来，当时的注家对学杜者造成了较大的误导，这即如林继中的分析："读者通过注家的阐释来认识杜诗，难免要将注意力集中到字法、句法上来，由'以学问看

---

① 莫砺锋《陆游诗中的学者自画像》，载《南京师范大学文学院学报》2003年第2期。
② ［宋］陆游著，马亚中、涂小马校注《渭南文集校注》第四册卷三十一《跋柳书苏夫人墓志》，浙江古籍出版社2015年版，第11页。

诗'到'以学问为诗',走上江西派的路子。"① 陆游却认为注杜主
要目的不是挖掘杜诗中的知识,而是把握杜诗的用心;学杜不是学
问的事,而是提高诗学素养,夯实诗学基本功的事。

在《老学庵笔记》中,陆游还进一步阐述了自己的认识:

> 今人解杜诗,但寻出处,不知少陵之意,初不如是。且如
> 《岳阳楼诗》:"昔闻洞庭水,今上岳阳楼。吴楚东南坼,乾坤
> 日夜浮。亲朋无一字,老病有孤舟。戎马关山北,凭轩涕泗
> 流。"此岂可以出处求哉? 纵使字字寻得出处,去少陵之意益
> 远矣。盖后人元不知杜诗所以妙绝古今者在何处,但以一字亦
> 有出处为工。如《西昆酬唱集》中诗,何曾有一字无出处者,
> 便以为追配少陵,可乎? 且今人作诗,亦未尝无出处,渠自不
> 知,若为之笺注,亦字字有出处,但不妨其为恶诗耳。②

在这里,陆游明确指出读杜诗,关键是领会"少陵之意",即杜甫
的情感、胸怀、志气。朱东润阐述陆游论诗要领时指出:"大要放
翁论诗,以为诗者悲愤郁积之所发,其所以推重杜诗者在此,其所
以与江西派异,并与诚斋之说不尽同者亦在此。放翁《澹斋居士诗
序》云:'诗首《国风》,无非变者,虽周公之《豳》亦变也,盖人
之情悲愤积于中而无言,始发为诗,不然,无诗矣。苏武、李陵、
陶潜、谢灵运、杜甫、李白,激于不能自己,故其诗为百代法。'
即此以观,放翁之论可知矣。"③ 那么,陆游所领会的"少陵之意",

---

① 林继中《杜诗学论薮》下编《杜诗与宋人诗歌价值观续论》,上海古籍出版社 2015
年版,第 326 页。
② [宋] 陆游撰,李剑雄、刘德权点校《老学庵笔记》卷七,中华书局 1979 年版,第
95 页。
③ 朱东润撰,陈尚君整理《中国文学批评史大纲(校补本)》第三十一,上海古籍出
版社 2016 年版,第 179 页。

恐怕就是"悲愤郁积之所发"。

陆游并没有倾其力于注杜,没有为后人留下一部他这位诗人型学者的杜诗注本,但在陆游的诗中,还是留下了不少他对杜诗的认识与理解。如庆元元年(1195)家居山阴时,陆游有《读杜诗》云:

> 城南杜五少不羁,意轻造物呼作儿。一门酺法到孙子,熟视严武名挺之。看渠胸次隘宇宙,惜哉千万不一施。空回英概入笔墨,《生民》《清庙》非唐诗。向令天开太宗业,马周遇合非公谁?后世但作诗人看,使我抚几空嗟咨。①

陆游在杜诗阅读中感受到了杜甫的精神形象是:意气风发、狂放不羁的个性,以及地负海涵般博大、宽广的胸襟、气度。他更感受到了杜甫在无处施展其"英概"后,将这种"英概"在诗歌中表现,从而使杜诗形成特殊的品质,一种与大多数唐诗不同,而与《诗经》中雅颂重点篇章《生民》《清庙》一样的品质。因限于诗的语言,陆游在这里所指称的这种品质,并没有说得很清楚。结合陆游的整个思想,笔者以为陆游所指认的杜诗品质,或许可概括为"民族魂"。可注意的是,此诗所说的"英概"即前述《记梦》所写李、杜二人共同的"英气",但落到杜诗,此诗强调的似乎有两点与太白诗不同处:一是杜甫的"英概"原本应是"施"于社会的;二是杜甫这种"英概"不得已而用诗歌来表现,依然成为一种"民族魂"。

陆游在另一首《读杜诗》绝句中仍然有相近的话:

> 千载《诗》亡不复删,少陵谈笑即追还。常憎晚辈言诗

① [宋]陆游著,钱仲联校注《剑南诗稿校注》卷三十三,上海古籍出版社1985年版,第2191页。

史，《清庙》《生民》伯仲间。①

葛晓音对此诗的理解也有两点：一是陆游指出了"杜诗恢复了《诗经》的优良传统"，二是说明陆游更"从山河分裂的时势中悟出了杜诗的经典意义"②。可见，在陆游的认知逻辑中，杜诗有大多数唐诗（包括李白诗）所无的现实价值、社会意义和维系民族精神的作用。因此之故，陆游对杜诗的重视超过了李白诗。

三、陆游与杜诗的根本联系

与陆游交好的刘应时在《读放翁剑南集》诗中专门谈陆游的学杜，曰：

> 少陵先生赴奉天，乌帽麻鞋见天子。乾坤疮痍塞目惨，人烟萧瑟边尘起。八月之吉风凄然，北征徒步走三川。夜经战场霜月冷，累累白骨生苍烟。五载栖栖客蜀郡，骑驴日候平安信。喜闻诸将收山东，拭泪一望长安近。瞿唐想见放船时，回首夔府多愁思。蜀人至今亦好事，翠珉盛刻草堂诗。放翁前身少陵老，胸中如觉天地小。平生一饭不忘君，危言曾把奸雄扫。周流斯世辙巳环，一笑又入剑南山。酒杯吸尽锦屏秀，孤剑声锵峡水寒。万丈虹霓蟠肺腑，射虎剑鲸时一吐。我虽老眼向昏花，夜窗吟哦杂风雨。少陵间关兵乱中，放翁遭时乐且丰。饱参要具正法眼，切忌错下将毋同。茶山夜半传机要，断非口耳得其妙。君不见塔主不识古云门，异时衣钵还渠绍。③

此诗前十六句从安史乱后的时代、杜甫的行迹与其创作三者的联系

---

① ［宋］陆游著，钱仲联校注《剑南诗稿校注》卷三十四，上海古籍出版社 1985 年版，第 2240 页。
② 葛晓音《杜诗艺术与辨体》，北京大学出版社 2018 年版，第 10 页。
③ ［宋］刘应时《颐庵居士集》卷上，影印《文渊阁四库全书》第 1164 册，上海古籍出版社 1987 年版，第 21 页。

之角度玩味杜诗，以南宋蜀中到处有杜诗石刻这一现象来说明杜诗对后人的影响。下面十句以"放翁前身少陵老"句承上启下，下写从陆诗中所感受的陆游人生、心迹和陆诗的雄迈之气。末尾从杜、陆所处时代之别来谈学杜的要领：一要"饱参"，二要"具正法眼"，一属见识，一属功夫。刘应时认为陆游从曾幾参得的学诗"机要"，非一般概念，而是如同禅门相传的"心法"。刘应时强调：陆游成为杜甫的异代知音，不是因为他们所处时代之似；时代不同，陆游仍得杜诗衣钵，关键是善学。刘应时此诗的认识，前半有受王安石和苏、黄影响的可能，后半则显然沿袭了陈与义、吕本中、曾幾等南渡前后的江西诗派诗学理路。

清乾隆朝陶元藻是陆游乡人，他评价陆游说："盖放翁在南宋中自树一帜，真能于万窍同声处独开生面。其笔力横逸，如丈八蛇矛，十荡十决。学古得力，全在少陵。"[①] 也将陆游的成就与学杜关联起来，认为陆游是南宋诗坛最杰出的诗人，而这是因为陆游"学古得力，全在少陵"。

乾隆帝对陆游非常欣赏，但评价思路有所不同："观游之生平，有与杜甫类者：少历兵间，晚栖农亩，中间浮沉中外，在蜀之日颇多。其感激悲愤，忠君爱国之诚，一寓于诗。酒酣耳热，跌荡淋漓。至于渔舟樵径，茶碗炉熏，或雨或晴，一草一木，莫不著为咏歌，以寄其意。此与甫之诗何以异哉？"[②] 他所关注的是陆游和杜甫相同的志意，相似的人生遭际，他从这一视角来阅读陆游诗。这是很有道理的，陆游乾道七年（1171）在夔州通判任，访杜甫所名

---

① ［清］陶元藻辑，蒋寅点校《全浙诗话》（外一种）卷十五，浙江古籍出版社 2017 年版，第 329 页。

② ［清］乾隆帝御选《御选唐宋诗醇》卷四十二，影印《文渊阁四库全书》第 1448 册，上海古籍出版社 1987 年版，第 828—829 页。

"高斋"之一的东屯旧居，作《东屯高斋记》，有一段饱含深情的话：

> 少陵，天下士也。早遇明皇、肃宗，官爵虽不尊显，而见知实深，盖尝慨然以稷契自许。及落魄巴蜀，感汉昭烈诸葛丞相之事，屡见于诗。顿挫悲壮，反覆动人，其规模志意岂小哉。然去国寖久，诸公故人熟睨其穷，无肯出力。比至夔，客于柏中丞、严明府之间，如九尺丈夫，俯首居小屋下，思一吐气而不可得。予读其诗，至"小臣议论绝，老病客殊方"之句，未尝不流涕也。嗟夫，辞之悲乃至是乎！荆卿之歌，阮嗣宗之哭，不加于此矣。少陵非区区于仕进者，不胜爱君忧国之心，思少出所学佐天子，兴正观开元之治，而身愈老，命愈大谬，坎壈且死，则其悲至此，亦无足怪也。①

这段话谈的是杜甫的志意、际遇，以及杜诗的价值。言语之间，不胜其慨。读者不难感受到言语背后陆游自己的深慨，朱东润说："陆游感到的痛苦，在于这样的地位，无法为国家做出一番可以做到的而且应当做到的事业。"② 那么，杜甫"非区区于仕进者，不胜爱君忧国之心，思少出所学佐天子，兴正观开元之治，而身愈老，命愈大谬，坎壈且死"，陆游也是如此，正是所谓"千古同悲"。陆游如此理解杜甫，其对杜诗的热爱与学习自是其他对象所难以相提并论的。

　　江西诗派对杜诗的理解与学习，与陆游路子不同，清人吴之振等在《宋诗钞·剑南诗钞序》中指出：

① ［宋］陆游著，马亚中、涂小马校注《渭南文集校注》第二册卷十七，浙江古籍出版社 2015 年版，第 213 页。
② 朱东润《陆游传》，百花文艺出版社 2010 年版，第 119 页。

> 宋诗大半从少陵分支。故山谷云：天下几人学杜甫，谁得
> 其皮与其骨。若放翁者，不宁皮骨，盖得其心矣。所谓爱君忧
> 国之诚见乎辞者，每饭不忘，故其诗浩瀚卒崒，自有神合。呜
> 呼！此其所以为大宗也与？①

北宋中期以来的宋诗很少有不学杜的，但在《宋诗钞》编者看来，多数都只能得其皮毛，得骨者少。而陆游学杜则既不在皮毛，也非气骨的层面，而是在思想、精神的层面。更具体地说，由于"爱君忧国之诚"使陆游与杜甫"神合"，故陆游学杜，不是技术的路子，甚至不是有意学习，他与杜诗有更根本的契合。

翁方纲的认识视野与《宋诗钞》相近，但感受在更细微的层面：

> 自后山、简斋抗怀师杜，所以未造其域者，气力不均耳。
> 降至范石湖、杨诚斋，而平熟之径，同辈一律。操牛耳者，则
> 放翁也。平熟则气力易均，故万篇酣肆，迥非后山、简斋可
> 望。而又平生心力，全注国是，不觉暗以杜公之心为心，于是
> 乎言中有物，又迥出诚斋、石湖上矣。然在放翁，则自作放翁
> 之诗，初非希杜作前身者。此岂后之空同、沧溟辈但取杜貌者
> 所可同日而语？②

在翁方纲看来，陈师道、陈与义学诗自山谷入而后尊杜、师杜，用力不可谓不深，但那是"学力"，而不是"气力"（出自生命深处的魄力）。到南宋中兴四大诗人，才由江西诗派重"学力"出，转入

---

① ［清］吴之振等辑《宋诗钞·剑南诗钞序》，中华书局 1986 年版，第 1819 页。按，此处所引黄山谷之语实为苏轼《次韵孔毅父集古人句见赠五首》其三之语，见 ［清］王文诰辑注，孔凡礼点校《苏轼诗集》卷二十二，中华书局 1982 年版，第 1157 页。

② ［清］翁方纲《石洲诗话》卷四，人民文学出版社 1981 年版，第 142 页。

以"气力"学杜，于是形成"平熟"的路子。而陆游之为当时诗坛主盟，更在于他的"心力"全都注于"国是"，终身不忘恢复中原河山之志，他的"气力"与杜甫不期然而为一。所以，陆游不刻意学杜，"自作放翁之诗"，却与杜诗更近。

四、学杜与陆游诗艺的进境

如上所引，乾隆帝将陆游一生分为三个时期，认为其诗亦相应地分为三个阶段。赵翼《瓯北诗话》也将陆游诗歌历程分为三段："放翁诗凡三变。宗派本出于杜，中年以后，则益自出机杼，尽其才而后止……及乎晚年，则又造平淡，并从前求工见好之意亦尽消除。"① 按照赵翼的看法，陆游早年学诗入门就循着杜诗的路子，他本人晚年在《宋都曹屡寄诗且督和答作此示之》中回顾其创作历程，云：

> 古诗三千篇，删取财十一。每读先再拜，若听清庙瑟。诗降为楚骚，犹足中六律。天未丧斯文，杜老乃独出。陵迟至元白，固已可愤疾。及观晚唐作，令人欲焚笔。此风近复炽，隙穴始难窒。淫哇解移人，往往丧妙质。苦言告学者，切勿为所怵。杭川必至海，为道当择术。②

在陆游的文学史认知中，《诗三百篇》是最高标准和正统之源，后来传统迷失。杜甫继起，再次成为诗歌典范。此后的元、白与晚唐，诗道凌夷。年轻的陆游在曾幾、吕本中等人的启诱之下，按江西诗派的路子，由杜诗入门。赵翼认为陆游由杜诗入门是"宗尚之正"。

---

① ［清］赵翼《瓯北诗话》卷六《陆放翁诗》，人民文学出版社1963年版，第78—79页。
② ［宋］陆游著，钱仲联校注《剑南诗稿校注》卷七十九，上海古籍出版社1985年版，第4276页。

不过，陆游在晚年题赠给儿子的《示子遹》一诗中的回顾却有所不同：

> 我初学诗日，但欲工藻绘。中年始少悟，渐若窥宏大。怪奇亦间出，如石漱湍濑。数仞李杜墙，常恨欠领会。元白才倚门，温李真自郐。正令笔扛鼎，亦未造三昧。诗为六艺一，岂用资狡狯。汝果欲学诗，工夫在诗外。①

在这一回顾中，陆游认为自己早期虽然是从杜诗学习入门，但却是在字句上学，未曾进入悟境。直到入蜀以后，随着社会生活面的扩大，特别是在深入抗金前线之后，他才突破早期学诗的困境，对李、杜诗的认识也逐渐加深。其中的关键在于把握诗内与诗外用功的关系。诗内的工夫即是字句锤炼的工夫。诗外的工夫，莫砺锋认为"虽然含有积累生活阅历的意思，但其重点却是指'养气'而言"，也即指"品格修养"方面②。朱东润指出："论诗言三昧自放翁始，其言盖指诗人之志，所谓'功夫在诗外'者此也。"③ 刘世南先生分析："陆游所谓诗外功夫，主要是指有治国平天下之志、经邦济世之才，这样的人，如与明主遇合，如诸葛亮之于刘先主，马周之于唐太宗，立德、立功、立言，均可不朽。所以他以杜甫为例，说明杜诗之所以高妙，关键不在于诗艺，而在器识、怀抱。"④ 可见，陆游渐入宏大的悟境，也与对杜诗的领悟有很大关系。

关于陆游学诗的经验有四点要作说明：第一，陆游晚年认为

---

① ［宋］陆游著，钱仲联校注《剑南诗稿校注》卷七十八，上海古籍出版社1985年版，第4263页。
② 莫砺锋《陆游"诗家三昧"辨》，载《南京大学学报》1992年第1期。
③ 朱东润撰，陈尚君整理《中国文学批评史大纲》（校补本）第三十一，上海古籍出版社2016年版，第179页。
④ 刘世南《大螺居诗文存》，黄山书社2009年版，第279页。

"工藻绘"（即字句的锤炼或诗艺的讲求）不是学诗最根本处，但也并不否定诗艺的学习与训练。实际上，陆游是精于诗艺、工于字句的，钱锺书《谈艺录》还说："放翁诗中，美具难并，然亦不无蹈袭之嫌者。"①

第二，陆游诗的进境及达到的成就，与其天分、才华、学力等方面有很大关系，所以，刘克庄《后村诗话》云："近岁诗人，杂博者堆队仗，空疏者窘材料，出奇者费搜索，缚律者少变化。惟放翁记问足以贯通，力量足以驱使，才思足以发越，气魄足以陵暴。南渡而后，故当为一大宗。"②

第三，陆游的进境与江西派关系很密切。清初贺裳《载酒园诗话》说："宋陆务观本于曾茶山，茶山生硬粗鄙，务观逸韵翩翩，此鹳巢之出鸾凤也。"③陶元藻《全浙诗话》也有近似观点，曰："茶山诗律虽高，但不能如放翁之自成大家、上下千古也。"④《四库全书总目》则谓："游诗法传自曾几，而所作《吕居仁集序》又称源出居仁。二人皆江西派也。然游诗清新刻露，而出以圆润，实能自辟一宗，不袭陈、黄之旧格。"⑤

第四，陆游学诗不仅对杜甫、李白和江西诗派下了功夫，还广泛学习了众家，钱基博评陆游不少五言古诗有"感激豪宕而出以沉郁者"，认为它们"原本杜甫，旁参李白、岑参，而下概梅圣俞者

---

① 钱锺书《谈艺录》三三《放翁诗》，生活·读书·新知三联书店2007年版，第299页。
② ［宋］刘克庄撰，王秀梅点校《后村诗话》前集卷二，中华书局1983年版，第31页。
③ ［清］贺裳撰《载酒园诗话》卷一《末流之变》，见郭绍虞编选，富寿荪校点《清诗话续编》第一册，上海古籍出版社2016年版，第205页。
④ ［清］陶元藻辑，蒋寅点校《全浙诗话》（外一种）卷十五，浙江古籍出版社2017年版，第329页。
⑤ ［清］永瑢等撰《四库全书总目》卷一六〇集部·别集类一三，中华书局1965年版，第1380页。

也"。而从总体而论，则谓："大抵其诗出入宛陵、东坡，上溯香山以学少陵，而以苏之谐畅，化梅之促数，而归之于曲达；以杜之沉郁，参白之容易，而发其感激。"① 所以，陆游晚年，诗境趋于平淡，刘克庄《后村诗话》说："末年云：'客从谢事归时散，诗到无人爱处工。'又云：'外物不移方是学，俗人犹爱未为诗。'则皮毛落尽矣。"② 其渊源就不是杜甫或者李白、曾几等人，而应该是从白居易而上探陶渊明的结果。

然而，正如莫砺锋指出："在陆游的生命观中，儒家的影响占主导地位，道家的影响则起着补充、辅助的作用。"③ 在陆游所学习的古代诗人中，儒家修养最深、儒家气息最浓的无疑是杜甫了，因此在陆游广泛学习，博采众家之长的成长中，杜诗占有特殊重要的位置。

宋代杜诗学在北宋后期转至个人道德修养、精神砥砺的路向，以及学问和诗艺历练的路向，到了陆游则与"治国平天下之志，经邦济世之才"联系起来，诗与人合一，知与行合一，杜诗便由狭窄的诗学领域回归了宽广的社会生活领域，与普通人的生活关联起来了。陆游学杜给予后世的启迪是深刻的。

第三节　杨万里学杜的偏锋

南宋中兴四大诗人中的杨万里，在当时声名颇为显赫。陆游曾表示自叹不如："文章有定价，议论有至公。我不如诚斋，此论天

① 钱基博《中国文学史》，中华书局 1993 年版，第 667、673—674 页。
② ［宋］刘克庄撰，王秀梅点校《后村诗话》前集卷二，中华书局 1983 年版，第31 页。
③ 莫砺锋《陆游诗中的生命意识》，载《江海学刊》2003 年第 5 期。

下同。"① 周必大则将杨万里视为可与黄庭坚媲美的诗坛领袖："江
西诗社，山谷实主夏盟，四方人材如林，今以数计，未为多也。诚
斋家吉水之涩塘，执诗坛之牛耳。始自家族，延及郡邑，孰非闾
李、杜之门，希欧、苏之踪者。……夫人能为之，尚可以社名
乎？"② 当代学者较有代表性的评价则谓杨万里"诗歌总的成就不及
陆游，但在创新诗体方面则过之"③，进而也可以说，在整个南宋诗
人群体中，杨万里恐怕是最有个性气质、最富创新意识的诗家。严
羽《沧浪诗话·诗体》篇以人而论，陈与义的简斋体以下，南宋独
推"杨诚斋体"，称其初学江西派，复学唐人，最终"尽弃诸家之
体，而别出机杼"④。

　　论杨万里的诗学渊源，江西诗派是他入门之始，是为近源。其
远源，清末陈衍评其"盖从少陵、香山、玉川、皮、陆诸家中一部
分脱化而出"⑤，但上节所引刘克庄则认为："放翁，学力也，似杜
甫；诚斋，天分也，似李白。"⑥ 意见并不一致。看来，需要仔细理
清这种关系。

一、杨万里爱谪仙与尊杜诗

　　与南宋中期多数文人近似，杨万里也是并尊李、杜的。在《诚
斋集》中李、杜合称并举的有 19 处，分别单独写及的李白有 70 多

---

① ［宋］陆游著，钱仲联校注《剑南诗稿校注》卷五十三《谢王子林判院惠诗编》，上
海古籍出版社 1985 年版，第 3119 页。
② ［宋］周必大撰《文忠集》卷四十八《跋杨廷秀赠族人复字道卿诗》，影印《文渊阁
四库全书》第 1147 册，上海古籍出版社 1987 年版，第 515 页。
③ 陶文鹏《陶文鹏说宋诗》，中华书局 2016 年版，第 240 页。
④ ［宋］严羽著，郭绍虞校释《沧浪诗话校释·诗体》，人民文学出版社 1961 年版，第
58—59 页。
⑤ ［清］陈衍著，郑朝宗、石文英校点《石遗室诗话》卷十六，人民文学出版社 2004
年版，第 257 页。
⑥ ［宋］刘克庄撰，王秀梅点校《后村诗话》前集卷二，中华书局 1983 年版，第
33 页。

处，杜甫近百处，都是甚为尊敬。如《周子益训蒙省题诗序》有谓："唐人未有不能诗者。能之矣，亦未有不工者。至李、杜，极矣。后有作者，蔑以加矣。"① 明确将李、杜定位在唐诗杰唱的位置。再如：

> 少陵浣花旧时屋，太白青山何处坟？二仙死可埋丘阜，二仙生可著韦布。名挂广寒宫里树，非烟非云亦非雾，长使玉皇掉头诵渠句。②

这条材料很有意思。在这里，杨万里不仅暗用韩愈《调张籍》玉帝喜诵李、杜诗之意，而且称李、杜二人为"二仙"。这是少有的看法，因为仙字历来是人们对李白而不是杜甫的印象标贴，杨万里同时将两人都称为仙，带有很浓厚的杨万里私见。

杨万里《洮湖〈和梅诗〉序》以下涉及李、杜评价的几句也有很大的信息量：

> 及唐之李、杜，本朝之苏、黄，崛起千载之下，而蹦藉千载之上。③

这里将李、杜与苏、黄并称，推为唐宋诗人最杰出的代表，这种文学史定位保留了江西诗派诗学观念的遗痕。实际上，杨万里推尊李、杜二人，与接受的江西诗学影响关系密切。且看《江西宗派诗序》云：

> 昔者诗人之诗，其来遥遥也。然唐云李、杜，宋言苏、

---

① ［宋］杨万里著，王琦珍整理《杨万里诗文集》卷八十三，江西人民出版社 2006 年版，第 1297 页。
② ［宋］杨万里著，王琦珍整理《杨万里诗文集》卷十九《再和云龙歌留陆务观西湖小集且督战云》，江西人民出版社 2006 年版，第 347 页。
③ ［宋］杨万里著，王琦珍整理《杨万里诗文集》卷七十九，江西人民出版社 2006 年版，第 1250 页。

黄，将四家之外，举无其人乎？门固有伐，业固有承也。虽然，四家者流，一其形，二其味；二其味，一其法者也。……今夫四家者流，苏似李，黄似杜。苏、李之诗，子列子之御风也。杜、黄之诗，灵均之乘桂舟、驾玉车也。无待者，神于诗者欤？有待而未尝有待者，圣于诗者欤？嗟乎！离神与圣，苏、李，苏、李乎尔！杜、黄，杜、黄乎尔！合神与圣，苏、李不杜、黄，杜、黄不苏、李乎？①

杨万里与江西诗派是颇有渊源的，不独籍贯江西吉水，与江西诗派有乡邦情缘联系，更重要的是他的老师王庭珪，虽然"'不作西江社里人'，'自江西而下不论'，不步江西诗派之后尘"，但"其诗近学黄庭坚，远承杜甫"②，实际仍是江西路子。杨万里晚年增补吕本中《宗派图》，命之"江西续派"③，又为《江西诗派诗集》作序，既是步踵江西，更是由江西而上探李、杜。杨万里吸取《庄子·逍遥游》的思想，以列子"御风"而行之"无待"来比李白、苏轼豪放天成而不拘法度，以灵均乘舟车之"有待"来指称杜甫、黄庭坚合于诗法而不囿于法、从容规矩之外。这就将李、杜、苏、黄四家诗划分为两种不同"风味"，但是不论天马行空、出神入化的"神于诗"，还是法度森严、惨淡经营的"圣于诗"，却都共同指向"无法"境界。因此，所谓"二其味，一其法"，即：李、苏之诗是由自然"无待"而了然"无法"，不着痕迹、尽得风流，此为"神"；杜、黄之诗是从发于"有待"而趋于"无待"、从超越"有法"而走向"无法"，此为"圣"。可见，"神"非强力所致，"圣"可拾阶

---

① ［宋］杨万里著，王琦珍整理《杨万里诗文集》卷七十九，江西人民出版社2006年版，第1254页。
② 萧东海《杨万里和王庭珪的师生交谊》，载《井冈山学院学报》2006年第9期。
③ ［宋］杨万里著，王琦珍整理《杨万里诗文集》卷八十三《江西续派二曾居士诗集序》，江西人民出版社2006年版，第1301页。

而上，这两条创作道路实在是"殊途同归"，杨万里的评价似无高下轩轾。有学者认为，江西派选择走了后一条道路，"终不免流于'刃伤事主'的作风，并没有真正做到'透脱'"，因此认为杨万里这里带有批判江西诗学缺乏自我的因循苟且，倡导"活法"，主张创变之意①，恐怕是差之毫厘失之千里的过度阐释了。

杨万里以上一段借用《庄子》语言来作的评价，后代还解读为"圣于诗"之说。如宋末元初人王义山即谓：

> 尝爱诚斋谓子美圣于诗。夫圣，孔子不居，诗敢居乎？诗至于大而化则圣矣。子美夔州以前诗，大而化之之圣也。夔州以后诗，圣而不可知之神矣。神则天。②

王义山理解中的"圣于诗"说，有两个要点：一，这是诗的至高评价；二，评价对象只是杜甫。核之杨万里的原文，王义山的两点解读皆为误读。但是，恐怕并不是王义山读不懂杨万里原文，较合理的解释只能是：经过自宋祁、苏舜钦、王洙以来百馀年对杜诗的学习、研究，圣化杜甫与杜诗的土壤已完全准备好了。在这种时代条件下，如果不是杨万里提出，也会有其他人提出近似的观点。可以认为，王义山顺应了时代，将杨万里的说法"误读"成了"子美圣于诗"说。而特别有趣的是，王义山在此基础

---

① 羊列荣、刘明今编著《中国历代文论选新编》（宋金元卷），上海教育出版社 2007 年版，第 130 页。又，吴晟《知性反思江西诗学研究》一书中梳理学术界关于杨万里《江西宗派诗序》提出"诗味"说的内涵，主要有三种认识：一是指司空图所谓"味外之味"，将"言尽味永"视为诗的最高境界；二是指"三百篇之遗味"，或曰风雅遗义，即怨而不怒、婉而多讽、含蓄蕴藉；三是将"味"与"形"相对而指"风味"，即风神气味之意。此外，又引黄宝华 2002 年《杨万里与"诚斋体"》一文观点，认为杨万里延续了江西诗派之馀绪，故其主要诉诸智性悟解，而非情绪感染，与传统的比兴生味说本质不同。中山大学出版社 2019 年版，第 82—83 页。
② ［元］王义山撰《稼村类稿》卷五《赵东村希夔诗集序》，影印《文渊阁四库全书》第 1193 册，上海古籍出版社 1987 年版，第 31 页。

上，又重新定义了"圣"和"神"，以杜诗夔州期为界，划分出前后两个层级。夔州前是"圣"级，是常人可能企及的最高级，夔州后则超越了"圣"级，这是"圣而不可知"的神秘莫测之境，"神"级又称之为"天"。这样的发挥，倒与杨万里"合神与圣"的理想切近。

回到杨万里上引序文的思路。杨万里明显是在王庭珪的教导下，由江西诗学而上探李、杜的。但是，江西诗派讲李、杜，一般李虚杜实，就是说李白处于陪衬，讲得较空洞、较抽象，黄庭坚以来正面强调、大力鼓吹的是学杜。南宋中期为早期江西诗学纠偏的意识觉醒，对提高李白的地位起了很大作用。陆游、杨万里及同时的人们并尊李、杜，从李白这一面来说有了更实在的意义。

杨万里对李、杜都是推尊的，但在感情上又有所不同。如收在《江东集》中写于在长江行舟阻风时的《舟中排闷》一诗，说："平生爱诵谪仙诗，百诵不熟良独痴。舟中一日诵一首，诵得遍时应得归。"[1] 话虽然说得幽默，但所反映的对李白诗的衷爱却是实情。除了这首诗，其他诗中类似的话还有："狂歌谪仙词，三杯通大道""渭水傅岩看后代，东坡太白即前身"[2]，说明杨万里之爱李白，不是出自跟风，不似矮子观场。事实上，杨万里在气质上接近李白的童真和飘逸不羁，所以，他受李白诗影响是很自然的。其《石湖先生大资参政范公文集序》评范成大："清新妩丽，奄有鲍、谢；奔逸隽伟，穷追太白。"[3]其评人，亦可视为夫子自道。关于杨万里学李白，张瑞君《杨万里评传》一书有较详实的分析[4]，这里仅举一

①②③　[宋]杨万里著，王琦珍整理《杨万里诗文集》卷三十三、卷八十三，江西人民出版社 2006 年版，第 584、726、198、1278 页。
④　张瑞君《杨万里评传》，南京大学出版社 2001 年版，第 166—181 页。

对显例以见其馀，首先是《重九后二日同徐克章登万花川谷月下传觞》：

> 老夫渴急月更急，酒落杯中月先入。领取青天并入来，和月和天都蘸湿。天既爱酒自古传，月不解饮真浪言。举杯将月一口吞，举头见月犹在天。老夫大笑问客道，月是一团还两团？酒入诗肠风火发，月入诗肠冰雪泼。一杯未尽诗已成，诵诗向天天亦惊。焉知万古一骸骨，酌酒更吞一团月。[①]

罗大经《鹤林玉露》曾记亲闻杨万里诵此诗的本事："余年十许岁时，侍家君竹谷老人谒诚斋。亲闻诚斋诵此诗，且曰：'老夫此作，自谓仿佛李太白。'"[②] 其次，杨万里还有与此相近的《夏夜玩月》：

> 仰头月在天，照我影在地。我行影亦行，我止影亦止。不知我与影，为一定为二。月能写我影，自写却何似。偶然步溪旁，月却在溪里。上下两轮月，若个是真底。唯复水是天，唯复天是水。[③]

今天读来，这两首诗当然都不及李白《月下独酌》在真朴中见飘逸，在狂逸中见风姿，但杨万里此二诗却在飘逸中别显风趣，既是脱化李白，更是自写怀抱。明人胡应麟认为杨万里这首得意之作，正如欧阳修《庐山高》"惊骇俗流可耳"，"自谓仿佛太白"，实际都只是"唐突"[④]。胡氏的批评标准未免过苛过死，还是清人袁枚更知变通、更懂杨万里，评价更为客观："诚斋一代作手，谈何容易。

---

① [宋] 杨万里著，王琦珍整理《杨万里诗文集》卷三十六，江西人民出版社 2006 年版，第 658 页。
② [宋] 罗大经撰，王瑞来点校《鹤林玉露》乙编卷四《月下传杯诗》，中华书局 1983 年版，第 183—184 页。
③ [宋] 杨万里著，王琦珍整理《杨万里诗文集》卷三十九，江西人民出版社 2006 年版，第 732 页。
④ [明] 胡应麟《诗薮》外编卷五，上海古籍出版社 1979 年版，第 212、213 页。

后人嫌太雕刻，往往轻之。不知其天才清妙，绝类太白，瑕瑜不掩，正是此公真处。"① 所谓"嫌太雕刻"，就包括了胡应麟上述意见，即认为杨万里学李白太过摹拟、雕刻，与李白的自然飘逸相悖。袁枚看到的却是杨万里"天才清妙，绝类太白"，这种自然禀赋使他与李白有其相通处，故能成为"一代作手"，这与前引刘克庄的评价正如出一辙，前后呼应。

大体可以说，杨万里是因性格气质相近而喜爱李白诗，他学李白诗往往带有一定的游戏性，是为了调节生活，放松心情，时而闹着玩儿的。但是，他对杜甫是崇敬、对杜诗是崇拜的，因为在理性认知中，杜诗的位置是：

> 道子之画、鲁公之书、子美之诗，盖兼百家而无百家，旷千载而备千载者也。②

因此，他学习杜诗是严肃、刻意、有计划、成系统、成规模的。学李，开始往往无意，但学着学着又不免刻意了。学杜，则自始至终是认真的、艰苦努力的。

二、杨万里学杜方法举隅

杨万里在给他的老师王庭珪文集作序时，说："盖其诗自少陵出，其文自昌黎出，大要主于雄刚浑大云。"③ 在给庭珪之子叔雅写墓志铭，再次介绍说："先生（指王庭珪）诗句得法于杜子美，自江西而下不论也。"④ 受老师的影响，杨万里学诗，是自黄庭坚、陈

---

① ［清］袁枚著，顾学颉校点《随园诗话》卷八，人民文学出版社 1982 年版，第 272 页。
② ［宋］杨万里著，王琦珍整理《杨万里诗文集》卷七十八《罗德礼〈补注汉书〉序》，江西人民出版社 2006 年版，第 1239 页。
③ ［宋］杨万里著，王琦珍整理《杨万里诗文集》卷八十《泸溪先生文集序》，江西人民出版社 2006 年版，第 1239 页。
④ ［宋］杨万里著，王琦珍整理《杨万里诗文集》卷一百二十七《王叔雅墓志铭》，江西人民出版社 2006 年版，第 2107 页。

师道而上探杜诗的。王琦珍指出：杨万里"很推崇黄庭坚"，他"对杜诗的顶礼绝不亚于黄庭坚"①。不妨先看看杨万里以下三首诗：

> 飘蓬敢恨一年迟，客里春光也自宜。白玉青丝那得说，一杯咽下少陵诗。（卷一《立春日有怀二首》其一）

> 晚因子厚识渊明，早学苏州得右丞。忽梦少陵谈句法，劝参庾信谒阴铿。（卷七《书王右丞诗后》）

> 病身兀兀脑岑岑，偶得儿曹文字林。一卷杜诗揉欲烂，两人齐读味初深。斫肝枉却期千载，漏眼谁曾更再寻？笔底奸雄死犹毒，莫将饶舌泄渠心。（卷四十二《与长孺共读杜诗》）②

杨万里用他特有的活泼风趣的语言写他读杜诗的感受，所谓"一杯咽下少陵诗""一卷杜诗揉欲烂"，乃至"忽梦少陵谈句法，劝参庾信谒阴铿"，都正如钱锺书所评的：杨万里"创辟了一种新鲜泼辣的写法，衬得陆和范的风格都保守或者稳健"③。这些话寓庄于谐，所表达的虔敬杜诗之情是真实的和显而易见的。

上引第三首尾联还透露出一个信息：杨万里祖述杜诗，并不限于艺术。他与杜甫更有思想上的相通。罗大经《鹤林玉露》举了一例："士大夫危言峻节，迁谪凄凉，晚岁收用，衰落惩创，刓方为圆者多矣。吕子约谪庐陵，量移高安，杨诚斋送行诗云：'不愁不上青霄去，上了青霄莫爱身。'盖祖杜少陵《送严郑公》云：'公若居台辅，临危莫爱身。'然以之送迁谪流徙之士，则意味尤深长

---

① 王琦珍《杨万里与诚斋体》，江西高校出版社 2013 年版，第 51 页。
② ［宋］杨万里著，王琦珍整理《杨万里诗文集》，江西人民出版社 2006 年版，第 7、117、781 页。
③ 钱锺书《宋诗选注·杨万里》，生活·读书·新知三联书店 2007 年版，第 252 页。

也。"① 所举诗例，传世本《诚斋集》中未见，近似的有两首：一是
《五月一日过贵溪舟中苦热》，末尾两句为："劝君莫爱高官职，行
路难时却怨嗟。"二是《大儿长孺赴零陵簿示以杂言》，中有"先人
门户冷如冰，岂不愿汝取高位。高位莫爱渠，爱了高位失丈夫。老
夫老则老，官职不要讨。白头官里捉出来，生愁无面见草莱"诸
句。所表现的爱国忘私、洁身自好的品质，是杨万里向杜甫学习的
重要方面。

杨万里通过黄庭坚、陈师道学杜，首先表现在爱用杜诗的语
典，这是常规方法，例子太多，不必赘述。在此之外，受老师王庭
珪句法得于杜诗的影响，杨万里用力颇多的也在杜诗句法。他说：
"觅句深参少陵髓。"又，上引诗句"忽梦少陵谈句法，劝参庾信谒
阴铿"②，来自杜甫"李侯有佳句，往往似阴铿""庾信文章老更成，
凌云健笔意纵横"③，表明他对杜诗句法及其发源的熟悉。他在《诚
斋诗话》开篇即道：

> 句有偶似古人者，亦有述之者。……杜云："薄云岩际宿，
> 孤月浪中翻。"此庾信"白云岩际出，清月波中上"也，"出"
> "上"二字胜矣。阴铿云："莺随入户树，花逐下山风。"杜云：
> "月明垂叶露，云逐渡溪风。"又云："水流行地日，江入度山
> 云。"此一联胜。庾信云："永韬三尺剑，长卷一戎衣。"杜云：
> "风尘三尺剑，社稷一戎衣。"亦胜庾矣。④

① ［宋］罗大经撰，王瑞来点校《鹤林玉露》乙编卷二《迁谪量移》，中华书局1983年
版，第143页。
② ［宋］杨万里著，王琦珍整理《杨万里诗文集》卷四《和九叔知县昨游长句》、卷七
《书王右丞诗后》，江西人民出版社2006年版，第76、117页。
③ ［唐］杜甫著，［清］仇兆鳌注《杜诗详注》卷一《与李十二白同寻范十隐居》、卷十
一《戏为六绝句》，中华书局1979年版，第45、898页。
④ ［宋］杨万里撰《诚斋诗话》，见丁福保辑《历代诗话续编》，中华书局2006年版，
第136页。

由此可见，杨万里并非单纯接受了黄庭坚所谓"杜之诗法出审言，句法出庾信，但过之耳"①的说法，还细心揣摩了杜句胜过所学古人的表现。所以，他也向杜甫学广泛参详模仿前人句法，以致梦到杜甫亲授妙句。

罗大经《鹤林玉露》载曰："杜少陵诗云：'风含翠篠娟娟净，雨裛红蕖冉冉香。'上句风中有雨，下句雨中有风，谓之互体。杨诚斋诗云'绿光风动麦，白碎日翻池'亦然，上句风中有日，下句日中有风。"②可谓深契杜句"互体"之妙。但是，杨万里仍会慨叹"句里略无烟火气，更教谁上少陵坛"③，他显然是清楚自己和多数宋人学杜句，只不过学在了字句表层而未深入膝里。究其原因，杜句中"烟火气"毕竟来自人间世象、苍生疾苦和诗人自身的人生历练，而非艺术形式的技巧本身。钱锺书指出："杨万里的主要兴趣是天然景物，关心国事的作品远不及陆游的多而且好，同情民生疾苦的作品也不及范成大的多而且好；……他的诗很聪明、很省力、很有风趣，可是不能沁人心灵；他那种一挥而就的'即景'写法也害他写了许多草率的作品。"④批评是很中肯的。

除了学杜诗句法，杨万里还有一种很有意思的学杜方式，即集杜为诗。对于精熟杜诗的杨万里来说，仅仅化用杜诗典故显然已经无法满足其学杜的热忱。罗大经说："大抵古人好诗，在人如何看，在人把做什么用。"⑤刘辰翁则进一步明确"凡大人语，不拘一义，

---

① ［宋］陈师道《后山诗话》，见［清］何文焕辑《历代诗话》，中华书局2004年版，第303页。
② ［宋］罗大经撰，王瑞来点校《鹤林玉露》乙编卷一《诗互体》，中华书局1983年版，第132页。
③ ［宋］杨万里著，王琦珍整理《杨万里诗文集》卷八《蜜渍梅花》，江西人民出版社2006年版，第144页。
④ 钱锺书《宋诗选注·杨万里》，生活·读书·新知三联书店2007年版，第256页。
⑤ ［宋］罗大经撰，王瑞来点校《鹤林玉露》乙编卷二《春风花草》，中华书局1983年版，第149页。

亦其通脱透活自然"，又举例道："观诗各随所得，别自有用，因记
往年福州登九日山'俯城中培塿，不复辨倚栏'，微讽杜句'泰山
忽破碎，泾渭不可求'。时彗见求言，杨平舟栋以为蚩尤旗见，谓
邪论罢、机政，偶与古心叹惜我辈如此。古翁云：适所诵两言者得
之矣。用是此语，本无交涉，而见闻各异，但觉闻者会意更佳。用
此可见杜诗之妙，亦可为读杜诗之法。从古断章而赋皆然，又未可
訾为错会也。"① 可见，集杜不单被宋人认作一种极好的读诗之
法②，还是另一种意义的再创作。终身学杜的陆游，虽未作过集
杜诗，但也在《杨梦锡集句杜诗序》中流露出对集杜的特别
欣赏：

> 文章要法，在得古作者之意。意既深远，非用力精到，则
> 不能造也。前辈于《左氏传》《太史公书》、韩文、杜诗，皆熟
> 读暗诵，虽支枕据鞍间，与对卷无异。久之，乃能超然自得。
> 今后生用力有限，掩卷而起，已十亡三四，而望有得于古人，
> 亦难矣。楚人杨梦锡才高而深于诗，尤积勤杜诗，平日涵养不
> 离胸中，故其句法森然可喜。因以暇戏集杜句。梦锡之意，非
> 为集句设也，本以成其诗耳。不然，火龙黼黻手，岂补缀百家
> 衣者耶？③

按照陆游的理解，集杜不是为了作诗而集句，而是读诗渐深之后胸
中自然明了这些"古作者之意"，是充分涵养、内化后所生发而出

---

① ［宋］刘辰翁撰，段大林校点《刘辰翁集》卷六《题刘玉田选杜诗》，江西人民出版
　社1987年版，第208页。
② ［宋］真德秀撰《西山文集》卷三十六《跋馀干陈君集杜诗》曰："尹和靖论读书法，
　必欲耳顺心得，如诵已言。陈君之于杜诗，可谓耳顺心得矣。学者能用君此法以读
　吾圣人之经，则所谓取之左右逢其原者，不难到也。"影印《文渊阁四库全书》第
　1174册，上海古籍出版社1987年版，第566—567页。
③ ［宋］陆游著，马亚中、涂小马校注《渭南文集校注》卷十五，浙江古籍出版社2015
　年版，第142页。

的一种再创造性自我表达。所以，集句诗非但需要"用力精到""句法森然"，还往往有种"六经注我"式的大气魄，绝非寻常百衲衣般的拼凑牵合。这对集句者的功底素养是要求极高的，即便博学如苏、黄，亦尚未有集杜诗面世。

现存可考文献显示，杨万里之前已有一些集杜诗创作，但篇幅多很短小，以五七言律、绝为主，古体较少。张明华研究显示，"最早的集杜诗是北宋中期孔平仲的《寄孙元忠（俱集杜句）》31首和《孙元忠寄示种竹诗，戏以二十篇答》20首两组。"[①] 前一组为七古、后一组为五古，体制均限于八句。其后，当以黄公度《晚泊同安林明府携酒相过戏集杜陵句为醉歌行》二十句为最长。杨万里或许读过孔、黄等人的集句之作，似乎有意与他们一较高下，洋洋洒洒地写出了更长篇的《类试所戏集杜句、跋杜诗，呈监试谢昌国察院》：

> 有客有客字子美，日籴太仓五升米。锦官城西生事微，尽醉江头夜不归。青山落日江湖白，嗜酒酣歌拓金戟。语不惊人死不休，万草千花动凝碧。穉子敲针作钓钩，老夫乘兴欲东流。巡檐索共梅花笑，还如何逊在扬州。老去诗篇浑漫与，蛱蝶飞来黄鹂语。往时文采动人主，来如雷霆收震怒。一夜水高数尺强，濯足洞庭望八荒。阊阖晴开映荡荡，安得仙人九节杖？君不见西汉杜陵老，脱身事幽讨。下笔如有神，汝与山东李白好。儒术于我何有哉？愿吹野水添金杯。焉知饿死填沟壑，如何不饮令心哀？名垂万古知何用？万牛回首丘山重。[②]

据笔者逐一核对杜诗原文，这首三十句的长篇七言歌行，共集自杜

---

① 张明华《文化视域中的集句诗研究》，中国社会科学出版社 2014 年版，第 129 页。
② ［宋］杨万里著，王琦珍整理《杨万里诗文集》卷十九，江西人民出版社 2006 年版，第 331 页。

诗中的 23 首。其中，集《醉时歌》4 句、《苏端薛复筵简薛华醉歌》
3 句、《白丝行》2 句、《江上值水如海势聊短述》2 句，其馀 19 首
诗各 1 句。另外，还有《乐游园歌》《春水生二绝（其二）》《醉为
马坠诸公携酒相看》三首诗被集用时有一字异文。尤其"尽醉江头
夜不归"一句与《曲江二首（其二）》中"每日江头尽醉归"[1] 用
字出入较大、表意亦甚差别，可能不是记忆舛误，而是有意为之。
杨万里讽诵杜诗果如其言"一杯咽下"[2]、熟烂于心，对于特别钟爱
之诗更是反复吟咏、不吝再三集句为诗。即使偶尔改动个别字亦似
别具匠心，譬如"嗜酒酣歌拓金戟"一句，较之杜诗"罢酒酣歌拓
金戟"[3]，情感更激昂热烈，与其下句紧接"语不惊人死不休"[4] 气
脉更连贯顺畅，这是陷入酒酣状态时的激情迸发。这种集句的小心
思，应该始于北宋，孔平仲集句寄苏轼，苏轼勘破过："世间好句
世人共""用之如何在我耳"[5]。杨万里将孔平仲之法用于集杜，改
杜句以更畅快地抒情表意。

　　杨万里还有《予因集杜句、跋杜诗呈监试谢昌国察院，谢丈复
集杜句见赠，予以百家衣报之》曰：

　　　　棘闱深锁武成宫，华裾织翠青如葱。谢公文章如虎豹，林
　　间一啸四山风。天下几人学杜甫？千江隔兮万山阻。画地为饼
　　未必似，更觉良工心独苦。谁登李杜坛？浩如海波翻。奄有二

① ［唐］杜甫著，［清］仇兆鳌注《杜诗详注》卷六，中华书局 1979 年版，第 447 页。
② ［宋］杨万里著，王琦珍整理《杨万里诗文集》卷一《立春日有怀二首（其一）》，
　江西人民出版社 2006 年版，第 7 页。
③ ［唐］杜甫著，［清］仇兆鳌注《杜诗详注》卷十八《醉为马坠诸公携酒相看》，中华
　书局 1979 年版，第 1590 页。
④ ［唐］杜甫著，［清］仇兆鳌注《杜诗详注》卷十《江上值水如海势聊短述》，中华书
　局 1979 年版，第 810 页。
⑤ ［宋］苏轼著，［清］王文诰辑注，孔凡礼点校《苏轼诗集》卷二十二《次韵孔毅父集
　古人句见赠五首》，中华书局 1982 年版，第 1156 页。

子成三人，古风萧萧笔追还。我诗如曹邻，拆东补西裳作带。令人还忆谢玄晖，昆仑虞泉入马蹄。我愿四方上下逐东野，只有相逢无别离。[①]

这首"百衲衣"体的七言古诗，主要集自《古今事文类聚》《唐摭言》《山谷集》《苏轼诗集》《韩愈诗集》《容斋随笔》《类说》《后山集》《杜甫集》等古今诗文总集、别集以及诗话、笔记，尤以韩、苏、黄三家诗为多。其中"我愿"系诗人补缀之词，末句"只有相逢无别离"更是自铸新词、并无依傍。正是这种有意无意地大小改造，不但呈现出集句诗人灵活多变的创新思维，还传达出集句毕竟属于一种新的诗歌形式，需要二度创作，所以积累前人诗句基础上的新变突破也是势所必然。这里单从杨万里将集杜诗作为友人间酬赠唱和的一种方式来看，就既反映出集杜者大力背诵杜诗所花功夫已悄然转换成文人们交流阐释杜诗的重要媒介，又折射出集杜诗在南宋中叶流行起来跟杜诗经典化及深受尊崇的地位密切相关。

"画地为饼未必似，更觉良工心独苦"，杨万里透过集句诗传达出了对世人学杜的清醒认识，即越是一味求似，反而疏离愈远。杨万里能作出长达 30 句、集自杜集三分之二以上卷数的集杜诗，对杜诗的推崇与喜爱、潜心研读参透之功自是不言而喻的。若说读杜是集杜的一项基本前提，那么集杜便是尊杜很有代表性的方式。

概而言之，杨万里学杜费的心力很多，但基本风格却与杜诗很为不同。那些学得明显的，成就大多远远不及杜诗。他较为成功的

---

① ［宋］杨万里著，王琦珍整理《杨万里诗文集》卷十九，江西人民出版社 2006 年版，第 332 页。按：原本"裳"下断句，不从。

学杜之作，反而是不似杜的作品。可能最初是不期然而然，后来则逐渐意识到这恰恰是一条正确的道路，于是有意变杜创新。谢思炜说："在杜诗学中，最好的解释者是那些把解释当作创作的人，也就是采取断章取义态度的人。断章取义最典型地揭示了解释的双向性特征，因而它与'述而不作''六经注我'等中国古代的著述观共同表现出解释和创作如何互相转化，表明在作品中化为语言现实的传统如何向每一种可能的理解敞开，并无限伸展。"① 杨万里学杜的意义或许应该这样看。

三、"诚斋体"与杜诗

宋诗最有个性、最具风姿的就是杨万里诗，故自《沧浪诗话》称之为"杨诚斋体"后，这一名称就被广泛接受。钱锺书说杨万里"不掉书袋，废除古典，真能够做到平易自然，接近口语"②。诚斋体的特点简单说就是浅俗而活泼灵动。他的《读退之李花诗》说："近红暮看失燕支，远白宵明雪色奇。花不见桃惟见李，一生不晓退之诗。"③ 末句"一生不晓退之诗"的"不晓"具体指向第三句，但通读《诚斋集》后，却发觉这句话实际也概括了他对韩愈诗的不满。从宋初开始，宋人大多学韩愈诗的琢炼，"以文为诗"，追求生新、拗涩、奇巧，随着江西诗学逐渐退潮，韩愈诗也有从宋人选择的典范名单中淡出的倾向。杨万里诗风成熟，自成"诚斋体"后，活泼灵动、幽默诙谐、细小浅俗，自成风格，一般认为这是杨万里从师法古人到"皆不敢学"，"由循循于法而转变到诗无定法的'活法'"④ 的结果。然而，正如元人房皞《读杜诗》所说："后学为诗

---

① 谢思炜《杜诗解释史概述》，载《文学遗产》1991 年第 3 期，第 81 页。
② 钱锺书《宋诗选注》，生活·读书·新知三联书店 2007 年版，第 253 页。
③ ［宋］杨万里著，王琦珍整理《杨万里诗文集》卷二十五，江西人民出版社 2006 年版，第 441 页。
④ 木斋《宋诗流变》，京华出版社 1999 年版，第 362 页。

务斗奇，诗家奇病最难医。欲知子美高人处，只把寻常话做诗。"①
诚斋体不是空穴来风，往上追溯，杜诗是其源头之一。

诚斋体与杜诗最显在的联系是二者对细微日常生活的描写。按
照吕正惠《杜诗与日常生活》一文的意见，杜甫将日常生活内容悉
数带到了诗中，使诗具有了日常生活的况味。他说："杜甫诗中有
相当完整的个人生活的记录，差不多从安史之乱的前夕一直到他病
死两湖之间，我们可以清楚地掌握他的行踪，了解他每一阶段的生
活与感情。大至朝廷中的大事，小至个人生活的琐事与细节，他都
会写入诗中。""杜甫诗中有一种日常生活的意识，他要把诗写得像
日常生活一般……一是杜甫对日常景物的体会，一是杜甫对日常人
情的描绘。""一般而言，诗的语言要比日常的语言'高'一点，总
有一点装着腔说话的味道，因为是装着腔，也就丧失了那种日常生
活的平凡味与亲切味。杜诗往往能……把语言拉得近似说话，因此
自然具备了日常生活的亲切感。""在中国诗歌史上，是杜甫奠定了
日常生活诗歌传统的基础。"而杜甫开辟的这个传统，其继承人包
括了"从元和时代的韩愈、白居易到两宋的所有重要诗人"②。宋代
诗人注重对日常生活的细心观察，在诗中写出日常琐务和生活细
节③，正是对杜甫所开辟道路的接续，杨万里更是对此作了发扬
光大。

因题材兴趣的日常生活化，杜诗的语言也有新追求。李汝伦

---

① ［元］房皞《白云子集·读杜诗三首》，见［清］顾嗣立编《元诗选》三集卷一，影印
《文渊阁四库全书》第1471册，上海古籍出版社1987年版，第248页。

② 吕正惠《诗圣杜甫》，生活·读书·新知三联书店2015年版，第173—187页。原署
名李石1980年12月在《中外文学》第9卷第7期刊发。台湾另一位学者徐国能又
有《以"俗"论杜辨析》一文亦有较全面的阐述，载《淡江中文学报》2009年第
20期。

③ （日）吉川幸次郎著，李庆、骆玉明等译《宋元明诗概说》，复旦大学出版社2012年
版，第12页。

《说老杜俚言俗语入诗》专从语言的角度谈杜诗，说："老杜腹中书多，用典用事常信手牵来。由于有的太僻，往往使人难以索解。此为老杜所长，然亦老杜所短。但老杜也兼采口语、俚语及其词汇入诗，通俗、畅达。"该文举例分析其表现效果，有的通俗而显得新鲜，有的用得俗中见雅，有的用俗语而语含凄恻。同时指出："这类诗句多数用在即兴的、小品式的诗中，较少用来咏写重大的现实题材以及抒发沈悒顿挫、悲苦怆凉或激动豪壮的感情。"① 宋诗也从语言的角度沿袭了杜诗。

而从审美趣味看，浅俗、灵动、富有机趣的作品，在杜甫入蜀以后的作品中出现了不少，虽然就整个杜诗而言，这并非主流，但这类作品对中晚唐和宋代有较大的影响，诚斋体诗与杜诗，存在着草蛇灰线式的联系。

具体情形大概是：宋人从梅尧臣开始，受杜甫、韩愈、白居易的综合影响，形成了以俗为雅的审美追求。张高评对此有专题研究，他指出："中唐至宋初的诗歌风格遂向通俗化转变，审美情趣亦趋向于'化俗为雅'。""由狎近而高超，舍粗大就精致，化实用为美感，自凡俗成雅致，宋诗大抵能在'作者不到处，别生耳目'。"又说："诗歌之俗化，既推广表现对象，更增强了表现功能。"② 在宋诗"以俗为雅"的时代性氛围中，杨万里推波助澜，罗大经《鹤林玉露》有记：

> 杨诚斋云："诗固有以俗为雅，然亦须经前辈镕化，乃可因承，如李之'耐可'，杜之'遮莫'，唐人'里许''若个'之类是也。唐人寒食诗不敢用'饧'字，重九诗不敢用'糕'

---

① 李汝伦《杜诗论稿》，广东人民出版社 1983 年版，第 182—185 页。
② 张高评《宋诗特色研究》，长春出版社 2002 年版，第 382—383 页。

> 字，半山老人不敢作梅花诗，彼固未敢轻引里母田夫，而坐之
> 平王之子、卫侯之妻之侧也。"余观杜陵诗亦有全篇用常俗语
> 者，然不害其为超妙。如云："一夜水高二尺强，数日不可更
> 禁当。南市津头有船卖，无钱即买系篱傍。"……杨诚斋多效
> 此体，亦自痛快可喜。①

这段文字前半出自杨万里《答卢谊伯书》，稍有异文。但基本意思
非常明了，即诗中原有"以俗为雅"的做法都须有前辈个例，不可
擅自草创。罗大经遂举杜诗全篇皆用俗语之例来赞其"超妙"寻
常，并指明杨万里好用俚辞俗语甚或脱口而出，即学老杜作诗随顺
自然、痛快淋漓，令人称赏。这种谐俗机趣之体与宋诗整体上讲究
学问精深的风貌很不一致，一般认为是杨万里有意突破黄、陈以来
江西诗派作诗的藩篱，转而追求回归唐诗胸臆之语的一种体现②。

而实际上，将浅俗化成机趣，使浅俗变得活泼，确实是杨万里
的明显追求，是诚斋体的特色所在。从杜诗题材的日常生活化、杜
诗语言的"寻常语""天然语"倾向，到宋诗的"以俗为雅"，逻辑
上导向诚斋体。但是，在诚斋体出现之前，浅俗、灵动、富有机
趣，却并未成为明确追求。清赵翼曰："诚斋专以俚言俗语阑入诗
中，以为新奇。"③李树滋进一步说："用俗语入诗，始于宋人，而

---

① [宋] 罗大经撰，王瑞来点校《鹤林玉露》丙编卷三《以俗为雅》，中华书局 1983 年
　　版，第 285 页。
② 钱锺书《宋诗选注·杨万里》说："杨万里的诗跟黄庭坚的诗虽然一个是轻松明白、
　　点缀些俗语常谈，一个是引经据典、博奥艰深，可是杨万里在理论上并没有跳出黄
　　庭坚所谓'无字无来处'的圈套。……杨万里对俗语常谈还是很势利的，并不平等
　　看待、广泛吸收；他只肯挑选牌子老、来头大的口语，晋唐以来诗人文人用过
　　的——至少是正史、小说、禅宗语录记载着的——口语。他诚然不堆砌古典了，而
　　他用的俗语都有出典，是白话里比较'古雅'的部分。"生活·读书·新知三联书
　　店 2007 年版，第 253 页。
③ [清] 赵翼《瓯北诗话》卷六《陆放翁诗》，人民文学出版社 1963 年版，第 93 页。

莫善于杨诚斋。"① 诚斋体这一特点，与杨万里对杜诗下功夫的学习是有因果关系的，只是他的学杜，与黄庭坚及江西诗派诸家方向大为不同。江西派诸家学杜主严正，而杨万里学杜则剑走偏锋，将杜诗引向了浅俗、谐谑的方向。有趣的是：宋初曾以"村夫子"为杜甫的恶谥，而杨万里竟把杜诗的"村趣"发展成了有个性的诗趣，这种诗趣既浅俗又不乏深意。这是学杜的新面貌、新境界。

第四节　朱熹评杜与治经的关系

南宋中期大儒朱熹既是理学宗师，又有很高的文学修养，投入于文学事业的功夫也不少，故取得的文学成就甚高。其文学观与创作实绩两相配合，对时人产生很大影响。朱熹对李、杜有不同于常人的评价，他本人的诗作虽与李、杜有甚深的渊源，但却并不一般地拟效，其对李、杜的态度独立于时流，需要特别予以讨论。

一、朱熹的诗学观及其李杜批评

作为理学宗师，朱熹的文学观承袭了周敦颐和二程等人重道轻文观，但又有重大差异。程颐在阅读《诗经》时，对诗的价值有过肯定，曾说：

> 诗者，言之述也。言之不足而长言之，咏歌之所由兴也。其发于诚、感之深，至于不知手之舞，足之蹈，故其入于人也亦深，至可以动天地、感鬼神。②

这种袭自汉儒的文学观，程颐并没有贯彻到实际人生中，当在答弟

---

① ［清］李树滋《石樵诗话》卷四，清道光二十九年湖湘采珍山馆刊本。
② ［宋］程颢、程颐著，王孝鱼点校《二程集》河南程氏经说卷三《诗解》，中华书局1981年版，第1046页。

子问"诗可学否"时却说：

> 既学时，须是用功，方合诗人格。既用功，甚妨事。古人
> 诗云"吟成五个字，用破一生心"，又谓"可惜一生心，用在
> 五字上"，此言甚当。
>
> 某素不作诗，亦非是禁止不作，但不欲作此闲言语，且如
> 今言能诗者无如杜甫，如云"穿花蛱蝶深深见，点水蜻蜓款款
> 飞"，如此闲言语，道出做甚？某所以不常作诗。[①]

程颐的话透出两方面的观点：其一，认为作诗是人生中不紧要的
事，花在作诗上的功夫显得很浪费；其二，认为像杜甫"穿花蛱蝶
深深见，点水蜻蜓款款飞"这样的名诗句，其实也不过是"闲言
语"，对于人生没有实际用处。其轻视诗的意思是很明显的。程颐
之后的很多理学家与他一样轻视诗。

朱熹尽管诗歌修养很高，实际作诗也多，但当有人向他求教诗
的时候，却诚恳地告诫：

> 诸诗亦佳，但此等亦是枉费功夫，不切自己底事。若论为
> 学，治己治人，有多少事？至如天文地理、礼乐制度、军旅刑
> 法，皆是著实有用之事业，无非自己本分内事。古人六艺之
> 教，所以游其心者正在于此。其与玩意于空言，以校工拙于篇
> 牍之间者，其损益相万万矣。[②]

此话与程颐观点如出一辙，都是认为以"治己治人"为目标的"为
学"才最切己，才是"自己本分内事"，而学诗、作诗则属于"玩

---

① [宋]程颢、程颐著，王孝鱼点校《二程集》二程遗书卷十八《伊川先生语四》，中
  华书局1981年版，第239页。
② 朱杰人等主编《朱子全书》文集卷五十八，上海古籍出版社、安徽教育出版社2002
  年版，第2755页。

意于空言"，是"枉费功夫"，并不主张从学者把精力投入到作诗。他本人虽有很高诗歌修养，"手痒痒地要"作诗①，但同样戒惧警惕于作诗：

> 诗之作，本非有不善也，而吾人之所以深惩而痛绝之者，惧其流而生患耳，初亦岂有咎于诗哉。然而今远别之期近在朝夕，非言则无以写难喻之怀，然则前日一时矫枉过甚之约，今亦可以罢矣。皆应曰：诺。既而敬夫以诗赠，吾三人亦各答赋以见意，熹则又进而言曰：前日之约已过矣，然其戒惧警省之意，则不可忘也。何则？诗本言志，则宜其宣畅湮郁，优柔平中，而其流乃几至于丧志。群居有辅仁之益，则宜其义精理得，动中伦虑，而犹或不免于流，况乎离群索居之后，事物之变无穷，几微之间，毫忽之际，其可以营惑耳目，感移心意者，又将何以御之哉。故前日戒惧警省之意，虽曰小过，然亦所当过也。由是而扩充之，庶几乎其寡过矣。②

> 作诗间以数句适怀亦不妨。但不用多作，盖便是陷溺尔。当其不应事时，平淡自摄，岂不胜如思量诗句？至如真味发溢，又却与寻常好吟者不同。③

朱熹认识到诗有"适怀""宣畅湮郁，优柔平中"的作用，不能简单地排斥，但却仍然"戒惧警省"，害怕"陷溺"至于"玩物丧志"。"适怀"只是个人遣兴、娱乐的小玩乐，专门为此而花费大量时间自然不必。

---

① 钱锺书《宋诗选注》，生活·读书·新知三联书店 2007 年版，第 244 页。
② 朱杰人等主编《朱子全书》文集卷七十七《南岳游山后记》，上海古籍出版社、安徽教育出版社 2002 年版，第 3705—4029 页。
③ ［宋］黎靖德编，王星贤点校《朱子语类》卷一百四十，中华书局 1986 年版，第 3333 页。

那么，可不可能超越"适怀"的层次，让作诗有意义呢？在朱熹的思想逻辑中，"重道轻文"有两方面的要义：其一，强调学者应"汲汲乎道"而不是"汲汲乎文"，《答林峦》第一书说：

> 学之道非汲汲乎辞也，必其心有以自得之，则其见乎辞者，非得已也。是以古之立言者其辞粹然，不期以异于世俗，而后之读之者，知其卓然非世俗之士也。①

提醒学者不要把心思都用到了文辞上，而要把握文辞背后的思想，也即古圣贤的立言本意。"自得之"不是指向语言表达的技巧，而是其卓然异于世俗之意。这个观点，即"先道后文"说。

其二，并不排斥或取消"文"，《与汪尚书》有曰：

> 盖道无适而不存者也，故即文以讲道，则文与道两得，而一以贯之，否则亦将两失之矣。②

"即文以讲道"，也可以表述为"因文以见道"，用今天的话来说，就是主张通过作诗来悟道、明理。这样的观点，就是文道一体论。仔细辨析可见，朱熹的文道一体论虽然也属于重道轻文论，但却与二程等人有本质的不同。因为二程的重道轻文把"文"和"道"割裂开来，从而根本排斥"文"，而朱熹重道轻文的重点却是"因文以明道"或"借文以显道"。在朱熹这里，"文"虽无独立的价值，却可在"明道""显道"中获得相对价值③。胡迎建认为："朱熹一

---

① 朱杰人等主编《朱子全书》文集卷三十九，上海古籍出版社、安徽教育出版社 2002年版，第 1726 页。
② 朱杰人等主编《朱子全书》文集卷三十，上海古籍出版社、安徽教育出版社 2002 年版，第 1305 页。
③ 莫砺锋《朱熹文学研究》（南京大学出版社 2000 年版，第 113—114 页）对此的分析，对笔者颇有启发。又，（日）横山伊势雄《论朱熹的文学哲学一体观》对此有较深入的阐述，可参。见《古代文学理论研究》辑刊第 18 辑，上海古籍出版社 1997年版，第 339—356 页。

生还是离不开诗的。"①

所以，朱熹的文学批评，首重道德评价。对李、杜的道德评价，可先看罗大经《鹤林玉露》卷六的《李杜》条：

> 李太白当王室多难、海宇横溃之日，作为歌诗，不过豪侠使气，狂醉于花月之间耳。社稷苍生，曾不系其心胸，其视杜少陵之忧国忧民，岂可同年语哉！唐人每以李、杜并称，韩退之识见高迈，亦惟曰："李杜文章在，光焰万丈长。"无所优劣也。至本朝诸公，始知推尊少陵。东坡云："古今诗人多矣，而惟以杜子美为首，岂非以其饥寒流落，而一饭未尝忘君也与？"又曰："《北征》诗识君臣大体，忠义之气，与秋色争高，可贵也。"朱文公云："李白见永王璘反，便从臾之，诗人没头脑至于如此。杜子美以稷、契自许，未知做得与否，然子美却高，其救房琯亦正。"②

罗大经先引苏轼的观点，强调文人的"识君臣大体"和"忠义之气"，对杜甫予以高度称赞；把朱熹对李白和杜甫的道德评判置于此语境下，显得顺理成章。不过，此条材料在朱熹集子和《朱子语类》中不见。可能性较大的是，其对李白较严厉的批评，与朱熹一般情况下对李白的高度称赞有一定的矛盾，为了避免这种矛盾，朱门弟子有意将其删剟。

朱熹对杜甫的高度评价，在其《王梅溪文集序》一文中有更典型的表述。该文表示"予尝窃推易说以观天下之人"，"于汉得丞相诸葛忠武侯，于唐得工部杜先生、尚书颜文忠公、侍郎韩文公，于

---

① 胡迎建《朱熹诗词研究》，中山大学出版社 2011 年版，第 18 页。
② ［宋］罗大经撰，王瑞来点校《鹤林玉露》丙编卷六《李杜》，中华书局 1983 年版，第 341 页。

本朝得故参知政事范文正公。此五君子，其所遭不同，所立亦异，然求其心，则皆所谓光明正大、疏畅洞达，磊磊落落而不可掩者也。其见于功业文章，下至字画之微，盖可以望之而得其为人。"①从君子人格的角度，将并无功业建树的杜甫与四位名臣相提并论，作出了高度评价。这是道德人格评价，是重道轻文的文学批评之基础。

朱熹在指导后学时说：

> 文章尤不可泛，如《离骚》忠洁之志固亦可尚，然只正经一篇已自多了。此须更子细抉择。……古乐府及杜子美诗意思好，可取者多，令其喜讽咏，易入心，最为有益也。②

说的是"文章"（包括诗文）阅读，但所关注的方向却是志意，更明确的是"忠洁之志"，这是道德人格的层面。学习的目标为"人心"，显然不是指向文学的技术，而是道德人格，即儒者常说的"道"。正因为这样，朱熹评杜诗《同谷七歌》时有批语曰：

> 杜陵此歌豪宕奇崛，诗流少及之者。顾其卒章，叹老嗟卑，则志亦陋矣。人可以不闻道哉！③

明确以"闻道"为诗人首要追求之点。杜甫这组诗风格"豪宕奇崛"，从诗歌艺术的角度看了不起，为世人难以企及。但朱熹所肯定的却是这种风格背后，支撑这种风格的人格力量之"豪宕奇崛"。而这组诗末章"叹老嗟卑"，这却非修养深，至于不愠不怒的君子

---

① 朱杰人等主编《朱子全书》文集卷七十五，上海古籍出版社、安徽教育出版社 2002 年版，第 3641 页。

② 朱杰人等主编《朱子全书》文集卷三十五《答刘子澄》，上海古籍出版社、安徽教育出版社 2002 年版，第 1540 页。

③ 朱杰人等主编《朱子全书》文集卷八十四《跋杜工部同谷七歌》，上海古籍出版社、安徽教育出版社 2002 年版，第 3952 页。

所应有的表现。所以，为了强调"闻道"的重要，此时朱熹不惜对杜甫作出了严苛的酷评："志亦陋矣。"

然而，正如缪钺所说："朱熹是了解文学情趣的，所以他喜欢作诗，而且其成就也在其他作诗的理学家之上。"① 朱熹对诗也有艺术追求，他说："作诗先用看李、杜，如士人治本经。本既立，次第方可看苏黄以下诸家诗。"② 朱熹认为如果说治经学要从儒家六经开始，那么学诗就要从学李、杜开始。并尊李、杜，这是南宋文人共同性的立场，但将李杜二家同时明确奉为可学习的典范，在朱熹之前却未见。这里，朱熹的语言虽有"治经"的话，不过所谈的却是"作诗"，着眼的是诗艺。在具体学习方法中，朱熹特别提出了"虚心讽咏"之法：

> 况杜诗佳处有在用事造语之外者，唯其虚心讽咏，乃能见之。国华更以予言求之，虽以读《三百篇》可也。③

宋人注杜大多把心力集中挖掘"用事造语"，朱熹很不以为然。在学习杜诗时，他提出要"虚心讽咏"，即在反复讽诵吟咏之中细细体会杜甫遣词用语背后的思想情感和良苦用心。显然，虚心讽咏文句，并非要放弃对语句典事出处的寻讨，二者不同在于：后者是用心于诗句中的原材料或"配料"，以学问家的求知方法，探明这些原材料中包含的知识，而前者则用心于诗句整体的意味，用的是鉴赏、体验的方法，力求把握的是诗心和诗艺。这里具体谈到的是杜诗，根据朱熹的前述认识，虚心讽咏的方法也同样适用于李白诗。

---

① 缪钺《宋词与理学家——兼论朱熹诗词》，载《四川大学学报》1989 年第 2 期。
② ［宋］黎靖德编，王星贤点校《朱子语类》卷一百四十，中华书局 1986 年版，第 3333 页。
③ 朱杰人等主编《朱子全书》文集卷八十四《跋章国华所集注杜诗》，上海古籍出版社、安徽教育出版社 2002 年版，第 3978 页。

朱熹对李杜具体的艺术批评，《朱子语类》以下五条语录较重要：

> 李白诗不专是豪放，亦有雍容和缓底。如首篇"大雅久不作"，多少和缓。

> 李太白终始学《选》诗，所以好。杜子美诗好者，亦多是效《选》诗，渐放手，夔州诸诗则不然也。

> 人多说杜子美夔州诗好，此不可晓。夔州诗却说得郑重烦絮，不如他中前有一节诗好。鲁直一时固自有所见。今人只见鲁直说好，便却说好，如矮人看戏耳。

> 杜甫夔州以前诗佳，夔州以后自出规模，不可学。

> 杜诗初年甚精细，晚年横逆不可当，只意到处便押一个韵。如自秦州入蜀诸诗，分明如画，乃其少作也。李太白诗非无法度，乃从容于法度之中，盖圣于诗者也。[①]

在这里，朱熹将上节所引杨万里评李、杜、苏、黄四人"圣于诗"的评价，独独用于李白一人，理由是李白诗看似豪放、恣肆，不讲法度，实际却是"从容于法度之中"，这即"从心所欲不逾矩"，是将法度内化到生命深处之后进入自由境界的表现，所以他也能有"雍容和缓"的作品。反观杜诗，朱熹认为杜诗"初年甚精细"，"自秦州入蜀诸诗，分明入画"，指的是法度掌握很精熟、精严。"晚年横逆不可当""自出规模""郑重烦絮"，莫砺锋认为其指向是"晚期杜诗所独有的朴老疏野、不衫不履的风格"，朱熹认为"杜甫晚年作诗不再遵循固有的法度（尤指"选诗"的法度），也不复着

---

① ［宋］朱熹口述，黎靖德辑《朱子语类》卷一百四十，中华书局1986年版，第3325、3326、3326、3324、3002页。

意推敲字句，而是随心所欲地率意成篇"①。莫先生意见是很精当的。朱熹对晚期杜诗的批评，恐怕主要原因在于他视简古有法、"从容和缓"为理想的审美风格。朱熹能接受豪放、恣肆，但却不接受对传统作根本突破，这是他不喜晚期杜诗的重要原因。

概言之，雅好文学的朱熹，打破了北宋理学家程颐等人鄙弃诗文的壁垒，推崇李、杜诗，将理学本位的立场，与专业的文学感受融合为一，对杜甫其人其诗作出了评价，客观上扫除了轻视杜诗的理学迷雾。

二、朱熹的诗学渊源及其对晚期杜诗的意见

前引《朱子语类》李杜评价中第二条涉及到朱熹的标准之一是《选》诗，即《文选》所收诗。朱熹认为李白诗始终学《选》诗，所以都好。前期杜诗源自《选》诗，也好。而晚期杜诗，突破了前期藩篱，不再有《选》诗的影子，就不好了。莫砺锋认为"'选诗'在艺术上是比较规范化的"，朱熹对李杜的评价与其"强调作诗应有规范法度"思想相关②。这是很有道理的。除此之外，笔者以为朱熹对李杜的批评还与其审美喜好有更大关系。

朱熹对诗的审美追求，可用前引《朱子语类》"真味发溢"四字来概括。这是一种融合理趣和诗情，以醇厚高古、自然平淡为底色的风格。钱穆指出："朱子论诗主平淡。……自为诗，则脱胎选体，……渊雅醇懿。"③

根据此种诗美追求，朱熹在《答巩仲至》中提出了著名的"三变"说：

> 尝间考诗之原委，因知古今之诗，凡有三变。盖自书传所

---

① 莫砺锋《朱熹文学研究》，南京大学出版社 2000 年版，第 164—165 页。
② 同上，第 161、165 页。
③ 钱穆《朱子学提纲》，生活・读书・新知三联书店 2002 年版，第 200 页。

记，虞夏以来，下及魏晋，自为一等。自晋宋间颜、谢以后，下及唐初，自为一等。自沈、宋以后定著律诗，下及今日，又为一等。然自唐初以前，其为诗者固有高下，而法犹未变。至律诗出，而后诗之与法，始皆大变，以至今日，益巧益密，而无复古人之风矣。故尝妄欲抄取经史诸书所载韵语，下及《文选》汉魏古词，以尽乎郭景纯、陶渊明之所作，自为一编，而附于《三百篇》《楚辞》之后，以为诗之根本准则。又于其下二等之中，择其近于古者，各为一编，以为之羽翼舆卫。……然恐亦须先识得古今体制，雅俗向背。①

朱熹的"三变"说，以上古迄至唐初古体诗的时代，视为前二等；沈、宋以来的律诗时代，视为第三等。朱熹认为诗的演变，诗法"益巧益密"，律诗时代即"无复古人之风矣"。可见，诗的三变，就是诗走向颓靡、衰微的过程。朱熹对诗歌发展的认知，迥异于宋代主流观点，恐怕应来自他自身的学习感受②。朱熹不少作品在平淡中见醇厚，在高古中见逸韵，如《瀛奎律髓》收朱熹律诗23首，在五律《登定王台》后，无名氏评曰："公诗瘦健，有冲和之气，由涵养而成，非诗人可逾，而公实留心于诗，非不学而径诣此，其所以远也。"③ 其实，其风格的渊雅醇懿，既是从高深的儒学涵养来，也是从学习《选》体诗和陶诗熏陶而得。且举其《题郑德辉悠然堂》为例：

> 高人结屋乱云边，直面群峰势接连。车马不来真避俗，箪

① 朱杰人等主编《朱子全书》文集卷六十四，上海古籍出版社、安徽教育出版社 2002 年版，第 3095—3096 页。
② 钱穆《朱子学提纲》以为朱熹这种认知"决非仅仅模拟以为诗者之所知"。生活·读书·新知三联书店 2002 年版，第 199 页。
③ ［元］方回选评，李庆甲集评校点《瀛奎律髓汇评》卷十五，上海古籍出版社 2005 年版，第 20 页。

瓢可乐便忘年。移筇绿幄成三径，回首黄尘自一川。认得渊明千古意，南山经雨更苍然。①

这首七律淡逸温厚，趣味渊永。末联将陶渊明"采菊东篱下，悠然见南山"悠远意境化入，转变为温厚苍古的意趣，却使人不觉。细细玩味，此诗实属《选》体，与宋人七律，路径完全不同。

朱熹批评时人"作诗不学六朝，又不学李杜，只学那嶅崎底"②，说明他除了曾说过李、杜诗是士人学诗的"本经"，这是按照当时流行观点概括的；他推崇的则是另一条六朝诗（即是《选》诗和陶诗）的路径。他本人不满于宋诗的"嶅崎"，所谓"一滚说尽无馀意"，或者"费安排""刻意为之"③，还向上将诗法"益巧益密"的唐人风气给否定了，宋代主流宗仰的杜诗自然也在其间。

朱熹对《选》诗和陶诗的喜好，与当时主流极不谐调，但也不是他个人的孤明独发，而是他对北宋一支潜脉暗流的回应、接续。宋仁宗朝开始，诗坛重心在抬升杜诗，但又悄然出现对汉魏六朝，特别是对陶诗推尊的一股力量。朱熹所回应、接续的这股潜脉暗流，有痕迹可见的可能是苏轼《书黄子思诗集后》④。在该文中，苏轼从书法史说到诗史。既肯定了李白、杜甫无论在诗的主题意蕴还是技法上对前代的超越，使"古今诗人尽废"，成为诗的最高典范。同时又认为，唐以后，汉魏六朝诗的自然天成、超然自得的远韵被人们丢弃了。仔细玩味苏轼这段话，李白、杜甫同时说，其实

① 朱杰人等主编《朱子全书》文集卷四，上海古籍出版社、安徽教育出版社2002年版，第352页。
②③ [宋]朱熹口述，黎靖德辑《朱子语类》卷一百四十，中华书局1986年版，第3334、3324、3329页。
④ [宋]苏轼撰，孔凡礼点校《苏轼文集》卷六十七《书黄子思诗集后》，中华书局1986年版，第2124页。

真正指向的可能还是杜甫，更准确地说，指向的是经韩愈和宋人
所拓展的杜诗路径。披开作者设置的表达迷雾，苏轼的轩轾之意
似乎已隐隐可见：杜诗之法是诗歌史上最精、最密的，但"萧散
简远"的诗高于诗法精密之诗，换言之，陶实高于杜，韦、柳高
于韩。

受苏轼思想影响较深的唐庚，在《书三谢诗后》中有曰：

> 江左诸谢诗文见《文选》者六人，希逸无诗，宣远、叔源
> 有诗不工，今取灵运、惠连、元晖诗合六十四篇为三谢诗。是
> 三人者，诗至元晖语益工，然萧散自得之趣，亦复少减，渐有
> 唐风矣，于此可以观世变也。①

唐庚选三谢六十四首编成一集，并指出：谢朓是三谢中炼语最工，
最近唐诗的，但恰恰因为这点，他也比谢灵运、谢惠连少了六朝诗
的"萧散自得之趣"，这是让唐庚觉得颇为遗憾的事。顺着这一逻
辑，如果要评杜诗，结论不言自明：杜诗语极工，而去六朝诗的
"萧散自得之趣"就更远了。唐庚这里没有直接评杜诗，但却比苏
轼更爽利地暗示了唐不如晋、杜不如谢之意。

苏、唐两人对"萧散自得之趣"的崇尚，正是宋代超逸清远、
自然天成审美新风的表现，也是宋人在杜、韩之外，喜爱陶、韦平
淡清远诗风的反映。杜诗法工于陶，但陶诗高于杜的观点，宋人并
不明说，又因学杜风头盛而受到抑制，却终因苏轼《书黄子思诗集
后》，而逐渐成为诗坛的潜脉暗流②。换言之，在杜诗典范已确立，
江西诗学成为主流之后，与之相异的陶韦平淡清远诗风的典范，也

---

① ［宋］唐庚《唐先生文集》卷九，《宋集珍本丛刊》第 32 册，（北京）线装书局 2004
年版，第 669 页。
② 黄庭坚在《与王庠周彦书》中说："见东坡《书黄子思诗卷后》论陶、谢诗，钟王
书，极有理。"《黄庭坚全集》正集卷十八，中华书局 2021 年版，第 418 页。

逐渐成形①。陶韦典范与杜诗典范，逻辑上可以是互补关系，也可以是紧张关系。苏轼对杜诗典范的奠定有重要作用，同时他也是宋代陶韦典范的确立者，这两个典范并存不悖、互相补充。朱熹与苏轼一样推重陶渊明，《诗人玉屑》引朱熹语曰：

> 作诗须从陶、柳门庭中来乃佳，不如是，无以发萧散冲澹之趣，不免于局促尘埃，无由到古人佳处也。如选诗及韦苏州，亦不可不熟读。②

朱熹的文集有《答谢成之》，中亦曰：

> 若但以诗言之，则渊明所以为高，正在其超然自得，不费安排处。东坡乃欲篇篇句句依韵而和之，虽其高才，合凑得著，似不费力，然已失其自然之趣矣。况今又出其后，正使能因难而见奇，亦岂所以言诗也哉？东坡亦自晓此，观其所作《黄子思诗序》论李、杜处，便自可见。但为才气所使，又颇要惊俗眼，所以不免为此俗下之计耳。③

将这两条材料与前引《答巩仲至》提出"古今之诗凡有三变"之说合起来看，朱熹熟悉并认同苏轼尊陶论，而且比苏轼更为彻底地坚持了这一观点。苏轼和陶，是尊陶的结果，朱熹批评苏轼和陶，则比苏轼尊陶更为严格。此外，苏轼尊陶，尚无明显对杜诗的直接不满，而朱熹尊陶则直接延伸为对晚期杜诗的批评。换言之，如果说

---

① 郭鹏《诗心与文道——北宋诗学的以文为诗问题研究》认为：在苏轼之前，晏殊爱韦应物诗"全没些脂腻气"，是宋代陶、韦清远诗风的倡导者。北京语言大学出版社 2003 年版，第 214 页。
② ［宋］魏庆之著《诗人玉屑》卷五，中华书局 2007 年版，第 153 页。按，罗大经《鹤林玉露》甲编卷六（第 113 页），蔡正孙《诗林广记》前集卷一（第 1 页）也引朱熹此语，但无末句。
③ 朱杰人等主编《朱子全书》文集卷五十八，上海古籍出版社、安徽教育出版社 2002 年版，第 2755 页。

在苏轼那里，杜诗典范和陶、韦典范尚非紧张关系、矛盾关系，那么朱熹的观点已有尊陶贬杜的倾向，这两大典范就显得关系有些紧张，有些矛盾了。

当然，朱熹还不是真正意义的尊陶贬杜者。对杜诗，他只是不满夔州以后，杜诗其他时期，他并无非议，他曾说："且如李、杜言之，则李之《古风》五十首，杜之秦蜀纪行、《遣兴》《出塞》《潼关》《石壕》《夏日》《夏夜》诸篇，律诗则如王维、韦应物辈，亦自有萧散之趣，未至如今日之细碎卑冗无馀味也。"① 而且，无论是苏轼，还是唐庚、朱熹，对杜甫的人格都很为崇敬。按照宋儒以人定文的思想逻辑，他们对杜诗应该极为赞赏，那么，他们提出"萧散自得之趣"，以此对杜诗加以反思或批评，除了有对艺术规律的深刻把握，以及由此形成的特殊艺术趣味的影响，于朱熹而言，还含有对宋诗道路的反思。

三、朱熹的杜诗学及其影响

如前所述，朱熹对李杜基本是并尊的。在人格评价时，朱熹对杜甫极为崇敬，对李白人格则搁置不论。在艺术上，朱熹对李白没有表示过不满意见，对晚期杜诗则颇为贬斥。从后人学习的角度看，朱熹曾提出过用"治本经"的态度对待李杜二集，认可用"虚心讽咏"的方法深细地阅读李杜诗。但是在本人创作中，"朱熹沾溉杜诗甚深"②，濡染李白诗却很有限。他学习杜诗句法，化用杜诗的很多。陆贻典说："文公五言律全学老杜。"③ 而胡迎建《朱熹诗词研究》则罗列了朱熹五律和其他多种诗体学杜的语例，说明朱熹

---

① 朱杰人等主编《朱子全书》文集卷六十四，上海古籍出版社、安徽教育出版社 2002 年版，第 3095—3096 页。
② 胡迎建《朱熹诗词研究》，中山大学出版社 2011 年版，第 231 页。
③ [元]方回选评，李庆甲集评校点《瀛奎律髓汇评》卷十五，上海古籍出版社 2005 年版，第 20 页。

精熟杜诗，下笔时常常自觉不自觉地将杜诗用进自己作品。朱熹诗以杜诗为基本养料，这与大多数宋人相近。

然而，朱熹理学家的身份，以及他作诗时追求理趣的倾向，又让受理学影响较深的宋人发现了杜诗更多的正面价值，如：

> 先生读子美"野色更无山隔断，山光直与水相通"，已而叹曰：子美此诗，非特为山光野色，凡悟一道理透彻处，往往境界皆如此。①

> 杜少陵绝句云："迟日江山丽，春风花草香。泥融飞燕子，沙暖睡鸳鸯。"或谓此与儿童之属对何以异。余曰：不然。上二句见两间莫非生意，下二句见万物莫不适性。于此而涵泳之，体认之，岂不足以感发吾心之真乐乎。②

这里所提到的杜诗在程颐看来不过是"闲言语"，但在南宋后期的刘辰翁、罗大经看来却包含相当的哲理体悟，有明心见性之效，与宋代道学家们静观万物以体悟天道、物理，感知天心、世理，有相同的意义，且因诗所特有的审美特点而具有更为隽永的滋味，更为深刻的感化人心的作用。

此外，朱熹对杜诗的具体评价，也有不少内容直接影响后世学人，如明万历时期的诗人型学者于慎行以下一段话就明显是从朱熹来的：

> 李诗似放而实谨严，不失矩矱；杜诗似严而实跌宕，不拘绳尺，细读之可知也。然皆从学问中来。杜出"六经"、班《汉》、《文选》，而能变化不露斧痕；李出《离骚》、古乐府，

---

① ［宋］于恕辑《无垢先生横浦心传录》卷上，《四库全书存目丛书》子部第 83 册，齐鲁书社 1995 年版，第 168 页。
② ［宋］罗大经撰，王瑞来校点《鹤林玉露》乙编卷二，中华书局 1983 年版，第 149 页。

而未免有依傍耳。①

这段话前半是对朱熹李杜评价的提炼概括，后半认为李杜二人诗"皆从学问中来"，观点虽与朱熹有别，但其依据却仍然符合朱熹观点。这种发挥，是符合朱熹思想逻辑的。

四、朱熹与杜诗为"正经"说

按照皮锡瑞《经学历史》的观点，"经"是孔子垂教后世所作的教科书②。日本学者本田成之《中国经学史》则将"经学"简单定义为"研究记在'四书'、'五经'里的圣贤之道的就是经学"，将其本质概括为："所谓经学，乃是在宗教、哲学、政治学、道德学的基础上加以文学、艺术的要素，以规定天下国家或者个人的理想或目的的广义的人生教育学。"在此基础上，他阐述了经学在中国古代社会的意义："历代帝王或宰相，其经营天下的第一理想标准，必得是从经学上来讲的。评价人物甲乙的标准，也是以合于经学上的理想为归。作为中国人日常风俗习惯的规范，大部分在经学上也有其根据。在中国，不问其为国家与个人，其生存的目的、理想，如果不是在经学上有其根据，即不能承认其价值。"③宋代经学对世道人心的影响远远超越汉唐，影响到文学理论，也渗透到了杜诗学之中。

宋人把杜诗与经、经学关联起来，似乎始于北宋中期。苏轼、黄庭坚、孔武仲、晁说之等人有不少这方面的意见。苏轼的意见记

---

① ［明］于慎行撰《穀山笔尘》卷八，《续修四库全书》子部第 1128 册，上海古籍出版社 2002 年版，第 767 页。

② 皮锡瑞《经学历史·序言》中指出："必以经为孔子作，始可以言经学；必知孔子作经以教万世之旨，始可以言经学。"皮锡瑞著，周予同注释《经学历史》，商务印书馆 1929 年版，第 10 页。

③ （日）本田成之著，孙俍工译《中国经学史》，漓江出版社 2013 年版，绪言第 1 页、正文第 2 页。

于胡仔《苕溪渔隐丛话》：

> 东坡云："退之示儿云：'主妇治北堂，膳服适戚疏。恩封高平君，子孙从朝裾。开门问谁来？无非卿大夫。不知官高卑，玉带悬金鱼。'又云："凡此坐中人，十九持钧枢。"所示皆利禄事也。至老杜则不然，《示宗武》云："试吟青玉案，莫羡紫香囊。应须饱经术，已似爱文章。十五男儿志，三千弟子行。曾参与游夏，达者得升堂。"所示皆圣贤事也。①

苏轼敏感地注意到韩愈与杜甫示儿诗存在价值取向上的重大差异，苏轼认为韩愈是以"利禄事"教子，杜甫则以"饱经术"这样的"圣贤事"教子。其实，"经术"，与经学义近，而淡化一些学术性，增多一些实践性。汉代文献如《史记》《汉书》中有多处用到"经术"②，往往有明显的"政治装饰品"之意义③，杜甫所用的应该包括但肯定不限于"润饰吏事"的意义。杜诗"经术"凡五用，其中《同豆卢峰知字韵》所用是"烂漫通经术，光芒刷羽仪"，《别李义》所用是"子建文笔壮，河间经术存"，取的是学术义；《奉送苏州李二十五长史丈之任》在"公侯终必复，经术昔相传"下还有"食德见从事"等意，取的应是内在品德义。此外，其他涉及"经"的语句还很多，如"经书满腹中""传经固绝伦""匡衡尝引经""匡衡

---

① ［宋］胡仔纂集，廖德明校点《苕溪渔隐丛话》前集卷十六，人民文学出版社 1993 年版，第 102 页。
② 《史记·太史公自序》："仲尼悼礼废乐崩，追修经术，以达王道。"中华书局 1959 年版，第 3310 页。《汉书·隽不疑传》："天子与大将军霍光闻而嘉之，曰：'公卿大臣当用经术，明于大谊。'"中华书局 1962 年版，第 3038 页。《汉书·循吏传》："时少能以化治称者，惟江都相董仲舒，内史公孙弘、儿宽，居官可纪。三人皆儒者通于世务，明习文法，以经术润饰吏事，天子器之。"第 3623—3624 页。
③ ［日］本田成之著，孙俍工译《中国经学史》，漓江出版社 2013 年版，第 94 页。

抗疏功名薄，刘向传经心事违""丈夫正色动引经""子知出处必须经"①，虽然数处涵盖了吏事、吏治之义，但主要的却是学术或德行之义。曹慕樊指出："杜甫虽然不是经师，却甚重《春秋》《诗经》，按其生平行迹、诗篇，即可见其思想原本二经。"② 韩愈本人有《原道》《原性》等篇，对宋代儒学的影响不小，苏轼不应该不知道，但却因为《示儿》诗中劝子于利禄，与杜甫形成鲜明对照，故苏轼云然。

北宋诗文名家论文学时重视经学，始于王禹偁。他说："文学本乎六经。"按他的解释，其逻辑是："古君子之为学也，不在乎禄位，而在乎道义而已。"③ 他的意思是说：六经揭出的是道义之学，文学以六经为本，则为文学确立了高格调。后来，欧阳修更进一步说：

> 学者当师经，师经必先求其意，意得则心定，心定则道纯，道纯则充于中者实，中充实则发为文者辉光。④

在欧阳修看来，经的核心是圣贤之道，学习经，追求道，是学习者的根本追求。要注意的是，欧阳修主张文人要娴习吏事，但与汉儒不同的是，欧阳修治经并不是为了润饰吏事，也不是为了诗文写作。此后的黄庭坚，更重视"治经""探经术"，他对治经的理解更偏重在心性修养：

> 治经之法，不独玩其文章，谈说义理而已。一言一句皆以

---

① ［唐］杜甫著，［清］仇兆鳌注《杜诗详注》卷二十《覃山人隐居》，中华书局1979年版，第1768页。
② 曹慕樊《杜诗杂说全编》，生活·读书·新知三联书店2019年版，第30—31页。
③ ［宋］王禹偁《小畜集》卷十九《送谭尧叟序》，影印《文渊阁四库全书》集部第1086册，上海古籍出版社1987年版，第188页。
④ ［宋］欧阳修撰，李逸安点校《欧阳修全集》居士外集卷六十九《答祖择之书》，中华书局2001年版，第1010页。

养心怡性、事亲、处兄弟之间，接物，在朋友之际，得失忧乐，一考之于书，然后尝古人之糟粕而知味矣。①

而关于"治经"与诗文写作的关系，黄庭坚《答洪驹父书》有简捷的说法："更须治经，深其渊源，乃可到古人耳。"意思是说：下功夫治经了，所写的作品才可以达到古人的境界。王、欧、黄上述表述的逻辑看上去很奇怪：治经、求道，本非文学领域的直接主题，其与文学的技术没有直接关联。不过，黄庭坚和宋儒却正是这样看。在这封给外甥洪刍的信后面，黄庭坚关于"老杜作诗，退之作文，无一字无来处"那段话在分析杜诗、韩文的成功经验时，从治经的角度来谈知识储备量，其意应包括两方面：其一，认为在扩大阅读视野的同时，应优先读经部书。治经，不仅对写作有利，更重要的是经部书能给予人更为根本的思想、义理、情操层面的教养。从精神境界层面来治经、读书，诗文才有源头活水。其二，经的根基扎实、涵养深了，能激活知识储备，使之发挥更强大的作用。黄庭坚这一评价影响很大，主要在引导宋人重视杜诗"无一字无来处"的特点，至于杜诗与经的关系，却并没有引起多少人注意。

比黄庭坚大5岁的孔武仲倒是对杜诗与经的关系有更明确的表述，在《读杜子美哀江头后》，他说：

> 自晋宋以来，诗人气质萎弊，而风雅几绝。至唐诸公，磨濯光辉，与时争出，凡百馀年。而后子美杰然自振于开元、天宝之间。既而中原用兵，更涉患难，身愈困而其诗益工。大抵哀元元之穷，愤盗贼之横，褒善贬恶，尊君卑臣，不琢不峇，暗与经会。盖亦骚人之伦，而风雅之亚也。……余固喜诗，愿

---

① ［宋］黄庭坚著，刘琳等校点《黄庭坚全集》正集卷二十五《书赠韩琼秀才》，中华书局2021年版，第591页。

以子美为师者。又尝诵其《哀江头》之作，故感而书其后焉。①

他称赞杜甫"身愈困而其诗益工"，在探讨背后的奥秘时，他认为杜甫身当灾难时代，"褒善贬恶，尊君卑臣"，秉持了《春秋》精神，可谓"暗与经会"。从这个角度看，杜诗近乎《离骚》，仅次于《国风》和大、小《雅》。在孔武仲的评价中，与经的深度联系，决定了杜诗的崇高地位。

差不多同时的李复似乎更深入到苏轼、黄庭坚观点之内，说：

> 盖子美深于经术，其言多止于礼义，至于陶冶性灵、留连光景之作，亦非若寻常之所谓诗人者。元微之作《墓志》甚称，尚竟不能发其气象意趣。盖子美诗，自魏晋以来一人而已。②

苏轼和黄庭坚都敏锐地注意到杜甫的"饱经术"，李复应该由此审视整个杜诗，发现杜甫"深于经术"，由此确定了杜诗的"气象意趣"之高，进而认为元稹对杜甫的评价还不够到位。南渡之后的张戒评"子美笃于忠义，深于经术，故其诗雄而正"，并由此将杜诗推为李白、韩愈之上的诗中第一人③，其对杜诗的评价只是李复说法的翻版。

与李复同时的经学家晁说之爱杜诗④，对杜诗的推崇则更清

---

① ［宋］孔武仲等著，孙永选校点《清江三孔集·孔武仲集》，齐鲁书社2002年版，第281页。
② ［宋］李复撰《潏水集》卷五《与侯谟秀才》，影印《文渊阁四库全书》第1121册，上海古籍出版社1987年版，第50—51页。
③ ［宋］张戒撰《岁寒堂诗话》卷上，见丁福保辑《历代诗话续编》，中华书局2006年版，第458—459页。
④ 晁说之有绝句《杜诗》曰："古人愁在吾愁里，庾信江淹可共论。孰似少陵能叹息，一身牢落识乾坤。"又有《三川诵杜老观水涨诗》，前六句曰："平生少陵诗，佳处岂尽识。何敢窥意韵，尚且昧形迹。身到三川来，瞀瞀迷咫尺。"对杜诗有较细的感受。见《景迂生集》卷四、卷九，影印《文渊阁四库全书》第1118册，上海古籍出版社1987年版，第87、174页。

楚地将杜诗譬之为经。其《成州同谷县杜工部祠堂记》曰："工部之诗，一发诸忠义之诚，虽取以配《国风》之怨，《大雅》之群可也。"① 这相当于说：杜诗可配《诗经》。其《和陶引辨》又曰：

> 窃尝譬之：曹、刘、鲍、谢、李、杜之诗，五经也，天下之大中正也。彭泽之诗，老氏也，虽可以抗"五经"而未免为一家之言也。②

将杜诗与曹、刘、鲍、谢和李白一起，视为如同"五经"一样的"天下之大中正"，也就意味着：杜诗是诗中最标准、最典范、最崇高的那个系列中之一，仿佛就是"五经"中的一经。晁说之的说法，后来被陈善接过去，其《扪虱新话》有曰：

> 老杜诗当是诗中《六经》，他人诗乃诸子之流也。③

在古代学术体系下，经、子从内容看相差无几，但经为标准，子只处于从属地位。陈善在晁说之的基础上，将杜诗推上了独一无二的"诗中六经"位置。

北宋后期唐庚对杜诗有近似的看法，而角度有所不同，他说：

> 《六经》之后，便有司马迁；《三百五篇》之后，便有杜子美。《六经》不可学，亦不须学，故作文当学司马迁，作诗当学杜子美。二书亦须常读，所谓"不可一日无此君"也。④

汉儒以来，学古、师经几乎是一切学术的要求，诗文也不例外。

①② ［宋］晁说之撰《景迂生集》卷十六、卷十四，影印《文渊阁四库全书》第1118册，上海古籍出版社1987年版，第317、267页。
③ ［宋］陈善撰，袁向彤点校《扪虱新话》卷七《杜诗高妙》，山东人民出版社2018年版，第83页。
④ ［宋］胡仔纂集，廖德明校点《苕溪渔隐丛话》前集卷四十九引《唐子西语录》，人民文学出版社1993年版，第332页。

唐庚在这里说的"《六经》不可学，亦不须学"的话，并不是否定宗经、师经，而是针对扬雄、苏绰拟经而被世人所讥的现象，认为《六经》只可通其意，不能仿效模拟。对于文学写作者来说，要把杜诗和《史记》当作日日学习的典范。这样的观点，在一定程度上，可以理解为把杜诗当作如同"经"一样的典范来对待。

北宋后期的吴可在《藏海诗话》中的话，与前引陈善的话一起，是称杜诗为经之说中最醒豁的：

> 看诗且以数家为率，以杜为正经，馀为兼经也。如小杜、韦苏州、王维、太白、退之、子厚、坡、谷四学士之类也。①

这里所用的两个概念，"正经"首见于郑玄《诗谱序》，指《诗经·国风》中《周南》《召南》，《大雅》中的《文王》，《小雅》中的《鹿鸣》以及三颂，是反映西周早期盛德的作品。"正经"后来又与"诸子"相对，成为儒家经典的代称。"兼经"原是科举考试与"大经"相对的概念，在唐代指《礼记》和《春秋左传》以外各经，宋代则指《诗经》《礼记》《周礼》《左传》以外各经。可见，吴可称杜诗为正经，相当于说杜诗是诗中最重要、最根本、最值得学习的典范，而包括杜牧、韦应物一直到北宋后期最享盛誉的苏轼、黄庭坚诗，其地位则都是等而下之。

吴可视杜诗为正经之说，若与朱熹《诗集传序》以下话对读，宋人对杜诗的理解，似可更为了然："凡《诗》之所谓《风》者，多出于里巷歌谣之作，所谓男女相与咏歌，各言其情者也。惟《周南》《召南》，亲被文王之化以成德，而人皆有以得其性情之正。故

---

① ［宋］吴可撰《藏海诗话》，见丁福保辑《历代诗话续编》，中华书局2006年版，第333页。

其发于言者，乐而不过于淫，哀而不及于伤。是以二篇独为《风诗》之正经。"① 由此看来，宋人理解中的杜诗也是"得性情之正"吧。

有了以上的观点之后，朱熹以宋代理学宗师的身份再说：

作诗先用看李、杜，如士人治本经。本既立，次第方可看苏、黄以次诸家诗。②

况杜诗佳处有在用事造语之外者，唯其虚心讽咏，乃能见之。国华更以予言求之，虽以读《三百篇》可也。③

朱熹不仅把李、杜视为"本经"，作为学诗时的"立本之经"，强调学诗要通过读李、杜打好根基，不要在根基未立之时受当时流行的苏、黄诗影响，同时朱熹还以"虚心讽咏"的读经方法，推荐给学李、杜诗的学者。朱熹这种意见，对本话题作了终结。在他之后，再接着对这个话题进行发挥的人较少，如南宋后期的程珌有说："自洙泗圣人既删之后，惟杜工部实擅其全，垂今千年，炳炳一日，凡当时号为隽逸、清新、奇古、平淡、专美一家者，至是皆声销芳歇矣。"④ 其中的意蕴基本都已笼括在前述诸人之中了。

总的来看，可能正如南宋后期戴复古所说："本朝诗出于经。"⑤宋人对杜甫的经学修养颇为敏感，从认识到杜甫"深于经术"，到

① ［宋］朱熹注，赵长征点校《诗集传》卷首，中华书局 2011 年版，第 2 页。
② ［宋］朱熹口述，黎靖德辑《朱子语类》卷一百四十，中华书局 1986 年版，第3333 页。
③ ［宋］朱熹撰，徐德明、王铁校点《晦庵先生朱文公文集》卷八十四《跋章国华所集注杜诗》，见朱杰人等主编《朱子全书》第二十四册，上海古籍出版社，安徽教育出版社 2002 年版，第 3978 页。
④ ［宋］程珌撰《洺水集》卷八《曹少监诗序》，影印《文渊阁四库全书》第 1171 册，上海古籍出版社 1987 年版，第 346 页。
⑤ 见［宋］包恢《石屏诗后集序》所引，录自［宋］戴复古著，吴茂云、郑伟荣校点《戴复古集》附录二，浙江大学出版社 2012 年版，第 382 页。

推杜诗为诗中的"六经"或"正经",主张要像"士人治本经"一样研读杜诗,既是对杜诗的推尊①,又从一定程度上推动了南宋中期以来诗坛从江西诗派迷途走出,避免在字句出处、句法研炼上学杜,回归杜诗学习的根本。

---

① 曹慕樊《杜甫的思想》:"宋代人指出杜诗原本经术,意在推崇杜甫。"见曹慕樊《杜诗杂说全编》,生活·读书·新知三联书店 2019 年版,第 42 页。

第五章
晚宋诗坛变局中的杜诗

　　经历了建炎南渡到中兴四家以来对江西诗学雕章琢句、求生避俗、好用典故等弊端的反思后，江西诗派无可避免地走向了衰颓，晚宋诗坛直接面临着继续走改造宋诗之路还是探索新的诗歌范型的艰难抉择。在继承与新变之间，陆游倾向了前者，杨万里则开拓出别是一家的"诚斋体"。这为稍后登上诗坛的永嘉四灵及江湖诗派提供了新的思考方向，从抛弃江西到复古学唐，从学晚唐体到学盛唐体，不仅是宋代诗学理论发展到这一阶段出现的重要转折，而且体现出理学思想由北宋发展到南宋不断成熟及对诗学批评产生的深刻影响。

　　在这一诗坛变局中，永嘉潘柽和四灵"以诗鸣"，以"尖纤浅易，相煽成风"，乃至于"万喙一声，牢不可破"①，他们对江西诗

<hr />

① ［宋］范晞文《对床夜语》卷二，见丁福保辑《历代诗话续编》，中华书局 2006 年版，第 416—417 页。

学的不满，转变为对主流诗歌史的主动出离①，李白和杜甫基本不在他们的关注视野内，"四灵"的作品中仅有徐照《子规》《杜甫坟》涉及杜甫，《玩月》《石门瀑布》涉及李白。但是，江湖诗派中人却并不如此。他们也反感江西诗学，却仍然推崇李、杜，大体上持李、杜并尊的立场，而又以喜爱杜甫、学习杜诗为主。另外，此时的杜集编注在长期积累之后，出现了很多总结性成果，杜诗的编注家们对杜诗有很深的感情，有的还提出了重要的概念。诗论家既迎应时代，又不跟随风潮，仍对杜诗保持着很高的热情，其中严羽更是在清醒地总结宋诗学经验教训的时候，倡盛唐、尊李杜，为宋诗的转型提供了极有价值的理论思考。

第一节　江湖诗人戴复古宗杜与学杜

晚宋时期由钱塘书商陈起刻印《江湖集》而得名的"江湖诗派"②，成员大多身世零落漂泊，却有忧虑悲悯的家国情怀。他们虽然不满江西诗学，但并不像"四灵"一样出离诗歌史主流。江湖诗人领袖刘克庄和戴复古都对李白、杜甫非常尊敬。刘克庄夸李杜的"气魄"③，称"李杜文章宗"④，又曰："李、杜，唐之集大

---

① 赵平《永嘉四灵诗派研究》一书在讨寻四灵的诗学渊源时，发现他们的尊祖归宗仅及曾在永嘉留下印迹的郭璞、谢灵运。浙江大学出版社 2006 年版，第 9—10 页。

② 赵仁珪《宋诗纵横》持一家之说，提出"四灵只能是江湖派中的一小派，而不是脱离于江湖诗人并与之并立的另一大派。江湖与四灵的关系，只能是包容的关系而不是并列的关系"。中华书局 1994 年版，第 267 页。

③ 〔宋〕刘克庄撰，王秀梅点校《后村诗话》后集卷二，中华书局 1983 年版，第 60 页。

④ 〔宋〕刘克庄著，辛更儒笺校《刘克庄集笺校》卷四十七《李杜》，中华书局 2011 年版，第 2440 页。

成者也。"① 评元稹的扬杜抑李，为"抑扬太甚"，谓："杨大年、欧阳公皆不喜杜子美诗，王介甫不喜太白诗，殊不可晓。"② 而师从陆游的戴复古，在《读放翁先生剑南诗草》一诗中说："茶山衣钵放翁诗，南渡百年无此奇。人妙文章本平澹，等闲言语变瑰琦。三春花柳天裁剪，历代兴衰世转移。李杜陈黄题不尽，先生摹写一无遗。"③ 通过陆游，他对唐代李、杜、北宋黄、陈都下了较深的功夫。但在李、杜二人中，戴复古对李白的感情不及杜甫，他学杜、尊杜，还学习杜甫以诗论诗，成为后辈严羽建构宗唐诗学体系的有力支持者。

一、近学陆游与远宗杜甫

由于江湖诗派是南宋后期适逢江西诗风衰微、宋人对诗学发展一度陷入迷茫时，接续反对"江西"的"永嘉四灵"而兴起的一个以布衣、清客为主，以漫游江湖、干谒权门为典型生活方式，以写诗为重要谋生手段的诗歌流派。不论是社会环境的腐朽状况，还是自身阶层的生活状态，都使得他们既有一定的参政意识与济世宏愿，又不得不向黑暗势力妥协，为了全身远害而寄身江湖间。就诗学造诣及其影响而言，戴复古是刘克庄之外的江湖诗人之翘楚。因为他不惟人生经历似杜、学诗大要本于杜，还承续了杜甫关心民瘼、悯时忧世的淑世情怀，是南宋继陆游以后学杜的重要代表。

戴复古学诗充分领会了杜诗"转益多师"的精神，兼学众家。

---

① ［宋］刘克庄著，辛更儒笺校《刘克庄集笺校》卷九十九跋《李贾县尉诗卷》，中华书局 2011 年版，第 4175 页。

② ［宋］刘克庄撰，王秀梅点校《后村诗话》新集卷一，中华书局 1983 年版，第 152 页。

③ ［宋］戴复古著，吴茂云、郑伟荣校点《戴复古集》卷六《读放翁先生剑南诗草》，浙江大学出版社 2012 年版，第 194 页。

故吴子良在《石屏诗后集序》中叙其成就，曰：

> 石屏戴式之，以诗鸣海内馀四十年，所搜猎点勘，自周汉
> 至今，……凡可资以为诗者，何啻数百千家。所游历登
> 览，……可以拓诗之景、助诗之奇者，周遭何啻数千万里。所
> 酬唱谂订……凡以诗为师友者，何啻数十百人。是故其诗清苦
> 而不困于瘦，丰融而不牵于俗，豪健而不役于丽，闲放而不流
> 于漫，古澹而不死于枯，工巧而不露于斫。闻而争传，读而亟
> 赏者，何啻数百千篇。①

认为戴复古能享誉诗坛四十馀年，主要取决于三点：一，读书涉猎
广博、博采古今众家；二，人生阅历丰富，视野见识开阔；三，师
友酬唱众多、交流切磋频繁。因之，其诗成功缔造了"清苦""丰
融""豪健""闲放""古澹""工巧"等诸多艺术风格而避免了各种
易现的问题，令人争相传阅、激赏不已。

在兼学百家时，戴复古诗最主要是近学陆游、远宗杜甫，且颇
有承继乡贤之意。一方面，据其前辈挚友楼钥《石屏诗集序》所
述，戴氏早学"雪巢林监庙景思、竹隐徐直院渊子，皆丹丘名士，
俱从之游，讲明句法。又登三山陆放翁之门，而诗益进"②。若说跟
随乡贤前辈诗人林宪、徐似道学诗讲究"句法"尚囿于江西派重法
度层面，那么，入陆游之门即从学杜技法中跳脱出来而自成一家面
目。故另一方面，据赵以夫题跋曰："戴石屏诗备众体，采本朝前
辈理致，而守唐人格律，其用功深矣，是岂一旦崛起而能哉！……
少陵之诗，是固天授神助，而发源实自于审言，审言之诗至少陵而

---

① ［宋］吴子良《石屏诗后集序》，见［宋］戴复古著，吴茂云、郑伟荣校点《戴复古
集》附录二，浙江大学出版社 2012 年版，第 383 页。
② ［宋］楼钥《石屏诗集序》，见［宋］戴复古著，吴茂云、郑伟荣校点《戴复古集》附
录二，浙江大学出版社 2012 年版，第 380 页。

工。石屏本之东皋，又祖少陵，虽欲不传，不得而不传。少陵所谓‘诗是吾家事，人传世上名’者是也。”① 不仅道出了戴氏以诗传家的诗学传统跟杜氏颇为近似，而且阐明了戴诗既然祖述于杜，又得其众体兼备，那么自然用功精深而集宋诗“理致”与唐诗“格律”于一体。所以，其不得不传世，乃是家学与杜学两者共同作用的必然结果。

二、江湖诗人的学杜热血

至于戴复古如何学杜诗，元人贡师泰在《重刊石屏先生诗序》中分析得较为分明：

> 至唐杜子美，独能会众作，以上继《三百篇》之遗意，自是以来，虽有作者，不能过焉。宋三百年，以诗名家者岂无其人，然果有能入少陵之室者乎？当宋季世，有戴石屏先生者，慨遗音之不作，恶蝇声之盅听，乃力学以追古人，而成一家之言。……顾其游历既广，闻见益多，而其为学益高深而奥密。故其为诗，如逝波之鱼，走圹之兽，抟风之鹏，其机括妙运，殆不可以言喻者。然其大要悉本于杜，而未尝有一辞蹈袭之者。呜呼！此其所以为善学者乎！②

贡师泰称颂戴复古是宋人学杜中难得的“善学者”，主要基于两点认识：一是戴氏见闻广博、学问深厚，这些特质都与知识结构全面、人生阅历丰富的杜甫有着某些相似之处，是构成其“善学”于杜的前提基础；二是戴氏虽“力学古人”却能“成一家之言”，虽“大要悉本于杜”却“未尝有一辞蹈袭之”，这就说明其学古而独立

---

① ［宋］赵以夫题跋，见［宋］戴复古著，吴茂云、郑伟荣校点《戴复古集》附录二，浙江大学出版社2012年版，第390页。
② ［元］贡师泰《重刊石屏先生诗序》，见［宋］戴复古著，吴茂云、郑伟荣校点《戴复古集》附录二，浙江大学出版社2012年版，第384页。

自新、学杜而务去陈言，这是有鉴于江西诗派教训的学杜新路径，也是宋以来一切学古、学杜之成功者必备的重要素养，更是所有善于学诗者的共同特征。

当然，戴复古学杜有对杜诗的巧妙化用。如其《壬寅除夜》云：

> 今夕知何夕，满堂灯烛光。杜陵分岁了，贾岛祭诗忙。横笛梅花老，传杯柏叶香。明朝贺元日，政恐雨相妨。①

此诗首二句明显化自杜甫《赠卫八处士》诗中"今夕复何夕，共此灯烛光"② 两句，而且还和了杜诗原韵，但情境与杜诗完全不同，少了那种故友重逢乍喜还悲的强烈情感冲击，而把除夕夜对元日的期待感表达出来了。

诚然，戴复古学杜，给人"最直观的印象"或许就是这样"对杜诗的某些句意、用语等方面的模仿或化用"，但"更能体现戴氏学杜特色的，主要是其内涵，即对杜诗忧国伤时之情和沉郁顿挫之风的接受"。譬如《闻边事》《鄂渚烟波亭》二诗，"都写得慷慨悲壮，忧思郁结，在被折磨的心灵中，交织着希望和失望，语言亦复富有表现力，某些方面，能得杜之风神。在那个时代，虽然总的来说，江湖诗派中不少人都对杜甫十分推崇，但真正学杜而能略有所成如戴复古者，还是不多的。"③

时人邹登龙曾赞誉过戴复古："诗翁香价满江湖，肯访西郊隐

---

① ［宋］戴复古著，吴茂云、郑伟荣校点《戴复古集》卷三《壬寅除夜》，浙江大学出版社 2012 年版，第 90 页。
② ［唐］杜甫著，［清］仇兆鳌注《杜诗详注》卷六《赠卫八处士》，中华书局 1979 年版，第 512 页。
③ 张宏生《江湖诗派研究》，中华书局 1995 年版，第 233—234 页。

者居。瘦似杜陵常戴笠，狂如贾岛少骑驴。"①戴复古虽有贾岛式的江湖隐逸、游士的面貌，但在精神底层更接近杜甫。故刘克庄亦从"经历似杜"的角度描述了戴复古："式之名为大诗人，然平生不得一字力，皇皇然行路万里，悲欢感触，一发于诗。"②这种特殊的人生经历是其学杜、似杜的重要条件。所以，他能特别理解"忆著当年杜陵老，一生飘泊也风流"③的道理，也能在"满口长谈杜少陵"④的诗坛热闹氛围中清醒地意识到杜甫当年的冷寂与孤独，他钦佩这样零落处境中却仍然心忧天下的杜甫。在《杜甫祠》中，他还集中歌咏诗人的非凡品节及才华：

> 呜呼杜少陵，醉卧春江涨。文章万丈光，不随枯骨葬。平生稷契心，致君尧舜上。时兮弗我与，屹然抱微尚。干戈奔走踪，道路饥寒状。草中辨君臣，笔端诛将相。高吟比兴体，力救风雅丧。如史数十篇，才气一何壮。到今五百年，知公尚无恙。麒麟守高阡，貂蝉入画像。一死不几时，声迹两尘莽。何如耒阳江头三尺荒草坟，名如日月光天壤。⑤

历代吟咏杜甫祠的诗，直可谓汗牛充栋。或许正是因着有人记得、有人惦念、有人拜访、有人讽咏，杜甫便不算真正逝去，也

---

① 〔宋〕邹登龙《戴式之来访惠石屏小集》，见〔宋〕陈起编《江湖小集》卷六十九，影印《文渊阁四库全书》第 1357 册，上海古籍出版社 1987 年版，第 536 页。
② 〔宋〕刘克庄著，辛更儒笺校《刘克庄集笺校》卷一〇九《二戴诗卷》，中华书局 2011 年版，第 4525 页。
③ 〔宋〕戴复古著，吴茂云、郑伟荣校点《戴复古集》卷六《赵克勤、曾橐卿、景寿同登黄南恩南楼》，浙江大学出版社 2012 年版，第 205 页。
④ 〔宋〕戴复古著，吴茂云、郑伟荣校点《戴复古集》卷六《诸葛仁叟县丞极贫，能保风节，有权贵招之，不屑其行》，浙江大学出版社 2012 年版，第 194 页。
⑤ 〔宋〕戴复古著，吴茂云、郑伟荣校点《戴复古集》卷一《杜甫祠》，浙江大学出版社 2012 年版，第 16 页。

便多了一份神圣与不朽。戴复古这首七古从感叹入笔，写尽杜甫平生用世之心、飘零困苦之境与风雅兴寄之笔、日月可鉴之名。正是这种辛苦非常的现实困厄与才气纵横的史笔诗心之间构成了一种强烈反差，才使人由衷地景仰杜甫的高洁人格、顽强精神、雄浑气魄，真正地理解杜诗的"风雅"品质、"诗史"特征和春秋笔法。

王埜给戴复古集子题跋曰："近世以诗鸣者多学晚唐，致思婉巧，起人耳目，然终乏实用。所谓言之者无罪，闻之者足以戒，要不专在风云月露间也。式之独知之，长篇短章，隐然有江湖廊庙之忧，虽诋时忌、忤达官，弗顾也。犹每以不读书为恨。"[①] 姚镛也题跋曰："观近作一编，其于朋友故旧之情，每惓惓不能忘，至于伤时忧国，耿耿寸心，甚矣其似少陵也。忠义根于天资，学问培于诸老，故其发见，非直为言句而已。"[②] 二人都看到了戴复古摆脱当时流行的晚唐诗风，身处江湖，而伤时忧国，又注重培植学问根柢的追求。这种深沉的忧患意识，直面时代现实的写作态度，正是杜诗的精神所在，所以，"甚矣其似少陵"的感慨是很有道理的。因而，清人宋世荦在《重刊石屏集序》中赞道：

> 吾郡戴石屏以诗鸣于南宋之末。江湖派衍，魏阙恋深，不无悲感之词，惟以忠孝为主。想其一身漂泊，千里漫游，冰雪涤其胸襟，江山助其气势。诗是吾家之事，长撚吟髭；身无人国之谋，但知蒿目。残山剩水，中原之收复何时？戞石铿金，处士之吟声益壮。盖瓣香于杜老，亲炙于放翁，用能成一家之

---

① ［宋］王埜题跋，见［宋］戴复古著，吴茂云、郑伟荣校点《戴复古集》附录二，浙江大学出版社 2012 年版，第 390 页。
② ［宋］姚镛题跋，见［宋］戴复古著，吴茂云、郑伟荣校点《戴复古集》附录二，浙江大学出版社 2012 年版，第 391 页。

言，垂千秋之业。以视流连风月、掇拾珠琲、祭獭求工、刻兔矜肖者，相去未可以道里计也。①

的确，读戴复古诗，其中频繁出现江湖意象②，整体勾勒出江湖诗人的生命体验，这与杜甫展现半生飘零无依的深切感受颇有异代同心之感。故而，"一身漂泊，千里漫游"未必不是另一种成全，"诗是吾家之事"则更是一份家族寄托。而最值得注意的是：收复中原的热望、金戈铁马的战事，却在江湖处士的诗中让诗人热血沸腾、激昂豪迈。显然，"瓣香于杜老，亲炙于放翁"是戴复古在江湖诗人中能卓然自立一家的重要原因，也是杜甫家国情怀、杜诗艺术精神在宋代一脉相承的典型表现。

三、戴复古的论诗绝句

以诗论诗的特殊形式起于杜甫所作《戏为六绝句》。"杜甫这六首绝句，既是诗论，亦为诗作，以诗论诗，阐述主张，不仅具有理论深度，而且给人以阅读的快感、美感。这种形式，创此前所未有，示后人以轨辙，在中国诗学史上影响甚大"，而"这种将理性思维借助感性形式加以表现，利用或叙或议的诗境扩大读者想象空间的形式，蕴含着丰富的理论信息，不可轻易放过"③。但是，在宋代诗话异常发达的诗学语境中，在戴复古之前，尚无人学习与继承杜诗此体，戴复古66岁时所写的一组"论诗十绝"，与金源人元好问所作《论诗三十首》一起成为中国

① ［清］宋世荦《重刊石屏集序》，见［宋］戴复古著，吴茂云、郑伟荣校点《戴复古集》附录二，浙江大学出版社2012年版，第386页。
② 吴茂云、何方形《戴复古研究》一书中统计显示：戴复古作诗，共有43次用到"江湖"一词。比同时期其他江湖诗人都要多。因而，"从一个特定的角度展现了自我生存状态和生命体验，涵盖着诗人的苦难一生，成了一个颇富个性化的意象。"浙江大学出版社2017年版，第442页。
③ 尚永亮《唐代诗歌的多元观照》，湖北人民出版社2005年版，第5—6页。

诗学理论批评史上重要的作品①。郭绍虞指出："戴氏所作，重在阐述原理；元氏所作，重在衡量作家，这正开了后来论诗绝句两大支派。"②摘抄戴氏这组论诗绝句如下：

> 文章随世作低昂，变尽风骚到晚唐。举世纷纷吟李杜，时人不识有陈黄。

> 古今胸次浩江河，才比诸公十倍过。时把文章供戏谑，不知此体误人多。

> 曾向吟边问古人，诗家气象贵雄浑。雕锼太过伤于巧，朴拙惟宜怕近村。

> 意匠如神变化生，笔端有力任从横。须教自我胸中出，切忌随人脚后行。

> 陶写性情为我事，留连光景等儿嬉。锦囊言语虽奇绝，不是人间有用诗。

> 飘零忧国杜陵老，感寓伤时陈子昂。近日不闻秋鹤唳，乱蝉无数噪斜阳。

> 欲参诗律似参禅，妙趣不由文字传。个里稍关心有误，发为言句自超然。

> 诗本无形在窈冥，网罗天地运吟情。有时忽得惊人句，费尽心机做不成。

> 作诗不与作文比，以韵成章怕韵虚。押得韵来如砥柱，动

---

① 元好问《论诗三十首》作于金兴定二年（1217），戴复古"论诗十绝"经胡传志《宋金文学的交融与演进》考定，应作于宋绍定六年（1233），前者早于后者16年。胡著，北京大学出版社2013年版，第299页。
② 郭绍虞《中国文学批评史》，上海古籍出版社1979年版，第296页。

移不得见功夫。

　　草就篇章只等闲，作诗容易改诗难。玉经雕琢方成器，句要丰腴字要安。①

以上这组绝句，直接提及杜甫的有两首诗。第一首亮明李、杜在当时诗坛的广泛影响力，第六首刻画了杜甫"飘零"却"忧国"的寒门志士形象。其馀八首诗或陈述诗贵气象雄浑、反对雕刻纤巧与朴拙村俗的创作风格；或表达直抒胸臆、变化多端而反对拾人牙慧的艺术追求；或主张作"陶写性情"而有的放矢的"有用"之诗；或体悟"诗律似参禅"的妙趣横生、超然物外；或明确"诗本无形"、妙手偶得的"惊人句"不是"心机"可成；或分辨诗文各有体，"以韵"为诗最见"功夫"。至于第十首诗，其意旨明显承自杜甫《解闷十二首》其七："陶冶性灵存底物，新诗改罢自长吟。熟知二谢将能事，颇学阴何苦用心。"清人仇兆鳌解读说："诗篇可养性灵，故既改复吟，且取法诸家，则句求精善，而日费推敲矣。"②按，《解闷十二首》其四至其八也是论诗绝句，戴复古以仿杜甫《解闷》其七为这组诗殿末，说明戴复古对杜诗论诗诗的研究之熟、之细。而戴复古由此提出对于诗句"丰腴"之美和用字"安"的特殊追求，则是对江西积弊反思的结果。

　　戴复古这组论诗绝句，有一个长题：《昭武太守王子文，日与李贾、严羽共观前辈一两家诗及晚唐诗，因有论诗十绝，子文见之，谓无甚高论，亦可作诗家小学须知》。题中透露，这组绝句

──────────

① 〔宋〕戴复古著，吴茂云、郑伟荣校点《戴复古集》卷七《昭武太守王子文，日与李贾、严羽共观前辈一两家诗及晚唐诗，因有论诗十绝，子文见之，谓无甚高论，亦可作诗家小学须知》，浙江大学出版社 2012 年版，第 262—263 页。

② 〔唐〕杜甫著，〔清〕仇兆鳌注《杜诗详注》卷十七，中华书局 1979 年版，第 1515 页。

是在与青年才俊王子文、李贾和严羽一道阅读前人作品后，互相切磋讨论之后所写。也就是说：日后成为南宋后期最杰出的诗学理论家严羽，是这组诗产生的见证人之一。想必他们在观点上互有启发。

实际上，戴复古学杜及其尊杜的诗学思想在当时诗坛就产生了较大影响，这是当时诗坛从江西诗学中解放出来转而回归追摹唐诗的表现，而且标志着宋人在诗艺探索的道路中开始找到了革除"江西"积弊的方法，开始对唐宋诗风格与审美作综合比较与总结。也许不能说戴复古的诗学观为严羽反对宋诗，力倡盛唐的诗学理论起了发凡起例的作用，但是若说前者对后者有启发和推动之功则没多大问题。

需要指出的是，戴复古比严羽大 25 岁，但在戴复古集子里有《祝二严》一诗：

> 前年得严粲，今年得严羽。我自得二严，牛铎谐钟吕。粲也苦吟身，束之以簪组。遍参百家体，终乃师杜甫。羽也天姿高，不肯事科举。风雅与骚些，历历在肺腑。持论伤太高，与世或龃龉。长歌激古风，自立一门户。二严我所敬，二严亦我与。我老归故山，残年能几许？平生五百篇，无人为之主。零落天地间，未必是尘土。再拜祝二严，为我收拾取。①

在戴复古看来，严氏兄弟中一人遍参百家而师法杜甫，一人倾心骚雅而持论另类，注定都不是凡俗之辈。戴复古特别赏识这两位后辈的才华和复古之风、自立之见，甚至有把为自己编集的身后事都予以托付的想法。从今天看来，戴复古对严羽的器重，可能最重要的

---

① ［宋］戴复古著，吴茂云、郑伟荣校点《戴复古集》卷一《祝二严》，浙江大学出版社 2012 年版，第 20 页。

因素是他们有相近的诗学观，其核心是：反对宋诗和江西诗派、四灵诗派，倡导盛唐，推尊杜诗。

第二节　编注家与诗论家的李杜地位论

杜诗研究队伍中，编注家长期默默耕耘，为学习者、创作者和诗论家提供基础文献，是他们的主要追求。他们提供的基础文献，不是死文献，而是不断完善、不断发展，包含着许多新思考。编注家还往往通过序、跋、记等类形式，直接表述着他们的杜诗认知。本节将把北宋中后期以来的编注家在这方面的观点予以总结，重点观察杜诗编注高峰时期的南宋后期编注家的观点。此外，宋代是诗论较为发达的时期，本节选择南宋中后期的罗大经和严羽作为两种不同类型的诗论家代表，考察他们对李、杜的不同评价，描述杜诗在当时诗学发展中的地位和意义。

一、杜诗编注家对杜诗的尊仰

杜甫集经郑文宝、孙仅、苏舜钦、刘敞、王安石、王洙等人先后搜辑、编定并广泛流传之后，随之对杜集的校勘、注释、编年，乃至在此基础上的年谱编制工作逐渐展开。除王安石、苏轼、黄庭坚等名流外，注释者现已知北宋有邓忠臣、王得臣（彦辅）、薛梦符（苍舒）、师民瞻（尹）、杜时可（田）、鲍文虎（彪），南宋有赵次公（彦材）、郭知达、鲁訔、黄希、黄鹤、蔡梦弼等人。这些搜辑、编校、注释者在编注的同时，有的留下了序、记、跋等文字，表述了对杜诗的认识。他们这些认识，对当时社会产生的影响不小，这也是宋代杜诗学的重要构成。本书前面几章涉及孙仅、苏舜钦、王安石、黄庭坚等人的这类材料，现对北宋后期以来这方面的材料作一粗略梳理。

　　北宋后期，杜诗的第一个完整注本由邓忠臣（？—1104？）在元祐年间完成。因邓忠臣在崇宁间被列于元祐党籍，故其本托名王洙而刊行。后亡佚，无序、跋、记存世，只有部分注文得到保存。又因其本存在较多疏略，引起多家陆续重注。王得臣（1036—1116）注杜可能不晚于邓，持续时间数十年。政和三年（1113）在此书尚未竣稿之时，先行写了序，曰：

> 唐兴，承陈隋之遗风，浮靡相矜，莫崇理致。开元之间，去雕篆，黜浮华，稍裁以雅正。虽绮句绘章，人得一概，各争所长。如大羹玄酒者，则薄滋味；如孤峰绝岸者，则骇廊庙；秾华可爱者乏风骨，烂然可珍者多玷缺。逮至子美之诗，周情孔思，千汇万状，茹古含今，无有端涯。森严昭焕，若在武库，见戈戟布列，荡人耳目。非特意语天出，尤工于用字，故卓然为一代冠，而历世千百，脍炙人口。
>
> 予每读其文，窃苦其难晓。如《义鹘行》"巨颡拆老拳"之句，刘梦得初亦疑之。后览《石勒传》，方知其所自出。盖其引物连类，掎摭前事，往往而是。韩退之谓"光焰万丈长"，而世号为"诗史"，信哉。予时渔猎书部，尝妄注缉，且十得五六。宦游南北，因循中辍。投老挂冠，杜门家居，日以无事，行乐之暇，不度芜浅，既次其韵，因阅旧注，惜不忍去，搜考所知，再加笺释。然予不幸病目，无与乎简牍之观，遂命子澄洎孙端仁，参夫讨绎，俾之编缀，用偿夙志。[①]

从这段叙述中可知王得臣注杜始于游宦期间，在完成了一半多的工程量后，因故中止。绍圣四年（1097）致仕之后，可能有鉴于邓注

---

① ［宋］王得臣（原题名王彦辅）《增注杜工部诗集序》，收入［唐］杜甫撰，［宋］黄希注，［宋］黄鹤补注《补注杜诗》卷首，影印《文渊阁四库全书》第1069册，上海古籍出版社1987年版，第13—14页。

的疏略，加上他自己受元祐七年（1092）苏轼《和陶饮酒二十首》的影响与诱导，在追和杜诗的时候[1]，更强化了对杜诗的热爱，于是在致仕之后，注杜工程又再度开展。病目之后，又命儿子王澄、孙子王端仁接着注。其注杜工程持续时间应有数十年，费的时间、花的心思不少。他这部注释本，官私目录中均未见著录，未得到完整流传，但在宋代的多个集注本中有部分保留，黄希父子《补注杜诗》中集录130条。可见，王得臣的注释是有相当成就的。更重要的是，这篇序文以宋人的标准指出唐初诗乏"理致"的缺点，肯定了开元诗坛崇尚"雅正"的新风和存在的若干毛病，阐明了杜诗出现的意义。"周情孔思"则思想纯正，符合儒道的标准，"茹古含今"则广泛取资于古今。由此可见，在王得臣的意识中，学习杜诗有助于形成较高的思想道德标准和学问标准。这些观点，是对苏轼、王安石、黄庭坚等人思想的延续。

南宋初，黄长睿重校杜集，经李纲审定后得以刊布，李纲序有曰：

> 杜子美诗，古今绝唱也。旧集古律异卷，编次失序，不足以考公出处，及少壮老成之作。余尝有意参订之，特病多事，未能也。故秘书郎黄长睿父，博雅好古，工于文辞，尤笃喜公之诗。乃用东坡之说，随年编纂，以古律相参，先后始末，皆有次第，然后子美之出处，及少壮老成之作，灿然可观。盖自天宝太平全盛之时，迄于至德、大历干戈乱离之际，子美之诗凡千四百三十余篇，其忠义气节，羁旅艰难，悲愤无聊，一见

---

[1] 《宋史·艺文志》著录有王得臣《凤台子和杜诗》三卷，见［元］脱脱等撰《宋史》卷二百八，中华书局1977年版，第5381页。比王得臣年龄略大一些的邓忠臣，在注杜之外，也有和杜，陈振孙《直斋书录解题》称其"尝和杜诗全帙"，但是他的"和杜集"也惜未传世，不知其详。王得臣所和的杜诗数量，估计当在百首以上，可惜这个集子宋以后也已亡佚，现存文献中未见有引录。

于诗。句法理致，老而益精。时平读之，未见其工，迨亲更兵
火丧乱之后，诵其辞如生乎其时，犁然有当于人心，然后知其
语之妙也。……昔东坡有言："子美自许稷契，人未必许也。
然其诗曰：'舜举十六相，身尊道何高。秦时用商鞅，法令如
牛毛。'自是稷契辈口中语。"可谓知子美者矣。方肃宗之怒房
琯，人无敢言，独子美抗疏救之，由是废斥，终身而不悔。是
必有言之不可已者，与阳城之救陆贽何以异？然世罕称之者，
殆为诗所掩故邪。①

根据此序可知在当时人看来，此前形成的杜集在编排上还有不少问
题，杜诗的体式、写作时间，有不少错乱，黄长睿花了功夫编校，
取得的成果得到李纲的肯定。李纲利用作序的机会阐述了自己对杜
诗的认识。其观点主要有二：一是肯定杜诗为"绝唱"，二是深刻
阐述了杜甫在动乱时代所表现的"忠义气节"对于维系世道人心的
重要意义，从这个角度肯定了杜诗的价值。他论杜诗，还有《湖海
集序》可参考：

　　王者迹熄而《诗》亡，《诗》亡而后《离骚》作，《九歌》
《九章》之属，引模拟义，虽近乎俳，然爱君之诚笃，而嫉恶
之志深，君子许其忠焉。汉唐间以诗鸣者多矣，独杜子美得诗
人比兴之旨，虽困踬流离而不忘君，故其词章慨然有志士仁人
之大节，非止模写物象，风容色泽而已。②

此序论杜是放在文学史的背景上来把握，认为杜诗与《楚辞》一
样，能得《诗经》比兴精神，用艺术手段充分表现了爱君、疾恶的

---

① ［宋］李纲撰《梁溪集》卷一百三十八《重校正杜子美集序》，影印《文渊阁四库全
书》第 1126 册，上海古籍出版社 1987 年版，第 573—574 页。
② ［宋］李纲撰《梁溪集》卷十七，影印《文渊阁四库全书》第 1125 册，上海古籍出
版社 1987 年版，第 650 页。

"志士仁人之大节"，因而成为最有感染力的诗歌杰作。作为经历靖康之难的著名爱国者，他的这些认识，与江西诗派对杜诗的认识，在方向上有很大不同，对此后的杜诗学有一定影响。

南渡初期注家赵次公，有"少陵忠臣"之誉，其注本被郭知达《九家集注》、黄希父子《补注杜诗》等多种集注本所采录。赵次公在注杜之外，作有《草堂记略》，被收录在清仇兆鳌《杜诗详注》附录中：

> 李杜号诗人之雄，而白之诗多在于风月草木之间、神仙虚无之说，亦何补于教化哉？惟杜陵野老，负王佐之才，有意当世，而肮脏不偶，胸中所蕴，一切写之以诗。其曰："许身一何愚，自比稷与契。"又曰："致君尧舜上，再使风俗淳。"此其素愿也。至其出处，每与孔孟合。"尚怜终南山，回首清渭滨"，则有迟迟去鲁之怀；"勋业频看镜，行藏独倚楼"，则有皇皇得君之意。晚依严武，未惬素心，枉驾再顾，赴期肯来，礼数非不宽也，而卒未免于嫌忌，致同袍有蜀道难之悲。吁，可慨夫！①

这篇记文是宋代编注家中最有代表性的李杜优劣论文献。赵次公以有补教化与否为标准，对李杜诗作了比较。他认为李白诗多写风月草木、神仙虚无之词，与杜诗不可同日而语。杜甫"负王佐之才，有意当世"，诗中所写都是有益世道人心的忠君爱国之情。赵次公从思想道德价值的角度所作的李杜比较，是对北宋王安石、苏辙等人观点的延续。根据上章的梳理，南渡以后，李杜并尊说逐渐占据舆论主流，抑李扬杜之说已很少有市场，赵次公此说出现于当时，

---

① ［宋］赵次公《草堂记略》，见［清］仇兆鳌注《杜诗详注·附编》，中华书局1979年版，第2248页。

既是强势理学意识形态的反映，也是北宋旧说对南宋诗学深刻影响与规约的显例。

南宋中期，杜诗注本已积累很多，竟有"千家注杜"之说，在这种情况下，出现了汇集众注为一的"集注"本。较早较有影响的当推郭知达所编定的《新刊校定集注杜诗》三十六卷，因所汇注家主要为赵次公等九家，故一般称作《九家集注杜诗》。该书刊行时有郭知达淳熙八年（1181）所作短序，郭序以"杜少陵诗，世称诗史"开篇，认为这样的诗必须有注，同时强调了对伪注的批判；末尾又提到读杜诗可以了解杜甫的"出处大节"。所提及的两个要点涉及的是杜诗的思想道德价值和知识含量，属于宋代杜诗学的基本关注，未提供较新鲜的信息。但该书在四十四年后，曾噩在广东重刊并作序。曾序有更值得关注的信息：

> "读书破万卷，下笔如有神"，此杜少陵作诗之根柢也。观杜诗者诚不可无注。然注杜诗者数十家，乃有牵合附会，颇失诗意；甚至窃借东坡名字以行，勇于欺诞，夸博求异，挟伪乱真，此杜诗之罪人也。惟蜀士赵次公为少陵忠臣。今蜀本引赵注最详，好事者愿得之亦未易致。既得之，所恨纸恶字缺，临卷太息，不满人意。兹摹蜀本刊于南海漕台，会士友以正其脱误。见者必当刮目增明矣。噫，少陵之诗，其伟壮则如巨灵之擘太华；其精巧则如花神之刻群芳；其理诣深到则《诗》《书》《庄》《骚》之流裔也。及其词源倾倒如长江大河顺东而趋，势不可御，必极其所至而后已。方是之时，岂复有意于搜寻故事，驱役百家诸子之言以为吾用耶？或者未免以注为赘。虽然，以诗名家，惟唐为盛；著录传后，固非一种。独少陵巨编至今数百年，乡校家塾，龆龀之童，琅琅成诵，殆与《孝经》《论语》《孟子》并行。况其遭时多难，瘦妻饥子，短褐不全，

流离困苦，崎岖埂厄，一饭一啜，犹不忘君。忠肝义胆，发为词章，嫉邪愤世，比兴深远。读者未能猝解，是故不可无注也。宝庆元年重九日义溪曾噩子肃谨序。①

此序所言蜀本指的即是郭知达淳熙八年本。郭知达原来所谓"欺世售伪"，曾噩指实为伪苏注；原列九注家，此则特别推重赵注，评赵次公为"少陵忠臣"，说明曾噩对此本熟悉，所知独深。此外，序中对杜诗作了评价，包括：一，杜诗既伟壮又精巧，既思理深刻，又词彩翻澜，艺术造诣全面；二，杜诗是多难时代激发出来的，具有很高的思想道德境界，而又比兴深远的典范；三，杜诗是唐诗中对宋代社会影响最深、最广的读本，其价值堪与《孝经》《论语》《孟子》并列。三项评价都很到位，其中第三项虽然没有明确使用"经"的概念，但实际与当时推杜诗为"经"的意见正相呼应。

南宋后期，蔡梦弼编成《杜工部草堂诗笺》，这是宋代最重要的杜诗编年集注本。蔡梦弼为此所写的跋文评说杜诗价值与地位提出了一个重要概念：

> 少陵先生博极群书，驰骋今古，周行万里，观览讴谣，发为歌词，奋乎《国风》《雅》《颂》不作之后，比兴相伴，哀乐交贯，揄扬叙述，妙达乎真机，美刺箴规，该具乎众体。自唐迄今，馀五百年，为诗学之宗师，家传而人诵之。②

---

① 刘明华编《杜甫资料汇编》唐宋卷据清刻本《九家集注杜诗》录。中华书局 2021 年版，第 1365—1366 页。此序《文渊阁四库全书》本删去，陈广忠校点本《九家集注杜诗》（安徽大学出版社 2020 年版）亦未补入。

② ［宋］蔡梦弼《杜工部草堂诗笺跋》，见［宋］蔡梦弼《杜工部草堂诗笺》卷首，光绪黎庶昌校刻《古逸丛书》本。按，《续修四库全书》集部 1307 册收此本，但原刻卷首的传序碑铭卷悉行删去，蔡氏跋语附于该卷末，亦被删去。又，华文轩编《古代文学研究资料汇编杜甫卷》收蔡氏此跋，中华书局 1964 年版，第 697 页。刘明华编《杜甫资料汇编》唐宋卷亦据《古逸丛书》本录此跋，中华书局 2021 年版，第 1189 页。

认为杜甫学力深，阅历广，其诗成为最能发扬《诗经》传统的作品。杜诗抒情叙事，美刺箴规，比兴寄托，兼备古代各体之长，杜甫因而成为唐以来诗人中得到最广泛认可和接受的宗师。钱志熙认为：蔡梦弼这段跋文，最值得注意的是："以诗学来概括杜诗的创作，称其为诗学宗师。"① 换言之，或许可以认为：在蔡梦弼看来，杜甫通过自己的创作实践，已在心中形成了包括诗的本质、功能、审美原则、表现方法、语言操作技术等在内的较自觉、较确定的认知，这套认知已构成一定的体系性，可称之为"诗学"。称杜甫为"诗学宗师"，不是泛泛地推崇杜诗水平高，而是肯定杜甫对诗这种文学形式有偏于学理的把握，而且这种把握已隐隐被宋人所感受、所继承，已成为一种传统。蔡梦弼提出来的"诗学宗师"概念，为后来元好问提出"杜诗学"概念，提供了一定的启发。

概括起来，杜集北宋重点在搜辑、编校，北宋后期开始出现一部分注家，到了南宋，杜集的校勘、注释、编年全面开花，取得了更突出的成就。杜诗编注家对杜诗所下的细功夫，使他们对杜诗有比一般人所不同的感情，所以，在这些编注家这儿，不关心李白的很多，明确扬杜抑李的也有，而推尊、崇拜杜甫，更为常见。编注家崇仰杜诗的理由，与宋代一般评杜者基本保持呼应关系，但也有个别非常前卫的观点，如李纲在南渡初对作为动乱年代维系世道人心杜诗的理解，南宋后期蔡梦弼提出"诗学宗师"的概念，代表着那个时段杜诗研究的最前沿。

二、罗大经主张"扬杜抑李"说

杜诗在宋代受到推尊的背景下，虽然在北宋中期有王安石、苏辙等人的抑李扬杜之说，但此说在南宋基本失去市场。在现有文献

---

① 钱志熙《黄庭坚诗学体系研究》，北京大学出版社 2003 年版，第 5 页。

中，继续贬抑李白者，在赵次公之外，最有名的是南宋后期的罗大经。罗大经（1196—1252?），字景纶，理宗宝庆二年（1226）进士，曾官容州法曹、抚州军事推官。晚年退居故里时著有《鹤林玉露》，对朱熹、杨万里甚为崇敬。爱杜诗，《鹤林玉露》甲编自序："余闲居无营，日与客清谈鹤林之下。或欣然会心，或慨然兴怀，辄令童子笔之。久而成编，因曰《鹤林玉露》。盖'清谈玉露蕃'，杜少陵之句云尔。"① 书名取意从杜甫排律《赠十五司马》来。杜甫此诗并非名篇，其所取意的一联，一般版本作"爽气金天豁，清谈玉露繁"②，是借秋景来称美虞司马，是该篇中不错的句子。罗大经将此句取来给所著书命名，说明他对杜诗读得细、读得熟。不仅如此，罗大经本人所作诗也有直接仿杜诗而作的，如《鹤林玉露》乙编对杜甫《自京赴奉先县咏怀五百字》中"彤庭所分帛，本自寒女出。鞭挞其夫家，聚敛贡城阙。圣人筐篚恩，实欲邦国活。臣如忽至理，君岂弃此物"这八句作了解读，认为它相当于五代孟昶《官箴》有名的"尔俸尔禄，民膏民脂"。然后再落到现实，说："余尝见州郡迓新者，设饰甚费。"并收录他自己本人因此而写的诗："赤子须摩抚，红尘几送迎。幕张云匼匝，车列鉴鲜明。岂是腴民血，空教适宦情。忍闻分竹者，竭泽自求盈。"③ 这是明显仿效杜诗的作品。

罗大经对李杜的评价，该书有很多材料。如下条称李杜二人为"诗人冠冕"：

> 李太白云："刬却君山好，平铺湘水流。"杜子美云："斫

---

① ［宋］罗大经撰，王瑞来点校《鹤林玉露》甲编卷首，中华书局1983年版，第1页。
② ［唐］杜甫著，［清］仇兆鳌注《杜诗详注》卷十，中华书局1979年版，第850页。
③ ［宋］罗大经撰，王瑞来点校《鹤林玉露》乙编卷二，中华书局1983年版，第150页。

却月中桂，清光应更多。"二公所以为诗人冠冕者，胸襟阔大
故也。此皆自然流出，不假安排。①

这个评价，依据的标准一是"胸襟阔大"，这是评人；二是"自然
流出，不假安排"，这是从艺术上评价。在这条材料中，看不出对
李、杜二人的轩轾之意。但以下评价却在李、杜二人中区分了
高下：

> 李太白《去妇词》云："忆昔初嫁君，小姑才倚床。今日
> 妾辞君，小姑如妾长。回头语小姑，莫嫁如兄夫。"古今以为
> 绝唱。然以余观之，特忿恨决绝之词耳，岂若《谷风》去妇之
> 词曰："毋逝我梁，毋发我笱"，虽遭放弃，而犹反顾其家，恋
> 恋不忍乎！乃知《国风》优柔忠厚，信非后世诗人所能仿佛
> 也。……杜子美儒冠忍饿，垂翅青冥，残杯冷炙，酸辛万状，
> 不得已而去秦，然其诗曰："尚怜终南山，回首清渭滨。"恋君
> 之意，蔼然溢于言外。其为千载诗人之冠冕，良有以也。②

罗大经有意将李白《去妇词》的"忿恨决绝"，与《诗经·邶风·
谷风》中弃妇"恋恋不忍"的"有情"作了直接对比，从而突出对
儒家"优柔忠厚"诗教精神的尊崇，并由此引发对杜甫"儒冠忍
饿"却"蔼然""恋君之意"的赞许。正是基于这种评价标准，罗
大经只推杜甫一人为"千载诗人之冠冕"，也不再在这种语境下称
李白为"诗人冠冕"了。至其专述李、杜的一条，虽已引录在上一
章第四节论及朱熹处，为了更好地讨论罗大经，仍然有必要将要点
节引于下：

---

① ［宋］罗大经撰，王瑞来点校《鹤林玉露》乙编卷三《诗人胸次》，中华书局 1983 年
版，第 171 页。
② ［宋］罗大经撰，王瑞来点校《鹤林玉露》乙编卷二《去妇词》，中华书局 1983 年
版，第 141—142 页。

> 李太白当王室多难、海宇横溃之日，作为歌诗，不过豪侠
> 使气，狂醉于花月之间耳。社稷苍生，曾不系其心胸，其视杜
> 少陵之忧国忧民，岂可同年语哉。[①]

罗大经在这条笔记中，认同苏轼对杜甫的"识君臣大体"，以及朱
熹对李白"没头脑"、杜甫"以稷、契自许"的评价，然后明确作
出评判：杜甫"忧国忧民"，与李白"豪侠使气，狂醉于花月之
间"，实际不可同日而语。

以上材料结合起来看，罗大经在以贬抑李白相对照的情况下尊
崇杜甫，只是基于道德人格的评价。评价虽然其来有自，有朱熹较
明显的影响在其中，但考虑到朱熹的抑李材料仅限于罗大经称引，
在朱熹的本集及其弟子笔记《朱子语类》都没有，而罗大经的同样
观点，却在《鹤林玉露》中明确表述过几次，则罗氏此说确实是确
切、稳定的认识。南宋以并尊李、杜为主流的文化语境下，这一来
自北宋的观点得以延续，是很值得玩味的。

三、严羽提出李杜"不当优劣"说

与罗大经年辈相同的严羽（1192—1245 以后），是南宋后期最
具理论水平的诗论家。他直面南渡以来对江西诗学的各种反思，以
及江湖诗人对晚唐的回归，对宋诗作了全面反思，提出了一整套诗
学思想，这套思想以倡盛唐、崇李杜为重要特色。《沧浪诗话》开
篇提出了"入门须正，立志须高"的观点：

> 学诗者以识为主：入门须正，立志须高，以汉、魏、晋、
> 盛唐为师，不作开元、天宝以下人物。……先须熟读《楚词》，
> 朝夕讽咏，以为之本；及读《古诗十九首》，乐府四篇，李陵、

---

① ［宋］罗大经撰，王瑞来点校《鹤林玉露》丙编卷六《李杜》，中华书局 1983 年版，
第 341 页。

> 苏武、汉魏五言皆须熟读，即以李、杜二集枕藉观之，如今人
> 之治经，然后博取盛唐名家，酝酿胸中，久之自然悟入。虽学
> 之不至，亦不失正路。①

朱熹曾提出李、杜二家，要用"士人治经"的方法，"虚心讽咏"。现在严羽认为汉魏各家，学法是"熟读"。李、杜二家，方法则是"枕藉观之，如今人之治经"，这与作为筑基的《楚辞》的"朝夕讽咏"几乎相同，都借用了朱熹此说。与朱熹的说法相比，严羽这里是给学诗者从历代名家中选取学习典范的角度来说的。换言之，严羽是在与汉唐以来其他重要诗人比较中选出盛唐，又从盛唐中选出了最佳、最高的李白与杜甫两家为学习样榜的。在这里，严羽与四灵派、江湖派相同的地方在于，都对宋诗（尤其是江西派）不满，都在他们的学习榜单中清除了宋诗。严羽与四灵、江湖不同处在于，严羽不是趋向晚唐，而是回归盛唐；不仅不反感杜甫，而且是推尊李白和杜甫。

与此相关的，《沧浪诗话》还提出了"熟参"的概念：

> 试取汉魏之诗而熟参之，次取晋宋之诗而熟参之，次取南
> 北朝之诗而熟参之，次取沈、宋、王、杨、卢、骆、陈拾遗之
> 诗而熟参之，次取开元、天宝诸家之诗而熟参之，次独取李、
> 杜二公之诗而熟参之，……又尽取晚唐诸家之诗而熟参之，又
> 取本朝苏、黄以下诸家之诗而熟参之，其真是非自有不能
> 隐者。②

严羽这里讲的是辨体，辨体的方法只讲"熟参"二字。从体性的角

---

① ［宋］严羽著，郭绍虞校释《沧浪诗话校释·诗辨》，人民文学出版社1961年版，第1页。

② 同上，第12页。

度阅读和参详，凡体性相同的则合观熟参，不同的则对比参详。按他的描述，除了对各时期、各群体，需要合观参详之后，对于李、杜二公却"独取"、独赏。从这个角度也可以看出，严羽是特别推崇李、杜的。要稍加注意的是，在这里，晚唐诸家和宋代苏、黄以下诸家也列在"熟参"名单中，这与前一条似乎有点矛盾。其实，前一条谈的是选择学习、揣摩的典范，而这一条谈的是通过"熟参"辨析等次，分辨异同。

以上两条，严羽都是把李杜二家合起来，从相同的一面来说的。除此之外，严羽也对二家作了分辨，其分辨的观点很有新意，说：

> 李、杜二公，正不当优劣。太白有一二妙处，子美不能道；子美有一二妙处，太白不能作。
>
> 子美不能为太白之飘逸，太白不能为子美之沉郁。太白《梦游天姥吟》《远离别》等，子美不能道；子美《北征》《兵车行》《垂老别》等，太白不能作。论诗以李、杜为准，挟天子以令诸侯也。
>
> 少陵诗法如孙吴，太白诗法如李广。少陵如节制之师。[①]

这依然是从体性，即风格的辨析这一角度来说。对照当时多数论家的批评立场，严羽此论最大特色在于放弃了思想、道德的评价标准，而纯粹立足于艺术风格、审美倾向。而正因为有了这样的立场，严羽在坚持源自韩愈的李、杜并尊说的时候，有了与韩愈等李、杜并尊说不同的思想，这就是彻底否定了李杜优劣论的必要性和可能性，指出"李、杜各有自己的成就，无法互相替代"[②]。这

---

① ［宋］严羽著，郭绍虞校释《沧浪诗话校释·诗评》，人民文学出版社 1961 年版，第 166、168、170 页。
② 罗宗强《李杜论略》，中华书局 2019 年版，第 25 页。

样，就将李、杜并尊说提高到了体性辨析的新境界，从而使李、杜诗研究进入了一个真正的、独立的艺术研究的层次。

当然，对于李、杜二家诗，严羽说"正不当优劣"之，是不是意味着不能区分二家的高低呢？在严羽表述的深处，是否还藏着特别的意味呢？蒋凡认为：说二家之诗"正不当优劣"之，"是从它们的艺术光彩和价值、影响来说的；而对于学习者来说，则严羽似乎更倾向于杜诗。因为李诗如李广用兵，漫无拘束，无法可寻，难觅途径；而杜诗则如孙子、吴起所部勒的'节制之师'，动见规矩，有路可通。比较言之，他的'论诗以李杜为准'，实更倾向于杜甫。所以他虽然常是李、杜并称，但论诗的天平并非永远平衡。"① 实属探微之论。在笔者看来，几乎每一个李、杜并尊论，都是在某种意义上并尊，在其他意义上都可能隐藏有高下或取舍的看法。严羽并尊李、杜，本质上是从李、杜二人代表着盛唐诗的最高艺术典范角度上提出，他提出的"不当优劣"说，是从李、杜二家代表两种不同的艺术风格这一角度说的。但是，从具体的学习方法、路径、步骤的角度看，严羽的确很难再把李、杜二家看作是不可分辨的对象了。不仅严羽，在历代李杜诗学的发展中，严羽这一认知，恐怕都具有相当的代表性。

钱锺书在《宋诗选注》中譬喻说："江湖派不满意苏、黄以来使事用典的作风，提倡晚唐诗；严羽也不满意这种作风，就提倡盛唐诗。江湖派把这种作风归罪于杜甫，就把他抛弃；严羽把杜甫开脱出来，没有把小娃娃和澡盆里的脏水一起掷掉，这是他高明的地方。"②

---

① 蒋凡《严羽论杜甫》，载《复旦学报（社会科学版）》1987年第4期，第48页。
② 钱锺书《宋诗选注》，生活·读书·新知三联书店2007年版，第434页。

第六章
宋末杜诗精神的高扬

　　南宋危亡之际，杜诗迎来了一个特别的时期，李白的影响暂时跌入低谷。这时期对此前的杜诗学在两方面作了突破：其一是经有宋一代数百年杜诗注家的不断积累，杜诗解读跨越字词的层面，出现了在更高、更完整的艺术整体层面的杜诗评点。其二是山河破碎、民族沦亡的现实，几乎把所有文人都抛掷到了破国亡家的荒漠中，这时候，人们突然发现：杜诗是人们抚慰心灵创伤、安顿灵魂的最好读物，懦弱者可以在读杜、学杜中让灵魄有所止泊，坚强者则勇敢地挑起挽救国家危亡、与国族同存亡的责任。刘辰翁开启了杜诗评点的风气，文天祥则在学杜、集杜的同时，以最闪亮的人生实践完成了杜诗（帮限于条件而不能在实践上有所建树的杜诗作者实现了其人生志业），分别成为易代之际杜诗艺术价值的诠释者、杜诗精神价值的践行者。

第一节　刘辰翁首开杜诗评点

南宋末年，以文学评点闻名于世的刘辰翁①，以较开阔的文学史视野进行作品品赏，在他的评赏活动中，李白与杜甫常连类而及。在李、杜二人中，据王红霞统计，刘辰翁涉及李白的材料共53条，涉及李白诗49首，但刘辰翁对李白没什么直接的高度评价，认为"就李、杜而言，他是尊杜，但不贬李"②，确实没问题。然而，玩味刘辰翁所谓"杜子美大篇，江河转怪不测，虽太白、退之天才罕及"③，则其虽然承认李白的天才，但却认为他无法与杜甫相比。

刘辰翁对杜诗最大贡献是：在宋人广泛辑杜、注杜、选杜、学杜、集杜之后，又开杜诗评点之风气，这是对宋代杜诗学的一大贡献。据有关学者统计显示，在刘辰翁所评四十六家唐代诗人中④，由于选录杜诗多达350余首、评语共计470余条⑤，堪称数量之最。除了对杜诗特别精熟而多加批点外，还可结合其论诗文字，依次从时代语境、诗学思想、评点影响三大方面来加以考察认识。

一、刘辰翁评点杜诗的时代语境

刘辰翁生逢宋末乱离之世，与杜甫所处安史之乱时期有着高度

---

① 孙琴安《中国评点文学史》指出："在刘辰翁之前，还没有一个人能像他这样对诗歌、散文和小说进行过如此广泛而深入的评点。他无疑是中国历史上第一个文学评点大师。"上海社会科学院出版社1999年版，第67—68页。

② 王红霞《宋代李白接受史》，上海古籍出版社2010年版，第280页。

③ ［宋］刘辰翁撰，段大林校点《刘辰翁集》卷六《跋白廷玉诗》，江西人民出版社1987年版，第210页。

④ 参看孙琴安《中国评点文学史》，上海社会科学院出版社1999年版，第58页。

⑤ 参看焦印亭《刘辰翁文学评点寻绎》，中国社会科学出版社2015年版，第107页。

相似的历史兴亡感。因之，杜诗所抒发的黍离之悲，最能唤起他的情感共鸣。在读杜过程中随书批点感悟、见解，不单是宋人读书的一种常见习惯，对于刘辰翁而言，还更多了一种藉以抚平亡国痛楚的疗伤效用。

譬如，评《渼陂行》"苍茫不晓神灵意"句云："惨怆之容，窈眇之思。寻常赋乐事，则所经历骇愕者，置不复道。吾尝游西湖，遇风雨，诵此语，如同舟同时。"可谓对杜诗感同身受；又如，评《哀王孙》云："忠臣之尽心，仓卒之隐语，备尽情态。"评《瘦马行》云："展转沉重，忠厚恻怛，感动千古。"评《寒峡》篇末云："怨伤忠厚，得诗人之正。"皆以发忠君之辞；再如，评《成都府》"鸟雀夜各归，中原杳茫茫"句云："愤怨悲感，天性切至，读之黯然。"评《蜀相》云："全首如此一字一泪矣，写得使人不忍读，故以为至。千年遗下此语，使人意伤。"① 可见，刘辰翁在读杜中，每每念及山河破碎的凄怆处境，不禁老泪纵横、感慨万端，故而"揭示诗歌沉著的悲剧精神和巨大的悲剧感染力"② 就成了他评点杜诗的重要内容和悲天悯人的情感寄托。

这种对杜诗惨淡意蕴的发掘和精神价值的尊崇，不独渗透在评点杜诗中，还体现在刘辰翁的序跋及诗作之中。其《赠萧清可序》中即赞杜甫《茅屋为秋风所破歌》曰：

秋风岁起岁甚，彼沉沉如山者何恙，所欺独贫士破屋耳。自杜诗以来，类以秋风茅屋藉口，然宇宙千年，所遭宁始此，直赖子美狂歌发之。使子美为千万间不能，而自子美藉口至

---

① ［宋］刘辰翁撰，焦印亭辑校《刘辰翁评点杜甫诗辑校》，见焦印亭《刘辰翁文学评点寻绎》第五章，中国社会科学出版社2015年版，第113、116、118、119页。
② 周兴陆《刘陈文诗歌评点的理论和实践》，载《华中师范大学学报（哲社版）》1996年第2期，第113页。

今，则千万间在此矣。①

自江湖诗派以来，宋末士人的飘零"处穷"似乎成了一种普遍性的生命状态和一大集中性的文学景观。杜甫在成都避难的茅屋，由于"大庇天下寒士"②的精神诺言，深深感动了万千贫士，而让这"千万间"茅屋在"宇宙千年"来的秋风中一直伫立于士人心间。这是杜甫仁爱精神的永恒不朽之所在。

因此，刘辰翁在《赠胡圣则序》中甚为感慨：

> 子美平生流落，拔足廓尘，丐拾为资，起浣花草堂，三年而后成，成数月为秋风所破，不知尝复完葺与否，而飘飘江上，避地愈远，从瀼西徙浣花，各三宿桑下而去否，今过客耳，身生太平恨晚，生乱离又恨早。居今怜子美，亦美子美。③

这段文字颇为耐人寻味，其所"怜"较为明确：即杜甫终身漂泊无依，纵历经艰辛来到成都，筹资建起浣花草堂，却很快不免于秋风所破而不得不继续流落、离故乡愈远。"从瀼西徙浣花"这里疑误，应是从"浣花"迁徙至夔州瀼西草堂。诗人在两草堂所居时日都不长，短暂的安栖令人既不舍、又心酸。所以，对于这样一位始终都在寻找温暖家园却终始成了每一地匆匆"过客"的苦命人，刘辰翁深切感叹杜甫所尝过的太平岁月实在太短了、所经历的动乱岁月又的确太长了。这种怜惜固然令人扼腕不止，但唯一稍可抚慰、有所羡慕的是杜甫毕竟曾经还在开元盛世那样的美好岁月里生活过，他

---

① ［宋］刘辰翁撰，段大林校点《刘辰翁集》卷六《赠萧清可序》，江西人民出版社1987年版，第188页。
② ［唐］杜甫著，［清］仇兆鳌注《杜诗详注》卷十《茅屋为秋风所破歌》，中华书局1979年版，第832页。
③ ［宋］刘辰翁撰，段大林校点《刘辰翁集》卷六《赠胡圣则序》，江西人民出版社1987年版，第206页。

是真切感受过大唐繁华峥嵘时光的，不像南渡以来尤其宋末文人，大多终生不见国泰民安，甚至连最基本的平安度日都难以得到充分保障。

至于刘辰翁"亦羡子美"的具体内容所指，亦可参照其《题宋同野编杜诗》来加以解读：

> 杜子美年四十五，自鄜陷贼半年，明年自拔，取拾遗，扈从还京。又明年始外补，又明年始弃官入秦。自是流落辗转凡三迁，所遇识不识相劳苦，所居间得故人为地主，起家赞戎事，斧斤多助，种艺果树，广者四十亩，东屯又有稻可收。当时朝廷虽乱，道路无壅，雄藩宾客之盛自若，公以三朝遗老，负海内诗名。游三川，如锦城，下洞庭，意气浩然。江湖胜境，楼台高会，长歌短赋，倾晤宾主，避地如此，实亦与纵观何异。子美古今穷人，而仓卒患难，所遇犹若此。予非以其穷为可愿，所遇为可美也。以子美为可愿可美，则所遭又可知也。同野宋君避逃兵间，手钞杜诗离乱者百七十余首为一编，古今诗愁，亦未有其比。然十四五年所作，亦岂无开口而笑者？晚生后死，瞻望慨然。[1]

依照刘氏所想见，杜甫中年以后，与命运作斗争的悲苦生活就不期然而然开始了。从"陷贼"半年到"自拔"来归，从得官"拾遗"到随君"还京"，表面看人生似乎走向了明朗开阔的一面，但好景不长，旋即被疏远而"外补"，很快便"弃官"转徙江湖之间了。然而，幸运的是杜甫在流离之中并不失所，其所遇合者多，中间还曾获得幕僚职务，有过一段相对安宁温饱的小日子。尽管这时候的

---

① ［宋］刘辰翁撰，段大林校点《刘辰翁集》卷六《题宋同野编杜诗》，江西人民出版社 1987 年版，第 208—209 页。

外部政局依然动乱，但国内交通却保持着往来畅达。由于蜀中胜地远离战火，自然吸引了不少文人荟萃于此。这为历经三朝、已值暮年的杜甫提供了一些结交友朋、诗名大噪的机会。因此，从避走三川到定居草堂，直至买舟南下洞庭，杜甫整个人的精神状态并不一味愁苦、颓靡，反而不时迸发出意气豪迈、情绪爽朗的高昂兴致。故而，诗人这一时期既有"昔闻洞庭水，今上岳阳楼。吴楚东南坼，乾坤日夜浮"[1] 这样大气磅礴歌咏"江湖胜境"的名作面世，又有"情人来石上，鲜脍出江中。邻舍烦书札，肩舆强老翁"[2] 那样盛情相邀、款曲周至的宴会记叙；既有《秋日夔府咏怀奉寄郑监李宾客一百韵》如此极尽开阖变化而宾主两叙、情景纪事妙和自然的长篇咏怀寄友大作，又有《春日江村五首》《催宗文树鸡栅》《园官送菜》《园人送瓜》《茅屋检校收稻二首》这些简单质朴、远离尘嚣的农家躬耕田园之作。应该来说，公认的"古今穷人"杜甫在奔波逃难中尚且还有一息轻快的闲逸时光，这是宋同野在选编杜诗时未加注意的，而刘辰翁的过人之处正在于能从那么多反映乱离疾苦的"古今诗愁"中、从平生遭遇那么凄惨悲怆的杜甫身上，还特别发现了诗人仍有难得快乐的那一面，为之敬仰、为之慨叹。这不仅意味着对杜诗内在情感丰富多元特征的精细领会及深切把握，而且更加凸显出刘辰翁自身所处的末世境遇其实远远超出了杜甫当年遭受的种种惨状，大有一种以杜甫来写自己的时命之感。

不惟自伤时命、感慨深沉，对于自古以来"穷诗人"的"时"与"命"，刘辰翁也是颇有会心的，遂于《连伯正诗序》中详加分辨：

---

① ［唐］杜甫著，［清］仇兆鳌注《杜诗详注》卷二十二《登岳阳楼》，中华书局 1979 年版，第 1946 页。

② ［唐］杜甫著，［清］仇兆鳌注《杜诗详注》卷十八《王十五前阁会》，中华书局 1979 年版，第 1601 页。

古之穷诗人称子美、郊、岛，郊、岛以其命而子美以其时。或曰："时与命不同耶？"曰："不同也。使郊、岛生开元、天宝间，计亦岂能鸣国家之盛，而寒酸寂寞，顾尤工以老。则矊其赋分言之，亦不为不幸也。若子美在开元，则及见'丽人'，友'八仙'，在乾元则扈从还京，归鞭左掖，其间惟陷廊数月，后来流落，田园花柳，亦与杜曲无异。若石壕、新安之睹记，彭衙、桔柏之崎岖，则意者造物托之子美，以此人间之不免，而又适有能言者载而传之万年，是岂不亦有数哉？不然，生开元、天宝间，有是作否？故曰时也，非命也。"[1]

杜甫说过"文章憎命达"[2]，虽为悲悯李白不遇之辞，亦是诗人例穷的时命之叹。但是，刘辰翁这里却认为杜诗是成就于其"时"而非得之于"命"。因为同样命途不济而为"穷诗人"代表的苦吟派孟郊、贾岛，素以"寒""瘦"诗风闻名，即便他们生逢盛世，也很难彻底克服其精神的穷蹙。这种人生格局的狭促有限，就决定了他们无法"鸣国家之盛"。因之，"时"对于他们并不如"命"（这里义兼天赋）那样具有根本性影响。然而，杜诗的巨大成就却注定是时代造就、应时而变的。杜甫在唐王朝开元鼎盛时，即作《饮中八仙歌》展现出"各极醉趣""都带仙气"的古今"创格"[3]，《丽人

---

① ［宋］刘辰翁撰，段大林校点《刘辰翁集》卷六《连伯正诗序》，江西人民出版社1987年版，第175—176页。
② ［唐］杜甫著，［清］仇兆鳌注《杜诗详注》卷七《天末怀李白》，中华书局1979年版，第590页。
③ ［明］王嗣奭撰《杜臆》卷一评《饮中八仙歌》曰："此创格，前无所因，后人不能学。描写八公都带仙气，而或两句三句四句，如云在晴空，卷舒自如，亦诗中之仙也。"上海古籍出版社1983年版，第8页。

行》传达了"含蓄得体"①、委婉讽刺的风雅精神。自乾元以降，杜甫陆续作《奉和贾至舍人早朝大明宫》《早朝大明宫呈两省僚友》《宣政殿退朝晚出左掖》《紫宸殿退朝口号》《春宿左省》《晚出左掖》《题省中壁》等一系列反映回京任职后日常朝官生活之诗。其中，"腐儒衰晚谬通籍，退食迟回违寸心。衮职曾无一字补，许身愧比双南金"，堪称对这一时期身心极不自由生活的集中概括，并由此表露出"未尽言责，徒违素心""职无补而身有愧"②的一种自我反省。至于此后被贬谪外调至华州，终究弃官而流寓陇蜀，所作田园诗似无甚独到之处。惟自洛阳返回华州途中，杜甫因所闻见目睹而作"三吏""三别"诸篇，直可谓触目惊心、感人肺腑；而《彭衙行》尽抒携家避乱远行的"颠连之苦"和"困顿流离之状"③，《桔柏渡》则着力表现山川之奇险、行路之艰难。这些诗作表面读来，都在书写个体生命饱受战乱苦楚的亲身体验，但却写出独特的地理面貌，折射出安史之乱给社会各阶层所带来的深切怆痛。所以，杜甫实际成为了接受造物主托付的时代记录者和见证者，杜诗更是时代所造就的伟大篇章。

如此熟谙杜诗的刘辰翁，不愧是批点杜诗的行家里手。读其诗文序跋，但凡涉及杜诗，都必须细致地去回读原文，才能真正理解刘辰翁所表达观点的具体内涵。可见，他对杜诗的评点见解并非随兴而发，而是将读杜的点滴体悟高度凝练而成，故所得认识往往都颇为精辟独到。而且，刘辰翁是以个人的生命体验与杜甫的人生悲怀相互感通，故能烛杜诗之幽隐。读其《读杜拾遗百忧集行有

---

① ［清］仇兆鳌注《杜诗详注》卷二《丽人行》附"仇注"曰："本写秦、虢冶容，乃概言丽人以騩括之，此诗家含蓄得体处。"中华书局 1979 年版，第 157 页。
②③ ［唐］杜甫著，［清］仇兆鳌注《杜诗详注》卷六《题省中壁》、卷五《彭衙行》，中华书局 1979 年版，第 441、414 页。

感》云：

> 我生行年将六十，不知何者为忧戚。富贵不骄贫贱安，以此存心度朝夕。往年承乏佐中书，大官羊膳供堂食。只今赐老作编氓，衣食信天无固必。陋巷箪瓢如素居，不管茅茨春雨湿。门前载酒求赋诗，锦轴牙签日堆积。在官不置负郭田，既老翻得稽古力。毁誉都忘月旦评，姓名不上春秋笔。朝米不烦邻僧送，暮米不烦太仓籴。我亦一饭不忘君，文人相轻所不及。伤哉白首杜拾遗，入蜀还秦劳辙迹。文章盖世亦何为？妻子相看百忧集。①

杜甫《百忧集行》取自南朝人王筠《行路难》中"百忧俱集断人肠"② 一句，意谓愁肠百结、难于化解。然而，刘辰翁在年近花甲之时，仍然保持着"富贵不骄贫贱安"的自适心态，无论在朝、在野还是"陋巷""素居"，皆不以享乐、求名为人生追求，倒是过着一种自给自足、不与文士往来却不忘君恩的简单生活，故而不知"忧戚"何来。但是，这一点也不妨碍他读到《百忧集行》后，特别感伤于诗名冠世的杜甫在举家逃难中一路劳顿的万般辛酸愁苦，从而把一个叹老嗟卑、穷途作客的大诗人那种贫窘到难以养家糊口、无颜面对老妻的"百忧"交集状态表现得鲜活生动、催人泪目。

二、刘辰翁评点杜诗的诗学思想

刘辰翁的杜诗评点是富有诗学思想的，如其《赠潘景梁序》中，即提出了诗歌创作"不得已"说：

---

① ［宋］刘辰翁撰，段大林校点《刘辰翁集》卷十五，江西人民出版社1987年版，第450—451页。
② ［南朝陈］徐陵编，［清］吴兆宜注，程琰删补，穆克宏点校《玉台新咏》卷九，中华书局1985年版，第435页。

> 余谓文者皆不得已也，故传六经、《语》《孟》非问答即纪事，无作意者。下至诸子、史，或一事反复，或一语酬诘，犹未至无谓，无谓者独建安以来耳。……杜诗、韩文间以俚语直致而气始振，然夔、潮以后之论兴，而惑者始不可窥较矣。今言诗类如子美散文，言者嗒嗒《蓝田壁记》为古，异哉！必求其有谓与不得已，庶几《羌村》《同谷》之音，《滕王阁后记》之体，乃与无作之作合。①

在刘辰翁的认识中，诗文是"有谓"之言、是"不得已"而发之声，而非刻意造作而来。因之，他把古往今来的诗文创作划分为三个层次：六经及《论语》《孟子》都是"无作意"的自然"问答"或"纪事"，这是最高层次；诸子及史书，或重复叙事、或反复问答，已经显露出刻意表达的主观意图，从"无作意"走向了"有作意"，但还未到"无谓"的程度，这是第二层次；"建安以来"诗则是"无谓者"，也即完全是由对文藻的追求所驱使，而背离了"不得已"的本质，这成了最不被认同的第三层次。李成文在解释刘辰翁所谓"文者皆不得已也"时说："主要是指具有强烈责任感和道德意识的诗人在现实生活中有所感发，被现实生活中的许多黑暗现象所触动，……而产生郁闷不平之气；对百姓痛苦、民不聊生的现状充满深切的同情和关爱。这些情感凝聚成不可阻遏的创作冲动，创作出感情充沛、有深刻思想的诗歌作品。"② 如此看来，杜诗、韩文因其忧爱情感的强烈充沛，便可形成一种内在不得不发的强大气势提振起全篇之骨力。但是，一般读者在接受黄庭坚对夔、

---

① ［宋］刘辰翁撰，段大林校点《刘辰翁集》卷六《赠潘景梁序》，江西人民出版社1987年版，第192页。
② 李成文《裂变与重生：宋元之际诗歌研究》，文化艺术出版社2017年版，第139页。

潮以后杜、韩"皆不烦绳削而自合"① 观点时，往往意识不到杜、韩诗文中这种更根本性的"不得已"，于是称赞杜甫晚期的俚俗平散篇章，却忽视了值得关注的《羌村》《同谷》一类，才是真正"有谓"而"不得已"的佳作。

遵照这种诗学观，落实到学杜方法上，刘辰翁在《题王生学诗》中做出了具体阐释：

> 诗之妙，后世由之而不知。老杜"衣冠却扈从"，徒一"却"字，而昔之宜扈从而不扈从，与后之欣喜复辟，初得见汉官者，舍其枯而集其菀者，具是有焉。文章之髓岂在险艰，援据终日，呐呐而又不能道，岂不亦可笑哉！②

刘辰翁在这里先指出后人一直读诗却并不识其妙，继而举出广德二年（764）杜甫在梓州所作《收京》中"衣冠却扈从"句，仅用一个"却"字，就将不满诸臣"平日谄谀依阿，有变则奔亡坐视，及收京则扈从而回，何益于成败之数耶"③ 的强烈愤慨展现得淋漓尽致。真可谓用语精炼而意蕴丰厚，于"无作意"间融入了诗人诸多想要表达的幽微深意。由此可见，诗文精髓不在探奇求险、援引故实，更不需要太过雕琢。杜诗的简洁明了却富有内涵，就并非追求技巧高超的结果，而是在看似平凡普通的字眼里赋予了它不平凡的意义。

刘辰翁从读杜、评杜中悟出了不少警醒后人如何学杜的重要方

① ［宋］黄庭坚著，刘琳等点校《黄庭坚全集》正集卷十八《与王观复书》，中华书局2021年版，第420页。
② ［宋］刘辰翁撰，段大林校点《刘辰翁集》卷六《题王生学诗》，江西人民出版社1987年版，第209页。
③ ［明］王嗣奭撰《杜臆》卷五评《收京》，上海古籍出版社1983年版，第176—177页。

法。譬如眼界要高、取法乎上，其《语罗履泰》云："杜诗'不及前人更勿疑，递相祖述竟先谁。别裁伪体亲风雅，转益多师是女师'，此杜示后人以学诗之法。前二句戒人之愈趋愈下，后二句勉后人之学乎其上也。盖谓后人不及前人者以递相祖述，日趋日下也。必也区别裁正浮伪之体，而上亲风雅，则诸公之上转益多师，而女师端在是矣。"① 不但强调祖述风雅正体，还要转益多师。除此之外，他对出自天然真性情之诗格外推崇，尝言："诗无改法，生于其心，出于其口，如童谣，如天籁，歌哭一耳。"② 与此相应，他认为杜诗就是这种毫无机心、得之于天的上乘佳作。故其《跋白廷玉诗》曰：

> 杜子美大篇，江河转怪不测，虽太白、退之，天才罕及。至五言、七言律，微有拙处，然时时得风雨鬼神之助，不在可解。若七言宏丽，或更入于古野而不为俚，亦惟作者自知，虽大家数不能评也。此笔绝于世久，纷纷一花一叶，饰姿弄粲，徒乱人意。③

杜甫感情真挚丰富，既有对统治阶级的讽刺批判、对普通百姓的深切同情，又有对亲友家人的眷恋珍惜、对自然生命的无比热爱，还有对家国命运的深沉担忧。这些复杂而多元的情感交织在一起，就构成了杜诗时而奔腾激越、时而宁静恬淡、时而郁勃孤愤的情绪表现。这在《自京赴奉先县咏怀五百字》《北征》一类长篇古诗、《醉时歌》《醉歌行》《去矣行》《百忧集行》等等歌行，以及《秋兴八首》这些组诗中都有不同程度的突出表现。正是这种强烈的淑世精神和仁爱情怀，造就了杜诗犹如江河奔腾直泻般气势磅礴，又如江

①②③　［宋］刘辰翁撰，段大林校点《刘辰翁集》卷六《语罗履泰》、《欧氏甥植诗序》、《跋白廷玉诗》，江西人民出版社 1987 年版，第 210、174、210 页。标点笔者有所更正。

河千回百转般沉郁顿挫。即便李白、韩愈天分过人，也都难以企及。杜甫五七言律诗偶有诸如失粘、拗体等类"拙处"，但仍"得风雨鬼神之助"而无法解释其妙处。至其七言律之流动、明丽，甚至有些古质朴野却并不粗俗，也唯有极具创造力的诗人才能了然个中奥妙，哪怕所谓"大家数"也未必辨其分明。令人遗憾的是，像杜诗这般神妙之笔，湮灭于尘世实在太久了。所以，世人学杜往往不得要领，大多爱用如"花"似"叶"一般精美繁复的词藻、典故，用各种技巧来妆点诗作，这便成了徒然惑人的无益作为，而非天籁歌哭之音。

三、刘辰翁评点杜诗的实绩影响

刘将孙在《集千家注批点杜工部诗序》中对刘辰翁诗学思想主导下的评点实绩及其影响作了全面阐发：

> 有杜诗来五百年，注者以二三百数。然无善本，至或伪苏注，谬妄钳劫可笑。自或者谓少陵"诗史"、谓少陵"一饭不忘君"，于是注者深求而强附，句句字字必傅会时事曲折，不知其所谓"史"，所谓"不忘"者，公之天下，寓意深婉，初不在此。诗有风有隐，工部大雅，与《三百篇》相望，讵有此心胸哉？此岂所以为少陵？第知肤引以为忠爱，而不知陷于险薄。凡注诗尚意者，又蹈此弊，而杜集为甚。诸后来忌诗、妒诗、疑诗，开诗祸皆起此，而莫之悟，此不得不为少陵辨者也。

> 先君子须溪先生，每浩叹学诗者各自为宗，无能读杜诗者，类尊丘垤而恶睹昆仑。平生娄看杜集，既选为兴观。他评泊尚多，批点皆各有意，非但谓其佳而已。高楚芳类萃刻之，后删旧注无稽者、泛滥者，特存精确必不可无者，求为序以传。坡公谓杜诗似《史记》，今闻者持以坡语大不敢异，竟无

能知其所以似《史记》者。予欲著之，此又似评杜诗为僭，独
为注本言之。注杜诗如注《庄子》，盖谓众人事、眼前语，一
出尽变；事外意，意外事，一语而破无尽之书，一字而含无涯
之味。或可评不可注，或不必注，或不当注，举之不可遍，执
之不可著。常辞不极于情，故事不给于弗也，然讵能尔尔。是
本净其繁芜，可以使读者得于神，而拟评标撷，足使灵悟，固
《草堂》集之郭象本矣。楚芳为是注用力勤，去取当，校正审，
贤他本草草籍吾家名以欺者甚远。相之者，吾门刘郁云。大德
癸卯冬庐陵刘将孙尚友书。①

刘将孙这里先从杜诗注本虽多却苦乏善本的现状出发，分析指出是
世人误解了"诗史""忠爱"涵义而字句附会时事，并认为这种方
法论实开了诗祸之端；然后主要谈论杜诗的评注，犹如《庄子》的
评注，要去繁琐、无稽而直切入神髓。最终在整体上都是强调其父
刘辰翁对杜诗的理解深刻准确，批点能得其精神要领，而无宋人之
弊。同时，此批点本杜集大致产生于宋末元初，乃是高楚芳根据黄
鹤补注本，加入刘辰翁评点后，再予以编辑校正而成，并对旧有的
千家注有所删弃。由于刘辰翁的评点在宋元之际很有名，假借其名
刻印行世之本必不少，所以，刘将孙才在最后特意辨明那些马马虎
虎借刘评之名以骗取购买者的情况很多，但高楚芳此本却远远优于
市场上流通的那些号称刘评本。

题称刘辰翁批点《千家注批点杜工部诗集》二十卷，为编年批
点系统，一直深受好评而流播甚广，在元、明两代一再翻刻，尤其
受到明人重视。自洪武元年（1368）会文堂刻本、嘉靖八年

① ［元］刘将孙《集千家注批点杜工部诗集序》，见［宋］黄鹤补注、须溪评点《集诸家
注杜工部诗》卷首，日本内阁浅草文库藏西园精舍刻本。按，原文疑有若干误字，
无从校证。

（1529）懋德堂刻本以迄万历间、明末刻本，一版再版、不断重修翻刻，可谓绵历数百年，对明代杜诗学产生最大影响。故明人单复《读杜诗愚得自叙》即云："近世咸重须溪刘氏评点杜诗，家传而人诵，亟取读之。"[1] 胡应麟《诗薮》曰："余每谓千家注杜，犹五臣注《选》；辰翁解杜，犹郭象注《庄》，即与作者语意不尽符，而玄言玄理，往往角出，尽拔骊黄牝牡之外。昔人苦杜诗难读，辰翁注尤不易省也。"[2] 钱谦益《钱注杜诗》曰："元人及近时宗刘辰翁，皆奉为律令，莫敢异议。"[3] 清人宋荦亦云："注诗难，注杜诗尤难。至于杜诗有评有批点自刘辰翁须溪始。"又曰："须溪评杜有盛名，更元、明三四百年，学者多宗焉。"[4] 由此可见，刘辰翁评点杜诗，不止在整个宋代"千家注杜"中具有特殊贡献而被元人揭傒斯赞叹"其评诗数百年之间，一人而已"[5]，还因其独特价值而成为了明代杜诗学研究之一大显学。明人研究杜诗，较之宋元人更为注重解说、评点，在很大程度上便是受到了刘辰翁批点杜诗的深刻影响。

总的来说，刘辰翁评杜可视为宋末文士力求摆脱文献束缚，以自身情感体验来解读杜诗的一种审美自觉。由于"这种指陈关键利害的随文批评，实出于点勘校注，是唐宋人的新法"[6]，而刘辰翁所

① ［明］单复《读杜诗愚得十八卷附杜子年谱诗史目录一卷》卷首《读杜诗愚得自叙》，《四库全书存目丛书》集部第4册，齐鲁书社1997年版，第4页。
② ［明］胡应麟《诗薮》杂编卷五，上海古籍出版社1979年版，第322页。
③ ［清］钱谦益《钱注杜诗》"注杜略例"，上海古籍出版社1979年版，第4页。
④ ［清］宋荦《读书堂杜工部诗集注解序》卷首，《四库全书存目丛书》集部第5册，齐鲁书社1997年版，第512页。
⑤ ［元］揭傒斯著，李梦生标校《揭傒斯全集》文集卷三《吴清宁文集序》，上海古籍出版社1985年版，第280页。
⑥ 罗根泽《中国文学批评史》（三），上海古籍出版社1984年版，第262页。

开创的杜诗评点①，强调对诗艺本身的价值判断，自是不同于传统训诂所注重的意义阐释。但就广义而言，"宋人评点之杜集往往在旧注的基础上进行，或铨摘旧注以成书，或辑录他人批语而成，故也可视为宋人注释的一种类型"②。然就成因而言，无论千家注杜的兴盛，还是杜诗学理论的发展，乃至科举应试的需要，都多方面推动了南宋末年杜诗评点的蔚然成风③。吴承学用比喻方式说明随文批点具有一般诗话所没有的强烈"现场感"："读一般文学批评文字就如读山水游记，而读评点文字就如同在导游的引导下徜徉于山水之间。评点虽然简短，标志的位置却是相当重要。同一个字或点抹，用在何处却是见出功力的。这就如同看戏，是否在恰当的地方喝彩足以看出观众的水平来。"④ 具体而言，这种边阅读边凭借已有知识经验来评点诗文，首先是个人阅读的行为习惯。现存诸多古籍中均有古人朱笔圈点和自抒心得之"评"的痕迹。其次，文人气质、兼善诗词的刘辰翁，"以全副精神，从事评点，则逐渐摆脱科举，专以文学论工拙"⑤。作为创作型的诗评家，面对宋人早已完成的杜诗集注、编年、分体成果，刘辰翁另辟蹊径，以评代选，对此前各家注进行抉择、裁汰，附以简要评点，既汲取了前人成果，又在文献工夫里注入了自我见地，使得评点成为继注释之后最容易为人接受的一种诗学传播样式。因此，刘辰翁被誉为"中国第一位杰

---

① ［清］宋荦《读书堂杜工部诗集注解序》云："至于杜诗有评有批点，自刘辰翁须溪始。"《四库全书存目丛书》集部第 5 册，齐鲁书社 1997 年版，第 511 页。
② 胡可先《杜甫诗学引论·杜诗学通论》，安徽大学出版社 2000 年版，第 46 页。
③ 参看于立君，王安节《中国诗文评点史研究》，时代文艺出版社 2001 年版，第 9 页；祝尚书《宋代科举与文学考论》，大象出版社 2006 年版，第 284 页。
④ 吴承学《现存评点第一书——论〈古文关键〉的编选、评点及其影响》，载《文学遗产》2003 年第 4 期，第 77 页。
⑤ 罗根泽《中国文学批评史》（三），上海古籍出版社 1984 年版，第 263 页。

出的评点大师"①，也算是实至名归了。

第二节 文天祥与宋亡之际的学杜风潮

与刘辰翁交谊笃厚的同乡文天祥是宋人中杰出的爱国英雄，在李白与杜甫二人间也是明显倾向于杜甫一边的。在他留存的作品中，涉及李白的很少，较重要仅有收在《指南后录》中的《采石》一诗："不上峨眉二十岁，重来为堕山河泪。今人不见虞允文，古人曾有樊若水。长江阔处平如驿，况此介然衣带窄。欲从谪仙捉月去，安得然犀照神物。"② 他对李白的认识较为一般化，但是他对杜甫却极为崇拜，他是宋代集杜诗创作数量最多且最具价值的重要诗人。同样都是杜甫的超级粉丝，挚友刘辰翁在《文文山先生像赞》中就将文天祥与杜甫一脉相承的忠爱精神予以揄扬：

> 闲居忽忽，万古咄咄。天风惨然，如动生发。如何寻约，亦念续刍。岂可英爽，犹累形躯。同时之人，能不颡泚。昔忌其生，今妒其死。焉有如此，而在人下。焉有如此，而获令终。其像不下钦若，其量不及魏公。所以为世之重者，为宋五忠。呜呼！此庐陵之风。③

这里不独强化了文天祥作为宋代最了不起的五大忠义之士形象，凸显了其生也伟岸、死亦不朽的崇高人格，还将这种足令时人汗颜的忠义品格溯及庐陵士风，从而反映出南宋末年大批文人皆有赤诚忠

---

① 孙琴安《中国评点文学史》，上海社会科学院出版社 1999 年版，第 55 页。
② ［宋］文天祥撰，熊飞等校点《文天祥全集》卷十四《指南后录》，江西人民出版社 1987 年版，第 546 页。
③ ［宋］刘辰翁撰，段大林校点《刘辰翁集》卷七《文文山先生像赞》，江西人民出版社 1987 年版，第 238 页。

爱的家国之思。这既是杜诗在宋季得以广泛流播的前提条件，也是杜诗成为抚慰世人漂泊灵魂的重要原因。

一、文天祥前期学杜的理论建树

众所周知，文天祥尊杜、学杜，最明显、最耀眼的表现自然莫过于二百首《集杜诗》创作。这几乎颠覆了集句诗以逞才炫博为能事的传统，超越了以往大多数的集杜诗，将杜甫以诗存史的信念真正贯彻到了叙事纪实的创作实践中。但翻阅《文天祥全集》，仍能清晰感受到他对杜甫忠爱精神的特别尊崇、对杜诗艺术的虔诚热爱并不囿于集杜这一种表现，而是发乎情性、贯穿一生的自觉践行。于是，每读钱锺书在《宋诗选注》中这样评价文天祥诗，总令人不免心生疑窦：

> 这位抵抗元兵侵略的烈士留下来的诗歌绝然分成前后两期。元兵打破杭州、俘虏宋帝以前是一个时期。他在这个时期里的作品可以说全部都草率平庸，为相面、算命、卜卦等人做的诗比例上大得使我们吃惊。比他早三年中状元的姚勉的《雪坡舍人稿》里有同样的情形，大约那些人都要找状元来替他们做广告。他从元兵的监禁里逃出来，跋涉奔波，尽心竭力，要替宋朝保住一角山河、一寸土地，失败了不肯屈服，拘囚两年被杀。他在这一个时期里的各种遭遇和情绪都记载在《指南录》《吟啸集》里，大多是直书胸臆，不讲究修辞，然而有极沉痛的好作品。①

且不论文天祥前期诗是否"全部都草率平庸"，但就其"做广告"的初心而言，在给欧阳守道的书信中，文天祥自己作了解释："某寻常于术者少所许可，而江湖之人，登门者日不绝，彼诚求饱暖于

---

① 钱锺书《宋诗选注》，生活·读书·新知三联书店 2007 年版，第 454 页。

吾徒之一言。吾徒诚闵其衣食之皇皇，则来者必誉，是故不暇问其术之真何似也。"① 所以，虽然这类应酬诗基本为平庸之作，但其中却有一颗济困的仁者之心，与杜甫仍有相似。更何况除却此类应酬之作，文天祥罢官退隐文山期间委实还创作了不少忧时伤世的山水诗，譬如《夜坐》就是其中一首壮心不已之作：

> 淡烟枫叶路，细雨蓼花时。宿雁半江画，寒蛩四壁诗。少年成老大，吾道付迟迟。终有剑心在，闻鸡坐欲驰。②

这首诗从秋日静夜里疏淡自然的景致起笔，既有静景的细致勾勒，又有动景的巧妙描摹，然后由眼前的悲秋气氛触发胸中的无限慷慨，将笔锋转入年岁老大的反躬自省，不禁喟然兴叹报国壮志难酬，但此心始终不辍，雄心抱负依旧。这就不但蕴含着诗人被迫归隐的愤世嫉俗之情，还将自己塑造成了清高孤傲、不同流俗的志士形象，并以此来隐曲地折射出时政的黑暗腐败及自我的人格操守。张锡厚评此诗"写景时不刻意模山范水，而是淡墨渲染；抒情时辞真意切，直抒胸臆，忠肝义胆，历历可见。这种苍茫浑厚的意境，不露雕琢痕迹而富有真情实感的表现手法，深得老杜五言律的神髓"③，是很有道理的。

尽管文天祥忧虑国是的嗟叹乃是根植于南宋末年深刻的时代危机，但在思想情感上与杜甫的爱君忧时之心确乎有异代知音之感。因而，当他感慨"忧国杜少陵，感兴陈子昂"④ 时，当他反

---

① ［宋］文天祥撰，熊飞等校点《文天祥全集》卷五《与前人》，江西人民出版社1987年版，第161页。
② ［宋］文天祥撰，熊飞等校点《文天祥全集》卷二《夜坐》，江西人民出版社1987年版，第46页。
③ 缪钺等撰《宋诗鉴赏辞典》，上海辞书出版社1987年版，第1359页。
④ ［宋］文天祥撰，熊飞等校点《文天祥全集》卷一《题梅尉诗轴》，江西人民出版社1987年版，第19页。

复"细咏诗工部，闲评字率更"① 时，那种志士"不愿随波逐流、安富尊荣，不屑屈己干人、窃位苟禄，以刚介正洁、直言谠论立于朝，以愤世嫉俗、修身养性隐于山，无论进退出处皆不忘以国家天下为己任"② 的崇高人格境界和肝胆英雄面目便豁然清朗起来了。

但是，由衷倾慕杜甫忠爱人格的文天祥，早年对杜诗的领悟就别具慧眼，并不盲从于宋人流行的以学问为诗，而是倾向于以史为诗。如其《送赖伯玉入赣序》所言："少陵号诗史，或曰'读书破万卷'。止用资得'下笔如有神耳'，颇致不满。"③ 又如《送李秀实序》云："噫嘻！子长尽天下之观，一部《史记》，取资于此。先民有言：'杜子美读书万卷，止用资得下笔有神耳。'予固为子长惜也。横渠先生早年英迈之气，奋不可御，上书行都，纵观四方，后乃精思力践，以其学接孔孟之绪。朱文公赞之曰：'早悦孙吴，晚逃佛老。勇彻皋比，一变至道。'懿哉渊乎！李君所欲求者，道也，则子长之终身不足师法。横渠何可当也。"④ 褒贬之意已甚分明。尤其是在《跋萧敬夫诗稿》中还有道：

> 文章一小伎，诗又小伎之游戏者也。……昔人谓杜子美读书破万卷，止用资下笔如有神耳。读书固有为，而诗不必甚神。⑤

由此可见，在"学力与性情"这组宋人热衷讨论的诗学命题中，文天祥是明确反对为了"下笔有神"而"读书万卷"的。换言之，即一反宋诗讲究通过读书涵养性情以为诗的做法，而主张"读书固有

---

①③④⑤　［宋］文天祥撰，熊飞等校点《文天祥全集》卷二《生日和聂吉甫》、卷九《送赖伯玉入赣序》、卷九《送李秀实序》、卷十《跋萧敬夫诗稿》，江西人民出版社1987年版，第38、360、361、383页。

②　刘华民《文天祥诗研究》，巴蜀书社1999年版，第15页。

为"，即要超越"文章—小伎"的"游戏"功能，让诗歌也能承载起家国民命的叙事使命。

所以，与其说文天祥前期诗主要是对杜诗忠爱精神的发扬，倒不如说其最重要的成就是在尊杜与学杜中力求切近真相的见解。而乱世读杜，文天祥也有不一样的理解，其《新淦曾季辅〈杜诗句外〉序》曰：

> 杜诗旧本，病于篇章之杂出，诸家注释，人为异同。淦北山子曾季辅，平生嗜好，于少陵最笃。编其诗，仿《文选》体，歌、行、律、绝，各为一门，而纷纷注释，自以意为去取。意之所合，列于本文下方，如《东莱诗记》例，而总目之曰《少陵句外》。予受而读其凡，盖甚爱之。既录其副，则复慨然曰：世人为书，务出新说，以不蹈袭为高。然天下之能言众矣，出乎千载之上，生乎百世之下，至理则止矣。虚其心以观天下之善，凡为吾用，皆吾物也。①

曾季辅笃爱杜诗，于是仿照《文选》分体编选注释杜诗，仿《东莱诗记》而成《杜诗句外》，编成方便学习的实用之书，一改宋人"务出新说"的好尚。

大体而言，文天祥忠肝义胆、捐躯殉国，是将杜甫忠君爱国的精神在实践中予以实现，他是不折不扣的杜诗精神的传扬者和践行者。故而，《四库全书总目》提要评曰：

> 天祥平生大节，照耀今古。而著作亦极雄赡，如长江大河，浩瀚无际。其廷试对策及上理宗诸书，持论剀直，尤不愧肝胆如铁石之目。故长谷真逸《农田馀话》曰："宋南渡后，

---

① ［宋］文天祥撰，熊飞等校点《文天祥全集》卷九，江西人民出版社 1987 年版，第352—353 页。

> 文体破碎，诗体卑弱。惟范石湖、陆放翁为平正。至晦庵诸
> 子，始欲一变时习，模仿古作，故有神头鬼面之论。时人渐染
> 既久，莫之或改。及文天祥留意杜诗，所作顿去当时之凡陋。
> 观《指南前后录》，可见不独忠义贯于一时，亦斯文间气之发
> 见也。"①

四库馆臣所引观点认为文天祥"留意杜诗"而"顿去凡陋"，其批
评指向恐怕主要是江西诗派引领宋诗走向字词出处、句律研摩的方
向，雕琢而至于俗滥化的风气。心系天下的文天祥重点关注的一直
是杜诗纪实功能（而非纯艺术造诣），这也可以认为是乱世学杜重
实用的特点吧。

二、文天祥后期学杜的精神旨归

文天祥十九世裔孙、清道光间江苏布政使文柱在给新刊《文天
祥全集》作序时，评天祥"歌诗若杜甫"，"洗尽语录、词章二障"。
又认为："自明以来，皆知其节而不知其学，知其忠而不知其才，
知其质而不知其文。"尽管如此，却仍然说：如果"从流溯源，因
事考道"，则文天祥可以当得上是"集有宋诸儒大成，报三百年养
士之效，立千百世臣子之极"②。诚然，文天祥的价值首先在道德人
格，但又不限于此，其在知识学问、艺术水平上的成就亦有相当
高度。

文天祥后期诗依次编为《指南录》《指南后录》《吟啸集》和
《集杜诗》等四集，而前期诗则没有单独成集，这表明文天祥本人
清楚知道自己前后期作品价值的巨大差异。其后期四集，是其爱国

---

① ［清］永瑢等撰《四库全书总目》卷一六四集部·别集类一七"《文山集》二十一卷"
　　著录，中华书局 1965 年版，第 1407 页。
② ［清］文柱《重刊文信国公全集序》，见［宋］文天祥撰，熊飞等校点《文天祥全集》
　　卷二十，江西人民出版社 1987 年版，第 814 页。

决心的昭示和诗学取向的宣明。"臣心一片磁针石，不指南方不肯休"①，是其全部旨归。磁石指南，是亘古不变的特性，文天祥借以表明自己忠于故国的无限赤诚，纵历千难万险、出生入死也决不更易。故景炎元年（1276）文天祥自序其诗时，以此为诗集取名《指南录》，并作《后序》曰：

> 予在患难中，间以诗记所遭，今存其本，不忍废，道中手自抄录。使北营，留北关外，为一卷；发北关外，历吴门、毗陵，渡瓜洲，复还京口，为一卷；脱京口，趋真州、扬州、高邮、泰州、通州，为一卷；自海道至永嘉，来三山，为一卷。将藏之于家，使来者读之，悲予志焉。②

确切来说，文天祥对杜诗"诗史"精神的发扬是从《指南录》开始的。随着宋元战局正面交锋的拉开，文天祥先是不幸被俘，后又侥幸逃脱，于是一路狂奔投往南宋流亡朝廷。在这一过程中，他将全部遭遇、感受都一并付诸指南诗中。不仅与杜甫在安史乱中举家逃难的艰苦经历极其近似，而且其出生入死的危险程度有过之而无不及。但即使是在如此情势下，文天祥依然能坚持"道中手自抄录"，且"将藏之于家"以使后人悲其志，足见其以诗存史的意识多么明确、强烈，这似乎比诗人杜甫纯粹以诗笔叙事纪实的创作冲动要更多了一份政治家的远见卓识和鲜明目的性。

文天祥后期诗可以崖山兵败被俘为界。其中，《指南录》无论是诗歌取题方式、联篇吟咏体制，还是诗文结合形式，都与勤王抗元阶段直陈战局的纪事功能发挥密切相关。而从《指南后

---

① ［宋］文天祥撰，熊飞等校点《文天祥全集》卷十三《指南录·扬子江》，江西人民出版社1987年版，第524页。
② ［宋］文天祥撰，熊飞等校点《文天祥全集》卷十三《指南录·后序》，江西人民出版社1987年版，第479—480页。

录》到《吟啸集》，则主要是以兵败国灭后的个人抒情为主。至于囚禁狱中所作《集杜诗》，则又兼具叙事和抒情相结合的双重特点。

如果说杜甫在战乱频繁中漂泊西南、颠沛流离的十数年苦难人生经历是成就杜诗的重要基础，那么，文天祥所遭遇到国破家亡却回天无力的巨大悲恸则是造就一代末路英雄的诗名根本。其七律名作如《过零丁洋》，将艰苦遭逢、山河沦陷的沉痛感情，坚贞的决心、大义凛然的气节，和有效的艺术手段结合起来，产生强大的艺术感染力，没有明显化用杜诗，但在思想深处仍然让人想起杜甫。而在不少明显带着杜诗痕迹的诗篇，特别是读杜诗中，则更可见其血泪之思：

> 平生踪迹只奔波，偏是文章被折磨。耳想杜鹃心事苦，眼看胡马泪痕多。千年夔峡有诗在，一夜采江如酒何。黄土一丘随处是，故乡归骨任蹉跎。①

这首诗中"耳想杜鹃心事苦"一句，化自于杜甫《杜鹃行》所云："君不见昔日蜀天子，化为杜鹃似老乌。寄巢生子不自啄，群鸟至今为哺雏。虽同君臣有旧礼，骨肉满眼身羁孤。……其声哀痛口流血，所诉何事常区区。"② 又《杜鹃》云："我昔游锦城，结庐锦水边。有竹一顷馀，乔木上参天。杜鹃暮春至，哀哀叫其间。我见常再拜，重是古帝魂。生子百鸟巢，百鸟不敢嗔。仍为喂其子，礼若奉至尊。"③"杜鹃啼血"意象来自古蜀王望帝死后化为杜鹃鸟通宵

---

① ［宋］文天祥撰，熊飞等校点《文天祥全集》卷十五《吟啸集·读杜诗》，江西人民出版社1987年版，第608页。
② ［唐］杜甫著，［清］仇兆鳌注《杜诗详注》卷十《杜鹃行》，中华书局1979年版，第837页。
③ ［唐］杜甫著，［清］仇兆鳌注《杜诗详注》卷十四《杜鹃》，中华书局1979年版，第1250页。

达旦哀戚夜啼的传说。杜甫这两首杜鹃诗显然都不是对杜鹃鸟自然叫声的客观描摹和真实再现，而是融入了诗人主观情感体验、结合了安史乱后玄宗被迫幽居西内不得自由的史实来抒发诗人把君臣之礼看作物性所禀、从古皆然的忠君之情。因此，诗人见杜鹃"常再拜"，实即持守着"君臣有旧礼"，时刻不敢忘怀。同时，也借"骨肉满眼身羁孤"委婉讽刺了李辅国等人对待玄宗之举实属不忠不义，更由此触发了盛世不再、家国破败的深悲剧痛。

由此可见，文天祥后期诗中一再频繁使用"杜鹃"这一颇具特殊意味的象征性意象，并非偶然巧合，实是寄寓心声。且读以下实例：

> 草合离宫转夕晖，孤云飘泊复何依。山河风景元无异，城郭人民半已非。满地芦花和我老，旧家燕子傍谁飞。从今别却江南日，化作啼鹃带血归。

> 万里金瓯失壮图，衮衣颠倒落泥涂。空流杜宇声中血，半脱骊龙颔下须。老去秋风吹我恶，梦回寒月照人孤。千年成败俱尘土，消得人间说丈夫。①

> 更和天堑失，回首惨啼鹃。②

> 昨夜分明梦到家，飘飘依旧客天涯。故园门掩东风老，无限杜鹃啼落花。③

> 听着鹃啼泪满襟，国亡家破见忠臣。关河历落三生梦，风

---

① ［宋］文天祥撰，熊飞等校点《文天祥全集》卷十四《指南后录·金陵驿二首》，江西人民出版社 1987 年版，第 546—547 页。
② ［宋］文天祥撰，熊飞等校点《文天祥全集》卷十四《指南后录·过梁门》，江西人民出版社 1987 年版，第 569 页。
③ ［宋］文天祥撰，熊飞等校点《文天祥全集》卷十三《指南录·旅怀三首（其三）》，江西人民出版社 1987 年版，第 517 页。

雪飘零万死身。①

> 去年今日逭崖山，望见龙舟咫尺间。海上楼台俄已变，河阳车驾不须还。可怜羝乳烟横塞，空想鹃啼月掩关。人世流光忽如此，东风吹雪鬓毛斑。②

以上诗篇、诗句，或诉离别思乡之愁，或恨痛失天堕之惨，或述国破家亡之痛，或发人事变迁之慨，不仅使得春夏之交的声声鹃鸣被赋予了悲苦无奈、深情缱绻的特殊情感，从而成为一种具有普遍意义和特定心理的文化象征③，而且这些"啼鹃"意象都分明与杜甫在杜鹃诗中倾吐的家国怅恨一脉相承。

除了效仿杜诗的典型意象外，文天祥还着意于承继杜诗所独辟的特殊章法，于是在乱离之中创作了一组《六歌》，试读其六：

> 我生我生何不辰！孤根不识桃李春。天寒日短重愁人，北风随我铁马尘。初怜骨肉钟奇祸，而今骨肉相怜我。汝在北兮婴我怀，我死谁当收我骸。人生百年何丑好，黄粱得丧俱草草。呜呼六歌兮勿复道，出门一笑天地老。④

同样是自伤身世之作，除却句数更多以外，文天祥《六歌》不单在形式上与杜甫《乾元中寓居同谷县作歌七首》基本一致，而且情感内容也高度类似杜诗所云："有客有客字子美，白头乱发垂过耳。

---

① ［宋］文天祥撰，熊飞等校点《文天祥全集》卷十四《指南后录·己卯十月一日至燕，越五日，瞿雎犴，有感而赋一十七首（其七）》，江西人民出版社1987年版，第573页。

② ［宋］文天祥撰，熊飞等校点《文天祥全集》卷十四《指南后录·正月十三日》，江西人民出版社1987年版，第577页。

③ 参看杨滨《飞鸟与诗学：中国古代诗歌鸟类意象系列的主题学研究》，人民日报出版社2017年版，第156—157页。

④ ［宋］文天祥撰，熊飞等校点《文天祥全集》卷十四《指南后录·六歌（其六）》，江西人民出版社1987年版，第563页。

岁拾橡栗随狙公，天寒日暮山谷里。中原无书归不得，手脚冻皴皮
肉死。呜呼一歌兮歌已哀，悲风为我从天来。"① 此为"同谷七歌"
组诗开篇首作，叙写了杜甫客居同谷时"白头乱发"的老境衰颓状
态、"岁拾橡栗"的艰难度日景况，以及"天寒日暮"幽闭山谷之
中而与外界音书断绝的孤独无助，"手脚冻皴"到身体麻木地步而
内心却不免"悲风"自来的哀戚感受。正是如此窘迫至极的辛酸经
历，杜甫才有意创制了一种别具一格的独特体制来表现当时那种迥
乎寻常的心理体验②。

　　杜诗这种别具匠心的抒情方式，在后世影响颇大，尤其每逢
易代之际，往往引发了超乎想象的情感共鸣。明人谢榛《四溟诗
话》即云："杜子美《七歌》，本于《十八拍》；文天祥《六歌》，
与杜异世同悲。"③ 清人仇兆鳌在《杜诗详注》中这组诗之后也明
确表示"宋元词人多仿同谷歌体，唯文丞相居先"，并评曰：

　　　　少陵当天宝乱后，间关入蜀，流离琐尾而作《七歌》，其
　　词凄以楚。文山当南宋讫箓，絷身赴燕，家国破亡而作《六
　　歌》，其词哀以迫。少陵犹是英雄落魄之常，文山所处，则糜
　　躯湛族而终无可济也，不更大可痛乎！④

① ［唐］杜甫著，［清］仇兆鳌注《杜诗详注》卷八《乾元中寓居同谷县作歌七首（其
　一）》，中华书局 1979 年版，第 693 页。
② 简锦松《杜甫诗与现地学》尽管注意到《同谷七歌》"可能在五代或更早就已羼入杜
　诗的传抄卷子中"，但却认为其为伪作，曰："《同谷七歌》的内容，矛盾很多，诗
　中的杜甫形象，与杜甫其他诗篇所呈现的性情习惯，完全不同；对于杜甫江州妹的
　居住地，也误说成绝不可能的淮河流域；其所形容的同谷县杜甫寓居的地理人文条
　件，与同谷县的实际山川及城邑人文，完全不合"，"荒谬失真，全系拼凑、附会、
　变造而成，绝非杜甫本人之作。"高雄：中山大学出版社 2018 年版，第 437—
　455 页。
③ ［明］谢榛著，宛平校点《四溟诗话》卷二，人民文学出版社 1961 年版，第 47 页。
④ ［清］仇兆鳌注《杜诗详注》卷八《乾元中寓居同谷县作歌七首》附评，中华书局
　1979 年版，第 700—701 页。

的确，若论个人艰辛悲惨程度，二人或可比拟；若论家国黍离之悲，则眼睁睁看着南宋覆亡、不甘心为异族统治的战士文天祥要比经历安史动乱、流落西南的诗人杜甫有更为彻底、更加撕心裂肺的悲痛。这也正是时代把他放置在了一个不仅仅是爱国诗人、更是救国危亡的斗士这样关键位置上所造成的。所以，翁方纲同样认为，"文信国乱离《六歌》，迫切悲哀，又甚于杜陵矣"①。

　　另据《指南录·自序》所述，文天祥"日夜奔南。出入北冲，犯万万死，道途苦难，不可胜述"②。《指南录·后序》又曰："予之及于死者，不知其几矣！""呜呼！死生，昼夜事也。死而死矣，而境界危恶，层见错出，非人世所堪，痛定思痛，痛何如哉！"③ 这种时时在第一线面临着生死考验的极端"危恶"处境，不止是入蜀避难、进入大后方的杜甫不曾直接体验的，也是渴望在金戈铁马中为收复中原挥洒热血的陆游、辛弃疾等志士真正鲜少经历的，更何况文天祥还是在明知是穷途末路中垂死挣扎，在昼夜奔逃中惦记妻儿离散的性命攸关。所以，当他被捕入狱后得知"二儿化成土，六女掠为奴"④，当他感伤"灯前心欲碎，镜里鬓空华"⑤ 时，那种心底里埋藏着肝肠寸断的亲人之思和至死不渝的守节之志便瞬间无限沉痛、无比悲凉了。尽管落得如此凄惨，文天祥在绝笔中仍然执着无悔道："孔曰成仁，孟云取义。惟其义尽，所以仁至。读圣贤书，

---

① 〔清〕翁方纲《石洲诗话》卷四，人民文学出版社 1981 年版，第 147 页。
② 〔宋〕文天祥撰，熊飞等校点《文天祥全集》卷十三《指南录·自序》，江西人民出版社 1987 年版，第 478 页。
③ 〔宋〕文天祥撰，熊飞等校点《文天祥全集》卷十三《指南录·后序》，江西人民出版社 1987 年版，第 479 页。
④ 〔宋〕文天祥撰，熊飞等校点《文天祥全集》卷十四《指南后录·自叹三首（其一）》，江西人民出版社 1987 年版，第 594 页。
⑤ 〔宋〕文天祥撰，熊飞等校点《文天祥全集》卷十四《指南后录·病目二首（其二）》，江西人民出版社 1987 年版，第 594 页。

所学何事？而今而后，庶几无愧！"① 明人罗伦在《宋丞相文信国公祠堂记》中为之动容，遂赞曰："为臣死忠，为子死孝。死，一也，可以动天地，可以感鬼神，可以贯日月，可以孚木石，可以正万世之人心，可以位万世之天常。……夫慷慨就义，决死生于一旦，中人犹或能也。若历履万死，其执弥坚，其志弥励，非仁者其能然乎？"② 正是揭出了文天祥感天动地的"仁者"本色，可谓杜甫忠爱精神在他身上得到了真诚、全面而彻底的体现。

特别值得注意的是，饱受亡国之苦的宋末遗民汪元量也拟作了一组九首《浮丘道人招魂歌》来歌咏文天祥的人格及风格，且一样沿用了杜甫的"同谷歌体"③，这里抄录其一、八、九：

> 有客有客浮丘翁，一生能事今日终。啮毡雪窖身不容，寸心耿耿摩苍空。睢阳临难气塞充，大呼南八男儿忠。我公就义何从容，名垂竹帛生英雄。呜呼一歌兮歌无穷，魂招不来何所从？

> 有诗有诗《吟啸集》，纸上飞蛇歕香汁。杜陵宝唾手亲拾，沧海月明老珠泣。天地长留国风什，鬼神呵护六丁立。我公笔势人莫及，每一呻吟泪痕湿。呜呼八歌兮歌转急，魂招不来风习习。

---

① [宋] 文天祥撰，熊飞等校点《文天祥全集》卷十《自赞》，江西人民出版社1987年版，第394—395页。
② [明] 罗伦《宋丞相文信国公祠堂记》，见 [宋] 文天祥撰，熊飞等校点《文天祥全集》卷二十，江西人民出版社1987年版，第821页。
③ 温虎林《杜甫陇蜀道诗歌研究》综合宋、元、明、清及现代学者对杜甫《同谷七歌》这一特殊体制渊源的分析论断后，得出结论："杜甫《同谷七歌》中相同结构的体式是借鉴了《诗经》中重章叠句的影响，'兮'字句与抒发自我悲情的基调是受了《楚辞》的影响，《同谷七歌》叙写七事是受《七发》影响，运用七言重章是受《胡笳十八拍》与《四愁诗》等的影响，《同谷七歌》中的'七'则是借鉴了《七哀诗》以及《化胡歌七首》《太上皇老君哀歌七首》等传统诗歌名称的影响。"中国社会科学出版社2015年版，第194页。

> 有官有官位卿相,一代儒宗一敬让。家亡国破身漂荡,铁
> 汉生擒今北向。忠肝义胆不可状,要与人间留好样。惜哉斯文
> 天已丧,我作哀章泪凄怆。呜呼九歌兮歌始放,魂招不来默
> 惆怅。①

相较而言,杜甫所作"同谷七歌",旨在由悲伤饥寒交迫、骨肉分离的个人处境来真实反映出家国衰败、百姓流离失所的社会现实,具有诗史的纪事功能。而汪元量这组诗,一方面从艺术形式上体现了他"近法秦州体,篇篇妙入神"②的学杜旨归,另一方面也反映出他对文天祥坚贞不屈的英雄气概无比感佩、敬仰,才有意而为"君当立高节,杀身以为忠。岂无春秋笔,为君纪其功"③的春秋史笔。因此,如若说杜诗是叙事性诗史,那么,这组招魂"九歌"则堪为一部记述英雄业绩的人物传记性诗史④。

三、文天祥的《集杜诗》创作成就

文天祥的十四世孙清人文有焕在《重刻太祖信国公文集序》中感叹曰:"读其《指南》别集,而知其颠沛牢骚,惟思委身以报国也;读其《吟啸》《集杜》诸什,而知其号天怆地,悲鬼泣神,伤山河之破碎,而悼身世之飘零也。"⑤诚然,文天祥作《指南》前后录,充分体现了一种杀身报国的豪情壮志以及颠沛流离的诗史叙事,其尊杜以忠爱、学杜以史笔的基本面貌已然清晰可见,但集杜

---

① [宋]汪元量著,胡才甫校注《汪元量集校注》卷三,浙江古籍出版社1999年版,第109、112—113页。
② [宋]汪元量著,胡才甫校注《汪元量集校注》卷一《杭州杂诗和林石田》其一,浙江古籍出版社1999年版,第25页。
③ [宋]汪元量著,胡才甫校注《汪元量集校注》卷三《妾薄命呈文山道人》,浙江古籍出版社1999年版,第102页。
④ 参看方勇《南宋遗民诗人群体研究》,人民出版社2011年版,第235页。
⑤ [清]文有焕《重刻太祖信国公文集序》,见[宋]文天祥撰,熊飞等校点《文天祥全集》卷二十,江西人民出版社1987年版,第812页。

诗则更集中地同时传达了这两方面的信息。换言之,《集杜诗》既延续了《指南录》那种诗序结合的纪事方式,又饱含着《指南后录》《吟啸集》那种国破家亡的深沉情感,可谓是在思想内容和艺术水平两方面修炼达到一定境界后对平生经历的一种总体涵盖和新变创作。

具体而言,一部《集杜诗》,既专集杜甫一家诗句,又专集杜甫五言诗,这在集杜诗乃至集句诗史上都是一种难得一见的特殊景观。更何况,文天祥还继续发扬了《指南录》中那种以序补诗之不足的创作优势,巧妙利用诗序相合的模式和叙议结合的方式来"艺术地反映出以文天祥为代表的宋季士大夫群体的亡国之痛与战乱之苦",从而将"诗艺传统与时事书写"[1] 融为一体,生发出极具特殊时代感的丰厚诗意内涵。故而,《四库全书总目》在著录《文信公集杜诗》四卷时,曰:

> 一名《文山诗史》,宋文天祥撰。盖被执赴燕后,于狱中所作。前有自序,……又序后有跋,称壬午元日,则天祥授命之岁也。诗凡二百篇,皆五言二韵,专集杜句而成。每篇之首,悉有标目次第,而题下叙次时事,于国家沦丧之由,生平阅历之境,及忠臣义士之周旋患难者,一一详志其实。颠末粲然,不愧诗史之目。[2]

这里需要特别指出的是,四库本及今存《集杜诗》中《徐榛第一百三十四》都是有序而"诗阙"[3]。故"诗凡二百篇",在四库馆臣撰

---

[1]　侯体健《〈集杜诗〉:三重文本张力下的"诗史"建构》,载《文学评论》2019年第3期,第139页。

[2]　[清]永瑢等撰《四库全书总目》卷一六四集部・别集类一七"《文信公集杜诗》四卷"著录,中华书局1965年版,第1408页。

[3]　[宋]文天祥撰,熊飞等校点《文天祥全集》卷十六《集杜诗・徐榛第一百三十四》,江西人民出版社1987年版,第661页。

写提要时即仅存199首五言古体绝句。自"社稷第一"至"思故乡第一百五十六",每篇皆有"标目次第";自"第一百五十七"以降,除"叹世道第一百九十二"外,其他皆有"次第"而无"标目",且题下小序亦唯两篇,曰:"自一百六十三,至一百九十一,共二十九首。杂然写其本心。"①"自一百九十二起,至二百,泛然为世道感叹。"②大抵揭示了其组诗性质及创作缘由。清人盛赞其叙时纪事、历经患难而忠诚报国,可谓"不愧诗史之目",也正契合了文天祥当年欲以诗存史的集杜诗创作初衷。

据文天祥在《集杜诗·自序》中所述:

> 余坐幽燕狱中,无所为,诵杜诗,稍习诸所感兴,因其五言,集为绝句,久之,得二百首。凡吾意所欲言者,子美先为代言之。日玩之不置,但觉为吾诗,忘其为子美诗也。乃知子美非能自为诗,诗句自是人情性中语,烦子美道耳。子美于吾隔数百年,而其言语为吾用,非情性同哉!昔人评杜诗为诗史,盖其以咏歌之辞,寓纪载之实,而抑扬褒贬之意,灿然于其中,虽谓之史,可也。
>
> 予所集杜诗,自余颠沛以来,世变人事,概见于此矣,是非有意于为诗者也。后之良史,尚庶几有考焉。岁上章执徐、月祝犁单阏、日上章协洽,文天祥履善甫叙。③

文天祥对杜诗的由衷喜爱,有两大指向:一是杜诗"自是人情性中语",故能超越言语表意而引发情感共鸣;二是"杜诗为诗史",文

---

① [宋]文天祥撰,熊飞等校点《文天祥全集》卷十六《集杜诗·第一百六十三》,江西人民出版社1987年版,第670页。
② [宋]文天祥撰,熊飞等校点《文天祥全集》卷十六《集杜诗·叹世道第一百九十二》,江西人民出版社1987年版,第676页。
③ [宋]文天祥撰,熊飞等校点《文天祥全集》卷十六《集杜诗·自序》,江西人民出版社1987年版,第621页。

辞中除了纪实功能外，还兼具春秋笔法寓褒贬之意，故最适合于记叙颠沛中之"世变人事"。

据笔者逐篇核对统计，在文天祥《集杜诗》所集自 380 馀首五言杜诗中，除却杜诗《遣兴》同题篇名过多而存在实际所集并不源自同一篇的现象，以及集自《八哀诗》《前出塞》《后出塞》等组诗外，单篇杜诗中尤以《北征》所集 20 次为最多。其详情如下表所示：

序号	文天祥《集杜诗》	题序情况	集杜《北征》诗句
1	社稷第一	有小序	煌煌太宗业
2	黄州第七	有小序	桓桓陈将军
3	建康府第十五	无序	驱马一万匹
4	召张世杰第十七	有小序	佳气向金阙
5	景炎宾天第三十一	有小序	阴风西北来
6	祥兴第三十九	组诗有总序	皇纲未宜绝①
7	发京师第五十七	有小序	挥涕恋行在
8	同府之败第七十三	有小序	送兵五千人
9	行府之败第七十四	有小序	仗钺奋忠烈
10	北行第九十二	组诗有总序	人烟渺萧瑟
11	怀旧第一百九	组诗有总序	寒月照白骨
12	张云第一百一十一	有小序	四方服勇决

---

① ［宋］文天祥撰，熊飞等校点《文天祥全集》卷十六《集杜诗·祥兴第三十九》作"皇纲未为绝"，江西人民出版社 1987 年版，第 632 页。

序号	文天祥《集杜诗》	题序情况	集杜《北征》诗句
13	巩宣使信第一百一十四	有小序	夜深经战场
14	彭司令震龙第一百二十二	有小序	呻吟更流血
15	杜大卿浒第一百三十二	有小序	微尔人尽非
16	林检院琦第一百三十五	有小序	惨淡随回鹘
17	坟墓第一百三十九	有小序	恸哭松声回①
18	二女第一百四十四	无序	床前两小女
19	次子第一百四十五	无序	残害为异物
20	第一百八十八	无序	益叹身世拙

读表可知：一，文天祥集杜诗《北征》句，从开篇一直贯通全集，除最后一处阙目外，其馀各篇均有清晰标目次第；二，这 20 篇集杜诗中，只有 4 篇题下完全无序，其馀 16 篇有 13 篇有题下小序，另外 3 篇隶属组诗而有总序涵盖之；三，所集《北征》句中，19 句是照搬原文，惟"痛哭松风回"1 句对原诗作了细微改动，但整体表意未变。

南渡词人叶梦得在《石林诗话》中早有分辨道："长篇最难，晋魏以前，诗无过十韵者。盖常使人以意逆志，初不以序事倾尽为工。至老杜《述怀》《北征》诸篇，穷极笔力，如太史公纪、传，此固古今绝唱。"② 所以，文天祥集杜句以《北征》最多恐非偶然现

---

① ［宋］文天祥撰，熊飞等校点《文天祥全集》卷十六《集杜诗·坟墓第一百三十九》作"痛哭松风回"，江西人民出版社 1987 年版，第 663 页。
② ［宋］叶梦得《石林诗话》卷上，见［清］何文焕辑《历代诗话》，中华书局 2004 年版，第 411 页。

象，而是与其鲜明的诗史意识密切有关。《北征》历叙杜甫逢乱后归家省亲的一路征途见闻及悲喜交集情状，旨在忧虑君国世事，故有力陈借兵回纥之害和专用官军之利，终以期盼早日平乱、国家中兴作结。全诗融叙事、抒情、议论三者为一体，可当个人传记，又涉国史本纪。然而，文天祥《集杜诗》全部是以五言绝句的短章形式呈现，恰恰长于抒情而短于叙事。因此，为了解决这一客观形式上的束缚、制约，就需要采取两种辅助性叙事策略：第一，积极向杜甫学习借鉴组诗的叙事功能。这就一面直接表现为《前出塞》《后出塞》等系列组诗被广泛集句入诗，另一面体现在《集杜诗》中频繁使用《祥兴》《北行》《怀旧》一类叙事性很强的连章体组诗。方勇由此判断说：“到了文天祥，集句则成了专集杜句以成‘诗史’的一项严肃的创作活动。”[①] 确实阐明了文天祥借集杜句以存史事的变革创新对于集句诗整体价值提升的巨大意义。第二，围绕着集杜诗而存在的大量标题、小序在“诗史”功能发挥上起到了至关重要的作用。较之同样以组诗形式专集杜句而成的《胡笳十八拍》，就因缺少了小序交代具体创作背景，导致诗歌所指实事无法坐实、主旨亦不甚分明。但目今所见 200 首《集杜诗》中，却有小序 105 首，此外有部分组诗共用了同一篇序，其馀完全无序者则或无事可叙、或纯为感慨。自以“社稷第一”标目，并题序曰：“三百年宗庙社稷，为贾似道一人所破坏，哀哉！”[②] 就为全集定下了关怀天下事的宏大主题和感伤家国沦丧的情感基调。自《陈宜中第四十》至《陆枢密秀夫第五十二》这十二篇小序，或交代遭际、或悲悯殉国、或推其大节，总之俱似一部长短不一的人物小传。自《勤

---

①　方勇《南宋遗民诗人群体研究》，人民出版社 2011 年版，第 231 页。
②　［宋］文天祥撰，熊飞等校点《文天祥全集》卷十六《集杜诗·社稷第一》，江西人民出版社 1987 年版，第 621 页。

王第五十三》以降，文天祥在各篇逐渐加长版小序中依次陈述了自己领兵赴阙、临危受命、出使被执、镇江脱逃，再到辗转被俘、崖山兵败等跋涉万里的抗元斗争全过程。不单将一己不屈不挠的抗敌奋斗史叙写得惊心动魄、感人肺腑，还真实生动展现了宋末倾覆之际整个国家兵燹不宁、战乱迭起的惨烈局面，以及大批志士仁人波澜壮阔的杀身报国史。侯体健认为，文天祥《集杜诗》"是将文字游戏与宏大主题、史实叙事与情感抒发、诗歌经典与自我创造三重冲突有机融合一体，是'一人之史'与'一国之史'的艺术再现，从而构成了充满多种紧张感的历史画卷与文学文本。"① 诚为有见。

基于以上两点，尤其小序的大量运用，无疑是对"诗史"叙事的一种有效增补，也是对以往集杜诗创作的一次锐意新变，已然表明文天祥借集杜以明己志的自传性质。再从集杜文本来看，所集杜句虽经重新镶嵌组成而生成了新的文化内涵，但与源文本之间还是存在一定的互文性关系。最直观的表现就是利用同样漂泊流离、家眷分散的现实处境，直接移植杜诗语境进入自我叙述话语中，譬如《二女第一百四十四》云："床前两小女，各在天一涯。所愧为人父，风物长年悲。"② 句句是杜，却又句句是自我写照、真情感怀。此外，还有"改变语境，转移诗义"，"切断语境，重赋新义"等变异性叙述方向，但最终都指向了精神层面的相契相合。侯体健对这种集杜文本叙述策略的意义提炼概括得特别通透："文天祥截取了杜甫的精神文本，镶入了自己的生命之中，重塑了精神世界"，并

---

① 侯体健《〈集杜诗〉：三重文本张力下的"诗史"建构》，载《文学评论》2019 年第 3 期，第 139 页。

② ［宋］文天祥撰，熊飞等校点《文天祥全集》卷十六《集杜诗·二女第一百四十四》，江西人民出版社 1987 年版，第 665 页。

说:"《集杜诗》的作者已不是一个人,而是两个人,是文天祥和杜甫的合作。"① 这是对集杜典范的一种很高评价。

文天祥的学杜、集杜诗创作对后世产生了一种很特别的影响。明人刘定之作《文山诗史序》曰:

> 予少时得宋丞相信国文公《指南集》读之,然闻公在幽囚中有《集杜句》诗,未见也。及官词林,始见而录得之。诗皆古体,五言四句凡二百首,分为四卷。首述其国,次述其身,次述其友,次述其家,而终以写本心叹世道者,……卷目皆公所自分,其先公而后私,尽己以听天,于此亦可以略见矣。……小序之末,多曰哀哉者,公所以伤其国之亡,悯其忠臣义士之同尽,恸其家族之殉国,而自处其身于死,岂待南向再拜,引颈受刃之际,而后有决志哉!
>
> 若乃是诗之作而岂徒哉! 麦秀黍离之歌作于其国已亡之后,而其身可以不死也。怀沙抱石之辞,作于其身临绝之际,而其国犹未至于亡也。身且死矣,国已亡矣,于是乎有首阳采薇之歌,燕狱集杜之作,所谓求仁得仁而奚怨者也。

刘定之认为文天祥的集杜再创作,首先由"国"及"身"、及"友"再及"家",终而"写本心""叹世道",这是把国家放在最高位置,置于个人私利之前,故"先公而后私"这是对《集杜诗》核心精神的提炼概括,也是读后获得的直观第一印象。然后,再论其小序多"哀哉",隐含着家国覆亡之恸、忠义尽丧之殇,以及自身殉国之志。最后,借"麦秀""黍离"之辞来表达怀念、悲悯南宋宗室的倾覆亡国,借相传屈原投江前所作绝笔《怀沙》来暗示去国怀乡的

---

① 侯体健《〈集杜诗〉:三重文本张力下的"诗史"建构》,载《文学评论》2019年第3期,第145—146页。

无限悲愤，从而肯定隐遁首阳、不食周粟的遗民义举和幽囚燕狱、集杜抒怀的烈士壮举都是属于"所谓求仁得仁"，充分发挥了诗歌叙事、纪实、骋怀的"不朽"功能。除此而外，刘定之在序末还特意交代道：

> 公同时有曰吴郡张子善者，亦尝集杜句，述公始终大概，而疏其事于下方以证之。今内相安成彭公纯道，得其本以示予，遂录以附公诗之后，合而题之曰《文山诗史》，取公序中语也。①

张子善即张庆之，号海峰野逸。宋亡后，亦作集杜诗，但旨在叙述文天祥的平生大节，并以疏证形式来补充其事迹记载之不足。据其《咏文丞相诗》自序曰：

> 德祐初元，故丞相文公以工部尚书知平江府，开制阃，谒先圣于学，识公之表，而顾盼伟甚，心雄万夫。首唱勤王，及至行府军败，被执潮惠之间，拘以北行，不屈而死。呜呼！公之名如日月，顾何待赞？辄不自揆，效公故步，集杜一篇，粗述公处世颠末，仍各疏其事于下，大概皆公之所亲历、亲记者，将来以备考信而已。吴郡张庆之子善自序。②

由此可见，张庆之集杜诗，乃是深受文天祥崇杜、集杜甚至借集杜句以抒己怀的深切影响。这就像前文所述汪元量为文天祥作"招魂歌"，也同样学了文山好用的杜甫"同谷歌体"。这在宋人尊杜、学杜中实属一种非常特别的有趣现象：即后学皆因崇尚文天祥的英勇

---

① 〔明〕刘定之《文山诗史序》，见〔清〕薛熙编《明文在》卷四十八，吉林人民出版社1998年版，第286页。
② 〔宋〕张庆之《咏文丞相诗》一卷，见四川大学古籍所编《宋集珍本丛刊》第89册，（北京）线装书局2004年版，第694页。

气节而仿照其学杜、集杜，但所作皆与杜诗无直接关联，而是以备述文天祥之非凡事迹、延续杜诗"诗史"观念为重要表现形态。就好似江西诗人学杜，实即透过学黄庭坚以学杜一样。如此，则说明了文天祥在宋人集杜诗创作中，不止直接引导了诗风从文字游戏到宏大主题的"诗史"叙事转向，还活脱脱充当了一个时人尊杜以学杜、集杜而变杜的领路人。

四、易代悲歌与杜诗回响

在文天祥之外，易代之际，有多位诗人值得放在文天祥之下加以关注，他们是谢枋得、谢翱、郑思肖和汪元量。

谢枋得宋末为江西招谕使知信州。入元后，不屈节，被押至大都后，不食而死。他留下的作品不多，但却有"万物宁无吐气时，平生爱诵杜陵诗"这样的诗句①，表达对杜诗的热爱。宋亡之际所作，如《魏参政执拘投北，行有期，死有日，诗别妻子及良友》：

> 雪中松柏愈青青，扶植纲常在此行。天下久无龚胜洁，人间何独伯夷清。义高便觉生堪舍，礼重方知死甚轻。南八男儿终不屈，皇天上帝眼分明。②

表达坚贞不屈的志节，与文天祥诸作一样都能使读者肃然起敬。此外，在信州沦陷后流落福建宁德山中所作的《庆全庵桃花》：

> 寻得桃源好避秦，桃红又见一年春。花飞莫遣随流水，怕有渔郎来问津。③

一个"怕"字把亡国之际避世遗民的朝不保夕的生命危机写得很细

---

① ［宋］谢枋得《叠山集》卷一《代赠杜按察三首》其三，影印《文渊阁四库全书》第1184册，上海古籍出版社1987年版，第853页。
② ［宋］谢枋得《叠山集》卷一，影印《文渊阁四库全书》第1184册，上海古籍出版社1987年版，第850页。
③ 同上，第854页。

微。这几首诗并非直接学杜之作，但作为易代之际的特殊背景中的时代悲吟，其与杜诗的直面时代的精神息息相通，倒是与此前追摹晚唐的诗人们迥然异趣。

谢枋得流落在福建时的弟子蔡正孙受谢枋得气节、诗学观影响很深。蔡正孙在其师被押往大都时，次师韵赠别曰：

> 山色愁予渺渺青，平生心事杜鹃行。霜饕雪虐天终定，岁晚江空冰自清。肩上纲常千古重，眼前荣辱一毫轻。离明坤顺文箕事，此是先生素讲明。①

这既是对谢氏志节的称赞，也包含着对老师为国尽忠守节的热忱期待。国亡之后，蔡正孙隐居故里，效法陶渊明，著书只书甲子，不用元朝年号。其诗学著作《诗林广记》选编宋人诗话，并分别编入诗人、诗篇之下，形成诗话、诗选合编的体例。该书除收陶渊明以外，专收唐宋诗人，唐代所选前二家为杜甫和李白，载录诗篇最多的为杜甫、李白和苏轼三家，所选诗话则以朱熹为先。在该书中，蔡正孙最推重的诗人是陶渊明、杜甫和李白。其所建构的诗学体系，在宋元诗学转型的背景下，值得予以重视。

与谢枋得合称二谢的谢翱，曾募兵勇投效于文天祥，文天祥殉国后，在严子陵钓台哭吊，其《西台哭所思》曰：

> 残年哭知己，白日下荒台。泪落吴江水，随潮到海回。故衣犹染碧，后土不怜才。未老山中客，唯应赋八哀。②

全诗写深哀剧痛，末句的"八哀"指杜甫的《八哀诗》。杜甫这组

---

① 收于 [宋] 谢枋得《叠山集》卷五，影印《文渊阁四库全书》第 1184 册，上海古籍出版社 1987 年版，第 910 页。

② [宋] 谢翱《晞发集》卷七，影印《文渊阁四库全书》第 1188 册，上海古籍出版社 1987 年版，第 312 页。

诗哀悼的八人中，王思礼、李光弼、严武、汝阳王李琎、张九龄，是盛唐名臣，他们的故世象征盛唐时代的结束；李邕、苏源明、郑虔是与杜甫有交情的前辈名流，他们的先后去世，让杜甫感受到志业成灰，哀痛难忍。谢翱借杜甫这组诗表达对文天祥的敬爱，真有异代同悲之慨。以下两首也是相近作品：

哭所知

　　总戎临百粤，花鸟瘁江村。落日失沧海，寒风上蓟门。雨青馀化血，林黑见归魂。欲哭山阳笛，邻人亦不存。①

书文山卷后

　　魂飞万里程，天地隔幽明。死不从公死，生如无此生。丹心浑未化，碧血已先成。无处堪挥泪，吾今变姓名。②

前一首回顾知交生前事迹，表现自己宋亡之悲；后一首写人琴俱亡之恸怛，人生希望之灰灭。几首诗读之令人深受打击。而在哀痛过后，苟活下来的诗人还得面对生活，于是《寒食姑苏道中》写道：

　　频年感烟草，荒冢几人耕。吴楚逢寒食，山村见独行。天阴月不死，江晚汐徐生。到海征帆影，悠悠识此情。③

一边是荒冢边少人耕种的田地，一边是不死月、晚生汐，凋敝的乡村和不甘的诗人，则尤似晚年杜甫。总的来说，谢翱诗大多用血泪书写，但是苍凉激楚之风，细按却若有若无的显出杜诗的影子。

---

① ［宋］谢翱《晞发集》卷七，影印《文渊阁四库全书》第 1188 册，上海古籍出版社 1987 年版，第 310 页。
② ［宋］谢翱《晞发遗集》卷上，影印《文渊阁四库全书》第 1188 册，上海古籍出版社 1987 年版，第 333 页。
③ ［宋］谢翱《晞发集》卷七，影印《文渊阁四库全书》第 1188 册，上海古籍出版社 1987 年版，第 311 页。

二谢之外，存诗较多的郑思肖有更直接写到杜诗的作品，如以下几首：

杜子美茅屋为秋风所破歌图

雨卷风掀地欲沉，浣花溪路似难寻。数间茅屋苦饶舌，说杀少陵忧国心。

杜子美骑驴图

饭颗山前花正妍，饮愁为醉弄吟颠。突然骑过草堂去，梦拜杜鹃声外天。

子美孔明庙古柏行图

诸葛甘棠岁月深，霜皮黛色郁沉沉。尚垂清荫蜀国里，一树风霜千载心。①

三首都是因题画而凭吊杜甫遗迹、杜甫形象，玩味杜诗意象，从中可以感受到对杜甫的同情理解。而将题画与咏物合一的《题画菊》形象鲜明，情志如生，堪称名作：

花开不并百花丛，独立疏篱趣未穷。宁可枝头抱香死，何曾吹堕北风中。②

程千帆、吴新雷两位先生认为，以上几位与文天祥有很深关系的诗人，"身际存亡危急之痛，发为憔悴忧伤之作，其主要的情调却是悲壮的，积极的"③。而在他们之外的遗民诗人，则更多流连哀思之作，汪元量就是其中的代表。前已引他仿杜甫《同谷七歌》、

---

① 北京大学古文献研究所编《全宋诗》第 69 册，卷三六二四，北京大学出版社 1998 年版，第 43397 页。
② 北京大学古文献研究所编《全宋诗》第 69 册，卷三六二八，北京大学出版社 1998 年版，第 43449 页。
③ 程千帆、吴新雷《两宋文学史》，上海古籍出版社 1991 年版，第 485 页。

文天祥《六歌》而作的《浮丘道人招魂歌》九首。正是在宋亡前后的历史背景中，汪元量和当时许许多多的遗民诗人在读杜诗时会产生这样的感觉："少年读杜诗，颇厌其枯槁。斯时熟读之，始知句句好。"① 与二谢、郑思肖等遗民诗人所不同的是，汪元量在亡国之后，流落到蜀地之后，多次追随杜甫足迹，几乎每一处与杜甫有关的地方，他所写的作品如《阆州》《锦江蜀先主庙》《蜀相庙》《严郑公故宅》《云安闻鹃》等篇都明显化用杜诗，有的不仅有语句化用，还有更全面的感思，如：

草堂

子美西来筑此堂，浣花春水共凄凉。鸣鸠乳燕归何处，野草闲花护短墙。英雄去矣柴门闭，邻里伤哉竹径荒。安得山瓶盛乳酒，送分渔父濯沧浪。

白发遨游梓阆间，中原戎马未平安。粗饭浊醪常欠缺，老妻稚子半饥寒。扁舟出峡风涛壮，短褐行湘天地宽。侨寓耒阳牛酒饱，不知曾忆使君滩。

重访草堂

放棹花溪去，重来访草堂。菰蒲依静渚，杨柳绕回塘。野堑荣高下，山墙竹短长。檽梧含古色，瘦菊减清香。鼙鼓挝三叠，旌旗列两行。花娘纷舞袖，座客竞飞觞。酱醀生葱白，斋浇熟韭黄。洪炉催卷饼，匕首割烧羊。大笑诸公醉，高谈小子狂。城关犹未掩，冠盖已飞扬。鸟语青松里，人行锦树旁。杜陵轻出峡，千古隔潇湘。②

---

① ［宋］汪元量著，胡才甫校注《汪元量集校注》卷三《草地寒甚毡帐中读杜诗》，浙江古籍出版社1999年版，第121页。
② ［宋］汪元量著，胡才甫校注《汪元量集校注》卷三、卷四，浙江古籍出版社1999年版，第139、199页。

这些诗作没有很直接的现实指向，没有明显流露易代之际的伤痛。汪元量似乎在接受了宋亡的事实后，以对杜甫和杜诗的深入了解和深刻感情，凭吊遗迹，回味历史，从对历史的追思中为民族保留文化的种子。平息了的伤痛，使这些作品产生了超越时代的更宽泛的知性价值。

结　语

　　杜甫诗作是中国古典诗歌最重要、最杰出的代表，闻一多评价他为我们"四千年文化中最庄严、最瑰丽、最永久的一道光彩"[①]。而杜甫这一地位的确立，关键在宋代。杜诗在宋代的地位及其变化，简单概括起来是：经宋初近百年的酝酿后，逐渐掀起崇杜、学杜热潮，并持续一个半世纪，直到南宋宁、理二朝才有所低落，而在宋末又重归兴盛。其轨迹稍作展开，可描述如下：宋初三朝，杜诗受到了一些关注，如郑文宝、王禹偁、孙何、孙仅、丁谓都喜杜诗，而此时受贾岛、姚合影响的晚唐体诗人对杜诗不感兴趣，受李商隐、唐彦谦影响的西昆体领袖杨亿批评杜甫为"村夫子"，可见，当时杜诗并没有受到普遍的重视。这种情况延续到仁宗朝初期，还有欧阳修早年"不喜杜诗"的传闻。大约到仁宗景祐至庆历间，先有较强的学韩愈势头，与此同时出现了崇杜之风。重要事件有：景祐三年（1036），苏舜钦编成《老杜别集》；这一年开始，欧阳修学

---

① 　闻一多《唐诗杂论》，中华书局 2009 年版，第 129 页。

杜的诗篇日益增多；宝元二年（1039），王洙编成《杜工部集》；大约在这一时段，宋祁撰《新唐书·杜甫传》。仁宗皇祐以降，崇杜、学杜掀起高潮。标志性事件有：皇祐四年（1052），王安石编《老杜诗后集》并作序；至和元年（1054），王安石写《杜甫画像》；嘉祐四年（1059）王琪刻《杜工部集》万部于苏州，迅速售罄。此后，虽有道学家程颐轻视文学，将杜诗视为"闲言语"，但对文坛影响微乎其微，而苏轼、黄庭坚先后在元丰、元祐进入诗坛主流圈，使杜诗学朝着更全面、深刻的方向发展，杜诗诗法得到全面、细致的总结。南渡以后，一方面，山河破碎的现实，激起不少文士发扬杜诗的"诗史"意识和爱国精神，另一方面，江西诗派流衍及对其的反思乃至批判，学杜的方法有过多方面的探讨，一般却并不引起对杜诗本身的质疑，杜诗在南宋基本仍居诗国最高经典的地位。中间只有两个异数，一是朱熹对杜甫夔州以来诗表示不满，与黄庭坚所确立的杜诗标准有了很大变化；二是宁宗嘉定以来永嘉"四灵"等追崇晚唐体的诗人群体，有明显疏离、冷淡杜诗的倾向。但这也并未影响南宋诗坛宗杜的基本格局。经宋代文士和整个社会的推动，杜诗已成为中国古典诗歌的代表与象征。

中唐元和年间，在元稹、白居易和韩愈之间就李白与杜甫的评价，形成了李杜之争的话题。韩愈的李、杜并尊之说从道理上明显占上风，宋代社会在原则上一般也认可韩愈的观点，故宋代从整体而言，李、杜一荣俱荣，一损俱损。宋初近百年学李、学杜者都不多，南宋宁、理二朝诗坛疏离李、杜，是李、杜二家同时低落的时期[①]；而自北宋中期至南宋中期大约一个半世纪，都是李、杜同时受到崇仰的时期。这是一面。另一面，新、旧《唐书·杜甫传》都

---

① 参阅赵敏《宋代晚唐体诗歌研究》，巴蜀书社 2008 年版。

全面采纳元稹的扬杜抑李说，宋代很多文士在言语中同尊李、杜二家，而在实践上却独学杜甫一人，明显偏向于元稹的意见，故中国台湾学者蔡瑜在考察宋代唐诗学时指出：

> 宋人尊李与尊杜的表现截然不同，宋人尊杜表现在各种积极的工作上，编纂之力，注解之勤，讨论之多，远远超过其他诗人。相对的，李白在宋代则徒具"虚位"，尽管他的诗也为若干大家称扬，但是，仙才的形象似乎阻碍了人们对他的亲和感；无法可循的创作方式，也使学诗者望之却步。因此，比起杜甫，李白在宋代算是相当寂寞的。①

宋人在同尊李、杜二家时，对李白实际有所搁置，主要可能因李白在思想性格上与宋代主流文化有一定的出入。此外，以下一些表现亦值得玩味：其一，宋代诗论材料中同时谈论李、杜二家的不少，单独谈论杜甫的远多于单独谈李白的；其二，宋人兼学李、杜，并取得较高成就的名家自王禹偁、欧阳修、王安石、苏轼到南宋陆游、杨万里，人数众多，成就斐然；基本只学杜诗的，自嘉祐年间以来所在多有，最著名的是黄庭坚和整个江西诗派，而基本只学李白诗的，则寥若晨星；其三，宋人学杜诗得法，形成自家面目，走出不同道路，成为宋人学杜最重要的成就与贡献，而宋人学李白诗，却未能出现同样的情况，甚至还出现了以"李白后身"自负，但终不免被讥为"元祐诗坛的落伍者"的郭祥正这样的失败案例②；其四，与其一相关的是，宋人在学杜的过程中，全面总结了杜诗的艺术经验，以此为基础，建构起了宋代富有特色的诗歌理论，李白

---

① 蔡瑜《宋代唐诗学》，台湾大学中文研究所 1990 年博士论文，第 247 页，转引自杨文雄《李白诗歌接受史》，台湾五南图书有限公司 2000 年版，第 83 页。
② 莫砺锋《郭祥正——元祐诗坛的落伍者》，载《中国典籍与文化论丛》第 6 辑，中华书局 2000 年版，第 35—55 页。

诗在宋人看来却挖掘和总结不了艺术法则和审美经验，故难以更好地参与到"宋调"的建构中来。

从更大的范围看，因杜甫"既可看作是'唐音'的集大成人物，而又可视以为'宋调'的先行者和探路人"①，在宋调的建构过程中，宋代诗人逐渐形成了以杜诗为基本学习典范，而以李白、韩愈、陶渊明诗为补充和调节的多经典格局。宋代最主流的是"奉杜为正宗"，以学杜为训练要旨。李白、韩愈、陶渊明虽然也被宋人奉为经典，但是如上所述，在很多人看来，李白诗不敢学，不能学，无法学，学不了。韩愈诗的赋法写实方法、散文化的写作路子、陈言务去和硬语盘空的语言操作技巧，是北宋前期革新派文人借以超越晚唐五代诗风，建构宋诗的首要资源。但是，韩愈古近体诗诗风判然有别，其艺术创变都表现在古体诗中，近体诗仍然走传统路子，这对宋人来说是远远不够用的。再加上，韩愈古体诗的散文化、议论化对诗歌的基本审美规范破坏力过大，弊端也不小。所以到北宋中后期，虽然有学者认为王安石学韩的成分多于学杜，但其实在他思想不断进步、逐渐成熟，艺术和审美体验老练之后，他对韩愈有所不满，而对杜甫极为崇拜。此后的苏轼、黄庭坚虽也都被认为以韩愈诗为首要艺术渊源②，但是，若注意他们各自的艺术进境，就不难看到苏、黄二家诗虽保留了不少韩愈诗的元素，却又对韩愈诗的基本面貌有了很大的突破和重要的超越。从此之后，韩愈诗渐渐处于较为弱化的影响之中。在南宋，韩愈诗已基本从学习典范名单中淡出。

陶渊明诗以平淡真朴的特色在唐代得到一些诗人的喜爱，但未

① 陈伯海《意象艺术与唐诗》，上海古籍出版社 2015 年版，第 196 页。
② 谢桃坊《苏轼诗研究》，巴蜀书社 1987 年版，第 178 页。[清] 李详《李审言文集》，凤凰出版社 2015 年版，第 907 页。

取得经典地位。宋初透过晚唐五代白体诗，曾形成平淡简古的宋诗特色。在此基础上，苏轼从思想到艺术，从理论到实践多个维度、多个层面推举并大力倡导了学陶。在他的影响之下，陶诗进入了宋诗的经典序列。但是，宋代学术的学问化特色、宋诗语言艺术经验的不断积累，都对陶诗的接受和传播不利，因此，陶诗无法取代杜诗成为宋代第一经典①。

宋代诗人经过不断探索，发现在前代诗歌经典中，其艺术经验最适合他们学习的是杜诗。太白诗、韩诗、陶诗，作为杜诗学习的必要补充，四种资源有主有从，而又互相补充，对于他们最为有益。宋代杜诗学就是在典范选择的过程中发展，在多经典格局中确立其面貌的。

宋人根据时代的需要，从杜诗中不断发现对自我、对时代有价值的思想和艺术经验，从而不断调整、丰富、提高自己。杜诗通过这种方式发挥着参与宋代文化建设的作用。

晚唐五代到宋初，诗风颓靡，一个重要原因是诗人都失去了对时代、对当时社会的关心，他们的诗里完全看不到时代生活的影子。晚唐孟棨《本事诗·高逸》首次提炼出"诗史"概念，标举杜诗反映安史之乱前后的时代面貌的特点及其价值："杜逢禄山之难，流离陇蜀，毕陈于诗，推见至隐，殆无遗事，故当时号为诗史。"②宋祁《新唐书·杜甫传》以更醒豁的语言将"诗史"的内涵界定为"善陈时事"。这一发现，成为宋前期诗文革新派文士提振文化自

---

① 王琦珍《黄庭坚与江西诗派》："宋人的学陶，则远不如学杜那样热闹。"江西高校出版社 2006 年版，第 16 页。李贵《中唐至北宋的典范选择与诗歌因革》认为：北宋中期，"'外向'的淑世关怀转向'内在'的精神超越，诗学以平淡自然的陶潜为宗，思想以箪食瓢饮的颜回为圣。"但是，"历史留给陶渊明其人其诗产生最大影响的时空，只有北宋后期。"复旦大学出版社 2012 年版，第 278 页。
② ［唐］孟棨著《本事诗·高逸第三》，古典文学出版社 1957 年版，第 17 页。

信，以强烈的参政意识登上时代舞台，并借此振兴文学的重要一环。王禹偁、欧阳修、王安石等人推崇、学习杜诗，根本动力来源于淑世关怀，最突出的表现有二：一是写作反映民生、大胆指陈社会问题的作品，二是文学观念上主教化、主讽谏。但是，宋代文坛大家并不直接讨论"诗史"概念，而宋代其他材料中倒有不少直接使用这个概念的，涉及它的衍生内涵有：能反映时事，表现诗人的时代；有较强的叙事性、实录性特点；具有"考史"作用，利于读者"知其世"；"以史为诗"，提高诗的价值。

与此相伴，宋前期革新派文人还有很强的文化建设的责任感，也即"儒道"担当的意识。杜甫担荷社会苦难，与那个时代的人民"呼吸相通，痛痒相关"，并在诗中"真实地传达了中国七世纪的心灵"①，使北宋士大夫遇见了知音、得到了鼓舞。将杜甫这种忧国爱民、心怀天下的精神表而出之，赋予其以崇高道德属性。王安石、苏轼、黄庭坚等人特别称赞杜甫"位卑处难而不忘忧国的伟大人格"，"不以个人穷达进退为意"而始终葆有浩然之气、弘毅之志②，苏轼甚至推许离开中原、流落西南后的杜甫为"一饭未尝忘君"，这些认识不是从外在行迹、外在规范，而是从自我与世界、自我与历史的休戚相关、生命相应的关系来理解的。此后，受到宋代道学的濡染，黄庭坚把学习杜诗与"经术""治经"相提并论，张戒阐发杜甫的经学修养，陈善进而称杜诗为"诗中六经"，吴可"以杜为正经"，所以，朱熹提出"作诗先用看李、杜，如士人治本经"的学诗次第，从本质上看，都是把学杜诗看作是涵养道德、明心见性的一种必要方式，或者说是把杜诗的价值、学诗写诗的价值与修

---

① 胡晓明《略论杜甫诗学与中国文化精神》，载于《文艺理论研究》1994 年第 5 期，第 88 页。
② 周裕锴《宋代诗学通论》，巴蜀书社 1997 年版，第 47—49 页。

养心性、维系世道人心这一文化大课题关联起来。

关于杜诗艺术经验，元稹曾阐发过杜诗对前代艺术经验的学习与融汇水平，北宋前期人们对元稹的观点普遍认同，但理解都比较玄虚、模糊，直到元祐年间，才由秦观和苏轼提炼为"集大成"一说。这一观点，在北宋学术浓厚的学问化风气感染下，又被孙觉、黄庭坚等人解读为杜诗语言处处有来历。在此基础上，黄庭坚又进而总结出点铁成金、夺胎换骨等诸多学杜法门。于是，宗杜、师杜就变得有迹可循、有法可依了。由杜诗的学习、领悟而总结出来的诗语锤炼功夫，从句法扩展到章法、意蕴、风格等各个方面，从而对宋诗的精细化发展起了关键性的作用。黄庭坚晚年又从杜甫夔州以来诗作中总结中"无意而意已至""不烦绳削而自合"的审美境界，后来，吕本中等人再总结出"活法""悟门"，逐渐将学杜引向更多元的层次，南宋中期陆游、杨万里各走一路，都与学杜的"活法""悟门"有关。

本书主要按历史的线索，以一些关键大家为中心，分六章梳理自北宋初年以迄南宋末年杜诗地位的浮沉变化。其中也兼顾了编注家这个特殊类群，"集大成"说、"诗中六经"说这两个特殊问题，并以专题形式集中安排在第二章第三节和第四章第四节的位置。在梳理中，本书对宋代杜诗学的"诗史"说、"一饭未尝忘君"说、"诗中六经"说、"集大成"说、"无一字无来历"说、"夺胎换骨"说、"无意而意已至"说、"活法"说的形成及其内涵作了一定的阐发。全书全面爬梳了宋代文献，以诗话文献、别集文献为主，兼及其他材料，力求既突出问题、突出主线，又在细微处着手，不忽略细节，以期呈现出较清晰的宋代杜诗学全貌。

主要引用书目

一、古籍文献

1. 杜集文献（略去"［唐］杜甫撰"标识）

《宋本杜工部集》，张元济辑《续古逸丛书》第四十七种，江苏古籍出版社 2001 年版。

《宋本杜工部集》，国家图书馆出版社 2019 年版。

［宋］郭知达编，陈广忠校点《九家集注杜诗》，安徽大学出版社 2020 年版。

［宋］蔡梦弼笺《杜工部草堂诗笺》，光绪黎庶昌校刻《古逸丛书》本。

［宋］黄希注，［宋］黄鹤补注《补注杜诗》，影印《文渊阁四库全书》第 1069 册，上海古籍出版社 1987 年版。

［宋］黄鹤补注，须溪评点《集诸家注杜工部诗》，日本内阁浅草文库藏西园精舍刻本。

［元］虞集注《杜律七言注解》四卷（附《诗法家数》一卷），明万历十六年（1588）吴怀保七松居刻本，江西省图书馆古籍

特藏。

〔明〕单复注《读杜诗愚得十八卷附杜子年谱诗史目录一卷》，《四库全书存目丛书》集部第 4 册，齐鲁书社 1997 年版。

〔明〕傅振商辑《杜诗分类五卷》，《四库全书存目丛书》集部第 5 册，齐鲁书社 1997 年版。

〔清〕钱谦益《钱注杜诗》，上海古籍出版社 1979 年版。

〔清〕张溍注《读书堂杜工部诗集注解序》，《四库全书存目丛书》集部第 5 册，齐鲁书社 1997 年版。

〔清〕仇兆鳌注《杜诗详注》，中华书局 1979 年版。

〔清〕浦起龙注《读杜心解》，中华书局 1961 年版。

〔清〕杨伦笺注《杜诗镜铨》，上海古籍出版社 1981 年版。

2. 经籍与正史

〔清〕阮元校刻《十三经注疏》，中华书局 1983 年版。

龚抗云等整理《毛诗正义》，北京大学出版社 2000 年版。

〔宋〕朱熹注《诗集传》，中华书局 2011 年版。

〔宋〕朱熹撰《四书章句集注》，中华书局 2012 年版。

〔汉〕司马迁《史记》，中华书局 1959 年版。

〔汉〕班固《汉书》，中华书局 1962 年版。

〔南朝宋〕范晔撰，〔唐〕李贤等注《后汉书》，中华书局 1965 年版。

〔后晋〕刘昫等《旧唐书》，中华书局 1975 年版。

〔宋〕欧阳修、宋祁《新唐书》，中华书局 1975 年版。

〔元〕脱脱等《宋史》，中华书局 1977 年版。

3. 诗话与文学批评文献

〔宋〕欧阳修《六一诗话》，〔清〕何文焕辑《历代诗话》，中华书局 2004 年版。

［宋］刘攽《中山诗话》，［清］何文焕辑《历代诗话》，中华书局 2004 年版。

［宋］陈师道《后山诗话》，［清］何文焕辑《历代诗话》，中华书局 2004 年版。

［宋］王直方《王直方诗话》，郭绍虞辑《宋诗话辑佚》，中华书局 1980 年版。

［宋］陈辅之《陈辅之诗话》，郭绍虞辑《宋诗话辑佚》，中华书局 1980 年版。

［宋］范温《潜溪诗眼》，郭绍虞辑《宋诗话辑佚》，中华书局 1980 年版。

［宋］蔡启《蔡宽夫诗话》，郭绍虞辑《宋诗话辑佚》，中华书局 1980 年版。

［宋］释惠洪《日本五山版冷斋夜话》，张伯伟编校《稀见本宋人诗话四种》，江苏古籍出版社 2002 年版。

［宋］蔡絛《明钞本西清诗话》，张伯伟编校《稀见本宋人诗话四种》，江苏古籍出版社 2002 年版。

［宋］叶梦得《避暑录话》，程毅中主编，王秀梅等编录《宋人诗话外编》，中华书局 2017 年版。

［宋］魏泰《临汉隐居诗话》，［清］何文焕辑《历代诗话》，中华书局 2004 年版。

［宋］强幼安述《唐子西文录》，［清］何文焕辑《历代诗话》，中华书局 2004 年版。

［宋］吴可《藏海诗话》，丁福保辑《历代诗话续编》，中华书局 2006 年版。

［宋］张戒《岁寒堂诗话》，丁福保辑《历代诗话续编》，中华书局 2006 年版。

〔宋〕叶梦得《石林诗话》，〔清〕何文焕辑《历代诗话》，中华书局 2004 年版。

〔宋〕周紫芝《竹坡诗话》，〔清〕何文焕辑《历代诗话》，中华书局 2004 年版。

〔宋〕朱弁撰《风月堂诗话》，中华书局 1991 年版。

〔宋〕黄徹著，汤新祥校注《䂬溪诗话》，人民文学出版社 1986 年版。

〔宋〕张表臣《珊瑚钩诗话》，〔清〕何文焕辑《历代诗话》，中华书局 2004 年版。

〔宋〕葛立方《韵语阳秋》，〔清〕何文焕辑《历代诗话》，中华书局 2004 年版。

〔宋〕陈岩肖《庚溪诗话》，丁福保辑《历代诗话续编》，中华书局 2006 年版。

〔宋〕阮阅编，周本淳校点《诗话总龟》，人民文学出版社 1987 年版。

〔宋〕胡仔纂集，廖德明校点《苕溪渔隐丛话》，人民文学出版社 1962 年版。

〔宋〕杨万里《诚斋诗话》，丁福保辑《历代诗话续编》，中华书局 2006 年版。

〔宋〕蔡梦弼集录《杜工部草堂诗话》，丁福保辑《历代诗话续编》，中华书局 2006 年版。

〔宋〕曾季貍《艇斋诗话》，丁福保辑《历代诗话续编》，中华书局 2006 年版。

〔宋〕刘克庄撰，王秀梅点校《后村诗话》，中华书局 1983 年版。

〔宋〕刘克庄《江西诗派小序》，丁福保辑《历代诗话续编》，中华书局 2006 年版。

［宋］严羽著，郭绍虞校释《沧浪诗话校释》，人民文学出版社1961 年版。

［宋］范晞文《对床夜语》，丁福保辑《历代诗话续编》，中华书局 2006 年版。

［宋］陈正敏《遁斋闲览》，程毅中主编，王秀梅等编录《宋人诗话外编》，中华书局 2017 年版。

［宋］何汶《竹庄诗话》，影印《文渊阁四库全书》集部第 1481 册，上海古籍出版社 1987 年版。

［宋］魏庆之著，王仲闻点校《诗人玉屑》，中华书局 2007 年版。

［宋］蔡正孙《诗林广记》，中华书局 1982 年版。

［明］李东阳《麓堂诗话》，丁福保辑《历代诗话续编》，中华书局 2006 年版。

［明］谢榛著，宛平校点《四溟诗话》，人民文学出版社 1961 年版。

［明］胡应麟《诗薮》，上海古籍出版社 1979 年版。

［明］陆时雍撰，李子广评注《诗镜总论》，中华书局 2014 年版。

［明］王嗣奭《杜臆》，上海古籍出版社 1983 年版。

［清］冯班《钝吟杂录》，中华书局 1985 年版。

［清］吴乔《围炉诗话》，郭绍虞编选，富寿荪校点《清诗话续编》，上海古籍出版社 2016 年版。

［清］叶燮著，霍松林校注《原诗》，人民文学出版社 1979 年版。

［清］王士禛《带经堂诗话》，人民文学出版社 1963 年版。

［清］钱木庵《唐音审体》，［清］王夫之等撰，丁福保辑《清诗

话》，上海古籍出版社 2015 年版。

〔清〕贺裳《载酒园诗话·载酒园诗话又编》，郭绍虞编选，富寿荪校点《清诗话续编》，上海古籍出版社 2016 年版。

〔清〕陶元藻辑，蒋寅点校《全浙诗话》（外一种），浙江古籍出版社 2017 年版。

〔清〕袁枚著，顾学颉校点《随园诗话》，人民文学出版社 1982年版。

〔清〕赵翼《瓯北诗话》，人民文学出版社 1963 年版。

〔清〕翁方纲《石洲诗话》，人民文学出版社 1981 年版。

〔清〕施补华《岘佣说诗》，〔清〕王夫之等撰，丁福保辑《清诗话》，上海古籍出版社 2015 年版。

〔清〕管世铭《读雪山房唐诗序例》，郭绍虞编选，富寿荪校点《清诗话续编》，上海古籍出版社 2016 年版。

〔清〕潘德舆《养一斋李杜诗话》，郭绍虞编选，富寿荪校点《清诗话续编》，上海古籍出版社 2016 年版。

〔清〕方东树著，汪绍楹校点《昭昧詹言》，人民文学出版社1961 年版。

〔清〕刘熙载撰，袁津琥校注《艺概注稿》，中华书局 2009年版。

〔清〕陈衍著，郑朝宗、石文英校点《石遗室诗话》，人民文学出版社 2004 年版。

〔清〕李树滋《石樵诗话》，清道光二十九年湖湘采珍山馆刊本。

邵祖平《无尽藏斋诗话》，《学衡》第 21 期，1923 年 9 月。

4. 一般集部文献

〔南朝陈〕徐陵编，〔清〕吴兆宜注，程琰删补，穆克宏点校

《玉台新咏》，中华书局 1985 年版。

［晋］陶潜著，龚斌校笺《陶渊明集校笺》，上海古籍出版社 1996 年版。

［唐］孟浩然撰，李景白校注《孟浩然诗集校注》，中华书局 2018 年版。

［唐］李白撰，瞿蜕园、朱金城校注《李白集校注》，上海古籍出版社 1980 年版。

［唐］韩愈著，钱仲联集释《韩昌黎诗系年集释》，上海古籍出版社 1984 年版。

［唐］白居易著，朱金城笺校《白居易集笺校》，上海古籍出版社 2020 年版。

［唐］元稹撰，冀勤点校《元稹集》，中华书局 1982 年版。

［唐］张祜著，尹占华校注《张祜诗集校注》，巴蜀书社 2007 年版。

［唐］杜牧著，［清］冯集梧注《樊川诗集注》，上海古籍出版社 1978 年版。

［唐］方干《玄英集》，影印《文渊阁四库全书》第 1084 册，上海古籍出版社 1987 年版。

［唐］李商隐著，［清］冯浩笺注《玉溪生诗集笺注》，上海古籍出版社 1979 年版。

中华书局上海编辑所《唐人选唐诗（十种）》，上海古籍出版社 1978 年版。

［清］彭定求等《全唐诗》，中华书局 1980 年版。

［宋］徐铉《徐公文集》，《宋集珍本丛刊》第 1 册，（北京）线装书局 2004 年版。

［宋］田锡《咸平集》，影印《文渊阁四库全书》集部第 1085

册，上海古籍出版社 1987 年版。

〔宋〕张咏《乖崖集》，影印《文渊阁四库全书》集部第 1085 册，上海古籍出版社 1987 年版。

〔宋〕王禹偁《小畜集》，影印《文渊阁四库全书》集部第 1086 册，上海古籍出版社 1987 年版。

〔宋〕范仲淹《范文正公集》，《宋集珍本丛刊》第 3 册，（北京）线装书局 2004 年版。

〔宋〕宋祁《景文集》，影印《文渊阁四库全书》第 1088 册，上海古籍出版社 1987 年版。

〔宋〕梅尧臣著，朱东润编年校注《梅尧臣集编年校注》，上海古籍出版社 2020 年版。

〔宋〕欧阳修著，李逸安点校《欧阳修全集》，中华书局 2001 年版。

〔宋〕欧阳修撰，刘德清、顾宝林、欧阳明亮笺注《欧阳修诗编年笺注》，中华书局 2012 年版。

〔宋〕苏舜钦著，沈文倬校点《苏舜钦集》，中华书局上海编辑所 1961 年版。

〔宋〕邵雍著，郭彧整理《邵雍集》，中华书局 2010 年版。

〔宋〕刘敞《公是集》，影印《文渊阁四库全书》第 1095 册，上海古籍出版社 1987 年版。

〔宋〕王安石撰，刘成国点校《王安石文集》，中华书局 2021 年版。

〔宋〕程颢、程颐著，王孝鱼点校《二程集》，中华书局 1981 年版。

〔宋〕韦骧《钱塘集》，影印《文渊阁四库全书》第 1097 册，上海古籍出版社 1987 年版。

［宋］苏轼，［清］查慎行补注，王友胜校点《苏诗补注》，凤凰出版社 2017 年版。

［宋］苏轼著，［清］王文诰辑注，孔凡礼点校《苏轼诗集》，中华书局 1982 年版。

［宋］苏轼撰，孔凡礼点校《苏轼文集》，中华书局 1986 年版。

［宋］苏辙著，曾枣庄、马德富校点《栾城集》，上海古籍出版社 1987 年版。

［宋］范祖禹《范太史集》，影印《文渊阁四库全书》第 1100 册，上海古籍出版社 1987 年版。

［宋］黄裳《演山集》，影印《文渊阁四库全书》第 1120 册，上海古籍出版社 1987 年版。

［宋］黄庭坚著，刘琳等点校《黄庭坚全集》，中华书局 2021 年版。

［宋］黄庭坚撰，［宋］任渊等注，刘尚荣校点《黄庭坚诗集注》，中华书局 2003 年版。

［宋］秦观撰，徐培均笺注《淮海集笺注》，上海古籍出版社 1994 年版。

［宋］李复《潏水集》，影印《文渊阁四库全书》第 1121 册，上海古籍出版社 1987 年版。

［宋］陈师道《后山集》，影印《文渊阁四库全书》第 1114 册，上海古籍出版社 1987 年版。

［宋］陈师道撰，任渊注，冒广生补笺，冒怀辛整理《后山诗注补笺》，中华书局 1995 年版。

［宋］晁补之《鸡肋集》，影印《文渊阁四库全书》第 1118 册，上海古籍出版社 1987 年版。

［宋］晁说之《景迂生集》，影印《文渊阁四库全书》第 1118

册，上海古籍出版社 1987 年版。

　　[宋]唐庚《唐先生文集》，《宋集珍本丛刊》第 32 册，（北京）线装书局 2004 年版。

　　[宋]周紫芝《太仓稊米集》，影印《文渊阁四库全书》第 1141 册，上海古籍出版社 1987 年版。

　　[宋]李纲《梁溪集》，影印《文渊阁四库全书》第 1126 册，上海古籍出版社 1987 年版。

　　[宋]李纲著，王瑞明点校《李纲全集》，岳麓书社 2004 年版。

　　[宋]陈与义撰，吴书荫、金德厚点校《陈与义集》，中华书局 1982 年版。

　　[宋]黄彦平《三馀集》，影印《文渊阁四库全书》第 1141 册，上海古籍出版社 1987 年版。

　　[宋]史浩《鄮峰真隐漫录》，影印《文渊阁四库全书》第 1141 册，上海古籍出版社 1987 年版。

　　[宋]李石《方舟集》，影印《文渊阁四库全书》第 1149 册，上海古籍出版社 1987 年版。

　　[宋]陆游著，钱仲联校注《剑南诗稿校注》，上海古籍出版社 1985 年版。

　　[宋]陆游著，马亚中、涂小马校注《渭南文集校注》，浙江古籍出版社 2015 年版。

　　[宋]陆游著，[清]杨大鹤选《剑南诗钞》，上海扫叶山房 1930 年石印本。

　　[宋]周必大《文忠集》，影印《文渊阁四库全书》第 1147 册，上海古籍出版社 1987 年版。

　　[宋]杨万里著，王琦珍整理《杨万里诗文集》，江西人民出版社 2006 年版。

[宋] 朱熹撰，徐德明、王铁校点《晦庵先生朱文公文集》，朱杰人等主编《朱子全书》，上海古籍出版社，安徽教育出版社 2002 年版。

[宋] 袁说友《东塘集》，影印《文渊阁四库全书》第 1154 册，上海古籍出版社 1987 年版。

[宋] 曾丰《缘督集》，影印《文渊阁四库全书》第 1156 册，上海古籍出版社 1987 年版。

[宋] 赵蕃《淳熙稿》，影印《文渊阁四库全书》第 1155 册，上海古籍出版社 1987 年版。

[宋] 袁燮《絜斋集》，影印《文渊阁四库全书》第 1157 册，上海古籍出版社 1987 年版。

[宋] 刘应时《颐庵居士集》，影印《文渊阁四库全书》第 1164 册，上海古籍出版社 1987 年版。

[宋] 叶适著，刘公纯等点校《叶适集》，中华书局 2010 年版。

[宋] 程珌《洺水集》，影印《文渊阁四库全书》第 1171 册，上海古籍出版社 1987 年版。

[宋] 释居简《北磵集》，影印《文渊阁四库全书》第 1183 册，上海古籍出版社 1987 年版。

[宋] 戴复古著，吴茂云、郑伟荣校点《戴复古集》，浙江大学出版社 2012 年版。

[宋] 真德秀《西山文集》，影印《文渊阁四库全书》第 1174 册，上海古籍出版社 1987 年版。

[宋] 吕午《竹坡类稿》，《续修四库全书》集部第 1320 册，上海古籍出版社 2002 年版。

[宋] 包恢《敝帚稿略》，影印《文渊阁四库全书》第 1178 册，上海古籍出版社 1987 年版。

［宋］詹初《寒松阁集》，影印《文渊阁四库全书》第 1179 册，上海古籍出版社 1987 年版。

［宋］刘克庄著，辛更儒笺校《刘克庄集笺校》，中华书局 2011 年版。

［宋］林希逸《竹溪鬳斋十一稿续集》，《宋集珍本丛刊》第 83 册，（北京）线装书局 2004 年版。

［宋］陈著《本堂集》，影印《文渊阁四库全书》第 1185 册，上海古籍出版社 1987 年版。

［宋］谢枋得《叠山集》，影印《文渊阁四库全书》第 1184 册，上海古籍出版社 1987 年版。

［宋］何梦桂《潜斋集》，影印《文渊阁四库全书》第 1188 册，上海古籍出版社 1987 年版。

［宋］刘辰翁撰，段大林校点《刘辰翁集》，江西人民出版社 1987 年版。

［宋］文天祥撰，熊飞等校点《文天祥全集》，江西人民出版社 1987 年版。

［宋］张庆之《咏文丞相诗》，《宋集珍本丛刊》第 89 册，（北京）线装书局 2004 年版。

［宋］丘奎《钓矶诗集》，《续修四库全书》集部第 1321 册，上海古籍出版社 2002 年版。

［宋］谢翱《晞发集》，影印《文渊阁四库全书》第 1188 册，上海古籍出版社 1987 年版。

［宋］汪元量著，胡才甫校注《汪元量集校注》，浙江古籍出版社 1999 年版。

［宋］杨亿等著，王仲荦注《西昆酬唱集注》，上海书店出版社 2001 年版。

［宋］孔文仲、孔武仲、孔平仲著，孙永选校点《清江三孔集》，齐鲁书社 2002 年版。

［宋］陈起编《江湖小集》，影印《文渊阁四库全书》第 1357 册，上海古籍出版社 1987 年版。

［宋］真德秀编《文章正宗纲目》，影印《文渊阁四库全书》第 1355 册，上海古籍出版社 1987 年版。

旧题［宋］陈思编《两宋名贤小集》，影印《文渊阁四库全书》第 1364 册，上海古籍出版社 1987 年版。

［宋］佚名撰《新刊国朝二百家名贤文粹》，《续修四库全书》集部第 1653 册，上海古籍出版社 2002 年版。

［元］方回选评，李庆甲集评校点《瀛奎律髓汇评》，上海古籍出版社 2005 年版。

［清］乾隆帝编选《御选唐宋诗醇》，影印《文渊阁四库全书》第 1448 册，上海古籍出版社 1987 年版。

［清］吴之振、吕留良、吴自牧选，［清］管庭芬、蒋光煦补《宋诗钞》，中华书局 1986 年版。

曾枣庄等主编《全宋文》，上海辞书出版社、安徽教育出版社 2006 年版。

傅璇琮等主编《全宋诗》，北京大学出版社 1991—1998 年版。

［金］王若虚著，马振君点校《王若虚集》，中华书局 2017 年版。

［金］元好问著，狄宝心校注《元好问文编年校注》，中华书局 2012 年版。

［元］王义山《稼村类稿》，影印《文渊阁四库全书》第 1193 册，上海古籍出版社 1987 年版。

［元］方回《桐江集》，《续修四库全书》集部 1322 册，上海古

籍出版社 2002 年版。

〔元〕方回《桐江续集》，影印《文渊阁四库全书》第 1193 册，上海古籍出版社 1987 年版。

〔元〕刘壎《隐居通议》，中华书局 1985 年版。

〔元〕程钜夫著，张文澍校点《程钜夫集》，吉林文史出版社 2009 年版。

〔元〕吴澄《吴文正集》，影印《文渊阁四库全书》第 1197 册，上海古籍出版社 1987 年版。

〔元〕揭傒斯著，李梦生标校《揭傒斯全集》，上海古籍出版社 1985 年版。

〔清〕顾嗣立编《元诗选》，影印《文渊阁四库全书》第 1471 册，上海古籍出版社 1987 年版。

〔明〕宋濂《宋濂全集》，浙江古籍出版社 2012 年版。

〔明〕王世贞《读书后》，影印《文渊阁四库全书》第 1285 册，上海古籍出版社 1987 年版。

〔清〕薛熙编《明文在》，吉林人民出版社 1998 年版。

〔清〕汪琬《尧峰文钞》，影印《文渊阁四库全书》第 1315 册，上海古籍出版社 1987 年版。

〔清〕蒋士铨著，邵海清校，李梦生笺《忠雅堂集校笺》，上海古籍出版社 1993 年版。

〔清〕赵翼《赵翼诗编年全集》，天津古籍出版社 1996 年版。

〔清〕李详《李审言文集》，凤凰出版社 2015 年版。

5. 其他文献

〔唐〕韦绚录《刘宾客嘉话录》，中华书局 1985 年版。

〔唐〕孟棨《本事诗》，古典文学出版社 1957 年版。

〔宋〕释文莹《玉壶清话》，中华书局 1984 年版。

［宋］赵令畤撰，孔凡礼点校《侯鲭录》，中华书局 2002 年版。

［宋］何薳撰，张明华点校《春渚纪闻》，中华书局 1983 年版。

［宋］朱弁《曲洧旧闻》，中华书局 2002 年版。

［宋］邵博《邵氏闻见后录》，中华书局 1983 年版。

［宋］徐度《却扫编》，上海古籍出版社 2012 年版。

［宋］方勺《泊宅编》，中华书局 1983 年版。

［宋］于恕辑《无垢先生横浦心传录》，《四库全书存目丛书》子部第 83 册，齐鲁书社 1995 年版。

［宋］洪迈撰，孔凡礼点校《容斋随笔》，中华书局 2005 年版。

［宋］陆游撰，李剑雄、刘德权点校《老学庵笔记》，中华书局 1979 年版。

［宋］范成大撰，陆振岳点校《吴郡志》，江苏古籍出版社 1999 年版。

［宋］陈善撰，袁向彤点校《扪虱新话》，山东人民出版社 2018 年版。

［宋］黎靖德编，王星贤点校《朱子语类》，中华书局 1986 年版。

［宋］罗大经撰，王瑞来点校《鹤林玉露》，中华书局 1983 年版。

［宋］周密《齐东野语》，中华书局 1983 年版。

［宋］俞文豹《吹剑录全编》，古典文学出版社 1958 年版。

［明］于慎行《穀山笔尘》，《续修四库全书》子部第 1128 册，上海古籍出版社 2002 年版。

［清］褚人获辑撰，李梦生校点《坚瓠集》，上海古籍出版社 2012 年版。

［清］王士禛《香祖笔记》，上海古籍出版社 1982 年版。

〔清〕金武祥《粟香随笔》,《续修四库全书》子部第 1183 册,上海古籍出版社 2002 年版。

〔清〕蔡上翔《王荆公年谱考略》,上海人民出版社 1973 年版。

〔宋〕陈振孙撰,徐小蛮等点校《直斋书录解题》,上海古籍出版社 2015 年版。

〔清〕永瑢等《四库全书总目》,中华书局 1965 年版。

二、现代研究著作

皮锡瑞著,周予同注释《经学历史》,(上海)商务印书馆 1929 年版。

华文轩编《古代文学研究资料汇编·杜甫卷》,中华书局 1964 年版。

郭绍虞《中国文学批评史》,上海古籍出版社 1979 年版。

陈寅恪《寒柳堂集》,上海古籍出版社 1980 年版。

李汝伦《杜诗论稿》,广东人民出版社 1983 年版。

罗根泽《中国文学批评史》,上海古籍出版社 1984 年版。

程千帆《古诗考索》,上海古籍出版社 1984 年版。

齐治平《唐宋诗之争概述》,岳麓书社 1984 年版。

吴企明《唐音质疑录》,上海古籍出版社 1985 年版。

傅庚生,傅光《杜甫论集》,黑龙江人民出版社 1986 年版。

周采泉《杜集书录》,上海古籍出版社 1986 年版。

缪钺等《宋诗鉴赏辞典》,上海辞书出版社 1987 年版。

谢桃坊《苏轼诗研究》,巴蜀书社 1987 年版。

许总《杜诗学发微》,南京出版社 1989 年版。

程千帆、吴新雷《两宋文学史》,上海古籍出版社 1991 年版。

蒋寅《大历诗风》,上海古籍出版社 1992 年版。

钱基博《中国文学史》，中华书局1993年版。

赵齐平《宋诗臆说》，北京大学出版社1993年版。

王锡九《宋代的七言古诗（北宋卷）》，天津人民出版社1993年版。

赵仁珪《宋诗纵横》，中华书局1994年版。

李一飞《杜甫与杜诗》，岳麓书社1994年版。

张宏生《江湖诗派研究》，中华书局1995年版。

萧华荣《中国诗学思想史》，华东师范大学出版社1996年版。

王水照主编《宋代文学通论》，河南大学出版社1997年版。

周裕锴《宋代诗学通论》，巴蜀书社1997年版。

孔凡礼《苏轼年谱》，中华书局1998年版。

木斋《宋诗流变》，京华出版社1999年版。

孙琴安《中国评点文学史》，上海社会科学院出版社1999年版。

刘华民《文天祥诗研究》，巴蜀书社1999年版。

杨文雄《李白诗歌接受史》，五南图书出版公司2000年版。

莫砺锋《朱熹文学研究》，南京大学出版社2000年版。

程杰《北宋诗文革新研究》，内蒙古教育出版社2000年版。

高克勤《王安石与北宋文学研究》，复旦大学出版社2000年版。

张瑞君《杨万里评传》，南京大学出版社2001年版。

于立君、王安节《中国诗文评点史研究》，时代文艺出版社2001年版。

钱穆《朱子学提纲》，生活·读书·新知三联书店2002年版。

张高评《宋诗特色研究》，长春出版社2002年版。

刘宁《唐宋之际诗歌演变研究——以元白之"元和体"的创作影响为中心》，北京师范大学出版社2002年版。

蔡振念《杜诗唐宋接受史》，五南图书出版公司2002年版。

钱志熙《黄庭坚诗学体系研究》，北京大学出版社 2003 年版。

胡可先《杜甫诗学引论》，安徽大学出版社 2003 年版。

徐规《王禹偁事迹著作编年》，商务印书馆 2003 年版。

郭鹏《诗心与文道——北宋诗学的以文为诗问题研究》，北京语言大学出版社 2003 年版。

尚永亮《唐代诗歌的多元观照》，湖北人民出版社 2005 年版。

陈元锋《北宋馆阁翰苑与诗坛研究》，中华书局 2005 年版。

祝尚书《宋代科举与文学考论》，大象出版社 2006 年版。

王琦珍《黄庭坚与江西诗派》，江西高校出版社 2006 年版。

刘德清《欧阳修纪年录》，上海古籍出版社 2006 年版。

赵平《永嘉四灵诗派研究》，浙江大学出版社 2006 年版。

陈伯海《唐诗学引论》，东方出版中心 2007 年版。

钱锺书《宋诗选注》，生活·读书·新知三联书店 2007 年版。

钱锺书《谈艺录》，生活·读书·新知三联书店 2007 年版。

于年湖《杜诗语言艺术研究》，齐鲁书社 2007 年版。

羊列荣、刘明今编著《中国历代文论选新编》（宋金元卷），上海教育出版社 2007 年版。

张忠纲等编著《杜集叙录》，齐鲁书社 2008 年版。

黄桂凤《唐宋杜诗接受研究》，辽海出版社 2008 年版。

赵敏《宋代晚唐体诗歌研究》，巴蜀书社 2008 年版。

闻一多《唐诗杂论》，中华书局 2009 年版。

胡守仁《胡守仁论文集》，江西人民出版社 2009 年版。

刘世南《大螺居诗文存》，黄山书社 2009 年版。

葛景春《李杜之变与唐代文化转型》，大象出版社 2009 年版。

何念龙《李白文化现象论》，湖北人民出版社 2009 年版。

朱东润《陆游传》，百花文艺出版社 2010 年版。

王红霞《宋代李白接受史》，上海古籍出版社 2010 年版。

方勇《南宋遗民诗人群体研究》，人民出版社 2011 年版。

杨经华《宋代杜诗阐释学研究》，中国社会科学出版社 2011 年版。

张巍《杜诗及中晚唐诗研究》，齐鲁书社 2011 年版。

胡迎建《朱熹诗词研究》，中山大学出版社 2011 年版。

徐英《诗法通微》，黄山书社 2011 年版。

（日）吉川幸次郎著，李庆、骆玉明等译《宋元明诗概说》，复旦大学出版社 2012 年版。

赫兰国《辽金元杜诗学》，河南人民出版社 2012 年版。

李贵《中唐至北宋的典范选择与诗歌因革》，复旦大学出版社 2012 年版。

陈湘琳《欧阳修的文学与情感世界》，复旦大学出版社 2012 年版。

庞俊《养晴室遗集》，巴蜀书社 2013 年版。

成玮《制度与文学的互动——北宋前期诗坛研究》，复旦大学出版社 2013 年版。

王琦珍《杨万里与诚斋体》，江西高校出版社 2013 年版。

胡传志《宋金文学的交融与演进》，北京大学出版社 2013 年版。

（日）内山精也《传媒与真相：苏轼及其周围士大夫的文学》，上海古籍出版社 2013 年版。

（日）浅见洋二著，金程宇、（日）冈田千穗译《距离与想象：中国诗学的唐宋转型》，上海古籍出版社 2013 年版。

（日）本田成之著，孙俍工译《中国经学史》，漓江出版社 2013 年版。

杨恩成《唐诗说稿》，商务印书馆 2013 年版。

张立荣《北宋前期七言律诗研究》，中国社会科学出版社 2014年版。

张明华《文化视域中的集句诗研究》，中国社会科学出版社 2014 年版。

陈伯海《意象艺术与唐诗》，上海古籍出版社 2015 年版。

张忠纲《诗圣杜甫研究》，上海古籍出版社 2015 年版。

吕正惠《诗圣杜甫》，生活·读书·新知三联书店 2015 年版。

张健《知识与抒情：宋代诗学研究》，北京大学出版社 2015 年版。

林继中《杜诗学论薮》，上海古籍出版社 2015 年版。

焦印亭《刘辰翁文学评点寻绎》，中国社会科学出版社 2015 年版。

温虎林《杜甫陇蜀道诗歌研究》，中国社会科学出版社 2015 年版。

姜西良《田锡年谱》，中国语言大学出版社 2015 年版。

左汉林《杜甫与杜诗学研究》，东方出版社 2015 年版。

梁启超《王安石传》，百花文艺出版社 2016 年版。

朱东润撰，陈尚君整理《中国文学批评史大纲（校补本）》，上海古籍出版社 2016 年版。

陶文鹏《陶文鹏说宋诗》，中华书局 2016 年版。

周裕锴《语言的张力：中国古代文学的语言学批评论集》，中国社会科学出版社 2016 年版。

邹进先《宋代杜诗学述论》，中国社会科学出版社 2016 年版。

魏景波《宋代杜诗学史》，中国社会科学出版社 2016 年版。

李振中《徐铉及其文学考论》，郑州大学出版社 2016 年版。

吴茂云、何方形《戴复古研究》，浙江大学出版社 2017 年版。

杨滨《飞鸟与诗学：中国古代诗歌鸟类意象系列的主题学研究》，人民日报出版社 2017 年版。

李成文《裂变与重生：宋元之际诗歌研究》，文化艺术出版社 2017 年版。

葛晓音《杜诗艺术与辨体》，北京大学出版社 2018 年版。

简锦松《杜甫诗与现地学》，高雄：中山大学出版社 2018 年版。

陈尚君《唐诗求是》，上海古籍出版社 2018 年版。

刘成国《王安石年谱长编》，中华书局 2018 年版。

刘青海《李商隐诗学体系研究》，上海古籍出版社 2018 年版。

黄桂凤《元明清杜诗接受研究》，广西师范大学出版社 2018 年版。

罗宗强《李杜论略》，中华书局 2019 年版。

曹慕樊《杜诗杂说全编》，生活·读书·新知三联书店 2019 年版。

莫砺锋《江西诗派研究》，凤凰出版社 2019 年版。

朱刚《唐宋"古文运动"与士大夫文学》，复旦大学出版社 2019 年版。

陈元锋《北宋翰林学士与文学研究》，复旦大学出版社 2019 年版。

吴晟《知性反思江西诗学研究》，中山大学出版社 2019 年版。

金生奎《明代杜诗接受研究》，安徽大学出版社 2019 年版。

王水照《北宋三大文人集团》，上海古籍出版社 2021 年版。

刘明华编《杜甫资料汇编》，中华书局 2021 年版。

左汉林、李新《宋代杜诗学研究》，中国社会科学出版社 2022 年版。

田晓菲主编《九家读杜诗》，生活·读书·新知三联书店 2022年版。

三、论文

赵宗湘《苏诗臆说》，无锡国专《国专月刊》1935 年第 2 卷第 4 期。

夏敬观（署名玄修）《说韩》，《同声月刊》第二卷第二号，1942 年 2 月。

叶绮莲《杜工部集关系书存佚考》，《书目季刊》1970 年夏季号。

吴庚舜《元稹对李杜诗的比较研究》，《李白研究论丛》，巴蜀书社 1987 年版。

蒋凡《严羽论杜甫》，《复旦学报（社会科学版）》1987 年第 4 期。

邓元煊《"李杜优劣论"再议》，《四川师范大学学报》1988 年第 5 期。

缪钺《宋词与理学家——兼论朱熹诗词》，《四川大学学报》1989 年第 2 期。

蔡瑜《宋代唐诗学》，台湾大学中文研究所 1990 年博士论文。

谢思炜《杜诗解释史概述》，《文学遗产》1991 年第 3 期。

莫砺锋《陆游"诗家三昧"辨》，《南京大学学报》1992 年第 1 期。

查清华《黄庭坚与严羽的人格意识》，《江西师范大学学报》1992 年第 4 期。

胡晓明《略论杜甫诗学与中国文化精神》，《文艺理论研究》1994 年第 5 期。

胡可先《杜诗学论纲》，《杜甫研究学刊》1995 年第 4 期。

钱志熙《表现与再现的消长互补——中国诗歌发展史上的一种规律》，《文学遗产》1996 年第 1 期。

周兴陆《刘陈文诗歌评点的理论和实践》，《华中师范大学学报（哲社版）》1996 年第 2 期。

贺中复《论五代十国的宗白诗风》，《中国社会科学》1996 年第 5 期。

（日）横山伊势雄《论朱熹的文学哲学一体观》，《古代文学理论研究》辑刊第 18 辑，上海古籍出版社 1997 年版。

傅光《论杜学的定义与内涵》，《人文杂志》1999 年第 3 期。

吴中胜、钟峰华《"放翁前身少陵老"吗——论陆游学杜》，《杜甫研究学刊》1999 年第 3 期。

莫砺锋《郭祥正——元祐诗坛的落伍者》，《中国典籍与文化论丛》第 6 辑，中华书局 2000 年版。

许世荣《放翁未必学杜》，《杜甫研究学刊》2000 年第 4 期。

钱志熙《"诗学"一词的传统涵义、成因及其在历史上的使用情况》，《中国诗歌艺术研究》第一辑，社会科学文献出版社 2002 年版。

莫砺锋《陆游诗中的学者自画像》，《南京师范大学文学院学报》2003 年第 2 期。

余恕诚《"诗家三李"说考论》，《文艺研究》2003 年第 4 期。

吴承学《现存评点第一书——论〈古文关键〉的编选、评点及其影响》，《文学遗产》2003 年第 4 期。

莫砺锋《陆游诗中的生命意识》，《江海学刊》2003 年第 5 期。

谢思炜《元稹〈代曲江老人百韵〉诗作年质疑》，《清华大学学报》2004 年第 2 期。

叶嘉莹《杜甫诗在写实中的象喻性》，《华中师范大学学报》2005 年第 4 期。

萧东海《杨万里和王庭珪的师生交谊》，《井冈山学院学报》2006 年第 9 期。

杨理论《陆游与杜甫——一个诗学阐释的视角》，《杜甫研究学刊》2007 年第 4 期。

谢思炜《李杜优劣论争的背后》，《北京大学学报》2009 年第 2 期。

张立荣《宋庠、宋祁的七律创作及其诗史意义》，《齐鲁学刊》2009 年第 6 期。

徐国能《以"俗"论杜辨析》，《淡江中文学报》2009 年第 20 期。

祝尚书《论北宋诗学典范的选择及其得失——以杜甫为例》，《北京大学学报（哲学社会科学版）》2015 年第 5 期。

谢思炜《从有"来历"到"没来历"——试析杜诗语言运用的创新》，《杜甫研究学刊》2017 年第 1 期。

胡可先《杜甫研究的新趋势——中国杜甫研究会第八届年会暨杜甫研究国际学术讨论会学术总结》，《杜甫研究学刊》2017 年第 4 期。

詹福瑞《唐宋时期李白诗歌的经典化》，《文学遗产》2017 年第 5 期。

周裕锴《苏轼眼中的杜甫——两个伟大灵魂之间的对话》，《四川大学学报》2017 年第 6 期。

董利伟、董利波《学杜在诗外——从陆游追蹑杜甫遗踪说起》，《盐城师范学院学报》2018 年第 6 期。

侯体健《〈集杜诗〉：三重文本张力下的"诗史"建构》，《文学评论》2019 年第 3 期。

（美）王德威撰，刘倩译《六个寻找杜甫的现代主义诗人》，《当代作家评论》2019 年第 4 期。

黄楚蓉《少陵足迹与文本激活：南宋巴蜀诗歌中的杜甫记忆》，《励耘学刊》2020 年第 1 期。

张雨涛、杨万里《论陆游对杜甫爱国诗的发展》，《山西大同大学学报》2021 年第 1 期。

唐婷、张荣瑜《论陆游蜀中诗对李杜诗歌的接受》，《内江师范学院学报》2021 年第 3 期。

后　记

"卓立群峰外，蟠根积水边。他皆任厚地，尔独近高天。"在长江上游的瞿塘峡南岸，耸立着一座卓立于群峰之上的白盐山，因为扎根深，望若悬空。这个春天，我反复玩赏、低吟这首诗，脑海里浮现出一千多年前的杜甫伫立在江边眺望白盐山的形象。在立根大地、眷恋故国、思念旧友之时，一直仰望天空，追寻未来，向往自由，这是我理解的杜甫。就在这个春天，我的第一部学术著作《李杜之争与宋代杜诗地位的浮沉》经过三审，校样寄来了。校完全稿，我不禁浮想翩翩。

我是从读研起，与杜诗结缘的。是杜诗中的那份深厚情感、那种强大的艺术魅力，一直吸引着我，让我十多年来始终坚守在杜诗学领域不断读书学习。也是从读研开始，我对学术始终保持着敬畏。这种敬畏，首先表现在对待文献的认真、细致。原始文献、第一手文献、最可靠版本等几个词，始终牢牢地扎根于心。这十多年里，我先后完成了以杜诗、杜诗学研究为选题的硕博论文及科研项目，适应了高校的教学工作，而读书、写稿也成了我的一种基本生

• 405 •

活方式。在艰难的跋涉中，我不断体验着学术成长的悲喜交加。

本书是我的国家社科基金青年项目《宋元明杜诗学理论嬗变研究》结项成果之一。此课题是以我的博士论文《明代杜诗学研究》为基础扩展设计的。当时刚做完博士论文，正有一种初生牛犊不怕虎的无知无畏，完全没有预估到课题体量之大、难度之高。课题历时五年，以原设计体量的将近三倍（电脑字数 82 万）内容完成。2021 年结项后，因成果体量过大，计划修订为多部著作出版。结项书稿的第十章为 15 万多字，原以为稍作修订即可交付出版。但是，修订开始后，随着学术研究能力的提高，原稿所用的材料、面对的问题、形成的观点，都已无法让我满意。原先以诗话为主的材料，尽管收罗得几乎到竭泽而渔的程度，但是其局限性仍是明显的，因为当时时代和诗坛的面貌并不能由此显现出来。于是，我深入更广阔的宋代文献中，提取出一批代表人物，结合当时的学术背景、诗学风尚，通过翻阅集子来感受问题和选取有效的材料，以使每条材料都带上我的温度、每个对象都留下我抚摸过的印痕。这样展开后，确实不时有令人兴奋的发现和心得，更多的时候是感到自己坠入了茫茫的深渊，头绪纷乱，陷阱遍地，矛盾重重。那种艰难、痛苦和挣扎，只有无数个深夜的灯光知道。这样的夜晚又持续了一年多，这一章的修订终于打上了句号。对照原稿，除了框架变化不是很大，里面内容大多已面目全非，真所谓"今我可怜非故我，此身才喜是吾身"。

研究宋代杜诗学目前已有四部学术著作问世，它们给我启发良多，然而它们并未将这一问题终结，无论理论总结，还是细部问题，都还留有很大空间。本书也力图以呈现较清晰的宋代杜诗学全貌为目标，但却并非同类书的第五部，因为本书是宋代杜诗学的专论，仅仅围绕宋代杜诗地位、李杜之争这两个关键词来设置问题，展开讨论。经过研究，我发觉自北宋以来，杜诗的经典地位虽已大体确定，但随着每个时期文坛大势的发展、盟主的变换、核心议题的提出与展开，杜诗在诗坛的实际地位是有变化的，结合每一阶段诗坛面貌来具体把握和描述这种动态的过程，是本书的主要追求。而为了更准确地将这一动态过程展现出来，不能仅仅盯着杜甫和杜诗，还必须关注与杜甫、杜诗相关的对象。这种对象在我看来，主要是宋代诗人选择的经典。白居易、郑谷、贾岛、姚合、李商隐，曾被宋初人视为经典。"宋调"的确立与发展，则与李白、韩愈、陶渊明被奉为典范有关。只有将杜诗放在宋代诗坛的"多经典格局"中，才能把杜诗的实际地位和作用把握好。这是本书的基本定位。现在本书已完稿，它能否得到学界的认可，我没有多少把握。作为青年学人，我期待着前辈的青眼、同辈的批评。

这本书初稿的撰写、新稿的修订之时，也是我工作以来最忙碌、压力最大的一段时光。教学工作极其繁重，一直维持着每年四百多节课、每周不少于十二节课的状态。甚至有过每周四门课的学期，其中还包括一门需要投入很大精力备课的《中国文学批评史》。在如此繁重的教学压力之下做研究，身体的付出是难以言表的。年复一年，日复一日，仿佛脑门上都悬挂着一只滴答滴答游走的时钟。自 2020 年以来，为了赶进度，我已连续三个寒暑假不曾有空暇回老家探望亲人，家人对我的极力支持和宽容理解给我了很多温暖和鼓励。

特别感谢我的博导查清华教授和本书责编黄亚卓女士。人生就是充满着一种不可知却又很奇妙的缘分。2009 年夏，我随硕导杜华平教授到庐山图书馆参与编注《庐山历代诗词全集》，一个多月时间整天跟古籍打交道，不单为我日后走向学术之路打下了最初的文献基本功，还使我由此结识了上海古籍出版社的编辑老师黄亚卓。庐山朝夕相处的那段时光，开启了一种很美好的姐妹情缘。
2011 年，在我硕士毕业前夕，整套诗词集在上海开新书发布会，
那是我第一次见到查老师，一种莫名的亲切感油然而生，杜老师当
时也极力推荐我报考查老师的博士生。匆匆一面，却印象深刻。一
年后，我重燃考博志愿，第一个想到的是和蔼可亲的查老师，亚卓
姐也给予我极大的鼓励和支持。老天大概有意考验我的诚心，我在
感冒高烧 39 度情况下仍执意去考试，在身边所有人都并不看好结
果时仍不想放弃百分之一的希望。也许我的执着感动了上苍，我真
的如愿考上了。这一年，我幸运地成为了查老师的博士开门弟子。

从那时起，努力求学，将来在上海古籍出版社、在亚卓姐手里
出版我人生中的第一本学术专著，就成了我的一个梦想。如今匆匆
十年一晃而过，我在查老师的潜心教导、多方帮助下终要圆梦了，
真是激动兴奋又感慨万千！这十年，特别感谢我的前后两位导师，
杜华平老师与查清华老师，他们给了我太多精神支撑和默默帮助，
一路扶持、一路守护着我的成长，就像矗立在夜空下的灯塔一般，
照亮了我的前行之路，又给了我满满的安宁与踏实感。

感谢我的母校上海师大。太老师陈伯海先生开创的唐诗学研究
传统是上海师大的重要学术资源，我深受这种传统的濡染。虽然与
太老师只有两次机会近距离接触，但他的思想智慧却在我心中留下
了深深的印迹。曹旭教授、朱易安教授、李定广教授、刘青海教
授，或者是我的授业恩师，或者给了我亲切的关怀，老师们的个性
风采让我备受教益。

我还要由衷感谢学术之路上给予过我热情帮助的前辈学者们。
上海大学董乃斌教授是我博士论文的答辩主席。因为答辩的机缘，
我得到多次机会向董老师请益，董老师慈祥、和蔼的笑容令我倍感
温暖。华东师大胡晓明教授也是我博士答辩时的座师，一直以来待

我如及门弟子，多次赠我签名著作，高屋建瓴地对我进行学术点拨，又应邀来我校传经送宝，举行精彩讲座。首都师大赵敏俐教授在素未谋面的情况下，对我的课题予以大力肯定、热情扶持，对我确立学术信心起了重要作用。浙江大学胡可先教授对我指导很多，我清楚记得 2017 年 10 月在中国杜甫研究会第八届年会上我呈送一篇不成熟的论文请胡老师指导，14 日离会返程的高铁上，胡老师穿过五节车厢找到我，给我提出了详细的修改意见，令我十分感动。此外，台湾成功大学张高评教授，复旦大学陈尚君教授、查屏球教授，南京师大钟振振教授，南开大学卢盛江教授，苏州大学罗时进教授，华东师大朱惠国教授，吉林大学沈文凡教授，江西社科院夏汉宁研究员，西北大学郝润华教授，安徽大学吴怀东教授，中央财经大学左汉林教授，兰州理工大学杨晓霭教授，加上在我的通讯录中的不少前辈，以各种形式给了我提点、帮助、鼓励。感谢在我学术之路上所有关爱我的前辈们，我将坚守学术，不断努力前行，以报答诸多前辈的提携之恩。

最后，我要特别感谢上海师大人文学院的大力支持，将拙稿列入"中华典籍与国家文明研究丛书"。感谢上海古籍出版社总编奚彤云女士、编辑室主任杜东嫣女士的指导和帮助！美编严克勤老师欣然为拙著题签，让我特别感动，在此诚致谢忱！

张慧玲

2023 年 5 月 4 日

于山阴镜湖之畔

图书在版编目(CIP)数据

李杜之争与宋代杜诗地位的浮沉 / 张慧玲著. 一上海：上海古籍出版社，2023.6

(中华典籍与国家文明研究丛书)

ISBN 978-7-5732-0718-0

Ⅰ.①李… Ⅱ.①张… Ⅲ.①杜诗－诗歌研究②李白(701－762)－唐诗－诗歌研究 Ⅳ.①I207.227.42

中国国家版本馆 CIP 数据核字(2023)第 082218 号

中华典籍与国家文明研究丛书

李杜之争与宋代杜诗地位的浮沉

张慧玲 著

上海古籍出版社出版发行

(上海市闵行区号景路 159 弄 1－5 号 A 座 5F 邮政编码 201101)

(1) 网址：www. guji. com. cn

(2) E-mail：guji1@guji. com. cn

(3) 易文网网址：www. ewen. co

上海展强印刷有限公司印刷

开本 890×1240 1/32 印张 13.25 插页 5 字数 350,000

2023 年 6 月第 1 版 2023 年 6 月第 1 次印刷

印数：1—1,500

ISBN 978-7-5732-0718-0

Ⅰ·3726 定价：78.00 元

如有质量问题,请与承印公司联系

电话：021-66366565